ODYSSEIA

OF

HOMEROS

오뒷세이아

–

제1판 1쇄 2006년 9월 20일
제1판 13쇄 2014년 11월 30일
제2판 1쇄 2015년 9월 10일
제2판 13쇄 2024년 8월 20일

–

지은이 호메로스
옮긴이 천병희
펴낸이 강규순

–

펴낸곳 도서출판 숲
등록번호 제2014-000045호
주소 경기도 파주시 돌곶이길 108-14
전화 (031) 944-3139 팩스 (031) 944-3039
E-mail book_soop@naver.com

–

ⓒ 천병희, 2015, Printed in Seoul, Korea
ISBN 978-89-91290-15-0 93890
값 33,000원

–

디자인 씨디자인

–

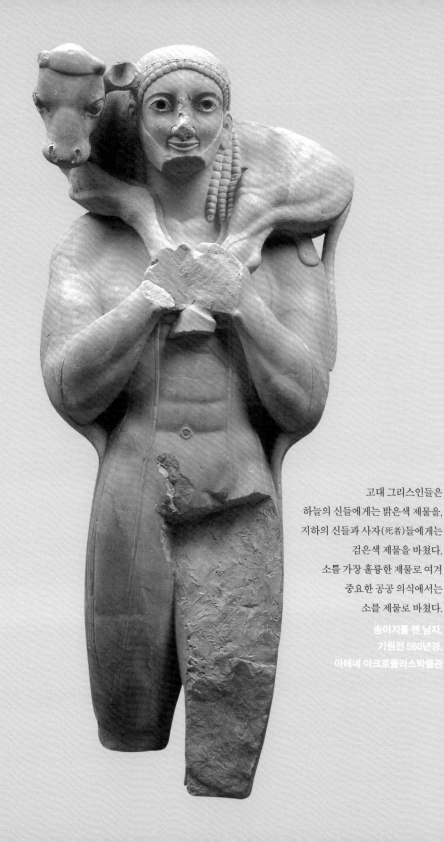

고대 그리스인들은
하늘의 신들에게는 밝은색 제물을,
지하의 신들과 사자(死者)들에게는
검은색 제물을 바쳤다.
소를 가장 훌륭한 제물로 여겨
중요한 공공 의식에서는
소를 제물로 바쳤다.

**송아지를 멘 남자,
기원전 560년경,
아테네 아크로폴리스박물관**

제우스 삼형제는 '티탄 신족과의 전쟁'을 일으켜
10년 만에 아버지 크로노스를 권좌에서
축출하고 힘겨운 승리를 거두었다.
그 후 제비를 던져 우주를 삼분하는데
이때 제우스는 하늘을, 포세이돈은 바다를,
하데스는 저승을 차지하고 대지는 공유한다.
호메로스의 작품에서는 제우스가 형이지만
헤시오도스의 작품에서는 포세이돈이 형이다.

**제우스가 벼락을 던지는 모습으로 추정되는
아르테미시온 곶에서 발굴한 청동상,
기원전 450년경, 아테네 국립고고학박물관**

바다의 지배자 포세이돈은
삼지창으로 파도를
일으키기도 잠재우기도 한다.
오뒷세우스의 귀향이 늦어지는
이유는 아들 폴뤼페모스를
눈 멀게 한 오뒷세우스에 대한
포세이돈의 노여움 때문이다.
**삼지창과 물고기를 들고 있는 포세이돈,
기원전 6세기 적상도기의 그림**

저승의 사자(死者)들을 지배하는
하데스는 가혹하고 무서운 신이지만
인간들과 다른 신들에게
적대감을 지니고 있지는 않다.
**하데스가 아내 페르세포네와 함께하는
저승의 형상, 적상도기**

그리스의 이름난 영웅들은 절세미인 헬레네에게 구혼할 당시 오뒷세우스의 제안에 따라
그녀가 누구를 택하든 그녀의 남편 된 자의 권리를 지켜주기로 맹세한다. 그래서 트로이아의 왕자
파리스가 메넬라오스의 아내 헬레네를 트로이아로 데려가버리자 거의 모든 그리스 영웅들이
이 맹세에 묶여 트로이아 전쟁에 뛰어들었다.

트로이아 목마에서 그리스군이 쏟아져 나오는 기원전 6세기 흑상도기의 그림

키르케가 여행에 지친 오뒷세우스 일행에게 치즈와 보릿가루, 꿀과 포도주를
섞어 저으며 여기에 약초를 넣은 음식을 내놓는다.
그것을 받아 먹은 오뒷세우스의 전우들은 돼지로 변해 울부짖는다.

기원전 6세기 흑상도기의 그림(오른쪽 페이지)

세이렌 자매의 노래를 듣는 사람은 그 아름다운 소리의 유혹을 뿌리치지 못하고
가까이 다가가다가 난파하여 익사하게 된다. 오뒷세우스는 동료의 귀를 밀납으로 막고
자신은 돛대에 묶인 채 세이렌 자매의 노래를 듣는다.

기원전 5세기 적상도기, 런던 영국박물관(위)

3세기경, 로마 유적지에서 출토된 모자이크화(아래)

법도 도시도 없이 흩어져
유목 생활을 하는 야만적인 거인족
퀴클롭스들 중에서도 폴뤼페모스는 가장 힘이
센 데다가 포세이돈의 아들이다.
폴뤼페모스가 끼니 때마다 동료들을
잡아 먹자 오뒷세우스는 그를
장님으로 만들고 그의 동굴에서 탈출한다.
기원전 7세기의 도기 파편(오른쪽)
기원전 550년경의 술잔,
파리 국립도서관(아래)

젊은 이타케인 108명이 오뒷세우스의 아내 페넬로페에게 구혼하자
그녀는 시아버지의 수의를 완성할 때까지 기다려달라고 한다.
낮에는 베틀 앞에서 수의를 짜고 밤에는 풀며 3년을 버티다 들통난다.
오뒷세우스는 20년 만에 거지로 변장하고 귀향한다.

시름에 잠겨 있는 페넬로페와 텔레마코스, 기원전 5세기 적상도기의 그림(위)
나그네의 발을 씻겨주던 늙은 유모 에우뤼클레이아가 오뒷세우스의 오래된 흉터를 알아본다(아래)

오뒷세우스가 자신의 가산을 탕진하고
불법을 일삼은 구혼자들을 향해 활을 쏘고 있다.
기원전 380년경 적상도기, 배를린박물관

오뒷세우스의 귀향이 늦어지는 것을
가장 마음 아파하던 아테나 여신의 도움으로
오뒷세우스는 드디어 귀향을 이룬다.

아테나
기원전 520년경, 대리석
아테네 아크로폴리스 박물관

아킬레우스의 사후 그의 무구(武具)들을 놓고 오뒷세우스와 벌인 이른바 '무구 재판'에서 패한
아이아스는 자신의 공로가 무시당한 것에 모욕감을 느껴 자살한다.
오뒷세우스는 저승에 가서 그를 보고 말을 걸지만 그는 대꾸하지 않고 피해버린다.

오뒷세우스와 아이아스의 언쟁을 말리는 아가멤논(위, 아래는 그 세부)
자살을 준비하는 아이아스를 묘사한 흑상도기, 기원전 530년경(오른쪽 페이지)

자신의 귀향 여부가 궁금한
오뒷세우스는 예언자 테이레시아스의
혼백을 찾아 저승 여행을 한다.

저승에서 만난 전우 엘페노르의 혼백이 밝히는
자신의 비참한 최후 이야기를 듣는 오뒷세우스.
오뒷세우스 오른쪽으로 저승 길라잡이 헤르메스가 보인다.
적상도기의 그림

고금의 예술가들 속 호메로스. 그 앞으로 계단에 앉은 두 여인은 의인화된 『일리아스』와 『오뒷세이아』이다.
호메로스 예찬, 앵그르, 1827년

ODYSSEIA
OF
HOMEROS
오뒷세이아

호메로스 지음 | 천병희 옮김

일러두기 18

옮긴이 서문 19

제 1 권 신들의 회의 후 아테네가 텔레마코스를 격려하다 ················ 23

제 2 권 이타케인들의 회의 | 텔레마코스의 출항 ················ 47

제 3 권 필로스에서 있었던 일들 ················ 67

제 4 권 라케다이몬에서 있었던 일들 ················ 91

제 5 권 칼륍소의 동굴 | 오뒷세우스의 뗏목 ················ 131

제 6 권 오뒷세우스가 파이아케스족의 나라에 가다 ················ 155

제 7 권 오뒷세우스가 알키노오스에게 가다 ················ 171

제 8 권 오뒷세우스가 파이아케스족의 나라에 머물다 ················ 187

제 9 권 오뒷세우스의 이야기들 | 퀴클롭스 이야기 ················ 213

제10권 아이올로스 | 라이스트뤼고네스족 | 키르케 ················ 237

제11권 저승 ················ 263

제12권 세이렌 자매 | 스퀼라 | 카륍디스 | 헬리오스의 소들 ················ 295

제13권 오뒷세우스가 파이아케스족의 나라를 떠나 이타케에 도착하다 ················ 315

제14권 오뒷세우스가 에우마이오스를 찾아가다 ················ 335

제15권 텔레마코스가 에우마이오스에게 가다 ················ 359

제16권 텔레마코스가 오뒷세우스를 알아보다 ················ 383

제17권 텔레마코스가 시내로 돌아가다 ················ 403

제18권　이로스와의 권투시합 ·································· 429

제19권　오뒷세우스가 페넬로페와 대담하다 | 세족(洗足) ··········· 447

제20권　구혼자들을 죽이기 전에 있었던 일들 ················· 473

제21권　활 ··· 491

제22권　오뒷세우스가 구혼자들을 죽이다 ···················· 511

제23권　페넬로페가 오뒷세우스를 알아보다 ·················· 533

제24권　저승 속편 | 맹약 ································· 549

부록　　주요 인명 ··· 575

　　　　주요 신명 ··· 592

　　　　주요 지명 ··· 606

　　　　주요 신들과 영웅들의 가계도 ······················ 610

　　　　해설 / 호메로스의 작품과 세계 ····················· 619

　　　　참고문헌 ··· 645

　　　　찾아보기 ··· 650

일러두기

1 이 번역서의 대본은 믿을 만한 텍스트로 정평이 난 *Homeri Opera*, rec. Th. W. Allen, Tom. III~IV, Oxford 1917~19를 사용했다. 주석은 주로 W. B. Stanford, *The Odyssey of Homer*, London 1959와 A. Heubeck, et al., *A Commentary on Homer's Odyssey*, 3vols, Oxford 1988~92와 W. Merry/J. Liddell, *Homer's Odyssey*(I~XII), Oxford 1886 및 D. B. Monro, *Homer's Odyssey*(XIII~XXIV), Oxford 1901 의 것을 참고했다. 현대어 번역으로는 S. H. Butcher/A. Lang, R. Fagles, W. Shewring의 영어 번역 본, 그리고 A. Weiher, W. Schadewaldt의 독어 번역본을 참고했다.

2 대조하거나 참고하기 편리하도록 매 5행마다 행수 표시를 했다. 우리말에서는 대체로 절이 문장 앞에 오는 데 반해 그리스어를 포함한 대부분의 인구어(印歐語)에서는 그 반대의 경우도 많다. 그 래서 번역서의 행수와 원문의 행수가 일치할 수 없지만 되도록 맞추려 했고, 부득이한 경우에도 3 행 이상은 차이 나지 않게 했다.

3 고유명사의 표기는 그리스어를, 그것도 서사시가 아니라 앗티케 방언을 따랐다. 현존하는 고대 그 리스의 주요 문헌들이 앗티케 방언으로 씌어 있어 그렇게 하는 편이 더 도움이 되리라고 판단했 기 때문이다(예: 트로이에 → 트로이아, 아이데스 → 하데스, 포세이다온 → 포세이돈). 그리고 같 은 자음이 중복될 때는 둘 다 읽었다(예: Odysseus는 오뒤세우스가 아니라 오뒷세우스라고 읽었 다). 영어나 독일어와는 달리 그리스어와 라틴어에서는 두 개 이상의 자음이 따르는 음절은 장음 절이 되는데, 장음절이 되려면 뒤따르는 자음들을 모두 읽어주어야 하기 때문이다. 중복되는 같은 자음을 된소리 ㄲ, ㄸ, ㅃ, ㅆ로 읽는 이들이 있는데 된소리는 단자음(單子音)이다.

4 라틴어 이름을 병기할 때는 그 앞에 '라/'라고 표시했다. 예: 제우스(Zeus 라/Iuppiter).

5 본문 중 설명이 필요하다고 생각되는 곳에는 각주를 달았다. 또한 그리스 신화를 개관할 수 있도 록 '주요 인명' '주요 신명' '주요 지명'과 '주요 신들과 영웅들의 가계도'를 부록으로 달고 복잡한 고유명사들을 확인하기 쉽도록 '찾아보기'를 붙였다.

호메로스, 그리스 정신의 출발점이자 원천

호메로스의 양대 서사시 『일리아스』와 『오뒷세이아』는 기원전 6세기 이후 그리스의 교과서가 되어, 음송자들에 의해 전 그리스에 유포되고 지식인들에 의해 암기되었다. 그리하여 그리스의 언어와 문학, 조형미술, 나아가 그리스인들의 자의식 형성에 큰 영향을 주었으며, 그리스 정신의 출발점이자 원천이 되었다. 그 이유는 아무도 그것을 노래하지 않는 어둠에 싸인 먼 역사의 첫새벽에 인간으로서 겪는 모험과 인간이라고 불리려면 반드시 알아야 하는 인간적인 삶의 본질을 호메로스의 서사시가 노래했기 때문이다. 그리하여 그리스인들은 호메로스의 양대 서사시를 성서 다루듯 했다.

플라톤(Platon)과 크세노파네스(Xenophanes) 같은 철학자들은 호메로스의 서사시들이 젊은이의 교육에 부적합하며 호메로스의 신들이 부도덕하다는 이유를 들어 호메로스를 비판하기도 했지만, 아리스토텔레스(Aristoteles)와 호라티우스(Horatius)는 『시학』(詩學)에서 작가로서의 호메로스를 극찬했다. 또한 로마 문학을 대표하는 베르길리우스(Vergilius)의 로마 건국 서사시 『아이네이스』(*Aeneis*)도 『일리아스』와 『오뒷세이아』의 종합으로 구상되었다.

그러나 중세에 들어와 문화어로 그리스어를 쓰던 동로마제국과 달리 라틴어를 쓰던 서유럽에서는 1,100행 정도로 요약된 『라틴어 일리아스』(*Ilias Latina*)라는 라틴어 번역본만 읽히고 인용되었을 뿐, 작가 호메로스에 대한 관심은 차츰 퇴조하였다.

문명의 순수한 근원인 그리스 로마 시대로 복귀할 것을 외치던 르네상스기에 이르러 고전에 대한 관심이 커지면서 다시 호메로스를 연구하는 풍토가 조성되었다. 그러나 마크로비우스(Macrobius)의 베르길리우스 찬양과 『신곡』(神曲)에서 단테(Dante)의 길라잡이 역할을 한 베르길리우스 상(像)에 압도당한 사람들은 『아이네이스』를 호메로스의 양대 서사시보다 높이 평가했다. 이탈리아의 인문주의자들과 스칼리게르(J. C. Scaliger)의 『시학』(1561) 영향권 아래에 있던 프랑스의 인문주의자들도 호메로스의 서사시들이 『아이네이스』보다 논리적으로나 심미적으로 열등하다는 점을 증명하려고 노력했다. 호메로스에 대한 이런 비판적인 태도는 '호메로스 문제'를 둘러싸고 이루어진 지난 150년 동안의 토론들에 그대로 유입된다.

그러나 '질풍노도'(Sturm und Drang) 문학에서 습득이나 기교, 규범보다 천재성과 사실성, 독창성이 더 중시됨에 따라 호메로스는 셰익스피어와 더불어 일약 문학에서 불멸의 사표로 추앙받는데, 그러한 경향을 주도한 인물로는 독일의 레싱(Lessing), 헤르더(Herder), 괴테(Goethe) 등이 있다. 괴테의 소설 『젊은 베르테르의 슬픔』은 괴테가 얼마나 호메로스에 심취했는지를 엿볼 수 있게 한다.

그동안 호메로스 이전의 서사 전통에 관한 연구가 진척되면서 호메로스가 전승된 소재를 사용하고 같은 자구나 문장을 자주 반복해 사용한다는 점이 밝혀짐에 따라 호메로스의 독창성에 이의를 제기하는 경향이 없지 않다. 그러나 호메로스의 독창성은 그러한 전통을 주어진 그대로 엮어나가는 것이 아니라, 특정한 주제에 맞춰 어느 한 부분이 빠지거나 자리바꿈할 경우 전체가 무너질 만큼 꼭 필요한 부분을 골라 적절히 배열하는 플롯에 있다. 플롯의 완벽한 통일성이야말로 호메로스의 문학성에서 으뜸가는 가치이다. 자구나 문장의 반복은 독자가 아니라 청중을 위해 하루에 일정량의 시행을 읊었던 그 시대 음송시인에게는 반드시 필요했다는 점을 잊어서는 안 될 것이다.

호메로스의 또 다른 매력은 세계를 놀라울 정도로 총체적으로 그리고 있다는 점이다. 호메로스가 다양한 비유들을 그토록 자주 사용하는 것도 인간의 삶과 인간 정신에 대한 총체성 구현이라는 시각에서 쉽게 이해할 수 있다. 그러한 총체성의 단적인 예가 아킬레우스의 방패인데, 거기에는 결혼식과 재판 같은 평화로운 생활과 포위와 기습 같은 긴박한 전시 상황, 농부와 목자와 포도 재배자들의 전원 생활 등 인간의 온갖 활동상이 생생히 그려져 있다. 그 전체 위에 별이 총총한 하늘이 걸려 있는데, 그 둘레에는 세계의 강(江)인 오케아노스가 흐르고 있다(『일리아스』 18권 478행 이하 참조).

이처럼 호메로스가 『일리아스』에서 그리고 있는 것은 완결된 우주와 그 안에서 영위되는 총체적인 삶이다. 『아이네이스』에서도 전설적인 로마 건국자 아이네아스(Aineas)의 방패가 묘사되고 있지만(8권 626행 이하 참조), 거기에 그려진 것은 인간의 보편적인 삶보다는 악티움(Actium) 해전까지의 미래의 로마 역사, 말하자면 한 민족의 위대한 역사이다. 그런 의미에서 베르길리우스의 서사시가 '민족시'라면 호메로스의 서사시들은 감히 '세계시'라 일컬어도 손색이 없을 것이다.

『오뒷세이아』는 『일리아스』보다 50년쯤 뒤에 쓰인 작품으로, 전작보다 새로울 뿐 아니라 인류의 성취 가운데서도 두드러지는 업적, 그러니까 바다를 어떻게 장악했나를 이야기한다. 그리하여 인간은 『오뒷세이아』 덕분에 삶과 운명을 표현하는 두 가지 비유를 얻게 되었으니, 그것은 '여행'과 '바다'이다. 아킬레우스와 함께 그리스 연합군의 영웅인 오뒷세우스가 전쟁이 끝난 뒤 바다 위를 떠돌며 모진 고생 끝에 다시 10년 만에 이타케 섬으로 귀향하는 이야기를 담고 있다. 오뒷세우스의 집은 바다 너머에 있었다.

『오뒷세이아』를 이끄는 힘은 세계와 인간에 대한 끝없는 호기심에서 비롯된다. 알 수 없는 존재들이 사는 무서운 곳들을 찾아가 오뒷세우스는 그것을 직접 눈으로 보고 온몸으로 확인하고 이해하고 싶어한다. 작품 전반에 배어 있는 그의 호기심에 주목해보면 오뒷세우스는 인류 최초의 '문명인'이다. 이야기 중심에는 오뒷세우스의 지혜와 재능, 빛나는 아이디어가 있는데, 끊임없는 선택에서 그가 마침내 살아남는 힘의 원천이기도 하다. 『오뒷세이아』에서는 『일리아스』와 달리 신들이 아닌 인간 '스스로'가 선택하는 모험과 도전이 두드러진다.

1996년 처음으로 원전 번역한 『오뒷세이아』를 2006년 1차 개정한 후 다시 우리 시대의 언어감각을 고려해 두 번째 개정판을 내놓는다. 그동안 외국에서 나온 번역들과 주석서를 꾸준히 읽어왔고 최근 의미 전달에 공들이는 번역들에 고무되어 직역으로 어색한 우리말 표현을 다시 손보았다.

강산이 변한다는 10년 세월이 지난 뒤 다시 호메로스의 번역을 손볼 수 있을지 지금으로서는 말할 수 없다. 다만 지금 밝힐 수 있는 것은 고전 읽기의 즐거움을 말하는 것도 내 몫은 아니고, 꼭 원전 번역을 읽어야 한다고 알려주는 것도 내 몫은 아니다. 내가 정한 나의 몫은 의욕 있는 독자라면 누구든 그 세계에 빠져들어 마지막 책장까지 재미있게 읽을 수 있도록 원전에 어긋나지 않게 번역하는 일이다. 새롭게 선보이는 이 책에 관해서는 아쉬움 없이 내가 정한 나의 몫을 다한 듯한 후련함이 든다. 무엇보다도 새로운 세계에 대한 호기심으로 가득 찬 『오뒷세이아』의 세계에 나로서도 한 발 더 가까이 다가간 느낌이다.

2015년 9월
옮긴이 천병희

I

신들의 회의 후 아테나가 텔레마코스를 격려하다

들려주소서, 무사 여신[1]이여! 트로이아의 신성한[2] 도시를 파괴한 뒤
많이도 떠돌아다녔던 임기응변에 능한 그 사람의 이야기를.
그는 수많은 사람들의 도시들을 보았고 그들의 마음을 알았으며
바다에서는 자신의 목숨을 구하고 전우들을 귀향시키려다
마음속으로 숱한 고통을 당했습니다. 그토록 애를 썼건만 그는   5
전우들을 구하지 못했으니, 그들은 자신들의 못된 짓으로 말미암아
파멸하고 말았습니다. 그 바보들이 헬리오스 휘페리온[3]의
소떼를 잡아먹은 탓에 헬리오스 신이 그들에게서 귀향의 날을

---

1 '주요 신명' 참조. 무사 여신은 제우스의 딸로 시가의 여신이다. 호메로스에서도 이미 복
수형이 나타나고 그 수가 9명이라는 말이 나오지만(『오뒷세이아』 24권 60행 참조), 이름
들은 언급되지 않는다. 여신 또는 여신들은 시적 영감을 불어넣어주고 이야기하고자 하는
사건들에 관한 기억을 일깨워주므로, 서사시인은 으레 서사시의 맨 첫 행에서 여신에게
도움을 청한다. 『오뒷세이아』에서는 1~10행이 이에 해당한다. 한편 『일리아스』에서는 '무
사 여신' 대신 '여신'이라는 표현이 나온다.

2 '신성한'이라는 형용사는 호메로스의 서사시에서는 인간에 의해 만들어지지 않아 인간의
힘 밖에 있거나 신에게 바쳐진 모든 사물에 대해 사용된다. 트로이아의 성벽은 포세이돈
과 아폴론이 쌓은 것이다.

3 휘페리온이라는 이름은 호메로스에서는 우라노스와 가이아 사이에서 태어난 티탄 신족의
일원으로, 테이아(Theia)와 결혼하여 태양신 헬리오스와 달의 여신 셀레네(Selene)와 새벽
의 여신 에오스(Eos 라/Aurora)를 낳은 신(헤시오도스의 『신들의 계보』(*Theogonia*) 371행
이하 참조)을 가리키는 것이 아니라, 태양신 헬리오스의 별명으로 '(우리) 위에 있는 자'
또는 '고공에 있는 자'라는 뜻이다.

빼앗아버린 것입니다. 이 일들에 관해 아무 대목이든,

여신이여, 제우스의 따님이여, 우리에게도 들려주소서!　　　　　10

갑작스러운 파멸을 면한 다른 사람들은 모두

전쟁과 바다에서 벗어나 이제는 집에 돌아와 있건만

귀향과 아내를 애타게 그리는 오뒷세우스만은

여신들 중에서도 고귀하고 존경스러운 요정 칼륍소[4]가

자기 남편으로 삼으려고 속이 빈 동굴 안에 붙들어두었다.　　　　15

세월이 흘러 이타케[5]로 귀향하도록 신들이 정해준

해가 돌아와도 그는 노고에서 벗어나 그곳에 가 있지 못했고

가족과 함께하지도 못했다. 그러자 모든 신들이 그를

불쌍히 여겼으나 유독 포세이돈만이 그러지 않았으니,

포세이돈은 신과 같은 오뒷세우스가 고향땅에 닿을 때까지　　　　20

끊임없이 그에게 화를 냈던 것이다.

　　　그러나 지금 포세이돈은 저 멀리 아이티오페스족[6]에게 가고 없었다.

인간들 중에서 가장 먼 변방에 사는 아이티오페스족은 둘로 나뉘어

일부는 휘페리온이 지는 곳에, 일부는 뜨는 곳에 살았는데

그곳에서 포세이돈은 황소들과 양들의 헤카톰베[7]를 받을 참이었다.　　25

포세이돈은 즐거운 마음으로 그곳의 잔치 자리에 앉아 있고

다른 신들은 올륌포스[8]의 주인인 제우스의 궁전에 모여 있었다.

그들 사이에서 인간들과 신들의 아버지[9]가 먼저 말문을 열었다.

제우스는 아가멤논의 아들로 명성도 자자한 오레스테스의 손에 죽은,

나무랄 데 없는 아이기스토스[10]를 마음속으로 생각했다.　　　　30

아이기스토스를 떠올리며 제우스는 신들 사이에서 말했다.

"아아, 인간들은 걸핏하면 신들을 탓하곤 하지요.

그들은 재앙이 우리에게서 비롯된다고 하지만, 사실은 그들 자신의

못된 짓으로 정해진 몫 이상의 고통을 당하는 것이오.

4 '주요 신명' 참조.

5 '주요 지명' 참조.

6 아이티오페스족은 호메로스에 따르면 둘로 나뉘어 인간들 중에서 가장 변방에, 즉 극동과 극서에 산다는 전설상의 부족이다.

7 '소 100마리의 제물'이라는 뜻의 헤카톰베(hekatombe)는 호메로스 시대에 이미 제물의 종류와 수에 관계없이 '성대한 제물'이라는 뜻으로 쓰인다. 제물은 인간이 신들 또는 영웅들과 사자(死者)들에게 바치는 선물로 그 종류에 따라, 그 방법(잔치에서처럼 신들과 인간들이 나눠 먹느냐 통째로 구워 바치느냐)에 따라, 그 성격(사적인 목적이냐 공적인 목적이냐)에 따라 구분된다. 과일, 꿀, 포도주, 기름, 케이크 등이 특히 지하의 신들에게 바쳐졌는데, 제단 위에 올려놓거나 태웠다고 한다. 신에게는 대개 가축을 죽여 바쳤는데, 소가 가장 훌륭한 제물이지만 양과 염소 같은 작은 가축과 돼지를 많이 썼다. 가금(家禽)류도 썼지만 새나 물고기는 쓰지 않았다. 하늘의 신들에게는 밝은색 제물을, 지하의 신들과 사자들에게는 검은색 제물을 썼다. 중요한 공공 의식에서는 소를 제물로 쓰되 그 뿔을 황금으로 싸고 리본으로 감았다. 소는 사람들이 행렬을 지어 호송하는데, 이때 소녀가 보리와 칼이 든 바구니를 들고 앞장서 인도한다. 모두 제단 주위에 둘러서면 참가자들의 손에 물이 부어지고 제물에도 물이 뿌려진다. 참가자들은 보리를 한 움큼씩 쥐고 있다가 기도가 끝나면 제단과 제물을 향해 던진다. 제물을 바치는 자가 바구니에서 칼을 꺼내 제물의 머리털을 조금 잘라 불에 던진다. 작은 제물은 제단에 들어올린 채 목을 자르지만, 소는 도끼로 쳐서 동맥을 끊고 그릇에 피를 받아 제단 위에 뿌린다. 그러고 나서 제물의 껍질을 벗겨 부위별로 해체한 뒤 내장을 제단 불에 구워 주요 참가자들이 먼저 내장을 맛본다. 이어서 신들을 위해 기름 조각들에 싼 뼈들을 제단의 불에 태우고 불길이 활활 타오르도록 그 위에 물 타지 않은 포도주를 붓는다. 나머지 살코기는 구워서 참가자들에게 베푼다. 프로메테우스는 신들과 인간들이 제물의 부위를 나눌 때 제우스를 속여 뼈와 기름 조각을 고르게 하고 살코기는 인간이 갖게 했는데, 이렇게 신들을 속이고 인간에게 불까지 훔쳐다준 죄로 나중에 코카서스 산 바위에 묶인다. 잔치의 서두로서가 아니라 가축을 통째로 구워 바치는 전번제(全燔祭 holocaust)는 정화의식, 장례식, 지하의 신들 또는 영웅들에게 제물을 바칠 때, 전쟁 또는 다른 위기에 직면했을 때 치러진다.

8 '주요 지명' 참조.

9 제우스. '주요 신명' 참조.

10 '주요 인명' 중 아트레우스 참조.

아이기스토스만 해도 귀향한 아트레우스의 아들[11]을 죽이고   35
정해진 몫을 넘어 아가멤논의 아내와 결혼까지 했소!
그것이 자신의 갑작스러운 파멸이 될 줄 알면서도 말이오.
우리는 훌륭한 정탐꾼인 아르고스의 살해자[12] 헤르메스를 보내
오레스테스가 성년이 되어 고향땅이 그리워지면
아트레우스의 아들을 살해한 데 대해 복수하게 될 것이니   40
그를 죽이지도, 그의 아내에게 구혼하지도 말라고 미리 일러두었소.
하지만 이런 호의적인 말로도 헤르메스는 아이기스토스의 마음을
돌리지 못했고, 아이기스토스는 결국 모든 것을 다 잃고 말았소."
제우스에게 빛나는 눈의 여신 아테나가 대답했다.
"오오! 우리들의 아버지시여, 크로노스의 아드님[13]이시여,   45
최고의 통치자시여. 그자의 파멸은 당연한 응보예요.
그런 짓을 하는 자는 어느 누구건 그처럼 파멸하게 되기를!
내 마음을 아프게 하는 것은 현명한 오뒷세우스 바로 그 불운한
사람이에요. 그는 벌써 오랫동안 가족과 떨어져
바닷물에 둘러싸인 섬에서, 바다의 배꼽에서 고통받고 있어요.   50
수풀이 우거진 이 섬에는 한 여신이 사는데
그녀는 모든 바다의 깊이를 다 알고 있고
하늘과 땅을 갈라놓는 긴 기둥들을 몸소 떠받치는
마음씨 고약한 아틀라스[14]의 딸이에요.
그의 딸이 지금 비탄에 잠긴 그 불행한 사람을 붙들어두고   55
이타케를 잊어버리라고 감언이설로 줄곧 호리고 있어요.
하지만 오뒷세우스는 고향땅에서 피어오르는 연기라도
보기를 열망하며 차라리 죽기를 바라지요.
그럼에도 지금 그대의 마음은 도무지 움직이지 않아요,

올륌포스의 주인이시여! 혹시 오뒷세우스가 넓은 트로이아에서,　60

아르고스[15]인들의 함선들 옆에서 그대에게 제물 바치기를 소홀히

했나요? 어째서 그대는 그에게 그토록 노여워하세요, 제우스시여?"

　　구름을 모으는 제우스가 그녀에게 이렇게 대답했다.

"내 딸아, 너는 무슨 말을 그리 함부로 하느냐!

내 어찌 신과 같은 오뒷세우스를 잊었겠느냐?　65

그는 지혜에서 인간들을 능가할 뿐 아니라 넓은 하늘에 사는

불사신들에게 누구보다도 많은 제물을 바쳤느니라.

하지만 대지를 떠받치는 포세이돈이 그에게 끊임없이 원한을 품는구나.

오뒷세우스가 모든 퀴클롭스[16]들 중에서도 가장 힘이 센,

신과 같은 폴뤼페모스를 눈멀게 했기 때문이지.　70

그 퀴클롭스[17]를 낳은 것은 요정 토오사인데

그녀는 추수할 수 없는 바다를 다스리는 포르퀴스[18]의 딸로

11　아가멤논. 아가멤논과 메넬라오스는 아트레우스('주요 인명' 참조)의 아들들이다.

12　'아르고스의 살해자'(Argeiphontēs)는 헤르메스의 별명 중 하나이다. 제우스가 아르고스
　　왕 이나코스(Inachos)의 딸 이오(Io)를 사랑하자, 헤라가 질투심에서 온몸에 눈을 가진 목
　　자(牧者) 아르고스(Argos)를 보내 그녀를 감시하게 했는데, 헤르메스가 제우스의 지시에
　　따라 그를 죽인 까닭에 이런 별명을 얻었다.

13　제우스. 제우스의 아버지 크로노스에 관해서는 '주요 신명' 중 티탄 신족 참조.

14　'주요 신명' 중 티탄 신족 참조.

15　'주요 지명' 참조.

16　'주요 신명' 참조.

17　폴뤼페모스.

18　포르퀴스(Phorkys)는 폰토스(Pontos '바다')와 가이아의 아들로 그와 그의 누이 케토
　　(Keto) 사이에서, 날 때부터 백발에다 눈 하나와 이빨 하나를 셋이서 함께 사용한다는 그
　　라이아이 자매와 그 모습이 하도 무서워 보는 이를 돌로 변하게 한다는 고르고 자매가 태
　　어난다. 그러나 호메로스에서 그는 요정 토오사의 아버지이다.

속이 빈 동굴 안에서 포세이돈과 살을 섞었었지.

그때 이후로 대지를 흔드는 포세이돈은 오뒷세우스를 죽이지는 않되

그의 고향땅에서 멀리 떠돌아다니게 하였노라.   75

자, 여기 모인 우리가 오뒷세우스가 집으로 돌아갈 수 있도록

그의 귀향에 대해 궁리해봅시다.

포세이돈도 노여움을 풀 것이오. 혼자서는 결코

모든 불사신들에 맞서 싸우지 못할 테니까."

　　그에게 빛나는 눈의 여신 아테나가 대답했다.   80

"오오! 우리들의 아버지시여, 크로노스의 아드님이시여,

최고의 통치자시여! 현명한 오뒷세우스가 집에 돌아가는 것이

지금 진실로 축복받은 신들의 마음에 드신다면,

우리는 신들의 사자(使者)인 아르고스의 살해자 헤르메스를

오귀기에 섬[19]으로 보내 머리를 곱게 땋은 요정에게   85

참을성 많은 오뒷세우스의 귀향이라는 우리의 확고한 결정을

지체 없이 알려주게 하여 그가 집으로 돌아갈 수 있게 해요.

나는 이타케로 가서 오뒷세우스의 아들을 더욱 격려하고 마음속에

용기를 불어넣어줄 거예요. 그가 장발의 아카이오이족[20]을

회의장에 소집해 그의 떼 지어 사는 작은 가축[21]들과   90

걸음이 무겁고 뿔 굽은 황소들을 끊임없이 잡아먹는

모든 구혼자들에게 그러지 못하게 금지하도록 말예요.

나는 또 스파르테[22]와 모래가 많은 필로스[23]로 그를 안내해 혹시나

듣게 될지도 모를, 사랑하는 아버지의 소식을 알아보게 하겠어요.

그러면 그는 사람들 사이에서 훌륭한 명성을 얻게 될 거예요."   95

　　이렇게 말하고 아테나가 영원불멸하는 아름다운 황금 샌들을

발밑에 매어 신으니, 이 샌들이 바로 바람의 입김과 함께

습한 바다와 끝없는 대지 위로 그녀를 날라다주었다.

이어서 날카로운 청동이 박힌 단단한 창을 집어 드니

바로 이 무겁고 크고 튼튼한 창으로 강력한 아버지의 딸인 그녀는　　　　　100

자기를 노엽게 하는 영웅들의 대열을 무찌르곤 했다.

아테나는 올륌포스 꼭대기에서 훌쩍 뛰어내려

이타케 땅에 있는 오뒷세우스 집 바깥 대문의 문턱으로 다가섰다.

그녀는 청동 창을 손에 든 채 나그네,

즉 타포스인들[24]의 지도자 멘테스의 모습을 하고 있었다.　　　　　105

거기서 그녀는 거만한 구혼자들과 만났는데

그들은 손수 잡은 황소의 가죽을 깔고 앉아

문 앞에서 장기를 두고 있었다.

그들이 데려온 전령들과 민첩한 시종들[25] 중에서

19　'주요 지명' 참조.

20　트로이아 전쟁 때 그리스에서 가장 강력한 부족이 아카이오이족(Achaioi)이다. 주로 그리스 북부 지방에 거주했지만 펠로폰네소스(Peloponnesos) 반도의 여러 지방과 이타케 섬 일대, 그리고 크레테 섬에도 거주했다. 이 이름은 '아르고스인들' '다나오스 백성들'과 마찬가지로 호메로스의 서사시에서는 대개 '그리스인들'이라는 넓은 의미로 쓰인다. 펠로폰네소스 반도 북안 지방을 가리키는 아카이아(Achaia)라는 지명은 호메로스에는 아직 나오지 않는다. 호메로스에서 이 지방은 아이기알로스(Aigialos)라고 불린다.

21　'작은 가축들'이란 양 또는 염소들을 말한다.

22　'주요 지명' 참조.

23　'주요 지명' 참조.

24　타포스가 이타케 섬 북쪽에 있는 섬인 것은 확실하지만 그 정확한 위치는 의견이 엇갈리고 있다. 주민들의 주된 활동은 해상무역과 해적질이었다.

25　전령(keryx)은 일종의 수행원으로 전쟁터에서는 전령 노릇을, 제물을 바칠 때나 잔치에서는 주인의 시중을 들었다. 여기서 볼 수 있는 것처럼 사적인 전령과 공적인 전령(『오뒷세이아』 19권 135행 참조)이 있었다. 시종(therapōn)은 아킬레우스를 수행한 파트로클로스처럼 사적인 성격이 강한 수행원으로 신분에서 그가 모시는 주인에 뒤지지 않았다.

전령들은 희석용 동이[26]들에 포도주를 붓고 물을 타고,　110
시종들은 더러는 구멍이 송송 뚫린 해면으로 훔친 식탁들을
앞에 내놓았고, 더러는 고기를 푸짐하게 썰어 내놓았다.
　　그녀를 맨 먼저 본 것은 신과 같은 텔레마코스[27]였다.
비통한 마음으로 구혼자들 사이에 앉아 있던 그는 홀연히
아버지께서 어디선가 나타나 온 집안에서 이들 구혼자를 내쫓고　115
몸소 명예를 차지하고는 재산을 다스리셨으면 하고
마음속으로 훌륭한 아버지를 그리워했다.
그는 구혼자들 사이에 앉아 이런 생각을 하고 있다가
아테나를 보자 곧장 바깥 대문 쪽으로 갔으니
오랫동안 나그네가 문간에 서 있는 것이 마음에 걸렸던 것이다.　120
텔레마코스는 가까이 다가서서 나그네의 오른손을 잡고
청동 창을 받아들며 나그네를 향해 물 흐르듯 거침없이 말했다.
　　"어서 오시오, 나그네여! 이곳 우리 곁에서 그대는
환대받을 것이오. 우선 식사부터 하고 그대의 용건을 말하시오."
이렇게 말하고 그가 앞장서자 팔라스 아테나가 따라갔다.　125
그리하여 그들이 높다란 집안으로 들어갔을 때
그는 반들반들 잘 닦인 창꽂이에다 들고 있던 창을 꽂고는
긴 기둥에 기대어놓았다. 창꽂이에는 이미 많은 창이 꽂혀 있었는데
참을성 많은 오뒷세우스의 창들이었다. 텔레마코스는
여신을 안내해 정교하게 만든 아름다운 안락의자에 앉혔는데,　130
리넨이 깔려 있고 밑에는 발을 위한 발판이 달린 의자였다.
그리고 그는 구혼자들에게서 떨어져 그 옆에다 정교하게 만든
등받이의자 하나를 자신을 위해 갖다놓았다. 나그네가
떠들썩한 구혼자들 때문에 불안해하거나 오만불손한 자들 사이에서

식욕을 잃을까 염려되는 데다, 떠나고 안 계신 아버지의 소식을 135

들을 수 있지 않을까 싶어서였다. 곧 시녀 한 명이 아름다운

황금 물항아리를 가져와 손을 씻으라고[28] 은(銀)대야 위에 물을

부어주더니 그들 앞에 반들반들 닦은 식탁을 갖다놓았다.[29]

그러자 존경스러운 가정부가 빵을 가져와 그들 앞에 놓고 그 밖에도

갖가지 음식을 올리더니 자기 옆에 있는 것들을 아낌없이 건네주었다. 140

고기를 썰어 나누어주는 자는 온갖 종류의 고기가 든 접시들을

배식대(配食臺)에서 꺼내놓았고 그들 앞에 황금 잔을 놓았다.

그러자 이 집의 전령이 부지런히 오가며 그들에게 포도주를 따라주었다.

　　그때 거만한 구혼자들이 들어왔다.

그들이 등받이의자와 안락의자에 순서대로 앉자 145

전령들은 그들의 손에 물을 부어주고

하녀들은 그들 앞의 바구니에 빵을 수북이 쌓아놓았으며,

젊은 시종들은 희석용 동이들에 술을 넘치도록 가득 채웠다.

그러자 그들은 앞에 차려진 음식에 손을 내밀었다.

26　'희석용 동이'(kratē 원전 krētēr). 고대 그리스인들은 동이에다 포도주를 붓고 물을 타 마셨
다. 물 타지 않고 포도주를 마시는 것은 건강에 해롭고 퀴클롭스나 켄타우로스 같은 야만
족이나 하는 짓으로 여겼기 때문이다. 포도주와 물의 비율은 1：3 정도(헤시오도스,『일과
날』*Erga kai hemerai* 596행 참조)였다가 후기에는 2：3으로 했다(아리스토파네스,『기사들』
Hippēs 1187행 참조). 이 경우 알코올 농도는 3~8퍼센트로 생맥주와 비슷하다. 잔치 때는
그러한 동이들이 여러 개 사용되었다.

27　'주요 인명' 참조.

28　나이프, 포크, 스푼 등이 없던 당시에는 식전에 손을 씻는 것이 관습이었다.

29　당시 식탁은 한 명 또는 두 명의 손님을 위한 가벼운 것이 사용되었는데 식탁보는 쓰지 않
고 식사 전에 해면으로 훔치기만 했으며 위급할 때는 방패로도 사용되었다(『오뒷세이아』
22권 74행 참조).

이윽고 먹고 마시는 욕망이 충족되었을 때   150

구혼자들은 마음속으로 다른 것들, 즉 노래와 춤에

끌리게 되었으니, 그런 것들이야말로 잔치의 극치이다.

전령이 페미오스[30]의 손에 더없이 아름다운 키타리스[31]를 건네주니,

그는 그동안 강요에 못 이겨 구혼자들을 위해 노래를 불렀던 것이다.

페미오스는 키타리스를 연주하며 감미롭게 노래하기 시작했다.   155

한편 텔레마코스는 다른 사람들이 듣지 못하도록

얼굴을 가까이 들이대며 빛나는 눈의 여신 아테나에게 말했다.

　　"나그네여, 내가 이런 말을 한다고 화를 내지는 않겠지요?

저들은 키타리스와 노래 같은 것들에 흥미가 있겠지요. 걱정 없는

사람들이니까요. 저들은 아무 벌도 받지 않고 남의 살림을,   160

그 백골이 벌써 육지 어딘가에 누워 빗속에서 썩어가거나

바다 너울에 구르고 있을 그분의 살림을 먹어치우고

있으니 말이오. 이타케로 돌아오시는 그분을 보게 된다면

저들은 모두 황금과 의복에서 더 부유해지기보다는

걸음아! 날 살려라, 기도하게 되겠지요. 그런데 이제   165

그분께서는 사악한 죽음을 맞으셨고, 지상에 사는 인간들 중 누가

그분께서 돌아오시리라 말해도 우리에게는 아무 위안도

되지 못해요. 그분에게 귀향의 날은 사라져버렸으니까요.

자, 그대는 이 점에 대해 내게 허심탄회하게 말해주시오.

그대는 인간들 중에 뉘시며 어디서 오셨소? 그대의 도시는 어디며   170

부모님은 어디 계시오? 어떤 배를 타고 이리로 오셨고

어떤 의도로 뱃사람들이 그대를 이타케로 데려다주었으며

그들은 자기들이 어떤 사람들이라고 자랑하던가요? 설마 걸어서

이리로 오지는 못했을 테니까요. 그리고 그대는 이 점에 대해 내가

잘 알 수 있게 사실대로 말해주시오. 그대는 이곳에 처음 오셨소, 175

아니면 내 아버지 때부터 빈객이었소? 그분께서는 사람 사귀기를

좋아하시어 많은 분들이 우리집을 찾아오셨기에 하는 말이오."

　　그에게 빛나는 눈의 여신 아테나가 대답했다.

"그렇다면 그대에게 솔직하게 죄다 말씀드리겠소.

나는 내가 현명한 앙키알로스의 아들 멘테스임을 자랑으로 여기며 180

노(櫓)를 좋아하는 타포스인들을 다스리고 있소. 나는 방금

전우들과 함께 배를 타고 이리로 왔는데 다른 말을 쓰는

사람들을 향해 포도줏빛 바다[32] 위를 항해하는 중이었소.

나는 구리를 구하러 테메세[33]로 가던 중이고 내가 싣고 가는 것은

번쩍이는 무쇠외다. 그리고 내가 타고 온 배는 도시에서 멀리 185

떨어진 시골, 숲이 우거진 네이온 산[34]의 기슭에 있는 레이트론 항에

정박해 있소. 우리는 자랑스럽게도 부조(父祖) 때부터 서로

빈객이라오. 옛날부터 말이오. 노(老)영웅 라에르테스[35]에게

가서 물어보시오. 그분은 이제 시내에는 나오지 않고

멀리 떨어진 시골에서 고생하신다고 들었소. 190

30　페미오스는 당시 이타케의 직업 가인으로 '칭찬하는 자'라는 뜻이다.

31　호메로스 시대에 사용된 키타리스(kitharis)와 포르밍크스(phorminx)는 크기만 다를 뿐 기능에서는 거의 차이가 없는 발현악기이다. 훗날의 뤼라(lyra) 또는 그보다 더욱 개량된 키타라(kithara)가 길이가 같은 7현으로 만들어진 데 견주어 3~5현이었던 것으로 추정된다.

32　'포도줏빛 바다'는 해뜰 무렵이나 해질 무렵 넘실대는 바다에서 볼 수 있는 검붉은 색깔에서 비롯된 표현으로 생각된다.

33　테메세는 이탈리아 남서부 브룻티움(Bruttium) 지방에 있던 도시로 생각된다.

34　네이온은 이타케 섬에 남북으로 뻗어 있는 산맥의 남반부를, 네리톤은 북반부를 가리키는 것으로 추정된다.

35　'주요 인명' 참조.

포도밭 좁은 길을 힘겹게 오르시다가 그분의 무릎이
지칠 때마다 그분을 모시는 늙은 시녀 한 명이 그분을 위해
음식을 차려드린다고요. 지금 내가 이리로 온 것은
그대 부친이 벌써 집에 와 있다고 들었기 때문이오.
그러나 그분의 길을 신들께서 방해하고 계신 듯하오.   195
고귀한 오뒷세우스는 지상에서 아직 죽지 않았기에 하는 말이오.
그분은 어딘가에 아직 살아 있고, 아마도 넓은 바다 위 바닷물에
둘러싸인 어느 섬에 붙들려 있을 것이오. 그분을 붙들어둔
그 위험한 야만인들은 그분을 의사에 반해 억류한 것이오.
내 비록 예언자도 아니고 새점〔鳥占〕[36]에 관해 확실히 알지도   200
못하지만 불사신들이 내 마음에 일러주시고 그렇게 이뤄지리라고
내가 생각하는 대로 지금 그대에게 예언하려 하오.
그분은 앞으로 더는 그리운 고향땅에서 떨어져 있지 않을 것이오.
설령 쇠사슬이 그분을 붙잡는다고 해도 그렇게는 되지 않을 것이오.
그분은 계책에 능한 분이라 귀향할 방법을 궁리해낼 것이오.   205
자, 그대는 이 점에 대해 내게 솔직히 말해주시오.
그토록 체격이 당당한 그대가 정말 오뒷세우스의 친자란 말이오?
아닌 게 아니라 머리며 고운 눈매며 그대는 그분을 빼닮았군요.
속이 빈 함선들에 오른 다른 아르고스인[37] 장수들과
마찬가지로 그분도 트로이아를 향해 출항하기 전에   210
우리는 자주 만나 사귀었기에 하는 말이오. 그러나 그 뒤로
나도 오뒷세우스를 보지 못했고 그분도 나를 보지 못했소."
　　아테나를 향해 슬기로운 텔레마코스가 대답했다.
"그렇다면 손님이여, 내 그대에게 솔직히 다 말씀드리겠소.
어머니께서는 내가 그분의 아들이라고 말씀하셨소,   215

나 자신은 모르는 일이지만. 자신을 낳아준 분을 아는 사람이

어디 있겠소? 오오, 내가 자신의 재산에 둘러싸여 노년을 맞는

그런 축복받은 분의 아들이라면 좋으련만!

그런데 지금 나는 필멸의 인간들 중에서도 가장 불운한 분의

아들이라고 사람들이 말한다오. 그대가 물으니 하는 말이오."   220

      그에게 빛나는 눈의 여신 아테나가 대답했다.

"신들이 그대에게 그리 이름 없는 가문을 정해놓지는 않았을 것이오.

페넬로페[38]가 그대를 그토록 훌륭한 사람으로 낳아주었기에 하는 말이오.

자, 그대는 이 점에 대해 내게 솔직히 말해주시오.

이게 대체 무슨 잔치이고 어떤 하객들이며 무엇을 하자는 것이오?   225

집안 잔치요, 아니면 결혼 피로연이오? 추렴잔치는 아닌 듯해서

하는 말이오. 오만불손하고 교만한 자들이 온 집안에서

잔치를 벌이는 듯하구려. 지혜로운 사람이라면 그들의

이런 수치스러운 짓거리에 누구든 화가 날 것이오."

그녀를 향해 슬기로운 텔레마코스가 대답했다.   230

"손님이여, 그대가 이 일에 대해 따지고 물으니 하는 말이지만

이 집은 한때 부유하고 나무랄 데 없어 보였지요,

그분께서 아직 고향에 계시는 동안에는.

---

36 새점(鳥占). 고대 그리스인들은 새의 울음소리가 들리는 방향을 보고 길흉을 점치곤 했는데(『일리아스』 2권 858행, 17권 218행 참조) 새가 보는 사람의 왼쪽에서 오른쪽으로 날면 길조로 여겼다.

37 아르고스인들은 좁은 의미로는 펠로폰네소스 반도의 북동부에 있는 아르고스 시 또는 그 시에 속한 주변 지역의 주민을 가리키나 넓은 의미로는 '아카이오이족' 또는 '다나오스 백성들'과 마찬가지로 그리스인 전체를 가리킨다.

38 '주요 인명' 참조.

그러나 지금 신들께서는 나쁜 의도에서 생각을 바꾸시어

그분을 흔적도 없이 사라지게 하셨는데, 일찍이 어떤 인간에 대해서도   235

그렇게 하신 적이 없지요. 전우들과 함께 트로이아인들의

나라에서 전사하셨거나 또는 전쟁을 치르고 나서 가족들 품안에서

돌아가셨어도 나는 그분의 죽음을 이렇듯 슬퍼하지는 않을 것이오.

그랬더라면 모든 아카이오이족이 그분을 위해 무덤을 지었을 것이고

그분께서는 또 아들을 위해 장차 큰 명성을 남겨주셨을 것이오.   240

그런데 지금 폭풍의 정령들이 아무 명성도 없이 그분을 채어가고 말았소.

그분께서는 보이지도 들리지도 않게 사라져버렸고 내게 고통과

비탄만 남겨놓으셨소. 그러나 내가 슬퍼하는 것은 그분 때문만은 아니오.

신들께서는 내게 또 다른 사악한 고난을 마련해두셨소.

둘리키온[39]과 사메와 숲이 우거진 자퀸토스 같은   245

섬들을 다스리는 모든 왕자들과 이곳 바위투성이의

이타케에서 다스리는 모든 이들[40]이 내 어머니께 구혼하며

내 살림을 탕진하고 있으니 하는 말이오. 그러나 어머니께서는

그 가증스러운 구혼을 감히 거절하지도, 차마 끝장내지도

못하고 계시오. 그리하여 그들은 내 살림을 먹어치우고   250

머지않아 나 자신도 갈기갈기 찢을 것이오."

　　텔레마코스에게 팔라스 아테나가 분연히 말했다.

"아아! 그대는 멀리 떠나고 없는 오뒷세우스가 정말 아쉽겠구려.

그분이라면 저 파렴치한 구혼자들에게 따끔한 주먹맛을

보여줄 텐데. 그분이 지금 투구를 쓰고 방패와 두 자루의 창을   255

들고 와서 이 집 바깥 대문 앞에 서 있다면 좋으련만!

우리집에서 술을 마시며 흥겨워하던 그분을

내가 처음 보았을 때 그분은 그처럼 강한 모습이었다오.

그때 그분은 메르메로스의 아들 일로스의 곁을 떠나
에퓌라[41]에서 오는 길이었는데, 오뒷세우스가 날랜 배를 타고 260
그리로 간 것은 청동 촉이 박힌 화살들에 바를 치명적인 독을
얻기 위해서였소. 그러나 일로스는 그분에게 그것을
내주지 않았으니 영생하시는 신들이 두려웠던 것이오.
내 아버지께서 그것을 그분에게 주셨는데 그분을 매우 사랑하셨기
때문이지요. 오오, 그런 강력한 자로서 오뒷세우스가 구혼자들과 265
섞였으면! 그러면 그들은 모두 재빠른 죽음과 쓰디쓴 결혼을
경험하게 될 텐데. 그러나 그분이 돌아와서 자기 궁전에서
복수하느냐 않느냐 하는 것은 신들의 무릎에 놓여 있소.
내 그대에게 이르노니, 그대는 어떻게 해야 구혼자들을
궁전에서 내쫓을 수 있을지 잘 생각해보시오. 270
자, 그대는 지금 내 말을 명심해서 들으시오.
그대는 내일 아카이오이족의 영웅들을 회의장에 소집해
모든 이들에게 그대의 결심을 말하되 신들을 증인으로 삼으시오.
그대는 구혼자들에게 저마다 자기 고향으로 흩어지라 이르고

---

39 둘리키온은 이타케 섬의 동남쪽에 있는 지금의 마크리 섬을, 사메 또는 사모스는 이타케 섬의 서남쪽에 있는 지금의 케팔레니아 섬을, 자퀸토스는 사메 섬의 남쪽에 있는 지금의 잔테 섬을 가리키는 것으로 추정된다.

40 고대 그리스에서 왕(王)은 만인에 대해 무제한으로 절대적 권한을 행사하는 절대주의 시대의 군주가 아니라 여러 명의 대등한 군주들 가운데 제일인자 이른바 primus inter pares였다. '유력한 부족장들 중에서 가장 강력한 자'라는 뜻으로 보는 것이 사실에 가까울 것이다.

41 에퓌라는 코린토스(Korinthos)의 옛 이름이기도 하고(『일리아스』 6권 152, 210행 참조), 펠로폰네소스 반도 서북부 엘리스 지방의 셀레에이스(Selleeis) 강변에 있던 독초로 유명한 옛 도시 이름이기도 한데(『오뒷세이아』 2권 328~329행 참조) 여기서는 후자를 가리킨다.

그대의 어머니는 진실로 결혼할 뜻이 있다면   275

자신의 부유하고 능력 있는 아버지의 집으로 돌아가게 하시오.

그녀의 부모는 결혼식을 올려줄 것이고 사랑하는 딸에게 주어 보내도록

관습이 요구하는 만큼 지참금도 아주 넉넉히 마련해줄 것이오.

그대 자신에게도 나는 현명한 조언을 하겠소. 그대가 귀담아듣겠다면

말이오. 그대는 스무 명의 뱃사람이 탈 만한 가장 훌륭한 배를 준비하여   280

오랫동안 떠나고 안 계신 아버지의 소식을 수소문하시오,

혹시 인간들 중에 누가 무엇을 말해줄는지 아니면 제우스에게서

풍문을 듣게 될는지. 그런 풍문이야말로 무엇보다도 인간들에게 소식을

전해주는 법이지요. 그대는 먼저 필로스에 가서 고귀한 네스토르에게

물어보고 그곳에서 스파르테로 금발의 메넬라오스를 찾아가시오.   285

그는 청동 갑옷을 입은 아카이오이족 중에 맨 나중에 돌아왔으니까요.

아버지가 살아서 귀향길에 올랐다는 소식을 들으면

그대는 온갖 핍박 속에서도 일 년을 더 참고 견디시오.

그러나 그분이 돌아가시고 더는 안 계신다는 말을 들으면

그때는 사랑하는 고향땅으로 돌아와   290

그분을 위해 무덤을 지어드리고 격식에 맞게 장례를

성대히 치르고 나서 어머니를 새 남편에게 보내시오.

그러나 그대가 이런 일들을 다 행하고 나면

그때는 마음속으로 궁리해보시오. 어떻게 하면 그대가

그대의 궁전에서 지략에 의해서든 아니면 공개적으로든   295

구혼자들을 죽일 수 있을지 말이오. 그대는 더는 어린애 같은

생각을 품어서는 안 되오. 그럴 나이는 이제 지났소.

아니라면 그대는 고귀한 오레스테스가 이름난 아버지를 살해한

살부지수(殺父之讐)인 교활한 아이기스토스를 죽여

온 세상 사람들 사이에서 어떤 명성을 얻었는지 듣지도 못했소?　　　　　300
친구여, 내가 보기에 그대도 용모가 준수하고 체격이 당당하니
용기를 내시오. 후세 사람들이 그대를 칭찬하도록 말이오.
나는 지금 날랜 배와 뱃사람들이 있는 곳으로 내려가보아야겠소.
그들은 몹시 애타게 나를 기다리고 있을 것이오.
그대가 스스로 알아서 하되 내 말을 명심하시오."　　　　　305

　　　슬기로운 텔레마코스가 아테나에게 대답했다.
"나그네여, 마치 아버지가 아들에게 말하듯 그대가 호의에서
그렇게 말해주시니 나는 그대의 말씀을 결코 잊지 않겠소.
그러나 갈 길이 아무리 바쁘시더라도 잠시 그대는 여기 머물며
먼저 목욕하고 편히 쉰 뒤 선물을 받아 가지고　　　　　310
흐뭇한 마음으로 배가 있는 곳으로 가시오.
사랑하는 주인이 손님에게 주는 선물들이 그러하듯, 그 값지고
더없이 아름다운 선물은 그대에게는 나에 대한 기념품이 되겠지요."

　　　빛나는 눈의 여신 아테나가 그에게 대답했다.
"그대는 갈 길 바쁜 나를 더는 붙들지 마시오. 그대의 마음이　　　　　315
그대에게 선물을 주도록 명령한다면 그것이 무엇이든 내가
되돌아가는 길에 그것을 가져가게 해주시오. 더없이 아름다운 선물을
골라두시오. 그러면 그대도 그만큼 값진 선물로 돌려받을 것이오."

　　　이렇게 말하고 빛나는 눈의 아테나가 떠나가니 그녀는 마치
바다독수리처럼 날아갔다. 그녀는 이미 텔레마코스의 마음속에　　　　　320
힘과 용기를 불어넣었고, 전보다 더 아버지가 생각나게 했다.
텔레마코스는 마음속으로 이를 느끼고 깜짝 놀랐으니
그분이 신이었다는 예감이 들었기 때문이다.
그는 곧장 구혼자들에게 다가갔다. 신과 같은 모습으로.

구혼자들 사이에서 이름난 가인이 노래를 하고, 그들은 조용히   325
앉아 듣고 있었다. 가인은 아카이오이족이 트로이아를 떠날 때
팔라스 아테나 때문에 짊어졌던 참혹한 귀향을 노래했다.

　　그때 이카리오스의 딸, 사려 깊은 페넬로페가
자신의 이층 방에서 신의 영감을 받은 이 노래를 알아듣고
높은 계단을 내려왔다. 그러나 그녀는 혼자가 아니었으니   330
두 명의 시녀가 그녀와 동행했다.
여인들 중에서도 고귀한 그녀는 구혼자들에게 다가가
지붕을 튼튼하게 떠받치는 기둥 옆에 섰다.
그녀는 얼굴에 면사포를 쓰고 있었고
그녀의 좌우에는 성실한 시녀들이 서 있었다.   335
그녀는 눈물을 흘리며 신과 같은 가인에게 말했다.

　　"페미오스! 그대는 가인들이 널리 노래하는 인간들과 신들의
행적이라면 사람을 매혹시키는 다른 것들도 많이 알고 있을 터이니
저들 곁에 앉아 그중 하나를 노래하고 저들은 조용히 술을
마시게 하구려. 제발 내 가슴속 마음을 갈기갈기 찢어놓는   340
그 잔인한 노래만은 그만 하고. 잊을 수 없는 슬픔이
그 누구보다도 나를 엄습하기 때문이오. 그래서 나는 헬라스[42]와
아르고스[43]의 중심부에서 명성도 자자하던 그이의
소중한 머리[44]를 잠시도 잊지 못하고 그리워하는 것이라오."

　　그녀에게 슬기로운 텔레마코스가 대답했다.   345
"어머니, 소중한 가인이 생각나는 대로 우리를
즐겁게 하는 것을 왜 어머니께서 못마땅해하세요? 가인들은
아무 잘못 없어요. 잘못이 있다면 제우스에게 있겠지요.
고생하는 인간들 각자에게 제우스는 마음 내키는 대로

베푸시니까요. 가인이 다나오스 백성들[45]의 불운을 노래한다고   350

그를 나무랄 일은 아니지요. 사람들은 자기 귀에 가장 새롭게

들리는 노래라야 높이 평가하고 즐거워하기 마련이니까요.

어머니께서도 용기를 내시어 그런 노래를 들어보세요.

오뒷세우스만이 트로이아에서 귀향의 날을 잃으신 것이

아니라 숱한 사람이 파멸했으니까요.   355

어머니께서는 집안으로 드시고 베틀이든 물레든 어머니 자신의

일을 돌보시고 하녀들에게도 가서 일하라고 하세요.

연설은 남자들, 그중에서도 특히 제 소관이에요.

이 집에서는 제가 주인이니까요."

그러자 페넬로페는 놀라서 자기 방으로 돌아갔고   360

아들의 슬기로운 말을 마음속 깊이 간직했다.

그녀는 시중드는 여인들을 데리고 자신의 이층 방에 올라가

---

42 '주요 지명' 참조.

43 '주요 지명' 참조.

44 여기서 '머리'는 친근감을 나타내는 말이다.

45 '다나오스 백성들'은 호메로스에서는 대개 '그리스인들'이란 넓은 의미로 쓰이지만 원래
는 기원전 1500년경 이집트에서 망명해온 아르고스 왕 '다나오스의 신하들'이라는 뜻이
다. 다나오스는 50명의 아들을 둔 형 아이귑토스에게 위협을 느껴 50명의 딸을 데리고 그
들의 선조 할머니 이오의 고향 아르고스로 망명하지만, 아이귑토스의 50명의 아들들이 뒤
따라와 그의 딸들과의 결혼을 요구한다. 다나오스는 가까운 친족이 우선권을 갖는 당시
결혼 관습에 따라 마지못해 결혼을 승낙하지만 첫날밤에 모조리 남편을 비수로 찔러 죽이
라고 딸들에게 명령한다. 그리하여 다나오스의 딸들(Danaides)은 아버지가 시킨 대로 모
두 남편을 죽이지만 휘페르메스트라(Hypermestra)만이 남편 륑케우스(Lynkeus)를 살려준
다. 그리하여 그녀는 투옥되어 법정에 서게 되는데 사랑의 여신 아프로디테의 개입으로
석방되고, 남편을 살해한 다른 딸들은 사후에 저승에서 깨진 독에 물을 채우는 벌을 받게
된다.

사랑하는 남편 오뒷세우스를 생각하며 울었다. 그녀의 눈꺼풀 위에
빛나는 눈의 아테나가 달콤한 잠을 내려줄 때까지.
한편 구혼자들은 그늘진 홀에서 야단법석을 떨었고   365
모두들 그녀와 잠자리를 같이하게 해달라고 기도했다.
슬기로운 텔레마코스가 좌중에서 먼저 말문을 열었다.
　"내 어머니의 구혼자들이여, 그대들 오만불손한 자들이여!
자, 우리 지금은 잔치나 즐기고 고함은 지르지 맙시다.
목소리가 신과 같은 저토록 훌륭한 가인의   370
노래를 듣는다는 것은 역시 기분 좋은 일이니까요.
그러나 내일 아침에는 모두 회의장으로 가 앉읍시다.
나는 그대들에게 이 집에서 나가달라고 내 결심을 기탄없이
말하고자 하오. 잔치라면 다른 잔치를 마련하시오. 이 집에서
저 집으로 옮겨 다니며 그대들 자신의 살림을 먹어치우란 말이오.   375
하지만 단 한 사람의 살림이 아무 보상도 없이 결딴나는 편이
그대들에게 더 유리하고 낫다고 생각된다면 마음대로
탕진하구려. 나는 영생하시는 신들께 호소할 것이오,
혹시 제우스께서 보복할 수 있게 해주실는지. 그때는
그대들 역시 아무 보상도 없이 이 집에서 결딴나게 될 것이오."   380
　　텔레마코스가 이렇게 말하자 구혼자들은 모두 입술을 깨물었고
그의 대담한 말에 놀라움을 금치 못했다.
　　그에게 에우페이테스의 아들 안티노오스가 대답했다.
"텔레마코스, 자네가 그렇게 큰소리치고 대담한 말을 하게끔 신들이
분명 자네를 가르치신 것 같군그래. 하지만 크로노스의 아드님은   385
자네를 바다로 둘러싼 이타케의 왕으로 삼지는 않으실 걸세.
그것이 비록 아버지에게서 물려받은 자네의 권리라 해도 말이야."

그에게 슬기로운 텔레마코스가 대답했다.

"안티노오스, 그대는 내 말에 몹시 화나겠지만, 제우스께서

주시는 것이라면 그것도[46] 나는 기꺼이 받아들이겠소.   390

혹여 그대는 그것이 인간들에게 일어날 수 있는 가장 나쁜

일이라고 생각하시오? 천만에, 왕이 된다는 것은 결코 나쁜

일이 아니오. 그런 사람의 집은 금세 부유해지고 그 자신은

존경받게 마련이니까. 하지만 바다로 둘러싸인 이타케에는

젊고 늙은 다른 왕들이 많이 있으니 그중 한 사람이   395

왕이 되겠지요. 고귀한 오뒷세우스께서 돌아가셨으니 말이오.

그러나 우리집과 고귀한 오뒷세우스께서 나를 위해 쟁취하신

하인들에 대해서는 내가 주인이 될 것이오."

그에게 폴뤼보스의 아들 에우뤼마코스가 대답했다.

"텔레마코스, 바다로 둘러싸인 이타케에서 아카이오이족 가운데   400

누가 왕이 되느냐 하는 것은 신들의 무릎에 놓여 있네.

아무튼 자네 자신이 자네 재산을 소유하고 자네 집의 주인이

되기를! 자네 뜻을 거슬러 자네 재산을 빼앗을 자는

이타케에 사람이 사는 한 아무도 이리 오지 말기를!

그건 그렇고 친구여, 나는 그 나그네에 관해 자네에게 묻고 싶네.   405

그 사람은 어디서 왔으며 어느 나라 출신이라고 자랑하던가?

그의 친족과 고향 들판은 어디 있다던가? 그가 자네 아버지가

돌아온다는 소식이라도 가져왔던가, 아니면 그 자신의

볼일로 왔다던가? 그는 너무 갑자기 떠나버렸고

우리가 그를 알아볼 때까지 기다려주지 않았어.   410

---

46 '왕이 되는 것'을 말한다.

얼굴 생김새가 미천한 사람 같지는 않던데."

그에게 슬기로운 텔레마코스가 대답했다.

"에우뤼마코스, 내 아버지의 귀향은 다 끝난 일이오.

나는 어디서 들려오든 소식 따위는 믿지 않으며,

어머니께서 어떤 예언자를 집안으로 불러들여 물으시든   415

나는 예언 따위에도 전혀 관심이 없소.

그 나그네는 타포스 출신으로 아버지 때부터 우리집의 빈객이며,

현명한 앙키알로스의 아들 멘테스라고 스스로 밝혔소.

그는 노(櫓)를 사랑하는 타포스인들을 다스린다오."

　　말은 이렇게 했지만 텔레마코스는 마음속으로 그가 불사의   420

여신임을 알았다. 한편 구혼자들은 춤과 즐거운 노래로

흥겹게 놀며 저녁이 되기를 기다렸다. 그들이 흥겹게

노는 사이 어두운 밤이 다가오자, 그제서야

그들은 잠자리에 들려고 저마다 자기 집으로 돌아갔다.

텔레마코스도 더없이 아름다운 안마당의 전망 좋은 곳에   425

높다랗게 지어놓은 자기 방으로 갔다. 마음속으로 여러 가지

생각을 하며 침상으로 가는 그를 위해, 늘 텔레마코스를

살뜰히 보살피는 에우뤼클레이아가 활활 타는 횃불을 들고

동행했다. 그녀는 페이세노르의 아들 옵스의 딸로 일찍이

라에르테스가 아직도 앳된 소녀인 그녀를 자기 재산으로   430

샀을 때 그녀를 위해 소 스무 마리 값을 치렀다.

라에르테스는 자기 궁전에서 소중한 아내 못지않게 그녀를

아꼈으나 아내가 질투할까봐 그녀의 침상에 오르지는 않았다.

바로 그녀가 텔레마코스를 위해 활활 타는 횃불을 들고

동행했는데, 하녀들 중에서 가장 그를 아꼈고   435

어릴 적부터 그를 기른 이였다. 텔레마코스는 튼튼하게 지은
방의 문을 열고 들어가 침상에 앉더니 부드러운
윗옷을 벗어 알뜰한 노파의 손에 쥐여주었다.
그러자 그녀는 그 윗옷을 접어 매만지더니
끈으로 묶도록 구멍이 숭숭 뚫린 침상 옆 못에다 걸고   440
방에서 나가며 은 고리로 문을 당겨 닫고 나서
가죽끈으로 문 안쪽에 달린 빗장을 걸었다.
방 안에서 텔레마코스는 양털에 싸여 아테나가 일러준
그 여행에 대해 밤새도록 마음속으로 골똘히 궁리했다.

II 이타케인들의 회의 │ 텔레마코스의 출항

이른 아침에 태어난 장밋빛 손가락을 가진 새벽의 여신[1]이

나타나자 오뒷세우스의 사랑하는 아들은 침상에서

일어나 옷을 입고, 어깨에 날카로운 칼을 메고

번쩍이는 발밑에는 아름다운 샌들을 매어 신고

신과 같은 모습으로 방에서 걸어 나갔다.   5

그는 곧 목소리가 맑은 전령들에게 명하여

장발의 아카이오이족을 회의장에 소집케 했다.

전령들의 소집에 따라 아카이오이족은 서둘러 모여들었다.

그들이 한 명도 빠짐없이 회의장에 다 모였을 때

텔레마코스도 손에 청동 창을 들고 회의장으로 갔다.   10

그는 혼자가 아니었으니 날랜 개 두 마리가 뒤따랐다.

그리고 아테나가 그에게 경이로운 우아함을 쏟아붓자

모든 백성들이 그가 다가오는 모습을 보고 놀라움을 금치 못했다.

그는 아버지의 자리에 앉았고 원로들이 그에게 길을 비켜주었다.

그러자 영웅 아이귑티오스가 좌중에서 먼저 말문을 여니   15

고령으로 허리가 굽은 그는 많은 것을 알고 있었다.

그가 먼저 말문을 연 것은 사랑하는 아들인 창수(槍手) 안티포스가

신과 같은 오뒷세우스와 함께 속이 빈 배를 타고 말의 고장

---

1 에오스(Ēōs).

일리오스[2]로 갔기 때문이다. 하지만 야만적인 퀴클롭스가
속이 빈 동굴에서 그를 죽여 마지막으로 먹어치워버렸다. 20
그에게는 아직도 다른 아들이 셋이나 있는데, 에우뤼노모스는
구혼자들과 어울렸고 다른 두 아들은 여전히 아버지의 들일을 거들었다.
그러나 그는 그 아들을 잊지 못해 여전히 탄식하며 슬퍼했다.
아들을 위해 눈물을 머금은 채 그는 좌중에서 열변을 토하며 말했다.
　"이타케인들이여, 내가 할 말이 있으니 그대들은 지금 내 말을 25
들으시오. 고귀한 오뒷세우스가 속이 빈 배를 타고 떠나간 뒤로
여태까지 우리는 회의나 회합을 가져본 적이 없소.
그런데 누가 이렇게 우리를 소집했소? 젊은이들 또는
연장자들 중에 누가 그럴 필요를 절실히 느꼈단 말이오?
그는 혹시 군대가 돌아온다는 소식이라도 들었단 말이오? 30
그렇다면 그가 먼저 들은 것을 우리에게도 설명해줄 수 없겠소?
아니면 그는 다른 공사(公事)를 말하고 토의하려는 것이오?
그 사람은 훌륭한 사람, 축복받은 사람 같소. 제우스께서 부디
그에게도 마음속으로 바라는 좋은 일이 이뤄지게 해주시기를!"
　이 말에 오뒷세우스의 사랑하는 아들은 마음이 흐뭇해 35
더는 앉아 있지 못하고 말이 하고 싶어 회의장 한가운데로 가 섰다.
그러자 사리가 밝은 전령 페이세노르가
그의 손에 홀(笏)을 쥐여주었다.
텔레마코스는 먼저 노인에게 말을 건네며 이렇게 말했다.
　"어르신! 그 사람은 멀리 있지 않으며 곧 알게 될 겁니다. 40
다름 아닌 내가 백성들을 소집했습니다. 누구보다도 나에게 슬픔이
닥쳤으니까요. 군대가 돌아온다는 소식은 듣지 못했습니다.
그러니 그 소식이라면 내가 먼저 듣고 여러분에게 설명해줄 수가

없습니다. 내가 말하고 토의하려는 것은 공사가 아니라 나 자신의
어려운 처지인데, 그것은 내 집에 이중의 불행을 안겨주었소.　　　　45
우선 나는 훌륭하신 아버지를 잃었습니다. 그분께서는 일찍이
이곳에서 여러분의 왕이셨고 아버지처럼 상냥하셨습니다.
그런데 지금 훨씬 더 큰 불행이 닥쳐 내 집을 갈기갈기
찢고 내 살림을 몽땅 결딴내려 하오.
내 어머니는 싫다고 하는데도 구혼자들이 치근대고 있는데　　　50
그들은 이곳에서 가장 훌륭한 분들의 사랑하는 아들들이오.
하지만 그들은 내 어머니의 아버지이신 이카리오스의 집으로
찾아갈 용기도 없는 사람들이오. 딸을 위한 구혼 선물을
임의로 정하고 혹시 이카리오스가 자기가 원하고 자기 마음에 드는
사람에게 딸을 주어버릴까 해서 말이오. 그래서 그들은　　　55
날마다 우리집에 와서 소와 양과 살진 염소들을 잡아
제물로 바치고 잔치를 벌이며 반짝이는 포도주를 마구
퍼마시고 있소이다. 그래서 그 많던 살림이 결딴나고 말았소.
이 집의 파멸을 막아줄 오뒷세우스 같은 남자가 없기 때문이지요.
나로 말하면 결코 파멸을 막아낼 만큼 강하지 못하고　　　60
앞으로도 무용(武勇)에 서투른 약골로 남게 될 테니 말이오.
정말이지 내게 그럴 힘만 있다면 나는 이런 일을 기꺼이 막아내고
싶소이다. 더는 참을 수 없는 일들이 자행되고 내 집은
불미스럽게 망해가고 있기 때문이오. 이제 여러분은

2　일리오스(Ilios)는 일로스(Ilos) 왕에게서 유래한 트로이아의 다른 이름으로, 트로이아라는
　　이름이 도성(都城)과 경우에 따라서는 그 주변 지역을 가리키는 것과는 달리 도성만을 가
　　리킨다. 트로이아 왕가의 가계에 관해서는 '가계도'와 '주요 인명' 중 프리아모스 참조.

자신들에게 분개하고 주위에 사는 다른 이웃들 앞에 부끄러운 줄   65
알고 신들의 노여움을 두려워하시오. 신들께서 노여워하시어
여러분의 악행을 여러분에게 돌리시지 않도록 말이오.
올륌포스의 주인이신 제우스와 남자들의 회의를 파하기도 하고
모으기도 하는 테미스[3]의 이름으로 간청하노니, 친구들이여!
여러분은 이제 그쯤 하고 나 혼자 쓰라린 고통 속에서 시들어가게   70
내버려두시오. 내 아버지 고귀한 오뒷세우스께서 혹시 나쁜 마음에서
훌륭한 정강이받이를 댄 아카이오이족에게 나쁜 짓을 한 적이
없으시다면 말이오. 만약 그러셨다면 여러분은 그 죗값으로 내게
나쁜 마음에서 나쁜 짓을 하며 저들을 부추기시오. 여러분 자신이
내 제물과 가축 떼를 먹어치우는 편이 내게는 더 이로울 것이오.   75
여러분이 그것을 먹어치운다면 언젠가는 보상받게 될 테니까요.
그때는 우리가 하소연하며 온 도시를 돌아다닐 것이고
다 돌려받을 때까지 우리의 재산을 요구할 것이오.
그러나 지금은 여러분이 내 마음에 치유할 수 없는 고통을 안기는구려."

　　　성이 나서 이렇게 말하고 그는 홀을 땅에 내던지며   80
갑자기 울음을 터뜨렸다. 그러자 동정심이 백성들을 사로잡았다.
다른 사람들은 모두 잠자코 있고 어느 누구도 감히
텔레마코스에게 가혹한 말로 대꾸하지 못하는데
오직 안티노오스만이 그에게 이런 말로 대답했다.

　　　"텔레마코스여, 큰소리치는 자여, 분을 삭이지 못하는 자여!   85
왜 그런 말로 자네는 우리를 부끄럽게 하고 우리에게 허물을
돌리려 하는가? 잘못은 아카이오이족의 구혼자들에게 있지 않고
자네의 사랑하는 어머니에게 있네. 그녀는 누구보다도 음모에
능하니까. 그녀가 아카이오이족의 가슴속 마음을 속인 지도

어느덧 삼 년이 지나고 사 년이 다 되어가고 있네. 90

그녀는 모든 사람들에게 희망을 주고 각자에게 약속을 하며

전갈을 보내고 있어. 그러나 그녀는 마음속으로 다른 것을 바라지.

그녀는 마음속으로 한 가지 계략을 생각해내어

자기 방에 큼직한 베틀 하나를 차려놓고 넓고 고운 천을

짜기 시작하더니 느닷없이 우리 사이에서 이렇게 말했지. 95

'젊은이들이여, 나의 구혼자들이여! 고귀한 오뒷세우스가

돌아가셨으니 여러분은 내가 겉옷 하나를 완성할 때까지는 나와

결혼하고 싶어도 기다려주시오. 쓸데없이 실을 망치고 싶지 않으니까요.

나는 사람을 길게 뉘는 죽음의 파멸을 안겨주는 운명이 그분께

닥칠 때를 대비해 영웅 라에르테스를 위해 수의를 짜두려 하오. 100

그러면 그토록 많은 재산을 모은 그분께서 덮개도 없이 누워 계신다고

아카이오이족 여인 중 누구도 백성들 사이에서 나를 비난하지 못할 것이오.'

우리의 당당한 마음은 그녀 말에 동의했네.

그리고 실제로 그녀는 낮이면 큼직한 베틀에서 베를 짰으나

밤이면 횃불꽂이에 횃불을 꽂아두고 그것을 풀곤 했지. 105

삼 년 동안 그녀는 이렇게 계략을 써서 들키지 않고 아카이오이족을

믿게 만들었네. 그러나 사 년째가 되고 계절이 바뀌었을 때

마침내 모든 것을 알고 있는 여인들 중 한 명이 그것을 말해주었고,

아니나 다를까 우리는 그녀가 반짝이는 천을 푸는 것을 발견했네.

그리하여 그녀는 자기 의사에 반해 마지못해 그것을 완성하지 않을 수 110

---

3 테미스는 우라노스와 가이아의 딸로 올륌포스에서 전령의 직책을 맡아 신들을 회의장에
소집하기도 하고(『일리아스』 20권 4행 참조), 연회에 참석하는 신들을 영접하기도 하며,
연회 질서를 유지하기도 한다(『일리아스』 15권 87, 93행 참조).

없었지. 자네에게 구혼자들이 이렇게 대답하는 것은 자네도

마음속으로 그것을 알고 아카이오이족도 알게 하자는 것일세.

자네는 자네 어머니를 돌려보내 누구건 그녀의 아버지가

정해주고 그녀 자신이 마음에 드는 자와 결혼시키게 하게나.

그녀가 앞으로도 아카이오이족 아들들을 괴롭히며   115

아테나가 그녀에게 풍성하게 베푼 온갖 아름다운 수공예 재주와

교활한 재치와 책략을 마음속으로 생각한다면 —— 우리는

이전에 살던 머리를 곱게 땋은 아카이오이족 여인들 중 어느 누구도

그런 책략을 알고 있었다는 말을 듣지 못했네.

튀로[4]도, 알크메네[5]도, 고운 화관을 쓴 뮈케네[6]도.   120

이들 중 어느 누구도 페넬로페와 같은 생각은 하지 않았네.

그러니 적어도 이 일에 있어서는 그녀의 생각이 적절치 못했네.

신들이 지금 그녀의 마음속에 심어준 그러한 생각을 그녀가

품고 있는 동안에는 구혼자들이 그대의 살림과 재물을 먹어치울 테니까.

그녀는 자신을 위해서 큰 명성을 얻겠지만   125

자네에게는 많은 살림을 잃게 만들 걸세.

그녀가 자신이 원하는 아카이오이족과 결혼하기 전에는

우리는 농장으로도 그 어떤 곳으로도 떠나지 않을 걸세."

　　　그에게 슬기로운 텔레마코스가 대답했다.

"안티노오스! 나를 낳아주고 길러주신 어머니를 내 집에서   130

억지로 내쫓을 수는 없소. 내 아버지께서 살아 계시든 돌아가셨든

먼 곳에 나가 계시는 동안에는. 그리고 내가 자청해 어머니를

내보낸다면 이카리오스에게 많은 보상금을 지불해야 하는데

나에게는 불행한 일이 아닐 수 없소. 아버지 쪽으로부터도 내게 불행이

닥치겠지만[7] 어떤 신이 또 다른 불행을 내게 보내실 것이오.   135

어머니께서는 집을 떠나며 무서운 복수의 여신들을 부르실 테니까요.

나는 또한 사람들에게 비난받게 될 것이오. 그러니 나는 어머니에게

그런 말은 절대 못하오. 그것이 마음에 들지 않는다면 여러분은

내 집에서 나가 다른 잔치들을 즐기시오. 이 집에서 저 집으로

옮겨 다니며 여러분 자신의 재물을 먹어치우란 말이오.   140

하지만 단 한 사람의 살림이 아무 보상도 없이 결딴나는 편이

여러분에게 더 유리하고 낫다고 생각된다면 마음대로

탕진하시구려. 나는 영생하시는 신들께 호소하겠소,

혹시 제우스께서 보복할 수 있게 해주실는지. 그때는 여러분 역시

아무 보상도 받지 못하고 이 집에서 결딴나게 될 것이오."   145

　　텔레마코스가 이렇게 말하자, 목소리[8]가 멀리 들리는 제우스가

그를 위해 높은 산꼭대기에서 독수리 두 마리를 날려보냈다.

독수리들은 한동안 바람의 입김과

나란히 날며 날개를 활짝 폈다.

그러다 떠들썩한 회의장 한가운데에 이르자 독수리들은   150

4　'주요 인명' 중 네스토르 참조.

5　알크메네는 뮈케네 왕 엘렉트뤼온(Elektryon)의 딸로 테바이의 암피트뤼온의 아내이다. 제
우스가 그녀에게 반해 남편이 원정 나가고 없는 사이 남편의 모습을 하고 그녀에게 접근
한다. 그리하여 그녀는 쌍둥이를 낳게 되는데 그중 이피클레스(Iphikles)는 암피트뤼온의
아들이고 헤라클레스는 제우스의 아들이다. 헤라클레스에 관해서는 '주요 인명' 참조.

6　뮈케네는 아르고스의 전설상의 왕 이나코스의 딸로 아레스토르(Arestor)의 아내이다. 뮈케
네라는 도시 이름은 그녀에게서 유래했다고 한다.

7　여기서 '아버지'가 텔레마코스의 어머니의 아버지를 가리키는지 아니면 그 자신의 아버지
를 가리키는지 확실하지 않다. 후자의 경우라면 '아버지가 돌아오시면 어머니를 내보냈으
니 야단맞을 것'이라는 뜻이 될 것이다.

8　여기서 '목소리'란 천둥소리를 말한다.

깃털 많은 날개를 퍼덕이며 빙빙 돌면서 모든 사람의 머리를
내려다보았는데 독수리들이 노려보는 것은 파멸이었다.
독수리들은 발톱으로 서로의 얼굴과 목을 마구 할퀴다가
사람들의 집과 도시를 지나 오른쪽으로 쏜살같이 날아가버렸다.
사람들은 새들이 하는 짓을 눈으로 보고 경악을 금치 못했고   155
장차 일어날 일들에 대해 마음속으로 이런저런 생각을 해보았다.
좌중에서 마스토르의 아들 노(老)영웅 할리테르세스가
말문을 열었으니, 그는 새점〔鳥占〕에 관한 지식이나 운명을
말하는 데 있어 같은 또래보다 훨씬 뛰어났다. 회의장에 모인
사람들 사이에서 그는 좋은 뜻에서 열변을 토하며 말했다.   160
　　"이타케인들이여, 내가 할말이 있으니 그대들은 지금 내 말을
들으시오! 특히 구혼자들에게 나는 이 일을 일러두고자 하오.
그들에게 큰 재앙이 굴러오고 있기 때문이오. 오뒷세우스는
분명 자기 가족들에게서 더는 떨어져 있지 않을 모양이오.
그는 이미 가까이에 있으면서 저들 모두에게 살육과 죽음의 운명을   165
준비하고 있을 것이오. 그는 또한 멀리서도 잘 보이는 이타케에 죽치고 사는
다른 많은 이들에게도 재앙이 될 것이오. 그런 일이 일어나기 전에
우리는 앞당겨 궁리해봅시다. 어떻게 하면 막을 수 있겠는지. 그렇소,
구혼자들 스스로 그만두게 해야 하오. 그것이 그들 자신을 위해서도
더 바람직하오. 나는 경험 없이 그냥 말하는 게 아니라   170
잘 알고서 예언하오. 단언컨대 아르고스인들이 일리오스로 출항하고
지략이 뛰어난 오뒷세우스가 그들과 함께 떠날 때
내가 말한 모든 일이 그에게 이루어졌소이다.
나는 그때 이렇게 말했소. 그는 천신만고 끝에 전우들을
다 잃고 아무도 모르게 이십 년 만에 집으로 돌아올 것이라고.   175

지금 이 모든 일이 이루어지고 있소이다."

그에게 폴뤼보스의 아들 에우뤼마코스가 대답했다.

"이봐요, 노인장! 집에 가서 그대 자식들에게나 예언하시구려.
그들이 나중에 재앙을 당하지 않게 말이오. 방금 일어난
그 일에 관해서라면 내가 그대보다 훌륭한 예언자라오.   180
햇빛 아래 날아다니는 새들은 많지만 그것들이 다 운명을
말하는 건 아니오. 오뒷세우스로 말하자면, 그는 이미 먼 곳에서 죽었소.
그대도 그와 함께 죽었으면 얼마나 좋았을까! 그랬다면
예언을 한답시고 그토록 많이 지껄이지도,
그러잖아도 화가 난 텔레마코스를 부추기지도 않았을 것을.   185
그가 혹시 그대의 집을 위해 선물을 줄까 기대하면서 말이오.
지금 내가 하는 말은 반드시 이뤄질 것인즉,
그대가 과거사에 관해 많이 안다고 해서
언변으로 젊은 사람을 꼬드겨 성내도록 부추긴다면
그것은 우선 그에게 큰 부담이 될 것이며 또 그래봤자 그는   190
아무것도 해낼 수 없을 것이오. 그리고 노인장, 그대에게는
벌금이 부과될 것이오. 그러면 그대는 그것을 갚느라
마음이 괴로울 것이오. 쓰라린 고통이 그대의 몫이 될 테니까.
나는 또한 만인이 보는 앞에서 텔레마코스에게 충고하겠소.
그는 어머니에게 그녀의 아버지 집으로 가도록 요구해야 할 것이오.   195
그러면 그녀의 부모는 결혼식을 올려줄 것이고 사랑하는 딸에게 주어
보내도록 관습이 요구하는 만큼 지참금도 넉넉히 마련할 것이오.
생각건대, 그러기 전에는 아카이오이족 아들들은 이 고통스러운 구혼을
그만두지 않을 것이오. 우리는 어느 누구도 전혀 두렵지 않기 때문이오.
그가 비록 말이 많기는 하지만 우리는 텔레마코스도 두렵지 않소.   200

그리고 노인장, 우리는 그대가 지껄여대는 예언 따위에는
아무 관심도 없소. 그럴수록 그대는 더욱더 미움만 사게 될 것이오.
그리하여 불행히도 재물은 계속 거덜이 난다 해도 그는 아무런 보상도
받지 못할 것이오. 페넬로페가 결혼 문제로 아카이오이족 아들들을
기다리게 한다면 말이오. 그러면 우리는 날마다 기다리며   205
그녀의 미덕(美德)이라는 상을 타고자 서로 다툴 것이고, 저마다
자기와 결혼하기에 적합한 다른 여인들을 찾아 나서지도 않을 것이오.”
　　그에게 슬기로운 텔레마코스가 대답했다.
“에우뤼마코스와 그 밖의 다른 당당한 구혼자들이여! 그 문제라면
나는 더는 여러분에게 간청하거나 회의장에서 말하지 않겠소.   210
이제는 신들과 모든 아카이오이족이 그에 관해 알고 있으니까요.
그러니 자, 여러분은 날랜 배 한 척과 대원 스무 명을 마련해주시오.
그들이 나를 위해 왕복 여행을 준비할 수 있도록 말이오.
나는 스파르테와 모래가 많은 퓔로스에 가서 오랫동안
떠나고 안 계신 아버지의 귀향에 관해 수소문해볼 참이오,   215
혹시 인간들 중에 누군가가 무엇을 말해줄는지 아니면 제우스에게서
풍문을 듣게 될는지. 그런 풍문이야말로 무엇보다도 인간들에게 소식을
전해주니까요. 아버지께서 살아서 귀향하셨다는 소문을 듣게 되면
나는 온갖 핍박에도 불구하고 일 년을 더 참고 기다릴 것이오.
그러나 그분께서 돌아가시고 더는 살아 계시지 않는다는 말을   220
듣게 되면 그때는 그리운 고향땅으로 돌아와 나는
그분을 위해 무덤을 지어드리고 격식에 맞게 장례를
성대히 치르고 나서 어머니를 새 남편에게 내줄 것이오.”
　　이렇게 말하고 그는 자리에 앉았다. 그러자 좌중에서 멘토르가
일어섰으니 그는 나무랄 데 없는 오뒷세우스의 친구였다.   225

그래서 오뒷세우스는 배를 타고 떠날 때 멘토르에게 가사를 일임하며
라에르테스 노인의 뜻을 받들어 모든 것을 온전하게 지키게 했다.
그는 회의장에 모인 사람들 사이에서 좋은 뜻에서 열변을 토하며 말했다.
　　"이타케인들이여, 내가 할 말이 있으니 여러분은 지금 내 말을
들으시오. 장차 홀을 가진 어떤 왕도 마음이 상냥하거나   230
온화하지 않고 올바른 마음씨도 갖지 말게 하시오.
아니, 오히려 그가 성마르게 굴고 행패를 부리게 하시오.
신과 같은 오뒷세우스는 그들에게 상냥한 아버지였건만 그분이
다스린 백성들 중 그분을 기억하는 사람은 아무도 없으니 말이오.
정말이지 나는 거만한 구혼자들이 나쁜 마음을 먹고   235
행패 부리는 것을 미워해서 하는 말이 아니오.
그들은 그분이 다시는 돌아오지 못하리라 믿고 자신들의 목숨을
내놓고 오뒷세우스의 살림을 먹어치우니 말이오.
지금 나를 화나게 하는 것은 다른 백성들이오. 그들 모두는
잠자코 있을 뿐 수가 많은데도 이 얼마 안 되는 구혼자들을   240
말로 다잡아 제지하려 하지 않기 때문이오."
　　그에게 에우에노르의 아들 레오크리토스가 대답했다.
"아둔한 멘토르여, 얼빠진 자여, 그대는 어찌하여 그런 말로
우리를 제지하라고 사람들을 부추기는 것이오!
잔치 자리에서, 그것도 이렇게 많은 남자들과 싸우기는 어렵소.   245
설령 이타케의 오뒷세우스 자신이 돌아와서 그의 집에서
잔치를 벌이는 당당한 구혼자들을 홀에서 내쫓기를
열망한다 해도 그의 아내는 그에 대한 그리움에도 불구하고
그가 돌아오는 것을 반기지만은 않을 것이오.
그는 더 많은 자들과 싸우다가 되레 그곳에서 수치스러운 죽음을   250

맞게 될 테니까. 그러니 그대 말은 옳지 않소.

자, 백성들은 흩어져 각자 자기 들일이나 하러 가시오.

텔레마코스를 위해 멘토르와 할리테르세스가 서둘러 여행 준비를

해줄 것이오. 그들은 그 옛날 아버지 때부터 그의 친구였으니까.

하지만 텔레마코스는 오랫동안 이곳 이타케에 죽치고 앉아   255

여전히 수소문만 할 것이고, 이번 여행은 결코 성사되지 않을 것이오."

　　이렇게 말하고 그는 서둘러 회의를 끝냈다.

백성들은 저마다 자기 집으로 흩어졌으나

구혼자들은 신과 같은 오뒷세우스의 집으로 향했다.

　　한편 텔레마코스는 외딴 바닷가에 가서   260

잿빛 바닷물[9]에 두 손을 씻고 아테나에게 기도했다.

"내 말을 들어주소서. 그대는 어제 신으로서 내 집에 오시어

배를 타고 안갯빛 바다[10]를 건너가 오랫동안 떠나고 안 계신

아버지의 귀향에 관해 수소문하라고 내게 명령하셨나이다.

그러나 이 모든 일을 아카이오이족이, 그중에서도 특히   265

사악하고 거만한 구혼자들이 방해하려 하나이다."

　　그가 이렇게 기도할 때 아테나가 그에게 가까이 다가가니

그녀는 생김새와 목소리가 멘토르와 같았다.

그를 향해 그녀는 물 흐르듯 거침없이 말했다.

　　"텔레마코스! 장차 자네는 무능하거나 어리석지 않을 것이네.[11]   270

진실로 자네 부친의 고귀한 용기가 자네 혈관을 흐른다면 말일세.

그분은 자신의 말과 행동을 성공적으로 실현하셨으니까.

그렇다면 자네의 여행도 결코 헛되거나 무익하지 않을 것이네.

자네가 그분과 페넬로페의 아들이 아니라면 자네가

뜻을 이루리라고 나도 기대하지 않겠지.   275

사실 아버지만 한 자식은 흔치 않다네.

대부분은 그만 못하고 소수만이 아버지보다 나은 편이지.

그러나 장차 자네는 무능하거나 어리석지 않을 것이네.

오뒷세우스의 지략이 자네에게 완전히 거부된 것이 아니라면

자네는 스스로 이 일을 해낼 수 있을 것이라고 기대해도 좋네.   280

자네는 지각없는 구혼자들의 계획과 의도 따위에

아랑곳하지 말게. 그들은 사려 깊지도 올바르지도 않으니까.

그들이 단 하루에 다 죽도록 이미 죽음과 검은 죽음의 운명이

가까이 다가와 있지만 그들은 그것도 전혀 깨닫지 못한다네.

머지않아 자네가 바라던 여행길에 오르게 될 걸세.   285

나는 아버지 때부터 자네의 그런 전우이고, 그래서 자네를 위해

내가 날랜 배 한 척을 마련해 몸소 동행할 것이네.

자네는 집에 가서 구혼자들과 어울리면서

길양식을 준비해 적당한 곳에 담아 짐을 꾸리되

포도주는 손잡이 둘 달린 항아리에 담고 남자들의 기력을   290

돋우는 보릿가루는 튼튼한 가죽부대들에 담게나.

나는 서둘러 백성들 사이에서 자원하는 대원들을 모으겠네.

바다로 둘러싸인 이타케에는 헌 배와 새 배들이 많이 있으니

그중 가장 좋은 것으로 한 척 고르겠네. 그러면 우리는

신속히 선구를 갖추고 넓은 바다로 나가게 되겠지."   295

　　제우스의 딸 아테나가 이렇게 말했다.

9　'잿빛 바닷물'이라는 표현은 바닷물의 회백색 거품에서 유래한 것으로 생각된다

10　'안갯빛 바다'라는 표현에서 '안갯빛'이라는 말은 '안개 낀'의 뜻이 아니라 '아련한' '아스
　　라한' '어렴풋한' 등의 뜻이다.

11　여기서 여신이 텔레마코스에게 공대를 하는 것은 여신이 멘토르로서 말하기 때문이다.

그러자 텔레마코스는 여신의 음성을 듣고 더는

지체하지 않았다. 그가 비통한 마음으로 집에 가서 보니

거만한 구혼자들이 안마당에서 염소들의 가죽을 벗기고

살진 돼지들을 그슬리고 있었다.   300

안티노오스가 웃으면서 곧장 텔레마코스에게 다가와

그의 손을 잡으며 이렇게 말했다.

　　"텔레마코스, 큰소리치는 자여, 분을 삭이지 못하는 자여!

자네는 이제 더는 나쁜 짓이나 나쁜 말을 가슴속에

품지 말고 부디 예전처럼 먹고 마시게나.   305

아카이오이족이 배며 엄선된 뱃사람이며 그 모든 것을 빠짐없이

자네를 위해 마련할 걸세. 자네가 그만큼 빨리 신성한 퓔로스에

가서 당당하신 자네 아버지의 소식을 들을 수 있도록 말일세."

　　그에게 슬기로운 텔레마코스가 대답했다.

"안티노오스, 오만불손한 여러분과 함께 얌전히 식사하며   310

편안한 마음으로 즐긴다는 것은 도저히 불가능한 일이오.

구혼자들이여! 여러분은 지금까지 나의 수많은 훌륭한 재물을

탕진했거늘 그것으로 충분하지 않나요? 나는 여태 어린아이였소.

그러나 이제 나도 남의 말을 들으면 그 말뜻을 알아들을 만큼 컸고

마음속에 기개(氣槪)가 자랐으니 앞으로 나는 여러분에게   315

사악한 죽음의 운명을 안겨줄 작정이오. 퓔로스에 가든

내가 여기 이 나라에 머물러 있든 말이오. 물론 나는 가게 될 것이고

내 여행은 빈말이 되지 않을 것이오. 나는 남의 배의 승객으로

가겠소. 배도 뱃사람도 나 자신의 것은 가질 수 없으니 말이오.

내가 갖지 못하는 것이 그대들에게 더 유리해 보이니까."   320

　　이렇게 말하고 그는 안티노오스의 손에서 가볍게 자신의 손을 뺐다.

한편 구혼자들은 집안에서 잔치를 준비하는 동안 줄곧

말로 텔레마코스를 조롱하고 놀려댔다.

거만한 젊은이들 중에는 이렇게 말하는 자들도 더러 있었다.

　　"텔레마코스가 정말 우리를 죽일 궁리를 하나봐요.　　　　325

모래가 많은 퓔로스에서 구원대(救援隊)를 데려오거나

아니면 스파르테에서 데려오겠지. 그는 그만큼 강력히 그러기를

열망하니까요. 아니면 그는 에퓌라의 풍요한 들판에 가서

그곳에서 자란 치명적인 독초를 가져와 그것을 희석용 동이에

던져 넣어 우리를 몰살하려 들지도 모르지요."　　　　　　　330

　　그런가 하면 거만한 젊은이들 중에 다른 젊은이는 이렇게 말했다.

"누가 아오? 그도 속이 빈 배를 타고 가족들로부터 멀리 떨어져

떠돌아다니다가 죽게 될는지. 오뒷세우스처럼 말이오.

그렇게 되면 그는 우리에게 큰 노고를 안겨줄 텐데. 그때는

그의 전 재산을 우리가 나누어 갖고 집은 그의 어머니와　　　　335

그녀의 남편 될 사람 몫으로 떼어주어야 할 테니 말이오."

　　그들은 이렇게 조롱했다. 그러나 텔레마코스는 지붕이 높고 넓은

아버지의 광으로 내려갔다. 그곳에는 황금과 청동이 쌓여 있고

궤짝에는 옷이 들어 있었으며 향기로운 올리브유도 많이 있었다.

또 오래된 달콤한 포도주가 든 독들도 그곳에 있었다.　　　　　340

물을 타지 않은 신성한 음료가 가득 든 이 독들은

나란히 벽에 기대 세워져 있었는데, 언젠가 오뒷세우스가

천신만고 끝에 집에 돌아올 때를 대비한 것이었다.

그 방 앞에는 자물쇠를 채울 수 있는, 두 짝으로 된 튼튼하게

짜맞춘 문이 달려 있고 그 안에는 하녀 한 명이 밤낮으로 머물며　　345

풍부한 경험으로 모든 것을 지혜롭게 지키고 있으니, 그녀는

다름 아닌 페이세노르의 아들인 옵스의 딸 에우뤼클레이아였다.
텔레마코스가 이 여인을 방 안으로 불러 이렇게 말했다.

"아주머니! 자, 나를 위해 손잡이 둘 달린 항아리에 달콤한
포도주를 채워줘요. 저 불행한 제우스의 후손 오뒷세우스께서   350
죽음과 죽음의 운명을 피해 언젠가 돌아오실 날을 대비하여
그대가 그분을 생각하며 지키고 있는 것 다음으로 가장 맛있는
것으로 말이오. 열두 항아리를 채우되 항아리마다 뚜껑을
닫아주시오. 그리고 잘 꿰맨 가죽부대들에 보릿가루를 담되
방앗간에서 빻은 보릿가루가 스무 말이 되게 하시오.   355
이 일은 그대 혼자만 알되, 하나도 빠짐없이 모두 준비되어야 해요.
저녁이 되어 어머니께서 이층 방에 올라가시어
주무실 생각을 하시면 그때 그것들을 옮길 것이오.
나는 스파르테와 모래가 많은 퓔로스에 가서, 혹시라도 들을 수
있을는지, 사랑하는 아버지의 귀향에 대해 수소문해볼 참이오."   360
그는 이렇게 말했다. 그러자 사랑하는 유모 에우뤼클레이아가
소리 내어 울고 탄식하며 그에게 물 흐르듯 거침없이 말했다.

"도련님, 어쩌자고 마음속에 그런 생각을 품으셨어요? 어째서
사랑받는 외아드님이신 도련님이 세상을 두루 돌아다니려는 거예요?
제우스의 후손이신 오뒷세우스 그분께서는 고향에서 멀리 떨어진   365
이국땅에서 이미 돌아가셨다니까요. 도련님이 떠나자마자 저들은
뒤에서 도련님에게 음모를 꾸밀 거예요. 그리하여 도련님은 간계에
죽고 저들이 도련님의 이 모든 재산을 저희끼리 나눠 가질 거예요.
그러니 도련님은 도련님 재산이 있는 곳에 그대로 머무세요.
쓸데없이 추수할 수 없는 바다 위를 떠돌며 왜 사서 고생을 하세요!"   370
슬기로운 텔레마코스가 그녀에게 대답했다.

"용기를 내세요, 아주머니! 이 계획은 신의 지시 없이 이뤄진 것이
아니오. 지금으로부터 열하루 또는 열이틀이 되기 전에 또는 어머니께서
나를 보고 싶어하시거나 내가 떠났다는 말을 들으시기 전에는,
이 일을 사랑하는 어머니께 말씀드리지 않겠다고 맹세하세요.   375
어머니께서 눈물로 고운 피부를 상하게 할 수는 없으니까요."
        그가 이렇게 말하자 노파는 신들의 이름으로 엄숙히 맹세했다.
맹세하기를 모두 마치자 그녀는 서둘러 그를 위해
손잡이가 둘 달린 항아리들에 포도주를 채웠고
잘 꿰맨 가죽부대들에 보릿가루를 담았다.   380
한편 텔레마코스는 집으로 가서 구혼자들과 어울렸다.
        그때 빛나는 눈의 여신 아테나가 또 다른 일을 생각해내어
텔레마코스의 모습을 하고 온 시내를 돌아다니며
남자들을 만날 때마다 그 옆으로 다가가서서 말을 걸고
저녁이 되면 날랜 배 옆에 모이라고 명령했다.   385
그녀는 또 프로니오스의 영광스러운 아들 노에몬에게
날랜 배를 부탁했고, 그는 그녀에게 흔쾌히 약속했다.
        이제 해는 지고 길이란 길은 모두 어둠에 싸였다. 그때 노에몬은
날랜 배를 짠 바닷물 위로 끌어내려 훌륭한 갑판이 덮인 배들이
갖고 다니는 선구들을 모두 그 안에 싣고 나서   390
배를 항구의 맨 바깥쪽 끝에다 세워놓았다. 훌륭한 대원들이
다 모였을 때 여신이 그들을 일일이 격려했다.
        빛나는 눈의 여신 아테나는 또 다른 일을 생각해내고는
신과 같은 오뒷세우스의 집으로 걸어갔다.
그곳에서 그녀는 구혼자들에게 달콤한 잠을 쏟아부어   395
술 마시던 그들이 정신을 잃게 하고 손에서 잔을 떨어뜨리게 했다.

그들은 더는 앉아 있지 못하고 자러 가려고 온 도시를
뛰어다녔으니, 그들의 눈꺼풀 위로 잠이 쏟아졌기 때문이다.
한편 빛나는 눈의 아테나는 텔레마코스를
살기 좋은 집에서 불러내어 말을 건네니   400
그녀는 생김새와 목소리가 멘토르와 같았다.

　　"텔레마코스, 훌륭한 정강이받이를 댄 대원들이 벌써
노 옆에 앉아 그대가 출발하기를 기다린다네. 자, 가세.
더는 우리 때문에 여행이 지연되지 않도록."

　　이렇게 말하고 팔라스[12] 아테나가 서둘러 앞장서자   405
텔레마코스는 여신의 발자국을 바싹 뒤따라갔다.
그들은 배와 바다가 있는 곳으로 내려갔고
바닷가에서 곧 장발의 대원들을 만났다.
텔레마코스의 신성한 힘이 좌중에서 말했다.

　　"이리 오시오, 친구들이여! 길양식을 가지러 갑시다.   410
모든 것이 방 안에 준비되어 있소. 내 어머니께서는 아무것도
모르시며 다른 하녀들도 마찬가지요. 한 여인에게만 말해두었소."

　　이렇게 말하고 그가 앞장서자 그들도 동행했다.
그들은 오뒷세우스의 사랑하는 아들이 시키는 대로 길양식을
빠짐없이 가져와 훌륭한 갑판이 덮인 배에 실었다.   415
그러자 텔레마코스가 배에 올랐고 아테나가 앞장섰다.
그녀가 배의 고물에 앉자 텔레마코스도
그녀 옆에 앉았다. 다른 사람들도 고물 밧줄을 풀고[13]
배에 올라 노 젓는 자리에 앉았다.
그러자 빛나는 눈의 아테나가 그들에게 순풍을,   420
포도줏빛 바다 위에서 속삭이는 세찬 서풍을 보내주었다.

텔레마코스가 대원들에게 선구들을 손질하도록 독려하고

명령하자 대원들도 지체 없이 지시대로 따랐다.

그들은 전나무 돛대를 세워 횡목(橫木)의 구멍 안에

집어넣고 앞밧줄로 돛대를 단단히 묶더니   425

잘 꼰 소가죽끈으로 흰 돛을 달아 올렸다.

그러자 돛은 가슴에 바람을 잔뜩 안았고 배가 나아갈 때

용골 주위에서 검푸른 파도가 요란한 소리를 냈다.

배는 파도를 헤치며 목적지를 향해 달려갔다. 그러자 그들은

검고 날랜 배 안에서 선구들을 모두 묶어 고정하고 나서   430

포도주가 넘치도록 가득 든 희석용 동이들을 갖다놓고는

영생불멸하는 신들에게, 그중에서도 특히

제우스의 빛나는 눈의 따님에게 헌주했다.

그리하여 밤새도록 그리고 새벽에도 배는 목적지를 향해 나아갔다.

12 팔라스는 아테나 여신의 별명 중 하나로 '처녀' 또는 '창과 아이기스를 휘두르는 자'라는
  뜻이다. 아테나에 관해서는 '주요 신명' 참조. 아이기스에 관해서는 3권 주 5 참조.

13 호메로스에서는 배를 정박시킬 때 출항하기 쉽게 고물을 육지 쪽으로 대고 고물 밧줄은
  육지의 돌 같은 것에다 맸다.

III
필로스에서 있었던 일들

헬리오스가 더없이 아름다운 바다를 떠나 청동 하늘로

떠올랐으니 불사신들에게도, 양식을 대주는 대지 위의

필멸의 인간들에게도 빛을 안겨주기 위해서였다.

그때 그들은 넬레우스[1]가 튼튼하게 지은 도시 필로스에 닿았다.

마침 바닷가에서 그곳 백성들이 새까만 황소들을 잡아　　　　　　　　　　　5

대지를 흔드는 검푸른 머리의 신[2]에게 제물을 바치고 있었다.

그곳에는 아홉 줄의 좌석이 있었는데 각 줄마다 오백 명씩

앉아 있고 각 줄마다 황소 아홉 마리씩 준비되어 있었다.

이들이 마침 내장을 맛보고 나서 넓적다리뼈들을 제단 위에서

신께 태워올리고[3] 있을 때, 텔레마코스 일행이 막 도착하여　　　　　　10

균형 잡힌 배의 돛을 걷어올린 다음 배를 정박시키고 내렸다.

텔레마코스까지 배에서 내리자 아테나가 앞장섰다.

먼저 빛나는 눈의 여신 아테나가 그에게 말했다.

1　넬레우스는 포세이돈과 튀로의 아들로 클로리스의 남편이자 페로와 네스토르의 아버지다. 그의 가계에 관해서는 '주요 인명' 중 네스토르 참조.

2　포세이돈. 포세이돈에 관해서는 '주요 신명' 참조. 말에게 쓰이는 '검푸른 머리(또는 갈기)'라는 표현(『일리아스』 20권 224행)이 포세이돈에게 사용된 것은 그가 말[馬]의 신이기 때문이거나 아니면 단순히 바닷물이 검푸르게 보이기 때문일 것이다.

3　넓적다리뼈들을 기름 조각에 싸서 태우는 것은 고소한 냄새가 하늘에 있는 신 또는 신들에게 올라가도록 하기 위해서다.

"텔레마코스, 자네는 전혀 소심할 필요가 없네. 자네가 배를 타고
바다를 건너온 것은 대지가 자네 부친을 어디에 감췄는지,
그분이 어떤 운명을 맞았는지 그분에 관해 알아보기 위해서였네.
자, 자네는 이제 곧장 말을 길들이는 네스토르⁴에게 가게.
그가 가슴속에 어떤 계책을 감추고 있는지 알아보는 거야.
사실대로 말해달라고 자네가 직접 간청해보게. 그러면 그가
거짓말은 하지 않을 것이네. 그는 매우 슬기로운 사람이라네."

      슬기로운 텔레마코스가 그녀에게 대답했다.
"멘토르 아저씨, 내가 가서 그에게 어떻게 말을 걸어야 하지요?
나는 지혜롭게 말하는 데에는 아직 미숙해요. 게다가 젊은이가
연장자에게 묻는데 어찌 소심해지지 않을 수 있겠어요."

      그에게 빛나는 눈의 여신 아테나가 대답했다.
"텔레마코스! 어떤 것은 자네가 마음속으로 스스로 생각할 것이고
어떤 것은 신이 말하게 해주실 걸세. 자네는 아마 신들의 뜻을
거슬러서는 태어날 수도 자라날 수도 없었을 테니까."

      이렇게 말하고는 팔라스 아테나가 서둘러 앞장서자
그는 여신의 발자국을 바싹 뒤따라갔다.
그들은 필로스 남자들의 회의장과 좌석들이 있는 곳으로 갔다.
그곳에는 네스토르가 아들들과 함께 앉아 있고 그 주위에서는
잔치 준비를 하느라 사람들이 고기를 굽거나 꼬챙이에
꿰고 있었다. 나그네들을 보자 그들은 모두 함께
몰려와 반가이 손을 잡으며 앉기를 청했다. 맨 먼저
네스토르의 아들 페이시스트라토스가 가까이 다가와서
그들 두 사람의 손을 잡으며 모래사장 위에 펴놓은
부드러운 양모피(羊毛皮) 위 잔치 자리에 앉히니

15

20

25

30

35

그곳은 바로 그의 형 트라쉬메데스와 그의 아버지 옆이었다.

페이시스트라토스는 그들에게 그들 몫의 내장을 건네주고 40

황금 잔에 포도주를 따라 환영의 표시로 잔을 권하며

아이기스[5]를 가진 제우스의 딸 팔라스 아테나에게 말했다.

　"나그네여! 여기서 포세이돈 왕께 기도하시오.

마침 그분께 제물을 바치고 있는데 그대들이 오셨구려.

격식에 따라 헌주하고 기도한 다음 그대의 친구에게도 45

꿀처럼 달콤한 포도주가 든 잔을 주어 그도 헌주하게 하시오.

그도 틀림없이 불사신들께 기도하리라고 생각되기 때문이오.

인간이라면 누구에게나 신들이 필요하니까요.

하지만 그는 더 젊고 나와 동년배이니

나는 그대에게 먼저 황금 잔을 드리겠소." 50

　이렇게 말하고 그는 달콤한 포도주가 든 잔을 그녀의 손에

건네주었다. 아테나는 자기에게 먼저 황금 잔을 준

올바르고 슬기로운 그의 태도에 마음이 흐뭇했다.

그녀는 즉시 포세이돈 왕에게 간절히 기도했다.

　"내 말을 들어주소서, 대지를 떠받치는 포세이돈이여! 55

그대는 기도하는 우리에게 이 일이 이뤄지는 것을 거부하지 마소서.

4　'주요 인명' 참조.

5　아이기스(Aigis)는 밤과 천둥과 번개로 공포를 불러일으키는 제우스의 방패이다. 헤파이
　　스토스가 제우스에게 만들어준 것으로 100개의 술이 달려 있으며, 보는 이를 돌로 변하게
　　한다는 고르고의 머리 등이 새겨져 있다. 제우스는 아이기스를 흔들어 공포를 불러일으키
　　는데(『일리아스』 4권 167행, 17권 593행 참조) 아테나가 사용할 때도 있고(『일리아스』 2권
　　447행, 5권 738행, 18권 204행; 『오뒷세이아』 22권 297행 참조), 가끔은 아폴론이 사용하기
　　도 한다(『일리아스』 15권 229, 208행, 24권 20행).

먼저 네스토르와 그의 아들들에게 영광을 내려주시고
그다음에는 필로스의 모든 백성들에게
이 훌륭한 헤카톰베에 대해 자애롭게 보답해주시기를!
또 날랜 검은 배를 타고 이곳을 찾은 텔레마코스와 내가   60
그 목적을 달성하고 귀향하게 해주세요!"

　　그녀는 이렇게 기도했고, 그녀 스스로 이 모든 것이 이뤄지게 했다.
양쪽에 손잡이가 달린 황금 잔을 그녀가 텔레마코스에게 건네자
오뒷세우스의 사랑하는 아들도 똑같이 기도했다.
한편 다른 사람들은 살코기를 구워 꼬챙이에서 뺀 뒤   65
각자에게 몫을 나눠주고 거하게 식사를 했다.
이윽고 먹고 마시는 욕망이 충족되었을 때 전차를 타고 싸우는
게레니아⁶의 네스토르가 좌중에서 먼저 말문을 열었다.

　　"나그네들이 즐겁게 음식을 드셨으니 이제는 그들이 누군지
묻고 따지기에 적당한 시간이 된 듯하오. 나그네들이여,   70
그대들은 뉘시며 어디서부터 습한 바닷길을 항해해 이리로
오셨소? 그대들은 장사를 하려는 것이오, 아니면 정처 없이
바다 위를 떠돌아다니는 것이오? 마치 해적들이 다른 사람들에게
재앙을 안겨주며 자신의 목숨을 걸고 떠돌아다니듯이 말이오."

　　슬기로운 텔레마코스가 그에게 대답했다.   75
그는 용감하게 말했으니, 그가 떠나고 안 계신 아버지에 관해
묻고 또 그가 사람들 사이에서 훌륭한 명성을 얻도록
아테나가 그 마음속에 용기를 불어넣은 것이다.

　　"넬레우스의 아들 네스토르 님, 아카이오이족의 위대한 영광이여!
우리가 어디서 왔는지 그대가 물으시니 말씀드리겠습니다.   80
우리는 네이온 산 밑에 있는 이타케에서 왔습니다.

또한 내가 말씀드리는 용무는 사적인 것이고 공적인 것이 아닙니다.

나는 혹시 들을 수 있을까 해서, 내 아버지 참을성 많은

고귀한 오뒷세우스의 자자한 소문을 좇아 이리로 왔습니다.

그분께서는 그대와 힘을 모아 트로이아인들의 도시를 함락했다고   85

들었습니다. 트로이아인들과 싸운 다른 사람들은 저마다 어떻게

비참한 최후를 맞았는지 이미 들어서 알고 있습니다만,

그분의 죽음은 크로노스의 아드님께서 어둠 속에 감춰버리셨습니다.

그분께서 어디서 돌아가셨는지, 육지에서 적들의 손에 돌아가셨는지

아니면 바다에서 암피트리테[7]의 파도 사이에서 돌아가셨는지   90

확실히 말해줄 사람이 아무도 없으니 말입니다.

그래서 나는 지금 이곳에 와서 그대의 무릎을 잡고 비는 것입니다.

혹시 그대가 그분의 비참한 최후를 직접 목격하셨다면 말씀해주실 수

있을까 해서요. 아니라면 누군가에게 그분이 떠돌아다니신다는

말이라도 들으셨는지요? 그렇다면 그분의 어머니께서는   95

그분을 참으로 비참한 인간으로 낳아주셨습니다. 그러니 나를

배려하거나 동정해서 감미롭게 말씀하지 마시고, 그대가 보고

겪으신 그대로 말씀해주십시오. 청컨대 아카이오이족이 고통받던

트로이아인들의 나라에서 내 아버지 고귀한 오뒷세우스께서 일찍이

그대에게 말이나 행동을 약속하시고 이를 이행하신 적이 있다면,   100

그대는 지금 그것들을 기억하시고 내게 사실대로 말씀해주십시오."

    전차를 타고 싸우는 게레니아의 네스토르가 그에게 대답했다.

---

6 게레니아는 멧세네 지방에 있던 도시로 헤라클레스가 퓔로스를 약탈했을 때 네스토르는
    이곳으로 피신하여 목숨을 건진다.

7 암피트리테는 바다 노인 네레우스의 딸로 포세이돈의 아내이다.

"여보게, 자네는 우리들 무적(無敵)의 아카이오이족 아들들이
아킬레우스[8]가 인도하는 곳이면 전리품을 좇아[9] 어디든
배를 타고 안갯빛 바다 위를 돌아다니며 겪은 일하며,   105
프리아모스왕[10]의 큰 도성을 둘러싸고 싸우며 겪은 일하며
우리가 그 나라에서 참고 견딘 온갖 고난을 일깨워주는구려.
그곳에서 우리 가운데 가장 훌륭한 자들이 모두 죽었네.
그곳에 용맹스러운 아이아스[11]가 누워 있네. 그곳에 아킬레우스가,
신에 버금가는 조언자인 파트로클로스[12]가 누워 있네.   110
그곳에 또 강력하고 겁이 없는 내 친아들 안틸로코스[13]가
누워 있네. 그애는 달리기와 전투에서 뛰어났었지.
그 밖에도 우리는 많은 다른 불행을 당했다네. 필멸의
인간들 중에 누가 그것을 다 말할 수 있겠나. 자네가 오 년이고
육 년이고 이곳에 머물며 고귀한 아카이오이족이 그곳에서   115
얼마나 많은 불행을 당했는지 묻는다 해도 다 말할 수 없을 걸세.
그러기 전에 자네는 싫증이 나서 자네 고향땅으로 떠나겠지.
우리는 만 구 년 동안 온갖 계략을 써서 그들에게 재앙을 안겨주려 했지만
크로노스의 아드님께서 가까스로 그렇게 되도록 해주셨으니까.
그곳에서는 일찍이 아무도 고귀한 오뒷세우스와 지략을   120
다투려 하지 않았지. 온갖 지략에서 여느 사람들을 월등히 능가했으니까,
자네 아버지는. 자네가 진실로 그분의 아들이라면 말일세.
나는 자네를 보고 놀라움을 금치 못했네. 자네가 하는 말이
진실로 도리에 맞기 때문일세. 자네는 젊은이가 모두 그렇게
도리에 맞는 말을 할 수 있다고 생각해서는 안 되네.   125
그곳에 가 있는 내내 나와 고귀한 오뒷세우스는 회의에서나
조언에서 의견을 달리한 적이 한 번도 없었네.

회의하거나 의논할 때 우리는 언제나 한마음 한뜻이 되어

어떻게 하는 것이 가장 좋을지 아르고스인들에게 일러주곤 했지.

그러나 우리가 프리아모스의 가파른 도시를 함락하고   130

배에 올랐을 때 신께서 아카이오이족을 뿔뿔이 흩어버리셨네.

그때 제우스께서는 마음속으로 아르고스인들에게 참혹한 귀향을

생각해내셨으니, 그들이 모두 사려 깊고 올발랐던 것은 아니니까.

그리하여 그들 중에 많은 자들이 강력한 아버지의 따님이신

빛나는 눈의 여신[14]의 잔혹한 노여움으로 비참한 최후를 맞았지.   135

여신께서는 아트레우스의 두 아들[15]이 서로 다투게 하셨지.

두 사람은 계획도 없이 또한 도리에도 맞지 않게 해질 무렵에[16]

전(全) 아카이오이족을 회의장에 소집했네.

그래서 아카이오이족 아들들이 거나하게 취한 채 모여들었지.

아트레우스의 두 아들은 자신들이 백성들을 소집한 까닭을 말했네.   140

이때 메넬라오스는 전 아카이오이족에게 바다의 넓은

등을 타고 귀향할 차비를 하라고 명령했지.

---

8 '주요 인명' 참조.

9 트로이아 전쟁이 장기화되자 그리스군은 먼저 주변의 트로이아 동맹시들을 공격하여 필
요한 물자를 조달하고 전리품은 나눠 가졌다.

10 '주요 인명' 참조.

11 '주요 인명' 참조.

12 '주요 인명' 참조.

13 '주요 인명' 참조.

14 아테나.

15 아가멤논과 메넬라오스.

16 이때는 일과를 마치고 저녁식사 후에 술을 마시는 시간이라 회의를 열기에는 적당치 않은
시간이다.

그러나 아가멤논은 그것이 전혀 마음에 들지 않았으니
아테나의 무서운 노여움을 달래기 위해 백성들을
붙들어두고 신성한 헤카톰베를 바치고 싶었던 게지. 145
어리석게도 여신을 설득할 수 없으리라는 것을 알지 못한 탓이지.
영생하시는 신들의 마음은 갑자기 돌아서지 않는 법일세.
그렇게 두 형제는 서로 거친 말을 주고받았다네.
한편 훌륭한 정강이받이를 댄 아카이오이족은 요란하게 고함을 지르며
일어섰으니, 그 계획에 더러는 찬성하고 더러는 반대했기 때문이지. 150
그리하여 우리는 마음속으로 서로 적의를 품고 하룻밤을 보냈으니,
제우스께서 우리에게 재앙의 고통을 마련하셨던 걸세.
우리 가운데 일부는 날이 밝아오자 함선들을 신성한 바닷물 위로
끌어내리고 재물들과 허리띠를 깊숙이 맨 여인들을 실었네.
백성들의 반(半)은 붙들려서 그들의 목자(牧者)인 아트레우스의 아들 155
아가멤논 곁에 남고, 우리들 나머지 반은 배에 올라 노를 저어
앞으로 나아갔지. 함선들은 쾌속으로 항해했는데 어떤 신께서
심연이 많은 바다를 잔잔하게 해주셨기 때문이지.
테네도스[17]에 도착하자 우리는 신들께 제물을 바쳤네, 귀향을 열망하며.
그러나 제우스께서는 아직 우리의 귀향을 생각하지 않으셨네. 160
무정하게도 그분께서는 또다시 우리 사이에 사악한
불화를 일으켰으니, 그때 우리 가운데 일부가, 지략이 뛰어난
오뒷세우스왕과 그의 전우들이 양 끝이 휜 함선들의 뱃머리를 돌려
가버리고 말았네, 한 번 더 아트레우스의 아들 아가멤논에게 호의를
보이려고 말일세. 그러나 나는 나를 따르는 함선들과 함께 달아났는데 165
어떤 신께서 재앙을 꾀하고 있음을 알았기 때문이지.
튀데우스의 용맹스러운 아들[18]도 전우들을 격려하며 달아났지.

나중에 금발의 메넬라오스도 우리와 합류했지. 그가 레스보스[19]에서

우리와 만났을 때 우리는 마침 프쉬리아 섬[20]을 향해

바위투성이인 키오스 섬[21]의 북쪽으로 해서,   170

그러니까 키오스 섬을 왼쪽에 끼고 긴 항해[22]를 할 것인지

아니면 키오스 섬의 안쪽을 돌아 바람 부는 미마스[23] 옆을 지날지

심사숙고 중이었네.[24] 우리는 신에게 전조를 보여주시기를 청했고,

신께서는 전조를 보여주시며 되도록 빨리 재앙에서 벗어나도록

에우보이아[25]를 향해 바다 한가운데를 가로지르라고 명령하셨네.   175

그리고 요란한 바람이 불어대기 시작하자 함선들은

17 테네도스는 트로이아에서 그다지 멀지 않은 곳에 있는 섬이다.

18 '주요 인명' 참조.

19 레스보스는 소(小)아시아 서해안 앞바다에 있는 섬 가운데 가장 큰 섬으로 테네도스 남
쪽에 있다. 훗날 여류 시인 삽포(Sappho)가 태어난 곳이며 뮈틸레네(Mytilēnē)와 메튐나
(Methymna) 같은 도시가 있었다.

20 프쉬리아는 레스보스 섬과 그 남쪽의 키오스 섬 사이에 있는 작은 섬으로 지금의 입사라
(Ipsara)를 가리킨다.

21 키오스는 소아시아 서해안 앞바다에 있는 큰 섬으로 그곳 주민들은 호메로스가 그곳에서
태어났다고 주장하고 있다.

22 '긴 항해'에서 '긴'이라는 말은 '일단 출항하면 다음 포구에 입항할 때까지 난바다에 오래
머물 수밖에 없는'이라는 뜻이다.

23 미마스는 키오스 섬의 동쪽 에뤼트라이(Erythrai) 반도의 최남단에 있는 곶(岬)이다.

24 그들이 실제로 택한 항로는 테네도스와 레스보스를 지나 프쉬리아 섬의 서쪽과 키오스 섬
의 북쪽으로 해서 난바다를 가로질러 그리스 중부 지방의 동쪽에 있는 큰 섬 에우보이아
의 서남단에 있는 게라이스토스 곶으로 향하는 것이다. 그러나 육지가 보이지 않는 난바
다에서 항해하기를 꺼리던 당시의 그리스인들로서는 대개 키오스 섬의 안쪽으로 하여 미
마스 곶 옆을 지나 에게 해 남부의 퀴클라데스(Kyklades) 군도를 우회하는 더 길지만 더 안
전한 항로를 택했던 것으로 추정된다.

25 에우보이아는 그리스에서 크레테 다음으로 큰 섬으로서 그리스 중동부 보이오티아
(Boiotia) 지방 앞바다에 북서에서 남동으로 길게 뻗어 있다.

물고기가 많은 길을 지나 쾌속으로 달렸네. 그리하여 우리는 밤에
게라이스토스[26]에 닿았네. 우리는 망망대해를 측량한 것이 기뻐서
황소의 넓적다리뼈들을 포세이돈께 많이도 태워올렸네.
나흘째 되는 날 튀데우스의 아들, 말을 길들이는 디오메데스의   180
전우들은 자신들의 균형 잡힌 배들을 아르고스에 세웠네.
그러나 나는 필로스를 바라고 항해를 계속했고
신께서 처음 내보내신 순풍 또한 잠시도 멈추지 않았네.
내 아들이여! 이렇게 하여 나는 아무 소식도 듣지 못한 채 왔으며,
다른 아카이오이족에 관해 누가 살고 누가 죽었는지 아무것도   185
알지 못한다네. 그러나 내가 내 궁전에서 앉아 듣고 알게 된 것은
당연히 자네도 다 알게 될 터, 내 자네에게 조금도 숨기지 않겠네.
늠름한 아킬레우스의 영광스러운 아들[27]이 이끌던
번쩍이는 창의 뮈르미도네스족[28]은 무사히 돌아왔다고 들었네.
포이아스의 자랑스러운 아들 필록테테스[29]도 무사히 돌아왔다고 하네.   190
이도메네우스[30]도 전쟁에서 벗어난 전우들을 모두 크레테[31]로
데려갔고 바다는 그에게서 한 사람도 빼앗지 않았네.
아트레우스의 아들에 관해서는 비록 멀리 떨어져 있기는 하지만
자네들도 들었을 걸세. 그가 어떻게 돌아왔으며 어떻게 아이기스토스가
그의 비참한 죽음을 생각해냈는지. 하지만 그자는 끔찍한 죗값을   195
치러야 했네. 사람이 죽어도 그 뒤에 아들이 남아 있다는 것은
얼마나 다행인가! 그의 아들이 이름난 아버지를 살해한
살부지수인 교활한 아이기스토스를 응징했으니 말일세.
여보게! 자네도 내가 보기에 용모가 준수하고 체격이 당당하니
용기를 내게나. 후세 사람들이 자네도 칭찬하도록 말일세."   200
    그에게 슬기로운 텔레마코스가 대답했다.

"오오! 넬레우스의 아들 네스토르 님, 아카이오이족의 위대한 영광이여.

오레스테스는 매섭게 응징했으니 아카이오이족은 후세 사람들도

알도록 노래를 지어 그분의 명성을 널리 퍼뜨리겠지요.

교만하게도 나에게 못된 짓을 꾸미는   205

구혼자들의 모욕적인 범행을 응징할 수 있도록

신들께서 나에게도 그런 힘을 주셨으면 좋으련만!

그러나 신들께서는 내 아버지와 나에게는 그런 행운을

주시지 않았으니 지금은 그렇다 하더라도 참아야겠지요."

　　　그에게 전차를 타고 싸우는 게레니아의 네스토르가 대답했다.   210

"여보게, 자네 말을 들으니 생각나는구려.

자네 어머니 때문에 수많은 구혼자들이 자네 궁전에서

자네 의사에 반해 재앙을 꾸민다고 들었네.

말해보게나! 자네는 자진해 종 노릇을 하는 것인가 아니면

온 나라의 백성들이 신의 음성에 복종해 자네를 미워하는 것인가?   215

누가 알겠나, 언젠가 오뒷세우스가 돌아와 혼자서 또는

전 아카이오이족과 함께 그들의 행패를 응징할는지.

제발 빛나는 눈의 아테나께서 전에 우리 아카이오이족이

고통받던 트로이아인들의 나라에서 영광스러운 오뒷세우스를

26　게라이스토스는 에우보이아 섬의 서남단에 있는 곶[岬]이다.

27　네옵톨레모스. '주요 인명' 참조.

28　뮈르미도네스족은 펠레우스와 아킬레우스 부자(父子)가 통치하던 아카이오이족의 한 부
　　족으로, 그들의 주된 거주지는 텟살리아(Thessalia) 지방의 프티아와 헬라스다. 11권 주 31
　　참조.

29　'주요 인명' 참조.

30　'주요 인명' 참조.

31　'주요 지명' 참조.

돌보아주셨듯이 그렇게 자네를 사랑해주셨으면 좋으련만! 220
정말이지 팔라스 아테나께서 눈에 띄게 그분을 도우신 것처럼
그렇게 눈에 띄게 신들께서 어떤 사람을 사랑하시는 것을 나는 본 적이
없네. 여신께서 그렇게 자네를 사랑하고 마음속으로 돌봐주시려 한다면
구혼자 중에는 죽어서 결혼을 영영 잊는 자들도 더러 있을 걸세."

　　슬기로운 텔레마코스가 그에게 대답했다. 225
"어르신, 그 말씀은 아마 결코 이뤄지지 않을 겁니다. 정말
엄청난 말씀을 하시네요. 나는 깜짝 놀랐습니다. 그런 일은 내가
바란다 해도, 아니 신들께서 원하신다 해도 일어나지 않을 겁니다."

　　빛나는 눈의 여신 아테나가 그에게 말했다.
"텔레마코스, 자네 무슨 말을 그렇게 함부로 하는가! 230
신은 원하시기만 하면 힘들이지 않고 사람을 멀리서도
무사히 귀향하게 해주신다네. 나 같으면 아가멤논이
아이기스토스와 자기 아내의 간계에 죽었듯이
귀향하자마자 나 자신의 화롯가에서 죽느니 차라리
천신만고 끝에 귀향하더라도 내 귀향의 날을 보고 싶을 걸세. 235
만인에게 공통된 죽음으로 말하자면, 사람을 길게 뉘는 파멸을
안겨주는 죽음의 운명이 일단 덮치고 나면 신들조차도
자기들이 사랑하는 사람에게서 그것을 물리칠 수 없는 법이라네."

　　슬기로운 텔레마코스가 그녀에게 대답했다.
"멘토르 아저씨, 아무리 염려된다 해도 이 문제는 더는 왈가왈부하지 240
마세요. 귀향은 더 이상 그분께 실현될 수 없어요. 이미 오래전
불사신들이 그분께 죽음과 검은 죽음의 운명을 정해놓으셨으니까요.
지금 나는 네스토르 님에게 다른 것에 관해 묻고 알아보고 싶어요.
그분은 정의와 지혜에서는 누구보다도 현명하니까요.

그분은 세 세대의 인간들을 통치했다고 들었어요. 그래서 그분을   245
보고 있으면 마치 불사신을 보고 있는 듯한 느낌이 들어요.
오오! 넬레우스의 아들 네스토르 님, 내게 사실대로 말씀해주십시오.
넓은 땅을 다스리는 아트레우스의 아들 아가멤논은 어떻게 죽었습니까?
메넬라오스는 어디 있고, 교활한 아이기스토스는 그분에게 어떤 죽음을
생각해냈나요? 그자는 자기보다 월등히 뛰어난 분을 죽였으니까요.   250
메넬라오스는 아카이오이족의 아르고스에 있었나요, 아니면 외지에서
사람들 사이를 떠돌아다닌 탓에 그자가 감히 아가멤논을 죽였나요?"
　　그에게 전차를 타고 싸우는 게레니아의 네스토르가 대답했다.
"여보게, 내 자네에게 모든 것을 사실대로 알려주겠네.
아트레우스의 아들 금발의 메넬라오스가 트로이아에서 돌아와서   255
아이기스토스가 아직도 궁전에 살아 있는 것을 보았더라면
사태가 어떻게 되었으리라는 것은 자네도 짐작할 수 있을 걸세.
그랬더라면 그들은 그자의 주검 위에 봉분을 쌓지 않았을 것이고
도성에서 멀리 떨어져 들판 위에 누운 그자를 개들과 새들이
먹어치웠을 테지. 또한 그자를 위해 우는 아카이오이족 여인은 아무도   260
없었을 걸세. 아이기스토스는 그만큼 엄청난 짓을 생각해냈으니까.
우리가 전쟁의 노고를 수없이 견디며 트로이아에 있는 동안
아이기스토스는 말을 먹이는 아르고스의 맨 안쪽에 편안히 앉아
아가멤논의 아내를 자꾸만 감언이설로 유혹하려 했다네.
고귀한 클뤼타임네스트라는 사실 처음에 그런 수치스러운 짓을   265
거절했지. 그녀는 마음씨가 착했으니까. 게다가 그녀 곁에는
가인이 한 명 있었는데 아트레우스의 아들은 트로이아로 떠나며
자기 아내를 지키라고 그에게 엄명을 내렸지.
그러나 마침내 그녀가 파멸하도록 신들의 운명이 그녀를 포박했을 때

아이기스토스는 그 가인을 외딴섬으로 데려가서 270
새들의 먹이와 약탈물이 되라고 그곳에 남겨두었네. 그리고 그자가
그녀를 자기 집으로 데려가니 서로가 서로를 원했던 거지.
그자는 신들의 신성한 제단 위에 넓적다리뼈들을 수없이 태워올렸고
천이며 황금 같은 장식품들도 수없이 매달아드렸으니,
저로서는 꿈에도 없던 엄청난 일을 해냈기 때문이지. 275
그때 아트레우스의 아들 메넬라오스와 나는 정다운 친구로서 함께
트로이아에서부터 항해하며 돌아오고 있었네.
그런데 우리가 아테나이의 곶(岬)인 신성한 수니온[32]에 이르렀을 때,
그곳에서 포이보스[33] 아폴론이 부드러운 화살들을 들고 다가와
달리는 배의 키를 두 손으로 잡고 있던 메넬라오스의 280
키잡이 오네토르의 아들 프론티스를 죽여버렸네.
폭풍이 날뛸 때 배의 키를 잡는 데는
인간의 종족들 중에서 그만한 사람은 아무도 없었어.
그래서 메넬라오스는 갈 길이 바쁜데도
그곳에 붙들려 전우를 묻어주고 장례를 치러주었지. 285
그 뒤 메넬라오스가 속이 빈 함선들을 타고 포도줏빛 바다 위를
급히 달려 말레아[34]의 가파른 산에 이르렀을 때
목소리가 멀리까지 들리는 제우스께서 그에게 가증스러운 항해를
미리 마련해두었다가 요란한 바람의 입김을 쏟아부으시니,
넘실대는 파도가 산더미같이 일었네. 290
그곳에서 제우스께서는 함대를 둘로 나누어 그중 일부를
퀴도네스족[35]이 이아르다노스 강[36] 양쪽에 모여 사는 크레테로
끌고 가셨네. 그곳 고르튀스[37] 땅 끝 안갯빛 바다에는
가파르고 미끄러운 바위 하나가 바다 쪽을 향하고 있네.

그곳에서 남풍이 큰 파도들을 파이스토스[38]를 향해 왼쪽 곶으로   295
밀어붙이면 작은 바위 하나가 그 큰 파도들을 막아낸다네.

그 함선들은 그리로 갔고 사람들은 가까스로 파멸에서 벗어났지만
함선들은 파도에 떠밀려 암벽에 부딪치며 박살이 났네.

한편 이물이 검은 나머지 함선 다섯 척은
바람과 바닷물이 아이깁토스[39]로 날라주었네.   300

그리하여 메넬라오스는 그곳에서 함선들을 이끌고 돌아다니며
다른 나라 말을 쓰는 사람들 사이에서 많은 재산과 황금을 모았네.

바로 그동안에 아이기스토스가 집에서 저 끔찍한 짓을 생각해낸 거지.

그리하여 그자는 아트레우스의 아들을 살해한 뒤 칠 년 동안이나
황금이 많은 뮈케네를 통치했고 백성들은 그에게 복종하지 않을 수   305
없었네. 그러나 팔 년째 되는 해에 고귀한 오레스테스가
그자에게 재앙이 되고자 아테나이아에서 돌아와 자신의 이름난
아버지를 살해한 살부지수인 교활한 아이기스토스를 죽였네.

하지만 오레스테스는 그자를 죽이고 나서 가증스러운 어머니와

---

32 수니온은 앗티케 지방의 남동단에 있는 곳으로 기원전 440년 그곳에 포세이돈 신전이 세워졌지만 지금은 도리스식 기둥 11개만이 남아 여전히 항해의 길잡이가 되어주고 있다.

33 포이보스는 아폴론의 별명 중 하나로 '빛나는 자' 또는 '정결한 자'라는 뜻이다. 아폴론에 관해서는 '주요 신명' 참조.

34 말레아는 라케다이몬 지방의 동남단에 있는 곳으로 당시 선원들에게는 항해하기 위험한 곳으로 악명이 높았다.

35 퀴도네스족은 크레테 섬의 북서 해안에 거주하던 부족이다.

36 이아르다노스는 크레테 섬의 북서 지방을 흐르는 강이다.

37 고르튀스는 크레테 섬의 남부 지방에 있는 주요 도시들 중 하나이다.

38 파이스토스는 크레테 섬의 남부 지방에 있는 도시로 미노스가 세웠다고 하며 고르튀스 서쪽 15킬로미터 지점에 있다.

39 '주요 지명' 참조.

비겁한 아이기스토스를 위해 장례를 치르고 아르고스인들에게 잔치를
베풀었네. 같은 날 목청 좋은 메넬라오스도 오레스테스에게로   310
돌아왔는데 그의 함선들에는 온갖 재물이 가득 실려 있었네.
그러니 여보게, 자네도 자네 재물들과 그토록 오만불손한 자들을
자네 집에 남겨둔 채 집을 멀리 떠나 오랫동안 떠돌아다니지 말게.
그들이 자네의 전 재산을 저희들끼리 나누어 먹어치우고   315
자네는 무익한 여행만 하게 되지 않도록 말일세.
하지만 나는 자네에게 메넬라오스는 꼭 찾아가라고 권하고 싶네.
그는 최근에 낯선 나라에서, 일단 폭풍의 힘에
그토록 넓은 난바다로 떠밀리게 되면 다시
돌아오리라고는 아무도 마음속으로 기대할 수 없는   320
그런 사람들의 나라에서 돌아왔으니까. 사실 그 바다는
크고 무서워 새들도 일 년 안에는 건널 수 없다네.
자, 자네는 이제 대원들과 함께 배를 타고 떠나게나.
그러나 자네가 육로로 가기를 원한다면 마차와 말들을 내줄 것이며
내 아들들도 동행하게 하겠네. 그 애들은 자네를 위해 금발의   325
메넬라오스가 있는 고귀한 라케다이몬으로 길을 안내해줄 걸세.
그에게 사실대로 말해달라고 자네가 직접 간청하게.
그는 매우 슬기로운 사람인지라 거짓말을 하지는 않을 걸세.”
    이렇게 네스트로가 말했다. 해가 지고 어둠이 다가오자
좌중에서 빛나는 눈의 여신 아테나가 말했다.   330
    “어르신, 지금 하신 말씀은 모두 도리에 맞습니다.
자, 여러분은 제물들의 혀를 자르십시오. 그리고 우리가
포세이돈과 다른 불사신들께 헌주하고 나서 잠잘 생각을 하도록
포도주에 물을 타시지요. 잘 시간이 되었으니까요.

벌써 서쪽에 빛이 사라졌습니다. 그러니 신들의 잔치에 오래 335

앉아 있을 것이 아니라 집으로 돌아가는 것이 마땅할 것입니다.”

제우스의 딸이 이렇게 말하자 그들은 그 말을 귀담아들었다.

그리하여 전령들은 그들의 손에 물을 부어주고 젊은이들은

희석용 동이들에 포도주를 넘치도록 가득 담아 와 먼저 헌주하라고

차례로 잔에 조금씩 부어주고 나서 각자에게 제 몫을 따라주었다. 340

그러자 그들은 제물들의 혀를 불속에 던지고 일어서서 그 위에

술을 부어올렸다. 그들이 헌주한 뒤 마음껏 마셨을 때

아테나와 신과 같은 텔레마코스는

둘 다 속이 빈 배로 돌아갈 채비를 했다.

그러나 네스토르가 이런 말로 그들을 붙들었다. 345

“제우스와 다른 불사신들께서는 부디 그대들이

옷이라고는 전혀 없고 집에는 그 자신과 손님들이

푹신하게 잘 만한 외투[40]도 담요도

넉넉지 못한 가난뱅이의 곁을 떠나듯 내 곁을 떠나

날랜 배가 있는 곳으로 돌아가는 것을 막아주시기를! 350

내 집에는 외투들과 좋은 담요들이 마련되어 있다네.

오뒷세우스 그 사람의 사랑하는 아들은 결코 배의 갑판 위에

눕지는 않을 걸세. 내가 아직 살아 있는 동안에는,

그리고 앞으로 누가 내 집에 오든 손님들을 환대하고자

내 아들들이 내 궁전에 남아 있는 동안에는 말일세.” 355

그에게 빛나는 눈의 여신 아테나가 대답했다.

---

40 여기서 ‘외투’라고 번역한 chlaina는 북미 인디언의 겉옷(blanket)처럼 바느질을 하지 않은 직물 조각으로 옷으로도, 이불로도 사용할 수 있다.

"어르신, 옳은 말씀입니다. 그러니 텔레마코스는 어르신의 말씀을
따르는 것이 마땅할 것입니다. 그러는 편이 훨씬 나으니까요.
하지만 이번에는 텔레마코스만 함께 가서 어르신의 궁전에서
자게 될 것입니다. 나는 검은 배가 있는 곳으로 가서   360
대원들을 격려하고 그들이 해야 할 일들을 일일이 일러줄 것입니다.
나는 그들 중에서 연장자인 것을 자랑으로 여기니까요.
그들은 우정 때문에 따라온 젊은이들로서
모두 늠름한 텔레마코스와 동년배입니다.
이번만큼은 나는 그곳 검은 배 옆에 눕겠습니다.   365
그리고 내일 새벽에는 늠름한 카우코네스족[41]에게 갈 것입니다.
그들은 내게 어제오늘이 아니라 오래전부터 큰 빚을 지고
있어요. 그러나 이 사람이 그대 집에 온 만큼 그대가
마차에 태워 그대의 아들과 함께 보내주시되 그대의 말 중에서
가장 빨리 달리고 가장 힘센 것들을 이 사람에게 내주십시오."   370

    이렇게 말하고 빛나는 눈의 아테나가 떠나가니 그녀는 마치
바다독수리처럼 날아갔다. 전 아카이오이족이 그것을 보고 놀라움을
금치 못했고 노인도 자기 눈으로 직접 본 일에 놀라지 않을 수 없었다.
노인은 텔레마코스의 손을 잡으며 이렇게 말했다.

    "여보게, 자네는 결코 겁쟁이나 용기 없는 자가 되지는 않을 걸세.   375
이렇게 소년시절부터 신께서 호송자로 자네와 동행하시니 말일세.
저분은 올륌포스의 궁전에 사시는 여러 신들 중에서도 다름 아닌
제우스의 따님, 전리품을 안겨주시는 트리토게네이아[42]임에 틀림없네.
그분은 전에도 아르고스인들 사이에서 자네의 훌륭하신 아버지의 명예를
높여주셨다네. 여주인이시여! 나에게 훌륭한 명성을 내려주소서,   380
나 자신과 내 아들들과 내 존경스러운 아내에게. 하시면 나는

아직 길들지 않았고 멍에를 져본 적 없는 이마가 넓은

한 살배기 암송아지 한 마리를 그대에게 제물로 바치겠나이다.

그것을 내 제물로 바치되 그 뿔을 황금으로 싸겠나이다."

　　그가 이렇게 기도하자 팔라스 아테나가 그의 기도를 들었다.　　　　385

이윽고 전차를 타고 싸우는 게레니아의 네스토르는

아들들과 사위들을 데리고 자기 궁전으로 돌아갔다.

그들은 이 통치자의 이름난 궁전에 도착하자

등받이의자와 안락의자에 순서대로 앉았다.

그리고 그들이 도착하자 노인이 희석용 동이에다　　　　　　　　　　390

달콤한 포도주를 붓고 물을 타니, 이 포도주로 말하면

가정부가 십일 년 만에 마개를 풀고 개봉한 것이었다.

노인은 바로 그것을 희석용 동이에 붓고 물을 타서 아이기스를 가진

제우스의 딸 아테나에게 헌주하며 간절히 기도했다.

　　그들이 헌주하고 나서 마음껏 마셨을 때　　　　　　　　　　　　395

그들은 각자 집으로 자러 갔다. 그러나 전차를 타고 싸우는

게레니아의 네스토르는 신과 같은 오뒷세우스의 사랑하는 아들을

41　카우코네스족은 퓔로스의 남서쪽 트리퓔리아(Triphylia)에 거주하던 부족이다.

42　트리토게네이아(Tritogeneia)는 아테나 여신의 별명 중 하나로, 그 어원도 의미도 확실하지 않다. 이 이름의 후반부 −geneia는 '태어나다'는 뜻이지만, 전반부 trit−는 트리토니스(Tritōnis 리뷔에 있는 호수), 트리톤(Tritōn 보이오티아 지방의 강), 트리톤(Tritōn 포세이돈의 아들), 암피트리테(Amphitrite 포세이돈의 아내)에서 볼 수 있듯이 '물'을 뜻하는 것으로 보인다. 그렇다 해도 '물에서 태어난'이라는 말이 아테나와 무슨 관계가 있는지는 불분명하다. 이 이름이 '머리'라는 뜻의 아이올리스(Aiolis) 방언 trito에서 유래했다고 보는 견해도 있지만, 아테나가 제우스의 머리에서 태어났다는 신화를 호메로스가 알았다는 증거는 없다. 또한 아폴론과 아르테미스의 쌍둥이 남매 다음에 아테나가 세 번째로 태어난 까닭에 이 이름이 세 번째라는 뜻의 tritos에서 유래했다고 보는 견해도 있다.

그곳 소리가 잘 울리는 주랑에 갖다놓은 침상에 재웠는데
그 침상은 끈으로 묶도록 구멍이 숭숭 뚫려 있었다. 텔레마코스 옆에는
전사들의 우두머리인 훌륭한 물푸레나무 창의 페이시스트라토스가   400
잤는데, 네스토르의 아들들 가운데 그만이 아직 총각으로 그의 궁전에서
살았다. 네스토르 자신은 지붕이 높다란 그 집의 맨 안쪽에서 잤고
안주인인 그의 아내가 그를 위해 침상과 잠자리를 봐주었다.

      이른 아침에 태어난 장밋빛 손가락을 가진 새벽의 여신이
나타나자 전차를 타고 싸우는 게레니아의 네스토르는 잠자리에서   405
일어나더니 밖으로 나가 자신의 높다란 대문 앞에 있는
잘 다듬은 돌들 위에 앉았다. 기름으로 닦아
윤기가 도는 이 흰 돌들로 말하면 전에는 조언에서
신들에 버금가는 넬레우스가 그 위에 앉곤 하던 자리였다.
그러나 그는 이미 죽음의 운명에 제압되어 하데스[43]의 집으로   410
내려갔고 지금은 아카이오이족의 보루인 게레니아의 네스토르가
손에 홀을 들고 그 위에 앉아 있었다. 그 주위에는 방에서 나온
아들들이 모여 있었으니 에케프론, 스트라티오스,
페르세우스, 아레토스, 신과 같은 트라쉬메데스가 그들이었다.
그리고 여섯 번째이자 마지막으로 영웅 페이시스트라토스가 왔다.   415
그들은 신과 같은 텔레마코스를 데려와 옆에 앉혔고 전차를 타고
싸우는 게레니아의 네스토르가 좌중에서 먼저 말문을 열었다.
      "얘들아, 어서 내 소원을 이뤄다오.
나는 신들 중에서 맨 먼저 아테나의 마음을 달래고 싶구나.
그분은 분명히 알아볼 수 있도록 신의 풍성한 잔치에 오셨으니까.   420
자, 한 명은 들판에 가서 암송아지를 되도록 빨리
이리로 몰고 오되 소치기가 그것을 몰게 하라.

또 한 명은 늠름한 텔레마코스의 검은 배가 있는 곳으로 가서

그의 대원들을 모두 데려오되 두 명은 남아 있게 하라.

또 한 명은 금 세공사 라에르케스한테 가서 이리로 오라고 일러라.　　　425

암송아지의 뿔을 황금으로 싸야 하니까.

나머지는 모두 여기 남아서 안에 있는 하녀들에게 일러

그들이 이 이름난 집에서 잔치 준비를 하고

제단 주위에 놓을 의자들과 장작과 맑은 물을 가져오게 하라.”

　　　그가 이렇게 말하자 모두 부지런히 움직였다.　　　430

들판에서 암송아지가 왔고 균형 잡힌 날랜 배에서는

고매한 텔레마코스의 대원들이 왔으며

세공사는 그의 재주가 달려 있는 도구들,

그것으로 금을 세공하는 모루와 망치와 잘 만든 집게를

가지고 왔다. 아테나도 제물을 받으러 왔다.　　　435

전차를 타고 싸우는 네스토르 노인이 황금을 건네자 세공사가

그것을 절묘하게 손질하여 아테나가 그 장식을 보고 기뻐하도록

암송아지의 뿔을 쌌다. 스트라티오스와 고귀한 에케프론은

뿔을 잡고 암송아지를 끌어 왔고 아레토스는

꽃무늬가 새겨진 대야에 손 씻을 물을 담아서 나왔는데,　　　440

그의 다른 손에는 보리 바구니가 들려 있었다.

싸움에서 물러서지 않는 트라쉬메데스는 암송아지를 내리치려고

날카로운 도끼를 손에 들고 다가왔고, 페르세우스는 피를 받을

접시를 들고 있었다. 그러자 전차를 타고 싸우는 네스토르 노인이

먼저 손을 씻고 보리를 뿌린 뒤 제물의 머리에서 자른 머리털을　　　445

43　‘주요 신명’ 참조.

불속에 던져 의식을 시작하며 아테나에게 간절히 기도했다.

　　그들이 기도를 하고 보리를 뿌리자마자
네스토르의 아들 고매한 트라쉬메데스가 가까이
다가와 내리치니 도끼가 목의 힘줄을 끊으며
암송아지의 힘을 풀어버렸다.　　　　　　　　　　　450
그러자 딸들과 며느리들과 클뤼메노스의 장녀로
네스토르의 존경스러운 아내인 에우뤼디케가 환성을 올렸다.
이제 그들은 넓은 길이 난 대지에서 제물을 들어올렸고
그들이 들고 있는 동안 전사들의 우두머리인 페이시스트라토스가
제물의 목을 베었다. 그리하여 검은 피가 쏟아지고 목숨이　　455
뼈를 떠나자 그들은 서둘러 제물을 해체하고 곧장
넓적다리뼈들을 모두 알맞게 잘라내어
두 겹의 기름 조각으로 싸고 그 위에 다시 날고기를 얹었다.
노인이 그것들을 장작불에 태워올리며 그 위에 반짝이는 포도주를
부어올렸다. 그 곁에는 젊은이들이 손에 오지창(五枝槍)을　　460
들고 서 있었다. 이윽고 넓적다리뼈들이 다 타자
그들은 내장을 맛보고 나서 나머지는 잘게 썰어
꼬챙이에 꿴 뒤 날카로운 꼬챙이를 손에 쥐고 구웠다.

　　그동안 넬레우스의 아들 네스토르의 막내딸
아름다운 폴뤼카스테는 텔레마코스를 목욕시켜주었다.[44]　　465
목욕 후에 그녀가 올리브유를 발라주고
훌륭한 겉옷과 윗옷을 입혀주자
그는 불사신과 같은 모습으로 욕조에서 나오더니
백성들의 목자인 네스토르의 곁에 앉았다.

　　그들은 살코기가 익자 꼬챙이에서 빼낸 뒤　　　　　470

자리에 앉아서 잔치를 벌였고 충직한 하인들이

그들 사이를 오가며 황금 잔에 포도주를 따라주었다.

이윽고 먹고 마시는 욕망이 충족되었을 때 좌중에서

전차를 타고 싸우는 게레니아의 네스토르가 먼저 말문을 열었다.

　　"내 아들들아! 자, 텔레마코스를 위해 갈기 고운 말들을　　　　475

끌고 와 마차에 매라. 그가 길을 떠날 수 있도록 말이다."

　　그가 이렇게 말하자 그들은 귀담아듣고 있다가 아버지가

시키는 대로 서둘러 마차 앞의 날랜 말들에 멍에를 얹었다.

가정부는 빵과 포도주와, 제우스가 양육한

왕들이 먹는 것과 같은 진미(珍味)들을 넣어주었다.　　　　　480

그리하여 텔레마코스는 더없이 아름다운 마차에 올랐고

그와 함께 전사들의 우두머리인 네스토르의 아들

페이시스트라토스도 마차에 올라 고삐를 손에 쥐었다.

그가 채찍질하며 말들을 앞으로 몰자 말들도 마다하지 않고

들판을 향해 나는 듯이 달려 필로스의 가파른 도시를 떠났다.　　　485

말들은 목에 멘 멍에를 온종일 흔들었다.

　　이제 해는 지고 길이란 길은 모두 어둠에 싸였다.

그들은 일찍이 알페이오스[45]가 낳은 오르실로코스의 아들

디오클레스의 집이 있는 파라이[46]에 닿았다.

44　호메로스에서는 보통 여자들이 남자들을 목욕시켜주는데, 고대 그리스인들은 그들의 입
　　상(立像)이나 도기들이 말해주듯 나체를 부도덕하다고 생각하지 않았던 것 같다.

45　알페이오스는 펠레폰네소스 반도의 내륙에 있는 아르카디아(Arkadia) 지방에서 발원하여
　　서북부의 엘리스 지방으로 흐르는 강 또는 그 강의 하신(河神)이다.

46　파라이는 멧세네 만 북동쪽 네돈(Nedon) 강의 좌안에 위치한 도시로 지금의 칼라마타
　　(Kalamata)이다.

그곳에서 그들은 하룻밤을 묵었고 디오클레스는 그들을 환대했다. 490

　　이른 아침에 태어난 장밋빛 손가락을 가진 새벽의 여신이 나타나자
그들은 말들에 멍에를 얹고 정교하게 만든 마차에 다시 올랐다.
그리고 문간 길과 소리가 잘 울리는 주랑 밖으로 마차를 몰았다.
채찍질하며 앞으로 몰자 말들도 마다하지 않고 나는 듯이 달렸다.
그들은 밀을 가져다주는 들판으로 나왔고 거기서부터 목적지까지 495
계속해서 달렸다. 날랜 말들은 그만큼 빨리 달렸다.
이제 해는 지고 길이란 길은 모두 어둠에 싸였다.

IV 라케다이몬에서 있었던 일들

준령에 둘러싸인 라케다이몬 협곡에 이르자
그들은 영광스러운 메넬라오스의 집으로 마차를 몰았다.
메넬라오스는 자기 집에서 많은 친지들이 모인 가운데
아들과 나무랄 데 없는 딸의 결혼 피로연을 베풀고 있었다.
그는 대열의 돌파자 아킬레우스의 아들[1]에게 딸을 보냈으니   5
트로이아에서 그가 먼저 딸을 주기로 고개를 끄덕여 약속했고
신들이 두 사람의 결혼을 이루어주신 것이다.
그래서 그는 딸을 말들과 마차들과 함께 뮈르미도네스족 통치자의
명성도 자자한 도시[2]로 떠나보내고 있었다.
한편 아들을 위해 그는 스파르테 출신인 알렉토르의 딸을 집으로   10
맞아들였다. 그의 아들인 강력한 메가펜테스는 늦둥이로
계집종한테서 태어났다. 헬레네가 황금의 아프로디테처럼
아름답고 사랑스러운 맏딸 헤르미오네를 낳은 뒤로
신들은 그녀가 자식을 낳지 못하게 했기 때문이다.
　　그리하여 영광스러운 메넬라오스의 이웃과 친지들은   15
지붕이 높다란 큰 집에서 잔치를 벌이며 흥겨워했다.

1　네옵톨레모스. '주요 인명' 참조.
2　뮈르미도네스족의 주요 거주 지역은 프티아와 헬라스이지만 도시 이름은 알려져 있지
　않다.

또한 그들 사이에서 신과 같은 가인이 키타리스를 치며
노래하고 있었고 그가 노래하기 시작하자 거기에 맞춰
곡예사 두 명이 그들 한가운데에서 공중제비를 넘었다.

    한편 두 사람, 영웅 텔레마코스와 네스토르의 빼어난 아들은   20
그들의 말들과 함께 바깥 대문 앞에 서 있었다.
영광스러운 메넬라오스의 민첩한 시종인
강력한 에테오네우스가 나오다가 그들을 보고는
백성들의 목자에게 이를 알리기 위해
그에게 가까이 다가서며 물 흐르듯 거침없이 말했다.   25

    "제우스께서 양육하신 메넬라오스 님! 누군지는 몰라도 나그네
두 분이, 위대한 제우스의 혈통인 듯한 두 남자가 와 있습니다.
말씀해주소서! 우리가 그들의 날랜 말들을 멍에에서 풀어줄까요,
아니면 그들을 반가이 맞아줄 다른 사람을 찾아가라고 할까요?"

    그에게 금발의 메넬라오스가 크게 역정을 내며 말했다.   30
"보에토오스의 아들 에테오네우스여! 전에는 어리석지 않던
자네가 지금은 어린아이처럼 어리석은 말을 하는구나.
우리 두 사람도 제우스께서 혹시 고통에서 우리를
쉽게 해주실까 하여 이곳으로 돌아올 적에 다른 사람들이 베푸는
환대를 가끔 받지 않았던가! 자, 자네는 손님의 말들을 멍에에서   35
풀고 그들은 잔치에 참석하도록 이리로 안내하게나."

    그가 이렇게 말하자 에테오네우스는 급히 홀을 지나갔고
다른 민첩한 시종들을 부르며 자기를 따라오라고 했다.
그리하여 그들은 땀 흘리는 말들을 멍에에서 풀어
말구유에다 맨 뒤 그 주위에 호밀을 던져주며   40
거기에 흰 보리를 섞어주었고 마차는 환히 빛나는

현관 벽에다 기대어놓았으며 손님들은

으리으리한 궁전 안으로 안내했다. 그러자 텔레마코스 일행은

제우스께서 양육하신 왕의 집을 보고는 놀라움을 금치 못했다.

영광스러운 메넬라오스의 지붕이 높다란 집은 온통   45

햇빛이나 달빛 같은 광채로 가득 차 있었기 때문이다.

그들은 보는 것으로 눈을 즐겁게 한 다음

반들반들 닦은 욕조에 들어가 목욕을 했다.

하녀들이 목욕시켜주고 나서 올리브유를 발라주고

두툼한 외투와 윗옷을 입혀주자 그들은   50

아트레우스의 아들 메넬라오스 옆에 있는 안락의자에 앉았다.

이어서 시녀 한 명이 아름다운 황금 물항아리를 가져와

손을 씻으라고 은대야 위에 물을 부어주더니

그들 앞에 반들반들 닦은 식탁을 갖다놓았다.

그러자 존경스러운 가정부가 빵을 가져와 그들 앞에 놓고 그 밖에도   55

갖가지 음식을 올리더니 자기 옆에 있는 것들을 아낌없이 건네주었다.

고기를 썰어 나누어주는 자는 온갖 종류의 고기가 든 접시들을

배식대에서 꺼내놓았고 그들 앞에 황금 잔을 놓았다.

그러자 금발의 메넬라오스가 두 사람을 환영하며 말했다.

   "맛있게 드시오. 그대들이 저녁밥을 먹고 나면   60

우리는 그대들이 어떤 사람인지 물어볼 것이오.

그대들 부모들의 혈통이 그대들에게서 소멸된 것은 아니로군요.

그대들은 제우스께서 양육하신 홀을 가진 왕들과 같은 분의 자식임이

분명하니 말이오. 천한 자는 그대들 같은 자식을 낳지 못하는 법이오."

   이렇게 말하고 그는 사람들이 그에게 명예의 선물로 준   65

기름기 많은 소등심구이를 손수 집어 그들 앞에 놓았다.

그러자 그들은 앞에 차려진 음식에 손을 내밀었다.

이윽고 먹고 마시는 욕망이 충족되었을 때

텔레마코스는 다른 사람이 듣지 못하도록 얼굴을

가까이 갖다 대고 네스토르의 아들에게 말했다.　　　　　　　　　　70

　　"네스토르의 아들이여, 그대 내 마음의 기쁨이여!

소리가 잘 울리는 홀에 가득 찬 청동과 황금과 호박과 은과

상아의 번쩍거림을 보시오. 아마도 올림포스의 제우스의

궁전 내부가 이렇겠지요. 그만큼 여기 있는 물건들이

말할 수 없이 훌륭하군요. 보고 있자니 그저 놀라울 따름이오."　　　　75

　　그러나 그가 하는 말을 금발의 메넬라오스가 알아듣고

그들을 향해 물 흐르듯 거침없이 말했다.

　　"여보게 젊은이들, 진실로 어떤 인간도 제우스와는

겨룰 수 없는 것이오. 그분의 집과 재산은 불멸이기 때문이오.

그러나 인간들 중에는 재산에서 나와 겨룰 자도 있겠고　　　　　　80

겨룰 수 없는 자도 있을 것이오. 나는 갖은 고생을 하며 오래

떠돌아다니다가 많은 것을 배에 싣고 팔 년 만에 돌아왔소.

나는 퀴프로스[3]와 포이니케[4]와 아이귑토스인들 사이를 떠돌아다녔고

아이티오페스족과 시돈인들[5]과 에렘보이족[6]에게도 갔었소.

날 때부터 뿔이 난 새끼 양이 있는 리뷔에[7]에도 갔소.　　　　　　　85

그곳 어미 양은 일 년에 세 번씩 새끼를 낳는다오.

그곳에서는 왕이든 목자든, 치즈나 고기나

달콤한 젖에 굶주리는 사람은 아무도 없으니

일 년 내내 언제나 젖을 짜야 할 양떼가 그득하기 때문이오.

이들 나라를 떠돌아다니며 내가 많은 재산을 모으는 동안　　　　　90

다른 사람이 은밀히 그리고 불시에 내 형님을

그분의 몹쓸 아내의 간계로 살해하고 말았소.

그래서 나는 이 모든 재산의 주인이지만 도무지 즐겁지가 않소이다.

그대들 부친이 어떤 분이시든 그대들은 그분들에게서

이 일에 관해 들었을 것이오. 많은 고생을 했을 뿐 아니라 나는   95

아주 훌륭하고 좋은 것들이 많던 내 집을 잃어버렸소.

아아! 내가 지금 그 재산의 삼분의 일만 갖고 여기 내 집에서

살고 있고, 그 대신 그때 말을 먹이는 아르고스로부터 먼

넓은 트로이아에 가서 죽어간 그 사람들이 아직도 무사하다면

좋으련만! 아닌 게 아니라 나는 가끔 이곳 궁전에 앉아   100

그들 모두를 위해 비탄하고 슬퍼한다오.

하지만 나는 잠시 비탄으로 내 마음을 가볍게 하다가도

다시 그만두지요. 사람들은 차가운 비탄에는 금세 물리는 법이니까.

그러나 그들 모두를 위해서도 그 한 사람을 위해서만큼은

---

3 퀴프로스는 지금의 터키 남쪽 동(東)지중해에 있는 섬으로 고대에는 특히 그곳 파포스 및 아마투스(Amathous)에 있던 아프로디테 신전들로 유명했다. 아프로디테가 바다 거품에서 태어난 뒤 맨 먼저 상륙한 곳이 파포스였다고 한다. 그래서 아프로디테는 흔히 퀴프리스 (Kypris '퀴프로스 섬의 여신'이라는 뜻)라고도 불린다. 이 섬은 광산으로 유명하다.

4 포이니케는 시리아의 좁은 해안 지대로 시돈과 튀로스(Tyros)가 그곳의 큰 도시들이다. 셈 족인 포이니케인들은 항해와 공예에 능했으며 해적으로도 악명이 높았다. 그들은 기원전 1000년 이전에 이미 자신들의 알파벳을 만들어내기도 했다.

5 시돈에 관해서는 위 주 4 참조.

6 에렘보이족에 관해서는 아라비아인 또는 히브리인이라는 주장들이 있지만 확실하지 않다.

7 고대 그리스인들은 아시아에 속했던 이집트를 제외한 아프리카, 또는 그들이 알고 있던 아프리카의 일부를 리뷔에라고 불렀는데, 호메로스에서 리뷔에는 이집트의 서쪽에서 오 케아노스 강에 이르는 지역을 가리킨다. 아프리카라는 이름은 튀로스 시의 식민시인 카르 타고(Carthago) 주민들이 카르타고 주변 지역에 처음 붙인 이름인데 나중에는 대륙의 알 려진 부분 전체에도 사용되었다. 아프리카라는 이름의 어원은 확실하지 않다.

괴로워하고 비탄하지는 않아요. 그 사람만 생각하면 나는
잠도 싫어지고 음식도 싫어진다오. 아카이오이족 중에 오뒷세우스가
고생하고 견딘 것만큼 그렇게 고생한 사람은 아무도 없다오.
고난은 물론 그 자신의 몫이겠지만 그를 아쉬워하는 영원히 참을 수 없는
슬픔은 내 몫이지요. 그는 오랫동안 떠나고 없고 우리는 그가
살았는지 죽었는지 알지 못하니 말이오. 라에르테스 노인과   110
사려 깊은 페넬로페와 갓난아기로 그가 집에 남겨두고 간
텔레마코스도 아마 지금쯤 그를 위해 비탄하겠지요."

메넬라오스는 이런 말로 텔레마코스의 마음속에 아버지를 위해
비탄하고 싶은 욕망을 불러일으켰다. 아버지의 이름을 듣는 순간
눈꺼풀에서 눈물이 바닥으로 떨어지자 텔레마코스는 두 손으로   115
자줏빛 외투를 들어올려 눈시울을 가렸다. 이를 알아차린
메넬라오스가 텔레마코스 스스로 아버지에 관해 말하도록
내버려두어야 할 것인지, 아니면 먼저 꼬치꼬치 물으며
시험해보아야 할 것인지 마음속으로 골똘히 생각했다.

그가 이런 것들을 마음속으로 곰곰이 생각하는 동안   120
헬레네가 황금 화살의 아르테미스[8]와도 같이
지붕이 높다란 향기로운 방에서 나왔다.
그러자 아드라스테가 함께 나와 잘 만든 의자를 그녀를 위해
갖다놓았고 알킵페는 더없이 부드러운 양모 깔개를 가져왔다.
또한 퓔로는 은으로 만든 바구니 하나를 가져왔는데   125
이것은 집안에 엄청난 재물이 쌓여 있는 아이귑토스의 테바이[9]에
사는 폴뤼보스의 아내 알칸드레가 그녀에게 준 것이었다.
폴뤼보스는 메넬라오스에게 은제 욕조 두 개와 세발솥 두 개와
황금 열 탈란톤[10]을 주고 그 밖에 폴뤼보스의 아내도

헬레네에게 더없이 아름다운 선물들을 주었으니   130

금으로 만든 물렛가락 하나와 바퀴 달린 은제 바구니 하나를

주었던 것이다. 그것의 가장자리는 황금으로 마감되어 있었다.

곱게 뽑은 실이 가득 든 이 바구니를 하녀 퓔로가

가져오더니 헬레네 옆에 놓았다. 그 바구니 위에는

진한 자줏빛 양모가 감긴 물렛가락이 놓여 있었다.   135

헬레네가 앉은 등받이의자 발치에는 그녀를 위한 발판이

달려 있었다. 그녀는 남편에게 꼬치꼬치 캐묻기 시작했다.

　　"제우스께서 양육하신 메넬라오스여! 우리집에 오신 이분들의

이름을 우리는 벌써 알고 있나요? 내가 확신하는 바를 말할까요,

말하지 말까요? 그래요, 내 마음은 말하라고 명령하네요.   140

단언컨대, 남자든 여자든 이렇게 닮은 사람을 나는 일찍이

본 적이 없어요. 여기 이분은 마음이 너그러운 오뒷세우스를 너무나

빼닮았으니 그분의 아들이 틀림없어요. 보고 있으니 그저 놀랍네요.

이 염치없는 여인 때문에 그대들 아카이오이족이 마음속으로

대담한 전쟁을 궁리하며 트로이아로 갔을 때[11] 그분이 갓난아기로   145

집에 두고 간 아들 텔레마코스가 틀림없단 말예요."

　　금발의 메넬라오스가 그녀에게 대답했다.

8　'주요 신명' 참조.

9　'주요 지명' 참조.

10　탈란톤(talanton)은 무게 단위로 호메로스에서는 그다지 큰 단위는 아니었던 것으로 생각
　　된다. 나중에 탈란톤이라는 무게 단위는 그리스의 여러 나라에서 서로 다르게 사용되었는
　　데 아테나이에서 1탈란톤은 약 26킬로그램이었다.

11　트로이아 전쟁은 트로이아 왕자 파리스가 메넬라오스의 아내 헬레네를 스파르테에서 트
　　로이아로 데려간 것이 원인이 되어 10년간 계속되었다.

"여보, 내 생각도 지금 당신 생각과 같소.
그의 두 발도, 그의 두 손도 이러했고
눈빛도 머리도 그 위의 머리털도 이러했소.   150
그래서 나도 방금 오뒷세우스가 나를 위해 애쓰고 고생한
모든 일들이 생각나서 그에 관해 이야기하는데
이 사람이 눈썹 밑으로 하염없이 눈물을 흘리며
자줏빛 외투를 들어올려 두 눈을 가리지 뭐요."
　　네스토르의 아들 페이시스트라토스가 그에게 대답했다.   155
"제우스께서 양육하신 아트레우스의 아들 메넬라오스 님!
아닌 게 아니라 이 사람은 그대의 말씀대로 그분의 아들입니다.
그러나 그는 신중한 사람인지라 이렇게 첫 방문 길에 그 음성이
신의 음성처럼 우리를 즐겁게 해주는 그대의 면전에서 주제넘은
잡담을 늘어놓는 것을 마음속으로 달갑지 않게 여긴 것입니다.   160
나로 말하면, 전차를 타고 싸우는 게레니아의 네스토르께서 보내시어
길라잡이로 그와 동행하게 되었지요. 텔레마코스는 그대가 어떤
유익한 말이나 행동을 일러주리라 믿고 그대를 만나보고 싶어했습니다.
도와줄 사람이 아무도 없을 때 아버지가 떠나고 없는 아들은
집에서 많은 고통을 겪게 마련이지요. 이것이 바로 텔레마코스의   165
현재 처지입니다. 그의 아버지는 떠나고 안 계시고
그를 위해 재앙을 막아줄 사람은 나라에 아무도 없으니까요."
　　금발의 메넬라오스가 그에게 대답했다.
"아아! 그렇다면 나 때문에 전쟁의 노고를 수없이 참고 견딘
내 친구의 아들이 정말로 내 집에 온 것이구려. 나는 그가 돌아오면   170
다른 모든 아르고스인들보다 그를 더 사랑하겠다고 말하곤 했네.
목소리가 멀리 들리는 올륌포스의 제우스께서 우리 두 사람이

날랜 함선들을 타고 바다 건너 귀향하는 것을 허락해주시기만

한다면 말일세. 그랬다면 아르고스에 살 도시를 주고

그를 위해 집을 지어주었을 것이며, 나 자신의 통치를 받는   175

주변 도시들 가운데 하나를 비우고 그의 재산과 그의 아들과

그의 모든 백성들과 함께 그를 이타케에서 데려왔을 걸세.

그랬다면 우리는 이곳에서 자주 교유했을 것이고

죽음의 먹구름이 우리를 덮기 전에 우리 두 사람의

우정과 즐거움을 갈라놓는 것은 아무것도 없었을 걸세.   180

그런데 틀림없이 어떤 신께서 그것을 시기하시어

그 불운한 사람만이 귀향하지 못하게 하신 것 같네."

　메넬라오스의 이 말은 모두의 마음속에 비탄에 잠기고 싶은

욕망을 불러일으켰다. 제우스의 딸[12] 아르고스의 헬레네[13]도 울었고

텔레마코스도 울었으며 아트레우스의 아들 메넬라오스도 울었다.   185

네스토르의 아들의 두 눈에도 역시 눈물이 흘렀으니

그는 찬란한 새벽의 여신의 빼어난 아들[14]의 손에 죽은

---

12 스파르테 왕 튄다레오스는 아이톨리아(Aitolia) 왕 테스티오스(Thestios)의 딸 레다와 결혼
　　하여 두 딸 클뤼타임네스트라와 헬레네 그리고 디오스쿠로이(Dioskouroi 라/Dioscuri '제
　　우스의 아들들'이라는 뜻)라고 불리는 두 아들 카스토르와 폴뤼데우케스를 낳는다. 그런
　　데 제우스가 레다를 사랑하여 백조의 모습을 하고 그녀에게 접근한 까닭에 어느 아이가
　　제우스의 자식이냐에 대해 의견이 분분하다. 아가멤논의 아내가 되었다가 귀향하는 날 남
　　편을 죽인 클뤼타임네스트라는 튄다레오스의 딸이고 헬레네는 제우스의 딸이라는 데에는
　　이견이 없지만, 디오스쿠로이에 대해서는 둘 다 제우스의 아들이라는 주장과 둘 다 아니
　　라는 주장과 둘 중 폴뤼데우케스만이 제우스의 아들이라는 주장이 엇갈리고 있다.

13 '아르고스의 헬레네'(Argeiē Helene)는 트로이아인들이 헬레네가 본래 아르고스 출신인 까
　　닭에 붙여준 이름인데, 아르고스로 돌아온 뒤에도 그대로 불렸다.

14 멤논. '주요 인명' 중 안틸로코스 참조.

나무랄 데 없는 안틸로코스를 마음속으로 생각했던 것이다.

그를 생각하며 페이시스트라토스는 물 흐르듯 거침없이 말했다.

　　"아트레우스의 아드님! 우리가 네스토르 노인의 궁전에서　　　190

그대에 관해 언급하거나 서로 물어볼 때마다 그분께서는

그대야말로 인간들 중에서 월등히 슬기롭다고 말씀하시곤 했습니다.

하지만 가능하시다면 내 말을 따르십시오. 나로서는 저녁 식사 뒤에

우는 것은 달갑지 않습니다. 이른 아침에 태어난 새벽의 여신이

곧 나타날 것입니다. 죽어서 운명을 맞은 인간을 위해　　　　　　195

우는 것을 내가 부당하다고 생각하는 것이 아닙니다.

머리털을 자르고[15] 뺨에서 눈물을 흘리는 것이야말로

우리가 비참한 인간들에게 줄 수 있는 유일한 위안이니까요.

내 형님도 돌아가셨습니다. 그분은 아르고스인들 중에서 가장

비천한 자가 아니었습니다. 그대도 알고 계실 것입니다.　　　　　200

나는 안틸로코스 형님을 만난 적도, 본 적도 없지만

그분이 경주와 전투에서 남들보다 뛰어났다고 들었습니다."

　　그에게 금발의 메넬라오스가 이런 말로 대답했다.

"여보게, 자네가 한 말은 모두 슬기로운 사람이거나 더 연장자가

말하거나 행할 만한 그런 것들일세. 그런 아버지에게서　　　　　205

태어난 까닭에 자네는 그렇게 슬기롭게 말하는구먼.

크로노스의 아드님께서 지금 네스토르에게 그 자신은 집안에서

편안히 늙어가고 아들들은 지혜롭고 가장 뛰어난 창수(槍手)가

되는 것을 평생토록 베풀어주셨듯이,

결혼과 출산에서 크로노스의 아드님의 축복을 받은　　　　　　　210

그런 사람의 자식은 쉬이 알아볼 수 있는 법이라네.

자, 우리는 조금 전에 쏟기 시작한 울음을 그치고

다시 저녁 식사를 하세. 그리고 저들이

우리 손에 물을 붓게 하세. 이야기라면 내일 아침에

나와 텔레마코스가 서로 충분히 나눌 수 있을 걸세." 215

  그가 이렇게 말하자 영광스러운 메넬라오스의 민첩한 시종인

아스팔리온이 그들의 손에 물을 부어주었다.

그러자 그들은 앞에 차려진 음식에 손을 내밀었다.

  그때 제우스의 딸 헬레네는 다른 생각이 떠올라

그들이 마시는 포도주에 약을, 고통과 분노를 달래고 220

모든 불행을 잊게 해주는 약을 즉석에서 탔다.

그 약을 희석용 동이에 타면 그것을 한 모금이라도

마신 자는 그가 누구든 설령 부모가 죽는다 해도,

그리고 그가 보는 앞에서 사람들이 그의 형제나

사랑하는 아들을 청동으로 쓰러뜨린다 해도 225

그날은 그의 뺨에 눈물이 흐르지 않는다. 제우스의 따님은

여러 모로 도움이 되는 이런 영약들을 갖고 있었는데

아이컵토스에서 톤의 아내 폴뤼담나가 그녀에게 준 것이었다.

그곳에서는 양식을 대주는 대지가 수많은 약초를 기르는데

이로운 것과 해로운 것이 서로 섞여 있었다. 230

그곳에서는 또 각자가 남들을 능가하는 훌륭한 의사였는데

그들은 파이안[16]의 자손들이기 때문이다.

헬레네는 약을 타고 나서 술을 따르게 한 뒤

---

15 고대 그리스인들은 가족이나 친구가 죽으면 애도의 표시로, 성년(成年)이 되면 길러준 데 대한 보답의 표시로 머리털을 잘라 고향의 강물에 바치는 관습이 있었다.

16 파이안은 호메로스에서는 신들의 의사로서 하데스와 아레스를 치료해준다(『일리아스』 5권 401, 899, 900행 참조). 그의 이름은 pauō('그치게 하다' '진정시키다'는 뜻)에서 유래했다.

다시 남편에게 이렇게 말하기 시작했다.

"제우스께서 양육하신 아트레우스의 아들 메넬라오스여,   235
그리고 그대들 훌륭한 분들의 아드님들이여! 신께서는
오늘은 이 사람에게 내일은 저 사람에게 행복과 불행을 주세요,
제우스 말이에요. 그분은 전능하시니까요. 그러니 그대들은
지금 홀에 앉아 음식을 들며 환담을 나누세요.
나도 분위기에 맞는 이야기를 하나 할까 해요. 물론 나는   240
참을성 많은 오뒷세우스가 치른 전투를 전부 다 말하거나
일일이 열거할 수는 없어요. 그러나 아카이오이족이
고통받은 트로이아인들의 나라에서 강력한 그분이
이 일을 어떻게 행하고 견뎠는지는 이야기할 수 있어요.
그분은 자기 몸을 심하게 매질한 다음 하인처럼 어깨에   245
누더기를 걸치고 길이 넓은 적군의 도시로 들어갔는데
그때 그분은 딴사람으로, 그러니까 거지로 변장했지요.
아카이오이족의 함대에는 그런 거지가 없었지만 말예요.
그런 꼴을 하고 트로이아인들의 도시로 들어갔으니
그분을 알아보는 사람은 아무도 없었지요. 나만이 그분의 정체를   250
알고 질문을 계속했지만 그분은 교묘히 피하셨답니다.
그러나 내가 그분을 목욕시킨 뒤 올리브유를 발라주고
옷을 입혀주며 그분이 날랜 함선들과 막사에
도착하기 전에는 결코 트로이아인들에게 그분이
오뒷세우스라는 것을 말하지 않겠다고 엄숙히 맹세하자   255
그제야 그분은 아카이오이족의 계획을 내게 소상히 말해주었어요.
그리고 그분은 날이 긴 청동으로 트로이아인들을 여러 명 죽인 뒤
아르고스인들에게로 돌아갔고 많은 정보를 가져다주었지요.

그때 다른 트로이아 여인들은 소리 높여 울었지만 나는 마음이
흐뭇했어요. 나는 벌써 오래전부터 귀향하기로 마음이 돌아섰고,   260
그때는 나도 이미 아프로디테가 나로 하여금 내 딸과
내 신방(新房)과, 지혜와 생김새에서 누구 못지않은 내 남편을
버리게 하고 그리운 고향땅에서 트로이아로 인도할 때
내게 씌웠던 그 미망(迷妄)[17]을 한탄하고 있었으니까요."
　　금발의 메넬라오스가 그녀에게 이런 말로 대답했다.   265
"여보, 당신이 한 말은 모두 도리에 맞는 말이오.
나는 이미 수많은 영웅들과 그들의 조언과 생각을
알게 되었고 수많은 나라를 두루 여행해보았지만
참을성 많은 오뒷세우스만큼 강심장을 가진 사람은
아직 본 적이 없다오. 우리들 아르고스인들의 모든 장수들이   270

---

17 이른바 '파리스의 심판'에 대한 보답으로 아프로디테는 메넬라오스가 집을 비운 사이 파리스가 헬레네를 데려가도록 도왔는데 그 발단은 이러하다. 처음에 제우스는 테티스와 결혼하려 했지만 테티스가 아버지보다 강한 아들을 낳을 것이라는 예언을 듣고 그녀를 인간인 펠레우스에게 시집보낸다. 불화(不和)의 여신 에리스(Eris)가 자신만 결혼 잔치에 초대받지 못한 데 앙심을 품고 결혼식 하객으로 참석한 신들 한가운데다 '가장 아름다운 이에게'라는 글자가 새겨진 예쁜 황금 사과 하나를 던지자 헤라와 아테나와 아프로디테 세 여신이 모두 그것은 자기 것이라고 주장한다. 여신들은 트로이아 근처 이데(Ide) 산에서 목동으로 지내던 최고 미남 파리스에게 심판받기로 하고 그를 찾아간다. 그리고 그 사과를 자기 것으로 판정해주면 그 보답으로 헤라는 아시아에 대한 통치권을, 아테나는 전쟁에서의 승리를, 아프로디테는 절세미인을 아내로 주겠다고 약속한다. 파리스가 그 사과를 아프로디테의 것으로 판정하자 아프로디테는 그 보답으로 파리스가 헬레네를 데려가도록 도와준 것이다. 그런데 그리스의 이름난 영웅들은 헬레네에게 구혼할 때 오뒷세우스의 제안에 따라 그녀가 누구를 남편으로 택하든 그녀의 남편 된 자의 권리를 지켜주기로 맹세한 까닭에 거의 모든 그리스 영웅들이 이 맹세에 묶여 헬레네를 둘러싼 전쟁에 참가하지 않을 수 없었고, 그리하여 파리스는 옛 예언대로 트로이아를 망하게 했던 것이다. '파리스의 심판'에 관한 자세한 이야기는 '서사시권' 서사시들의 하나인 『퀴프리아』(*Kypria*) 참조.

트로이아인들에게 죽음과 죽음의 운명을 안겨주려고
반들반들 깎은 목마(木馬)[18]에 들어갔을 때
그 강력한 전사가 행하고 견뎌낸 것은 또 어떠했던가!
그때 당신이 그리로 왔지요. 아마도 어떤 신께서 트로이아인들에게
영광을 주시려고 당신에게 그리 하라고 명령하신 것 같소.   275
신과 같은 데이포보스[19]가 바로 당신과 동행했는데
세 번이나 당신은 속이 빈 매복처[20]를 만지고 돌며
다나오스 백성들의 장수들 이름을 소리 높여 불렀고
모든 아르고스인들의 아내들의 목소리를 흉내 냈소.
그때 나와 튀데우스의 아들과 고귀한 오뒷세우스는   280
한가운데에 앉아 있다가 당신이 부르는 소리를 들었다오.
우리 두 사람은 벌떡 일어나 밖으로 나가거나
안에서 당장 대답하고 싶었지만 오뒷세우스는
우리의 열망에도 불구하고 우리를 제지하고 붙들었소.
그러자 아카이오이족의 다른 아들들은 모두 잠자코 있었으나   285
오직 안티클로스만이 당신에게 대답하려 했지요.
하지만 오뒷세우스가 힘센 두 손으로 그의 입을 틀어막아
전 아카이오이족을 구했고 팔라스 아테나께서
당신을 데려가실 때까지 그를 붙들고 놓지 않았다오."

　　　슬기로운 텔레마코스가 그에게 대답했다.   290
"제우스께서 양육하신 아트레우스의 아들 메넬라오스 님, 백성의 목자시여!
그럴수록 나는 더 괴롭기만 합니다. 그 모든 것도 결국 그분의 비참한
파멸을 막지는 못했으니까요. 아무리 그분의 몸속 심장이 무쇠로 되어 있다
하더라도 말입니다. 자, 우리가 잠자리에 누워 달콤한 잠으로
원기를 회복하도록 그대들은 잠자리로 우리를 안내해주십시오."   295

그가 말을 마치자 아르고스의 헬레네가 하녀들을 시켜

주랑에 침상을 갖다놓고 그 위에 아름다운 자줏빛

담요를 깔고, 그 위에 깔개를 펴고 다시 그 위에

몸을 덮을 수 있도록 두툼한 외투를 펴게 했다.

하녀들이 횃불을 손에 들고 홀에서 나가   300

침상을 펴자 전령이 손님을 안내했다.

그리하여 영웅 텔레마코스와 네스토르의 빼어난 아들은 거기

그 집의 바깥채에서 잤다. 그러나 아트레우스의 아들은

지붕이 높다란 그 집의 맨 안쪽에서 잤고 그 곁에는

여인들 중에서도 고귀한 긴 옷의 헬레네가 누워 있었다.   305

이른 아침에 태어난 장밋빛 손가락을 가진 새벽의 여신이

18 '트로이아의 목마'는 아킬레우스가 죽은 뒤 그리스군이 생각해낸 것으로 장인(匠人) 에페이오스가 만든 이 거대한 목마 안에 오뒷세우스를 포함한 장수들을 남겨둔 채 그리스군은 배를 타고 테네도스 섬 뒤쪽으로 사라진다. 트로이아인들이 몰려오자 목마가 성 안에 들어가면 밤에 횃불로 신호를 주기로 하고 혼자 남아 있던 첩자 시논(Sinōn '해코지하는 자'라는 뜻)이 자기는 그리스군에 불만이 많아 탈영했으며 목마는 안전한 귀향을 위해 아테나 여신에게 바친 제물인데 목마를 성 안에 끌고 들어가면 트로이아는 앞으로 난공불락이 될 것이라고 말한다. 이때 아폴론의 사제 라오코온(Laokoon)이 '그리스인들의 선물'을 받지 말라고 경고하지만 트로이아인들은 그가 경고하자마자 라오코온 삼부자(三父子)가 두 마리의 거대한 바다뱀에 감겨 죽는 것을 보고 불경(不敬)에 대한 벌이라고 확신하고 성 안으로 목마를 끌어들인다. 캇산드라도 트로이아의 파멸을 예언하지만 아무도 그녀의 말을 믿으려 하지 않는다. 그리하여 그날 밤 승전을 자축하던 트로이아인들이 모두 술에 곯아떨어졌을 때 그리스군 장수들이 밧줄을 타고 목마에서 내려오고 테네도스 섬 뒤에 숨었던 그리스군이 돌아와 트로이아를 함락시킨다. 목마에 관한 자세한 이야기는 '서사시권' 서사시들의 하나인 『소(小) 일리아스』와 『일리오스의 함락』(Iliou persis 라/Iliupersis) 참조.

19 데이포보스는 프리아모스와 헤카베의 아들로 트로이아의 용감한 전사 중 한 명이다(『일리아스』 12권 94행, 13권 156행 이하, 402행 참조).

20 목마.

나타나자 목청 좋은 메넬라오스는 잠자리에서 일어나
옷을 입고 어깨에는 날카로운 칼을 메고
번쩍이는 발밑에는 아름다운 샌들을 매어 신고
신과 같은 모습으로 방에서 걸어 나갔다.   310
그는 텔레마코스 옆에 앉더니 이렇게 말했다.

　　"영웅 텔레마코스여! 자네는 무슨 용건으로 바다의 넓은 등을
타고 이곳 고귀한 라케다이몬에 온 것인가? 공무인가 개인적인
일인가? 그 점에 대해 내게 거짓 없이 사실대로 말해주게나."

　　슬기로운 텔레마코스가 그에게 대답했다.   315
"제우스께서 양육하신 아트레우스의 아들 메넬라오스 님, 백성의 목자시여!
나는 혹시 그대가 아버지에 관한 소식이라도 전해주실까 해서 이리로
온 것입니다. 내 집은 다 먹히고 기름진 내 농토도 결딴났습니다.
내 집은 적의로 가득 차 있어 그들이 내 작은 가축 떼들과
걸음이 무겁고 뿔 굽은 소들을 계속하여 도살하고   320
있습니다. 내 어머니의 오만불손한 구혼자들 말입니다.
그래서 나는 지금 이리로 와서 그대의 무릎을 잡고 비는 것입니다.
혹시 그대가 그분의 비참한 최후를 직접 목격하셨다면 말씀해주실 수
있을까 해서요. 아니라면 누군가에게 그분이 떠돌아다니신다는
소식이라도 들으셨는지요? 그렇다면 그분의 어머니께서는   325
그분을 참으로 비참한 인간으로 낳아주셨습니다. 그러니 나를
배려하거나 동정해서 감미롭게 말씀하지 마시고, 그대가 보고 겪으신
그대로 말씀해주십시오. 청컨대, 아카이오이족이 고통받던
트로이아인들의 나라에서 내 아버지 고귀한 오뒷세우스께서 일찍이
그대에게 말이나 행동을 약속하시고 이를 이행하신 적이 있다면   330
그대는 지금 그것을 기억하시고 사실대로 말씀해주십시오."

금발의 메넬라오스는 크게 역정을 내며 말했다.

"아아, 겁쟁이인 주제에 그자들이 감히

대담무쌍한 분의 잠자리에 눕기를 바라다니!

갓 태어나 아직도 어미 젖을 먹는 새끼를   335

암사슴이 강력한 사자의 은신처에 뉘어놓고는

산기슭과 풀이 무성한 골짜기로 풀을 뜯으러 나가고 나면

제 잠자리로 돌아온 사자가 어미와 새끼 모두에게

치욕적인 운명을 안겨줄 때와 같이, 꼭 그처럼

오뒷세우스가 그자들에게 치욕적인 운명을 안겨줄 걸세.   340

아버지 제우스와 아테나와 아폴론이여!

전에 튼튼하게 지은 레스보스에서 그가 일어나

레슬링 경기에서 필로멜레이데스[21]를 힘차게 내던지자

전 아카이오이족이 기뻐했을 때와 같은

그런 강력한 자로서 오뒷세우스가 구혼자들과 섞였으면 좋으련만!   345

그러면 그들은 모두 재빠른 운명과 쓰디쓴 결혼을 맞게 될 텐데.

자네가 내게 묻고 간청하는 것들에 관해 나는 결코 핵심에서

벗어나거나 질문을 회피하며 자네에게 엉뚱한 말을 하거나

속이지 않겠네. 나는 거짓을 모르는 바다 노인[22]이

내게 말해준 것을 자네에게 한마디도 숨기거나 감추지 않겠네.   350

　　　고향으로 돌아가고 싶어하는 나를 신들께서

여전히 아이귑토스에 붙들어두셨네. 그것은 내가 신들께 마음에 들 만한

---

21 필로멜레이데스는 레스보스 섬의 왕으로 그곳에 오는 모든 사람들에게 레슬링 시합을 하자고 도전했다고 한다.

22 여기서 '바다 노인'이란 프로테우스를 말한다. 프로테우스는 해신 포세이돈의 신하로 온 갖 형상으로 변할 수 있는 뛰어난 변신 능력과 예언력을 갖고 있다.

헤카톰베를 바치지 않았고, 신들께서는 자신들의 명령을 인간들이

명심하기를 바라셨기 때문이라네. 아이귑토스의 맞은편 큰 너울이 이는

바다 한가운데 섬이 하나 있는데 사람들은 그 섬을 파로스[23]라고   355

부르지. 그 섬은 요란한 바람이 뒤에서 불어주기만 하면

속이 빈 배를 타고 하루 만에 갈 수 있는 거리에 있네.

그 섬에는 좋은 포구도 하나 있어 사람들은 깊은 샘의 검은 물[24]을

퍼 담고 나서 그곳에서 균형 잡힌 배들을 바다로 끌어내리곤 하지.

신들께서는 그곳에다 나를 스무 날 동안이나 붙들어두셨는데   360

그동안 함선들을 바다의 넓은 등으로 데려다줄

바닷바람의 입김이라고는 전혀 불지 않았네.

그리하여 양식도 전우들의 기운도 모두 떨어지고 말았을 걸세.

어떤 여신이, 강력한 바다 노인 프로테우스의 딸 에이도테에가

나를 불쌍히 여기고 동정하지 않았더라면 말일세.   365

나는 누구보다도 그녀의 마음을 움직였다네.

내가 전우들과 떨어져 혼자 거니는데 그녀가 다가왔지.

전우들은 줄곧 섬 주위를 돌아다니며 구부러진 낚싯바늘로 물고기를

낚고 있었네. 굶주림이 그들의 창자를 갉아먹었으니까.

그녀는 내게 다가서더니 이렇게 말했네.   370

'오오, 나그네여! 그대는 정말 바보라서 생각이 그리 모자라는 건가요,

아니면 일부러 될 대로 되라고 내버려두고 고생을 즐기는 건가요?

전우들의 마음이 풀어지는데도 그대는 이렇듯 오래 섬에

머무르며 어떤 출구도 찾아내지 못하니 말예요.'

그녀의 말에 나는 이렇게 대답했네.   375

'그대가 여신들 중에 어느 분이시든 내 그대에게 다 말씀드리겠소.

이곳에 머무는 것은 내 본의가 아니오. 나는 틀림없이 넓은

하늘에 사시는 불사신들의 노여움을 산 듯하오. 자, 신들께서는

모든 것을 다 아시니까 그대는 말씀해주시오. 불사신들 중에

어느 분이 나를 이곳에 묶고 내 여행을 방해하시는지,　　　　　　　380

어떻게 하면 물고기가 많은 바다로 나가 귀향할 수 있는지.'

이렇게 말하자 여신들 중에서도 고귀한 그 여신은 곧바로 대답했네.

'나그네여! 내 그대에게 솔직히 다 말해주겠소.

이곳에는 거짓을 모르는 불사의 바다 노인

아이귑토스의 프로테우스가 자주 나타나시곤 하는데　　　　　　　385

모든 바다의 깊이를 알고 계시는 그분은 포세이돈의 신하랍니다.

사람들은 그분이 나를 낳아주신 아버지라고 말해요.

그대가 매복해 있다가 그분을 붙잡을 수 있다면

그분은 틀림없이 그대에게 길과 노정을 일러주시고, 어떻게 하면

그대가 물고기 많은 바다로 나가 귀향할 수 있는지 말씀해주실　　　　390

것이오. 그리고 제우스께서 양육하신 이여! 그대가 원한다면

그분은 그대가 이렇게 집을 떠나 길고도 힘든 여행을 하는 동안

그대의 궁전에서 일어난 좋은 일과 궂은일도 모두 말씀해주실 것이오.'

이렇게 말하는 그녀에게 나는 대답했네.

'신과 같은 그 노인을 붙잡을 매복처를 그대가 지금 말씀해주시오.　　　　395

그분이 먼저 나를 보거나 내가 온 줄 미리 알고 도망치지

23　파로스는 이집트의 알렉산드레이아(Alexandreia 라/Alexandria) 시 앞바다에 있는 작은 섬
　　　으로, 이 섬에 훗날 프톨레마이오스(Ptolemaios) 2세가 113미터 높이의 다각형 흰 대리석
　　　등대를 세웠는데 '고대 세계의 7대 불가사의' 중 하나였던 이 등대는 14세기까지 서 있었
　　　다고 한다.

24　'검은 물'이란 물 자체의 빛깔이 검은 것이 아니라 깊은 우물물처럼 햇빛이 들지 않아 검
　　　어 보이는 물을 말한다.

못하도록 말이오. 신을 제압한다는 것은 인간에게는 어려운 일이니까요.'

내가 이렇게 말하자 여신들 중에서도 고귀한 그녀가 곧바로 대답했네.

'나그네여, 내 그대에게 솔직히 다 말해주겠소.

해가 중천(中天)에 이르면 거짓을 모르는   400

그 바다 노인은 서풍의 입김을 받으며

검은 잔물결 아래 몸을 감추고는 바다에서 나온답니다.

바다에서 나오시면 그분은 속이 빈 동굴 안에서 주무시는데

그분 주위에서는 아름다운 바다의 딸[25]의 새끼들인

물개들이 잿빛 바다에서 몰래 나와 떼 지어 잠을 잔다오.   405

깊은 바다의 쓴 냄새를 내뿜으며 말이오.

날이 새는 대로 그곳으로 그대를 인도할 테니 그대들은

순서대로 누우시오. 그러니 그대는 먼저 훌륭한 갑판이 덮인

함선들에서 가장 훌륭한 전우 세 명을 잘 가려 뽑으시오.

나는 또 그대에게 그 노인의 간계를 모두 일러주지요.   410

그분은 먼저 물개들 주위를 한 바퀴 돌며 그것들을 세어보신답니다.

그것들을 보며 손가락으로 다 세고 나면 그분은

마치 양떼의 목자처럼 그 한가운데에 누우실 것이오.

그분이 잠드시는 것을 보거든 그대들은 있는 힘을 다해

그분이 아무리 벗어나려고 발버둥치며   415

기를 쓰신다 해도 그분을 그곳에 붙드시오.

그러면 그분은 대지 위를 기어다니는 모든 것은 물론이고

물과 사납게 타오르는 불이 되려고 하실 것이오.

그러나 그대들은 그분을 꽉 붙들고 더욱더 세게 붙잡으세요.

이윽고 그분이 자려고 누웠을 때 그대들이 본 것과 같은   420

본래 모습으로 그대에게 물으시거든, 그때는 영웅이여!

그대의 힘을 늦추고 노인을 놓아주시오. 그러고 나서 그분에게

물어보시오. 신들 중에 어떤 분이 그대를 핍박하는지,

어떻게 하면 그대가 물고기가 많은 바다로 나가 귀향할 수 있는지.'

이렇게 말하고 그녀는 물결치는 바닷속으로 들어가버렸네.　　　　　　425

나는 함선들이 모래 위에 서 있는 곳으로 갔고

걸어가는 내내 심장이 몹시 두근거렸네.

마침내 내가 배와 바다가 있는 곳으로 내려갔을 때

우리는 저녁 식사를 준비했네. 그리고 향기로운 밤이 다가오자

우리는 파도가 부서지는 바닷가에 자려고 누웠네.　　　　　　　　　430

이른 아침에 태어난 장밋빛 손가락을 가진 새벽의 여신이

나타나자 나는 길이 넓은 바다의 기슭을 따라 거닐며

신들께 간절히 기도했네. 그러고 나서 나는 어떤 계획을 세우든

내가 가장 신임하는 전우 세 명을 데리고 갔네.

　　그동안 그 여신은 바다의 넓은 품속으로 들어가　　　　　　　　435

물개 껍질 네 개를 가져왔는데, 그것들은 모두

갓 벗긴 것으로 그녀가 아버지에게 놓을 덫이었네.

그녀는 바닷가 모래밭에다 잠자리를 파놓고 앉아서

기다렸다네. 우리가 가까이 다가가자 그녀는 우리를

순서대로 뉘고 각자에게 껍질을 하나씩 던져주었네.　　　　　　　　440

그곳에서의 매복은 정말로 너무나 끔찍했네.

바다에 사는 물개들의 지독한 악취가 우리를 괴롭혔으니까.

사실 누가 바다짐승 옆에서 누워 자려 하겠는가?

25　여기서 '바다의 딸'이란 포세이돈의 아내 암피트리테를 가리키는 것으로 생각된다. 그러
　　나『일리아스』20권 207행에서는 아킬레우스의 어머니 테티스를 가리킨다.

그러나 그녀가 우리를 구해주고 큰 위안을 생각해냈으니,

그녀는 매우 향기로운 암브로시아[26]를 가져와 그것을   445

각자의 콧구멍 밑에다 놓아 짐승 냄새를 쫓아버렸다네.

그리하여 우리는 아침이 올 때까지 참을성 있게 기다렸네.

좀더 있자 물개들이 떼 지어 바다에서 나오더니

파도가 부서지는 바닷가에 순서대로 누웠다네.

그리고 한낮이 되자 노인이 바다에서 나오더니 살진 물개들을   450

발견하고 일일이 옆을 지나가며 그 수를 세었네.

그는 짐승들 사이에서 먼저 우리를 세더니

그것이 덫인 줄은 전혀 모르고 그 자신도 누웠다네.

바로 그때 우리는 함성을 지르며 내달아 그를 손으로

휘감았네. 그러자 노인도 자신의 간계를 잊지 않고   455

처음에는 수염 난 사자가 되더니

다음에는 범과 표범과 거대한 멧돼지가 되고

이어서 흐르는 물과 잎이 무성한 키 큰 나무가 되었네.

그러나 우리는 참을성 있게 그를 꼭 붙들었네.

드디어 간계에 능한 노인은 지쳐   460

내게 이런 말로 물었네.

'아트레우스의 아들이여! 신들 중에 누가 그대에게 매복해 있다가

내 뜻을 거슬러 나를 잡으라고 조언해주었소? 대체 용건이 뭐요?'

그의 말에 나는 이렇게 대답했네.

'노인장! 그대는 다 알면서 왜 그런 말씀으로 회피하려 드시오?   465

나는 내 몸속 마음이 풀어지는데도 이렇게 오랫동안

이 섬에 머무르며 어떤 출구도 찾아내지 못하고 있소.

신들께서는 모든 것을 다 아시니까 그대는 내게 말씀해주시오.

신들 중에 어느 분이 나를 이곳에 묶고 내 여행을 방해하시는지,

어떻게 하면 내가 물고기가 많은 바다로 나가 귀향할 수 있는지.'   470

내 말에 그는 즉시 대답했네.

'그대가 포도줏빛 바다를 항해해 가장 빨리

그대의 고향땅에 닿기 위해서는 배에 오르기 전에

당연히 제우스와 다른 신들께 훌륭한 제물을 바쳐야 하오.

가족들을 만나보고 잘 지은 집과   475

그대의 고향땅에 닿는 것은 결코 그대의 운명이 아니오.

그대가 하늘에서 태어난 강(江)인 아이귑토스의 물을

다시 한번 항해해 넓은 하늘에 사시는 불사신들께

신성한 헤카톰베를 바치기 전에는 말이오. 하지만

그렇게만 하면 신들께서 그대가 원하는 길을 열어주실 것이오.'   480

그가 이렇게 말하자 나는 그만 맥이 빠지고 말았네.

그는 나에게 다시 안갯빛 바다를 건너 아이귑토스로

길고도 힘든 여행을 하라고 명령했으니까.

그러나 그럼에도 나는 그에게 대답했네.

'노인장! 나는 그 모든 것을 그대가 시키는 대로 이행할 것이오.   485

하지만 자, 그대는 이 점에 대해 내게 솔직히 말씀해주시오.

네스토르와 내가 트로이아에서 돌아올 때 뒤에 두고 온

아카이오이족은 모두 그들의 함선들과 함께 무사히 귀향했나요,

아니면 더러는 전쟁을 다 겪고 나서 자기 배 위에서

또는 가족의 품안에서 비참하게 죽임을 당했나요?'   490

---

26 암브로시아(ambrosia 원전 ambrosiē)는 대개 불사신들이 먹는 신식(神食)이다. 드물게는 신들이 바르는 연고를 말하지만 여기서는 향수(香水)를 의미하는 것으로 보인다.

내가 이렇게 묻자 그는 곧바로 이런 말로 대답했네.

'아트레우스의 아들이여, 그대는 왜 내게 그런 일을 캐묻는 거요?
내 생각을 알거나 배우는 것은 그대에게 이롭지 않을 거요. 아마
그대가 그 모든 것을 들어 알게 된다면 금세 눈물을 흘리게 될 거요.
그들 중 많은 자들이 죽고 많은 자들이 남아 있소.   495
청동 갑옷을 입은 아카이오이족 장수 중 귀향 도중에 죽은 것은
두 명[27]뿐이오. 전투에 관해 말하자면, 그대 자신도 그곳에 있었소.
그리고 한 사람[28]은 살아서 넓은 바다 어딘가에 붙들려 있소.
그러나 아이아스[29]는 긴 노를 가진 그의 함선들과 함께
파멸하고 말았소. 포세이돈은 처음에 그를 커다란 귀라이 암초[30]로   500
데려갔다가 바다에서 구해주었소. 비록 아테나의 미움을
사기는 했어도 크게 마음이 흐려져 오만불손한 말만 내뱉지
않았던들 그는 죽음의 운명을 피했을 거요. 그러나 그는
자기가 신들의 뜻에도 불구하고 바다의 크나큰 심연에서
벗어났다고 큰소리쳤소. 그가 큰소리치는 것을 듣고   505
포세이돈이 즉시 억센 두 손에 삼지창(三枝槍)[31]을
집어 들고 귀라이 암초를 쳐서 둘로 쪼개버렸소.
그리하여 한쪽은 그 자리에 그대로 남았지만 아이아스가
처음에 앉아 큰 미망에 사로잡혔던 다른 한쪽은 가라앉으며
물결치는 끝없는 바닷속으로 그를 낚아채버렸소.   510
그리하여 그는 바다의 짠물을 마시며 그곳에서 죽고 말았소.
한편 그대의 형은 그의 속이 빈 함선들 안에서는 죽음의 운명을
피하고 벗어났소. 존경스러운 헤라가 그를 구해주었기 때문이오.
그러나 그가 말레아의 가파른 산이 있는 곳에 막 닿으려는 순간
슬피 탄식하는 그를 폭풍이 낚아채더니 물고기가 많은 바다로,   515

전에는 튀에스테스[32]가 그곳에 있는 집에서 살았지만

그때는 튀에스테스의 아들 아이기스토스가

살던 지역의 맨 가장자리로 데려갔소.

그러나 그곳으로부터도 무사히 귀향할 수 있도록 신들께서

다시 바람을 바꾸시어 그들이 드디어 고향에 도착했을 때   520

그대의 형은 흐뭇한 마음으로 고향땅을 밟았소. 그리고 그는

고향땅에 엎드려 거기에 입맞추며 뜨거운 눈물을 하염없이

흘렸소. 그만큼 고향땅이 반가웠던 것이오.

그때 교활한 아이기스토스가 황금 두 탈란톤을 주기로

약속하고 데려다놓은 파수꾼이 망대에서 그대의 형을 보았소.   525

그자는 그대의 형이 아무도 모르게 그곳을 통과해 열화 같은

전의를 생각하는 일이 없도록 일 년 내내 망을 본 것이라오.

그리하여 그자는 백성들의 목자[33]에게 소식을 전하러 곧바로

집으로 갔고, 그러자 아이기스토스는 단박에 간계를 생각해내어

나라에서 가장 훌륭한 남자 스무 명을 뽑아 매복시키고   530

궁전의 다른 한쪽에서는 잔치 준비를 하라고 명령했소.

그리고 그자는 말들과 전차들과 함께 백성들의 목자인 아가멤논을

초청하러 갔소, 마음속으로는 수치스러운 짓을 궁리하면서. 그리하여

---

27   여기서 '두 명'이란 오일레우스의 아들 '작은 아이아스'와 아가멤논을 말한다.

28   여기서 '한 사람'이란 다음에 나오는 오뒷세우스를 말한다.

29   '주요 인명' 참조.

30   귀라이 암초는 퀴클라데스 군도 한가운데 있는 뮈코노스(Mykonos) 섬 근처에 있다고도
       하고 에우보이아 섬의 남동단 카페레우스(Kaphereus) 곶 근처에 있다고도 한다.

31   포세이돈의 삼지창은 힘과 권위의 상징이다.

32   '주요 인명' 중 아트레우스 참조.

33   아이기스토스.

그자는 자신의 파멸을 전혀 몰랐던 아가멤논을 집으로 데려가
잔치를 베풀어준 다음 죽여버렸소. 마치 사람들이 구유 앞에서 황소를   535
죽이듯이. 아트레우스의 아들을 수행한 전우들도, 아이기스토스의
부하들도 궁전 안에서 모두 죽고 한 명도 남지 않았소.'
그가 이렇게 말하자 나는 그만 맥이 빠지고 말았네.
나는 모래 위에 앉아 울었네. 나는 더는
살고 싶지도 햇빛을 보고 싶지도 않았네.   540
하지만 내가 실컷 울고 뒹굴었을 때
거짓을 모르는 바다 노인이 내게 말했네.
'아트레우스의 아들이여, 이렇게 오랫동안 하염없이 울지 마시오.
그래봤자 아무 소용없는 일이오. 차라리 그대는 고향땅에 속히
닿도록 가급적 빨리 움직이시오. 그러면 그대는 아직 살아 있는   545
그자를 만나게 되거나 아니면 오레스테스가 한발 앞서 그자를
죽이게 되어 그대는 그자의 장례 잔치와 마주치게 될 것이오.'
비록 괴롭기는 해도 그가 이렇게 말하자
내 가슴속 마음과 당당한 기백은 다시 따뜻해졌네.³⁴
그래서 나는 그에게 물 흐르듯 거침없이 말했네.   550
'이제 이들에 관해서는 알았으니 그대는 아직도 살아서
아니면 죽어서 넓은 바다에 붙들려 있다는 세 번째 사람의
이름을 말씀해주시오. 괴롭더라도 나는 듣고 싶소.'
내가 이렇게 묻자 그는 곧바로 이런 말로 내게 대답했네.
'그 사람은 이타케에 있는 집에 사는 라에르테스의 아들이오.   555
나는 그가 어떤 섬에서, 요정 칼립소의 궁전에서
눈물을 뚝뚝 흘리는 것을 보았소. 그녀가 억지로
그를 그곳에 붙들어서 그는 고향땅으로 돌아갈 수

없는 것이오. 그에게는 노를 갖춘 배도 없고 그를

바다의 넓은 등으로 데려다줄 전우들도 없기 때문이오.　　　　　　　560

그러나 제우스께서 양육하신 메넬라오스여! 그대는 말을 먹이는

아르고스에서 죽음의 운명을 맞도록 정해져 있지 않소.

불사신들께서 그대를 엘뤼시온 들판[35]과 대지의 끝으로

데려다주실 것인즉, 그곳은 금발의 라다만튀스[36]가 있는

곳으로 사람들이 살기 가장 편한 곳이라오.　　　　　　　　　　　565

그곳에는 눈도 심한 폭풍도 비도 없고,

언제나 오케아노스[37]가 요란한 서풍의 입김을 내보내

사람들을 식혀주지요. 이는 헬레네를 아내로 둔

그대가 신들의 눈에는 제우스의 사위이기 때문이오.'

이렇게 말하고 그는 물결치는 바닷속으로 들어갔네.　　　　　　　570

나는 신과 같은 전우들과 함께 함선들이 있는 곳으로 갔고,

걸어가는 내내 심장이 몹시 두근거렸네.

마침내 내가 배와 바다가 있는 곳으로 내려갔을 때

우리는 저녁 식사를 준비했네. 그리고 향기로운 밤이 다가오자

34　여기서 '따뜻해진다' 함은 위안이나 기쁨을 느낀다는 뜻이다.

35　엘뤼시온 들판(Elysion pedion)은 '축복받은 자들의 섬들'(makarōn nesoi)이라고도 불리는
　　데 대지의 서쪽 끝 오케아노스 강 옆에 있는 곳이다. 올륌포스처럼 폭풍도 비도 눈도 없는
　　상춘(常春)의 나라로, 그곳에서는 소수의 선택된 인간들이 죽지 않고 신들에 의해 옮겨져
　　행복한 삶을 누린다고 한다.

36　라다만튀스는 제우스와 에우로페(Europe)의 아들로 크레테 왕 미노스의 아우다. 그는 죽
　　지 않고 엘뤼시온으로 옮겨져 그곳에서 왕이 되었다고도 하고, 후기 전설에 따르면 정직
　　성을 인정받아 미노스 및 아이아코스와 더불어 저승에서 사자(死者)들의 심판관이 되었다
　　고도 한다.

37　'주요 신명' 참조.

우리는 파도가 부서지는 바닷가에 자려고 누웠네.   575

이른 아침에 태어난 장밋빛 손가락을 가진 새벽의 여신이 나타나자

우리는 맨 먼저 함선들을 신성한 바닷물로 끌어내리고

균형 잡힌 배 안에 돛대와 돛을 갖다놓았네.

그러자 뱃사람들도 배에 올라 노 젓는 자리에 앉았네.

그리고 그들은 순서대로 앉아 노로 잿빛 바닷물을 쳤네.   580

나는 다시 하늘에서 태어난 강인 아이깁토스의 물이 있는 곳으로

가서 그곳에다 함선들을 세우고 마음에 들 만한 헤카톰베를 바쳤네.

그리하여 나는 영생하는 신들의 노여움을 달래고 나서 그분의

명성이 꺼지지 않도록 아가멤논을 위해 무덤을 쌓아올렸네.

이런 일들을 마친 뒤 나는 집으로 향했네. 신들께서는 순풍을   585

보내시며 사랑하는 고향땅으로 서둘러 나를 호송해주셨네.

자, 텔레마코스! 자네는 앞으로 열하루 또는 열이틀째가 될 때까지

내 궁전에 머무르게나. 그때 가서 나는 모양새를 갖춰

자네를 호송해주고 자네에게 빼어난 선물들을 줄 것인즉,

말 세 필과 반들반들 깎은 마차 한 대를 줄 것이네.   590

거기에 나는 아름다운 술잔 하나를 보태겠네. 자네가

불사신들께 헌주하며 평생토록 나를 기억하라고 말일세."

　　슬기로운 텔레마코스가 그에게 대답했다.

"아트레우스의 아드님! 나를 이곳에 오래 붙들지 마십시오.

나로서는 일 년 내내 기꺼이 그대 곁에 앉아 있고 싶습니다. 그래도   595

아마 집과 부모님들에 대한 그리움이 나를 사로잡지 못할 것입니다.

그대의 말과 이야기를 듣는 것이 내게는 그만큼 즐거우니까요.

하지만 그대가 나를 이곳에 더 오래 붙드시면

신성한 퓔로스에 있는 내 대원들은 벌써 안달이 날 것입니다.

선물이라면 그대가 무엇을 주시든 내게는 보물이 될 것입니다. 600
그러나 말들은 이타케로 데려가지 않고 그대의 자랑거리가 되도록
이곳에 남겨두겠습니다. 그대는 넓은 들판의 주인이시고
그 들판에는 토끼풀이 많고 방동사니와 밀과 이삭이 넓게 자라는
흰 보리가 있으니까요. 이타케에는 넓은 주로(走路)들도 없고
목초지도 없습니다. 그곳은 염소들의 목초지입니다. 605
그래도 내 눈에는 말을 먹이는 목초지보다 더 사랑스러워요.
바다에 기대고 있는 섬들치고 말을 몰기에 적당하거나
목초지가 많은 곳은 한 군데도 없지만, 이타케가 특히 그렇지요."
    텔레마코스가 이렇게 말하자 목청 좋은 메넬라오스가
웃음을 머금은 채 한 손으로 그를 쓰다듬으며 이렇게 말했다. 610
"내 아들이여, 자네의 혈통은 훌륭하네. 자네가 그만큼
훌륭한 말을 하는구려. 나는 선물들을 바꾸겠네.
내게는 그럴 능력이 있으니까. 내 집에 쌓여 있는 보물들 중에서
나는 자네에게 가장 아름답고 가장 값진 것을 주겠네.
내 그대에게 정교하게 만든 희석용 동이 하나를 줄 터인데, 615
그것은 온통 은으로 만들어졌고, 가장자리는 금으로 마감되어 있네.
그것은 헤파이스토스의 작품으로 내가 귀향 도중 들렀을 때
나를 자기 집에 받아준 시돈인들의 왕 영웅 파이디모스가
내게 준 것인데 내가 지금 그것을 자네에게 주겠네."
    그들이 서로 이야기를 주고받는 사이에 620
잔치 손님들이 신과 같은 왕의 집에 도착했다. 그들은
작은 가축들을 몰고 왔고 기운을 돋우는 포도주도 가져왔으며
아름다운 머리띠를 맨 그들의 아내들은 빵을 보내왔다.
이렇게 그들은 홀에서 잔치 준비를 했다.

그러나 그러는 동안에도 구혼자들은 오뒷세우스의 궁전 앞,   625
잘 고른 마당에서 늘 그러하듯 오만하게
원반과 창던지기를 즐기고 있었다.
그들 중 안티노오스와 에우뤼마코스는 서로 떨어져 앉아 있었는데
이들은 구혼자들의 우두머리로 용기와 힘이 월등히 뛰어났다.
그때 프로니오스의 아들 노에몬이 그들에게 다가가서   630
안티노오스에게 이렇게 물었다.

　　“안티노오스! 모래가 많은 퓔로스에서 텔레마코스가 언제
돌아오는지 우리는 알고 있나요, 모르고 있나요? 그는 내 배를 타고
떠났거든요. 그런데 내가 넓은 무도장이 있는 엘리스[38]로 건너가자면
배가 필요해요. 그곳에 암말 열두 필과 아직 그 젖을 먹으며   635
멍에를 져본 적 없는 끈기 있게 일하는 내 노새들이 있는데
그중 몇 마리를 데려와 길을 들여야 해서요.”

　　그가 이렇게 말하자 그들은 마음속으로 깜짝 놀랐다.
그들은 텔레마코스가 넬레우스의 퓔로스에 간 줄 모르고
들판 어딘가 양떼나 돼지치기 곁에 있는 줄로만 알았다.   640

　　노에몬에게 에우페이테스의 아들 안티노오스가 물었다.
“그대는 거짓 없이 사실대로 말하시오. 그는 언제 갔고 어떤 젊은이들과
동행했소? 그들은 이타케에서 선발한 자들이오, 아니면 그 자신의
삯꾼과 하인들이오? 그에게는 그럴 능력이 있으니까.
내가 잘 알 수 있게 그대는 이 점에 대하여도 사실대로 말하시오.   645
그는 그대의 검은 배를 그대 뜻을 거슬러 억지로 빼앗아갔소,
아니면 그가 부탁하니까 그대가 자진해서 내주었소?”

　　프로니오스의 아들 노에몬이 그에게 대답했다.
“내가 자진해서 내주었소. 마음에 근심이 있는

그런 사람이 간청하는데 다른 사람인들 별수 있겠소?　　　　　　　　650

그의 청을 딱 잘라 거절하기는 어려울 것이오. 그와 동행한 자들은

이 나라에서 우리 다음으로 가장 고귀한 젊은이들이오.

그리고 나는 그들의 대장이 배에 오르는 것을 보았는데

멘토르가 아니면 모든 점에서 그를 닮은 어떤 신인 것 같았소.

그러나 한 가지 이상한 점은, 고귀한 멘토르는 이미 퓔로스로　　　655

떠났는데 어제 새벽에 내가 이곳에서 그를 보았다는 것이오."

　　　이렇게 대답하고 노에몬이 그의 아버지의 집으로 가버리자

두 사람은 거만한 마음에 화가 치밀었다.

그들은 경기를 중단하고 구혼자들을 한곳에 앉게 했다.

에우페이테스의 아들 안티노오스가 언짢아하며 말했다.　　　　　660

그의 심장은 분노로 가득 차 검게 물들었고

그의 두 눈은 번쩍이는 불꽃과도 같았다.

　　　"아아! 텔레마코스가 오만불손하게도 엄청난 일을 해냈소.

이번 여행 말이오. 우리는 그가 그런 일을 해내리라고 생각지 못했소.

애송이에 불과한 그가 이렇게 다수인 우리의 뜻을 거스르고　　　665

그냥 떠나버렸소. 배를 끌어내리고 나라에서 가장 뛰어난 자들을

선발했소. 앞으로 그는 우리의 재앙이 되기 시작할 것이니,

성년이 되기 전에 제우스께서 그의 힘을 꺾어버리시기를!

자, 여러분은 내게 날랜 배 한 척과 전우 스무 명만 주시오.

내가 이타케와 바위투성이의 사모스 사이의 해협에　　　　　　　670

38　　엘리스는 펠로폰네소스의 서북 지방으로 북쪽으로는 아카이아(Achaia), 동쪽으로는 아르
　　　카디아, 남쪽으로는 멧세네, 서쪽으로는 바다와 접해 있다. 알페이오스 강을 중심으로 북
　　　쪽의 엘리스는 에페이오이족의 통치하에 있고 아카이오이족이 거주하던 남부 지방은 네
　　　스토르의 영토에 속했다(『일리아스』 2권 615, 626행 참조).

매복하여 그가 돌아오기를 기다릴 수 있도록 말이오.

그러면 아버지를 찾는 그의 항해는 비참하게 끝나고 말 것이오."

　그가 이렇게 말하자 구혼자들은 모두 찬동하며 그렇게 하라고 했다.

그러고 나서 그들은 곧바로 일어서서 오뒷세우스의 집안으로 갔다.

　그러나 페넬로페 역시 구혼자들이 마음속으로 꾸민 음모를　　　　675

오랫동안 모르지 않았다. 그들이 안마당에서

음모를 꾸미는 동안 전령 메돈이 안마당 밖에 서서

그들의 계획을 엿듣고 그녀에게 일러준 것이다.

그가 페넬로페에게 소식을 전하러 궁전을 지나

문턱을 넘자 페넬로페가 그에게 물었다.　　　　680

　"이보시오 전령, 무슨 일로 당당한 구혼자들이 그대를

보내던가요? 그대는 신과 같은 오뒷세우스의 하녀들에게 하던 일을

중단하고 그들을 위해 잔치 준비를 하라고 전하러 오는

길인가요? 제발 그들이 구혼하지도 말고 다른 곳에 모이지도 말고

지금 이 자리에서 끝이자 마지막으로 저녁을 먹는다면 좋으련만!　　　　685

그들은 날마다 모여 그 많은 살림을 탕진하는구려!

하지만 그것은 현명한 텔레마코스의 재산이라오.

그대들의 아버지들 사이에서 오뒷세우스가 어떤 분이셨는지

그대들은 그 옛날 어릴 적에 아버지들이 하는 말도 못 들었나요!

그이는 나라에서 어느 누구에게도 못할 말이나 못할 짓을　　　　690

하신 적이 없어요. 그렇게 하는 것은 신과 같은 왕들의 관행인데도.

왕은 어떤 사람은 미워하는가 하면 어떤 사람은 사랑하지요.

그러나 그이는 어느 누구에게도 못된 짓을 하신 적이 없어요.

그런데도 선행에 대해 나중에 감사하기는커녕 그대들은 이렇게

본심을 드러내며 대놓고 수치스러운 짓들을 하는구려!"　　　　695

사리가 밝은 메돈이 그녀에게 말했다.

"왕비님, 제발 그것이 가장 큰 재앙이었으면 좋겠어요!
구혼자들은 훨씬 더 엄청나고 견디기 힘든 다른 일을 궁리하고
있어요. 크로노스의 아드님께서는 결코 그것이 이뤄지지 않게
해주시기를! 텔레마코스가 돌아올 때 그를 날카로운   700
청동으로 죽이려 합니다. 그는 아버지의 소식을 좇아
신성한 퓔로스와 고귀한 라케다이몬에 갔답니다."

메돈이 이렇게 말하자 페넬로페는 그 자리에서 무릎과 심장이
풀렸다. 그녀는 한동안 말문이 막히고 두 눈에 눈물이
가득 고였으며 낭랑하던 목소리마저 나오지 않았다.   705
한참 뒤에야 그녀는 그에게 물었다.

"이보시오 전령, 내 아들이 대체 무슨 일로 떠났단 말이오?
인간들에게 바다의 말[馬]이 되어 넓고 습한 바다를 건너는
빨리 달리는 배에 오를 이유가 그 애에게는 전혀 없을 텐데. 혹시
그 애의 이름조차 인간들 사이에 남지 않게 되는 것은 아닐까요?"   710

사리가 밝은 메돈이 그녀에게 대답했다.

"아버지의 귀향에 관해 또는 아버지가 어떤 운명을 맞았는지 알아보러
퓔로스에 간 것은 확실하지만, 어떤 신이 그를 움직인 것인지,
아니면 그가 자청해서 그랬는지 저는 전혀 알지 못합니다."

이렇게 말하고 그가 오뒷세우스의 집을 지나가자   715
마음을 좀먹는 슬픔이 페넬로페에게 밀어닥쳤다.
집안에 의자는 많았지만 더는 의자에
앉아 있지 못하고 그녀는 공들여 지은 자기 방의 문턱에
쪼그려 앉아 애처롭게 울었고, 집안에 있던 하녀들도
노소를 막론하고 그녀를 둘러싸고 모두 흐느껴 울었다.   720

그들 사이에서 소리 높여 울며 페넬로페가 말했다.

"들으라, 여인들이여! 나와 함께 태어나 자란 모든 여인들 중에서
올림포스의 주인께서는 유독 나에게 많은 고통을 주시는구나.
나는 사자의 용기를 가진 훌륭한 남편을 잃었어.
다나오스 백성들 가운데 온갖 미덕에서 탁월한 분으로   725
헬라스와 아르고스의 중심부에서도 명성이 자자한 훌륭한 남편이었지.
그런데 이제 또 폭풍이 내 사랑하는 아들을 아무 명성도 없이
집에서 채어가버렸고 나는 그 애가 떠난다는 말조차 듣지 못했구나.
무정한 여인들이여, 너희마저 그 애가 속이 빈 검은 배에
올랐을 때 내심 그것에 관해 알면서도 누구 하나   730
나를 잠자리에서 깨울 생각을 하지 않았구나!
그 애가 이번 여행을 계획하는 줄 내가 알았다면
여행에 대한 열망에도 불구하고 그 애는 이곳에 남았거나
아니면 내 주검을 궁전에 남겨두고 떠났으리라.
누가 서둘러 돌리오스 노인을 불러다오. 전에 내가 이리로   735
올 때 내 아버지께서 주셨고 지금은 나무가 많은
내 정원을 돌보는 하인 말이야. 그는 곧바로
라에르테스 곁에 앉아 이 모든 것을 고해야 해.
그러면 혹시 그분께서 마음속으로 어떤 계략을 짜 가지고
그분의 씨이자 신과 같은 오뒷세우스의 씨를 없애려는   740
백성들에게 가셔서 하소연해주실지도 모르니 말이다."

사랑하는 유모 에우뤼클레이아가 그녀에게 말했다.
"마님, 이 늙은 것을 무자비한 청동으로 죽이시든, 궁전 안에
있게 해주시든, 그간의 일을 이실직고하겠어요.
저는 진즉 알고 있었고, 음식이며 달콤한 술이며 도련님이   745

요구하는 것을 모두 내주었어요. 그리고 마님께서 눈물로 고운 피부를

상하게 하지 않도록 열이틀째가 되기 전에는, 또는 마님께서

보고 싶어하시거나 도련님이 떠났다는 말을 듣기 전에는

마님께 말하지 않겠다고 도련님이 저더러 엄숙히 맹세하게 했어요.

자, 마님께서는 목욕하시고 나서 몸에 깨끗한 옷을 입고는   750

시중드는 여인들을 데리고 이층 방에 올라가시어

아이기스를 가진 제우스의 따님이신 아테나에게 기도하세요.

그러면 여신께서 도련님을 죽음에서라도 구해주실 거예요.

그러잖아도 괴로운 노인을 더 괴롭히지 마세요.

아르케이시오스의 아들의 후손들은 축복받은 신들에게 심한 미움을   755

사지 않았으니, 지붕이 높다란 이 집과 밖에 있는 기름진 들판을

소유하시게 될 분은 아직도 어딘가에 살아 계실 거예요."

　　그녀는 이렇게 왕비의 비탄을 달래어 눈에서 슬픔의 눈물을

그치게 했다. 그리하여 왕비는 목욕한 다음 정갈한 옷을 입고

시중드는 여인들을 데리고 이층 방에 올라가서 신에게   760

뿌려드릴 보리를 바구니에 담아 가더니 아테나에게 기도했다.

　　"내 말을 들어주소서, 아이기스를 가진 제우스의 지칠 줄

모르는 따님이시여! 일찍이 지략이 뛰어난 오뒷세우스가 궁전에서

그대에게 소나 양의 살진 넓적다리뼈들을 태워올린 적이 있다면

그대는 지금 그때를 생각하셔서 내 사랑하는 아들을 구해주시고,   765

사악하고 거만한 구혼자들로부터 그를 지켜주소서!"

　　이렇게 말하고 그녀가 흐느껴 울자 여신이 그녀의 기도를 들었다.

한편 구혼자들은 그늘진 홀에서 야단법석을 떨었다.

거만한 젊은이 중 더러는 이렇게 말하는 자들도 있었다.

　　"구혼자가 많은 왕비님이 우리를 위해 결혼식을 준비하나보군.   770

하지만 자기 아들에게 죽음이 정해져 있는 줄은 모르겠지."

　이렇게 말하는 자들도 있었지만 그들은 이 일들이 어떻게 정해져

있는지 알지 못했다. 좌중에서 안티노오스가 열변을 토하며 말했다.

　"그대들은 모두 조심하고 오만불손한 말은 삼가시오.

누가 엿듣고 집안에다 일러바치지 않도록 말이오.　　　　　　　　775

자, 일어섭시다! 그리고 조용히 계획을 실행에 옮깁시다.

우리 모두의 마음에 드는 계획이니까요."

　이렇게 말하고 그가 가장 훌륭한 남자 스무 명을 선발하자

그들은 날랜 배가 있는 바닷가로 걸어갔다.

그들은 먼저 배를 깊은 바닷물로 끌어내린 뒤　　　　　　　　　780

검은 배 안에 돛대와 돛을 싣고

노들을 모두 질서정연하게 가죽끈으로

고정하고 나서 흰 돛을 달아 올렸다.

그러자 고매한 시종들이 그들을 위해 무구(武具)들을 가져왔다.

배가 바닷가 물 위에 뜨자 그들은 닻을 내리고 자신들도 내렸다.　　785

그곳에서 그들은 저녁밥을 먹고 저녁이 되기를 기다렸다.

　한편 사려 깊은 페넬로페는 이층 방에 누워서

식음을 전폐한 채 나무랄 데 없는 아들이

죽음에서 벗어날 것인지, 아니면 오만불손한

구혼자들의 손에 제압될 것인지 곰곰이 생각했다.　　　　　　　790

사람들이 자기를 에워싸고 음흉한 원(圓)을 그릴 때

사자가 사람들 무리 속에서 겁에 질려 생각할 법한 온갖 일들을

곰곰이 생각하던 그녀에게 마침내 고통 없는 잠이 찾아왔다.

그리하여 그녀는 쓰러져 잠이 들고 그녀의 관절은 모두 풀렸다.

　이때 빛나는 눈의 여신 아테나가 또 다른 것을 생각해내어　　　795

환영(幻影) 하나를 만드니 그 생김새가 한 여인과, 말하자면
마음이 너그러운 이카리오스의 딸로 페라이에 있는 집에
사는 에우멜로스[39]에게 시집간 이프티메와 같았다.
여신은 이 환영을 신과 같은 오뒷세우스의 집으로 보내
슬픔에 잠겨 비탄하는 페넬로페의 울음과   800
눈물겨운 탄식을 그치게 했다.
환영은 빗장의 가죽끈 옆을 지나 방 안으로 들어가
그녀의 머리맡에 서서 이렇게 말했다.

　　"페넬로페 언니, 언니는 마음이 괴로워서 주무시나요?
안락한 생활을 하는 신들께서는 결코 언니가 울고   805
괴로워하도록 내버려두시지 않을 거예요. 언니의 아들은
돌아올 거예요. 그는 신들의 눈에는 죄인이 아니니까요."

　　사려 깊은 페넬로페가 꿈나라의 문간에서
달콤하게 졸면서 그녀에게 대답했다.

　　"아우님이 이곳에 다 오다니 어인 일인가요?   810
아우님이 사는 집이 멀고 멀어 전에는 자주 찾아주지 않더니.
내 마음을 아프게 하는 그 많은 고통과 슬픔을 그치라고
아우님이 지금 정말로 내게 명령하는 것인가요?
나는 전에 사자의 용기를 가진 남편을 잃었어요. 그이는
온갖 미덕에서 다나오스 백성들 가운데 탁월한 분으로   815
헬라스와 아르고스의 중심부에서도 명성이 자자한 훌륭한
남편이었지요. 그런데 이제 또 내 사랑하는 아들이 속이 빈 배를

39　에우멜로스는 텟살리아의 페라이 왕 아드메토스(Admetos)와 알케스티스(Alkestis)의 아들
　　로(『일리아스』 2권 714행 참조) 이카리오스의 딸 이프티메의 남편이다.

타고 떠났어요. 노고나 연설에 능하지 못한 철없는 어린아이 주제에.

나는 사실 그이보다도 그 애를 위해 더 슬퍼하고 있어요.

나는 그 애가 찾아간 나라에서든 아니면 바다 위에서든   820

혹시 무슨 변을 당하지 않을까 떨리고 두려워요.

수많은 적들이 그 애에게 음모를 꾸미고

고향땅에 돌아오기 전에 그 애를 죽이려 하니 말예요."

    그녀에게 희미한 환영이 이런 말로 대답했다.

"용기를 내세요. 마음속으로 너무 두려워하지 마세요.   825

모든 남자들이 자기 옆에 서주기를 원하는 그런 호송자가

그와 동행하니까요. 그녀에게는 그럴 힘이 있어요,

팔라스 아테나 말예요. 여신께서는 언니가 슬퍼하는 것을 불쌍히

여겨 언니에게 이런 말을 해주라고 이렇게 나를 보내셨어요."

    사려 깊은 페넬로페가 그녀에게 대답했다.   830

"그대가 신이고[40] 또 신의 음성을 들었다면[41]

자, 그대는 저 불운한 사람에 관해서도 내게 말해줘요.

그이가 아직도 어딘가에 살아서 햇빛을 보고 있는지

아니면 이미 돌아가셔서 하데스의 집에 가 있는지 말예요."

    희미한 환영이 그녀에게 이런 말로 대답했다.   835

"그분에 관해서라면 나는 확실한 말을 하지 않겠어요. 그분이

살아 있는지 죽었는지. 허튼소리를 하는 것은 나쁜 짓이니까요."

    이렇게 말하고 환영은 문설주의 빗장 옆을 지나

바람의 입김 속으로 사라졌다. 그러자 이카리오스의 딸은

잠에서 깨어 벌떡 일어났고 마음이 따뜻해졌다.   840

밤의 어둠 속에서 그녀를 찾아온 꿈이 그만큼 또렷했기 때문이다.

    한편 구혼자들은 배에 올라 습한 바닷길을 항해하면서 마음속으로

텔레마코스에게 갑작스러운 죽음을 안겨줄 궁리를 했다.

이타케와 바위투성이의 사모스 중간, 바다 가운데에

바위가 많은 아스테리스[42]라는 크지 않은 섬이 하나 있고 845

그 섬의 양쪽에는 배가 정박할 만한 포구가 있는데,

아카이오이족은 바로 그곳에 매복하여 텔레마코스를 기다리고 있었다.

---

40 꿈도 신이 인간들에게 보내준 일종의 신적인 존재이다.

41 그대가 '어떤 신의 명령을 받고 이리로 왔다면'이라는 뜻이다.

42 아스테리스 섬은 '별 섬'이라는 뜻으로 어느 섬을 가리키는지 확실하지 않다.

V
칼립소의 동굴 | 오뒷세우스의 뗏목

이제 새벽의 여신이 불사신들과 인간들에게 빛을 가져다주려고
당당한 티토노스[1]의 곁 그녀의 잠자리에서 일어났다.
그러자 신들은 회의장에 가서 앉았고, 그들 사이에는
높은 데서 천둥을 치는 막강한 제우스도 있었다. 신들 앞에서
아테나가 오뒷세우스를 생각하며 수많은 그의 고난들을 열거했으니,   5
그녀는 요정의 집에 사는 그가 염려스러웠던 것이다.

　"아버지 제우스시여, 그리고 그대들 영생하고 축복받은
다른 신들이여! 홀을 가진 어떤 왕도 앞으로는 상냥하거나
온화하지 말고 올바른 마음씨도 갖지 말라고 하세요.
아니, 오히려 까다롭게 굴고 행패를 부리라고 하세요.   10
신과 같은 오뒷세우스는 그들에게 온화한 아버지였건만
그가 통치한 백성들 중에 그를 기억하는 사람은 아무도 없으니
말예요. 그는 어떤 섬에서 심하게 고통받으며 그를
억지로 붙들고 있는 요정 칼립소의 홀에 누워 있어요.
그래서 그는 고향땅에 돌아갈 수 없어요.   15
그에게는 노를 갖춘 배도 없고

1　새벽의 여신 에오스는 트로이아 왕 라오메돈의 아들로 프리아모스와 형제간인 티토노스
　의 미모에 반해 그를 유괴하여 남편으로 삼는다. 그들 사이에서 태어난 멤논은 헥토르의
　사후 트로이아를 도우러 갔다가 아킬레우스의 손에 죽는다.

바다의 넓은 등으로 그를 데려다줄 전우들도 없으니까요.
그자들은 이제 오뒷세우스의 사랑하는 아들이 집으로 돌아올 때
그마저 죽이려 하는데, 그는 아버지의 소식을 좇아
신성한 퓔로스와 고귀한 라케다이몬에 갔답니다."   20

　　구름을 모으는 제우스가 이런 말로 그녀에게 대답했다.
"내 딸이여, 너는 무슨 말을 그리 함부로 하느냐!
오뒷세우스가 돌아와서 그자들에게 복수한다는 계획은
너 자신이 생각해내지 않았더냐? 텔레마코스는 네가
잘 호송하라. 너에게는 그럴 능력이 있지 않느냐.   25
그러면 그는 아무 탈 없이 고향땅에 닿게 될 것이고
구혼자들은 헛수고만 하다가 배를 타고 돌아가리라."

　　이렇게 말하고 그는 사랑하는 아들 헤르메스에게 말했다.
"헤르메스[2]야, 너는 다른 일에서도 우리의 사자(使者)이니
참을성 많은 오뒷세우스의 귀향이라는 우리의 확고한 결정을   30
머리를 곱게 땋은 요정에게 알리거라. 그는 귀향은 하되
신들이나 필멸의 인간들의 호송은 받지 못할 것이다.
천만에! 그는 잘 묶은 뗏목을 타고 고생하다가
스무 날 만에 신들과 가까운 친족 간인 파이아케스족[3]의 땅
기름진 스케리아[4]에 닿게 되리라.   35
그러면 그들은 그를 진심으로 신처럼 떠받들 것이고
그를 배에 태워 사랑하는 고향땅으로 호송해줄 것이다.
그들은 그에게 청동과 황금과 옷도 넉넉히 줄 것인데,
오뒷세우스가 설령 제 몫의 전리품을 가지고 무사히 귀향했다 해도
그토록 많은 것을 트로이아에서 가져가지는 못했을 것이다.   40
오뒷세우스는 바로 이렇게 가족들을 만나고

지붕이 높다란 집과 고향땅에 닿도록 정해져 있느니라."

　　그가 이렇게 말하자 신들의 사자인 아르고스의 살해자가

거역하지 않고 곧바로 영원불멸하는 아름다운 황금 샌들을

발밑에 매어 신으니, 바로 이 샌들이 바람의 입김과 함께　　　　　　　45

습한 바다와 끝없는 대지 위로 그를 날라다주었다.

이어서 그는 마음 내키는 대로 사람들의 눈을 감길 수도 있고

자는 사람들을 깨울 수도 있는 지팡이를 집어 들었다.

지팡이를 손에 들고 강력한 아르고스의 살해자가 날아갔다.

그는 피에리아 산맥[5]을 넘자 대기[6]에서 바다로 뛰어내려　　　　　　50

추수할 수 없는 바다의 무서운 만(灣)을 따라갔는데,

물고기를 잡으며 깃털 많은 날개를 짠 바닷물에 적시는

갈매기처럼 파도 위를 달리는 것이었다.

꼭 그처럼 헤르메스는 밀려드는 파도를 탔다.

2　'주요 신명' 참조.

3　파이아케스족은 스케리아 섬에 거주하는 전설상의 해양부족으로 키도 노도 없이 바람처럼 빨리 달리는 놀라운 배들로 찾아오는 모든 사람들을 안전하게 호송해주곤 한다. 평화를 사랑하는 이 행복한 부족의 왕은 알키노오스이고 그의 딸이 나우시카아이다. 오뒷세우스는 그들의 해안에 표류했다가 그들의 도움으로 귀향한다.

4　스케리아는 파이아케스족의 거주지로 이타케의 북쪽 에페이로스(Epeiros 라/Epirus) 앞바다에 있는 코르퀴라(Korkyra 또는 Kerkyra 지금의 Corfu) 섬으로 보는 이들도 있다.

5　피에리아는 올륌포스 산의 북쪽 사면에 있는 마케도니아(Makedonia)의 산악 지방으로, 그곳 주민들의 일부가 선사시대에 남쪽의 보이오티아 지방에 있는 헬리콘(Helikon 1,748미터) 산으로 이주했다고 한다. 이때 무사 여신들의 숭배도 이들 여신들과 가인 오르페우스(Orpheus)의 출생지인 피에리아에서 헬리콘 산 쪽으로 전파되었다고 한다. 그래서 무사 여신들은 흔히 피에리데스(Pierides '피에리아의 여신들'이라는 뜻)라고 불리기도 한다.

6　여기서 '대기'라고 번역한 aithēr는 상공의 맑은 공기를, aēr는 그 아래 혼탁한 공기를 의미한다.

멀리 떨어진 그 섬에 도착하자   55
헤르메스는 보랏빛 바다에서 나와 뭍에 올랐고
이윽고 머리를 곱게 땋은 요정이 사는
큰 동굴에 닿았다. 그 안에서 그는 그녀를 만났다.
화로에는 불이 활활 타고 있는데, 잘게 쪼갠 삼나무와
향나무 장작이 타는 향기로운 냄새가 섬 전체에 진동했다.   60
그녀는 안에서 고운 목소리로 노래를 불렀고
베틀 앞을 오락가락하며[7] 황금 북으로 베를 짜고 있었다.
동굴 주위에는 오리나무, 백양나무, 냄새 좋은 삼나무하며
나무들이 울창하게 자라는 숲이 있었는데
그 속에는 부엉이, 매, 바다에서 일을 보는   65
혀가 긴 바다오리 같은
긴 날개의 새들이 둥지를 치고 있었다.
그리고 그곳 속이 빈 동굴 둘레에는 포도나무 덩굴이 무성하게
뻗어 있고 거기에는 포도송이가 주렁주렁 달려 있었다.
그리고 맑은 물의 샘 네 개가 나란히 흐르고 있었는데   70
이것은 서로 가까운 곳에서 솟으나 제각기 다른 방향으로
흘렀다. 그 전체가 제비꽃과 셀러리가 만발한
부드러운 풀밭으로 둘러싸여 있어 불사신이라도 그곳을
보면 감탄하고 마음속으로 기뻐하지 않을 수 없었다. 신들의 사자인
아르고스의 살해자 역시 그곳에 서서 감탄을 금치 못했다.   75
그는 그 모든 것을 보고 마음속으로 감탄하고 나서
곧장 넓은 동굴 안으로 들어갔다. 여신들 중에서도 고귀한 칼립소는
그와 대면하자마자 금세 그를 알아보았다.
불사신들은 설혹 누가 멀리 떨어진 집에서

산다 해도 서로 못 알아보는 법이 없기 때문이다.   80

그러나 마음이 너그러운 오뒷세우스는 동굴 안에 보이지 않았다.

그는 바닷가에 앉아 울면서 눈물과 신음과 슬픔으로

자신의 마음을 괴롭혔으니, 그는 전부터 늘

눈물을 흘리며 추수할 수 없는 바다를 바라다보곤 했다.

여신들 중에서도 고귀한 칼륍소는 빛나고 번쩍이는 안락의자에   85

헤르메스를 앉히더니 이렇게 물었다.

　"황금 지팡이의 헤르메스여, 존경스럽고 반가운 분이여!

전에는 자주 찾아주시지 않더니 어인 일로 오셨는지요?

마음속 생각을 다 말씀해주세요. 내가 이룰 수 있고

이뤄진 적이 있는 것이라면 기꺼이 이뤄드릴게요.   90

자, 이리 가까이 오세요. 그대에게 음식을 대접하고 싶어요."

　이렇게 말하고 여신은 그의 앞에 식탁을 펴고는

암브로시아를 그득히 차리고 불그레한 넥타르[8]를 섞었다.

신들의 사자인 아르고스의 살해자는 먹고 마시기 시작했다.

그는 음식으로 마음을 즐겁게 한 뒤   95

그녀에게 이렇게 말했다.

　"그대가 여신으로서 남신인 나에게 이리로 온 까닭을 물으시니

나는 그대의 명령에 따라 내가 말하고자 하는 바를 거짓 없이

사실대로 말하겠소. 내가 이리로 온 것은 내 뜻이 아니라

제우스의 명령에 따른 것이오. 하긴 누가 자진하여 이토록 광대한   100

7　호메로스에 나오는 베틀은 우리가 흔히 아는 세로로 길게 뉘는 베틀이 아니라 가로로 길
　　게 세우는 베틀이므로 베 짜는 사람이 북을 따라 그 앞을 좌우로 움직이게 되어 있다.

8　넥타르(nektar)는 불사신들이 마시는 신주(神酒)이다.

짠 바닷물 위를 달리고 싶겠소? 이 근처에는 신들께 제물과
정선된 헤카톰베를 바치는 인간들의 도시도 없는데 말이오.
아이기스를 가진 제우스의 계획을 어떤 다른 신이
비껴가거나 좌절시킨다는 것은 도저히 불가능한 일이오.
그분께서 이르시기를, 그대 곁에 남자들 중에서   105
누구보다 가장 비참한 남자가 있다고 하셨소.
구 년 동안 프리아모스의 도시를 둘러싸고 싸우다가
십 년 만에 그 도시를 함락하고 귀향길에 오른.
그들은 귀향하며 아테나에게 죄를 지은 탓에⁹ 여신이
그들에게 사악한 바람과 긴 파도를 일으켰던 것이오.
그래서 그의 다른 용감한 전우들은 다 죽고   110
바람과 파도가 그를 이리로 실어다주었소.
그런데 이제 제우스께서 그를 되도록 빨리 보내주라는
분부시오. 그는 가족들과 떨어져 이곳에서 죽도록 정해져
있지 않고, 가족들을 만나고 지붕이 높다란 집과
고향땅에 닿는 것이 그의 운명이기 때문이오."   115

      그가 이렇게 말하자 여신들 중에서도 고귀한 칼륍소가
몸서리치며 그에게 물 흐르듯 거침없이 말했다.
      "무정하시도다, 그대들 남신들은! 그리고 그대들은 유별나게
질투심이 강하시오. 그대들은 어떤 여신이 인간을 사랑하는 남편으로
삼아 공공연히 인간과 동침하면 질투를 하시니 말예요.   120
장밋빛 손가락을 가진 새벽의 여신이 오리온¹⁰을 택했을 때도
안락한 생활을 하는 그대들 신들은 질투하셨고,
급기야 황금 옥좌의 순결한 아르테미스가 오르튀기아에서
그에게 다가가 부드러운 화살로 죽였지요.

또 머리를 곱게 땋은 데메테르가 자기 마음에 굴복하여 125

세 번이나 갈아놓은 묵정밭에서 이아시온과 사랑의 동침을

했을 때도 제우스께서는 금세 알아차리시고

번쩍이는 번개를 던져 이아시온을 죽이셨지요.[11]

이번에는 또 신들이여, 그대들은 한 인간이 내 곁에 있는 것을

질투하시는군요. 내가 그를 구해주었어요. 그는 배의 용골에 혼자 130

걸터앉아 있었어요. 제우스께서 포도줏빛 바다 한가운데서

번쩍이는 번개로 그의 날랜 배를 부수고 쪼개버리셨으니까요.

그리하여 그의 다른 용감한 전우들은 다 죽고

바람과 파도가 그를 이리로 실어다주었어요.

그리하여 나는 그를 사랑하게 되어 돌봐주었고 그에게 135

영원히 죽지도 늙지도 않게 해주겠다고 말했지요.

하지만 아이기스를 가진 제우스의 계획을 어떤 다른 신이

비껴가거나 좌절시킨다는 것은 도저히 불가능한 일이기에

그것이 제우스의 요구이고 명령이라면 그가

추수할 수 없는 바다로 나가게 하세요. 나는 그를 140

호송해주지는 못해요. 내게는 노를 갖춘 배들도 없고

바다의 넓은 등으로 그를 데려다줄 전우들도 없으니까요.

---

9 '주요 인명' 중 아이아스 참조.

10 오리온은 보이오티아의 휘리아(Hyria) 시 출신인 휘리에우스(Hyrieus)의 아들로 힘이
세고 용모가 준수한 사냥꾼이며 새벽의 여신 에오스의 애인이다. 오리온은 오르튀기아
(Ortygia 원전 Ortygiē) 섬에서 아르테미스에 의해 살해된 뒤 저승에 가서도 사냥을 즐기고
있다(『오뒷세이아』 11권 572행 참조). 오르튀기아는 아폴론과 아르테미스의 쌍둥이 남매
가 태어난 델로스 섬의 다른 이름이라는 견해도 있고 델로스 바로 옆에 있는 쌍둥이 섬 레
나이아(Rhenaia) 섬이라는 견해도 있다.

11 '주요 신명' 중 데메테르 참조.

물론 나는 그가 아무 탈 없이 고향땅에 닿도록

그에게 진심으로 조언해주고 아무것도 숨기지 않을 거예요."

    그녀에게 신들의 사자인 아르고스의 살해자가 말했다.   145

"그대는 지금 그렇게 그를 보내시어 제우스의 노여움을 사지 마시오.

그분께서 나중에 노하시어 그대를 가혹하게 대하지 않도록 말이오."

    강력한 아르고스의 살해자는 이렇게 말하고 떠나갔다.

한편 존경스러운 요정은 마음이 너그러운 오뒷세우스에게 갔으니,

제우스의 전언을 그녀가 분명히 들었기 때문이다.   150

그녀가 가서 보니 그는 바닷가에 앉아 있었다. 그의 두 눈에는

눈물이 마를 날이 없고, 귀향하지 못하는 것을 슬퍼하는 가운데

그의 달콤한 인생은 하루하루 흘러갔으니 그에게는 요정이 더는

마음에 들지 않았던 까닭이다. 하지만 그는 밤에는 속이 빈 동굴에서

마지못해 원치 않는 남자로서 원하는 여자인 그녀 곁에서 잠들곤 했다.   155

그러나 낮이면 그는 바닷가 바위들 위에 앉아

눈물과 신음과 슬픔으로 자신의 마음을 괴롭히며

추수할 수 없는 바다를 눈물에 젖어 바라보았다.

여신들 중에서도 고귀한 그녀는 이러한 그에게 다가서며 말했다.

    "불운한 이여! 그대는 이제 더는 이곳에서 슬퍼하며   160

세월을 허송하지 마세요. 내 이제 그대를 기꺼이 보내드릴게요.

자, 그대는 키 큰 나무들을 베어 청동으로 널찍한 뗏목 하나를

짜고 그 위에 높다랗게 측벽을 세우세요.

그것이 그대를 안갯빛 바다 위로 실어다주도록 말예요.

그러면 나는 그 안에 굶주림에서 그대를 구해줄   165

빵과 물과 불그레한 포도주를 넉넉히 넣어줄게요.

나는 또 그대에게 옷을 입혀주고 뒤에서 순풍을 보내줄게요.

그러면 그대는 무사히 그대의 고향땅에 닿게 될 거예요.

그것이 계획에서나 실행에서나 나보다 강력한

넓은 하늘에 사는 신들의 뜻이라면 말예요."　　　　　　　　170

　　그녀가 이렇게 말하자 참을성 많은 고귀한 오뒷세우스가

몸서리치며 그녀에게 물 흐르듯 거침없이 말했다.

　　"여신이여! 그대는 나를 보내줄 생각이 아니라 다른 생각을 하고

있는 게 분명하오. 나더러 뗏목을 타고서 무섭고도 힘든 바다의

큰 심연을 건너라고 명령하시니 말이오. 그곳은 제우스의 순풍을 안고　　175

빨리 달리는 균형 잡힌 배들조차도 건널 수 없소.

그러니 나는 그대의 뜻을 거슬러 배에 오르지 않을 것이오.

여신이여, 그대가 나를 해치려고 또 다른 재앙을 꾀하지

않겠다고 엄숙히 맹세하시기 전에는 말이오."

　　그가 이렇게 말하자 여신들 중에서도 고귀한 칼륍소가　　　　180

미소를 머금은 채 한 손으로 그를 쓰다듬으며 이렇게 말했다.

　　"그런 말을 생각해내고 말하다니 그대야말로

진실로 교활하고 영리한 사람이군요.

그렇다면 대지와 저 넓은 하늘과 떨어지는 스튁스[12] 강물이

내 증인이 되게 하세요. 스튁스 강이야말로 축복받은 신들에게　　　185

가장 엄숙하고도 무서운 맹세의 증인이니까요.

나는 그대를 해치려고 다른 재앙을 꾀하지 않겠어요.

아니, 오히려 내게 그럴 필요가 있을 때 나 자신을 위해

12　스튁스(Styx '가증스러운 자')는 저승을 흐르는 네 개의 강들 가운데 하나이다. 신들은 가장 엄숙한 맹세를 할 때 이 강을 증인으로 삼는다(『일리아스』 2권 755행, 8권 369행, 14행 271행 참조). 저승을 흐르는 또 하나의 강인 코퀴토스는 이 강의 지류다(『오뒷세이아』 10권 514행 참조).

생각하게 될 그런 것들을 그대를 위해 생각하고 궁리하겠어요.

나도 올바른 생각을 갖고 있고 내 가슴속 마음은   190

무쇠가 아니라 동정심으로 가득 차 있으니까요."

　　이렇게 말하고 여신들 중에서도 고귀한 그녀가 서둘러

앞장서자 그는 여신의 발자국을 바싹 뒤따라갔다.

여신과 사내가 속이 빈 동굴에 도착했을 때

그는 그곳에서 헤르메스가 앉았다가 일어선 안락의자에   195

앉았고 요정은 그의 앞에 인간들이 먹는

온갖 종류의 음식물을 내놓고

신과 같은 오뒷세우스의 맞은편에 앉았다.

그러자 그녀 앞에 하녀들이 암브로시아와 넥타르를 내놓았다.

그들은 앞에 차려진 음식에 손을 내밀었다.   200

그리하여 그들이 실컷 먹고 마셨을 때

여신들 중에서도 고귀한 칼륍소가 먼저 말문을 열었다.

　　"제우스의 후손 라에르테스의 아들이여, 지략이 뛰어난

오뒷세우스여! 그대는 정말로 지금 당장 이대로 그리운 고향땅에

돌아가기를 원하세요? 그렇다면 편히 가세요.   205

그러나 만약 그대가 고향땅에 닿기 전에 얼마나 많은

고난을 겪어야 할 운명인지 마음속으로 안다면

날마다 그리는 그대의 아내가 아무리 보고 싶어도

이곳에, 바로 이곳에 나와 함께 머무르며

이 집을 지키고 불사의 몸이 되고 싶어질 거예요.   210

진실로 나는 몸매와 체격에서 그녀 못지않다고 자부해요.

필멸의 여인들이 몸매와 생김새에서

불사의 여신과 겨룬다는 것은 당치도 않은 일이니까요."

지략이 뛰어난 오뒷세우스가 그녀에게 이렇게 대답했다.

"존경스러운 여신이여, 그 때문이라면 화내지 마시오.　　　　　　　　　215

사려 깊은 페넬로페가 생김새와 키에서 마주보기에

그대만 못하다는 것은 나도 잘 아오.

그녀는 필멸하는데, 그대는 늙지도 죽지도 않으시니까요.

하지만 그럼에도 나는 집에 돌아가서 귀향의 날을

보기를 날마다 원하고 바란다오. 설혹 신들 중에　　　　　　　　　　220

어떤 분이 또다시 포도줏빛 바다 위에서 나를 난파시킨다 해도

가슴속에 고통을 참는 마음이 있기에 나는 참을 것이오.

이미 파도와도 전쟁터에서도 많은 것을 겪고 많은 고생을 했소.

그러니 이들 고난에 이번 고난이 추가될 테면 되라지요."

　　그는 이렇게 말했다. 이윽고 해가 지고 어둠이 다가왔다.　　　　225

그러자 둘은 속이 빈 동굴의 맨 안쪽으로 들어가

나란히 누워 서로 사랑을 즐겼다.

　　이른 아침에 태어난 장밋빛 손가락을 가진 새벽의 여신이

나타나자 오뒷세우스는 지체 없이 외투와 윗옷을 입었고,

요정은 가볍고도 우아한, 은빛 찬란한 큼직한 겉옷을 입고　　　　230

허리에는 아름다운 황금 허리띠를 두르고

머리에는 베일을 썼다.

그녀는 마음이 너그러운 오뒷세우스를 보내줄 궁리를 하며

그에게 손아귀에 맞는 큰 도끼 한 자루를 주었는데

청동으로 만든 그 양날 도끼에는 올리브나무로 된　　　　　　　　235

훌륭한 자루가 단단히 박혀 있었다.

이어서 그녀가 잘 간 자귀 한 자루를 주며 앞장서서

섬의 끝자락으로 길을 안내하니 그곳에는 오리나무, 백양나무,

하늘에 닿을 듯한 전나무하며 키 큰 나무들이 자라고 있었다.
그러나 이들 나무는 가볍게 물 위에 뜨도록 이미 오래전에   240
시들어 말라 있었다. 여신들 중에서도 고귀한 칼륍소는
키 큰 나무들이 자라는 곳을 가리켜주고는 돌아갔다.
오뒷세우스는 나무들을 베기 시작했고 작업은 신속히 진행되었다.
그는 전부 스무 그루의 나무를 베어 넘어뜨려 청동으로 옆가지를
친 다음 그것들을 솜씨 좋게 깎아 먹줄을 치고 똑바르게 말랐다.   245
그동안 여신들 중에서도 고귀한 칼륍소가 나사송곳을 가져오자
그는 나무마다 구멍을 뚫어 그것들을 이어 붙인 뒤
나무못과 꺾쇠로 뗏목을 튼튼하게 만들었다.
목수 일에 밝은 사람이 재게 될
널찍한 짐배의 뱃바닥 넓이만큼이나   250
넓은 뗏목을 오뒷세우스는 만들었다.
그는 작업을 계속하여 촘촘한 늑재(肋材)에 붙여
측벽을 세웠고, 마지막으로 늑재 위에 긴 널빤지를 댔다.
그러고 나서 그는 그 안에 돛대를 세우고 거기에 맞는 활대를
만들었으며, 방향을 잡기 위한 키도 만들었다.   255
그리고 파도를 막을 수 있도록 사방에다 버들가지로
울을 대고 바닥에는 나뭇잎을 수북이 쌓았다.
그동안 여신들 중에서도 고귀한 칼륍소가 그에게 돛을 만들 천을
가져다주자 그는 돛도 능숙하게 만들어냈다. 그는 뗏목 안에
활대 줄들, 돛을 올리고 내리는 줄들, 돛 아래쪽을 매는 줄들을   260
달고 나서 드디어 지렛대로 뗏목을 신성한 바닷물로 끌어내렸다.
　　나흘째 되는 날 그는 모든 것을 완성했다.
닷새째 되는 날 칼륍소는 오뒷세우스를 목욕시키고

향기로운 옷을 입혀준 뒤 섬에서 배웅해주었다.

여신은 뗏목에 가죽부대 두 개를 넣어주었는데 그중 하나는 265

검은 포도주가 든 것이고 큰 것은 물이 든 것이었다. 그녀는 또

가죽 자루에 길양식을 넣어주고 진미도 넉넉히 넣어주었다.

이윽고 그녀가 부드럽고 따뜻한 순풍을 보내주자

고귀한 오뒷세우스는 기뻐하며 바람에 돛을 펼치고는

뗏목에 앉아 능숙하게 키로 방향을 잡았고, 270

그의 눈꺼풀에 잠이라고는 쏟아지지 않았다.

그는 줄곧 플레이아데스[13]와 늦게 지는 보오테스[14]와

사람들이 짐수레라고도 부르는 큰곰[15]을 쳐다보았다.

큰곰은 같은 자리를 돌며 오리온을 지켜보는데, 그 까닭은

이 큰곰만이 오케아노스의 목욕에 참가하지 않기[16] 때문이다. 275

---

13 플레이아데스는 '비둘기들'이라는 뜻의 별자리로 그리스 신화에 따르면 아틀라스와 플레이오네(Pleione)의 일곱 딸들이 비둘기로 변신하여 사냥꾼 오리온 앞에서 도망치는 것을 제우스가 별자리로 만들어 황소자리 옆에다 옮겨놓은 것이라고 한다. 이 별자리는 계절의 변화를 알려주는데 이 별자리가 일 년 중 일찍 뜨는 시기, 즉 처음으로 해 뜨기 전에 뜨는 시기(5월 초)는 수확의 시기이자 항해하기 좋은 여름이 시작되는 시기다. 그리고 이 별들이 일찍 지는 시기, 즉 해 뜨기 직전에 지는 시기(11월 초)는 쟁기질하고 씨 뿌리는 시기이자 항해하기 위험한 겨울이 시작되는 시기다(헤시오도스, 『일과 날』 383행 참조).

14 보오테스는 '소몰이'라는 뜻의 작은 별자리로 '수레'라고 불리는 큰 별자리 옆에 자리 잡고 있다. '수레'가 '큰곰'으로 알려지면서 보오테스는 '곰의 수호자'(arktopylax)라고 불리게 되었다.

15 큰곰(arktos)은 북두칠성을 중심으로 하는 별자리의 하나로, 북반구에 사는 사람에게는 하늘에서 지는 일이 없다(『일리아스』 18권 487~488행 참조).

16 고대 그리스인들은 해와 별들이 오케아노스에서 떴다가 오케아노스로 지는 것으로 생각했다. 여기서 큰곰만이 '오케아노스의 목욕에 참가하지 않는다' 함은 큰곰만이 '지지 않는다'는 뜻이다.

여신들 중에서도 고귀한 칼륍소가 바다를 항해할 때
이 별을 항상 왼쪽에 두라고 그에게 일러준 것이다.
이렇게 그는 열이레 동안 바다를 항해했고
열여드레째 되는 날 가장 가까운 곳에
파이아케스족 나라의 그늘진 언덕들이 모습을 드러냈는데,   280
마치 안갯빛 바다 위에 소가죽 방패[17]가 떠 있는 것 같았다.

　　그러나 대지를 흔드는 통치자 포세이돈이 아이티오페스족의 나라에서
돌아오는 길에 멀리 솔뤼모이족[18]의 산에서 그를 발견했다.
바로 그곳에서 바다를 항해하는 오뒷세우스가 눈에 띄자
포세이돈이 대로하여 머리를 흔들며 자신의 마음을 향해 말했다.   285
　　"아아! 내가 아이티오페스족 나라에 가 있는 사이에 신들이
오뒷세우스에 대한 자신들의 결정을 번복했음이 틀림없구나.
그는 지금 파이아케스족의 나라 가까이 있는데, 그곳에서 자신이
걸려든 고난의 큰 올가미에서 벗어나기로 정해져 있으니 말이야.
하지만 단언컨대, 나는 여전히 그를 수많은 재앙의 길로 몰고 가리라."   290
　　이렇게 말하고 그는 손에 삼지창을 집어 들고
구름을 모으며 바다에 파도를 일으켰다. 그는 온갖 바람의
폭풍을 한꺼번에 일으키고 육지와 바다를 동시에
구름으로 감쌌다. 하늘에서는 밤이 다가왔다.
동풍과 남풍이 서로 부딪치는가 하면, 큰 파도를 굴리는   295
맑은 대기에서 태어난 북풍과 거칠게 불어대는 서풍이 서로 부딪쳤다.
그러자 오뒷세우스는 무릎과 심장이 풀리며
자신의 고매한 마음을 향해 침통하게 말했다.
　　"오오, 나야말로 비참하구나! 드디어 내게 무슨 일이 일어나려는
것일까? 여신이 한 말이 모두 사실이 아닐까 두렵구나.   300

고향땅에 닿기 전에 바다에서 많은 고초를 겪게 될 것이라고

여신이 말했거늘 이제 그것이 모두 이뤄지는구나.

그렇게 제우스께서 넓은 하늘을 구름으로 둘러싸고 바다에

파도를 일으키니 온갖 바람의 폭풍이 한꺼번에 몰려오는구나.

이제 나의 갑작스러운 파멸은 의심할 여지가 없어.   305

아트레우스의 아들들을 기쁘게 해주려다 그때 넓은 트로이아 땅에서

죽어간 다나오스 백성들이야말로 세 배 네 배나 더 행복하도다.

죽은 펠레우스의 아들[19]을 둘러싸고 가장 많은 트로이아인들이

나를 향해 청동 날이 박힌 창을 내던지던 날 나도 죽어서

운명을 맞았다면 얼마나 좋았을까! 그랬다면 나를 위해 장례가   310

치러졌을 것이고 아카이오이족이 나를 칭송했을 텐데.

그런데 이제 나는 비참한 죽음의 포로가 될 운명인가 보구나!"

　　그가 이렇게 말했을 때 큰 파도가 무섭게 돌진해오더니

그를 내리덮치자 뗏목이 빙글빙글 돌았다.

그는 뗏목에서 멀리 나가떨어지며 키를 두 손에서 놓아버렸다.   315

그러자 여러 바람이 한데 어우러진 일진광풍이

돛대의 한가운데를 꺾어버렸고 돛과 활대가

멀리 바다 위에 떨어지고 말았다. 한참 동안

파도는 그를 물밑에 붙들고 있었고 새로이 돌진해오는

큰 파도 밑에서 그는 바로 떠오를 수가 없었으니   320

17　고대 그리스인들은 소가죽으로 방패를 만들었는데, 창칼에 뚫리지 않도록 가죽을 여러 겹
　　겹쳐 사용했다.

18　솔뤼모이족은 소아시아의 뤼키아(Lykia) 지방에 살던 호전적 부족이다(『일리아스』 6권
　　184, 204행 참조).

19　아킬레우스.

고귀한 칼륍소가 준 옷들이 그를 무겁게 한 것이다.

한참 뒤에야 그는 위로 떠올라 쓰디쓴 짠물을 입에서 토했고,

그의 머리에서는 짠물이 줄줄 흘러내렸다.

하지만 그는 몹시 지쳤음에도 뗏목을 잊지 않고

파도 속에서 내달아 그것을 붙잡더니 그 한가운데에   325

앉았고, 그리하여 죽음의 종말을 피할 수 있었다. 그러나 큰 파도가

넘실대는 바닷물을 따라 그를 이리저리로 실어 날랐다.

마치 가을날 북풍이 서로 바싹 붙어 있는

엉겅퀴들을 들판 위로 나르듯이, 꼭 그처럼

바람이 바다 위로 뗏목을 이리저리로 실어 날랐다.   330

때로는 남풍이 북풍에게 뗏목을 나르라고 내던지는가 하면

때로는 동풍이 서풍에게 뗏목을 추격하라고 양보했다.

　　하지만 그때 카드모스[20]의 딸 복사뼈가 예쁜 이노 레우코테아[21]가

오뒷세우스를 보았으니, 전에는 인간의 음성으로 말하는

그녀였지만 지금은 짠 바닷물 속에서 여신으로   335

존경받고 있었다. 그녀는 고통받으며 떠돌아다니는

오뒷세우스를 불쌍히 여겨 섬새처럼 바다에서 날아올라

뗏목 위에 앉더니 그를 향해 말했다.

"불운한 이여! 대지를 흔드는 포세이돈께서 그대에게 왜 이다지도

대로하시는 걸까요? 그대에게 수많은 재앙을 안겨주시니 말예요.   340

그러나 그분께서 아무리 그러고 싶어도 그대를 없애지는 못할 거예요.

자, 이렇게 하세요. 그대는 어리석어 보이지 않으니까요.

그대는 그 옷들은 벗어버리고 바람에 떠밀려 가도록 뗏목은

내버려두세요. 그리고 두 손으로 헤엄쳐 파이아케스족의 땅에

닿도록 노력하세요. 그대는 그곳에서 구출될 운명이니까요.   345

자, 이 불멸의 머릿수건을 받아 가슴에 두르세요. 그러면

그대는 더는 고통도 죽음도 두려워할 필요가 없을 거예요.

그러나 그대의 두 손이 뭍에 닿거든 그때는

그것을 도로 풀어 뭍에서 멀리 포도줏빛 바다 위로

던져버리고 그대 자신은 돌아서세요.”   350

　여신은 이렇게 말하고 그에게 머릿수건을

건네주고는 섬새처럼 물결치는 바닷속으로

도로 들어가니 검은 파도가 그녀를 감춰버렸다.

참을성 많은 고귀한 오뒷세우스는 심사숙고하다가

자신의 고매한 마음을 향해 침통하게 말했다.   355

　“아아, 괴롭구나! 그녀가 나더러 뗏목을 떠나라고 명령하니

불사신 중 어떤 분이 또 음모를 꾸미시는 게 아닌지 두렵구나.

나는 아직은 그 명령에 따르지 않을 거야. 나의 피난처가 될 것이라고

그녀가 말한 뭍은 내가 보기에 아직은 멀리 떨어져 있으니까.

20　카드모스는 포이니케의 튀로스 왕 아게노르(Agenor)의 아들로, 아버지의 명령에 따라 실종된 누이 에우로페를 찾아 나섰다가 보이오티아 지방에 가서 테바이의 구시가지이자 성채인 카드메이아(Kadmeia)를 세워 테바이인들의 조상이 된다. 카드모스 이야기는 페니키아의 해양 문명이 그리스로 전파된 역사적 사실의 신화적 반영이다. 카드모스는 그 후 아프로디테와 아레스 사이에서 태어난 하르모니아(Harmonia)와 결혼하는데 이때 헤파이스토스가 하르모니아에게 만들어준 황금 목걸이는 그것을 갖고 있는 사람을 불행에 빠뜨리는 무서운 힘을 지녔다. 이노와 세멜레는 카드모스의 딸들이다.

21　이노는 테바이 왕 카드모스의 딸로 자매간인 세멜레가 제우스의 번개에 타 죽자 그 재에서 제우스에 의해 구출된 아들 디오뉘소스를 돌봐준다. 그러자 질투심 많은 헤라가 이노와 그녀의 남편 아타마스(Athamas)를 미치게 해 아타마스는 아들 레아르코스(Learchos)를 죽이고 이노는 또다른 아들 멜리케르테스(Melikertes)를 안고 바닷물로 뛰어들었다가 레우코테아(Leukothea)라는 바다 여신이 된다. 레우코테아는 ‘하얀 여신’이라는 뜻으로 바다의 흰 거품이나 잔잔한 바다의 반짝임에서 유래한 것으로 생각된다.

나는 이렇게 할 작정이야. 그것이 내게는 가장 좋을 것 같아. 360

선재들이 나무못으로 튼튼히 결합되어 있는 동안에는

이곳에 머무르며 고통받더라도 참고 견딜 거야.

하지만 파도가 뗏목을 산산이 박살내면 그때는 곧바로

헤엄칠 거야. 그때는 더 나은 방법을 생각할 수 없으니까."

    그가 이런 일들을 마음속으로 곰곰이 생각하는 동안 365

대지를 흔드는 포세이돈이 그를 향해 큰 파도를 일으키니,

무섭고 견디기 어렵고 허공에 매달린 파도가 그를 내리덮쳤다.

마치 돌풍이 바싹 마른 왕겨 더미를 쳐올려

저마다 다른 방향으로 산산이 흩어버리듯,

꼭 그처럼 그 파도는 뗏목의 긴 선재들을 박살냈다. 370

그러자 오뒷세우스는 마치 사람이 경주마에 올라타듯

단 하나의 선재 위에 걸터앉아 고귀한 칼륍소가 준 옷들을

벗어버리더니 즉시 머릿수건을 가슴에 두르고는

머리를 아래로 하고 바다로 곤두박질하여 헤엄치기를

열망하며 두 손을 뻗었다. 그러자 대지를 흔드는 통치자가 375

그것을 보고 머리를 흔들며 자신의 마음을 향해 말했다.

    "이제 그대는 온갖 고초를 겪었으니 제우스가 양육한 인간들 사이에

섞일 때까지 그렇게 바다 위를 떠돌아다니려무나. 그래도

그대가 고통을 면했다고 큰소리치지는 못하리라."

    이렇게 말하고 대지를 흔드는 통치자가 갈기 고운 말들을 380

채찍질하여 아이가이[22]에 도착하니, 그곳에는 그의 궁전이 있었다.

    그러나 제우스의 딸 아테나는 다른 것을

생각해내어 다른 바람들의 진로를 막으며

그것들 모두가 그치고 자도록 명령하고

세찬 북풍을 일으켜 그의 앞에서 파도를 부숴버리니,   385

제우스의 후손인 오뒷세우스가 죽음과 죽음의 운명을 피하여

노를 사랑하는 파이아케스족 사이에 섞이게 하려는 것이었다.

　　그리하여 그는 이틀 밤 이틀 낮을 파도 위를

떠돌아다녔고 그의 마음은 수없이 죽음을 예감했다.

그러나 머리를 곱게 땋은 새벽의 여신이 세 번째 날을   390

가져다주었을 때 마침내 바람이 그치더니 바다는 바람 한 점 없이

잔잔해졌다. 이제 오뒷세우스가 큰 파도에 들어올려져

앞을 예의 주시하자 아주 가까운 곳에 육지가 보였다.

마치 자식들에게 아버지의 되살아나는 생명이 반갑듯이

―어떤 신이 화가 나서 아버지를 공격한 까닭에   395

아버지는 병석에 누워 오랫동안 심한 병고에 시달렸는데

반갑게도 신들이 아버지를 불행에서 풀어준 것이다―

꼭 그처럼 오뒷세우스에게는 모습을 드러낸 육지와 숲이 반가웠다.

그는 두 발로 뭍을 밟기를 바라며 헤엄쳐갔다.

그러나 그가 사람의 고함 소리가 들릴 만큼 뭍과의 거리를   400

좁혔을 때 암벽에 부서지는 파도 소리가 요란하게 들렸다.

큰 파도가 마른 뭍을 향해 노호하며 무시무시하게

부서져 오르자 바다의 거품이 모든 것을 뒤덮었다.

그곳에는 배들의 보호자인 포구나 정박소는 없고

돌출한 곳[岬]과 암벽과 암초들만 있었기 때문이다.   405

---

22 아이가이는 펠레폰네소스 반도 서북쪽 아카이아 지방의 크라티스(Krathis) 강변에 있는 도시이다. 아이가이를 에우보이아 섬의 남해안에 있는 도시 카뤼스토스(Karystos) 또는 그 부근의 섬으로 보는 이들도 있다.

오뒷세우스는 그만 무릎과 심장이 풀렸다.

그는 자신의 고매한 마음을 향해 침통하게 말했다.

　"아아, 괴롭구나! 뜻밖에도 제우스께서 육지를 보게

해주셨고 나는 깊은 바다를 헤치며 여행을 마쳤건만

잿빛 바다 밖으로 나갈 출구는 아무 데도 보이지 않는구나.　　　　410

바깥쪽으로는 날카로운 암초들이 있어 그 주위로 파도가

달려들며 부서지는 데다 미끄러운 바위가 가파르게 솟아 있고

눈앞에 바다는 깊어 두 발로 서서 재앙에서

벗어난다는 것은 불가능한 일이다.

뭍으로 나가려다 큰 파도에 낚아채어 뾰족한 바위에　　　　　　　415

내동댕이쳐질까 두렵구나. 그러면 나의 열성도 헛수고가 되고 말 테지.

그렇다고 하여 파도가 비스듬히 밀려드는 야트막한 모래톱이나

바다의 포구를 찾으려고 해안을 따라 계속해서 헤엄치다가는

크게 신음하는 나를 폭풍이 붙잡아 다시

물고기가 많은 바다로 실어 나르지나 않을까 두렵구나.　　　　　　420

아니면 어떤 신이 바다에서 큰 괴물을 내보내실지도 몰라.

그런 것들이라면 유명한 암피트리테가 많이도 기르고 있지.

내가 알기로 대지를 흔드는 이름난 신께서는 나를 미워하시니까."

　　그가 이런 일들을 마음속으로 곰곰이 생각하는 동안

큰 파도가 그를 바위투성이 해안으로 실어 날랐다.　　　　　　　　425

그리하여 그는 그곳에서 살갗이 찢기고 뼈가 모두 으스러졌을 것이나

빛나는 눈의 여신 아테나가 그의 마음에 한 가지 생각을 불어넣었다.

그래서 그는 앞으로 내달아 양손으로 바위를 잡고는

큰 파도가 지나갈 때까지 신음하며 그것을 꽉 붙잡고 있었다.

그리하여 파도에서 벗어났는가 싶은데 그 파도가 도로 물러나면서　　430

다시 덤벼들며 그를 쳐서 멀리 바다로 던져버렸다.

마치 문어가 구멍에서 끌려 나오고 그 빨판에는

조약돌들이 덕지덕지 붙어 있을 때와 같이,

꼭 그처럼 그의 대담무쌍한 두 손은 바위에 부딪쳐

살갗이 찢겼고 그 자신은 큰 파도가 삼켜버렸다. 그리하여   435

불운한 오뒷세우스는 정해진 운명을 뛰어넘어 그곳에서

죽었을 것이나 빛나는 눈의 여신 아테나가 그에게 분별력을 주었다.

그래서 그는 뭍으로 쇄도하는 파도에서 떠올라 그 바깥쪽을 따라

헤엄치며 혹시 파도가 비스듬히 밀려드는 야트막한 모래톱이나

바다의 포구를 발견할 수 있을까 해서 줄곧 육지 쪽을 바라보았다.   440

그가 헤엄쳐 아름답게 흘러가는 강의 어귀에 이르렀을 때 그에게는

그 장소가 가장 좋아 보였으니 그곳에는 바위도 없을 뿐 아니라

바람을 피할 만한 곳도 있었다. 그는 강물이 앞으로

흘러갈 때 곧 하신(河神)임을 알아차리고 마음속으로 기도했다.

　　"왕이여! 그대가 뉘시든 내 청을 들으소서. 나는 포세이돈의   445

위협을 피해 바다에서 벗어나려고 애쓰다가 고대하던

그대에게 왔나이다. 지금 내가 천신만고 끝에 그대의 흐르는 강물과

그대의 무릎에 온 것처럼 떠돌아다니다가 온 사람은

그가 누구건 불사신들에게도 존귀한 존재일 것입니다. 나를

불쌍히 여기소서, 왕이여! 나는 그대의 탄원자임을 공언하나이다."   450

　　그가 이렇게 말하자 하신은 지체 없이 자신의 흐름을 멈추고

자신의 물결을 조절하여 그의 앞에서 바다를 잔잔하게 하더니

하구에서 그를 구해주었다. 그러자 오뒷세우스의 두 무릎과

억센 두 손이 축 늘어졌으니 바다와 싸우느라 그는 만신창이가

된 것이다. 그의 몸은 온통 부어 있고 입과 두 콧구멍에서는   455

바닷물이 콸콸 쏟아져 나왔다. 그는 숨도 못 쉬고 말도 못하고
기진맥진해 누워 있었다. 그만큼 무서운 파도가 그를 엄습했던
것이다. 그러나 다시 숨을 쉬게 되고 정신이 들자
그는 자기 몸에서 여신의 머릿수건을 풀어 그것을
바다로 흘러들어 가는 강물에 떨어뜨렸다. 그러자 큰 파도가   460
흐름을 따라 그것을 도로 실어갔고 이노 레우코테아는
단박에 두 손으로 그것을 집었다. 오뒷세우스는 강물 밖으로 나와
갈대밭에 쓰러져 양식을 대주는 대지에 입맞추었다.
그러고 나서 자신의 고매한 마음을 향해 침통하게 말했다.
　"아아, 괴롭구나! 나는 어떻게 되는 거지? 드디어 내게   465
무슨 일이 일어나려는 걸까? 강가에서 근심에 잠겨 밤새도록
망을 보다가는 기진맥진해 숨을 헐떡이는 나의 목숨을
사악한 서리와 찬 이슬이 한꺼번에 앗아가지 않을까 두렵구나.
이른 아침 강바람은 매우 차가울 텐데.
그렇다고 해서 언덕에 올라 그늘진 숲 속으로 들어가   470
우거진 덤불 속에서 잠을 자다가는, 설령 추위와 피로가
나를 놓아주어 달콤한 잠이 나를 찾아온다 해도
야수들의 전리품이나 먹이가 되지 않을까 두렵구나."
　아무리 생각해보아도 역시 숲 속으로 들어가는 것이
더 이로울 것 같았다. 그 숲은 물가의 전망이 탁 트인 곳에서   475
그가 발견해낸 것이었다. 그가 두 개의 덤불 밑으로 기어들어가니
한 줄기에서 나온 이들 덤불 중 하나는 올리브나무였고
다른 하나는 야생 올리브나무였다. 눅눅한 바람의 힘도
이것을 뚫고 분 적이 없고 빛나는 태양도 햇빛으로 이것을 뚫고
비춘 적이 없었으며 비도 이것을 뚫을 수가 없었다.   480

그만큼 빈틈없이 덤불들이 서로 뒤얽혀 있었다.

오뒷세우스는 바로 이 덤불들 밑으로 기어들어가

두 손으로 널찍한 잠자리를 쌓아올렸으니 그곳은

겨울 날씨가 아무리 혹독해도 두세 사람이 충분히

덮을 수 있을 만큼 낙엽이 수북이 쌓여 있었다.   485

참을성 많은 고귀한 오뒷세우스는 낙엽을 보고 기뻐하며

그 한가운데에 누워 떨어진 나뭇잎들로 몸을 덮었다.

마치 근처에 이웃이라고는 찾을 수 없는 외딴 시골에 사는

어떤 사람이 검은 잿더미 속에 타는 장작개비를 감추고 있어

불씨를 보존하고 다른 데서 불을 붙여올 필요가 없는 것처럼,   490

꼭 그처럼 오뒷세우스는 나뭇잎 밑에 몸을 감추었다. 그리고 아테나가

그의 두 눈에 잠을 쏟으니, 이는 잠이 그의 눈꺼풀을 에워싸며

그간 너무 힘겨웠던 노고에서 그를 재빨리 구해주게 하려는 것이었다.

VI
오뒷세우스가 파이아케스족의 나라에 가다

참을성 많은 고귀한 오뒷세우스가 잠과 피로에
제압되어 그곳에 누워 자는 동안
아테나는 파이아케스족의 나라와 도시로 갔다.
그들은 전에는 거만한 퀴클롭스들 가까이
넓은 무도장이 있는 휘페레이아[1]에 살았으나   5
더 힘센 퀴클롭스들이 늘 그들을 약탈하는지라
신과 같은 나우시토오스가 그곳으로부터 그들을 이주하게
한 것이다. 그는 그들을 이끌고 가서 고생하는 인간들에게서
멀리 떨어진 스케리아에 정착케 한 다음, 도시에 성벽을
두르고 집들을 짓고 신전들을 세우고 농토를 나눠주었다.   10
나우시토오스는 이미 죽음의 운명에 제압되어 하데스의 집으로 갔고
지금은 신들에게서 현명한 조언을 배운 알키노오스[2]가
통치하고 있었다. 빛나는 눈의 여신 아테나는 고매한 오뒷세우스의
귀향을 궁리하면서 바로 그의 집으로 갔다.
여신은 매우 정교하게 만든 방으로 발걸음을 옮겼는데   15
그곳에는 몸매와 생김새가 불사의 여신들 같은 소녀인

---

1 휘페레이아('위쪽에 있는 나라'라는 뜻)는 『오뒷세이아』에 나오는 이름들이 흔히 그러하
   듯 전설상의 지명으로 생각된다.
2 알키노오스('용감한 마음을 가진 자'라는 뜻)는 나우시토오스의 아들로 아레테의 남편이
   자 나우시카아와 다섯 아들의 아버지이며 스케리아 섬에 거주하는 파이아케스족의 왕이다.

고매한 알키노오스의 딸 나우시카아가 자고 있었다.
그녀의 방 문설주 양쪽으로는 카리스 여신들[3]에게서
아름다움을 받은 두 하녀가 누워 있고 반짝이는 문짝들은
닫혀 있었다. 여신은 바람의 입김처럼 소녀의 침상으로 20
곧바로 가더니 나우시카아의 머리맡에 서서 그녀를 향해 말했다.
그 모습은 나우시카아와 동갑이고 또 그녀의 마음에 들던
이름난 뱃사람 뒤마스의 딸과 같았다. 빛나는 눈의 여신
아테나는 뒤마스의 딸과 같은 모습을 하고 말했다.

　　"나우시카아! 어째서 네 어머니께서는 이렇게 칠칠치 못한 딸을 25
두셨을까? 번쩍이는 옷들이 손질도 안 된 채 널브러져 있는데
결혼식 올릴 날은 가까이 다가왔으니 말이야. 그날은 너 자신도
고운 옷을 입어야 하지만 너를 신랑 집으로 데려다줄 분들
옷도 준비해두어야 해. 이런 것들이 사람들 사이에
좋은 평판을 퍼뜨리고, 그러면 아버지도 존경스러운 어머니도 30
기뻐하시겠지. 자, 날이 밝는 대로 가서 빨래를 하는 게 좋겠어.
되도록 빨리 네가 준비를 끝낼 수 있도록 나도 함께 가서 거들게.
네가 처녀로 있을 날도 얼마 남지 않았으니까. 너 자신의 혈통도
거기에서 비롯된 전(全) 파이아케스족의 백성들 중에서
가장 훌륭한 자들이 벌써 너에게 구혼하고 있잖아. 35
자, 너는 이른 아침에 유명하신 네 아버지께
허리띠며 겉옷들이며 번쩍이는 담요들을 실어다줄
짐수레와 노새들을 준비해달라고 부탁드려. 그렇게 가는 것이
너 자신에게도 걸어서 가는 것보다 나을 거야.
빨래터는 도시에서 아주 멀리 떨어져 있으니까." 40
　　빛나는 눈의 여신 아테나는 이렇게 말하고 올륌포스로 떠나갔다.

사람들이 말하기를, 그곳에는 신들의 영원불멸하는 거처가 있다고 한다.

그 거처는 바람에 흔들리는 일도 없고 비에 젖는 일도 없고

눈이 내리는 일도 없으며, 구름 한 점 없는 맑은 대기가 그 주위에

펼쳐져 있고 찬란한 광휘가 그 위를 떠다닌다고 한다.   45

그곳에서 축복받은 신들은 날마다 즐겁게 산다고 한다.

빛나는 눈의 여신은 소녀에게 말하고 바로 그리로 떠나갔다.

그러자 금세 훌륭한 옥좌의 새벽의 여신이 다가와서

고운 옷의 나우시카아를 깨우니, 그녀는 꿈을 심히

괴이쩍게 여기며 사랑하는 아버지와 어머니께 알려드리려고   50

방들을 지나 걸어갔다. 그녀는 안에서 부모님을 만났는데

어머니는 시중드는 여인들과 함께 화롯가에 앉아

진한 자줏빛 실을 잣고, 아버지는 그녀가 만났을 때

이름난 왕들의 회의장에 가려던 참이었으니,

당당한 파이아케스족이 그를 그리로 부른 것이다.   55

그녀는 가까이 다가서며 사랑하는 아버지에게 말했다.

　"아버지, 저를 위해 훌륭한 바퀴가 달린 높다란 짐수레

한 대만 준비해주실 수 없을까요? 여기저기 널려 있는

더러운 옷을 가져가 강에서 빨아야겠어요.

3　카리스 여신(Charis 라/Gratia 복수형 Charites 라/Gratiae)들은 제우스의 딸들로, 인생에 우
아함을 부여하는 우미(優美)의 여신들이다. 호메로스에서는 그 수가 일정하지 않고 파시
테에(Pasithee)만 거명되지만(『일리아스』 14권 269·275~276행 참조), 그들의 수는 대개 세
명으로 알려져 있다. 헤시오도스는 그들의 이름이 에우프로쉬네(Euphrosyne), 아글라이아
(Aglaia), 탈리아(Thalia)라고 말하고 있다(『신들의 계보』 907행 이하 참조). 호메로스에서
그들은 아프로디테를 수행하는 시녀들로(『오뒷세이아』 8권 364행, 18권 194행 참조), 그
녀를 위해 옷을 짓기도 한다(『일리아스』 5권 338행 참조).

아버지께서도 일인자들과 회의하실 때 60
몸에 깨끗한 옷을 입고 계시는 것이 도리에 맞잖아요.
또한 궁전 안에는 아버지의 사랑하는 아들들이 다섯이나 있는데
둘은 결혼했지만 셋은 한창때의 총각들인지라
언제나 새로 빤 옷을 입고 무도장에 가고 싶어해요.
이 일은 지금까지 모두 제가 도맡았어요." 65
　　사랑하는 아버지에게 한창 나이 때의 결혼식에 관해 말하기가
부끄러워 이렇게 말했지만 아버지는 모든 것을 알고 이렇게 대답했다.
　　"내 딸아, 너를 위해서라면 노새들도 그 밖의 것들도 아끼지
않으마. 다녀오너라! 하인들이 너를 위해 훌륭한 바퀴가 달리고
포장이 쳐진 높다란 짐수레를 준비해줄 것이다." 70
　　왕이 이렇게 말하고 하인들에게 명령하자 그가 시키는 대로
하인들이 궁전 밖에다 노새가 끄는 잘 구르는 짐수레 한 대를
준비하더니 노새들을 짐수레의 멍에 밑에 맸다.
한편 소녀는 방에서 번쩍이는 옷을 내와
반들반들 깎은 짐수레 위에 실었다. 75
그러자 어머니가 온갖 음식을 바구니에 넉넉히 담아주고
진미도 넣어주었으며 염소가죽 부대에 포도주도
부어주었다. 그러자 소녀가 짐수레에 올랐다.
어머니는 또 소녀와 소녀의 시중드는 여인들이 목욕하고 나서
몸에 바르라고 황금 병에 올리브유도 넣어주었다. 80
소녀가 채찍과 번쩍이는 고삐를 쥐고 채찍질하며
짐수레를 앞으로 몰자 노새들의 소음이 일었다.
노새들은 힘껏 몸을 뻗치며 옷과 소녀를 실어 날랐다.
그러나 소녀는 혼자가 아니었으니 다른 시녀들도 동행했다.

소녀 일행이 더없이 아름답게 흐르는 강에 도착했을 때

그곳에는 과연 물이 넉넉한 빨래터가 있었고, 아무리 더러운

옷들도 깨끗이 빨 수 있을 만큼 맑은 물이 콸콸 솟아났다.

그곳에서 소녀들은 노새들을 짐수레 밑에서 풀어

소용돌이치는 강가로 몰고 가 꿀처럼 달콤한 토끼풀을

뜯어먹게 했다. 그러고 나서 소녀들은 손수 짐수레에서　　　　　　90

옷들을 내려 검은 물 속으로 가져가 구덩이에 담그고는

그것들을 기운차게 다투어 밟았다.

소녀들은 옷들을 빨아 때를 깨끗이 뺀 다음

바닷가기슭을 따라 나란히 널어놓았는데, 그곳은 바닷물이

해안에 부딪치며 조약돌들을 깨끗이 씻는 곳이었다.　　　　　　95

그런 다음 소녀들은 목욕하고 올리브유를 바르고 나서

강둑에서 점심을 먹고,

옷들이 햇볕에 마르기를 기다렸다.

하녀들과 소녀는 배불리 먹고 나서

머릿수건을 벗어놓고 공놀이를 하기 시작했고　　　　　　100

그들 사이에서 흰 팔의 나우시카아가 노래를 선창했다.

마치 활의 여신 아르테미스가 높은 타위게톤[4]이든

에뤼만토스[5]든 산들을 쏘다니며

멧돼지들과 날랜 사슴들을 사냥하기를 즐기고

4　　타위게톤은 펠로폰네소스 반도 중앙에 있는 아르카디아에서 시작하여 라케다이몬과 멧세네의 경계를 이루며 남쪽으로 뻗어 있는 산맥으로, 최고봉 2407미터다.

5　　에뤼만토스는 펠로폰네소스 반도 북쪽, 아르카디아와 엘리스와 아카이아 지방의 경계를 이루는 웅장하고 험준한 산으로 최고봉 2224미터다. 이 산은 특히 헤라클레스가 죽인 멧돼지의 이야기로 유명하다.

아이기스를 가진 제우스의 딸들인 들에 사는 요정들이   105
그녀와 어우러져 놀 때, 그녀가 그들 모두보다 머리와 이마만큼
더 커서 쉽게 알아볼 수 있기에 레토⁶가 마음속으로
기뻐하듯이 ― 그러나 그들도 모두 다 아름다웠다 ―
꼭 그처럼 미혼의 처녀는 시녀들 사이에서 돋보였다.

　　그러나 그녀가 노새들에게 멍에를 얹고 고운 옷들을   110
개키게 한 다음 집으로 돌아가려고 할 때
빛나는 눈의 여신 아테나가 또다시 다른 것을 생각해냈으니
그녀는 오뒷세우스가 깨어나 고운 얼굴의 소녀를 보게 하여
소녀가 그를 파이아케스족의 도시로 안내하게 할 참이었다.
그래서 그때 공주가 한 시녀에게 공을 던졌으나 그 시녀를   115
맞히지 못하고 깊은 소용돌이 속으로 공이 굴러가버렸다.
소녀들이 요란하게 소리를 지르자 고귀한 오뒷세우스가
깨어나 앉아 마음속으로 곰곰이 생각했다.

　　'아아, 괴롭구나! 나는 또 어떤 인간들의 나라에 온 걸까?
그들은 오만하고 야만스럽고 옳지 못한 자들일까,   120
아니면 나그네들에게 친절하고 신을 두려워하는 마음씨를 가진
자들일까? 방금 소녀들의 앳된 목소리 같은 것이 주위에서
울렸는데 그것은 가파른 산봉우리나 강의 원천이나
풀이 무성한 강가의 초지에 사는 요정들의 목소리였을까?
아무튼 나는 사람의 목소리를 지닌 사람의 종족 가까이 있음에   125
틀림없어. 어디, 몸소 가서 보고 확인해야지.'

　　이렇게 생각하고 고귀한 오뒷세우스는 덤불 밑에서 기어나와
억센 손으로 우거진 숲에서 잎이 많이 달린 나뭇가지 하나를
꺾었으니, 그것을 몸에 둘러 샅을 가릴 참이었다.

그러고 나서 그는 마치 산에서 자란 사자처럼 걸어갔다. 130

사자는 제 힘을 믿고 비바람에도 아랑곳없이

두 눈을 번쩍이며 다가가서 소떼나 양떼나 들판을 헤매는

사슴떼를 뒤쫓는다. 사자는 또 꼭 닫힌 양우리로 가서

양떼를 공격하니 그의 배가 그리 하라고 명령하는 것이다.

꼭 그처럼 오뒷세우스도 알몸임에도 머리를 곱게 땋은 소녀들과 135

어울리고 싶어했으니, 필요가 그를 엄습했기 때문이다.

그러나 짠 바닷물에 일그러진 그는 소녀들에게 무시무시해 보였고,

소녀들은 질겁하고 바닷가의 돌출한 모래톱으로 뿔뿔이 달아났다.

오직 알키노오스의 딸만이 머물러 있었으니, 아테나가

그녀의 마음에 용기를 불어넣고 그녀의 두 무릎에서 두려움을 140

없애버린 것이다. 그녀는 그의 앞에 버티고 서 있었다.

오뒷세우스는 도시가 어딘지 가리켜주고 옷을 달라고

얼굴이 고운 이 소녀의 무릎을 잡고 애원해야 할지,

아니면 그대로 떨어져 서서 애원해야 할지 망설였다.

아무리 생각해보아도 그에게는 역시 떨어져 서서 상냥한 말로 145

애원하는 편이 더 이로울 것 같았다. 그러지 않고 무릎을 잡으면

소녀가 마음속으로 그에게 화낼지도 모르기 때문이었다.

그래서 그는 지체 없이 상냥하고도 영리한 말을 하기 시작했다.

　"나 그대에게 간절히 애원합니다, 여왕이여! 그대는 여신이오,

여인이오? 그대가 넓은 하늘에 사시는 여신들 가운데 한 분이라면 150

나는 그대를 생김새와 키와 몸매에 있어 누구보다도

위대한 제우스의 딸 아르테미스에 견주고 싶군요.

6　'주요 신명' 참조.

그러나 그대가 대지 위에 사는 여인들 가운데 한 명이라면
그대의 아버지와 존경스러운 어머니는 세 배나 축복받았으며
그대의 오라비들도 세 배나 축복받았소. 그대와 같은   155
어린 가지가 무도장으로 걸어 들어가는 것을 볼 때마다
그분들은 그대로 인해 마음이 흐뭇하고 따뜻해질 테니까요.
하지만 구혼 선물을 가장 많이 주고 그대를 자기 집으로 데려가는
사람이 다른 누구보다도 마음이 행복할 것이오.
나는 남자든 여자든 그대와 같은 사람은 아직 내 눈으로 본 적이   160
없으니까요. 보고 있자니 그저 놀라울 따름이오.
그렇소, 나는 전에 델로스[7]에 있는 아폴론의 제단 옆에서
대추야자의 여린 가지가 돋아나는 것을 본 적이 있지요.
나는 그곳에도 간 적이 있소. 내가 나중에 쓰라린 고난을
겪게 되어 있던 그 여행길에는 많은 백성들이 나를 따랐지요.   165
그것을 보고 나는 한참 동안 마음속으로 놀랐지요. 그곳에서는
일찍이 그런 어린 가지가 대지에서 돋아난 적이 없기 때문이지요.
꼭 그처럼, 여인이여! 나는 지금 그대를 보고 놀라고 감탄할 따름이오.
그래서 나는 그대의 무릎을 잡기가 심히 두렵소. 내게는 쓰라린 슬픔이
닥쳤소. 어제, 스무 날 만에 나는 포도줏빛 바다에서 벗어났어요.   170
몰아치는 파도와 낚아채는 폭풍이 오귀기에 섬에서 나를 실어다준 것이오.
그리고 지금은 어떤 신께서 이곳 해안에 나를 던지셨는데 이곳에서
고난을 더 겪게 하려는 의도인 듯하오. 고난의 끝이 보이지
않으니까요. 그러기 전에 신들께서는 많은 일이 일어나게 하시겠지요.
그러니, 여왕이여! 그대는 나를 불쌍히 여기시오.   175
천신만고 끝에 나는 맨 먼저 그대에게 왔고, 이 도시와 이 나라에
사는 사람들 중에 내가 아는 사람은 단 한 명도 없기 때문이오.

그러니 내게 도시를 가리켜주고 몸을 가릴 헌 옷 한 벌만 주시오.
이리로 오실 때 옷을 쌀 보자기를 가져왔다면 말이오.
신들께서 그대가 마음속으로 열망하는 것들을 모두   180
베풀어주시기를! 남편과 가정과 금실지락(琴瑟之樂)을 신들께서
그대에게 베풀어주시기를! 부부가 한마음 한뜻이 되어 금실 좋게
살림을 살 때만큼 강력하고 고귀한 것은 없기 때문이오.
그것은 적들에게는 슬픔이고 친구들에게는 기쁨이지요.
그러나 그것을 가장 많이 느끼는 것은 그들 자신이지요."   185

　　그에게 흰 팔의 나우시카아가 대답했다.

"나그네여! 그대는 나쁜 사람 같지도, 어리석은 사람 같지도 않군요.
그러나 올림포스의 제우스께서는 나쁜 사람이든 좋은 사람이든
모든 인간들에게 마음 내키시는 대로 행복을 나누어주시지요.
그대의 이런 고난들도 그분께서 주신 것이 틀림없으니 그대는   190
어떻게든 참고 견뎌셔야지요. 지금 그대는 우리 도시와 나라에
왔으니 옷은 물론이고 불운한 탄원자가 도움을 베풀 수 있는 사람을
만났을 때 당연히 받게 되어 있는 것도 무엇이든
받게 될 거예요. 나는 또 그대에게 도시를 가리켜주고 백성들의
이름을 일러주겠어요. 이 도시와 나라에는 파이아케스족이   195
살고 있고 나는 고매한 알키노오스의 딸인데
파이아케스족의 힘과 세력은 그분에게 달려 있지요."

　　이렇게 말하고 그녀는 머리를 곱게 땋은 시녀들에게 명령했다.

7　　델로스는 에게 해 퀴클라데스 군도의 중앙에 위치한 작은 섬으로, 레토는 아폴론과 아르
테미스 쌍둥이 남매를 이 섬에서 낳으며 그곳의 퀸토스(Kynthos) 산 또는 종려나무에 몸
을 기댔다고 한다.

"애들아, 멈춰 서. 남자를 보았다고 해서 대체 어디까지
도망치는 거야? 너희는 이분을 설마 적으로 여기는 것은
아니겠지? 전쟁을 하러 파이아케스족의 나라에 올
인간은 살아 있지도 않고 태어나지도 않을 거야.
그들은 불사신들의 큰 사랑을 받고 있으니까.
우리는 멀리 떨어져 큰 파도가 치는 바다 한가운데에,
세상의 끝에 살고 있어 다른 사람들과는 친교가 없어.
그런데도 여기 이 불운한 남자가 떠돌아다니다가 이리로 왔으니
우리는 지금 이분을 돌보아주어야 해. 나그네와 걸인들은 모두
제우스께서 보내시니까. 작은 보시(布施)라도 소중한 법이지.
자, 애들아, 너희는 나그네에게 먹을 것과 마실 것을 주고
바람을 피할 수 있는 곳에서 강물에 목욕을 시켜드려라."

    그녀가 이렇게 말하자 시녀들이 멈춰 서서 서로 격려했다.
그들은 고매한 알키노오스의 딸 나우시카아가 시키는 대로
바람을 피할 수 있는 곳으로 오뒷세우스를 데려가 앉히고는
그 옆에 겉옷과 윗옷 같은 옷들을 갖다놓고
황금 병에 올리브유를 담아주더니
그에게 흐르는 강물에 목욕을 하라고 했다.
그러자 시녀들 사이에서 고귀한 오뒷세우스가 말했다.

    "여인들이여, 그대들은 저만치 떨어져 서 있으시오.
나는 손수 두 어깨에서 바닷물을 씻어내고 올리브유를 바르겠소.
몸에 올리브유를 발라본 지도 참 오래되었군.
나는 그대들이 보는 앞에서는 목욕하지 않을 것이오.
머리를 곱게 땋은 처녀들 사이에서 벌거벗기가 부끄럽소."

    그가 이렇게 말하자 시녀들은 떠나갔고, 가서 소녀에게

200

205

210

215

220

다 일러주었다. 고귀한 오뒷세우스는 강물로 등과

넓은 어깨에 밴 소금 때를 몸에서 말끔히 씻어내고 225

머리에서는 추수할 수 없는 짠 바닷물의 찌꺼기를 닦아냈다.

그가 온몸을 씻고 올리브유를 바르고 나서

아직 결혼하지 않은 처녀가 준 옷들을 입자

제우스에게서 태어난 아테나가 그를

더 크고 우람해 보이게 했고, 그의 고수머리가 230

히아신스꽃처럼 흘러내리게 했다.

어떤 솜씨 좋은 사람이 은 위에다 황금을 입힐 때와 같이

─헤파이스토스와 팔라스 아테나가 온갖 기술을

가르쳐주어 그는 우아한 수공예품들을 만들어낸다─

꼭 그처럼 여신은 그의 머리와 어깨 위에 우아함을 쏟아부었다. 235

바닷가기슭으로 가서 따로 떨어져 앉은 오뒷세우스가

아름다움과 우아함으로 빛나자, 소녀는 그를 보고 감탄하며

머리를 곱게 땋은 시녀들 사이에서 말했다.

　　"흰 팔의 시녀들아, 내가 할 말이 있으니 내 말 좀 들어봐.

저 남자는 올륌포스에 사시는 신들의 뜻을 거슬러 240

신과 같은 파이아케스족의 나라에 온 것이 아니야.

잠시 전만 해도 그는 볼품없어 보였는데

지금은 넓은 하늘에 사시는 신들과도 같으니 말이야.

저런 남자가 내 남편이라고 불리며 이곳에 살고

또 이곳에 계속하여 머무르기를 원한다면 좋으련만! 245

자, 애들아! 나그네에게 먹을 것과 마실 것을 가져다주어야지."

　　이렇게 나우시카아가 말하자 시녀들은 귀담아듣고 있다가 그녀가

시키는 대로 오뒷세우스 앞에 먹을 것과 마실 것을 갖다놓았다.

그러자 참을성 많은 고귀한 오뒷세우스가 게걸스레 먹었으니
그는 음식을 맛본 지 오래되었기 때문이다.   250

　　이제 흰 팔의 나우시카아는 다른 것을 생각해내어
옷들을 개켜 훌륭한 짐수레에 싣고 발굽이 튼튼한
노새들에게 멍에를 얹더니 자신은 수레에 올랐다.
그러고 나서 그녀는 오뒷세우스를 격려하며 이렇게 말했다.

　　"이제 일어서세요, 나그네여! 도시로 가요. 나는 그대를   255
현명하신 내 아버지의 집으로 데려다줄 거예요. 그러면 단언컨대,
그대는 그곳에서 전 파이아케스족 가운데서 가장 훌륭한 사람들을
만나게 될 거예요. 그런데 이렇게 해주세요. 그대는 어리석어
보이지 않으니까요. 우리가 들판과 사람들의 경작지를
지나는 동안에는 그대도 시녀들과 함께 노새들과 짐수레를   260
재빨리 뒤따라오세요. 길은 내가 안내할게요.
그러나 우리가 시내로 들어서면, 도시는 높은 탑들이 있는
성벽으로 둘러져 있고 도시 양쪽에는 아름다운 항구가 있는데
그 입구는 좁은 편이에요. 그곳에는 양 끝이 흰 배들이 길 쪽으로
끌어올려져 있는데 모두 그곳에 저마다 선착장을 갖고 있기   265
때문이지요. 그곳에는 또 아름다운 포세이돈 신전을 둘러싼 회의장이
있는데 그것은 땅속에 박힌 거대한 돌덩이들로 튼튼히 지어졌어요.
그곳에서 사람들은 밧줄과 돛 같은 검은 배의
선구들을 손질하고 노의 날을 세우지요.
파이아케스족은 활과 화살통에는 관심이 없고   270
돛대와 노와 그것을 타고 자랑스럽게 잿빛 바다를 건너는
균형 잡힌 배들에 관심이 있으니까요.
나는 그들의 나쁜 평판을 피하고 싶어요. 아무도 뒤에서 나를 헐뜯지

못하도록 말예요. 백성들 중에는 오만불손한 자들도 많으니까요.
우리와 마주치게 되면 이렇게 말할 못된 자들도 더러 있을 거예요.   275
'나우시카아와 동행하는 저 남자가 누구지? 잘생기고 키 큰
저 남자 말이야. 어디서 만났을까? 그는 그녀의 남편이 되려나.
그녀는 어쩜 이방인 중에서 표류한 자를 그의 배에서 데려왔거나
―이 부근에는 사람들이 살지 않으니까―
아니면 그녀의 간절한 기도를 들은 어떤 신이 하늘에서   280
내려와 그녀를 영원히 아내로 삼은 것이겠지.
그녀 스스로 쏘다니며 다른 곳에서 남편을 구해오는 편이
나을지도 모르지. 고귀한 자들이 구혼해도 그녀는
여기 이 나라에서 파이아케스족은 거들떠보지도 않으니 말이야.'
그들은 이렇게 말할 것이고 그것은 내게 비난 거리가 될 거예요.   285
만약 어떤 다른 여인이 그런 짓을 하게 되어 아직 부모님이
살아 계시는데도 가족의 뜻을 거슬러 만인이 보는 앞에서
결혼식을 올리기도 전에 남자들과 어울린다면 나 역시 분개할 테니까요.
그러니 나그네여! 내 말을 어서 귀담아들으세요. 그래야만
내 아버지께서 되도록 빨리 그대를 고향으로 호송해주실 거예요.   290
우리는 길가에 있는 아테나 여신의 빼어난 원림(園林)과 마주치게
될 것인데 그 백양나무 원림에는 샘이 솟고 전체가 풀밭으로
둘러싸여 있지요. 내 아버지 것인 왕실 소유지와 비옥한 경작지가 있는
그곳은 사람의 고함 소리가 들릴 만한 거리만큼 도시에서
떨어져 있어요. 우리가 시내로 들어가 아버지 집에 도착할 동안   295
그대는 그곳에 앉아 기다리세요.
그러다가 우리가 집에 도착했겠다 생각되거든
그때는 파이아케스족의 도시로 가서

내 아버지이신 고매한 알키노오스의 집을 물으세요.
그 집은 쉽게 알아볼 수 있어서 삼척동자라도 그대를 300
안내할 수 있을 거예요. 파이아케스족의 나라에는
영웅 알키노오스의 집과 비슷하게 지어진 집은 한 채도 없어요.
집과 안마당으로 들어서면 그대는 재빨리
홀을 지나 내 어머니에게로 가세요.
어머니께서는 화롯가에 앉아 불빛 속에서 305
보기에도 장관인 진한 자줏빛 실을 잣고 계세요.
어머니의 의자는 기둥에 기대서 있고 뒤에는 하녀들이 서 있어요.
그곳에는 또 내 아버지의 옥좌도 그 기둥에 기대서 있는데
아버지께서는 그곳에 앉아 불사신처럼 포도주를 마셔요.
하지만 그대는 아버지의 옆을 지나 내 어머니의 무릎을 두 손으로 310
꽉 잡으세요. 그래야만 그대는 아무리 먼 곳에서 오셨다 해도
즐겁게 그리고 빨리 귀향의 날을 보실 수 있을 거예요.
어머니께서 마음속으로 그대에게 호의를 품게 된다면
그때는 그대에게 가족들을 만나보고 잘 지은 집과
고향땅에 닿을 희망이 있어요.” 315
　　이렇게 말하고 나우시카아가 번쩍이는 채찍으로
노새들을 치자 노새들은 재빨리 흐르는 강물을 뒤로하고 떠났다.
노새들은 성큼성큼 잘도 걸었다. 그러나 그녀는
시녀들과 오뒷세우스가 걸어서 따라올 수 있도록
조심스럽게 몰았고 채찍도 신중하게 사용했다. 320
이윽고 해가 지고 그들은 이름난 원림, 아테나 여신의 성소에
도착했다. 그러자 고귀한 오뒷세우스는 그곳에 앉아
위대한 제우스의 딸에게 곧바로 기도했다.

"내 말을 들으소서, 아이기스를 가진 제우스의 지칠 줄 모르는 따님이여!

이제는 내 말을 들어주소서. 전에 대지를 흔드는 이름난 신이　　　　　325

쳐서 내가 맞았을 때 그대는 내 말을 들어주시지 않았나이다.

내가 사랑스럽고 가련한 사람으로서 파이아케스족의 나라에 가게 하소서!"

　　이런 말로 그가 기도하자 팔라스 아테나가 그의 말을 들었다.

그러나 여신은 아직 그 앞에 몸소 나타나지 않았으니

신과 같은 오뒷세우스가 그의 나라에 닿을 때까지　　　　　330

그에게 크게 노여워하던 숙부[8]가 두려웠던 것이다.

8　　포세이돈.

VII
오뒷세우스가 알키노오스에게 가다

그곳에서 참을성 많은 고귀한 오뒷세우스가 이렇게 기도하는 동안
두 마리의 힘센 노새가 나우시카아를 도시로 싣고 갔다.
아버지의 명성도 자자한 궁전에 도착한 그녀는
바깥 대문 앞에 노새들을 세웠다.
그러자 불사신들과 같은 오라비들이 그녀 주위에 둘러서더니   5
짐수레에서 노새들을 풀고 옷들을 안으로 날랐다. 그녀는
자신의 침실로 들어갔다. 그러자 그녀를 위해 아페이레[1]에서 온 노파,
침실 시녀인 에우뤼메두사가 불을 피웠는데, 이 노파는 양 끝이 휜
배들이 전에 아페이레에서 데려왔을 때 사람들이 알키노오스를 위해
명예의 선물로 뽑았다. 그것은 그가 전 파이아케스족을 다스리고   10
백성들이 그의 말에 신의 말인 양 귀를 기울였기 때문이다.
그리하여 그녀는 궁전에서 흰 팔의 나우시카아의 시중을 들며
나우시카아를 위해 불을 피우고 집안에서 식사 준비를 했다.
　　바로 그때쯤 오뒷세우스가 도시로 가려고 일어서자 그에게
호감을 품고 있는 아테나가 그의 주위에 짙은 안개를 쏟으니,   15
늠름한 파이아케스족 가운데 어느 누구도 그와 마주쳐
말로 그를 조롱하거나 그가 누군지 캐묻지 못하게 하려는 것이었다.
그러나 그가 그 사랑스러운 도시에 막 들어서려고 할 때

1　아페이레(Apeirē)는 '무한한 곳'이라는 뜻의 전설상의 지명이다.

빛나는 눈의 여신은 물동이를 든

어린 소녀의 모습을 하고 그에게 다가갔다. 20

여신이 그의 앞에 멈춰 서자 고귀한 오뒷세우스가 물었다.

　"아가씨! 그대는 이곳 사람들을 통치하는

알키노오스라는 분의 집으로 나를 인도해줄 수 없겠소?

나는 수많은 시련을 겪은 나그네로 머나먼 나라에서

이곳에 왔어요. 그래서 이곳 사람들은 도시에 사는 이든 25

시골에 사는 이든 아는 사람이 한 명도 없어요."

　그러자 그에게 빛나는 눈의 여신 아테나가 말했다.

"나그네 아저씨, 그대가 말하는 그 집이라면 알려드릴게요.

그 집은 나무랄 데 없는 내 아버지 집 근처니까요.

자, 그대는 이렇게 잠자코 계속하여 걸으세요. 내가 길을 30

안내할게요. 그대는 아무도 쳐다보지 말고 묻지도 마세요.

이곳 사람들은 낯선 사람을 별로 좋아하지 않을뿐더러

외지에서 온 사람은 환대하지 않으니까요. 그들은 자신의 날랜 배의

속력만 믿고 그것을 타고 큰 심연을 건너지요.

대지를 흔드는 신께서 그들에게 그런 능력을 주셨으니까요. 35

그들의 배는 날개만큼이나 또는 생각만큼이나 빨라요."

　이렇게 말하고 팔라스 아테나가 서둘러 앞장서자

그는 여신의 발자국을 바싹 뒤따라갔다.

이름난 뱃사람들인 파이아케스족은 그가 자기들 사이를 통과해서

도시를 지나가는 것을 알아차리지 못했다. 무서운 여신인 40

머리를 곱게 땋은 아테나가 이를 용납하지 않았고, 오뒷세우스에게

호감을 품고 있는 그녀가 그의 주위에 짙은 안개를 쏟았기 때문이다.

오뒷세우스는 항구와 균형 잡힌 배들과

영웅들의 회의장과 말뚝을 박아놓은 길고 높다란

성벽을 보며 감탄을 금치 못했으니 그것은 가히 장관이었다.　　　　　45

그들이 마침내 명성도 자자한 왕의 궁전에 도착했을 때

빛나는 눈의 여신 아테나가 먼저 말문을 열었다.

　　"나그네 아저씨, 여기가 바로 그대가 가리켜달라는 그 집이에요.

그대는 제우스께서 양육하신 왕들이 잔치를 벌이는 것을

보게 될 거예요. 그대는 안으로 들어가시고 마음속으로　　　　　50

용기를 내세요. 용감한 남자야말로 설령 외지에서

왔다 해도 매사가 더 잘 풀리는 법이니까요.

그대는 홀에서 먼저 안주인을 만나게 될 것인데

그녀는 이름이 아레테이며, 그녀도

알키노오스 왕을 낳았던 바로 그분들에게서 태어났어요.　　　　　55

처음에 대지를 흔드는 포세이돈과 여인들 중에서

용모가 가장 아리따운 페리보이아가 나우시토오스를 낳았지요.

페리보이아는 고매한 에우뤼메돈의 막내딸인데

에우뤼메돈으로 말하면 전에 고매한 기가스족[2]의 왕이었으나

자신의 어리석은 백성들을 파멸케 하고 그 자신도 파멸하고 말았지요.　　　　　60

그녀가 포세이돈과 동침하여 아이를 낳으니 그 아이가 곧

파이아케스족을 통치하던 늠름한 나우시토오스였지요.

나우시토오스는 또 렉세노르와 알키노오스를 낳았지요.

그러나 렉세노르는 아들이 없어요. 은궁(銀弓)의 아폴론이 새신랑인

2　　기가스(Gigas 복수형 Gigantes)족은 우라노스가 아들 크로노스에게 거세될 때 땅에 떨어진 피에서 잉태된 가이아의 아들들로 거대한 괴물들이다. 호메로스 이후의 신화에 따르면 이들은 제우스와 올륌포스의 신들을 제거하려다 패배하여 그리스와 이탈리아의 여러 화산들 밑에 묻혔다고 한다.

그를 쏘아 죽였기 때문이지요. 그래서 그의 집에는 외동딸인   65
아레테만이 남았지요. 그 후 알키노오스가 그녀를 아내로
삼아 존경했는데, 남편 밑에서 가사를 돌보는 모든 여인들 중에서
그렇게 존경받는 여인은 지상에 달리 아무도 없을 거예요.
그만큼 그녀는 사랑하는 자식들과 알키노오스 왕과
백성들에게 진심으로 존경받았고 지금도 존경받고 있지요.   70
백성들은 그녀가 시내를 지나 걸어갈 때면 마치 여신인 양
그녀를 우러러보며 공경하는 말로 인사하지요.
그녀는 또한 분별력이 뛰어나 그녀가 마음속으로 호의를
가지면 남자들을 위해서도 분쟁을 해결해준답니다.
그녀가 그대에게 마음속으로 호의를 가지면   75
그때는 가족들을 만나보고 지붕이 높다란 집과
그대의 고향땅에 닿을 희망이 있어요."

　　이렇게 말하고 빛나는 눈의 아테나는 추수할 수 없는 바다 위로
떠나갔다. 그리하여 그녀는 사랑스러운 스케리아를 떠나
마라톤³과 길이 넓은 아테나이⁴로 가서 에렉테우스의 튼튼하게   80
지은 집으로 들어갔다.⁵ 한편 오뒷세우스는 알키노오스의
이름난 궁전으로 들어갔고, 그가 청동 문턱을 밟기 전
그 앞에 멈춰 섰을 때 그의 마음속에는 많은 생각이 떠올랐다.
고매한 알키노오스의 지붕이 높다란 집은 온통 햇빛이나
달빛 같은 광채로 가득 차 있었기 때문이다.   85
문턱에서 맨 안쪽에 이르기까지 여기저기 청동 담이 둘러져 있고,
담의 돌림띠 장식은 검푸른 법랑으로 되어 있었다.
튼튼하게 지은 이 집은 안에서 잠그는 황금 문들이 있는데
청동 문턱 위에는 은으로 된 문설주가 서 있고 그 위의

상인방은 은으로, 문고리는 황금으로 되어 있었다.   90

그 양쪽으로 황금으로 만든 개들과 은으로 만든 개들이 서 있는데

고매한 알키노오스의 집을 지키라고 헤파이스토스가

절묘한 솜씨로 만든 이 개들은

영원히 죽지도 늙지도 않게 되어 있었다.

집안에는 문턱에서 맨 안쪽까지 여기저기 벽을 따라   95

안락의자들이 죽 세워져 있고 그 위에는

여인들의 수공예품인 곱게 짠 가벼운 깔개가 깔려 있었다.

파이아케스족의 지도자들은 그곳에 앉아 먹고 마시곤 했으니

그들은 가진 것이 늘 풍족했다. 훌륭하게 만든

대좌 위에는 황금으로 만든 소년들이   100

활활 타는 횃불을 손에 들고 서서 밤마다

궁전에서 잔치를 벌이는 이들을 비추었다.

알키노오스의 집에는 쉰 명의 하녀들이 있었는데

그중 일부는 맷돌에다 노란 알곡식을 빻고

다른 일부는 앉아서 베를 짜고 물렛가락을 돌리며   105

마치 키 큰 백양나무 잎사귀들처럼 쉴 새 없이 움직였다.

---

3 마라톤은 앗티케(Attike) 지방의 북동 해안에 있는 비옥한 평야 지대로, 기원전 490년 이곳
에서 페르시아(Persia) 육군이 밀티아데스(Miltiades)가 이끌던 아테나이군에 참패했다.

4 아테나이는 앗티케 지방의 수도로 처음에는 케크롭스(Kekrops)가 세운 성채에 불과했으
나 훗날 테세우스에 의해 확장된다(『일리아스』 2권 546행; 『오뒷세이아』 3권 307행, 11권
323행 참조). 아테나이시의 수호신은 아테나 여신인데 도시의 이름에서 여신의 이름이 유
래했는지 아니면 여신의 이름에서 도시의 이름이 유래했는지 확실하지 않다.

5 에렉테우스는 아테나이의 왕으로 흔히 영웅 에릭토니오스(Erichthonios)와 혼동되기도 하
는데 그 역시 대지에서 솟아나와 아테나에 의해 양육되었다고 한다. '에렉테우스의 집'이
란 아테나와 에렉테우스를 함께 모셔놓은 신전 에렉테이온(Erechtheion)을 말한다.

촘촘히 짠 아마포에서는 올리브유가 똑똑 떨어졌다.[6]
파이아케스족 남자들이 바다 위에서 날랜 배를 모는 데
어느 누구보다 능하듯 파이아케스족 여인들은 베틀 일에
솜씨가 뛰어났으니, 아테나가 온갖 아름다운 수공예와   110
뛰어난 재치에 대한 이해력을 그녀들에게 주었기 때문이다.
그리고 안마당 밖에는 바로 대문 옆에 사 정보[7] 넓이의
큰 정원이 있고, 그 양쪽으로 울타리가 둘러져 있었다.
그곳에는 배나무, 석류나무, 탐스러운 열매가 달린 사과나무,
달콤한 무화과, 한창 꽃이 피어난 올리브 같은   115
키 큰 나무들이 꽃이 만발한 채 자라고 있었다.
이들 나무들의 열매는 겨울이고 여름이고 일 년 내내
바닥이 드러나거나 부족한 적이 없으니 사시사철 불어오는 서풍이
어떤 것들은 자라나게 하고 어떤 것들은 익게 하기 때문이다.
그리하여 배는 배 위에서 익어가고 사과는 사과 위에서,   120
포도송이는 포도송이 위에서 그리고 무화과는 무화과 위에서 익어간다.
그곳에는 또 열매가 주렁주렁 달린 포도밭이 뿌리를 내리고 있는데
그중 일부는 평지의 양지바른 장소로서 포도송이들이 햇볕에
말려지고 다른 포도송이들은 더러는 수확되고 더러는
압착장에서 밟힌다. 맨 앞쪽에는 덜 익은 포도송이들이   125
더러는 이제 꽃이 지기 시작하고 더러는 색깔이 차츰 검게 변하고 있다.
포도밭 맨 바깥쪽 옆에는 가지런한 채소밭이 있어
온갖 채소가 자라며 사시사철 싱싱함을 자랑한다.
그 안에는 두 개의 샘이 솟아 하나는 정원 전체에 실개천이 되어
흩어지고, 또 하나는 맞은편에 있는 안마당의 문턱 밑으로 흘러   130
지붕이 높다란 집에서 솟아나니 시민들은 바로 이 샘에서 물을 퍼간다.

알키노오스의 집에서 이런 것들이 신들의 빼어난 선물이었다.

그곳에 서서 참을성 많은 고귀한 오뒷세우스는 감탄을 금치 못했다.

그는 그 모든 것을 보고 마음속으로 감탄하면서

서둘러 문턱을 넘어 집안으로 들어갔다. 그가 가서 보니   135

파이아케스족의 지도자와 보호자들이 훌륭한 정탐꾼인

아르고스의 살해자에게 포도주를 헌주하는데

그들은 잠잘 생각을 할 때 맨 마지막으로 그에게 헌주하곤 했다.

참을성 많은 고귀한 오뒷세우스는 아테나가 그의 주위에

쏟아놓은 짙은 안개에 싸인 채 홀을 지나   140

아레테와 알키노오스 왕이 있는 곳으로 갔다.

오뒷세우스가 두 손으로 아레테의 무릎을 꼭 잡자

신이 만든 안개가 걷히었다. 그가 눈에 띄는 순간,

집안에 있던 사람들은 모두 깜짝 놀라 말문이 막혔다.

그때 오뒷세우스가 이렇게 애원했다.   145

"아레테여, 신과 같은 렉세노르의 따님이여!

나는 천신만고 끝에 그대의 남편과 그대의 무릎과 그리고 여기

이들 회식자들에게 왔습니다. 신들께서는 이분들의 생활에 축복을

내려주시어 이분들이 저마다 자기 자식들에게 집안의 재산과

백성들한테서 명예의 선물로 받은 것을 물려줄 수 있게 되기를!   150

그대들은 어서 나를 호송하여 내가 하루빨리 고향땅에 닿게

해주십시오. 나는 이미 오랫동안 가족들과 떨어져 고통받았습니다."

---

6 이 구절에 대해서는 여러 가지 해석이 구구하나 '윤이 났다' '광택이 났다'라는 뜻으로 보
아도 좋을 것이다.

7 원어 테트라귀오스(tetragyos)에서 귀오스(gyos)가 실제로 어느 정도의 면적을 말하는지 알
수 없어 짐작으로 '정보'라고 번역했다.

이렇게 말하고 그는 불 가까이 화롯가 재 속에 들어가 앉았다.

그러나 그들은 모두 잠자코 있었다.

한참 뒤에야 노(老)영웅 에케네오스가 좌중에서 155

말문을 여니 그는 파이아케스족 가운데서 연장자로

언변이 좋고 과거사에도 밝았다.

그들 사이에서 그는 좋은 뜻에서 열변을 토하며 말했다.

"알키노오스여! 나그네가 바닥에 그것도 화롯가 재 속에

앉는 것은 그대에게 그다지 아름다운 일도, 어울리는 일도 아니오. 160

여기 이 사람들은 자제하며 그대의 말을 기다리고 있소.

자, 그대는 나그네를 일으켜 세워 은못으로 장식한 안락의자에

앉히고 전령들에게 명하여 포도주에 물을 타게 하시오.

천둥을 좋아하시는 제우스께 우리가 헌주할 수 있도록 말이오.

제우스께서는 존경스러운 탄원자와 동행하시니까요. 그리고 165

가정부가 안에 있는 음식들로 그에게 저녁상을 차리게 하시오."

이 말을 들은 알키노오스의 신성한 힘은

지략이 뛰어난 현명한 오뒷세우스의 손을 잡고

화롯가에서 일으켜 세우더니 번쩍이는 안락의자에 앉혔다.

그는 용감한 아들 라오다마스를 의자에서 일어서게 했는데, 170

라오다마스는 그가 가장 사랑하는 아들로 늘 그의 옆에 앉았다.

곧 시녀 한 명이 아름다운 황금 물항아리를 가져와

손을 씻으라고 은대야에 물을 부어주더니 오뒷세우스의 앞에

반들반들 닦은 식탁을 갖다놓았다. 그러자 존경스러운 가정부가

빵을 가져와 그의 앞에 놓고 갖가지 음식을 올려놓더니 175

자기 옆에 있는 것들을 아낌없이 건네주었다.

참을성 많은 오뒷세우스가 먹고 마시기 시작하자,

알키노오스의 힘이 전령에게 말했다.

"폰토노오스! 희석용 동이에 술을 붓고 물을 타 홀에 있는 이들에게
나눠드려라. 천둥을 좋아하시는 제우스께 우리가 헌주하게 말이다.　　　　　180
그분께서는 존경스러운 탄원자와 동행하시니까."

그가 이렇게 말하자 폰토노오스가 마음을 즐겁게 해주는 포도주에
물을 타 와, 먼저 술잔에 조금 부어 헌주하게 한 뒤 각자에게 제 몫을
따라주었다. 그리하여 그들이 헌주하고 마음껏 마셨을 때
좌중에서 알키노오스가 열변을 토하며 말했다.　　　　　185

"내 말을 들으시오, 파이아케스족의 지도자와 보호자들이여!
나는 내 가슴속 마음이 명령하는 바를 말하고자 하오.
이제 회식이 끝났으니 그대들은 집으로 가 누우시오.
내일 아침에 우리는 더 많은 원로들을 불러 모아 홀에서
이 나그네를 접대하고 신들께 훌륭한 제물을 바친 뒤　　　　　190
호송에 관해 생각해보기로 합시다.
이 나그네가 비록 머나먼 곳에서 왔다 하더라도
우리의 호송으로 아무런 노고나 고통 없이
즐겁게 빨리 고향땅에 닿을 수 있게 말이오.
그는 자기 나라를 밟기 전에는 도중에 재앙도 고통도 당하지　　　　　195
않을 것이오. 물론 그는 그곳에서 나중에, 그의 어머니가 그를
낳았을 때 운명의 여신과 준엄한 여신들[8]이 그를 위해
실을 자아놓으신 것은 무엇이든 다 겪겠지만 말이오.

8　원어 클로테스(Klōthes)는 '실 잣는 여신들'이라는 뜻으로 호메로스에서는 이 대목에서만
　　언급되고 있다. 호메로스 이후의 신화에 따르면, 운명의 여신들(Moirai)은 셋이며 그 이름
　　은 클로토(Klōthō), 라케시스(Lachesis), 아트로포스(Atropos)라고 한다(헤시오도스, 『신들
　　의 계보』 218, 905행 참조).

그가 불사신의 한 분으로서 하늘에서 내려왔다면,

그렇다면 신들께서 우리에게 어떤 다른 일을 꾀하고 계신 것이오.　200

지금까지 우리가 소문이 자자한 헤카톰베를 바칠 때면

신들께서는 늘 공공연히 모습을 드러내시어 같은 식탁에

우리와 나란히 앉아 회식을 하시니 말이오.

누가 혼자 길을 가다가 그분들을 만나더라도 그분들은

전혀 자신을 숨기지 않으시오. 야만적인 퀴클롭스들과 기가스족과　205

마찬가지로 우리도 그분들과 가까운 사이이기 때문이지요."

　　지략이 뛰어난 오뒷세우스가 그에게 이런 말로 대답했다.

"알키노오스여! 그대는 마음속으로 그런 염려는 안 하셔도 좋을 것이오.

나는 몸매에서나 체격에서나 넓은 하늘에 사시는 불사신을

닮은 것이 아니라 필멸의 인간을 닮았기 때문이오.　210

그대들이 인간들 중에 가장 무거운 고난의 짐을 진 자들을 안다면

그들이 누구건 고통에서 나는 그들과 비슷할 것이오.

아니, 내가 신들의 뜻에 따라 겪은 노고의 자초지종을 다 말한다면

나는 아마 더 많은 재앙을 이야기할 수도 있을 것이오.

하지만 내가 아무리 괴롭더라도 지금은 저녁을 먹게 해주시오.　215

가증스러운 배〔腹〕보다 파렴치한 것은 달리 아무것도 없으니까요.

배란 녀석은 내가 지금 이렇게 마음이 슬픈 것처럼

사람들이 몹시 지쳐 있고 마음이 슬플 때도

자기만 생각해달라고 명령하고 강요하지요.

배란 녀석은 나더러 먹고 마시라고 재촉하고 내가 겪은　220

모든 것을 잊게 하며 자기만 채워달라고 다그칩니다.

비록 많은 고생을 한 뒤이기는 해도 불운한 내가

고향땅을 밟을 수 있게끔 그대들은 날이 새는 대로

서둘러주십시오. 나는 내 재산과 하인들과 지붕이 높다란

큰 집을 볼 수만 있다면 죽어도 여한이 없겠소."   225

　　　그가 이렇게 말하자 그들은 모두 찬동하며 나그네를

호송해주라고 했다. 그가 하는 말이 도리에 맞았기 때문이다.

그리고 그들은 헌주하고 나서 마음껏 마시고는

저마다 누우러 집으로 갔다.

한편 고귀한 오뒷세우스는 홀에 남았고   230

그의 옆에는 아레테와 신과 같은 알키노오스가 앉아 있었다.

시녀들이 잔치에 쓴 그릇들을 치우자

좌중에서 흰 팔의 아레테가 먼저 말문을 열었다.

그녀는 그가 입은 겉옷과 윗옷을 알아보았으니 그 훌륭한

옷들은 그녀가 시중드는 여인들과 함께 손수 짠 것이었다.   235

그래서 그녀는 물 흐르듯 거침없이 그에게 말했다.

　　"나그네여! 나는 먼저 그대에게 이 점을 묻고 싶어요. 그대는

인간들 중에 뉘시며 어디서 오셨소? 이 옷들은 누가 주던가요? 방금

그대는 바다 위를 떠돌아다니다가 이리 왔다고 말씀하시지 않았나요?"

　　　그녀에게 지략이 뛰어난 오뒷세우스가 이런 말로 대답했다.   240

"왕비님! 나의 고난을 모두 이야기하기는 어렵습니다.

하늘의 신들께서 내게는 고난을 많이도 내려주셨으니까요.

그러나 그대가 내게 묻고 질문하신 것은 말씀드리지요.

멀리 떨어진 바다 한가운데 오귀기에라는 섬이 있는데

그곳에는 아틀라스의 따님인 머리를 곱게 땋은 교활한 칼립소가   245

살지요. 그녀는 무서운 여신인지라 신이든

필멸의 인간이든 아무도 그녀와는 교제하지 않아요.

그런데 어떤 신이 유독 불운한 나를 그녀의 화롯가로 데려다주었소.

제우스께서 포도줏빛 바다 한가운데서 번쩍이는 번개로
내 날랜 배를 부수고 박살내셨기 때문이지요.   250
그리하여 나의 훌륭한 전우들은 다 죽고
나는 양 끝이 흰 배의 용골을 두 팔로 끌어안고 아흐레 동안
바다를 떠다녔지요. 그러다가 열흘째 되는 날 캄캄한 밤에
그 신은 무서운 여신인 머리를 곱게 땋은 칼륍소가 사는
오귀기에 섬 가까이로 나를 데려다주었소. 그녀는   255
나를 받아들여 세심하게 보살피고 부양해주었으며
나를 죽지도 늙지도 않게 해주겠다고 말했답니다.
그러나 그녀는 내 가슴속 마음을 설득할 수는 없었지요.
그곳에서 나는 내쳐 칠 년 동안 머무르며 칼륍소가 내게 준
그 불멸의 옷들을 늘 눈물로 적시곤 했지요.   260
해가 바뀌어 팔 년째가 되자 제우스의 전언 때문인지
아니면 그녀 자신의 마음이 바뀌었는지,
그녀는 나더러 귀향하라고 재촉하고 명령했지요.
그녀는 나를 단단히 맨 뗏목에 태워 보내주며
빵과 달콤한 술 같은 것들을 넉넉히 주고 불멸의 옷들도   265
입혀주었어요. 그녀는 부드럽고 따뜻한 순풍도 보내주었어요
그래서 열흘하고도 이레 동안 나는 바다를 항해했고
열여드레째 되는 날 그대들 나라의 그늘진 산들이
모습을 드러냈소. 내 마음은 뛸 듯이 기뻤소.
그러나 불운한 인간인 내게는 여전히 많은 고난이 남아 있었으니   270
그것은 대지를 흔드는 포세이돈께서 내게 안겨주신 것이었소.
그분은 바람을 일으켜 내 길을 막았으며
말할 수 없이 무섭게 바다를 뒤흔들어놓으셨소. 그래서 내가

크게 한숨지으며 뗏목을 타고 가도록 파도가 내버려두지

않았지요. 그리하여 폭풍이 내 뗏목을 박살내버리자 275

나는 헤엄을 쳐서 저 심연을 건넜소. 물과 바람이

그대들 나라 가까이 나를 날라다줄 때까지 말이오.

내가 뭍으로 나오려는 순간 파도가 나를 제압하여

험한 해안의 큰 바위들에 내동댕이칠 뻔했지만

나는 뒤로 헤엄쳐 마침내 어떤 강에 닿았소. 280

내게는 그 장소가 좋아 보였는데 바위가 없을뿐더러

바람을 피할 만한 곳도 있었기 때문이오.

나는 밖으로 나오자마자 쓰러졌으나 다시 정신을 차렸고 그때

향기로운 밤이 다가왔소. 그래서 나는 하늘에서 태어난 강에서

멀리 벗어나 자려고 덤불 속에 누워 나뭇잎으로 몸을 덮었소. 285

그러자 어떤 신께서 내게 끝없는 잠을 쏟아부으셨소.

나는 그곳 나뭇잎에 묻혀 비통한 마음으로

밤새도록, 그리고 아침이 되고 한낮이 되도록 잠을 잤소.

해가 기울 무렵에야 달콤한 잠은 나를 떠났소.

그때 나는 바닷가에서 그대의 따님이 시녀들과 놀이하는 것을 290

보았는데, 그들 사이에서 그녀는 마치 여신 같았소.

나는 그녀에게 탄원했고 그녀는 생각이 깊었지요.

그대가 젊은 사람을 만나시더라도 그렇게 처신하기를 기대하기는

어려울 것이오. 젊은이들이란 언제나 생각이 모자라니까요.

그녀는 내게 빵과 반짝이는 포도주를 넉넉히 주고 295

강에서 목욕하게 해주었으며 이 옷들도 그녀가 준 것이오.

내 비록 마음이 괴롭기는 하지만 내가 한 말은 사실이오."

　　알키노오스가 그에게 이렇게 대답했다.

"나그네여! 내 딸의 그러한 생각이 반드시 도리에 맞다고는
할 수 없소. 맨 먼저 그 애에게 탄원했는데도 그 애가 시중드는   300
여인들과 함께 그대를 우리집으로 안내하지 않았으니 말이오."
    지략이 뛰어난 오뒷세우스가 그에게 이런 말로 대답했다.
"영웅이여! 그 때문이라면 그대의 나무랄 데 없는 따님을 나무라지
마십시오. 그녀는 나더러 시녀들과 함께 따라오라 했지만
혹시 그 광경을 보시게 되면 그대가 마음속으로 화내실까   305
두렵기도 하고 부끄럽기도 하여 내가 원치 않았던 것이오.
지상에 사는 우리 인간 종족들은 시기심이 많으니까요."
    알키노오스가 그에게 이렇게 대답했다.
"나그네여! 내 가슴속 마음은 공연히 화내지는 않소.
절제야말로 매사에 더 나은 법이니까.   310
아버지 제우스와 아테나와 아폴론이여! 그대같이 훌륭한 사람이
나와 생각이 같아 이곳에 머무르며 내 딸을 아내로 삼고
내 사위라고 불린다면 좋으련만! 나는 그대에게 집과 재산을
줄 것이오. 그대가 자진하여 머무르겠다면 말이오.
하지만 파이아케스족 가운데 어느 누구도 그대의 뜻을 거슬러 그대를   315
붙들지 않을 것이오. 그런 짓은 아버지 제우스의 마음에 들지 않을 것이오.
나는 그대가 확실히 알게끔 그대를 호송해줄 날짜를 정하겠소.
그 날짜는 내일이오. 그때 그대는 잠에 제압되어 눕게 될 것이고
그들은 잔잔한 바다 위에서 노를 젓게 될 것이오. 그러면 그대는
드디어 고향과 집과 그 밖에 그대가 좋아하는 곳에 닿게 될 것이오.   320
설령 그곳이 에우보이아 섬보다 멀다 해도 말이오.
가이아의 아들 티튀오스⁹를 방문하도록 우리 백성들의 일부가
금발의 라다만튀스를 그 섬으로 실어다준 적이 있는데 그 섬을

직접 본 자들의 보고에 따르면, 그 섬은 이곳에서 가장 멀리

떨어져 있다고 했소. 한데 그들은 바로 그 섬으로 갔다가 325

당일로 여행을 마치고 귀가했는데 피로한 줄도 몰랐소.

이제 그대도 내 배들이 가장 뛰어나며, 내 선원들이 노의 날로

바닷물을 쳐올리는 데 가장 뛰어나다는 것을 알게 될 것이오.”

　　그가 이렇게 말하자 참을성 많은 고귀한 오뒷세우스는 기뻤다.

그래서 그는 기도하며 이렇게 말했다. 330

　　“아버지 제우스시여, 알키노오스 왕이 한 말이 모두 이뤄지게

해주소서! 양식을 대주는 대지 위에서 그분의 명성이 꺼지지

않게 해주시고 나는 고향에 닿게 해주소서!”

　　그들이 이렇게 서로 이야기를 주고받는 사이에

흰 팔의 아레테는 시녀들을 시켜 주랑에 335

침상을 갖다놓고 그 위에 아름다운 자줏빛 담요를 깔고

그 위에 깔개를 편 후 몸을 덮을 수 있도록

다시 그 위에 두툼한 외투를 펴게 했다.

그러자 시녀들이 손에 횃불을 들고 홀에서 나갔다.

부지런히 움직여 훌륭한 잠자리를 마련했을 때 시녀들은 340

오뒷세우스에게 다가가 이런 말로 재촉했다.

“일어서서 주무시러 가세요, 나그네여! 그대를 위해 잠자리를 봐놓았어요.”

시녀들은 이렇게 말했고 그도 자는 것이 싫지 않았다.

그리하여 참을성 많은 고귀한 오뒷세우스는 그곳 소리가 잘 울리는

9　　티튀오스는 가이아의 아들로 엄청나게 큰 거한(巨漢)이다. 그는 레토를 겁탈하려다 그녀
　　의 자녀들인 아폴론과 아르테미스의 화살을 맞고 죽는다(『오뒷세이아』 11권 576행 이하
　　참조). 라다만튀스가 에우보이아에 살던 티튀오스를 방문한 일에 관해서는 달리 알려진
　　것이 없다.

주랑에 있는, 끈으로 묶도록 구멍이 숭숭 뚫린 침상에서 잠을 잤다.
한편 알키노오스는 지붕이 높다란 그 집의 맨 안쪽에서 잤고
안주인인 그의 아내도 그 옆에 자신을 위한 침상과 잠자리를 준비했다.

VIII

오뒷세우스가 파이아케스족의 나라에 머물다

이른 아침에 태어난 장밋빛 손가락을 가진 새벽의 여신이

나타나자 알키노오스의 신성한 힘은 잠자리에서 일어났고

제우스의 후손, 도시의 파괴자 오뒷세우스도 일어났다.

그러자 알키노오스의 힘이 배들 바로 옆에 있는

파이아케스족의 회의장으로 그를 위해 길안내를 했다.   5

그곳에 도착하자 그들은 반들반들 깎은 돌들 위에

나란히 앉았다. 한편 팔라스 아테나는

현명한 알키노오스의 전령의 모습을 하고는

고매한 오뒷세우스의 귀향을 꾀하며 온 도시를 돌아다녔다.

여신은 모든 남자들에게 다가가 이렇게 말했다.   10

    "파이아케스족의 지도자와 보호자들이여! 자, 어서 이곳

회의장으로 오십시오. 그러면 그대들은 바다 위를 떠돌아다니다가

방금 현명한 알키노오스의 집에 도착한 나그네에 관해

알게 될 것입니다. 그는 생김새가 불사신과도 같습니다."

이런 말로 여신은 그들 각자의 힘과 용기를 북돋웠다.   15

그러자 회의장의 자리들은 금세 모여든 사람들로 가득 찼고,

많은 사람들이 라에르테스의 현명한 아들을 보고

놀라움을 금치 못했으니, 아테나가 그의 머리와

두 어깨 위로 경이로운 우아함을 쏟아붓고

그를 더 크고 우람해 보이게 한 것이다.   20

이는 오뒷세우스가 전 파이아케스족에게서 사랑과 존경과

명예를 받게 하고, 또한 파이아케스족이 그를 시험할

수많은 경기를 잘 치르게 하기 위함이었다.

그리하여 사람들이 한 명도 빠짐없이 다 모였을 때

그들 사이에서 알키노오스가 열변을 토하며 말했다.   25

    "내 말을 들으시오, 파이아케스족의 지도자와 보호자들이여!

나는 내 가슴속 마음이 명령하는 바를 말하고자 하오.

여기 이 나그네로 말하면 나는 그가 누군지 동쪽 사람들에게서 왔는지

서쪽 사람들에게서 왔는지 모르지만, 아무튼 그는 떠돌아다니다가

내 집에 와서 호송을 재촉하며 그것을 확약해주기를 간청하고 있소.   30

그러니 우리는 늘 그랬듯이 호송을 서두릅시다.

내 집에 온 사람은 어느 누구도 호송을 받지 못해 슬퍼하며

이곳에 오래 머무는 일이 결코 없기 때문이오.

자, 항해를 위해 검은 배 한 척을 신성한 바닷물로 끌어내리고

지금까지 가장 훌륭한 자들로 판명된 젊은이   35

쉰하고도 두 명을 온 나라에서 가려 뽑읍시다.

그리고 그대들은 노 젓는 자리에 노들을 단단히 고정한 뒤

모두 배에서 내려 우리집으로 와서

서둘러 식사할 생각들을 하시오. 나는 그대들 모두를 위해

넉넉히 차릴 것이오. 이것이 젊은이들에 대한 내 명령이오.   40

그대들 홀을 가진 왕들은 아름다운 내 집으로 가서

나그네를 환대하시오. 아무도 거절하지 마시오.

그리고 신과 같은 가인 데모도코스¹를 부르시오. 신께서는

어느 누구보다도 그에게 노래의 재능을 주셨소. 그래서 그는 노래하고픈

마음만 내키면 어떤 주제로도 사람들을 즐겁게 해줄 수 있지요."   45

그가 이렇게 말하고 앞장서자 홀을 가진 자들이 뒤따랐고

전령은 신과 같은 가인을 찾으러 갔다.

한편 가려 뽑은 쉰하고도 두 명의 젊은이들은

그가 명령한 대로 추수할 수 없는 바닷가기슭으로 갔다.

그들은 배와 바다가 있는 곳으로 내려가   50

검은 배를 깊은 바닷물 위로 끌어내린 뒤

검은 배 안에 돛대와 돛을 싣고

노들을 모두 질서정연하게 가죽끈으로

고정하고 나서 흰 돛을 달아 올렸다.

배가 바닷가 물 위에 뜨자 그들은 닻을 내리고   55

현명한 알키노오스의 큰 궁전으로 갔다.

주랑과 마당과 방들은 사람들로 미어졌으니

늙은이 젊은이 할 것 없이 많은 사람들이 모여들었기 때문이다.

그들 사이에서 알키노오스는 양 열두 마리와 번쩍이는 엄니의

돼지 여덟 마리와 걸음이 무거운 황소 두 마리를 제물로 바쳤다.   60

그들은 이것들의 가죽을 벗기고 잘 장만하여 훌륭한 잔치를 준비했다.

　　그때 전령이 소중한 가인을 데리고 왔다. 무사 여신은 누구보다도

가인을 사랑하시어 좋은 것과 나쁜 것 두 가지를 다 그에게 주셨으니,

그에게서 시력을 빼앗고 달콤한 노래의 재능을 주신 것이다.

전령 폰토노오스는 그를 위해 은못 박은 안락의자를   65

회식자들 한가운데 높다란 기둥에 기대 세워놓더니,

그의 머리 위쪽에 있는 못에 낭랑한 음색의 포르밍크스[2]를 걸어놓고는

1　데모도코스는 파이아케스족의 눈먼 가인으로 '백성들에게 존경받는 자'라는 뜻이다.

2　포르밍크스에 관해서는 1권 주 31 참조.

어떻게 하면 그것을 손으로 내릴 수 있는지 일러주었다.

그러고 나서 전령은 가인 앞에 훌륭한 식탁과 빵 바구니를

갖다놓았고 마음 내키면 마시라고 포도주 잔도 갖다놓았다.   70

그들은 앞에 차려진 음식에 손을 내밀었다.

그리하여 먹고 마시는 욕망이 충족되었을 때 남자들의 위대한 행적을,

당시 명성이 넓은 하늘에까지 닿았던 이야기³ 중의

한 대목을, 오뒷세우스와 펠레우스의 아들 아킬레우스 사이의

말다툼⁴을 노래하도록 무사 여신이 가인을 부추겼다.   75

두 사람은 일찍이 신들의 풍성한 잔치 자리에서 격렬한 말로

서로 다툰 적이 있었는데, 아카이오이족 가운데 가장 훌륭한

이 두 사람이 다투자 인간들의 왕 아가멤논은 마음이 흐뭇했다.

아가멤논이 신성한 퓌토⁵에서 신탁을 듣고자 돌 문턱을

넘었을 때―그때 이미 위대한 제우스의 계획에 따라   80

트로이아인들과 다나오스 백성들에게 재앙이 굴러오기 시작한 것이다―

포이보스 아폴론이 그에게 그렇게 예언했기 때문이다.

　　명성도 자자한 가인은 바로 이 일에 관해 노래했다.

오뒷세우스는 억센 두 손으로 큼직한 자줏빛 겉옷을

움켜쥐더니 그것을 머리에 뒤집어쓰고 준수한 얼굴을 가렸으니,   85

파이아케스족이 보는 앞에서 눈썹 밑으로 눈물을 흘리기가

부끄러웠던 것이다. 그리고 신과 같은 가인이 노래를 쉴 때면

그는 눈물을 닦고는 겉옷을 머리에서 벗기고

손잡이가 둘 달린 잔을 들어 신들께 헌주했다.

하지만 가인이 다시 노래하기 시작하고 파이아케스족 가운데   90

가장 훌륭한 자들이 이야기에 빠져들어 가인을 재촉할 때면

오뒷세우스는 다시 얼굴을 가리고 신음하곤 했다.

여느 사람들은 그가 눈물 흘리는 것을 알아차리지 못했지만

오직 한 사람 알키노오스만은 그것을 알아차리고 볼 수 있었으니,

그와 가까이 앉아 있어 그가 내는 신음 소리를 들은 것이다. 95

그는 즉시 노를 사랑하는 파이아케스족 사이에서 말했다.

　"내 말을 들으시오, 파이아케스족의 지도자와 보호자들이여!

이제 우리의 마음은 저마다 제 몫을 받는 잔치와

풍성한 잔치의 동반자인 포르밍크스를 즐길 만큼 즐겼소.

이제는 밖으로 나가서 온갖 경기를 시험해봅시다. 100

이 나그네가 집으로 돌아가면 권투와 레슬링과

멀리뛰기와 달리기에서 우리가 여느 사람들보다도

얼마나 뛰어난지 친구들에게 말해줄 수 있게 말이오."

　이렇게 말하고 그가 앞장서자 모두들 뒤따랐다.

한편 전령은 낭랑한 음색의 포르밍크스를 못에 걸어놓고 105

데모도코스의 손을 잡고 밖으로 데리고 나가더니

가장 훌륭한 다른 파이아케스족이 경기를 구경하러 간

바로 그 길로 그를 이끌었다. 그리하여 그들은

회의장으로 갔고, 수없이 많은 군중들이 그들을 뒤따랐다.

3　영웅들의 무훈담.

4　'말다툼'에 관해서는 의견이 분분하지만, 크게는 둘로 나뉜다. 아가멤논이 델포이에 가서 트로이아 전쟁의 결말을 묻자 아카이오이족의 가장 훌륭한 장수들이 서로 말다툼을 해야만 트로이아가 함락될 것이라는 신탁이 주어진 까닭에, 헥토르 사후 아킬레우스와 오뒷세우스가 트로이아를 함락시킬 방법을 놓고 각각 용기와 지략에 의지해야 한다며 말다툼을 벌이자 이것을 보고 이제 전쟁이 끝나겠구나 싶어 기뻐했다는 의견과, 신탁이 말하는 것이 사실은 전쟁의 결정적 전기가 된 아가멤논과 아킬레우스의 말다툼인데 아가멤논이 이를 잘못 이해한 것이라는 의견이 그것이다.

5　'주요 지명' 참조.

그러자 수많은 고귀한 젊은이들이 경기에 참가하려고 일어섰다.　　　100

그때 일어선 사람은 아크로네오스, 오퀴알로스, 엘라트레우스,

나우테우스, 프륌네우스, 앙키알로스, 에레트메우스,

폰테우스, 프로레우스, 토온, 아나베시네오스

그리고 텍톤의 아들인 폴뤼네오스의 아들 암피알로스였다.

또 살인마 아레스와 같은 나우볼로스의 아들 에우뤼알로스도　　　115

일어섰으니 그는 전 파이아케스족 중에서 나무랄 데 없는

라오다마스 다음으로 생김새와 몸매가 준수했다.

나무랄 데 없는 알키노오스의 세 아들,

라오다마스와 할리오스와 신과 같은 클뤼토네오스도 일어섰다.

이들은 먼저 경주(競走)로 자신들을 시험해보았다.　　　120

이들은 출발선에서부터 전속력으로 달렸고

들판을 따라 먼지를 일으키며 모두 재빠르게 내달았다.

나무랄 데 없는 클뤼토네오스가 경주에서는 월등히 뛰어났다.

그는 한 쌍의 노새가 묵정밭에서 갈 수 있는 밭고랑의 길이만큼

앞서서 백성들 무리에 닿았고 나머지는 뒤처졌다.　　　125

이어서 그들은 고통스러운 레슬링으로 자신들을 시험했는데

이번에는 에우뤼알로스가 가장 훌륭한 자들을 모두 능가했다.

멀리뛰기에서는 암피알로스가 모든 이들 중에서 월등히 뛰어났고,

원반던지기에서는 엘라트레우스가, 권투에서는 알키노오스의

훌륭한 아들 라오다마스가 모든 이들 중에서 월등히 뛰어났다.　　　130

모두가 경기로 마음이 즐거워졌을 때

그들 사이에서 알키노오스의 아들 라오다마스가 이렇게 말했다.

　　"이리 오시오, 친구들이여! 저 나그네에게도 배워

알고 있는 경기가 있는지 물어봅시다. 그는 넓적다리며

장딴지며 상체의 두 손이며 튼튼한 목덜미며 결코 체격이   135
나쁘지 않으며 힘도 아주 셀 것 같소. 그에게는 아직 젊음이
남아 있소. 그는 갖은 고난으로 기력이 꺾였을 뿐이오.
단언컨대, 아무리 힘센 사람이라도 그 기력을 꺾어놓는 데
바다보다 고약한 것은 달리 없을 것이오.”

　　에우뤼알로스가 그에게 이렇게 대답했다.   140
“라오다마스여! 지금 그대가 한 그 말은 도리에 맞는 말이오.
그대가 몸소 가서 도전하고 그대의 뜻을 알리시오.”

　　알키노오스의 훌륭한 아들은 이 말을 듣자
한가운데로 가서 서더니 오뒷세우스를 향해 말했다.

　　“나그네 양반! 그대도 이리로 나와 경기에서 자신을   145
시험해보시오. 그대도 어떤 경기를 배웠다면 말이오.
그대도 경기를 잘 아는 듯하니 말이오. 사실 남자에게는
아직 살아 있는 동안 손이나 발로 이룩하는 것보다 더 큰 영광은
없을 것이오. 자, 그대는 자신을 시험해보시고 근심일랑 마음에서
쫓아버리시오. 그대의 여행은 이제 더 지연되지 않을 것이오.   150
배는 이미 끌어내려져 있고 뱃사람도 준비되어 있으니까요.”

　　지략이 뛰어난 오뒷세우스가 그에게 이런 말로 대답했다.
“라오다마스여! 어찌하여 그대들은 나를 조롱하며 그런 요구를
하는 것이오? 내 마음은 경기보다는 근심에 훨씬 가깝소이다.
지금까지 숱한 고난을 겪고 모진 고생을 했으니까요.   155
그래서 이렇게 귀향을 궁리하며 그대들이 모인 한가운데에 앉아
왕과 모든 백성들에게 간청하는 것이오.”

　　그러자 에우뤼알로스가 면전에서 그에게 시비를 걸며 이렇게 말했다.
“나그네여! 인간들 사이에는 실로 많은 경기가 있지만

보아하니 그대는 경기에 능한 사람 같지는 않구려.   160
오히려 그대는 장사하는 뱃사람의 우두머리로
노 젓는 자리가 많은 배를 타고 일삼아 오가며 고향에서 싣고 가는
화물을 생각하거나 고향으로 싣고 가는 화물과 탐욕스럽게 얻은
이득을 생각하는 사람 같고 경기하는 사람 같지는 않소이다.”

　　지략이 뛰어난 오뒷세우스가 그를 노려보며 말했다.   165
“친구여! 그대가 하는 말이 곱지 않구려. 그대는 무례한 사람
같소이다. 이렇듯 신들께서는 몸매든 지혜든 달변이든
사랑스러운 것들을 만인에게 다 주시지는 않는 법이오.
어떤 이는 생김새는 누구보다 빈약하지만 신께서 그의 말을
우아함으로 장식하니 사람들은 그를 보고 기뻐하고   170
그는 달콤하고도 겸손하게 청산유수처럼 말하지요.
그래서 회의장에 모인 사람들 가운데 돋보이고
그가 시내를 걸어가면 사람들은 신처럼 그를 우러러보게 되지요.
그런가 하면 어떤 이는 생김새는 불사신들과 같지만
그의 말은 우아함과는 거리가 멀지요.   175
그대도 그와 같아서 생김새는 매우 돋보여 신들께서도
달리 더 훌륭하게 만드실 수 없겠으나 지혜는 빈약하오.
그대는 도리에 맞지 않는 말로 내 가슴속 마음을 흥분시키는구려.
나는 그대가 장담하듯이 경기를 전혀 모르는 사람은 아니며
내가 아직도 내 젊음과 두 손을 믿을 수 있던 시절에는   180
일인자들에 속했다고 자부하오. 그러나 지금 나는
불행과 고통에 붙들려 있소. 인간들의 전쟁과
고통스러운 파도를 헤치고 오느라 모진 고생을 겪었기 때문이오.
그렇듯 모진 고생을 겪었지만 그래도 경기는 해 보이겠소.

그대의 말이 내 마음을 할퀴고 그대가 말로 나를 분기시켰소.” 185

　　오뒷세우스는 이렇게 말하고 겉옷을 입은 채 벌떡 일어서서
아주 큼직하고 두꺼운 원반을 집어 들었다. 그것은 파이아케스족이
저희들끼리 던지곤 하는 것보다 훨씬 더 무거운 것이었다.
그가 원반을 빙글빙글 돌려 억센 손에서 내던지자 돌이 윙윙
소리를 내며 날아갔다. 그러자 돌이 날아가는 기세에 눌려 190
이름난 뱃사람들인 긴 노의 파이아케스족이 땅에 엎드렸다.
돌은 그의 손에서 가볍게 내달아 모든 사람들의
표시 너머로 날아갔다. 그러자 아테나가
남자의 모습을 하고는 이를 표시하고 나서 이렇게 말했다.

　　“나그네여! 그대의 저 표시는 장님도 더듬어서 가려낼 수 있겠소. 195
무리에 섞여 있지 않고 월등히 맨 앞에 있으니까요.
이 시합에 관한 한 그대는 안심하시오. 파이아케스족 가운데서
어느 누구도 거기에 이르거나 그 너머로 던지지는 못할 거요.”

　　여신이 이렇게 말하자 참을성 많은 오뒷세우스는 마음이 흐뭇했으니
경기장에서 우호적인 전우를 만난 것이 기뻤다. 200
그는 한결 가벼워진 마음으로 파이아케스족 사이에서 말했다.

　　“젊은이들이여, 이제 저 원반을 따라잡아보시오. 잠시 뒤에 나는
또 하나를 던질 것인즉, 그것도 저만큼 또는 더 멀리 날아갈 것이오.
다른 사람들도 누구든 마음 내키면 이리로 나와
나와 겨루시오. 그대들이 나를 몹시 화나게 했기에 하는 말이오. 205
권투든 레슬링이든 또는 경주든 나는 거절하지 않겠소.
전 파이아케스족 가운데서 누구든 나오시오. 라오다마스만 제외하고.
그는 내게 주인이기 때문이오. 누가 자기를 환대하는 사람과
다투려 하겠소? 낯선 나라에서 자기를 맞아준 주인에게

시합하자고 도전하는 자야말로 참으로 어리석고 쓸모없는 자겠지요.　　210

그런 자는 가진 것도 다 잃고 말 테니까요.

그러나 여느 사람들이라면 그 누구도 거절하거나 무시하지 않고

기꺼이 맞서서 그와 알게 되고 그와 정면으로 겨루고 싶소.

나는 남자끼리의 경기에 결코 무능한 사람이 아니오.

나는 반들반들 닦은 활도 잘 다룰 줄 아오.　　215

수많은 전우들이 내 곁에 바싹 붙어 서서 적군을 겨냥해도

언제나 내가 �쏜 화살이 맨 먼저

적군의 무리 중에서 내 상대를 맞히곤 했소.

트로이아인들의 나라에서 아카이오이족이 활을 쏠 때면

오직 필록테테스만이 활에서 나를 능가했소.　　220

하지만 단언컨대, 지금 대지 위에서 빵을 먹고 사는

모든 다른 인간들보다는 내가 훨씬 더 나을 것이오.

옛날 분들과는 다투고 싶지 않소이다.

헤라클레스[6]와도 오이칼리아의 에우뤼토스[7]와도.

그들은 활로 불사신들과 다투었던 사람들이오.　　225

그래서 위대한 에우뤼토스는 요절하고 그의 궁전에서

노년에 이르지 못했으니, 그가 활쏘기 시합에 도전하자

아폴론이 화가 나 그를 죽였기 때문이오. 나는 다른 사람이

화살로 쏠 수 있는 것보다 더 멀리 창을 던질 수 있소.

다만 경주에서는 나를 앞지를 자가 파이아케스족 가운데　　230

더러 있지 않을까 싶소. 수많은 파도 속에서 나는 수치스러울 만큼

몸이 곯았소. 배 안은 늘 양식이 넉넉한 편이 아니었소.

그래서 내 두 무릎이 풀리고 만 것이오.”

　　그가 이렇게 말하자 그들은 모두 잠자코 있었다.

알키노오스만이 그에게 이런 말로 대답했다.

　"나그네여! 그대가 우리 사이에서 한 그 말씀은 결코 예의에

어긋난다고 할 수 없소. 하지만 그대가 그대에게 주어진 탁월함을

보여주려는 것은 저 사람이 경기장에서 그대에게 시비를 걸었기 때문이오.

그것은 또한 마음속으로 제대로 말할 줄 아는 사람이라면 아무도

그대의 탁월함에 시비를 걸지 못하게 하려는 의도이기도 하겠지요.

자, 그대는 내가 하는 말을 들으시오. 그러면 그대는

그대의 궁전에서 아내와 자식들과 함께 식사할 때

우리의 탁월함을, 제우스께서 어떤 솜씨들을 조상 대대로

지금까지 우리에게 내려주셨는지 기억하였다가

동석한 다른 영웅에게도 전해줄 수 있을 것이오.

우리는 나무랄 데 없는 권투 선수도 레슬링 선수도 아니지만

날랜 경주 선수들이며 가장 훌륭한 뱃사람들이지요.

우리에게 늘 소중한 것은 잔치와 키타리스와 춤과

새 옷 입기와 따뜻한 목욕과 잠자리 같은 것이오.

자, 파이아케스족의 가장 훌륭한 무용수들이여!

너희들은 유희를 시작하라. 저 나그네가 고향에 돌아가면

우리가 항해와 경주와 춤과 노래에서 다른 사람들을 얼마나 능가하는지

친구들에게 전할 수 있도록 말이다. 그리고 누가 달려가서

데모도코스를 위해 낭랑한 음색의 포르밍크스를 가져오라.

아마 궁전 어딘가에 놓여 있을 것이다."

6　'주요 인명' 참조.

7　에우뤼토스는 오이칼리아(Oichalia) 왕으로 훗날 헤라클레스의 포로가 된 딸 이올레(Iole)
와 이피토스의 아버지이다. 오뒷세우스는 이피토스에게서 얻은 화살로 나중에 구혼자들
을 죽인다(『오뒷세이아』 21권 32행 이하 참조).

제8권 오뒷세우스가 파이아케스족의 나라에 머물다　**197**

신과 같은 알키노오스가 이렇게 말하자 전령이
왕의 궁전에서 속이 빈 포르밍크스를 가져오려고 일어섰다.
그리고 모두 아홉 명의 선발된 진행요원이 일어섰으니 이들은
공공 봉사자로 경기장 안의 모든 일을 훌륭하게 보살폈다.
이들은 무도장을 반반하게 고르고 경기를 위해 널찍한 원을 보기 좋게　　260
만들었다. 낭랑한 음색의 포르밍크스를 들고 전령이 데모도코스에게
가까이 가자 데모도코스가 한가운데로 나갔다. 그러자 무용에 능한
이제 갓 성년이 된 젊은이들이 그를 에워싸고는
훌륭한 무도장의 바닥을 발로 찼다. 오뒷세우스는
그들의 현란한 발놀림을 보고 마음속으로 감탄을 금치 못했다.　　265
　　한편 가인은 아레스[8]와 고운 화관의 아프로디테의 사랑을
멋지게 노래하기 시작했다, 포르밍크스를 연주하며.
헤파이스토스[9]의 집에서 이들이 어떻게 처음 몰래 동침하게 되었는지.
아레스는 그녀에게 많은 선물을 주고는 주인 헤파이스토스의 침상과
잠자리를 더럽혔다. 그러자 당장 헤파이스토스에게 사자(使者)가　　270
갔으니 그들의 사랑의 동침을 헬리오스가 본 것이다.
헤파이스토스는 이 가슴 아픈 소식을 전해 듣고 마음속으로
재앙을 궁리했다. 자신의 대장간으로 가서 모루대 위에
큼직한 모루를 올려놓고는 그 둘이 꼼짝 못하고 거기에 그대로
붙들려 있도록 부술 수도 풀 수도 없는 사슬을 만들었다.　　275
아레스가 괘씸했던 헤파이스토스는 이런 올가미를 만들어
자신의 사랑하는 침상이 있는 방으로 달려가
침대 기둥들 주위에 사방으로 사슬을 쳤다.
또 천장에서도 많은 사슬을 늘어뜨렸는데
거미줄처럼 가는 사슬은 아무도, 아니 축복받은 신이라도　　280

볼 수 없었다. 그는 그것을 그만큼 교묘하게 만들었다.

헤파이스토스는 침상 주위에 사방으로 올가미를 드리우고 나서

튼튼하게 지은 도시 렘노스[10]로 가는 척했으니,

그에게 그곳은 모든 나라 가운데서 가장 사랑스러웠다.

황금 고삐의 아레스도 눈먼 파수를 보지는 않았다.　　　　　　　285

그는 이름난 기술자인 헤파이스토스가 멀리 떠나는 것을 보고

유명한 헤파이스토스의 집으로 갔다.

고운 화관의 퀴테레이아[11]와의 사랑을 열망하며.

그녀는 방금 강력한 아버지인 크로노스의 아들 곁을 떠나

집에 돌아와 앉아 있던 중이었다. 아레스가 집안으로　　　　　　290

들어와 그녀의 손을 꼭 잡으며 이렇게 말했다.

　　"사랑하는 이여! 자, 우리 침상으로 가서 사랑을 즐겨요.

헤파이스토스는 집에 있지 않고 벌써 렘노스로

무뚝뚝한 목소리의 신티에스족[12]에게로 떠났소."

　　그가 이렇게 말하자 그녀도 그와 눕는 것이 싫지 않았다.　　　　295

그리하여 둘은 침상으로 가서 자려고 누웠다. 그러나 그들

주위에는 매우 영리한 헤파이스토스의 교묘한 사슬들이

드리워져서 그들은 사지를 들 수도 움직일 수도 없었다.

8　'주요 신명' 참조.

9　'주요 신명' 참조.

10　렘노스는 에게 해의 북동부에 있는 큰 섬으로 호메로스 시대에는 동명의 도시가 있었던 것으로 생각된다. 그곳의 사화산(死火山)은 헤파이스토스의 대장간이라고 믿어졌다.

11　퀴테레이아('퀴테라 섬의 여신'이라는 뜻)는 아프로디테의 별명 중 하나로, 여신이 바다 거품에서 태어난 뒤 먼저 라케다이몬 지방의 말레아 곶 서남쪽에 있는 퀴테라 섬으로 다가갔다고 하여 이런 별명을 갖게 된 것이다. 아프로디테에 관해서는 '주요 신명' 참조.

12　신티에스족(Sinties)은 렘노스 섬의 가장 오래된 선주민으로 '도적떼'라는 뜻이다.

그들은 그제야 거기서 벗어날 길이 없다는 것을 알게 되었다.

이때 유명한 절름발이 신이 렘노스 땅에 닿기도 전에   300

되돌아와서 그들에게 다가갔으니

헬리오스가 망을 보다가 그에게 알린 것이다.

그리하여 그는 비통한 마음으로 집으로 돌아가

대문간에 섰고 사나운 노여움이 그를 휘감았다.

그는 무시무시하게 고함을 지르며 모든 신들에게 외쳤다.   305

　"아버지 제우스와 영생하고 축복받은 다른 신들이여!

이리로 오셔서 이 가소롭고 참을 수 없는 짓거리를 좀 보시오.

제우스의 딸 아프로디테는 절름발이라고 해서

언제나 나를 업신여기며 난폭한 아레스를 사랑하고 있어요.

그자는 잘생기고 다리가 곧지만 나로 말하면 타고나기를 허약하게   310

태어났어요. 그 책임은 다른 이가 아니라 내 부모님께 있어요.

차라리 그분들께서 나를 낳지 않으셨다면 얼마나 좋았을까!

그대들은 이들이 내 침상에 올라 대체 어디서 사랑의 동침을 하고

있는지 보시게 될 것이오. 나로서는 보기가 심히 민망하오.

그러나 생각건대, 이들은 열렬한 사랑에도 불구하고 잠시도   315

그렇게 누워 있고 싶지 않을 것이오. 동침하고 싶은

이들의 욕망은 곧 사라지겠지만 그렇다 해도 올가미와 사슬은

이들을 붙들고 있을 것이오. 이 파렴치한 딸 때문에

내가 건넨 구혼 선물들을 그녀의 아버지가

빠짐없이 내게 다 돌려주기 전에는 말이오."   320

　그가 이렇게 말하자 신들은 청동 문턱의 그 집으로

모여들었다. 대지를 떠받치는 포세이돈도 왔고

행운을 안겨주는 헤르메스도 왔으며 명궁 아폴론도 왔다.

그러나 여신들은 남세스러워서 저마다 집안에 머물러 있었다.

그리하여 복을 안겨주는 신들이 대문간에 들어서고 325

매우 영리한 헤파이스토스의 솜씨를 보았을 때

축복받은 신들 사이에서 그칠 줄 모르는 웃음이 일었다.

가까이서 이를 보고 이렇게 말하는 신들도 있었다.

　"나쁜 짓은 성하지 않고 느린 자가 날랜 자를 따라잡는 법이오.

지금 느린 헤파이스토스가 올림포스에 사는 신들 중에서 330

가장 날랜 아레스를 잡았듯이 말이오. 비록 절름발이지만 그는

기술로 잡았소. 그러니 아레스는 간통의 벌금을 물어야 하오."

　그들은 이렇게 서로 이야기를 주고받았다.

이때 제우스의 아들 아폴론 왕이 헤르메스에게 말했다.

　"제우스의 아들 헤르메스여, 신들의 사자여, 복을 안겨주는 자여! 335

그대 같으면 설령 강력한 쇠사슬에 꼭 붙들린다 해도

침상 위에서 황금의 아프로디테 옆에 눕고 싶겠소?"

　그에게 신들의 사자인 아르고스의 살해자가 말했다.

"그랬으면 오죽이나 좋겠소, 명궁 아폴론 왕이여!

세 배나 많은 사슬들이, 이루 헤아릴 수 없는 많은 사슬들이 340

나를 감는다 해도 그리고 신들과 모든 여신들이 들여다본다 해도

나는 황금의 아프로디테 옆에 눕고 싶소이다."

　그가 이렇게 말하자 불멸의 신들 사이에 폭소가 터졌다.

그러나 포세이돈만은 웃지 않고 이름난 장인인

헤파이스토스에게 아레스를 풀어주라고 끈질기게 간청했다. 345

그는 물 흐르듯 거침없이 말했다.

　"풀어주게나! 내가 보증하겠네. 그는 자네 명령에 따라

불사신들이 보는 앞에서 합당한 벌금을 자진하여 지불할 걸세."

그에게 유명한 절름발이 신이 대답했다.

"대지를 떠받치는 포세이돈이여! 그런 요구는 내게 하지 마십시오. 350
쓸모없는 자들을 위한 보증은 쓸모없는 법이지요.[13]
아레스가 빚과 사슬에서 풀려나 달아나고 나면 어떻게 내가
불사신들이 보는 앞에서 그대를 묶어둘 수 있겠습니까?"

그에게 대지를 흔드는 포세이돈이 말했다.

"헤파이스토스! 아레스가 빚을 피하여 도망쳐버린다면 355
다름 아닌 내가 자네에게 그 벌금을 지불하겠네."

그에게 유명한 절름발이 신이 대답했다.

"그대의 이런 청을 거절한다는 것은 가능하지도 합당하지도 않겠지요."

이렇게 말하고 헤파이스토스의 힘이 사슬을 풀어주었다.

그리하여 그들 둘은 강력한 사슬에서 풀려나자 360
지체 없이 내달아 아레스는 트라케[14]로 가고
웃음을 좋아하는 아프로디테는 퀴프로스의 파포스에 닿았으니,
그곳은 그녀의 성역과 향기로운 제단이 있는 곳이다.
그곳에서 카리스 여신들이 그녀를 목욕시켜주고 나서
영생하는 신들의 살갗을 덮고 있는 것과 같은 불멸의 기름을 365
발라주고 보기에도 장관인 사랑스러운 옷들을 입혀주었다.

이것이 그 소문난 가인이 부른 노래였다.

오뒷세우스는 듣고 마음이 흐뭇했고
이름난 뱃사람들인 긴 노의 파이아케스족도 마찬가지였다.

이번에는 할리오스와 라오다마스에게 단둘이서 춤추라고 370
알키노오스가 명령했으니, 그들에게는 누구도 맞수가 될 수 없기 때문이다.
그들은 현명한 폴뤼보스가 자신들을 위해 만들어준
아름다운 자줏빛 공을 손에 쥐더니

한 사람이 몸을 뒤로 젖히고 그늘을 지어주는 구름을 향해

그 공을 던지면, 다른 사람은 대지에서 높이 뛰어올라 3/5

발이 바닥에 채 닿기도 전에 가볍게 그것을 받았다.

공 높이 던지기를 시험한 후 그들은

풍요한 대지 위에서 춤추기 시작하며

서로 공을 주거니 받거니 했다. 경기장에 서 있던

다른 젊은이들이 거기에 박자를 맞추니 큰 소음이 일었다. 380

그때 고귀한 오뒷세우스가 알키노오스에게 말했다.

　"통치자 알키노오스여, 모든 백성들 중에서 가장 탁월한 이여!

그대의 무용수들이야말로 가장 훌륭하다고 장담하시더니

과연 말씀대로입니다. 보고 있자니 놀라울 따름입니다."

　그가 이렇게 말하자 알키노오스의 신성한 힘이 기뻐하며 385

즉시 노를 사랑하는 파이아케스족 사이에서 말했다.

　"내 말을 들으시오, 파이아케스족의 지도자와 보호자들이여!

보아하니 이 나그네는 아주 슬기로운 사람 같소이다.

자, 우리 그에게 격식에 맞게 작별 선물을 주도록 합시다.

이 나라는 열두 명의 탁월한 왕들이 지도자로서 390

통치하고 나 자신은 열세 번째요.

13　이 구절에 관해서는 의견이 분분한데 '약자가 받는 보증은 약하게 마련이다'라는 뜻으로
해석하는 이들도 있다.

14　트라케의 경계는 로마 시대 이전에는 명확히 규정된 적이 없으나 대체로 북쪽으로는 이스
트로스(Istros 지금의 도나우 강 하류) 강과, 동쪽으로는 흑해와 보스포로스(Bosporos 라/
Bosporus) 해협과, 남쪽으로는 프로폰티스(Propontis 지금의 Marmara) 해, 헬레스폰토스
(Hellespontos) 해협, 북마케도니아 지방과, 서쪽으로는 일뤼리콘(Illyrikon) 지방과 경계를
이루는 그리스 북부 지방의 대부분을 가리키는 명칭으로 사용되었다. 고대 그리스인들은
이곳 주민들을 미개한 야만족으로 여겼다.

그대들은 저마다 깨끗이 빤 겉옷 한 벌과 윗옷 한 벌,

그리고 귀중한 황금 한 탈란톤씩을 갖고 오시오.

서둘러 이 모든 것들을 한데 모아 나그네 손에 쥐어줍시다.

그러면 그는 흐뭇한 마음으로 저녁을 들러 갈 것이오.　　　　　　395

그리고 에우뤼알로스는 도리에 맞지 않는 말을 했으니

사과의 말과 선물로 몸소 그와 화해하시오."

　　그가 이렇게 말하자 그들은 모두 찬동하며 그렇게 하기를 원했다.

그들은 선물을 가져오라고 저마다 자신의 전령을 내보냈다.

그리고 에우뤼알로스는 그에게 이렇게 말했다.　　　　　　400

　　"통치자 알키노오스여, 모든 백성들 중에서 가장 탁월한 이여!

그대의 명령에 따라 나는 나그네와 화해할 것입니다.

온통 청동으로 된 이 칼을 그에게 주겠습니다.

손잡이가 은으로 된 이 칼은 갓 베어낸 상아 칼집에

들어 있어 그에게는 값진 선물이 될 것입니다."　　　　　　405

　　이렇게 말하고 그는 은못 박은 그 칼을 오뒷세우스의

손에 쥐어주며 물 흐르듯 거침없이 말했다.

　　"안녕히 가십시오, 나그네 양반! 내가 불쾌한 말을 했다면

폭풍이 당장 그것을 낚아채 가기를! 그대는 이미

오랫동안 가족들과 떨어져 고통받으셨으니 신들께서는 이제　　　　410

그대가 아내를 만나고 고향땅에 닿게 해주시기를!"

　　지략이 뛰어난 오뒷세우스가 그에게 이런 말로 대답했다.

"그대도 안녕하시기를, 친구여! 신들께서 그대에게 복을

내려주시기를! 그리고 그대가 좋은 말로 화해하며 내게 준

이 칼을 훗날 결코 아쉬워하는 일이 없기를!"　　　　　　415

　　그는 이렇게 말하고 은못 박은 그 칼을 어깨에 멨다.

이윽고 해가 지고 그의 앞에는 이름난 선물들이 쌓였다.

당당한 전령들이 그것들을 알키노오스의 집으로 가져가자

나무랄 데 없는 알키노오스의 아들들이 더없이 아름다운

선물들을 받아 그들의 존경스러운 어머니 옆에 갖다놓았다.   420

그리고 알키노오스의 신성한 힘이 앞장서자

그들은 가서 높다란 안락의자에 앉았다.

그러자 알키노오스의 힘이 아레테에게 말했다.

　“여보, 가진 것 중 가장 좋은 아름다운 궤짝 하나를

가져와 깨끗이 빤 겉옷 한 벌과 윗옷 한 벌을 그대가 손수   425

넣으시오. 그리고 불에다 솥을 걸고 물을 데우시오.

나그네가 목욕하고 나서 나무랄 데 없는 파이아케스족이

이리로 보내온 온갖 선물이 잘 정돈되어 있는 것을 보고

흐뭇한 마음으로 잔치에 참석해 노랫가락을 들을 수 있도록 말이오.

나도 더없이 아름다운 나의 이 황금 잔을 그에게   430

줄 것이오. 그가 그의 궁전에서 제우스와 다른 신들께

헌주할 때마다 나를 생각하라고 말이오.”

　그가 이렇게 말하자 아레테는 하녀들을 시켜

되도록 속히 큰 세발솥을 불에 걸게 했다.

그러자 하녀들이 활활 타오르는 불에다 세발솥을 걸고   435

그 안에 물을 붓고 나서 장작을 더 가져와 지폈다.

불이 세발솥의 배를 휘감자 욕조를 채울 물이 데워졌다.

아레테는 그동안 나그네를 위해 방에서 더없이 아름다운

궤짝 하나를 들고 나오더니, 파이아케스족이 그에게 준

훌륭한 선물들인 옷과 황금을 그 안에 넣었다.   440

그녀는 겉옷 한 벌과 아름다운 윗옷 한 벌을

손수 넣으며 그를 향해 물 흐르듯 거침없이 말했다.

"이제 그대가 손수 뚜껑을 살펴보시고 재빨리 매듭을 묶으세요.
그대가 검은 배를 타고 가다가 다시 달콤한 잠에 빠지더라도
아무도 도중에 그대의 재물을 훔치지 못하도록 말예요."   445

이 말을 듣자 참을성 많은 고귀한 오뒷세우스는
즉시 뚜껑을 닫고 전에 존경스러운 키르케가
가르쳐준 적이 있는 교묘한 매듭으로 재빨리 묶었다.
바로 그때 하녀가 그에게 목욕을 위해 욕조에 들어가라고 했다.
그는 더운물을 보자 반가웠다.   450
머릿결이 고운 칼륍소의 집을 떠난 뒤로
보살핌을 자주 받지 못했기 때문이다.
그러나 그는 그곳에 있는 동안에는 늘 신처럼 보살핌을 받았다.
하녀들이 목욕을 시켜주고 나서 올리브유를 발라주고
그에게 아름다운 외투와 윗옷을 입혀주자   455
그는 욕조에서 나와 포도주를 마시는 남자들 사이로 갔다.
그때 신들에게서 아름다움을 받은 나우시카아가
지붕을 튼튼하게 떠받치는 기둥 옆으로 다가섰다가
눈앞의 오뒷세우스를 보고는 감탄을 금치 못하며
그에게 물 흐르듯 거침없이 말했다.   460

"안녕히 가세요, 손님! 고향땅에 가 계시더라도 이따금 나를
생각하세요. 그대에게는 누구보다 내가 생명의 은인이니까요."

지략이 뛰어난 오뒷세우스는 그녀에게 이런 말로 대답했다.
"나우시카아여, 고매한 알키노오스의 따님이여!
헤라의 크게 천둥 치시는 남편인 제우스께서는 내가 그렇게   465
고향에 돌아가서 이제 귀향의 날을 볼 수 있게 해주시면 좋으련만!

그러면 그곳에서도 나는 신께 기도하듯 그대에게 기도하겠소,

언제까지나 날마다. 그대는 나를 구해주셨으니까요, 아가씨!"

이렇게 말하고 그는 알키노오스 왕 옆의 안락의자에 앉았다.

그들은 벌써 몫을 나눠주고 포도주에 물을 타고 있었다.   470

그때 전령이 사랑스러운 가인을 데려오니

다름 아닌 백성들에게서 존경받는 데모도코스였다.

전령은 그를 회식자들 한가운데에 앉히더니 높다란 기둥에 기대게 했다.

그때 지략이 뛰어난 오뒷세우스가 흰 엄니의 돼지 등심을

한 토막 잘라주며 ── 그러나 양쪽에 기름기가 많은 그 등심은   475

아직도 더 큰 부분이 남아 있었다 ── 전령을 향해 말했다.

"전령이여, 이 고기 토막을 데모도코스에게 먹으라고 건네주시오.

마음이 괴로워도 그에게는 호의를 보이고 싶으니까요.

가인들은 역시 지상의 모든 인간들에게서 제 몫의

명예와 존경을 받는구려. 무사 여신이 그들에게 노래를   480

가르쳐주고 가인들의 종족을 사랑하시기 때문이겠지요."

그가 이렇게 말하자 전령이 그것을 가져다 영웅 데모도코스의 손에

쥐여주었다. 그러자 가인은 그것을 기꺼이 받으며 흐뭇해했다.

그들은 앞에 차려진 음식에 손을 내밀었다.

그리하여 먹고 마시는 욕망이 충족되었을 때   485

지략이 뛰어난 오뒷세우스가 데모도코스에게 말했다.

"데모도코스! 그대를 가르치신 분이 제우스의 따님이든 여신이든

아니면 아폴론이든 나는 모든 인간들 중에서 특히 그대를 사랑하오.

그대는 아카이오이족의 불행을, 그들이 행하고 당한 모든 것과

그들의 모든 노고를 마치 몸소 그곳에 있었거나 그곳에 있던   490

자에게 들은 것처럼 그야말로 제대로 노래하기 때문이오.

자, 그대는 주제를 바꾸어 목마(木馬)의 구조에 관해 노래하시오.

에페이오스가 아테나의 도움으로 목마를 만들자

고귀한 오뒷세우스는 일리오스를 함락할 남자로 그 안을

가득 채운 뒤 이 올가미를 성채로 몰고 갔지요.   495

그대가 내게 그것에 관해 제대로 이야기해줄 수 있다면

나는 신께서 그대에게 신적인 노래를 흔쾌히 선사했다고

지체 없이 만인에게 알릴 것이오."

　　　그가 이렇게 말하자 가인은 신의 부추김을 받아 노래하기 시작했다.

그의 노래는 아르고스인들의 일부는 막사에 불을 지른 뒤   500

훌륭한 갑판이 덮인 함선들을 타고 출항하고, 다른 일부는

목마에 몸을 숨긴 채 이미 트로이아인들의 회의장에서

명성도 자자한 오뒷세우스 주위에 앉아 있는 대목에서 시작되었다.

목마는 트로이아인들이 손수 성채로 끌어들인 것이다.

목마가 서 있는 동안 트로이아인들은 그 주위에 모여 앉아   505

열띤 논쟁을 벌였다. 세 가지 다른 계획이 그들의 마음에

들었으니, 속이 빈 목조물을 무자비한 청동으로 박살내거나,

아니면 벼랑 끝으로 끌고 가 바위에 내던져버리거나, 아니면 신들을

기쁘게 해주기 위해 크나큰 자랑거리로 그대로 내버려두는 것이었다.

결국 이 마지막 계획이 이뤄지도록 정해져 있었으니,   510

트로이아인들에게 죽음과 죽음의 운명을 안겨주려고

아르고스인들의 장수들이 그 안에 몸을 숨긴 거대한 목마를

받아들이자마자 도시는 파괴될 운명이었다.

가인은 또 어떻게 아카이오이족 아들들이 속이 빈 매복처를 버리고

말에서 쏟아져 나와 도시를 함락했는지, 어떻게   515

제각기 다른 곳에서 가파른 도시를 파괴했는지 노래했다.

가인은 또 어떻게 오뒷세우스가 신과 같은 메넬라오스와 함께
마치 아레스와도 같이 데이포보스의 집으로 갔는지 노래했다.
그곳에서 오뒷세우스는 가장 무시무시한 전투를 치렀지만 결국에는
늠름한 아테나의 도움으로 승리를 거두었다고 그는 노래했다. 520
　　　이것이 소문난 가인이 부른 노래였다. 그때 오뒷세우스가
눈물을 흘리기 시작하니 눈물이 그의 눈꺼풀 밑 두 볼을 적셨다.
어떤 여인이 도시와 자식들로부터 저 무자비한 날을
물리치다가 자신의 도시와 백성들 앞에서
전사한 사랑하는 남편 위에 쓰러져 통곡하듯이 525
—여인은 남편이 허우적거리며 죽어가는 것을 보고는
그를 끌어안고 대성통곡하는데 뒤에서
적군이 그녀의 등과 어깨를 창으로 툭툭 치며
노고와 고난을 겪도록 그녀를 노예로 끌고 가니
더없이 애절한 슬픔이 그녀의 두 볼을 시들게 한다— 530
꼭 그처럼 애절하게 오뒷세우스의 눈썹 밑에서 눈물이 쏟아졌다.
그때 여느 사람들은 그가 흘리는 눈물을 알아채지 못했지만
오직 한 사람 알키노오스만은 그것을 볼 수 있었으니,
그와 가까이 앉아 있어 그가 크게 신음하는 소리를 들은 것이다.
그래서 그는 즉시 노를 사랑하는 파이아케스족 사이에서 말했다. 535
　　　"내 말을 들으시오, 파이아케스족의 지도자와 보호자들이여!
데모도코스는 낭랑한 음색의 포르밍크스 연주를 중단하라.
그의 노래가 모든 이를 즐겁게 하는 것은 아닌 듯싶소.
우리가 저녁 식사를 하고 신과 같은 가인이 노래하기 시작한
뒤로 나그네가 비통한 울음을 그치지 않으니 말이오. 540
아마도 큰 슬픔이 그의 마음을 에워싼 것 같소이다. 그러니 자,

가인은 중단하라. 우리 모두, 주객(主客)이 다 함께
즐겨야 하니 말이오. 그리 하는 것이 훨씬 아름답소.
사실 이 모든 것이 존경스러운 나그네를 위해 마련된 것 아니겠소!
호송도 그리고 우리가 사랑하는 마음에서 그에게 준 사랑의 선물도.   545
지혜가 조금밖에 없는 사람에게도 나그네와 탄원자는
형제나 마찬가지니까요. 그러니 그대도
이제는 자기 이익만 생각하고 내가 묻는 것이면 무엇이든
숨기지 마시오. 그대가 말씀하는 편이 더 아름답기 때문이오.
그대의 이름을 말해주시오. 저쪽에서 그대의 어머니와 아버지께서,   550
그리고 도시에 사는 다른 사람들과 주변 사람들이
부르는 이름 말이외다. 귀천을 막론하고 일단 태어나면
이름 없는 사람은 아무도 없으며 부모는 자식이
태어나자마자 누구에게나 이름을 지어주니까요. 그리고
그대의 나라와 그대의 백성과 그대의 도시를 말씀해주시오.   555
우리 배들이 그곳을 겨냥해 그대를 거기로 실어다줄 수
있도록 말이오. 파이아케스족에게는 키잡이가 없고
다른 배들이 갖추고 다니는 것과 같은 키도 없으며,
우리 배들은 스스로 사람들의 생각과 마음을 알고 있지요.
그 배들은 모든 인간의 도시와 기름진 들판을 알고 있어   560
어둠과 안개에 싸인 채 가장 빨리 짠 바닷물의 심연을
건너며 손상이나 파선에 대한 우려 같은 것은
일찍이 알지 못하오. 물론 나는 전에 내 아버지
나우시토오스께서 이런 말씀을 하시는 것을 들은 적이 있소.
우리가 모든 이들을 안전하게 호송해주기 때문에   565
포세이돈께서 우리에게 노여움을 갖는다고 말씀하시곤 했지요.

그분께서는 또 이렇게 말씀하셨소. 언젠가는 파이아케스족의

훌륭하게 만든 배가 호송에서 돌아올 때 그 신께서 안갯빛 바다에서

그 배를 부숴버리고 우리 도시를 큰 산으로 둘러싸실 것이라고.

노인께서는 이렇게 덧붙이셨소. 신께서 이런 일을 이루시든   570

이루지 않고 내버려두시든 그분의 뜻대로 되시기를! 그러니

자, 그대는 이 점에 대해 내게 솔직히 말씀해주시오. 그대는

어느 쪽으로 떠돌아다니셨고 어떤 나라들과 인간들에게 가셨는지

인간들 면면과 그들의 살기 좋은 도시들에 관해 말씀해주시오.

그대는 또 얼마나 많은 자들이 가혹하고 야만적이고 올바르지 못했으며   575

어떤 자들이 손님에게 친절하고 신을 두려워하는 마음씨를 가지고

사는지도 말씀해주시오. 또 아르고스의 다나오스 백성들과

일리오스의 운명을 듣고는 왜 눈물 흘리며 마음속으로

슬퍼하는지도 말씀해주시오. 그 운명은 신들께서 만드신 것이오.

인간들에게 파멸의 실을 잣는 것은 신들이니까요.   580

이는 후세 사람들에게도 노랫거리가 있게 하시려는 것이지요.

혹시 그대의 친척이 일리오스 앞에서 전사했나요? 그는 사위였든

장인이었든 틀림없이 고귀한 사람이었나보오. 사실 사위와 장인은

우리에게는 혈육 다음으로 가장 가까운 사이지요.

아니면 다정하고 고귀한 어떤 전우가 전사했나요?   585

사리가 밝은 전우야말로 형제 못지 않지요.”

IX 오뒷세우스의 이야기들 │ 퀴클롭스 이야기

지략이 뛰어난 오뒷세우스가 그에게 이런 말로 대답했다.
　"통치자 알키노오스여, 모든 백성들 중에서 가장 탁월한 이여!
목소리가 신들과도 같은 가인의 노래에
귀 기울인다는 것은 확실히 아름다운 일이오.
나는 모든 백성이 즐거워하는 것보다　　　　　　　　　　　　5
더 바람직한 것은 없다고 생각하오.
사람들은 잔치를 벌이며 집안에 나란히 앉아
가인에게 귀 기울이고 그들 앞 식탁에는
빵과 고기가 그득하고 술 따르는 이는 희석용 동이에서
술을 퍼 가지고 와 술잔에 따르고 있소.　　　　　　　　　10
내가 보기에는 이것이 가장 아름다운 일인 것 같소.
그러나 그대의 마음은 나의 고난과 한숨에 관해 묻고
싶어하는구려. 내가 더욱더 슬퍼하고 한숨짓도록 말이오.
좋아요. 무엇을 먼저 이야기하고 무엇을 나중에 이야기할까요?
하늘의 신들께서 나에게는 너무 많은 고난을 안겨주셨으니 말이오.　15
먼저 내 이름을 말씀드리겠소이다. 그대들도 내 이름을 알도록
그리고 내가 무자비한 날에서 벗어나 멀리 떨어진 집에서
살더라도 여전히 그대들의 손님으로 남아 있도록 말이오.
나는 라에르테스의 아들 오뒷세우스올시다! 나는 온갖 지략으로
사람들에게 존경받았고 내 명성은 이미 하늘에 닿았소.　　　　20

멀리서도 잘 보이는 이타케가 내 고향이라오. 그곳에는 산이 하나
우뚝 솟아 있소. 잎이 바람에 흔들리는 네리톤 말이오.
그리고 주위에는 여러 섬들이 서로 다닥다닥 붙어 있소.
둘리키온과 사메와 숲이 우거진 자퀸토스 말이오.
이타케는 서쪽 맨 위에 야트막하게 자리 잡고 있고   25
이들 다른 섬들은 새벽과 태양을 향해¹ 떨어져 있지요.
바위투성이의 섬이지만 이타케는 젊은이에게는 좋은 유모(乳母)지요.
나로서는 자기 나라보다 달콤한 것은 달리 아무것도 볼 수 없었소.
실제로 여신들 중에서도 고귀한 칼륍소가 나를 남편으로
삼으려고 자신의 속이 빈 동굴에 나를 붙들어두려 했지요.   30
마찬가지로 아이아이에 섬²의 교활한 키르케³도 나를
남편으로 삼기를 열망하며 자기 궁전에 붙들어두려 했소.
하지만 그들도 내 가슴속 마음을 설득할 수 없었소.
이렇듯 누군가 부모님에게서 멀리 떨어져
낯선 나라의 풍요한 집에 거한다 해도   35
고향땅과 부모보다 달콤한 것은 아무것도 없는 법이라오.
자, 나는 그대에게 내가 트로이아를 떠난 후 제우스께서
내게 지우신 고난에 찬 여정에 관해서도 말씀드리겠소이다.
　　바람은 나를 일리오스에서 키코네스족⁴의 나라인 이스마로스로
실어다주었소. 그곳에서 나는 도시를 약탈하고 사람들을 죽였소.   40
우리는 도시에서 여인들과 많은 재산을 가져와 나눠 가졌는데
어느 누구도 정당한 제 몫을 받지 못하고 가는 일이 없게 하려는
것이었소. 그리고 나서 나는 우리가 되도록 빨리 도망쳐야 한다고
재촉했지만 그 멍청한 바보들은 내 말을 듣지 않았소.
그곳에서 그들은 마구 퍼마셨고 바닷가에서 작은 가축들과   45

걸음이 무겁고 뿔 굽은 소들을 많이 잡았소.

그동안 도망친 키코네스족은 내륙에 사는 그들의 이웃인

다른 키코네스족을 불렀소. 이들은 수도 더 많고

더 용감할뿐더러 전차를 타고 싸울 줄도 알고

필요하면 보병으로 싸울 줄도 알았소.   50

그리하여 그들은 이른 아침에 제철 만나 피어나는 나뭇잎이나

꽃들처럼 무수히 몰려왔고, 그때 우리가 수많은 고통을 당하도록

제우스의 사악한 운명이 불운한 우리들 곁으로 다가왔소.

양군은 날랜 함선들 옆에서 대열을 이루어 싸웠고

서로 청동 날이 박힌 창들을 내던졌소.   55

신성한 날이 점점 자라나는 아침나절에는

비록 그들의 수가 많지만 우리는 버티며 그들을 막아냈소.

그러나 해가 기울어 소의 멍에를 풀 때가 되자

키코네스족이 아카이오이족을 제압하여 밀어내니

배마다 훌륭한 정강이받이를 댄 전우들이 여섯 명씩 죽었소.   60

하지만 나머지 사람들은 죽음과 운명에서 벗어날 수 있었소.

　　　우리는 비통한 마음으로, 그러나 비록 사랑하는 전우들을

잃었어도 죽음에서 벗어난 것을 기뻐하며 다시 항해를 계속했소.

나는 들판에서 키코네스족의 손에 죽은

1　'동쪽을 향하여'라는 뜻이다.

2　'주요 지명' 참조.

3　'주요 신명' 참조.

4　키코네스족은 트라케의 마로네이아(Maroneia) 근처에 있는 이스마로스 시에 살던 부족으로 트로이아 전쟁 때 트로이아와 동맹관계를 맺고 있었기 때문에 오뒷세우스 일행이 그들의 도시를 약탈했던 것이다.

불운한 전우들을 저마다 세 번씩 부르기 전에는   65
양 끝이 휜 배들이 항해하지 못하게 막았소.
그때 구름을 모으시는 제우스께서 우리 함선들을 향해
무서운 폭풍과 더불어 북풍을 일으키시더니 육지와 바다를
한꺼번에 구름으로 덮으셨고, 하늘에서는 밤이 내리덮쳤소.
그러자 함선들은 곤두박질치며 밀려갔고   70
돛들은 바람의 힘에 세 번 네 번 갈기갈기 찢겼소.
우리는 파멸이 두려워 돛들을 배 안에 내리고는
서둘러 노를 저어 함선들을 뭍으로 몰았소.
그곳에서 우리는 피로와 슬픔으로 우리 자신의 마음을
갉아먹으며 이틀 밤 이틀 낮을 줄곧 누워 있었소.   75
그러나 머리를 곱게 땋은 새벽의 여신이 세 번째 날을
가져다주었을 때 우리는 돛대를 세우고 흰 돛을 달아 올려놓고는
마냥 앉아 있었소. 함선들은 바람과 키잡이들이 몰았으니까요.
그리하여 나는 그때 무사히 고향땅에 닿았을 것이나
말레아 곶을 돌려고 했을 때 파도와 조류와 북풍이   80
나를 옆으로 밀어내더니 퀴테라에서 표류하게 만들었소.

　　그곳으로부터 나는 그 무시무시한 바람에 아흐레 동안
물고기가 많은 바다 위를 밀려다녔소. 그러다가 열흘째 되는 날
우리는 뭍에 닿았는데 그곳은 채식을 하는 로토파고이족[5]의
나라였소. 그곳에서 우리는 뭍에 올라 물을 길었고   85
전우들은 날랜 함선들 옆에서 곧바로 점심을 먹었소.
그리하여 먹고 마시는 일이 끝났을 때
나는 전우들을 내보내 이곳 대지 위에서 빵을 먹고 사는 자들이
어떤 인간들인지 가서 알아 오게 했소.

나는 전우 두 명을 뽑았고 세 번째 전우는 전령으로 딸려 보냈소.   90
그리하여 그들은 가서 곧바로 로토파고이족과 어울렸소.
로토파고이족은 우리 전우들에게 파멸을 꾀하는 것이
아니라 로토스를 먹으라고 주었소. 그리하여
우리 전우들 가운데 꿀처럼 달콤한 로토스를 먹은 자는
소식을 전해주거나 귀향하려고 하기는커녕   95
귀향은 잊어버리고 그곳에서 로토스를 먹으며
로토파고이족 사이에 머물고 싶어했소.
나는 울고불고하는 이들을 억지로 함선들이 있는 곳으로 데려와
노 젓는 자리 밑으로 끌고 가 속이 빈 배 안에 묶었소.
그러고 나서 나는 로토스를 먹고 귀향을 잊어버리는   100
일이 없게끔 사랑하는 다른 전우들에게
어서 서둘러 날랜 배에 오르라고 명령했소.
그러자 그들은 곧바로 배에 올라 노 젓는 자리에 앉았소.
그들은 순서대로 앉더니 노로 잿빛 바닷물을 쳤소.
    그곳으로부터 우리는 비통한 마음으로 항해를 계속하여   105
오만불손한 무법자들인 퀴클롭스들의 나라에 닿았소.
그들은 불사신들을 믿고 아무것도 제 손으로 심거나
갈지 않았소. 밀이며 보리며 거대한 포도송이로
포도주를 가져다주는 포도나무하며 이 모든 것이
씨를 뿌리거나 경작하지 않건만 그들을 위해 풍성하게 돋아나고,   110

---

5   로토파고이족은 로토스를 먹고 사는 전설상의 부족으로, 그들의 거주지는 북아프리카 해
안으로 추정된다. 그들이 먹는 로토스는 연(蓮)이 아니라 일종의 대추야자 열매 또는 주주
브(Jujube) 나무의 열매로 보는 이들도 있다.

그러면 제우스의 비가 그것들을 자라나게 해주지요.
그들은 의논하는 회의장도 없고 법규도 없으며
높은 산봉우리들 사이에 있는 속이 빈 동굴들에 살면서
저마다 자기 자식들과 아내들에게 법규를 정해주고
자기들끼리는 서로 참견하지 않아요.   115
      그런데 포구 밖으로 퀴클롭스들의 나라에서 멀지도 가깝지도
않은 곳에 숲이 우거진 야트막한 섬이 하나 펼쳐져 있는데,
그곳에는 야생 염소들이 셀 수 없이 많아요.
사람들이 다니는 길이 그것들을 쫓아버리지 않고
산골짝을 돌아다니느라 숲 속에서 고생하는   120
사냥꾼들도 그 섬에는 들어가지 않으니까요.
목초지도 농경지도 없고 씨 뿌려지거나
경작된 적도 없는 그 섬은 무인도로
매매 우는 염소들만 먹인다오. 퀴클롭스들에게는
이물에 주홍색을 칠한 배들이 없을뿐더러,   125
그들 사이에는 훌륭한 갑판이 덮인 함선을 공들여 만들어줄
선박 목수도 없어요. 그랬다면 남자들이 흔히 배를 타고
바다를 건너가 서로 만나듯, 배들이 인간들의 도시로 가서
그들이 원하는 것이라면 뭐든 이뤄주었겠지요. 그리고 선박 목수가
그들을 위해 그 섬을 훌륭한 경작지로 만들어주었겠지요.   130
그 섬은 쓸모없는 곳이 아니라 철 따라 안 나는 것이 없었으니까요.
그 섬에는 잿빛 바닷물의 기슭에 물기가 많은 부드러운 풀밭이 있고
포도나무들도 시들 줄 모르며 땅은 쟁기질하기 좋게 평평하더군요.
그러니 그곳에서는 깊숙이 뿌리내리는 곡식을 철 따라 계속하여
거두어들일 수 있을 것이오. 그만큼 땅 밑이 기름지다오.   135

그 섬에는 또 좋은 포구가 있어 그곳에서는 이물 밧줄도
필요 없고 닻을 던지거나 고물 밧줄을 맬 필요도 없어
배를 뭍에 대놓고는 뱃사람들이 떠날 마음이 내키고
순풍이 불기 시작할 때까지 기다리기만 하면 되지요.
포구의 맨 안쪽 동굴에서 맑은 샘물이 흘러나오고   140
그 주위에는 백양나무들이 자라지요. 우리는 그리로
배를 타고 갔는데 어떤 신께서 칠흑같이 어두운 밤을 헤치고 우리를
인도하신 듯했소. 무엇을 볼 수 있을 만한 빛이라고는 전혀
없었으니까요. 함선들은 짙은 안개에 싸여 있고,
하늘에는 달도 비추지 않고 구름 속에 갇혀 있었으니 말이오.   145
그때 자기 눈으로 그 섬을 본 사람은 아무도 없었고,
우리는 훌륭한 갑판이 덮인 함선들을 뭍에 대기 전까지
큰 파도들이 육지로 굴러가는 것도 보지 못했소.
함선들이 뭍에 닿자 우리는 돛을 모두 내리고
우리 자신도 바닷가에 내렸소. 그곳에서 우리는   150
잠을 자며 고귀한 새벽의 여신을 기다렸소.

　　　이른 아침에 태어난 장밋빛 손가락을 가진 새벽의 여신이
나타나자 우리는 감탄을 금치 못하며 섬 이곳저곳을 돌아다녔소.
아이기스를 가진 제우스의 딸들인 요정들은 나의 전우들이
식사할 수 있도록 산에 사는 염소들을 몰아다주었소.   155
그래서 우리는 즉시 배에서 구부러진 활들과
목이 긴 창들을 가져와 세 패로 나뉘어 염소를
쏘기 시작했소. 그러자 신께서 금세 사냥감을 넉넉히 주셨소.
열두 척의 함선이 나를 따라왔는데 배마다 염소가 여덟 마리씩
몫으로 주어졌고 나는 혼자서 열 마리를 골랐소.   160

그리하여 우리는 그날 해가 질 때까지 온종일 그곳에 앉아

말할 수 없이 많은 고기와 달콤한 술로 잔치를 벌였소.

배 안에는 불그레한 포도주가 아직 다 떨어지지 않고 남아 있었으니,

키코네스족의 신성한 도시를 함락했을 때 우리는 저마다

손잡이가 둘 달린 항아리에다 포도주를 한껏 퍼왔기 때문이지요.   165

우리가 가까이 있는 퀴클롭스들의 나라를 건너다보았을 때

연기가 보이고, 그들과 양떼와 염소떼의 소리가 들렸소.

이윽고 해가 지고 어둠이 다가왔을 때

우리는 바닷가에 자려고 누웠소. 이른 아침에 태어난

장밋빛 손가락을 가진 새벽의 여신이 나타나자   170

나는 회의를 소집해 전우들이 다 모인 앞에서 말했소.

　　'여러분은 모두 이곳에 머무르시오.

사랑하는 전우들이여! 나는 내 배에 탔던 전우들과 함께

배를 타고 가서 저들이 어떤 사내들인지, 저들이 오만하고

야만적이고 올바르지 못한지 아니면 손님에게 친절하고   175

신을 두려워하는 마음씨를 가졌는지 시험해볼 것이오.'

　　이렇게 말하고 나는 배에 올랐고 내 배에 탔던

전우들에게도 배에 올라 고물 밧줄을 풀라고 명령했소.

그러자 그들은 곧바로 배에 올라 노 젓는 자리에 앉았소.

전우들은 순서대로 앉더니 노로 잿빛 바닷물을 쳤소.   180

우리가 그리 멀리 떨어져 있지 않은 그 바닷가에

도착했을 때 바로 물가에 월계수로 덮인 높다란

동굴 하나가 보였는데 거기서는 양떼와 염소떼 같은

작은 가축들이 자곤 했소. 그리고 그 주위에는

땅속에 박힌 돌들과 키 큰 전나무들과   185

우듬지가 높다란 참나무들로 높은 담장이 쳐져 있었소.

그곳에서는 엄청나게 큰 사내 하나가 잠자곤 했는데

그자는 혼자서 작은 가축들을 먹였소. 그자는 남들과는

어울리지 않고 떨어져 살며 온갖 망나니짓을 일삼았소.

그자는 그저 놀랍기만 한 거대한 괴물로   190

빵을 먹고 사는 인간 같지 않고 높은 산들 사이에

홀로 우뚝 솟아 있는 숲이 우거진 산봉우리 같았소.

　　그때 나는 사랑하는 다른 전우들에게

거기 배 옆에 머물며 배를 지키라고 명령하고

나 자신은 가장 훌륭한 전우 열두 명을 뽑아   195

앞으로 나아갔소. 나는 검고 감미로운 포도주가 든

염소가죽 부대 하나를 가지고 갔는데

그것은 에우안테스의 아들 마론이 내게 준 것이었소.

이스마로스를 지켜주시는 아폴론의 사제인 그를 그의 처자와 함께

외경심에서 우리가 보호해주었으니까요. 그때 그는   200

포이보스 아폴론의 나무가 우거진 원림에서 살았지요.

그래서 그는 내게 빼어난 선물들을 주었소. 잘 다듬은 황금

일곱 탈란톤과 온통 은으로 된 희석용 동이를 주었고, 그 밖에도

손잡이가 둘 달린 열두 개의 항아리에다 물 타지 않은 달콤한

포도주를 담아주었소. 그것은 가히 신적(神的)인 음료였소.   205

그의 집안에서 그것에 관해 아는 하녀나 시녀는 아무도 없었고,

오직 그 자신과 그의 사랑하는 아내와 가정부만이 알고 있었지요.

그들이 꿀처럼 달콤한 불그레한 그 포도주를 마실 때면

그는 그것을 한 잔 가득 채워 스무 홉의 물에다 붓곤 했소.[6]

그러면 희석용 동이에서 신기하고 달콤한 향이 올라왔고,   210

그때는 절제한다는 것이 결코 즐거운 일이 아닐 것이오.

나는 바로 그 포도주를 큰 가죽부대에 가득 채웠으며

길양식도 가죽 자루에 넣어 갔소. 내 당당한 마음은

정의도 법도 모르는 야만적인 사내가 엄청난 용맹으로

무장하고 내게 다가올 것이라는 것을 예감했기 때문이지요.   215

      우리는 곧 그 동굴에 닿았소. 그러나 동굴 주인은 안에 없었으니,

풀밭에서 살진 작은 가축들을 먹이고 있었소.

우리는 동굴로 들어가 그 안에 있는 것들을 하나하나 살펴보았소.

광주리마다 치즈가 가득하고 우리마다 새끼 양과

새끼 염소들로 가득했소. 그것들은 종류별로 갇혀 있었는데,   220

맏배는 맏배끼리 중배는 중배끼리 그리고 늦배는 늦배끼리

따로 갇혀 있었소. 그리고 통이든 대접이든 그릇이란 그릇에는 모두

유장(乳漿)이 가득했으니, 손으로 만든 이 그릇들에

그자가 젖을 짜둔 것이오. 그때 전우들이 우선 치즈를 가지고

돌아가고, 그런 다음 서둘러 새끼 염소들과 새끼 양들을   225

우리들에서 날랜 배로 몰고 가 짠 바닷물 위로 항해하자고

내게 간곡히 청했소. 그러나 나는 듣지 않았소.

들었다면 훨씬 좋았을 것을! 나는 그자 자신을 그리고 그자가

내게 선물을 주는지 보고 싶었소. 하지만 그자의 출현이

내 전우들에게 즐거움이 되도록 정해져 있지는 않았소.   230

      그때 우리는 불을 피워 제물을 바쳤고, 우리 자신도

치즈를 가져다 먹고는 안에 앉아 가축 떼를 먹이러 간 그자가

돌아오기를 기다렸소. 얼마 후 그자가 엄청난 무게의 마른 장작을

가지고 왔는데, 저녁 짓는 데 쓰려는 것이었소.

그자가 그것을 동굴 안으로 내던지자 쿵 하는 소리가 났소.   235

우리는 겁을 먹고 동굴 맨 안쪽으로 급히 달아났소.

그자는 살진 작은 가축들 가운데 젖을 짜는 것들은 모두

넓은 동굴 안으로 몰아넣고 수컷들은 양이든 염소든

바깥에 있는 깊숙한 마당에 남아 있게 했소.

그리고 나서 그자는 엄청나게 크고 무거운 돌덩이를 집어 들어   240

동굴 입구에 갖다놓았소. 바퀴가 넷 달린 튼튼한 짐수레

스물두 대로도 들어올릴 수 없을 만큼 크고도

가파른 바위였소. 그자가 그런 걸 동굴 문 앞에 옮겨놓았다오.

그러더니 그자는 앉아서 순서대로 암양들과

매매 우는 암염소들의 젖을 짠 뒤 각각 젖꼭지 밑에   245

그 새끼를 갖다놓더니, 짜낸 흰 젖의 반(半)을 바로

굳히더니 한덩어리로 뭉쳐서 바구니들에 담고

나머지 반은 저녁 식사 때 가져와서 먹으려고

그릇들에 그대로 남겨두었소.

그자는 힘든 일을 부지런히 끝낸 뒤 새로 불을 피웠는데   250

그제야 우리를 발견하고는 이렇게 물었소.

　'나그네들이여! 너희들은 누구며 어디서 습한 바닷길을

항해해왔는가? 너희들은 장사를 하려는 것인가 아니면 정처 없이

바다 위를 떠돌아다니는 것인가? 해적들이 다른 사람들에게

불행을 안겨주며 제 목숨을 걸어놓고 떠돌아다니듯 말이다.'   255

　그자가 이렇게 말하자 우리는 그자의 걸걸한 목소리와

6　원어 metron의 용량이 실제로 어느 정도인지 알 수 없다. 고대 그리스인들은 포도주에 물을 타서 마셨는데 술과 물의 비율은 초기에는 1:3, 후기에는 2:3이었다고 한다(제1권 주 26 참조). 여기서 1:20으로 했다 함은 그만큼 트라케 산 포도주의 도수가 셌다는 뜻이다.

거대한 모습에 겁을 먹고 그만 혼이 뜨고 말았소.

그럼에도 나는 그자에게 이런 말로 대답했소.

  '우리는 아카이오이족이며 트로이아에서 오는 길이오. 우리는

집으로 돌아가기를 원했지만 온갖 바람에 바다의 큰 심연 위를   260

표류하다가 그와는 다른 여로(旅路)로, 다른 길로 해서 이리로 오게

되었소. 그것이 아마 제우스의 뜻이요 계획이었나 봅니다.

우리는 아트레우스의 아들 아가멤논의 백성임을 자랑스럽게 여기며

그의 명성은 지금 하늘 아래에서 가장 크다 할 것이오.

그는 그만큼 큰 도시들을 함락했고 많은 백성들을   265

죽인 것이오. 아가멤논의 백성인 우리로 말하면 혹시 그대가

환대해주거나 아니면 손님의 당연한 권리인 그 밖의 다른 선물을

줄까 해서 이리로 와서 그대의 무릎을 잡는 것이오.

가장 강력한 분이여! 그대는 신들을 두려워하시오. 우리는 그대의

탄원자들이오. 제우스께서는 탄원자들과 나그네들의 보호자시며   270

존중받아 마땅한 손님들과 동행하는 손님의 신이시오.'

  내가 이렇게 말하자 그자는 곧바로 비정하게 대답했소.

'이봐, 나그네! 나더러 신들을 두려워하거나 피하라고

말하다니 너는 어리석거나 멀리서 왔나보군.

퀴클롭스들은 아이기스를 가진 제우스도 축복받은 신들도   275

아랑곳하지 않아. 우리가 훨씬 더 강력한데, 뭐.

내 마음이 명령하지 않는 한 내가 제우스의 미움을 피할 양으로

너와 네 전우를 아끼는 일은 결코 없다. 한 가지만 말해라,

내가 알 수 있게. 너는 이리로 오는 길에 네 잘 만든 배를

어디다 세워놓았느냐? 이 섬 맨 끝쪽이냐, 가까운 곳이냐?'   280

  그자가 이런 말로 떠보려 했지만 나도 세상 물정에 그리 어둡지

않은지라 그자의 의도를 알아채고 교활한 말로 대답했소.

  '내 배로 말할 것 같으면 대지를 흔드는 포세이돈께서 그대들 나라의
경계에 있는 바위에 내동댕이쳐 박살내버리셨소. 그분께서는
내 배를 곶(岬)으로 몰아갔고 바람도 바다에서 그리로 날랐지요   285
그럼에도 나는 여기 이들과 함께 갑작스러운 파멸에서 벗어났다오.'
  나는 이렇게 말했소. 그러나 그 비정한 자는 아무 대답 없이
벌떡 일어서더니 내 전우들에게 두 손을 내밀어 한꺼번에
두 명을 마치 강아지처럼 움켜쥐더니 땅바닥에 내리쳤소.
그러자 전우들의 골이 바닥에 흘러내려 대지를 적셨소.   290
그러더니 그자는 그들을 토막 쳐서 저녁 식사를 준비하고
산속에 사는 사자처럼 내장이며 살점이며
골수가 든 뼈들을 남김없이 먹어치웠소.
이 끔찍한 짓을 보고 우리는 울면서 제우스를 향해
두 손을 들었고 어떻게 할지 몰라 눈앞이 캄캄했소.   295
퀴클롭스는 인육을 먹고 그 뒤에 물 타지 않은 젖을
마셔 거대한 배를 채우고 나더니
동굴 안 작은 가축들 사이에 큰대자로 누웠소.
그래서 나는 내 고매한 마음속으로 생각했다오.
넓적다리에서 날카로운 칼을 빼어 들고 가까이 다가가   300
횡격막이 간을 싸고 있는 가슴 부위를 손으로 가늠해서
그자를 찌를까 하고 말이오. 그러나 다른 생각이 나를 제지했소.
그랬다면 우리도 그곳에서 갑작스러운 파멸을 당했겠지요.
우리는 그자가 동굴 입구에 막아놓은 엄청난 무게의 돌을
우리 손으로는 높다란 문에서 밀어낼 수 없었을 테니까요.   305
우리는 신음하며 고귀한 새벽의 여신을 기다렸소.

이른 아침에 태어난 장밋빛 손가락을 가진 새벽의 여신이
나타나자 그자는 새로 불을 피우고 순서대로 자신의 훌륭한
가축들의 젖을 짜고 나서 젖꼭지마다 그 밑에 새끼를 갖다놓았소.
그자는 힘든 일들을 부지런히 끝내고 나서 이번에도   310
한꺼번에 전우 두 명을 움켜쥐더니 식사 준비를 했소.
식사를 마치자 그자는 그 큰 돌문을 힘들이지 않고 치우더니
살진 작은 가축들을 동굴 밖으로 몰았소. 그러고 나서 그자는
마치 화살통 뚜껑을 닫듯 그 돌문을 제자리에 도로 갖다놓았소.
퀴클롭스는 휘파람을 불어대며 살진 가축들을 산으로   315
몰았고 뒤에 남은 나는 마음속으로 재앙을 궁리했소.
혹시 내가 복수하고 아테나께서 내게 명성을 주실까 해서 말이오.
내 마음에는 역시 다음과 같이 하는 것이 가장 좋을 것 같았소.
퀴클롭스의 우리 옆에는 거대한 몽둥이가 하나 있었는데
아직도 푸른 그 올리브나무 몽둥이는, 마르면 갖고 다니려고   320
그자가 베어놓은 것이었소. 우리가 눈으로 재어보니
그것은 큰 심연을 건너는 노가 스무 개나 달린
넓고 검은 짐배의 돛대만 했소.
그것은 그만큼 길고 굵어 보였소. 나는 몽둥이 가까이
다가가 한 발쯤 잘라내어 전우들 옆에 갖다주며   325
뾰족하게 깎으라고 명령했소. 그러자 그들은 나무를
반들반들하게 깎았소. 나는 그 옆에 서서 끝을 뾰족하게 다듬고는
곧바로 활활 타오르는 불로 가져가 달구었소.
그러고 나서 나는 그것을 온 동굴 안에 무더기로
쌓여 있는 똥 더미에 잘 감추었소.   330
한편 나는 전우들에게 달콤한 잠이 그자를 찾아오면

누가 감히 나와 함께 그 말뚝을 들어올려 그자의 눈 안에서

그것을 돌릴 것인지 자기들끼리 제비를 던지라고 명령했소.

그 결과 내가 손수 뽑고 싶었던 네 명이 제비로 뽑혔고

다섯 번째로 나는 나 자신을 그들에 포함시켰소.　　　　　　　335

　　저녁이 되자 퀴클롭스는 고운 털의 작은 가축들을 먹이다가 돌아왔소.

그자는 단박에 살진 작은 가축들을 모두 동굴로 몰아넣고

바깥에 있는 깊숙한 마당에는 한 마리도 남기지 않았는데

어떤 예감 때문이거나 아니면 신께서 그렇게 시키신 것 같았소.

그러고 나서 그자는 거대한 돌을 들어 동굴 입구를 막아놓고　　　　340

앉아서 순서대로 암양들과 매매 우는 암염소들의 젖을 짜더니

젖꼭지마다 그 밑에 새끼를 갖다놓았소.

힘든 일을 부지런히 끝내고 나서 그자는 이번에도

한꺼번에 두 명을 움켜쥐더니 저녁 식사 준비를 하는 것이었소.

그때 나는 검은 포도주가 가득 든 나무대접을 손에 들고　　　　　345

퀴클롭스 옆으로 가까이 다가서서 그자를 향해 말했소.

　　'퀴클롭스! 그대는 인육을 먹었으니 이 포도주를 받아 마셔보시오.

그대는 우리 배가 어떤 음료를 감춰두고 있는지 알게 될 것이오.

이것은 내가 그대에게 헌주하려고 가져온 것이오. 혹시 그대가 나를

불쌍히 여겨 고향으로 보내줄까 해서. 그대의 광란은 정말로　　　350

더는 참을 수 없구려. 무정한 자여! 수많은 인간들 중에 누가

그대를 다시 찾아오겠소? 그대의 행동이 도리에 어긋나니 말이오.'

　　내가 이렇게 말하자 그자는 그것을 받아 마셨소. 그자는 달콤한

음료를 마시고 크게 기뻐하며 내게 그것을 다시 청했소.

　　'너는 자진하여 그것을 한 잔 더 따르고 지금 당장 네 이름을　　355

밝혀라. 그러면 나는 너를 기쁘게 해줄 선물을 주겠다.

물론 퀴클롭스들에게도 양식을 대주는 대지가 거대한 포도송이의
포도주를 가져다주고 제우스의 비가 그것을 자라게 해주지만
네가 준 것이야말로 가히 암브로시아요, 넥타르로다.'

　　그자가 이렇게 말하자 나는 반짝이는 포도주를 또 건넸소.　　　　　360
나는 세 번이나 그자에게 포도주를 건넸고, 그자는 어리석게도 번번이
받아 마셨소. 마침내 포도주가 퀴클롭스의 분별력을 에워쌌을 때
나는 그자에게 달콤한 목소리로 이렇게 말을 걸었소.

　　'퀴클롭스, 그대는 내 유명한 이름을 물었던가요? 그대에게
내 이름을 말할 테니 그대는 약속대로 내게 접대 선물을 주시오.　　　365
내 이름은 '아무도아니'요. 사람들은 나를 '아무도아니'라고
부르지요. 어머니도 아버지도 그리고 다른 전우도 모두.'

　　내가 이렇게 말하자 그자는 곧바로 비정하게 내게 대답했소.
'나는 전우들 중에서 맨 나중에 '아무도아니'를 먹고
다른 자들을 먼저 먹겠다. 이것이 내가 너에게 줄 접대 선물이다.'　　370

　　이렇게 말하고 그자는 벌렁 나자빠지더니 굵은 목을
모로 돌리고 누웠소. 그러자 모든 것을 제압하는 잠이 그자를
사로잡았소. 그자의 목구멍에서는 포도주와 인육 덩어리가
쏟아져 나왔는데 그자가 술에 취해 토해낸 것이었소.
그때 나는 제대로 뜨거워지도록 말뚝을 잿더미 속에　　　　　　　　375
집어넣고는 아무도 겁을 내며 꽁무니 빼지 않도록
말로 전우들에게 용기를 북돋웠소.
올리브나무 말뚝이 아직 푸른데도 금세 불이 붙기
시작하여 무섭게 달아오른 것처럼 보이자
나는 다가가 불에서 꺼냈고 내 주위에는 전우들이　　　　　　　　　380
둘러섰소. 어떤 신께서 우리에게 큰 용기를 불어넣어주셨소.

그리하여 전우들은 끝이 뾰족한 올리브나무 말뚝을 움켜잡고

그자의 눈에다 밀어넣었소. 한편 나는 말뚝 위에 매달려 말뚝을

돌렸소. 마치 어떤 사람이 도래송곳으로 선재에 구멍을 뚫고

그의 동료들은 밑에서 가죽끈의 양 끝을 잡고 그것을 돌려대면   385

도래송곳이 계속해 돌아갈 때와 같이. 꼭 그처럼 우리는

끝이 벌겋게 단 말뚝을 움켜잡고는 그자의 눈 안에서 마구 돌려댔소.

그러자 뜨거운 말뚝 주위로 피가 흘러내렸소.

불기운은 주위의 눈꺼풀과 눈썹까지 모조리 태워버렸고

안구(眼球)도 불타며 불속에서 그 뿌리가 바지직댔소.   390

마치 대장장이가 도끼나 큰 자귀를 담금질하기 위해

─바로 거기서 쇠의 힘이 나오니까─

찬물에 담그면 쉿쉿 소리가 요란하게 나는 것처럼,

꼭 그처럼 그자의 눈은 올리브나무 말뚝 주위에서 쉿쉿 소리를 냈소.

그자는 큰 소리로 끔찍하게 비명을 질렀소. 그러자 주변의 바위가   395

울렸고 우리는 겁이 나서 황급히 달아났소.

한편 그자는 눈에서 피투성이가 된 말뚝을 뽑아

괴로워서 두 손을 버둥대며 멀리 내던지더니

바람 부는 산마루들을 따라 주위의 동굴에 사는

퀴클롭스들을 큰 소리로 불렀소.   400

그러자 그 소리를 듣고 사방에서 모여든 퀴클롭스들이

동굴 주위에 둘러서서 무엇이 그자를 괴롭히는지 물었소.

　'폴뤼페모스! 무엇이 그대를 그토록 괴롭히기에 이 신성한 밤에

고함을 지르며 우리를 잠 못 들게 한단 말이오? 설마 어떤 인간이

그대의 뜻을 거슬러 작은 가축들을 몰고 내뺀 건 아니겠지요?   405

설마 누가 꾀나 힘으로 그대를 죽이려는 건 아니겠지요?'

힘센 폴뤼페모스가 동굴 안에서 그들을 향해 말했소.

'오오, 친구들이여! 힘이 아니라 꾀로 날 죽이려는 자는 '아무도아니'요'

그들은 물 흐르듯 거침없이 이런 말로 대답했소.

'그대에게 폭행을 가하는 것이 아무도 아니고 그대가 혼자 있다면,   410

아마 위대한 제우스가 보낸 그 병(病)에서 그대는 결코 벗어날 수

없겠소. 그러니 그대는 아버지 포세이돈 왕께 기도하시오.'

이렇게 말하고 그들이 떠나가자 내 마음은 웃었소.

내 이름과 나무랄 데 없는 계략이 그들을 속였기 때문이지요.

퀴클롭스는 신음하며 괴로워 몸을 비틀며   415

두 손으로 더듬어 동굴 입구에서 돌을 치우더니,

혹여 그의 양들과 함께 문 밖으로 나가는 사람이 있으면

잡을까 해서 자신은 두 팔을 벌린 채 문간에 앉았소.

그자는 마음속으로 내가 그리 어리석기를 바랐겠지요.

한편 나는 전우들과 나 자신을 위해 죽음에서 벗어날 길을   420

찾으려면 어찌하면 좋을지 궁리했소.

목숨이 달린 문제인지라 나는 온갖 꾀와 계략을 다

생각했소. 큰 재앙이 코앞에 와 있었으니까요.

내 마음에는 역시 다음과 같이 하는 것이 가장 좋을 것 같았소.

그곳에는 잘 먹여 털이 복슬복슬하고 아름답고 큰 숫양들이   425

있는데 그 털은 진한 자줏빛이었소. 온갖 망나니짓을 일삼는

괴물 퀴클롭스가 그 위에서 자던, 잘 꼰 버들가지로

나는 그 숫양을 세 마리씩 소리 없이 조용히 하나로 묶었소.

그리하여 가운데 숫양이 사람을 나르고 나머지 두 마리는

좌우 양쪽에서 걸어가며 전우들을 구해주도록 했소.   430

숫양 세 마리가 이렇게 한 사람씩 날랐소. 그러나 나는

그곳에 있는 모든 작은 가축들 중에서 월등히 훌륭한

숫양의 등을 붙들고는 그 털북숭이 배 밑에 매달려 있었소.

나는 그 놀라운 양털을 두 손으로 움켜잡고

얼굴을 위로 한 채 끈기 있게 달라붙어 있었소.   435

그때 우리는 그렇게 신음하며 고귀한 새벽의 여신을 기다렸소.

　　이른 아침에 태어난 장밋빛 손가락을 가진 새벽의 여신이

나타나자 작은 가축의 수컷들은 풀밭으로 내달았지만,

암컷들은 젖을 짜지 않아 젖꼭지가 퉁퉁 부은 채 우리에서

매매 하며 울었소. 한편 동굴 주인은 심한 고통에 시달리며   440

앞에 똑바로 서 있는 양들의 등을 더듬었소.

그자는 어리석게도 내 전우들이 털북숭이 양들의

가슴 아래 묶여 있다는 것을 알아차리지 못했소.

작은 가축들 중에서 맨 마지막으로 그 숫양이 제 털과

빈틈없는 책략가인 내 무게에 눌린 채 입구로 나갔소.   445

그러자 힘센 폴뤼페모스가 더듬으며 그 숫양에게 말했소.

　　'사랑스러운 숫양아! 어째서 너는 작은 가축들 중에서

맨 마지막으로 나오느냐? 전에는 한 번도 뒤처지는 일 없이

종종걸음으로 맨 먼저 풀밭의 부드러운 꽃들을 뜯고

흐르는 강물로 맨 먼저 내려가더니.   450

또 저녁이면 너는 맨 먼저 우리로 돌아오려고 했지.

그런데 이제 네가 꼴찌로구나. 네 주인이 눈을 다쳤다고

슬퍼하는 게 틀림없구나. '아무도아니'라는 어떤 악당이

포도주로 내 정신을 잃게 하고, 그의 떨거지들과 함께 내 눈을

완전히 멀게 해버렸단다. 하지만 단언컨대, 그자는 아직 파멸에서   455

벗어나지 못했을 거다. 아아, 네가 나처럼 느끼고 말을 해서

그자가 어디서 내 노여움을 피하는지 일러줄 수 있다면!
그러면 바닥에 내리쳐져 그 골이 동굴 사방으로 튈 것이고,
그러면 내 마음도 아무 쓸모없는 자, '아무도아니'가
내게 안겨준 불행에서 원기를 회복할 수 있을 텐데!'   460
    그자는 이렇게 말하고 숫양을 밖으로 나가게 했소.
그리하여 우리가 동굴과 마당에서 얼마 못 벗어났을 때
나는 먼저 나 자신을 숫양 밑에서 풀고 전우들도 풀어주었소.
우리는 연방 주위를 둘러보며 다리가 꼿꼿하고 기름기 많은
작은 가축들을 서둘러 몰았고, 그리하여 마침내 배 있는 곳에 도착했소.   465
그러자 배에 남았던 사랑스러운 전우들이 죽음에서 벗어난 우리를
보고 반겼으나, 이미 죽은 전우들을 위해서는 애도의 눈물을 흘렸소.
나는 눈썹으로 전우들에게 신호를 보내 울지 못하게 하고
그들에게 털이 고운 그 많은 작은 가축들을
배에 싣고 짠 바닷물 위로 항해하라고 명령했소.   470
그러자 그들은 곧바로 배에 올라 노 젓는 자리에 앉았소.
그들은 순서대로 앉더니 노로 잿빛 바닷물을 쳤소.
사람의 고함 소리가 들릴 만큼 섬에서 멀어졌을 때
나는 조롱하는 말로 퀴클롭스를 향해 소리쳤소.
    '퀴클롭스! 그대가 속이 빈 동굴에서 강력한 힘으로 먹으려   475
한 것은 그대도 보다시피 결코 허약한 자의 전우들이 아니었소.
그렇게 그대의 악행이 그대를 따라잡게 되어 있었으니, 무정한 자여!
그대는 제 집에서 손님 잡아먹기를 두려워하지 않았소.
그래서 제우스와 다른 신들께서 그대에게 벌을 내리신 것이오.'
    내가 이렇게 말하자 그자는 더욱 화가 치밀어   480
큰 산의 봉우리 하나를 뜯어내 우리를 향해 내던졌소.

그러나 그것은 이물이 검은 배의 바로 앞에 떨어졌고

조금 빗나가 키의 꼭대기 부분을 맞히지 못했소.

순간 바위가 떨어지는 바람에 바닷물이 솟아올랐고,

깊은 바다에서 물이 솟아오르자 역류하는 너울이 금세 배를   485

뭍으로 실어 나르며 다시 육지에 닿도록 하려 했소.

나는 긴 상앗대를 두 손으로 잡고 배를 밀어내며

전우들을 격려했고, 우리가 재앙에서 벗어나도록

열심히 노를 저으라고 그들에게 머리를 끄덕여 명령했소.

그러자 그들은 몸을 앞으로 구부리며 힘껏 노를 저었소.   490

우리가 마침내 짠 바닷물 위로 노를 저어 먼젓번보다 두 배 거리만큼

멀어졌을 때, 나는 퀴클롭스를 향해 소리쳤소. 물론 전우들은

사방에서 꿀처럼 달콤한 말로 나를 제지하려 했지만 말이오.

　'무정한 이여! 어쩌자고 그대는 저 야만적인 사내를 자극하려

하시오? 그자는 방금 바다를 향해 날아다니는 무기를 내던져   495

배를 다시 뭍으로 몰았고, 우리는 그곳에서 죽는 줄 알았소.

그자가 우리 가운데 어느 누구의 고함 소리나 말소리를 또 듣는다면

울퉁불퉁한 바윗덩어리를 던져 우리의 머리와 선재를

박살낼 것이오. 그자는 그만큼 멀리 던지기 때문이오.'

　그러나 그들은 이런 말로도 나의 고매한 마음을 설득하지 못했소.   500

나는 마음속으로 화가 치밀어 다시 그를 향해 소리쳤소.

　'퀴클롭스! 필멸의 인간들 중에 그대의 눈이

치욕스럽게 먼 것에 대해 묻는 이가 있거든

그대를 눈멀게 한 것은 이타케의 집에서 사는

라에르테스의 아들 도시의 파괴자 오뒷세우스라고 말하시오!'   505

　내가 이렇게 말하자 그자는 탄식하며 내게 이렇게 말했소.

'아아, 이제야말로 내게 옛 예언이 이뤄졌구나!

이곳에 에우뤼모스의 아들 텔레모스라는 준수하고 훤칠한

예언자 한 분이 있었다. 예언술에서 모두를 능가했고

고령이 될 때까지 퀴클롭스들에게 예언했었지.   510

그분은 이 모든 일이 나중에 이뤄져서

내가 오뒷세우스의 손에 시력을 잃게 된다고 말했지.

그래서 나는 늘 큰 용맹으로 무장한, 키가 크고

준수한 사내가 이리로 오기를 기다렸지.

그런데 지금 한 왜소하고 쓸모없고 허약한 자가 나를 포도주로   515

제압한 뒤 눈멀게 했구나. 자! 이리로 오라, 오뒷세우스여!

나는 너에게 접대 선물을 줄 것이며 대지를 흔드는 이름난 신께

부탁드려 너를 호송해주시게 할 것이다. 나는 그분의 아들이며

그분께서도 내 아버지이심을 자랑스럽게 여기신다. 원하신다면

그분께서는 손수 나를 치료해주실 것이다. 축복받은 신들이나 필멸의   520

인간들 중에서 나를 치료해줄 이는 달리 아무도 없으니까.'

　　그자가 이렇게 말하자 나는 그자를 향해 이런 말로 대답했소.

'대지를 흔드는 신께서도 그대의 눈을 치료해주시지 못할 것인즉,

그만큼 확실히 내가 그대의 생명과 목숨을 빼앗아

그대를 하데스의 집으로 보낼 수 있다면 좋으련만!'   525

　　내가 이렇게 말하자 그자는 별 많은 하늘을 향해

두 손을 들고 포세이돈 왕께 기도했소.

　　'내 말을 들으소서, 대지를 떠받치는 검푸른 머리의 포세이돈이시여!

내가 진실로 그대의 아들이고 그대가 내 아버지이심을 자랑스럽게

여기신다면 이타케의 집에서 사는 라에르테스의 아들   530

도시의 파괴자 오뒷세우스가 집에 돌아가지 못하게 해주소서.

그러나 그자가 가족들을 만나고

잘 지은 집과 제 고향땅에 닿을 운명이라면

전우들을 다 잃고 나중에 아주 비참하게 남의 배를 얻어 타고

돌아가게 하시고 집에 가서도 고통받게 해주소서!' 535

    그자가 이런 말로 기도하자 검푸른 머리의 신이

그자의 기도를 들었소. 그자는 이번에는 훨씬 큰 돌을

집어 들어 빙빙 돌리다가 엄청난 힘을 실어 내던졌소.

그러나 그 돌은 검은 배 바로 뒤에 떨어졌고

조금 빗나가 키의 꼭대기 부분을 맞히지 못했소. 540

하지만 바위가 떨어지는 바람에 바닷물이 솟아올랐고,

그러자 너울이 배를 앞으로 실어 나르며 맞은편 해안에 닿도록 강요했소.

그리하여 훌륭한 갑판이 덮인 우리의 다른 배들이 함께

정박해 있고 전우들이 슬퍼하며 둘러앉아 줄곧

우리를 기다리던 그 섬에 도착했을 때 우리는 545

그곳에 도착하는 즉시 배를 모래 위로 끌어올리고

우리 자신도 바닷가에 내렸소. 그리고 나서 우리는

퀴클롭스의 작은 가축들을 속이 빈 배에서 내리고 서로 나눠 가졌는데

어느 누구도 정당한 제 몫을 받지 못하는 일이 없게 하려는 것이었소.

훌륭한 정강이받이를 댄 전우들이 작은 가축들을 나누다가 550

특별히 내 앞으로 오롯이 그 숫양을 내놓았소. 나는 그것을 바닷가에서

만물을 통치하는 크로노스의 아드님 검은 구름의 제우스께 제물로

바치고 그 넓적다리뼈들을 그분께 태워올렸소. 그러나 그분께서는

제물은 거들떠보지도 않고, 어떻게 하면 훌륭한 갑판이 덮인

내 모든 함선들과 사랑하는 전우들을 파멸시킬 수 있을까 궁리하셨소. 555

우리는 그날 해가 질 때까지 온종일 그곳에 앉아

말할 수 없이 많은 고기와 달콤한 술로 잔치를 벌였소.

이윽고 해가 지고 어둠이 다가왔을 때

우리는 바닷가에 자려고 누웠소.

　이른 아침에 태어난 장밋빛 손가락을 가진 새벽의 여신이　　　　560

나타나자 나는 전우들을 격려하며 어서 배에 오르고

고물 밧줄을 풀라고 명령했소.

그들은 지체 없이 배에 올라 노 젓는 자리에 앉았소.

그들은 순서대로 앉더니 노로 잿빛 바닷물을 쳤소.

　그곳으로부터 우리는 비통한 마음으로, 그러나 비록 사랑하는　　　　565

전우들을 잃었어도 죽음에서 벗어난 것을 기뻐하며 항해를 계속했소.

X 아이올로스 | 라이스트뤼고네스족 | 키르케

그리하여 우리는 아이올리에 섬[1]에 닿았소. 그곳에는 불사신들의
사랑을 받는, 힙포테스의 아들 아이올로스가 물에 떠 있는
섬에서 살고 있었소. 섬 주위에는 부술 수 없는 청동 성벽이
둘러져 있고 미끄러운 암벽이 우뚝 솟아 있었소.
아이올로스의 궁전에는 그의 열두 자녀가 살았는데   5
딸 여섯에 장성한 아들이 여섯이었소.
그런데 그는 딸들을 아들들에게 아내로 주었소.
그들은 사랑하는 아버지와 자상한 어머니 옆에서 수시로
잔치를 벌이고, 그들 앞에는 수없이 많은 음식이 차려져 있소.
그 집은 잔치 음식 냄새로 진동하는데, 낮에는 그 떠들썩한 소리가   10
안마당 주위로 울려 퍼지고 밤에는 끈으로 묶도록 구멍이 숭숭 뚫린
침상 위에 깔개를 펴고 각자 존경스러운 아내 곁에서 잠을 자지요.
우리는 바로 그들의 도시와 저택들에 닿았던 것이오.
아이올로스는 만 한 달 동안 나를 환대하며 일리오스와 아르고스인들의

---

1   아이올리에 섬은 물 위에 떠 있는 섬으로 그곳에는 힙포테스의 아들 아이올로스가 슬하에 여
    섯 아들과 여섯 딸을 두고 아내와 함께 행복하게 살고 있다. 『오뒷세이아』에서 아이올로스
    는 신들의 친구로 제우스에게서 바람을 제어할 권한을 부여받은 인간이지만 훗날에는 바
    람의 신으로 생각되었다. 그는 오뒷세우스가 항해하는 데 불리한 바람들을 모두 가죽부대
    에 가두어주었으나, 오뒷세우스가 잠든 사이 전우들이 무슨 보물인가 싶어 부대를 열자
    역풍들이 쏟아져 나와 그들은 고향을 눈앞에 두고도 다시 표류하게 된다.

함선들과 아카이오이족의 귀향에 관해 꼬치꼬치 캐물었고,   15
나는 묻는 것마다 자초지종을 다 이야기해주었소.
이번에는 내가 여행에 관해 물으며 호송해주기를 청하자
그도 거절하지 않고 호송을 준비해주었소.
그는 아홉 살배기 황소의 가죽을 벗겨 내게 자루 하나를 만들어주며
그 안에다 모든 방향의 울부짖는 바람을 가두고 묶었소.   20
어떤 바람이든 그가 마음대로 재우고 일으키도록
크로노스의 아드님께서 그를 바람지기로 삼으셨기 때문이지요.
그는 조금도 새지 않게 은으로 만든 번쩍이는 끈으로
그 자루를 속이 빈 배 안에 단단히 묶었소. 그러고 나서 그는
함선들과 우리를 날라주라고 나를 위해 서풍의 입김을 내보내어   25
불게 했소. 그러나 그는 뜻을 이루지 못하게 되어 있었으니,
우리는 우리 자신의 어리석음으로 파멸을 자초하고 만 것이오.
　　아흐레 동안 우리는 밤낮으로 항해를 계속했고
열흘째 되는 날 마침내 고향땅이 그 모습을 드러냈으니,
화톳불을 피우는 것이 보일 만큼 우리는 가까이 다가갔다오.   30
그때 지칠 대로 지친 나는 달콤한 잠에 빠져들었소. 고향땅에
조금이라도 더 빨리 닿으려는 마음에 배의 돛 아랫부분을 매는 줄들을
줄곧 직접 조작하고 다른 전우에게 맡기지 않았기 때문이지요.
그사이 전우들은 서로 이야기를 주고받았으니
그들은 내가 고매한 힙포테스의 아들 아이올로스에게서   35
황금과 은을 선물로 받아 집으로 가져간다고 생각한 것이오.
그리하여 옆 사람에게 이렇게 말하는 자들이 더러 있었소.
　　'아아, 저 사람은 어떤 사람들의 도시와 나라에 가든
모든 이들에게서 얼마나 사랑받고 존경받는가!

그는 트로이아의 전리품 중에서 훌륭한 보물을 수도 없이   40
가져가고 있소. 하지만 그와 똑같은 여정을 거친
우리는 모두 빈손으로 귀가하게 생겼소.
게다가 지금 또 아이올로스가 호의를 보이고자 우정에서
이것을 그에게 주었소. 자! 이것이 무엇인지, 자루 안에
황금과 은이 얼마나 많이 들었는지, 어서 풀어봅시다.'   45
　　몇몇이 이렇게 말했고 결국 그들의 나쁜 조언이 이겼소.
전우들은 자루를 풀었고, 그러자 온갖 바람이 다 쏟아져 나왔소.
폭풍은 울고 있는 그들을 즉시 낚아채 고향땅에서
먼 바다로 날려보냈소. 한편 잠에서 깨어난 나는
나무랄 데 없는 마음속으로 망설였소,   50
배에서 몸을 던져 바닷물에 빠져 죽을까 아니면
말없이 참고 아직은 살아 있는 자들 사이에 머물까 하고.
나는 참고 머물기로 하고 머리를 싸맨 채 배 안에
누웠소. 함선들은 사악한 폭풍에 떠밀려
아이올리에 섬으로 되밀려갔고 전우들은 신음했소.   55
　　그곳에서 우리는 뭍에 올라 물을 길었고
전우들은 날랜 함선들 옆에서 서둘러 점심을 먹었소.
먹고 마시는 일이 끝났을 때
나는 전령 한 명과 전우 한 명을 데리고
아이올로스의 이름난 궁전으로 갔소. 가서 보니   60
그는 아내와 자식들과 함께 잔치를 벌이고 있었소.
우리는 안으로 들어가 문설주 옆 문턱 위에 앉았소.
그러자 그들은 깜짝 놀라며 물었소.
　　'오뒷세우스여! 이리로 돌아오시다니 어인 일이오? 사악한 신이

덮칩디까? 고향과 집과 그 밖에 그대가 좋아하는 곳이면   65
어디든 닿도록 우리는 정성을 다해 그대를 보내드렸건만.'

    그들은 그렇게 말했소. 나는 비통한 마음으로 그들에게 말했소.
'나를 불행에 빠뜨린 것은 내 사악한 전우들과 무정한 잠이었소.
친구들이여! 그대들이 바로잡아주시오. 그대들은 그럴 힘이 있으니까요.'

    나는 부드러운 말로 부탁했소. 그러나 그들은 잠자코 있었소.   70
그러다 그들의 아버지 아이올로스가 이렇게 대답했소.

    '이 섬에서 썩 물러가시오, 살아 있는 자 중에서 가장 수치스러운 자여!
내게는 축복받은 신들께 미움받는 인간을 보살피거나
호송해줄 의무는 없소이다. 꺼지시오!

그대가 이리로 온 것은 그대가 신들께 미움받기 때문이오.'   75

    이렇게 말하며 그는 크게 신음하는 나를 집에서 내보냈소.
그곳에서 쫓겨난 우리는 비통한 마음으로 항해를 계속했소.
나의 전우들은 자신들의 잘못으로 인해 힘들게 노를 젓느라고
마음이 지쳐 있었소. 바람이라고는 한 점도 없었으니까요.

    엿새 동안 우리는 밤낮으로 항해를 계속했소.   80
이레째 되는 날 우리는 라모스² 왕의 가파른 도시,
라이스트뤼고네스족³의 텔레퓔로스에 도착했는데 그곳에서는
목자가 가축 떼를 몰고 들어가며 인사하면, 다른 목자는 몰고 나가며
화답하곤 하지요. 그곳에서 잠이 없는 사람은 한 번은 소를 치고
한 번은 흰 양떼를 쳐서 이중으로 품삯을 벌 수 있을 것이오.   85
그만큼 밤과 낮이 가는 길이 서로 가깝기 때문이지요.⁴
우리는 그곳의 이름난 포구로 들어갔는데
가파른 암벽이 좌우를 빈틈없이 둘러싸고 있고
돌출한 곳[岬]이 서로 마주보며 포구의 통로 쪽에

우뚝 솟아 있어 입구는 매우 좁은 편이었소.   90

전우들은 모두 그 안으로 양 끝이 휜 함선들을

몰고 가서 속이 빈 포구에 나란히 맸소.

그 안에는 크든 작든 파도가 부풀어오르는 일이 없고

주위의 바다는 눈에 띄게 잔잔했기 때문이오.

그러나 나만은 포구 밖, 그러니까 포구의 맨 끝쪽에   95

검은 배를 세우고 바위에 밧줄을 맸소.

그리고 나는 울퉁불퉁한 언덕에 올라 망보는 곳에 섰소.

하지만 그곳에는 사람이나 소가 애쓴 흔적은 보이지 않고

땅에서 연기가 오르는 것만 보였을 뿐이오.

나는 전우들을 내보내 그곳 대지에서 빵을 먹고 사는 자들이   100

어떤 인간들인지 알아 오게 했소.

나는 전우 두 명을 뽑았고 세 번째 전우는 전령으로 딸려 보냈소.

그들은 배에서 내려 반반한 길을 따라 걸어갔는데

그 길로 짐수레들이 높은 산에서 도시로 나무를 나르곤 했지요.

도시 앞에서 그들은 물 긷는 한 소녀를 만났는데 그녀는   105

라이스트뤼고네스족의 한 명인 안티파테스[5]의 강력한 딸이었소.

---

2   라모스는 라이스트뤼고네스족의 왕으로 텔레퓔로스 시의 건설자다.

3   라이스트뤼고네스족은 목축으로 살아가는 전설상의 식인(食人) 거인족이다. 역사가 투퀴
디데스(Thoukydides)는 그들의 도시가 시킬리아 섬에 있었던 것으로 보았고(『펠로폰네소
스 전쟁사』 6권 2장 참조), 로마인들은 라티움 지방의 포르미아이(Formiae)에 있었던 것으
로 보았다(호라티우스 Horatius, 『송시』 3, 16, 34 참조).

4   이 구절은 고위도 지방의 백야(白夜)를 그리고 다음에 나오는 포구에 관한 묘사는 스칸디
나비아 지방의 협만 피오르드(fjord)를 연상케 하는데, 이 지방의 기후 및 풍토가 일종의
기담 형식으로 호메로스 시대의 그리스에까지 전해졌던 것으로 보인다.

5   안티파테스는 라이스트뤼고네스족의 왕이다.

그녀는 맑게 흐르는 아르타키에 샘으로 내려간 것이니

사람들은 그곳에서 도시로 물을 길어가곤 했소.

그들은 그녀에게 가까이 다가가서 말을 걸며, 이곳 사람들의

왕은 누구며, 그가 어떤 사람들을 다스리는지 물었소.　　　　　　110

그러자 소녀는 곧바로 지붕이 높다란 자기 아버지의 집을 가리켰소.

나의 전우들은 그 집으로 들어가 안에서 안주인을 만났는데

그녀는 덩치가 산봉우리만큼이나 커서 보기에 혐오스러웠소.

그녀는 지체 없이 회의장에서 남편인 이름난 안티파테스를

불러왔고 그자는 내 전우들에게 참혹한 파멸을 꾀했소.　　　　　　115

그자는 즉시 전우들 중 한 명을 움켜쥐더니 점심 준비를 했고

나머지 두 명은 급히 달아나 가까스로 함선들이 있는 곳에 닿았소.

안티파테스가 온 도시에 함성을 일으켰고 강력한

라이스트뤼고네스족이 그 소리를 듣고 사방에서 수없이

모여들었소. 그들은 사람 같지가 않고 기가스족 같았소.　　　　　　120

그들은 암벽 위에서 보통 사람들에게는 한 짐이나

될 만한 돌덩이들을 우리를 향해 던졌소. 그러자 당장 함선들 위에서

죽어가는 사람들과 부서지는 함선들의 사악한 소음이 일었소.

그리고 그들은 내 전우들을 마치 물고기처럼 작살로 꿰어

끔찍한 식사를 위해 가져가버렸소. 그들이 깊숙한 포구 안에서　　　　125

내 전우들을 도륙하고 있는 동안 나는 넓적다리에서 날카로운

칼을 빼어 이물이 검은 배의 밧줄을 끊었소.

나는 즉시 전우들을 격려하며 우리가 재앙에서

벗어날 수 있도록 열심히 노를 저으라고 명령했소.

그러자 그들은 모두 죽음이 두려워 노로 바닷물을 쳐올렸소.　　　　　130

그리하여 내 배는 다행히 툭 튀어나온 암벽들에서 바다로

달아날 수 있었지만, 다른 함선은 모조리 그곳에서 결딴나고 말았소.

　　우리는 비통한 마음으로, 그러나 비록 사랑하는 전우들을
잃었어도 죽음에서 벗어난 것을 기뻐하며 항해를 계속했소.
그리하여 우리는 아이아이에 섬에 닿았소. 그곳에는 인간의 음성을　　　135
지닌 무서운 여신, 머리를 곱게 땋은 키르케가 살고 있었는데
그녀는 파멸을 꾀하는 아이에테스의 친누이라오. 그들은 둘 다
인간들에게 빛을 안겨주는 헬리오스에게서 태어났는데
그들의 어머니는 오케아노스의 딸 페르세였소.
그곳 바닷가의 배를 보호해주는 포구에다 우리는 소리 없이　　　　140
배를 몰아넣었는데, 어떤 신께서 우리를 그리로 인도해주셨소.
그때 우리는 배에서 내려 이틀 낮 이틀 밤을 그곳에
누워 있었고, 피로와 고통이 우리 마음을 좀먹고 있었소.
머리를 곱게 땋은 새벽의 여신이 세 번째 날을 가져다주었을 때
나는 혹시 인간들의 애쓴 흔적을 보거나 그들의 말소리를　　　　　145
들을 수 있을까 하여, 창과 날카로운 칼을 집어 들고
서둘러 배를 떠나 멀리 내다볼 수 있는 곳으로 올라갔소.
나는 울퉁불퉁한 언덕에 올라 망보는 곳에 섰소.
그러자 길이 넓은 대지에서 키르케의 궁전이 있는
짙은 덤불과 숲 위로 피어오르는 연기가 보였소.　　　　　　　　150
나는 그 번쩍이는 연기를 보며 내가 직접 그리로 가서
알아보아야 할 것인지 마음속으로 곰곰이 생각해보았소.
아무리 생각해보아도 먼저 날랜 배가 있는 곳으로 가
바닷가에서 전우들에게 점심을 먹인 뒤
그들을 내보내 알아보게 하는 것이 나을 것 같았소.　　　　　　　155
그래서 내가 양 끝이 휜 배에 가까이 다가가고 있을 때

어떤 신이 혼자 있는 나를 불쌍히 여겨 내가 지나가는
길목에 뿔이 우뚝한 큰 사슴 한 마리를 보내주었소.
녀석은 숲 속의 풀밭에서 물을 마시러 강으로 내려오던
길이었소. 태양의 힘이 녀석을 몹시 괴롭혔기 때문이지요.   160
사슴이 강에서 나올 때 나는 창으로 녀석의 등 한복판
척추를 맞혔소. 청동 창에 뚫린 녀석이 비명을 지르며
먼지 속에 쓰러지자 목숨이 녀석에게서 떠났소.
나는 사슴의 몸에 한 발을 올린 뒤 상처에서 우선 청동 창을 뽑고서
옆쪽 땅바닥에 뉘어놓고는 그대로 내버려두었소.   165
그러고 나서 어린 가지들과 버들가지를 꺾어
한 발쯤 되게 양 끝에서 단단하게 줄을 꼬아 가지고
그 육중한 짐승의 발들을 하나로 묶은 다음 그 줄을 목에다 걸고
창에 몸을 의지하며 검은 배가 있는 곳으로 걸어갔소.
사슴을 한 손으로 어깨에 메고 가는 것은 도저히   170
불가능했기 때문이오. 그 짐승은 굉장히 컸으니까요.
나는 사슴을 배 앞에 던져놓고 전우들에게
다가서서 일일이 부드러운 말로 깨웠소.

    '친구들이여! 아무리 괴롭더라도 운명의 날이 오기 전에
우리가 하데스의 집으로 내려가는 일은 없을 것이오.   175
그러니 자, 그대들은 날랜 배 안에 먹을 것과 마실 것이 있는 한
허기에 시달리지 않게 먹는 일을 생각하시오.'

    내가 이렇게 말하자 그들도 내 말에 복종하여 추수할 수 없는
바닷가에서 머리를 싸맨 것을 벗어던졌소. 전우들은
사슴을 보고 놀라움을 금치 못했소. 그만큼 큰 짐승이었소.   180
그들은 사슴을 보는 것으로 눈을 즐겁게 한 다음

손을 씻고 진수성찬을 준비했소.

그리하여 우리는 그날 해가 질 때까지 온종일 그곳에 앉아

말할 수 없이 많은 고기와 달콤한 술로 잔치를 벌였소.

이윽고 해가 지고 어둠이 다가왔을 때   185

우리는 바닷가에 자려고 누웠소. 이른 아침에 태어난

장밋빛 손가락을 가진 새벽의 여신이 나타나자

나는 회의를 소집해 전우들이 다 모인 앞에서 말했소.

　　'전우들이여! 그대들은 그동안 고생이 많았지만 내 말을 들으시오.

친구들이여! 우리는 지금 어디에 저녁이 있고 어디에 아침이 있는지,   190

인간들에게 빛을 안겨주는 헬리오스가 어디서 대지 밑으로 지고

어디서 떠오르는지 알지 못하오. 그러니 무슨 계책이 있겠는지

어서 궁리해봅시다. 내 생각에는 계책이 없는 것 같소이다만.

내가 울퉁불퉁한 언덕에 있는 망보는 곳에 올라가 보니

이곳은 끝없는 바다로 빙 둘러싸인 섬이오. 섬은 야트막하게   195

앞에 놓여 있고 그 한가운데서 짙은 덤불과 숲 위로

연기가 피어오르는 것을 내 두 눈으로 보았소.'

　　내가 이렇게 말하자 그들은 그만 맥이 빠졌으니

라이스트뤼고네스족인 안티파테스의 소행과

사람을 잡아먹는 대담한 퀴클롭스의 폭력이 생각난 것이지요.   200

그들은 엉엉 울며 눈물을 뚝뚝 흘렸소.

하지만 아무리 울어봐도 아무 소용없는 일이었소.

　　나는 훌륭한 정강이받이를 댄 전우들을 모두 세어본 뒤

그들을 두 패로 나누고 인솔자를 정했소. 그중 일부는 내가 인솔했고

나머지 일부는 신과 같은 에우뤼로코스가 인솔했소.   205

우리는 즉시 청동을 댄 투구 안에 제비를 넣고 흔들었소.

그러자 고매한 에우륄로코스의 제비가 튀어나왔소.

그는 출발했고 스물두 명의 전우들이 울면서 그와 동행했소.

한편 우리는 비통한 마음으로 뒤에 남았소.

그들은 계곡들이 만나는 전망 좋은 장소에서 210

반들반들 깎은 돌로 지은 키르케의 궁전을 발견했소.

궁전 주위에는 산에 사는 늑대와 사자들이 돌아다니고 있었는데

키르케가 그것들에게 나쁜 약을 주어 마법에 걸리게 한 것이오.

그 짐승들은 내 전우들에게 덤벼들기는커녕 일어서더니

긴 꼬리를 흔들며 주위에서 아양을 떠는 것이었소. 215

마치 주인이 허기를 달래는 맛있는 음식을 늘 가져다주기 때문에

주인이 잔치에서 돌아오면 개들이 주위에서 아양을 떨 때와 같이,

꼭 그처럼 억센 발톱을 가진 늑대들과 사자들이 그들 주위에서

아양을 떨었소. 그러나 그들은 그 무서운 짐승들을 보자 겁이 났소.

그들이 머리를 곱게 땋은 여신의 궁전 바깥 대문간에 들어섰을 때 220

안에서 키르케가 고운 목청으로 노래하는 소리가 들렸으니,

그녀는 불멸의 거대한 베틀 앞을 오락가락하며 여신들의 수공예품이

그러하듯 빼어나게 곱고 우아한 베를 짜고 있었소. 그들 사이에서

전사들의 우두머리인 폴리테스가 먼저 말문을 열었는데,

그는 전우들 가운데 내가 가장 아끼고 존중하는 사람이었소. 225

　'친구들이여! 안에서 여신인지 여인인지 누군가 큰 베틀 앞을

오락가락하며 고운 노래를 부르고 있고 온 마루가 되울리니

어서 큰 소리로 그녀를 불러봅시다.'

　그가 이렇게 말하자 전우들은 목소리를 높여 그녀를 불렀소.

그러자 그녀는 곧장 밖으로 나와 번쩍이는 문을 열며 230

안으로 들라 했고 그들은 영문도 모르고 모두 그녀를 따라 들어갔소.

다만 에우륄로코스는 뒤에 처졌으니 어떤 흉계를 예감했기 때문이오.

그녀는 그들을 안으로 데리고 들어가 등받이의자와 안락의자에 앉히고

그들을 위해 치즈와 보릿가루와 노란 꿀과 프람네[6] 산(産)

포도주를 함께 섞어 저으며 여기에 해로운 약도 탔으니,   235

그들이 고향땅을 완전히 잊어버리게 하려는 것이었소.

내 전우들이 그녀가 준 것을 다 받아 마시자마자 그녀는 즉시

그들을 지팡이로 툭툭 쳐서 돼지우리에 가두었소.

그리하여 그들은 돼지의 머리와 목소리와 털과 생김새를

갖게 되었으나 분별력만은 여전하여 전과 다름없었소.   240

그들은 이렇게 울면서 갇혔고 키르케는 그들에게

땅바닥에서 뒹굴기 좋아하는 돼지의 양식인

상수리와 도토리와 층층나무 열매를 먹으라고 던져주었소.

　　한편 에우륄로코스는 전우들의 소식과 그들의 수치스러운

운명을 알리려고 날랜 검은 배가 있는 곳으로 돌아왔소.   245

그는 말하고 싶었지만 한마디도 입 밖에 낼 수 없었소.

그만큼 그는 상심했던 것이오. 그의 두 눈에는

눈물이 가득 고여 있고 그의 마음은 통곡하고 싶어했소.

우리가 모두 놀라 묻기 시작하자

그는 다른 전우들의 파멸에 관해 이야기해주었소.   250

　　'영광스러운 오뒷세우스여! 우리는 그대의 명령대로

덤불을 지나 올라갔고 계곡들이 만나는 전망 좋은 장소에서

6　'프람네 산(産) 포도주'란 소아시아 서해안 앞바다에 있는 이카리아(Ikaria) 또는 이카로스
　　(Ikaros) 섬의 프람논(Pramnon) 또는 프람네(Pramne) 산에서 나는 포도주를 가리키는 이
　　름이었으나 나중에는 특정 종류의 포도주를 가리키는 이름으로도 사용되었다고 한다.

반들반들 깎은 돌로 지은 아름다운 궁전을 발견했습니다.

그곳에서는 여신인지 여인인지 누군가 큰 베틀 앞을

오락가락하며 큰 소리로 노래를 부르고 있었지요.

그래서 우리는 목소리를 높여 그녀를 불렀습니다.   255

그녀는 곧장 밖으로 나와 번쩍이는 문을 열며 안으로 들라 했고,

전우들은 영문도 모르고 모두 그녀를 따라 들어갔습니다.

나만 뒤에 처졌으니 어떤 흉계를 예감했기 때문입니다.

그들은 모두 사라져버렸고 오랫동안 망을 보며

앉아 있었지만 그들 중 아무도 나타나지 않았습니다.'   260

     그가 하는 말을 듣고 나는 은못 박은 큰 청동 칼과

그걸로도 모자라 활을 어깨에 메고 나서

그가 왔던 길로 나를 다시 안내하라고 그에게 명령했소.

그러자 그는 두 손으로 내 무릎을 잡고 애원했고

울면서 물 흐르듯 거침없이 말했소.   265

     '제우스의 양자여! 그대는 나를 억지로 그리 데려가지 마시고

여기 내버려두십시오. 나는 그대가 자신도 돌아오지 못하고

다른 전우들도 데려오지 못하리라는 것을 알고 있으니까요.

여기 이 사람들과 함께 어서 달아납시다.

아직 우리는 재앙의 날을 피할 수 있잖아요.'

     그가 이렇게 말하자 나는 이런 말로 그에게 대답했소.   270

'에우뤼로코스여! 그대는 여기 이 장소에 머물며

속이 빈 검은 배 옆에서 먹고 마시도록 하시오.

하지만 나는 가겠소. 가지 않을 수 없기 때문이오.'

     이렇게 말하고 나는 바다와 배를 뒤로하고 출발했소.

그러나 내가 신성한 계곡들을 지나 온갖 마법에 능한   275

키르케의 큰 궁전에 막 당도하려는데,

황금 지팡이의 헤르메스가 그 집으로 가고 있는

나를 향해 다가왔소. 그는 이제 갓 수염이 나기 시작한

한창때의 젊은이의 모습을 하고 있었소.

그는 내 손을 꼭 잡으며 이렇게 말했소.　　　　　　　　　　　　　280

　'불운한 자여! 이곳 지리도 모르면서 산마루를 지나 또 어디로

혼자 가는가? 저기 키르케의 궁전에 있는 그대의 전우들은

돼지들이 그러하듯 튼튼하게 지은 돼지우리에 갇혀 있다.

그대는 그들을 풀어주려고 이리로 오는 길인가? 내 이르노니, 그대는

자신도 돌아가지 못하고 다른 전우들이 갇혀 있는 곳에 머물게 되리라.　　285

자, 내가 그대를 재앙에서 풀어주고 구해주겠다.

여기 이 훌륭한 약을 가지고 키르케의 궁전으로 가거라.

이 약은 그대의 머리에서 재앙의 날을 물리칠 것이다.

내가 그대에게 키르케의 음모와 흉계를 낱낱이 말해주겠다.

그녀는 먼저 그대에게 혼합식을 만들어주며 그 음식물에 약을 탈　　　　290

것이다. 그렇더라도 그녀는 그대에게는 마법을 걸지 못할 것이다.

내가 그대에게 주려는 이 훌륭한 약이 그것을 용납하지 않을 테니까.

더 자세히 일러주겠다. 키르케가 긴 지팡이로 그대를

툭툭 치거든, 그대는 넓적다리에서 날카로운 칼을

빼어 들고 죽일 듯이 키르케에게 덤벼들어라.　　　　　　　　　　　295

그리하면 그녀는 겁이 나서 그대에게 동침하자고 할 것이다.

그러면 그대는 그녀가 그대의 전우들을 풀어주고 그대 자신을

환대하도록 여신의 잠자리 요청을 거절하지 마라. 그보다도 그대는

그녀가 그대에게 다른 재앙과 고통을 꾀하지 않겠다고, 그리고

그대가 벌거벗었을 때 쓸모없는 비겁자로 만들지 않겠다고　　　　　　300

축복받은 신들의 이름으로 엄숙히 맹세할 것을 그녀에게 요구하라!'

아르고스의 살해자는 이렇게 말하고 대지에서 약초를 뽑아

그것을 내게 주며 그 생김새를 보여주었소. 약초의 뿌리는 검고

꽃은 우유와 같았소. 신들은 그 풀을 몰뤼라고 부르지요.

필멸의 인간들에게는 그것을 채취하는 게   305

어려운 일이지만 신들은 무엇이든 할 수가 있지요.

그리고 나서 헤르메스는 숲이 우거진 섬 위를 지나

높은 올륌포스로 떠나갔고 나는 키르케의 집으로 갔소.

그리로 걸어가는 내내 나는 심장이 몹시 두근거렸소.

마침내 나는 머리를 곱게 땋은 여신의 집 문간에 들어섰고   310

그곳에 서서 큰 소리로 불렀소. 그러자 여신이 내 목소리를 듣고

곧바로 밖으로 나와 번쩍이는 문을 열며 안으로 들라 했소.

나는 비통한 마음으로 그녀를 따라 들어갔소. 그녀는 나를

안으로 데리고 들어가 은못 박은 안락의자에 앉혔는데

정교하게 만든 그 아름다운 의자 밑에는 발을 얹게 발판이 달려 있었소.   315

그녀는 내가 마시도록 황금 잔에 혼합식을 만들더니

마음속으로 재앙을 꾀하며 거기에다 약을 타는 것이었소.

그녀가 주는 것을 다 받아 마셔도 내가 마법에 걸리지 않자

그녀는 지팡이로 나를 툭툭 치며 이렇게 말했소.

'이제 돼지우리로 가서 다른 전우들과 함께 누워라!'   320

키르케가 이렇게 말했을 때 나는 넓적다리에서 날카로운 칼을

빼어 들고 죽일 듯이 그녀에게 덤벼들었소.

그러자 그녀는 크게 비명을 지르며 내 무릎을 잡더니

울면서 물 흐르듯 거침없이 말했소.

'그대는 인간들 중에 뉘시며 어디서 오셨나요? 그대의 도시는 어디며   325

부모님은 어디 계시나요? 그대가 이 약을 마시고도 마법에 걸리지 않다니

그저 놀라울 따름이에요. 일단 이 약을 마셔 이빨의 울타리 안으로

넘기고서도 견뎌낸 남자는 달리 아무도 없었소.

그대는 가슴속에 마법이 걸리지 않는 마음을 갖고 있나봐요.

그대는 임기응변에 능한 오뒷세우스가 틀림없어요.   330

그가 날랜 검은 배를 타고 트로이아에서 고향으로 돌아갈 때

이리로 오게 될 것이라고 황금 지팡이를 지닌 아르고스의 살해자가

내게 말해주었지요. 자, 그대는 칼을 칼집에

도로 넣으세요. 그러고 나서 우리 둘이서 침상에 올라

사랑의 동침을 해요. 서로 믿을 수 있도록.'   335

　　나는 그녀에게 이런 말로 대답했소.

'키르케여! 어떻게 그대는 나더러 그대에게 상냥하라고 요구할 수

있단 말이오? 그대는 이 궁전에서 내 전우들을 돼지로 만들었소.

그대가 지금 나를 이곳에 붙들어두고는 음흉하게도 나더러

그대의 침실로 들어가 침상에 오르라고 하는 것도 사실은 내가   340

벌거벗으면 나를 쓸모없는 비겁자로 만들려는 속셈이 아니고

무엇이겠소? 나는 그대의 침상에 오르고 싶지 않소이다.

여신이여! 그대가 나에게 다른 고통과 재앙을 꾀하지 않겠다고

엄숙히 맹세하는 것을 감수하지 않는다면 말이오.'

　　내가 이렇게 말하자 그녀는 지체 없이 내가 시키는 대로   345

맹세했소. 그녀가 맹세하기를 모두 마치자

나는 키르케의 더없이 아름다운 침상에 올랐소.

　　그동안 궁전 안에서는 시녀 네 명이 열심히 일했는데

그들은 그녀를 위해 집안일을 돌보는 하녀들로

샘이나 원림이나 바다로 흘러드는   350

신성한 강에서 태어난 자들이오.[7]

그중 한 명은 안락의자들 위에 아름다운

자줏빛 깔개를 펴고 그 밑에는 리넨을 깔았소.

다른 한 명은 안락의자마다 그 앞에 은으로 된 식탁을 펴고

그 위에 빵을 담을 황금 바구니를 올려놓았소.   355

세 번째 시녀는 은으로 된 희석용 동이에다 마음을 즐겁게 해주는

달콤한 포도주에 물을 타고 황금 잔을 내놓았소.

네 번째 시녀는 물을 길어 오더니 큰 세발솥 밑에

센 불을 피웠소. 그러자 곧 물이 데워지기 시작했소.

이윽고 번쩍이는 청동 솥에서 물이 끓기 시작하자   360

그녀는 나를 욕조에 앉히더니 큰 세발솥에서 퍼낸 물을 기분 좋을

정도로 섞어 머리와 두 어깨 위에 부으며 목욕시켜주었소.

그리하여 그녀는 마침내 내 사지에서 생명을 좀먹는 피로가

가시게 해주었소. 그녀는 나를 목욕시키고 나서 올리브유를

발라주고 훌륭한 외투와 윗옷을 입히더니   365

안으로 데리고 들어가 은못 박은 안락의자에 앉혔는데

정교하게 만든 그 아름다운 의자 밑에는 발을 얹게 발판이 달려 있었소.

곧 시녀 한 명이 아름다운 황금 물항아리를 가져와

손을 씻으라고 은대야 위에 물을 부어주더니

내 앞에 반들반들 닦은 식탁을 갖다놓았소.   370

그러자 존경스러운 가정부가 빵을 가져와 내 앞에 놓고 그 밖에도

갖가지 음식을 올리더니 자기 옆에 있는 것들을 아낌없이 건네주었소.

그녀는 나더러 먹으라고 했지만 어쩐지 마음이 내키지 않았소.

나는 불길한 예감이 들어 딴 생각을 하며 앉아 있었소.

　　키르케는 내가 앉아서 음식에 손을 내밀지 않고   375

근심에 잠겨 있는 것을 보고는

가까이 다가와 물 흐르듯 거침없이 말했소.

　　'오뒷세우스여! 무슨 일로 그대는 이렇게 자신의 마음을

좀먹으며 벙어리처럼 앉아서 음식에 손도 대지 않는 거예요?

혹시 또 다른 흉계를 의심하시는 것인가요?　　　　　　　　　　380

두려워할 것 없어요. 나는 이미 엄숙히 맹세했으니까요.'

　　그녀가 이렇게 말하자 나는 그녀에게 이런 말로 대답했소.

'키르케여! 마음이 올바른 남자라면 전우들을

풀어주고 그들을 제 눈으로 보기 전에

어찌 감히 음식부터 들 수 있겠소?　　　　　　　　　　　　385

그대가 진심으로 내게 먹고 마시기를 권하는 것이라면

내 눈으로 볼 수 있도록 사랑하는 전우들을 풀어주시오.'

　　내가 이렇게 말하자 키르케는 손에 지팡이를 들고

궁전 밖으로 나가더니 돼지우리의 문을 열고

아홉 살배기 돼지의 모습을 하고 있는 내 전우들을 밖으로 몰아냈소.　　390

그리하여 그들이 자기 앞에 서자 그녀는 그들 사이를

지나가며 저마다 다른 약을 발라주었소.

그러자 존경스러운 키르케가 그들에게 준 독약이

자라나게 했던 돼지털들이 그들의 몸에서

떨어져나가는 것이었소. 그들은 다시 남자가 되었고　　　　　　395

전보다 젊어져 훨씬 더 준수하고 커 보였소.

그들은 나를 알아보고 저마다 내 손을 꼭 잡았소.

비탄과 그리움이 모두를 사로잡으니 온 집안이

7　'요정들'이라는 뜻이다.

무섭게 울렸소. 그러자 여신도 불쌍한 마음이 들었나보오.

여신들 중에서도 고귀한 그녀가 내게 가까이 다가와 말했소.　　　　　400

　　'제우스의 후손 라에르테스의 아들이여, 지략이 뛰어난

오뒷세우스여! 그대는 지금 날랜 배가 있는 바닷가로 가서

맨 먼저 배를 뭍으로 끌어올리고 그대들의 재물과

모든 선구를 동굴 안에 갖다놓으세요.

그러고 나서 그대는 사랑하는 전우들을 데리고 돌아오세요.'　　　　405

　　　　그녀가 이렇게 말하자 내 당당한 마음은 이에 찬동했소.

그래서 나는 날랜 배가 있는 바닷가로 갔소.

가서 보니 사랑하는 전우들은 날랜 배 위에서

눈물을 뚝뚝 흘리며 애처로이 울고 있었소.

마치 암소떼가 배불리 풀을 뜯고 나서 축사로 돌아오면　　　　410

농장에 남아 있던 송아지들이 몰려와서

모두 한꺼번에 그 주위로 경중경중 뛰어오를 때처럼

―외양간도 이제 더는 송아지들을 제지하지 못하니

송아지들이 큰 소리로 음매음매 울며 어미 주위를 뛰어다닌다―

꼭 그처럼 그들은 두 눈으로 나를 보자 울면서 내 주위로 몰려들었소.　　415

그들은 마치 자신들이 태어나 자란 울퉁불퉁한 이타케의

고향 도시에 닿기라도 한 듯한 기분이 들었던 것이지요.

그들은 울면서 물 흐르듯 거침없이 말했소.

　　'제우스의 양자여! 그대가 돌아오시니 우리는 마치

우리의 고향땅 이타케에 닿기라도 한 것처럼 기쁘오.　　　　420

자, 그대는 다른 전우들의 파멸에 관해 말씀해주시오.'

　　　　그들이 이렇게 말하자 나는 그들에게 부드러운 말로 대답했소.

'우리는 맨 먼저 배를 뭍으로 끌어올리고 우리 재물과

모든 선구들을 동굴 안에 갖다둡시다.

그러고 나서 그대들은 서둘러 나를 따라오시오. 다른 전우들이   425

키르케의 신성한 집에서 먹고 마시고 있는 광경을 그대들이

볼 수 있도록 말이오. 그들은 가진 것이 늘 풍족하기 때문이오.'

    내가 이렇게 말하자 그들은 지체 없이 내 말에 따랐소.

오직 에우륄로코스만이 전우들을 제지하며

그들을 향해 물 흐르듯 거침없이 말했소.   430

    '가련한 자들이여! 우리가 어디로 가는 것이오? 키르케의 궁전으로

가려 하다니, 어째서 그대들은 그런 재앙을 열망하는 것이오?

그녀는 우리를 모조리 돼지나 늑대나 사자로 만들어

자신의 큰 궁전을 지키도록 강요할 거요. 마치 퀴클롭스가

자신의 동굴에 들어간 우리 전우들을 가두어버렸듯이 말이오.   435

그때도 저 무모한 오뒷세우스가 동행했었지요.

그리고 그들은 그의 어리석음 탓에 죽고 말았소.'

    그가 이렇게 말하자 나는 튼튼한 넓적다리에서

날이 긴 칼을 빼어 비록 나에게는 아주 가까운

친척이지만 그 칼로 그의 머리를 쳐서 땅바닥에   440

떨어뜨릴까 하고 마음속으로 곰곰이 생각했다오.

그러나 전우들이 사방에서 부드러운 말로 나를 제지했소.

    '제우스의 후손이여! 그대가 명령하신다면

이 사람은 여기 배 옆에 머물며 배를 지키고 있을 것이오.

하지만 그대는 우리를 키르케의 신성한 궁전으로 인도하시오.'   445

    그들은 이렇게 말하고 배와 바다를 뒤로하고 올라갔소.

그러자 에우륄로코스도 속이 빈 배에 남지 않고

따라왔으니 내 무서운 질책이 두려웠던 것이오.

그동안 키르케는 그녀의 궁전에서 나의 다른 전우들을
정성껏 목욕시켜주고 나서 올리브유를 발라주고 450
두툼한 외투와 윗옷을 입혀주었소. 우리가 가서 보니
그들은 모두 궁전 안에서 거하게 잔치를 벌이고 있었소.
그리하여 서로 얼굴을 알아보자 전우들은
온 집안이 울릴 만큼 슬피 울었소. 그러자
여신들 중에서도 고귀한 그녀가 가까이 다가서며 내게 말했소. 455
'제우스의 후손 라에르테스의 아들이여, 지략이 뛰어난 오뒷세우스여!
터져 나오는 울음일랑 이제 더는 불러일으키지 마세요.
물고기가 많은 바다에서 그대들이 얼마나 많은 고생을 했으며
또 육지에서 적군이 그대들에게 얼마나 많은 해코지를 했는지
나는 알고 있어요. 자, 그대들은 음식을 먹고 포도주를 460
드세요. 그대들이 처음 울퉁불퉁한 이타케의 고향땅을
떠날 때와 같은 기력을 가슴속에 느끼게 될 때까지 말예요.
그대들은 쇠약해지고 기력이 떨어졌어요. 그대들은 언제나
힘겨운 방랑만 생각하고 한 번도 마음이 즐거웠던 적이
없었기 때문이지요. 그대들은 정말로 많은 고생을 했으니까요.' 465
그녀가 이렇게 말하자 우리의 당당한 마음도 이에 찬동했소.
그리하여 우리는 만 일 년 동안이나 날마다 그곳에 앉아
말할 수 없이 많은 고기와 달콤한 술로 잔치를 벌였소.
그러나 계절이 바뀌고 달들이 지나가고
긴 날들이 흘러가 일 년이 되었을 때 470
사랑하는 전우들이 나를 불러내더니 이렇게 말했소.
'그대는 정말 이상하시구려! 이제는 제발 고향땅을
생각하시오. 그대가 구원받아 그대의 잘 지은 집과

고향땅에 닿도록 정해져 있다면 말이오.'

그들이 이렇게 말하자 내 당당한 마음도 이에 찬동했소.　　　　475
그래서 그때 우리는 해질 무렵까지 온종일 그곳에 앉아서
말할 수 없이 많은 고기와 달콤한 술로 잔치를 벌였소.
이윽고 해가 지고 어둠이 다가왔을 때
전우들은 그늘진 홀 여기저기에 자려고 누웠소.

그러나 나는 키르케의 더없이 아름다운 침상에 올라　　　　480
그녀의 무릎을 잡고 애원했고 여신은 내 말에 귀를 기울였소.
나는 그녀에게 물 흐르듯 거침없이 말했소.

'키르케여! 나를 집으로 보내주겠다던 그 약속을 이행하시오.
내 마음은 벌써 떠나기를 열망하고 있고 다른 전우들의
마음도 마찬가지요. 그대가 우리 곁을 떠나기라도 하면　　　　485
그들은 나를 둘러싸고 비탄하니 내 마음은 지칠 대로 지쳤소.'

내가 말하자 여신들 중에서도 고귀한 그녀가 곧바로 말했소.
'제우스의 후손 라에르테스의 아들이여, 지략이 뛰어난
오뒷세우스여! 그대들은 이제 더는 억지로 내 궁전에
머물지 마세요. 하지만 그대들은 먼저 다른 여행을 마쳐야만 해요.　　485
그대들은 하데스와 무서운 페르세포네[8]의 집으로 가서
아직도 정신이 온전한 저 눈먼 예언자 테바이의 테이레시아스[9]의
혼백에게 물어봐야 한단 말예요. 그가 슬기롭도록 페르세포네가
오직 그에게만 죽은 뒤에도 분별력을 주었으니까요.
그러나 다른 혼백들은 그림자처럼 쏘다니지요.'　　　　495

8　'주요 신명' 참조.
9　'주요 인명' 참조.

그녀가 이렇게 말하자 나는 그만 맥이 빠졌소.
나는 침상 위에 앉아 울었고 더는 살아서
햇빛을 보고 싶은 마음이 내키지 않았소.
나는 실컷 울고 실컷 뒹굴고 나서야
이런 말로 그녀에게 대답했소.   500

  '키르케여! 그 여행길에 대체 누가 내 길라잡이가 되어줄까요?
아직은 어느 누구도 검은 배를 타고 하데스의 집에 간 적이 없으니까요.'

  내가 말하자 여신들 중에서도 고귀한 그녀가 곧바로 대답했소.
'제우스의 후손 라에르테스의 아들이여, 지략이 뛰어난 오뒷세우스여!
그대는 그대의 배를 인도할 길라잡이가 없다고 걱정하지 마세요.   505
그대는 돛대를 세우고 흰 돛을 펼쳐놓고 마냥 앉아 계세요.
그러면 북풍의 입김이 그대의 배를 날라다줄 거예요.
하지만 그대는 배를 타고 오케아노스를 건너 야트막한 해안과
페르세포네의 원림, 그러니까 키 큰 백양나무들과 익기도 전에
열매가 떨어져버리는 버드나무들이 서 있는 곳에 닿거든   510
그곳 깊이 소용돌이치는 오케아노스의 경계에서 배를 뭍으로 모세요.
그리고 나서 그대는 하데스의 곰팡내 나는 집으로 가세요.
그곳에는 퓌리플레게톤 강과 스튁스 강물의 지류인 코퀴토스 강이
있는데 둘 다 아케론으로 흘러들지요. 그곳에는 또 바위가
하나 있고 요란한 두 강의 합수머리[10]가 있어요.   515
영웅이여! 그대는 내가 시키는 대로 그곳 가까이 다가가서
사방 한 완척(腕尺)[11]씩 구덩이를 하나 파고 그 주위에
모든 사자(死者)들을 위해 제주를 부어올리되 처음에는 꿀우유를,
다음에는 달콤한 포도주를 그리고 세 번째에는 물을 쓰고
그 위에 흰 보릿가루를 뿌리세요. 그리고 나서 그대는   520

사자들의 힘없는 머리 앞에서 간절히 애원하며 서약하세요.

그대가 이타케에 돌아가면 그대의 궁전에서 새끼 밴 적이 없는

암소 한 마리를 그대가 가진 것 중에서 가장 훌륭한 것으로

제물로 바치되, 장작더미를 보물로 가득 채우고[12] 테이레시아스에게는

그대의 작은 가축들 중에서 가장 빼어나고 온통 새까만 수컷 한 마리를[13]   525

따로 바치겠다고 말예요. 그대는 사자들의 이름난 종족들에게

기도하며 애원한 뒤에 숫양 한 마리와 검은 암양 한 마리를

제물로 바치되, 그것들의 머리는 에레보스를 향하게 하고[14] 그대 자신은

강의 흐름을 향해 얼굴을 돌리세요.[15] 그러면 이미 세상을 떠난

사자들의 수많은 혼백이 그대에게 다가올 거예요.   530

그러면 그대는 무자비한 청동에 죽어 누워 있는

작은 가축들의 껍질을 벗긴 다음 완전히 태워올리며

신들께, 강력한 하데스와 무서운 페르세포네께

기도하라고 전우들을 격려하고 명령하세요.

그리고 그대는 넓적다리에서 날카로운 칼을 빼어 들고   535

---

10 이 구절은 저승을 흐르는 퓌리플레게톤 강과 스튁스 강의 지류인 코퀴토스 강의 합수머리 바로 아래, 바위 낭떠러지가 있어 두 강의 합수된 물이 그보다 낮은 아케론 강으로 떨어진 다는 뜻으로 생각된다.

11 완척(腕尺 pechys)은 팔꿈치에서 가운뎃손가락 끝까지의 길이로 약 45센티미터다.

12 이 구절은 제물들을 태울 장작더미를 온갖 보물로 장식한다는 뜻으로 생각된다.

13 호메로스에서는 하늘의 신들에게는 밝은색 제물을, 지하의 신들 또는 사자(死者)들에게는 검은색 제물을 바치는 것이 관례다.

14 '에레보스로 향한다'는 것은 제물들의 머리가 아래로 향한다는 뜻이다. 당시에는 지하의 신들 또는 사자들에게 제물을 바칠 때는 제물의 머리가 아래로 향하고, 하늘의 신들에게 바칠 때는 제물의 머리가 위로 향하게 하는 것이 관례였다.

15 오뒷세우스 자신은 얼굴을 돌려 제물 바치는 것을 보지 말라는 뜻이다.

그곳에 앉아 그대가 테이레시아스의 말을 듣기 전에는
사자들의 힘없는 머리들이 피에 접근하지 못하게 하세요.
그러면 전사들의 우두머리여, 예언자가 지체 없이 다가와서
그대에게 길과 여정에 대해 그리고 어떻게 하면 그대가
물고기가 많은 바다를 건너게 될지 귀향에 대해 말해줄 거예요.'   540
　　　그녀가 이렇게 말하자 어느새 황금 옥좌의 새벽의 여신이 다가왔소.
그러자 요정이 내게 외투와 윗옷 같은 옷들을 입혀주었소.
그녀 자신은 가볍고도 우아한 은빛 찬란한 큼직한 겉옷을 입고
허리에는 아름다운 황금 허리띠를 두르고
머리에는 베일을 썼소.   545
한편 나는 온 궁전 안을 돌아다니며 전우들에게
다가가 일일이 상냥한 말로 격려했소.
　　　'그대들은 이제 더 이상 코를 골며 단잠을 자지 마시오.
자, 갑시다! 존경스러운 키르케가 내게 그렇게 하라고 일러주었소.'
　　　내가 이렇게 말하자 그들의 당당한 마음은 내 말에 복종했소.   550
그러나 나는 그곳에서도 전우들을 무사히 인도하지 못했소.
엘페노르라는 자가 있었는데 그는 우리 가운데 가장 젊었소.
그는 전쟁에서도 별로 용맹스럽지 못했고 심지(心志)도 굳지 못했소.
그는 술에 취해 시원한 곳을 찾아 전우들과 떨어져
키르케의 신성한 궁전 지붕에서 누워 자다가   555
출발하는 전우들의 시끄러운 목소리와 발소리를 듣고
갑자기 벌떡 일어나는 바람에 긴 사다리를 타고
내려오는 것을 까맣게 잊어버리고
지붕에서 그대로 뛰어내렸소. 그리하여 그의 목이
척추에서 부러지며 그의 목숨이 하데스의 집으로 내려가버렸소.   560

나는 전우들과 길을 떠나며 그들 사이에서 이렇게 말했소.

　‘그대들은 지금 집과 그리운 고향땅으로 가는 줄 알겠지요.

하지만 키르케는 우리에게 다른 여로를 정해놓았소.

우리는 하데스와 무서운 페르세포네의 집으로 가서

테바이의 테이레시아스의 혼백에게 물어보아야만 하오.’　　　　　565

　내가 이렇게 말하자 그들은 그만 맥이 빠졌소.

그들은 그 자리에 주저앉아 울면서 머리털을 쥐어뜯었소.

그러나 그렇게 울어보았자 아무 소용없는 일이었소.

　한편 우리가 비통한 심정으로 눈물을 뚝뚝 흘리며

날랜 배가 있는 바닷가로 가고 있는 동안　　　　　570

키르케는 먼저 그리로 가서 검은 배 옆에

숫양 한 마리와 검은 암양 한 마리를 묶어두었으니,

그녀는 힘들이지 않고 우리 옆을 지나갔던 것이오. 신이 이리로 가든

저리로 가든 신이 원치 않는데 누가 신을 눈으로 볼 수 있겠소.

 저승

배가 있는 바닷가로 내려갔을 때

우리는 맨 먼저 배를 신성한 바닷물로 끌어내리고는

돛대와 돛을 검은 배 안에 실었소. 그러고 나서

이들 작은 가축을 싣고 우리 자신도

눈물을 뚝뚝 흘리며 비통한 마음으로 배에 올랐소.   5

그러자 사람의 목소리를 가진 무서운 여신, 머리를 곱게 땋은 키르케가

우리를 위해 이물이 검은 배의 뒤쪽에서 돛을 부풀리는 순풍을

보내주어 훌륭한 전우 노릇을 하게 해주었소. 그래서 우리는

배 안에서 선구들을 부지런히 손보며 마냥 가만히 앉아 있었소.

바람과 키잡이가 배를 똑바로 몰았기 때문이오.   10

배가 바다를 항해하는 동안 돛은 온종일 펼쳐져 있었소.

이윽고 해가 지고 길이란 길은 모두 어둠에 싸였소.

그때 배가 깊이 소용돌이치는 오케아노스의 경계에 닿았소.

그곳에는 어둠과 안개에 싸인 킴메리오이족[1]의

나라와 도시가 있는데 빛나는 헬리오스조차   15

별 많은 하늘로 올라갈 때에도

하늘에서 다시 대지로 향할 때에도

---

1 킴메리오이족은 호메로스에서는 대지의 서쪽 끝 오케아노스의 흐름 옆에서 안개와 어둠
에 싸인 채 살고 있다는 전설상의 부족이다.

자신의 빛으로 그들을 내려다보지 못하오.

그 비참한 인간들 위에는 사악한 밤이 펼쳐져 있기 때문이오.

우리는 그리로 가서 배를 육지로 몰고 나서 작은 가축들을   20

내렸소. 그리고 우리 자신은 키르케가 일러준 장소에

이를 때까지 오케아노스의 흐름을 따라 걸었소.

    그곳에 이르러 페리메데스와 에우륄로코스가 제물들을

꼭 붙잡자 나는 넓적다리에서 날카로운 칼을 빼어

사방 한 완척씩 되는 구덩이 하나를 파고는   25

그 주위에 모든 사자(死者)들을 위해 제주를 부어올렸는데

처음에는 꿀우유를, 다음에는 달콤한 포도주를 그리고

세 번째에는 물을 썼고 그 위에 흰 보릿가루를 뿌렸소.

그러고는 사자들의 힘없는 머리들 앞에서 간절히 애원하며 서약했소.

내가 이타케에 돌아가면 내 궁전에서 새끼 밴 적이 없는 암소   30

한 마리를 내가 가진 것 중 가장 훌륭한 것으로 제물로 바치되

장작더미를 보물로 가득 채우고, 테이레시아스에게는 내 작은 가축들 중

가장 빼어나고 온통 새까만 수컷 한 마리를 따로 바치겠다고 말이오.

나는 사자들의 종족들에게 서약과 기도로 애원하고 나서

작은 가축들을 움켜잡고는 구덩이 위에서 목을 베었소.   35

그리하여 검은 피가 흘러내리자 이미 세상을 떠난 사자들의

혼백들이 에레보스에서 모여들었소.

신부(新婦)들과 젊은이들, 많은 것을 견뎌낸 노인들과

이제 처음으로 마음에 상처를 입은 쾌활한 소녀들뿐 아니라

청동 날이 박힌 창에 맞아 죽은 많은 사람들과   40

전쟁터에서 살해되어 무구들이 피투성이가 된 남자들도 왔소.

이들 수많은 혼백이 무시무시하게 고함을 지르며 사방에서

구덩이 주위로 모여들자 나는 겁이 나 파랗게 질렸소.

그래서 나는 무자비한 청동에 죽어

누워 있는 작은 가축들의 껍질을 벗긴 뒤   45

두 마리 다 태워올리며 신들께, 강력한 하데스와

무서운 페르세포네에게 기도하라고 전우들을 격려하고 명령했소.

그리고 나 자신은 넓적다리에서 날카로운 칼을 빼어 들고

그곳에 앉아 내가 테이레시아스의 말을 듣기 전까지

사자들의 힘없는 머리들이 피에 접근하지 못하게 했소.   50

　　맨 먼저 다가온 것은 나의 전우 엘페노르의 혼백이었소.

그는 아직도 길이 넓은 대지 밑에 묻히지 못했으니

우리는 다른 일이 급해서 울어주지도 매장하지도 못한 채

그의 시신을 키르케의 집에 남겨두고 왔던 것이오.

그를 보자 나는 눈물이 나고 가엾은 생각이 들었소.   55

그래서 나는 그에게 물 흐르듯 거침없이 말했소.

　　'엘페노르! 어쩌다 그대는 어둠에 싸인 그림자들의 나라에 오게

되었소? 그대는 걸어서 왔건만 검은 배를 타고 온 나보다 먼저 도착했구려.'

　　내가 이렇게 말하자 그는 통곡하며 이렇게 대답했소.

'제우스의 후손 라에르테스의 아들이여, 지략이 뛰어난 오뒷세우스여!   60

어떤 신이 주신 사악한 운명과 말할 수 없이 많은 양의 포도주가

나를 파멸에 빠뜨렸소. 나는 키르케의 궁전 지붕에서 누워 자다가

긴 사다리를 타고 내려오는 것을 까맣게 잊어버리고

지붕에서 그대로 뛰어내렸소. 그리하여 내 목이

척추에서 부러지며 내 목숨은 하데스의 집으로 내려왔소.   65

나는 지금 그대에게, 여기 있지 않고 고향에 있는 이들

즉 그대의 아내와 어릴 적에 그대를 길러주신 그대의 아버지와

그대가 궁전에 외아들로 남겨두고 온 텔레마코스의 이름으로 간절히
애원하오. 나는 그대가 이곳 하데스의 집을 떠나면 그대의 잘 만든
배를 다시 아이아이에 섬으로 몰고 가리라는 것을 알고 있기 때문이오.   70
그때는 통치자여! 제발 부탁이오. 나를 기억해주시오.
울어주지도 매장하지도 않은 채 나를 뒤에 남겨두고 떠나지 마시오.
나로 인해 그대가 신들의 노여움을 사지 않도록 말이오.
그대는 내 모든 무구들과 함께 나를 화장한 다음 나를 위해
그곳 잿빛 바닷가 기슭에 무덤을, 한 불운한 남자의 무덤을   75
쌓아올려주시오. 후세 사람들이 내 이야기도 들을 수 있도록 말이오.
그리고 그대는 나를 위해 이 일도 이뤄지게 해주시오. 즉 그대는
내가 살아서 전우들과 함께할 때 젓던 노를 내 무덤에 꽂아주시오.'
    그가 이렇게 말하자 나는 이런 말로 그에게 대답했소.
'불운한 자여! 나는 그대를 위해 이 일들을 모두 이루고 행할 것이오.'   80
    이렇게 우리 둘이서 애절한 대화를 나누며 앉아 있는 동안
이쪽에서는 내가 제물들이 흘린 피 위로 칼을 내밀고 있었고
저쪽에서는 내 전우의 환영이 많은 것을 말해주었소.
    그때 이미 세상을 떠나신 내 어머니,
고매한 아우톨뤼코스의 따님이신 안티클레이아께서 다가오셨소.   85
내가 뒤에 남겨두고 신성한 일리오스로 갈 때만 해도 어머니께서는
아직 살아 계셨지요. 어머니를 뵙자 나는 눈물이 나고 가엾은 생각이
들었소. 그러나 나는 몹시 괴로웠지만 테이레시아스의 말을
듣기 전에는 어머니라도 먼저 피에 접근하시지 못하게 했소.
    그때 테바이의 테이레시아스의 혼백이 황금 홀(笏)을 들고   90
다가오더니 나를 알아보고 이렇게 말했소.
    '제우스의 후손 라에르테스의 아들이여, 지략이 뛰어난

오뒷세우스여! 그대는 대체 무슨 일로, 불운한 자여, 사자들과

기쁨 없는 장소를 보려고 햇빛을 떠나 이리로 왔단 말이오?

내가 피를 마시고 거짓 없는 진실을 말할 수 있도록   95

그대는 구덩이에서 물러서고 날카로운 칼을 치우시오.'

　　그가 이렇게 말하자 나는 뒤로 물러서며 은못 박은 칼을

칼집에 넣었고, 나무랄 데 없는 예언자는

검은 피를 마시고 나더니 나를 향해 이렇게 말했소.

　　'영광스러운 오뒷세우스여! 그대는 꿀처럼 달콤한 귀향을 바라겠지만   100

어떤 신께서 그대에게 힘든 귀향길을 정해두셨소. 생각건대, 그대는

대지를 흔드는 신의 눈길에서 벗어나지 못할 것이오. 그분은 그대가

사랑하는 자기 아들[2]을 눈멀게 한 것에 화가 나서 그대에게

원한을 품고 있기 때문이오. 그러나 그대는 고생은 해도

고향에 돌아가게 될 것이오. 그대가 그대 자신과 전우들의 마음을   105

억제하려고만 한다면 말이오. 보랏빛 바다에서 벗어나

그대의 잘 만든 배를 트리나키에 섬에 접근시키자마자

그대들은 만물을 굽어보고 만사를 듣는 태양신 헬리오스의

풀을 뜯는 소떼와 힘센 작은 가축들을 발견할 것이오.

그대가 귀향을 염려하여 이것들을 해코지하지 않고   110

내버려둔다면 그대들은 고생은 해도 이타케에 닿을 것이오.

그러나 그대가 이것들을 해코지한다면 나는 그대의 배와

전우들에게 파멸을 예언하오. 설령 그대 자신은 벗어난다 해도

전우들을 다 잃고 나중에 비참하게 남의 배를 얻어 타고

귀향하게 될 것이며 집에 가서도 고통받게 될 것이오.   115

2　폴뤼페모스.

오만불손한 자들이 그대의 신과 같은 아내에게 구혼하고
구혼 선물을 주며 그대의 살림을 먹어치울 테니 말이오.
그러나 그대는 귀향하자마자 그들의 행패를 틀림없이
응징할 것이오. 그대는 계략으로건 아니면 공개적으로
날카로운 청동으로건 그대의 궁전에서 구혼자들을 죽인 뒤에   120
손에 맞는 노 하나를 들고 바다를 전혀 모를뿐더러
소금 친 음식은 먹지 않는 사람들에게
이를 때까지 계속해서 길을 가시오.
그들은 또한 이물을 붉게 칠한 배도 모를뿐더러
배를 위해 날개가 되어주는, 손에 맞는 노도 모르오.   125
내가 그대에게 간과할 수 없는 가장 명백한 징표를 말해주겠소.
마침내 어떤 길손과 마주쳐 그가 그대더러
탄탄한 어깨 위에 곡식을 까부르는 키를 메고 있다고 말하거든
그때 그대는 손에 맞는 노를 땅에 박고 포세이돈 왕에게
훌륭한 제물들을, 숫양 한 마리와 수소 한 마리와   130
암퇘지를 올라타는 수퇘지 한 마리를 바치시오.
그러고 나서 그대는 집에 돌아가 넓은 하늘에 사시는
모든 불사신들께 순서대로 신성한 헤카톰베를 바치시오.
또한 그대에게는 더없이 부드러운 죽음이
바다 밖으로부터[3] 와서 안락한 노령에 제압된 그대를   135
데려갈 것이고, 백성들은 그대를 둘러싸고 행복하게
살게 될 것이오. 나의 이 말은 거짓 없는 진실이오.'
    그가 이렇게 말하자 나는 이런 말로 대답했소.
'테이레시아스여! 이 운명의 실은 모두 신들께서 손수 자으신
것이오. 자, 그대는 이 점에 대해서도 내게 솔직히 말씀해주시오.   140

저기 세상을 떠나신 내 어머니의 혼백이 보이건만

어머니께서는 잠자코 피 가까이 앉아 계실 뿐 감히 당신 아들을

마주보거나 말을 걸지 못하시는군요. 말씀해주시오. 왕이여!

어떻게 해야 내가 여기 있다는 것을 어머니께서 아실 수 있나요?'

    내가 이렇게 말하자 그는 곧바로 이런 말로 내게 대답했소.   145

'내가 그대의 마음에 새겨주려는 말은 간단하오. 세상을 떠난

사자들 중 누구건 피에 접근하게 그대가 내버려둔다면,

그는 그대에게 거짓 없는 진실을 말할 것이오. 그러나 누구건

그대가 그렇게 하지 못하게 막는다면 그는 도로 물러갈 것이오.'

    이렇게 말하고 테이레시아스 왕의 혼백은 하데스의 집으로   150

돌아갔소, 예언을 다 말하고 나서. 내가 꼼짝 않고

그 자리에 머물러 있자 마침내 어머니께서 다가오셔서

검은 피를 마셨소. 그러자 어머니께서는 당장 나를 알아보시고

울면서 내게 물 흐르듯 거침없이 말했소.

    '내 아들아! 어떻게 살아 있는 네가 어둠에 싸인 그림자[4]들의   155

나라로 내려왔느냐? 이런 것들을 본다는 것은 살아 있는 자들에게는

어려운 일이다. 그사이에는 큰 강들과 무서운 흐름이

있으니까. 우선 오케아노스만 해도 잘 만든 배를

---

3   '바다 밖으로부터'라고 번역한 eks halos는 대개 '바다에서 멀리 떨어진 곳에서' 즉 '육지
에서'라는 뜻으로 풀이되고 있다. 10년 동안 바다를 떠돌아다닌 오뒷세우스에게는 육지에
서의 죽음이 소원이었을 것이다. 오뒷세우스와 키르케 사이에서 태어난 아들 텔레고노스
(Telegonos)가 훗날 아버지를 찾아 이타케에 갔다가 본의 아니게 어골창(魚骨槍)으로 아버
지를 찔러 죽이게 된다는 호메로스 이후의 신화를 내세우며 eks halos가 '바다로부터'라고
주장하는 이들도 있다.

4   '그림자'란 여기서 사자(死者)를 말한다. 고대 그리스인들은 사람이 죽고 나면 저승에서
그림자 같은 삶을 산다고 믿었다.

갖고 있다면 몰라도 걸어서는 절대로 건널 수 없지.

전우들과 배를 타고 트로이아에서 이리로 오는 길이냐?   160

오랫동안 떠돌아다니느라고 아직 이타케에 닿지 못하고

네 궁전에서 네 아내도 만나지 못한 것이냐?'

    어머니께서 이렇게 말씀하시자 나는 이런 말로 대답했소.

'어머니! 테바이의 테이레시아스의 혼백에게 물어보려고

저는 어쩔 수 없이 하데스의 집으로 온 거예요. 아직도 저는   165

아카이오이족의 땅에 가까이 가지 못했고 제 자신의 나라를

밟아보지도 못했으며 트로이아인들과 싸우기 위해

처음에 고귀한 아가멤논을 따라 말의 고장 일리오스로

떠나던 그날부터 늘 고난 속에서 떠돌아다녔어요.

자, 이제 제게 솔직히 말씀해주세요.   170

사람을 길게 뉘는 죽음의 어떤 운명이 어머니를 제압했나요?

오래 끄는 병이었나요? 아니면 활의 여신 아르테미스께서

부드러운 화살들을 갖고 찾아와 어머니를 죽이셨나요?

아버지와 두고 온 제 아들에 관해서도 말씀해주세요. 제 명예로운 지위는

아직도 그들에게 남아 있나요, 아니면 이미 어떤 다른 사람이   175

그것을 차지했고 사람들은 제가 돌아오지 못할 것이라고

말하나요? 그리고 결혼한 제 아내의 계획과 의도에 대해서도

말씀해주세요. 제 아내는 아들 옆에 머물며 모든 것을 변함없이

지키고 있나요, 아니면 가장 훌륭한 아카이오이족과 벌써 결혼했나요?'

    내가 이렇게 말하자 존경스러운 어머니께서 곧바로 대답했소.   180

'네 아내는 철석같이 굳은 마음으로 네 궁전에 머물러 있단다.

하지만 그녀는 눈물 속에서 괴로운

밤과 낮들을 보내고 있다. 너의 아름답고 명예로운

지위는 아직 다른 사람이 차지하지 않았다.

텔레마코스는 편안히 제 영지를 지키며 재판관으로 으레   185

참석해야 하는 공평한 회식에서 성찬을 즐기고 있단다.[5]

모든 이들이 그를 초청하니까. 네 아버지는 그곳

시골에 머물며 도시에는 내려가지 않으신다. 그이는

침상이나 외투나 번쩍이는 담요 같은 침구도 없이,

겨울에는 집안에서 하인들이 자는 불 옆 먼지 속에   190

주무시며 몸에는 남루한 옷만 걸치신다.

그리고 여름이 오고 풍성한 수확기가 되면

그이의 포도밭 언덕 도처에는 낙엽들이 땅에 뿌려진단다.

그이를 위한 야트막한 침상이란다. 그곳에 그이는 괴로워하며

누워서 마음속에 슬픔을 키우고 계신단다, 네가 돌아오기를   195

열망하면서. 게다가 그이에게는 벌써 힘겨운 노년이

다가오고 있다. 나도 그렇게 죽어 내 운명을 맞았단다.

잘 겨냥하는 활의 여신께서 부드러운 화살들을 갖고

찾아와 궁전에서 나를 죽이신 것도 아니고,

무엇보다도 서글픈 쇠약으로 사지에서 생명력을   200

앗아가는 어떤 질병이 나를 엄습한 것도 아니란다. 오히려,

영광스러운 오뒷세우스여! 너와 네 조언들과 네 상냥함에 대한

그리움이 꿀처럼 달콤한 목숨을 내게서 빼앗아갔단다.'

---

5 텔레마코스는 성년이 되어 당당한 왕으로서 아버지 대신 왕의 특권을 누리고 있는 것으로
그려져 있으나, 오뒷세우스가 트로이아 전쟁이 끝난 뒤의 10년 가운데 나중 7년을 칼립소
의 오귀기에 섬에 머물렀던 점을 생각하면 이때 그의 나이는 14세 정도일 것이다. 그러나
1~4권에서 이미 성년으로 나온 까닭에 호메로스는 청중들의 혼란을 줄이기 위해 이런 시
간적 불일치를 무시한 듯하다.

어머니께서 이렇게 말씀하시자 나는 생각에 잠겼고
세상을 떠나신 어머니의 혼백을 붙잡고 싶어졌소.   205
나는 세 번이나 달려가 마음이 시키는 대로 어머니를 붙잡으려
했지만 그때마다 어머니께서는 그림자처럼 꿈처럼
내 두 손에서 날아가버리셨소. 나는 마음이 더욱더 쓰라리고
괴로워서 어머니를 향해 물 흐르듯 거침없이 말했소.

　'어머니! 하데스의 집에서나마 서로 얼싸안고   210
싸늘한 비탄을 실컷 즐기려고 어머니를 붙잡기를 열망하건만
어째서 어머니께서는 저를 기다려주시지 않지요?
아니면 제가 더욱더 비탄하고 신음하도록
당당한 페르세포네께서 제게 환영을 보내주신 건가요?'

　내가 이렇게 말하자 존경스러운 어머니께서는 곧바로 대답했소.   215
'아아! 내 아들아, 모든 이들 중에서 가장 불운한 자여!
제우스의 따님이신 페르세포네께서 너를 속이시는 것이 아니란다.
이것이 바로 인간이 죽게 되면 당하는 운명이란다.
일단 목숨이 흰 뼈를 떠나면
근육은 더는 살과 뼈를 결합하지 못하고   220
활활 타오르는 불의 강력한 힘이 그것을 모두 없애버리지만
혼백은 꿈처럼 날아가 배회하게 된단다.
너는 빛을 향해 어서 빨리 서둘러라. 그리고 이 모든 것을
명심해두었다가 나중에 네 아내에게 말해주어라.'

　우리 둘이 이야기를 주고받는 사이에 여인들이 다가왔소.   225
그들은 모두 가장 훌륭한 자들의 아내 또는 딸들이었는데,
당당한 페르세포네께서 그들을 보내신 것이오.
그녀들은 검은 피를 둘러싸고 모여 있었는데,

나는 어떻게 하면 그들 각자에게 물어볼 수 있을까 궁리했소.

내 마음에는 역시 내가 넓적다리에서 날이 긴   230

칼을 빼어 들고 그들이 모두 한꺼번에 검은 피를

마시지 못하게 하는 것이 가장 좋을 것 같았소.

그리하여 그들은 한 명씩 다가와서 저마다

자기 가문(家門)을 말했고 나는 그들 모두에게 물었소.

　　맨 먼저 나는 고귀한 아버지의 딸인 튀로를 보았소.   235

그녀는 자기가 나무랄 데 없는 살모네우스의 딸이며

아이올로스의 아들 크레테우스의 아내라고 말했소.

그녀는 지상을 흐르는 강들 가운데 월등히 아름다운 강인

신과 같은 에니페우스에게 반해

에니페우스의 아름다운 강물이 있는 곳으로 나가곤 했소.   240

그런데 대지를 떠받치고 흔드는 신이 그의 모습을 하고는

깊이 소용돌이치는 강 어귀에서 그녀 곁에 누웠소.

그러자 자줏빛 너울이 내리덮칠 듯이 산처럼 둘러서서

신과 필멸의 여인을 가려주었소. 그리고 신은

소녀의 허리띠를 풀고 그녀 위에 잠을 쏟아부었소.   245

신은 애정 행위를 마치고 나서

그녀의 손을 잡으며 이렇게 말했소.

　　'여인이여! 그대는 우리의 사랑을 기뻐하라. 한 해가 지나면

그대는 빼어난 아이들을 낳게 되리라. 불사신들의 포옹은

결코 헛되지 않는 법이다. 그러면 그대는 아이들을 잘 기르고   250

보살펴라. 그러나 지금은 집에 가서 참고 말하지 마라.

나는 대지를 흔드는 포세이돈이다.'

　　이렇게 말하고 신은 물결치는 바다 밑으로 들어갔소.

한편 튀로는 펠리아스와 넬레우스를 잉태하고 낳으니
이들은 둘 다 위대한 제우스의 강력한 시종[6]이 되었소.   255
펠리아스는 넓은 무도장이 있는 이올코스[7]에 살면서 수많은
양떼의 주인이 되었고, 다른 사람들은 모래가 많은 퓔로스에서 살았소.
여인들의 여왕인 튀로는 크레테우스에게도 다른 아들들을 낳아주었는데,
아이손과 페레스와 전차를 타고 싸우는 아뮈타온이 그들이오.[8]
   그녀 다음으로 내가 본 것은 아소포스의 딸 안티오페[9]였소.   260
그녀의 자랑은 자신이 바로 제우스의 품에서 잤다는 것이었소.
그리하여 그녀는 두 아들 암피온과 제토스를 낳았는데
이들이 처음으로 일곱 성문의 테바이에 주거지를 건설하고
성탑을 둘렀소. 이들이 비록 강력하기는 해도
넓은 무도장이 있는 테바이에 성탑 없이는 살 수가 없기 때문이지요.   265
   그녀 다음으로 내가 본 것은 암피트뤼온의 아내 알크메네였소.
그녀는 위대한 제우스의 품에서 살을 섞어
대담무쌍하고 사자처럼 용감한 헤라클레스를 낳았소.
그리고 나는 고매한 크레온의 딸 메가라도 만났는데
그녀는 암피트뤼온의 강력하고 지칠 줄 모르는 아들이 아내로 삼았소.[10]   270
   나는 또한 오이디포데스의 어머니인 아리따운 에피카스테[11]도 보았소.
그녀는 자기 아들과 결혼함으로써 영문도 모르고 엄청난 짓을 저질렀고,
오이디포데스는 자기 아버지를 죽이고 자기 어머니와 결혼했소.
신들께서는 당장 이 일을 인간들에게 알려주셨지요.
그리하여 카드모스의 후예들[12]의 통치자인 오이디포데스는   275
사랑스러운 테바이에서 신들의 잔혹한 계획에 따라 고통받은 것이오.
한편 에피카스테는 강력한 문지기인 하데스의 집으로 내려갔소.
그녀는 슬픔에 꼼짝없이 사로잡혀 자신을 위해서는 높은 대들보에

고를 맨 밧줄을 높다랗게 매달았고, 아들에게는 복수의 여신들이

어머니를 위해 준비한 온갖 고통을 많이도 남겨놓았지요.   280

나는 또한 더없이 아리따운 클로리스[13]도 보았는데,

그녀가 하도 고와 넬레우스가 수없이 많은 구혼 선물을 주고 그녀와

결혼했지요. 그녀는 이아소스의 아들 암피온의 막내딸이었는데

암피온은 전에 미뉘아이족의 도시 오르코메노스를 강력하게 다스린 사람이오.

그녀는 필로스에서 왕비가 되어 남편에게 빼어난 자식들을   285

---

6   '제우스의 시종들'이란 왕들을 뜻한다. 그 밖에도 '아레스의 시종들'은 전사들을, '무사의
시종들'은 가인들을 뜻한다.

7   이올코스는 텟살리아의 펠리온 산 남쪽에 있는 항구도시다.

8   '주요 인명' 중 네스토르 참조.

9   안티오페는 테바이와 플라타이아이(Plataiai 또는 Plataia) 사이를 흐르는 아소포스 강의 딸
로 제우스에 의해 두 아들 암피온과 제토스의 어머니가 된다. 여기서는 이들 형제가 처음
으로 테바이를 세운 것으로 되어 있으나, 호메로스 이후의 전설에 따르면 테바이는 카드
모스에 의해 세워졌다고 한다. 암피온은 뤼라 연주에 능하여 성벽을 쌓을 돌들이 그의 음
악을 듣고 저절로 움직이게 했다고 한다. 암피온은 탄탈로스의 딸로 펠롭스의 누이인 니
오베와, 제토스는 요정 테베와 결혼했는데 테바이라는 도시 이름은 그녀에게서 유래했다
고 한다.

10 헤라클레스와 메가라에 관해서는 '주요 인명' 중 헤라클레스 참조.

11 『일리아스』 23권 679행에도 나오는 오이디포데스는 오이디푸스(Oidipous)와, 에피카스테
는 이오카스테(Iokaste)와 같은 인물이다. 여기 나오는 오이디푸스의 이야기는 스핑크스
(Sphinx)의 수수께끼와 오이디푸스가 제 손으로 제 눈을 멀게 한 이야기와 오이디푸스가
테바이를 떠난 이야기는 나오지 않고, 근친상간과 친부살해, 이오카스테의 자살만 언급되
고 있는 점으로 미루어 이 전설의 초기 형태가 아닌가 싶다.

12 테바이인들.

13 클로리스는 넬레우스의 아내로 네스토르의 어머니다. 테바이가 강성해지기까지 보이오티
아에서 가장 크고 부유했던 도시인 오르코메노스에는 전설상의 영웅족 미뉘아이족이 거
주했는데 여기서 클로리스는 그들의 왕 암피온의 딸이다. 그러나 클로리스는 대개 테바이
의 암피온과 니오베의 딸로 알려져 있다.

낳아주니, 네스토르, 크로미오스, 용맹스러운 페리클뤼메노스가 곧 그들이오.

그들 말고도 그녀는 강력한 페로를 낳으니 인간들에게는 가히 장관이었소.

그래서 주위에 사는 사람들이 모두 페로에게 구혼했으나 넬레우스는

이피클로스의 뿔이 굽고 이마가 넓고 몰기가 힘든 강력한 소떼를

퓔라케에서 도로 몰고 오는 자가 아니면 누구에게도 딸을   290

주지 않겠다고 했소. 오직 한 사람, 나무랄 데 없는 예언자[14]만이

소떼를 몰고 오겠다고 약속했소. 그러나 신의 가혹한 운명이,

고통스러운 사슬들과 들에 사는 목자들이 그를 묶어버렸소.

그러나 마침내 달이 가고 날이 가서

한 해가 지나고 계절들이 돌아왔을 때   295

그가 모든 예언을 다 말해주자 강력한 이피클로스가

그를 풀어주었소. 그리하여 제우스의 뜻이 이뤄졌소.

　　나는 또한 튄다레오스의 아내 레다[15]도 보았소.

그녀는 튄다레오스에게 대담무쌍한 두 아들,

말을 길들이는 카스토르와 권투에 능한 폴뤼데우케스를 낳아주었소.   300

그들은 둘 다 아직 살아 있지만 생명을 낳는 대지가 그들을

덮고 있소. 그러나 그들은 지하에서도 제우스께서 주신 명예를

누리고 있으니 둘이서 번갈아 하루는 살고 하루는 다시 죽기 때문이오.

그리하여 그들은 신과 같은 명예를 얻게 되었던 것이오.

그녀 다음으로 나는 알로에우스의 아내 이피메데이아를 보았는데   305

그녀는 자기가 포세이돈과 살을 섞었다고 했소.

그리하여 그녀는 두 아이를 낳았는데 둘 다 단명했으니,

신과 같은 오토스와 멀리까지 이름난 에피알테스[16]가 곧 그들이오.

그들은 양식을 대주는 대지가 기른 인간들 중에서

가장 키가 컸고 용모도 이름난 오리온 다음으로 월등히 준수했소.   310

그들은 아홉 살 때 벌써 몸 둘레가 아홉 완척이나 되고

키가 아홉 발이나 되었소.

그들은 심지어 올림포스의 불사신들에게도

격렬한 전쟁의 소음을 불러일으키겠다고 위협하는가 하면

하늘에 오를 수 있도록 올림포스 산 위에 옷사 산을 쌓고   315

옷사 산 위에 잎이 바람에 흔들리는 펠리온[17] 산을 쌓으려 했소.

만약 성년까지 살았다면 그들은 그 일을 해냈을 것이오.

그러나 머릿결이 고운 레토가 낳은 제우스의 아들[18]이

그들의 관자놀이 밑에 구레나룻이 돋아나고 턱이

갓 돋아난 솜털로 덮이기 전에 그들 둘 다를 죽여버렸소.   320

　　나는 또한 파이드라[19]와 프로크리스[20]와 아리따운 아리아드네[21]도

보았소. 음흉한[22] 미노스의 딸인 아리아드네는 전에 테세우스[23]가

14　아뮈타온의 아들 멜람푸스. 어느 날 멜람푸스가 자고 있을 때 뱀들이 그의 두 귀를 핥은 뒤
　　로 그는 모든 짐승의 말을 알아듣게 된다. 그의 아우 비아스(Bias)가 넬레우스의 딸 페로에
　　게 구혼하자 넬레우스는 구혼 선물로 텟살리아의 퓔라케 시를 통치하는 퓔라코스의 아들
　　이피클로스가 넬레우스의 어머니에게서 약탈해간 유명한 소떼를 도로 몰아다줄 것을 요
　　구한다. 멜람푸스는 비아스를 위해 자원해 나섰다가 포로가 되어 1년 동안 옥살이를 했으
　　나 이피클로스에게 자식이 없는 까닭과 그것을 치료할 수 있는 방법을 알려주고는 소떼를
　　몰고 퓔로스로 돌아와 그가 떠나 있는 동안 넬레우스가 아뮈타온 일족에게 행한 부당한
　　짓에 대해 보상받고 비아스도 페로와 결혼하게 된다. 그 뒤 두 형제는 아르고스로 이주한
　　다. 멜람푸스는 나중에 테바이를 공격한 일곱 장수 중 한 명인 그의 증손자 암피아라오스
　　를 정점으로 하는 예언자 가문의 조상이 된다.

15　레다에 관해서는 4권 주 12와 '주요 인명' 중 헬레네 참조.

16　알로에우스의 아내 이피메데이아는 포세이돈에 의해 두 거한, 오토스와 에피알테스의 어
　　머니가 된다.

17　옷사(Ossa 최고봉 1978미터)와 펠리온(Pēlion 최고봉 1551미터)은 각각 텟살리아 지방의
　　남쪽과 동쪽에 있는 산이다.

18　아폴론.

크레테에서 신성한 아테나이의 언덕으로 데려갔으나

그녀와 재미는 보지 못했소. 그러기 전에 디오뉘소스의 증언[24] 때문에

아르테미스가 바다로 둘러싸인 디아[25]에서 그녀를 죽였기 때문이오.   325

　　나는 또한 마이라[26]와 클뤼메네[27]와 가증스러운 에리퓔레[28]도

보았는데, 에리퓔레는 값진 황금을 받고 사랑하는 남편을 팔았소.

그러나 나는 내가 본 영웅들의 아내들과 딸들에 관해 빠짐없이

다 이야기할 수도, 그들의 이름을 일일이 열거할 수도 없소이다.

그러기 전에 불멸의 밤이 다 지나가버릴 것이오.   330

지금은 잠잘 시간이오. 내가 전우들이 있는 날랜 배로 가든

아니면 여기 그대로 머물든 말이오. 호송은 신들과 그대들의 소관이오.”

　　오뒷세우스가 이렇게 말을 마치자 그들은 모두 잠자코 있었으니

그늘진 홀에서 그들은 그의 이야기에 매혹되었던 것이다.

좌중에서 흰 팔의 아레테가 먼저 말문을 열었다.   335

　　“파이아케스족이여! 그대들은 이분이 생김새와 풍채와

마음의 지혜에서 어떻다고 생각하세요? 이분은 사실 내 손님이지만

이곳에서는 그대들도 각자 통치에 참여하고 있어요. 그러니

그대들은 서둘러 이분을 보내지 마시고 이분이 궁핍한 만큼

이분에게 선물을 아끼지 마세요. 그대들은 신들의 뜻에 따라   340

집에 많은 재물을 쌓아두고 있으니까요.”

　　좌중에서 노(老)영웅 에케네오스가 말했다.

그는 파이아케스족 가운데 연장자였다.

　　“친구들이여! 사려 깊은 왕비님의 말씀은 과녁에서 벗어나지도

우리 생각과 어긋나지도 않았소. 그대들은 따르시오.   345

그러나 행동도 말도 여기 있는 알키노오스에게 달려 있소.”

　　알키노오스가 그에게 대답했다.

"내가 아직도 살아서 노를 사랑하는 파이아케스족을 다스리는

19 파이드라는 크레테 왕 미노스와 파시파에(Pasiphae)의 딸로 아테나이 왕 테세우스의 아내
    이다. 그녀는 테세우스의 전처의 아들인 힙폴뤼토스(Hippolytos)에게 반해 그를 유혹하려
    다 그가 응하지 않자 거꾸로 그가 계모인 자기에게 치근댄다고 무고하여 그를 죽게 만들
    고 자신도 자살한다.

20 프로크리스는 아테나이 왕 에렉테우스의 딸로 케팔로스(Kephalos)의 아내이다. 그녀는 남
    편과의 불행한 사랑으로 유명하다. 남편 케팔로스가 미남인지라 새벽의 여신에 의해 유괴
    되었다고도 하고, 남편을 의심하여 사냥갈 때 몰래 따라가 덤불 속에 숨어 있다가 밖으로
    나오는 순간 사냥감인 줄 알고 던진 남편의 창에 맞아 죽었다고도 한다.

21 아리아드네는 미노스와 파시파에의 딸로 테세우스가 파시파에와 포세이돈의 황소 사이에
    서 태어난 우두인신(牛頭人身)의 괴물 미노타우로스(Minotauros '미노스의 황소'라는 뜻)
    에게 바칠 아테나이의 소년 소녀 7명씩을 데리고 크레테에 갔을 때, 그에게 반해 그가 미
    노타우로스를 죽이고 장인(匠人) 다이달로스(Daidalos)가 지은 미궁에서 무사히 빠져나오
    도록 그에게 실꾸리를 준다. 그 뒤 테세우스는 아테나이로 돌아가는 길에 디아 섬에서 그
    녀를 버린다. 후기 신화에 따르면 아리아드네는 낙소스(Naxos) 섬에 버려졌다가 나중에
    주신(酒神) 디오뉘소스의 아내가 되었다고 한다.

22 '음흉한' 미노스라고 한 것은, 미노스가 미노타우로스를 위해 소년 소녀 7명씩을 매년 또
    는 9년마다 공물로 바칠 것을 아테나이에 강요한 까닭에 아테나이인들에게는 가혹한 억
    압자로 비쳐졌기 때문인 듯하다. 그러나 제우스는 그를 각별히 사랑하여 훌륭한 통치자
    겸 입법자로 만들었으며 사후에는 그를 사자(死者)들의 심판관으로 삼는다. 마지막 두 가
    지 역할은 그의 아우 라다만튀스도 그에 못지않게 훌륭히 수행한다. 4권 주 36 참조.

23 '주요 인명' 참조.

24 '디오뉘소스의 증언'이 무엇을 뜻하는지 알 수 없다. 아르테미스의 신성한 원림에서 테세
    우스가 아리아드네와 동침했다고 디오뉘소스가 아르테미스에게 일러바쳤다는 뜻으로 보
    는 견해도 있다. 주신 디오뉘소스에 관해서는 '주요 신명' 참조.

25 여기 나오는 디아 섬은 후기 전설에서 아리아드네가 버림받은 낙소스 섬이 아니라 크레테
    섬 북쪽에 있는 지금의 스탄디아(Standia) 섬이라는 견해도 있다.

26 마이라는 아르고스의 공주로 아르테미스와 가까운 사이였으나 순결의 맹세를 저버리고 제
    우스에 의해 로크로스(Lokros)를 낳은 까닭에 아르테미스가 그녀를 쏘아 죽였다고 한다.

27 클뤼메네라는 이름을 가진 여인들이 많은데 여기서는 미뉘아스와 에우뤼알레의 딸로 케
    팔로스 또는 퓔라코스에 의해 이피클로스의 어머니가 된 여인을 가리키는 것으로 생각된다.

것이 사실이라면, 그녀가 한 그 말은 반드시 이뤄질 것이오.

손님이 아무리 귀향을 열망한다 해도 내일까지는 참고   350

여기 머무르시오. 그때까지 우리가 그에게 줄 선물들을

빠짐없이 마련할 것이오. 호송은 모든 남자들, 그중에서도

특히 내 소관이오. 이 나라의 통치권은 내게 있기 때문이오."

　　지략이 뛰어난 오뒷세우스가 그에게 이런 말로 대답했다.

"통치자 알키노오스여, 모든 백성들 중에서 가장 탁월한 이여!   355

설령 그대들이 나더러 이곳에 일 년 동안 머물라고 명령하시고

그동안 호송을 서두르며 빼어난 선물들을 주신다 해도

나는 결코 마다하지 않을 것이오. 손에 선물을 가득 들고

그리운 고향에 돌아가는 것이 내게는 훨씬 이익이 될 것이고

그러면 내가 이타케로 돌아오는 것을 보는 모든 사람에게   360

나는 더 존경스럽고 사랑스러울 테니까요."

　　알키노오스가 그에게 대답했다.

"오뒷세우스여! 우리가 보아하니 그대는

거짓말쟁이나 사기꾼 같지는 않소이다.

사실 검은 대지는 아무도 그 출처를 알 수 없는 거짓말을   365

엮어대는 그런 인간들을 씨앗만큼이나 많이 기르고 있지요.

그러나 그대는 하는 말도 우아하지만 그 속에는 지혜가 들어 있소이다.

마치 가인이 노래하듯 그대는 전(全) 아르고스인들과

그대 자신의 비참한 고난을 훌륭하게 이야기했소.

자, 그대는 이 점에 대해 내게 솔직히 말씀해주시오.   370

그대는 그대와 함께 일리오스에 가서 그곳에서 운명을 맞은

신과 같은 전우들도 더러 만나보셨는지요? 오늘밤은

이루 말할 수 없이 길군요. 아직은 궁전에서 잠잘 시간이 아니오.

그러니 그대는 그 신기한 일들에 관해 이야기를 계속하시오.

그대가 홀에서 그대 자신의 고난에 관해 이야기하는 것을   375

감당할 수 있는 한 나도 고귀한 새벽이 올 때까지 버틸 것이오."

　　지략이 뛰어난 오뒷세우스가 그에게 이런 말로 대답했다.

"통치자 알키노오스여, 모든 백성들 중에서 가장 탁월한 이여!

많은 이야기를 할 시간도 있고, 잠잘 시간도 있지요.

그대가 여전히 듣기를 열망하신다면 나는 그보다 눈물겨운   380

다른 일을, 나중에 죽은 내 전우들의 고난을

빠짐없이 그대에게 이야기할 것이오.

그들은 트로이아인들의 무시무시한 함성에서 벗어났으나

귀향하여 한 사악한 여인의 뜻에 따라 죽고 말았소.

　　그리고 나서 신성한 페르세포네가 여인들의 혼백을   385

사방으로 흩어버리자 아트레우스의 아들

아가멤논의 혼백이 괴로워하며 다가왔소.

28　에리퓔레는 아르고스 왕 아드라스토스(Adrastos)의 누이로 예언자 암피아라오스의 아내
이다. 오이디푸스의 두 아들 에테오클레스(Eteokles)와 폴뤼네이케스(Polyneikes)가 테바이
의 왕권을 다투자 아드라스토스는 자기 사위가 된 폴뤼네이케스를 왕좌에 앉히기 위해 자
신을 포함하여 일곱 장수를 뽑아 일곱 성문의 테바이를 공격하려 한다. 이때 예언자 암피
아라오스도 참전할 것을 제의받지만 아드라스토스를 제외한 나머지 장수들이 모두 전사
하리라는 것을 알고 거절한다. 그러나 폴뤼네이케스가 그것을 갖고 있는 사람을 모두 불
행에 빠뜨린다는 하르모니아의 목걸이로 에리퓔레를 매수하고, 암피아라오스도 에리퓔레
와 결혼할 때 중요한 일은 에리퓔레의 결정에 따른다고 약속했기 때문에 마지못해 원정에
참가하면서 두 아들 알크마이온과 암필로코스에게 자기가 죽은 뒤 어머니를 죽이고 테바
이를 재차 공격하라고 이른다. 그는 과연 테바이에서 패하여 달아나다가 제우스의 번개에
갈라진 대지 속으로 말과 전차와 함께 산 채로 삼켜지고 그의 두 아들은 그가 시킨 대로 테
바이를 함락하고 어머니를 죽인다. 하르모니아의 목걸이는 그 뒤에도 계속하여 그것을 가
진 사람을 모두 불행에 빠뜨린다.

그의 주위에는 그와 함께 아이기스토스의 집에서 죽어

운명을 맞은 다른 자들의 혼백들도 모여 있었소.

아가멤논은 검은 피를 마시자 금세 나를 알아보았소.						390

그는 소리 내어 울며 눈물을 뚝뚝 흘렸고

내게 닿기를 열망하며 두 손을 내밀었소.

하지만 그에게서 전에 그의 나긋나긋한 사지에

넘치던 힘과 기운을 더는 볼 수가 없었소.

그를 보자 나는 눈물이 나고 가엾은 생각이 들었소.						395

그래서 나는 그에게 물 흐르듯 거침없이 말했소.

　　'가장 영광스러운 아트레우스의 아들이여, 인간들의 왕 아가멤논이여!

사람을 길게 뉘는 죽음의 어떤 운명이 그대를 제압한 것이오?

포세이돈이 역풍의 무서운 입김을 일으켜

함선들 안에서 그대를 제압한 것이오, 아니면 혹시 그대가						400

그들의 소떼나 아름다운 양떼를 약탈하려 했거나

그들의 도시나 여인들을 차지하고자 싸우려 했기에

육지에서 적군이 그대를 해친 것이오?'

　　내가 이렇게 묻자 그는 곧바로 이런 말로 대답했소.

'제우스의 후손 라에르테스의 아들이여, 지략이 뛰어난 오뒷세우스여!			405

포세이돈이 일으킨 역풍의 무서운 입김이

내 함선들 안에서 나를 제압한 것도 아니고

육지에서 적군이 나를 해친 것도 아니오.

아이기스토스가 내 잔혹한 아내와 공모하여 내게

죽음과 운명을 안겨주었소. 그자는 나를 자기 집에 초대해					410

잔치를 베풀더니 마치 구유 가에서 황소를 죽이듯 나를 죽였소.

꼭 그처럼 나는 가장 비참하게 죽었고, 내 주위에서

다른 전우들이 잇달아 살해되었소. 어떤 부유하고

권세 등등한 사람의 집에서 결혼 잔치 때나 추렴 잔치 때나

집안끼리의 풍성한 회식 때 잡는 흰 엄니의 돼지들처럼 말이오.　　　　415

그대는 지금까지 일대일의 결투나 격렬한 전투에서

수많은 사람들이 살해되는 것을 몸소 겪었겠지만,

우리가 희석용 동이들과 거하게 차린 식탁들 주위에

쓰러져 누워 있고 바닥에는 온통 피가 내를 이루고 있는

그 광경을 보았더라면 더없이 측은한 생각이 들었을 것이오.　　　　420

그러나 내게는 프리아모스의 딸 캇산드라[29]의 목소리가 가장

애처롭게 들렸는데 교활한 클뤼타임네스트라는 그녀를 바로

내 옆에서 죽였소. 나는 두 손을 들었다가 칼에 찔려 죽어가며

도로 땅 위로 떨어뜨리고 말았소. 그러나 그 개[30] 눈을 한

여인은 내게 등을 돌렸고 내가 하데스의 집으로 가는데도　　　　425

제 손으로 내 눈을 감겨주고 내 입을 막아주려고도 하지 않았소.

그녀가 결혼한 남편에게 죽음을 안기며

수치스러운 짓을 생각해낸 것처럼,

마음속으로 그런 짓을 꾀하는 여인보다 더 무섭고

더 파렴치한 인간은 달리 없을 것이오. 정말이지 나는　　　　430

귀향하면 자식들과 하인들이 반겨줄 줄 알았소.

29　캇산드라는 트로이아 왕 프리아모스와 헤카베의 딸로 아폴론에게서 예언 능력을 부여받
　　았으나 그의 구애를 거절한 까닭에 그 벌로 아무도 그녀의 예언을 믿어주지 않는다(『일리
　　아스』 13권 366행, 24권 699행 참조). 트로이아가 함락된 뒤 그녀는 아가멤논의 노예가 되
　　었는데 뮈케네에 도착하자마자 그와 함께 클뤼타임네스트라의 손에 죽는다(『오뒷세이아』
　　11권 420행 이하 참조).

30　호메로스에서 개는 파렴치를, 사슴은 비겁함을, 파리는 불굴의 투지를 상징한다.

그러나 누구보다도 끔찍한 악행에 능한 그녀는

그녀 자신과 후세에 태어날 모든 여자들에게

심지어 행실 바른 여인에게조차 치욕을 쏟아부었던 것이오.'

아가멤논이 이렇게 말하자 나는 그에게 이런 말로 대답했소.　　　　435

'아아! 목소리가 멀리 들리시는 제우스께서는 전부터 여인의 간계로

아트레우스 가문을 끔찍이도 미워하고 괴롭히셨지요.

헬레네 때문에 우리는 그렇게 많이 죽었는데 이번에는

클뤼타임네스트라가 멀리 떠나 있는 그대에게 덫을 놓았구려.'[31]

내가 이렇게 말하자 그는 곧바로 이런 말로 대답했소.　　　　440

'그러니 그대도 앞으로 아내를 너무 상냥하게 대하지 마시오.

그대가 잘 알고 있는 이야기라도 아내에게 다 알려주지 말고

어떤 것은 말하되 어떤 것은 숨기시오.

그러나 오뒷세우스여! 그대는 아내의 손에 죽지 않을 것이오.

이카리오스의 딸, 사려 깊은 페넬로페는 매우 지혜롭고　　　　445

마음속에 훌륭한 생각을 품고 있기 때문이오.

우리가 싸움터로 갈 때, 그녀는 젊은 신부로 뒤에 남았지요.

그리고 그녀의 품에는 아직 말도 못하는 어린아이가 안겨 있었소.

지금쯤 그 아이는 남자들 사이에 앉아 있겠지요.

그는 행복하도다! 사랑하는 아버지가 돌아가서 그를 만나보게　　　　450

될 것이고 그도 관습에 따라 아버지를 포옹하게 될 테니 말이오.

그러나 내 아내는 내가 내 아들을 마음껏 보는 것조차도

허용하지 않았소. 그러기 전에 그녀는 나를 죽여버렸소.

그대에게 일러줄 것이 또 하나 있는데, 그대는 명심하시오.

그대는 그대의 배를 그리운 고향땅에 몰래 대고 남들이　　　　455

보지 못하게 하시오. 여인들은 더는 믿을 수 없기 때문이오.

자, 그대는 이 점에 대해 내게 솔직히 말씀해주시오.

그곳이 오르코메노스든 아니면 모래가 많은 필로스든

아니면 메넬라오스의 넓은 스파르테든 혹시 그대들은

내 아들이 어딘가에 살아 있다는 말을 듣지 못했소?　　　　　　　　　460

고귀한 오레스테스는 지상에서 아직은 죽지 않았으니 말이오.'

　　그가 이렇게 말하자 나는 그에게 이런 말로 대답했소.

'아트레우스의 아들이여! 왜 그런 것을 내게 물으시오? 그가 살았는지

죽었는지 나는 전혀 알지 못하며, 허튼소리를 하는 것은 나쁜 짓이오.'

　　이렇게 우리 둘이 슬픈 대화를 나누며　　　　　　　　　　　　465

눈물을 뚝뚝 흘리며 비통하게 서 있을 때

펠레우스의 아들 아킬레우스, 파트로클로스, 나무랄 데 없는

안틸로코스와 아이아스의 혼백들이 다가왔는데

아이아스는 전 다나오스 백성들 중에서 나무랄 데 없는

펠레우스의 아들 다음으로 생김새와 체격이 준수했지요.　　　　　470

준족(駿足)인 아이아코스의 손자[32]의 혼백이 나를

알아보고는 비탄하며 물 흐르듯 거침없이 말했소.

　　'제우스의 후손 라에르테스의 아들이여, 지략이 뛰어난 오뒷세우스여!

31　아트레우스가(家)의 재앙에 관해서는 '주요 인명' 중 아트레우스 참조.

32　아킬레우스. 아이아코스는 제우스와 요정 아이기나(Aigina)의 아들로 엔데이스(Endeis)와
　　결혼하여 펠레우스와 텔라몬의 아버지가 된다. 아이아코스는 성격이 온후하고 경건하여
　　한번은 헬라스에 심한 가뭄이 들었을 때 그의 기도로 가뭄이 끝났다고 한다. 또 한번은 역
　　병으로 아이기나 섬이 황폐해져 그가 혼자 살게 되었는데 그의 경건에 대한 보답으로 제
　　우스가 개미들(Myrmēkes)을 사람으로 만들어 그곳에 함께 살게 해주었다고 한다. 그래서
　　이들은 뮈르미도네스족이라고 불리었으며 나중에 펠레우스와 아킬레우스의 신하가 된다.
　　아이아코스는 죽은 뒤 미노스, 라다만튀스와 더불어 사자(死者)들의 심판관이 되었다고
　　한다. 4권 주 36 참조.

대담한 자여, 그대는 또 무슨 큰일을 마음속에 생각하신 게요!
어찌 감히 하데스의 집으로 내려왔단 말이오? 아무 의식이 없는   475
사자들, 지쳐버린 인간의 환영들이 사는 이곳으로 말이오.'
　　그가 이렇게 말하자 나는 그에게 이런 말로 대답했소.
'펠레우스의 아들 아킬레우스여, 아카이오이족 가운데 가장 강력한 자여!
나는 테이레시아스에게 묻고자 왔소. 어찌해야 울퉁불퉁한 이타케에
닿을 수 있는지 그가 혹시 조언을 해줄 수 있을까 해서 말이오.   480
나는 아직도 아카이오이족의 땅에 가까이 다가가지도 못하고 내 나라를
밟아보지도 못한 채 끊임없이 고통만 당하고 있소. 하지만 그대로 말하면
아킬레우스여, 예전에도 그대만큼 행복한 사람은 없었고 앞으로도
없을 것이오. 그대가 살아 있는 동안 우리 아르고스인들은 그대를
신처럼 추앙했고, 지금은 그대가 여기 사자들 사이에서 강력한 통치자이기   485
때문이오. 그러니 아킬레우스여, 그대는 죽었다고 해서 슬퍼하지 마시오.'
　　내가 이렇게 말하자 그는 곧바로 이런 말로 대답했소.
'죽음에 대해 내게 그럴싸하게 말하지 마시오, 영광스러운
오뒷세우스여! 세상을 떠난 모든 사자들을 다스리느니
나는 차라리 지상에서 머슴이 되어 농토도 없고   490
재산도 많지 않은 가난뱅이 밑에서 품이라도 팔고 싶소이다.
자, 그대는 내 당당한 아들의 소식이나 전해주시오. 일인자가 되기 위해
그 애는 전쟁터로 따라갔소, 아니면 그렇게 하지 않았소?
나무랄 데 없는 펠레우스에 관해서도 들은 것이 있으면 말씀해주시오.
그분께서는 아직도 수많은 뮈르미도네스족 사이에서 명예를   495
누리고 계시오, 아니면 노년이 그분의 손발을 묶었다고 해서
헬라스와 프티아에서 그분을 사람들이 업신여기나요?
나는 이제 더는 햇빛 아래서 그분의 보호자가 아니며,

내가 전에 넓은 트로이아에서 가장 훌륭한 백성들을 죽이고

아르고스인들을 지켜주던 때처럼 그렇게 강력하지도 못하오.　　　　　　500

그런 사람으로 내가 잠시나마 아버지의 집에 갈 수 있다면!

그러면 나는 그분께 행패를 부리고 그분의 명예를 빼앗는

자들에게 내 힘과 무적의 손을 두려워하게 해줄 텐데!'

　　　그가 이렇게 말하자 나는 그에게 이런 말로 대답했소.

'나무랄 데 없는 펠레우스에 관해서는 나는 정말 아무것도　　　　　　505

들은 것이 없소. 그대의 사랑하는 아들 네옵톨레모스에 관해서는

나는 그대의 요구대로 모든 진실을 터놓고 이야기하겠소.

나 자신이 그를 속이 빈 균형 잡힌 배에 태워 스퀴로스[33]에서

훌륭한 정강이받이를 댄 아카이오이족에게로 데려갔기 때문이오.

트로이아의 도시 주위에서 우리가 회의를 할 때면 그는 맨 먼저　　　　510

말을 했고, 그가 한 말은 한마디도 과녁에서 빗나가지 않았소.

신과 같은 네스토르와 나만이 그를 능가했지요.

또한 우리 아카이오이족이 트로이아인들의 들판에서 싸울 때면

그는 사람들이 몰려 있는 곳이나 떼 지어 있는 곳에 처져 있지 않고

누구보다 월등히 앞으로 달려나갔으며, 누구에게도 용기를 양보하려　　　515

하지 않았소. 그는 무시무시한 전투에서 많은 남자들을 죽였소.

하지만 나는 그가 아르고스인들을 지키며 죽인 모든 백성들에 관해

빠짐없이 이야기할 수도, 그들의 이름을 일일이 열거할 수도 없소이다.

이를테면 그는 청동으로 텔레포스의 아들 영웅 에우뤼퓔로스[34]를

죽였소. 그리고 그자의 주위에서 한 여인의 뇌물 때문에　　　　　　520

33　스퀴로스는 에우보이아 섬의 동쪽에 있는 섬으로 아킬레우스가 어렸을 적에 머물던 곳이
　　다. 이곳에서 훗날 테세우스의 유골이 발견되었다고 한다.

그자의 전우였던 수많은 케테이오이족이 살해되었는데 그자는
내가 본 남자들 중에서 고귀한 멤논 다음으로 용모가 가장 준수했소.
또한 우리 아르고스인의 장수들이 에페이오스가 만든
목마에 들어갈 때 그 튼튼하게 만든 매복처를
열고 닫는 모든 책임이 내게 주어졌는데,   525
다나오스 백성들의 다른 지휘자와 보호자들은
눈물을 닦았고 모두 아랫도리를 떨었지요.
그러나 나는 그가 안색이 창백해지거나 뺨에서
눈물을 닦는 것을 내 눈으로 한 번도 본 적이 없소.
오히려 그는 목마에서 밖으로 나가게 해달라고   530
자꾸만 간청했고, 칼자루와 청동이 달려 묵직한 창에서
손을 떼지 않은 채 트로이아인들에게 재앙을 꾀하고 있었소.
마침내 우리가 프리아모스의 가파른 도시를 함락하자
그는 자기 몫의 전리품과 훌륭한 명예의 선물을 갖고
무사히 배에 올랐소. 그는 날카로운 청동에 얻어맞지도   535
근접전에서 부상당하지도 않았소. 아레스가 함께 어우러져
날뛰는 싸움터에서는 그런 일이 흔히 일어나는데도 말이오.'
    내가 이렇게 말하자 준족인 아이아코스의 손자의 혼백은
자기 아들이 걸출했다는 말을 듣고 기뻐하며
수선화 피는 풀밭으로 성큼성큼 걸어갔소.   540
    그 밖에도 세상을 떠난 사자들의 다른 혼백들이 괴로워하며
서서 저마다 염려되는 것을 물었소. 오직 텔라몬의 아들
아이아스의 혼백만이 저만치 떨어져 서 있었는데 함선들 옆에서
아킬레우스의 무구들을 두고 재판이 벌어졌을 때[35]
내가 그에게 이긴 것에 아직도 원한을 품고 있었던 것이지요.   545

그 무구들은 아킬레우스의 존경스러운 어머니가 상(賞)으로 내놓았는데

판결은 트로이아인들의 딸들과 팔라스 아테나가 내렸지요.

그런 상을 위해서라면 내가 이기지 않았더라면 좋았을 것을!

그 무구들 때문에 아이아스 같은 저런 영웅을 대지가 덮고 있으니.

아이아스는 나무랄 데 없는 펠레우스의 아들 다음으로   550

생김새와 행동에서 다른 다나오스 백성들을 모두 능가했지요.

아이아스를 향해 나는 이렇게 상냥한 말을 건넸소.

　　'아이아스여, 나무랄 데 없는 텔라몬의 아들이여! 그 저주받을 무구들

때문에 내게 품었던 원한을 그대는 죽어서도 잊지 않을 작정이시오?

신들께서는 그 무구들이 아르고스인들에게 재앙이 되게 하셨소이다.   555

그대를 잃음으로 하여 그들은 강력한 성탑(城塔)을 잃었소.

그래서 우리 아카이오이족은 그대가 죽은 뒤에 펠레우스의 아들

아킬레우스 못지않게 늘 그대를 위해 슬퍼하고 있소. 그것은

다른 누구의 잘못이 아니라 제우스의 잘못이오. 그분께서 창수들인

34　텔레포스(Tēlephos)는 헤라클레스와 아우게(Auge)의 아들로, 어렸을 적에 산에 버려졌으나 암사슴이 젖을 먹여 키워 나중에 트로이아의 동쪽에 있는 뮈시아의 왕이 된다. 그리스군이 뮈시아를 트로이아로 잘못 알고 그곳에 상륙하여 전투가 벌어졌을 때 텔레포스는 아킬레우스의 창에 부상당한다. 그리스군이 일단 아울리스 항으로 돌아간 뒤에도 상처가 아물지 않자 텔레포스는 '상처를 입힌 자가 또한 상처를 치료해줄 것이다'라는 델포이의 신탁에 따라 아울리스로 아킬레우스를 찾아가지만 치료자가 아킬레우스가 아니라 그의 창임이 밝혀져 그 창에 슨 녹으로 상처를 치료하게 된다. 텔레포스에 얽힌 다른 전설에 따르면, 그의 아내 아스튀오케(Astyoche)는 처음에 아들 에우뤼퓔로스가 트로이아 편에 가담하여 싸우는 것을 허락하지 않았으나 그녀의 아버지 프리아모스에게서 황금 포도나무를 선물로 받고는 아들을 싸움터에 내보냈다고 한다.

35　아킬레우스의 사후 그의 무구들을 놓고 '큰 아이아스'와 오뒷세우스 사이에 경합이 벌어졌을 때 그리스 장수들의 투표에 의해 그것이 오뒷세우스에게 돌아가자 아이아스는 분을 삭이지 못하고 자살하고 만다. '주요 인명' 중 아이아스 참조.

다나오스 백성의 군대를 끔찍이 미워하시어 그대에게 그런 운명을   560
지우셨으니까. 자, 왕이여! 그대는 이리 와서 내 말과 이야기를
들어보시오. 그리고 노여움과 완고한 마음을 푸시오.'

　　내가 이렇게 말했지만 그는 한마디 대답도 없이 세상을 떠난
사자들의 다른 혼백들을 따라 에레보스로 들어가버렸소.
비록 원한을 품고 있기는 했지만 그가 내게 말을 걸었거나   565
아니면 내가 그에게 말을 걸었을 것이나, 내 가슴속 마음은
세상을 떠난 다른 사자들의 혼백들을 보고 싶어했소.

　　그곳에서 나는 제우스의 탁월한 아들 미노스가 황금 홀을
쥐고 앉아 사자들에게 판결을 내리고 있는 것을 보았소.
한편 사자들은 문이 넓은 하데스의 집안에서   570
왕인 그의 주위에 둘러앉거나 서서 판결을 묻고 있었소.

　　그다음으로 나는 거대한 오리온이 온통 청동으로 된
영원히 부술 수 없는 몽둥이를 손에 들고 수선화 피는
풀밭에서 야수들을 한곳으로 모는 것을 보았는데,
그 야수들은 그가 전에 인적이 드문 산속에서 손수 죽인 것들이었소.   575

　　나는 또 명성도 자자한 가이아의 아들 티튀오스[36]가 땅바닥에
누워 있는 것을 보았소. 그는 아흔 평이나 되는 땅 위에 누워 있고
그의 양 옆에는 독수리들이 앉아 그의 간을 쪼아 먹으며 내장의 점막까지
파고 들어갔소. 그러나 그는 두 손으로 독수리들을 막지 못했으니,
제우스의 유명한 소실(小室)인 레토가 아름다운 무도장이 있는   580
파노페우스를 지나 퓌토로 갈 때 그가 그녀를 납치하려 했기 때문이오.

　　나는 또 심한 고통을 당하는 탄탈로스도 보았소.
그는 못 안에 서 있는데 물이 그의 턱 밑까지 닿았소.
그는 목이 말라 물을 마시려 했지만 물을 떠 마실 수 없었소.

노인이 마시기를 열망하며 허리를 구부릴 때마다   585

물이 뒤로 물러나며 사라지고 그의 발 주위에는 검은 땅바닥이

드러났으니 어떤 신께서 물을 말려버리셨기 때문이오.

그의 머리 위에는 배나무, 석류나무, 탐스러운 열매가 달린

사과나무, 달콤한 무화과나무, 한창 꽃이 피어나는 올리브 같은

키 큰 나무에 열매가 주렁주렁 매달려 있었소.   590

하지만 노인이 열매를 잡으려 손을 내밀 때마다 바람이

그것들을 그늘 지어주는 구름 위로 쳐올리는 것이었소.

　　나는 또 심한 고통을 당하는 시쉬포스[37]도 보았소.

그는 두 손으로 거대한 돌덩이를 움직이고 있었소.

그는 두 손과 두 발로 버티며 그 돌덩이를 산꼭대기로   595

밀어 올렸소. 그러나 그가 그 돌덩이를 산꼭대기 너머로

넘기려고 하면 그 무게가 그를 뒤로 밀어내는 것이었소.

그러면 그 뻔뻔스러운 돌덩이가 도로 들판으로 굴러내렸고

그러면 그는 또 기를 쓰며 밀었소. 그의 사지에서 비 오듯 땀이

흘러내렸고 그의 머리 위로는 구름처럼 먼지가 일었소.   600

　　그다음으로 나는 강력한 헤라클레스를 보았소. 물론 그것은

그의 환영에 불과하지요. 그 자신은 불사신들 사이에서 주연(酒宴)을

즐기고 있고, 위대한 제우스와 황금 샌들의 헤라의 딸인

복사뼈가 예쁜 헤베를 아내로 삼고 있으니까요.

그의 주위에서는 사자(死者)들이 놀라서 사방으로 날아가는   605

새떼처럼 요란한 소리를 냈고, 그는 활집에서 활을 꺼내 들고

36　티튀오스는 가이아의 아들로 몸집이 엄청나게 큰 거한이다. 7권 주 9 참조.

37　'주요 인명' 참조.

시위에 화살을 얹은 채 당장이라도 쏠 것처럼 무섭게 주위를
노려보고 있었는데 그 모습이 마치 검은 밤과도 같았소.
그의 가슴 주위에는 무시무시한 어깨띠가 매어져 있었는데
그 황금 띠에는 곰과 멧돼지와 번쩍이는 눈의 사자들과   610
회전(會戰)과 전투와 살육과 남자들 사이의
살해 같은 신기한 작품들이 새겨져 있었소.
그 띠에 재주를 부린 사람이 누구건 그는 일단
그것을 만든 이상 결코 다른 것은 만들지 못할 것이오.
헤라클레스는 두 눈으로 나를 보자 금세 알아보고는   615
나를 위해 슬퍼하며 물 흐르듯 거침없이 말했소.

　　'제우스의 후손 라에르테스의 아들이여, 지략이 뛰어난
오뒷세우스여! 가련한 자여, 그대도 내가 햇빛 아래서 참고
견뎠던 것과 같은 불행한 삶을 살아가고 있구려. 나는 크로노스의
아드님 제우스의 아들이오. 그런데도 나는 끝없이 고통당했으니   620
나보다 훨씬 못한 자³⁸에게 예속되었기 때문이오.
그자는 내게 힘든 고역(苦役)을 시켰고 한번은
지옥의 개³⁹를 끌고 오라고 이리로 나를 보내기도 했소.
그자는 내게 더 힘든 고역을 생각해낼 수 없었나보오.
그러나 나는 그 개를 하데스의 집 밖으로 끌고 나갔고   625
헤르메스와 빛나는 눈의 아테나가 나를 호송해주었지요.'

　　이렇게 말하고 그는 도로 하데스의 집으로 들어갔소.
그러나 나는 혹시 이전에 죽은 다른 영웅들 중에
누가 또 올까 하여 그곳에 그대로 머물러 있었소. 그리하여 나는
신들의 명성도 자자한 자식들인 테세우스나 페이리토오스⁴⁰ 등   630
내가 보고 싶었던 옛 사람들을 만나보았을 것이나,

그러기 전에 헤아릴 수 없이 많은 사자의 종족들이 무시무시하게

고함을 지르며 몰려들었소. 나는 당당한 페르세포네께서

저 무서운 괴물 고르고[41]의 머리를 하데스의 집에서

내게 내보내시지 않을까 해서 파랗게 겁에 질렸소.   635

그래서 나는 곧바로 배가 있는 곳으로 가서 전우들에게

당장 배에 오르고 고물 밧줄을 풀라고 명령했소.

그들은 곧바로 배에 올라 노 젓는 자리에 앉았소.

그러자 배가 흐르는 물의 물결을 타고 처음에는 노 젓는 대로

다음에는 순풍에 의해 오케아노스 강을 따라 움직였소.   640

---

38 에우뤼스테우스(Eurystheus). '주요 인명' 중 헤라클레스 참조.

39 일단 들어오면 아무도 밖으로 도망치지 못하도록 저승의 입구를 지킨다는 괴물 개 케르베로스를 말한다. 케르베로스라는 이름은 헤시오도스 『신들의 계보』 310행 이하와 779행 이하에 처음 나온다. 이 개는 머리가 3개 또는 50개이며 갈기 또는 꼬리가 뱀으로 되어 있다고 한다. 헤라클레스가 케르베로스를 저승에서 지상으로 끌고 온 이야기는 '주요 인명' 중 헤라클레스 참조.

40 페이리토오스는 익시온(Ixion) 또는 제우스와 디아(Dia)의 아들로, 텟살리아 지방에 살던 라피타이족의 왕이다. 그는 힙포다메이아(Hippodameia)와의 결혼식에 펠리온 산에 살던 켄타우로스(Kentauros 몸뚱이와 다리는 말[馬]이고 가슴과 머리와 팔은 사람인 괴물)들을 초대하는데 술 취한 켄타우로스들이 신부와 다른 여인들을 납치하려 하자 이들과 라피타이족 사이에 큰 싸움이 벌어진다. 이 장면은 파르테논(Parthenon) 신전의 메토프(metope)들과 올림피아의 제우스 신전에 묘사되어 있다. 이때 테세우스도 친구의 결혼식에 하객으로 참석했다가 라피타이족을 돕는다. 켄타우로스들은 이 일로 인하여 펠리온 산에서 쫓겨나 펠로폰네소스로 옮겨가게 된다.

41 '주요 신명' 참조.

XII

세이렌 자매 │ 스퀼라 │ 카륍디스 │ 헬리오스의 소들

배가 오케아노스 강의 흐름을 떠나
크고 넓은 바다의 물결들에 이르게 되어
우리가 다시 이른 아침에 태어난 새벽의 여신의 집과
무도장들이 있는, 해 뜨는 아이아이에 섬에 닿았을 때
우리는 곧장 배를 모래 위로 몰고 나서   5
우리 자신은 바닷가에 내렸소. 그곳에서 우리는
잠이 들었고 고귀한 새벽의 여신을 기다렸소.
    이른 아침에 태어난 장밋빛 손가락을 가진 새벽의 여신이
나타나자 나는 전우들을 키르케의 집으로 보내
죽은 엘페노르의 시신을 가져오게 했소.   10
우리는 장작을 팬 다음 곶〔岬〕이 가장 멀리 바다로 돌출해 있는
자리에서 괴로워 눈물을 뚝뚝 흘리며 그를 태웠소.
고인의 시신과 무구들이 다 탔을 때
우리는 무덤을 쌓고 그 위에 돌기둥을 끌어올리고는
무덤의 맨 꼭대기에 손에 맞는 노를 꽂았소.   15
    우리가 이런 일들을 하나씩 다 처리했을 때,
키르케는 우리가 하데스에서 돌아온 것을 모를 리 없는지라
채비를 하고 서둘러 다가왔고 그녀와 동행한 시녀들은
빵과 많은 고기와 불그레하게 반짝이는 포도주를 가져왔소.
여신들 중에서도 고귀한 키르케가 우리들 한가운데로 나서며 말했소.   20

'대담한 자들이여! 그대들은 살아서 하데스의 집으로 내려갔으니
다른 사람들은 모두 한 번 죽는데 그대들은 두 번 죽는 셈이네요.
자, 그대들은 여기서 온종일 음식을 먹고 포도주를 드세요.
날이 밝는 대로 그대들은 배를 타고 떠나게 될 거예요.
그리고 그대들이 고통을 안겨다주는 책략에 의해   25
바다나 육지에서 불행과 고통을 당하지 않도록
나는 길을 가리켜주고 모든 것을 일일이 설명해줄 거예요.'
        그녀가 이렇게 말하자 우리의 당당한 마음은 이에 찬동했소.
그리하여 그때 우리는 해가 질 때까지 온종일 그곳에 앉아
말할 수 없이 많은 고기와 달콤한 술로 잔치를 벌였소.   30
이윽고 해가 지고 어둠이 찾아왔을 때
다른 사람들은 모두 배의 고물 밧줄 옆에 자려고 누웠소.
그러나 그녀는 내 손을 잡더니 사랑하는 전우들에게서 떨어진
곳에 나를 앉히고는 내게 몸을 기대며 꼬치꼬치 캐물었소.
그래서 내가 그녀에게 그간에 있었던 일의 자초지종을 다   35
말해주자 존경스러운 키르케가 이렇게 말했소.
        '모든 일이 그렇게 되었군요. 지금 내가 하는 말을 명심하세요.
내가 한 말을 나중에 어떤 신이 몸소 그대에게 상기시킬 거예요.
그대는 먼저 세이렌 자매[1]에게 가게 될 것인데
그들은 자기들에게 다가오는 인간들은 누구건 다 유혹해요.   40
누구든 영문도 모르고 가까이 다가갔다가 세이렌 자매의 목소리를
듣게 되면, 그의 아내와 어린 자식들은 더는 집에 돌아온
그의 옆에 서지 못할 것이며 그의 귀향을 반기지 못할 거예요.
세이렌 자매가 풀밭에 앉아 낭랑한 노랫소리로 호릴 것인즉
그들 주위에는 온통 썩어가는 남자들의 뼈가 무더기로   45

쌓여 있고 뼈를 둘러싼 살갗은 오그라들고 있어요.

그대는 재빨리 그 옆을 지나치되, 꿀처럼 달콤한 밀랍을 이겨서

전우들의 귀에 발라주세요. 다른 사람은 아무도 듣지 못하게

말예요. 그러나 그대 자신은 원한다면 들으세요.

그대는 돛대를 고정하는 나무통에 똑바로 선 채 전우들로 하여금   50

날랜 배 안에 그대의 손발을 묶게 하되, 돛대에 밧줄의

끄트머리를 매게 하세요. 그러면 그대는 즐기면서 세이렌 자매의

목소리를 듣게 될 거예요. 그대가 풀어달라고 전우들에게

애원하거나 명령하면 그들이 더 많은 밧줄로 그대를 묶게 하세요.

　　그러나 그대의 전우들이 배를 몰아 세이렌 자매의 옆을 통과하고 나면   55

그때부터는 어느 길이 그대의 길이 될지 나는 더는 말하지

않을 것이니, 그대 자신이 마음속으로 잘 생각하세요.

나는 그대에게 양쪽 길을 다 일러주겠어요.

한쪽에는 위쪽으로 갈수록 툭 튀어나온 바위들이 있는데

검푸른 눈을 가진 암피트리테의 큰 너울들이 그것들을 향해   60

노호하지요. 축복받은 신들은 이 바위들을 플랑크타이 바위들[2]이라

부르지요. 그 옆으로는 날짐승조차도 아니, 아버지 제우스께

암브로시아를 날라다주는 겁 많은 비둘기조차도 통과할 수 없어요.

1　'주요 신명' 참조.

2　플랑크타이 바위들('떠도는 바위들'이라는 뜻)은 화염에 싸인 채 큰 파도에 떠밀려 바다
위를 떠다니는 두 개의 암벽으로, 배가 접근하면 서로 부딪쳐 그 사이를 지나가는 배를 박
살냈다고 한다. 이 바위들은 아르고호 원정대가 흑해에 들어가기 위해 통과해야 했던 보
스포로스 해협 북단의 쉼플레가데스(Symplēgades '맞부딪치는 바위들'이라는 뜻)를 연상
케 한다. 그 위치에 관해서는 이탈리아와 시킬리아 사이의 메시나(Messina) 해협으로 보는
견해도 있고, 메시나 시의 북서쪽에 있는 리파리(Lipari) 군도로 보는 견해도 있다.

가파른 바위가 언제나 그들 중 한 마리를 잡아가버리니까요.

그러면 숫자가 차도록 아버지 제우스께서 또 한 마리를 내보내시지요.　　　65

그리로 갔다가 무사히 통과한 인간들의 배는 아직 한 척도 없으며

배들의 널빤지와 남자들의 시신만이 뒤죽박죽이 되어

바다의 물결과 파괴적인 불의 폭풍³에 실려 가지요.

바다를 항해하는 모든 배들 가운데 단 한 척만이, 만인이 칭송하는

아르고호(號)만이, 아이에테스의 나라에서 돌아가는 길에 그 옆을　　　70

통과했지요. 그 배도 파도에 의해 거대한 바위들에 내동댕이쳐졌을 것이나

헤라가 이아손을 사랑하여 그 옆을 통과하게 해준 것이지요.

　　다른 쪽에는 두 개의 바위가 있는데, 그중 하나는 뾰족한

봉우리가 넓은 하늘에 닿아 있고 검은 구름에 싸여 있지요.

그 구름은 결코 걷히는 일이 없고 그 봉우리는　　　75

여름에도 추수의 계절에도 결코 맑은 공기에 싸이는 일이 없어요.

필멸의 인간은 설령 스무 개의 손과 발을 갖고 있다 해도

그 위에 올라서기는커녕 발도 붙일 수 없어요.

그만큼 그 바위는 미끄럽고 사방이 깎아지른 듯하니까요.

그런데 그 바위의 중간에 서쪽을 향해, 에레보스를 향해,⁴　　　80

어둠침침한 동굴이 하나 나 있는데 그대들은 바로 그 옆으로

속이 빈 배를 몰고 지나가게 될 거예요, 영광스러운 오뒷세우스여.

건장한 남자가 활시위에서 화살을 쏜다 해도 그가 타고 있는

배에서 속이 빈 그 동굴에 닿지는 못할 거예요. 그런데 바로

그 동굴 안에 무시무시하게 짖어대는 스퀼라⁵가 살고 있어요.　　　85

사실 그녀의 목소리는 갓 태어난 강아지의 목소리만 하지만 그녀는

무시무시한 괴물인지라 그녀를 보고 좋아하는 이는 아무도 없어요.

설령 신이 그녀를 만난다 해도 좋아하지 않을 거예요.

그녀는 디룽디룽 매달린 발을 모두 열두 개나 갖고 있고

기다란 목이 여섯 개나 되는데 목마다 무시무시한 머리가   90

하나씩 달려 있고, 머리 안에는 검은 죽음으로 가득 찬

세 줄로 된 이빨들이 단단히 그리고 촘촘히 나 있지요.

그녀는 속이 빈 동굴 안에 아랫도리를 내린 채

그 무서운 심연 밖으로 머리들을 내밀어

암벽 주위를 수색하며 그곳에서 돌고래나 물개나   95

또는 잡을 수만 있다면 크게 노호하는 암피트리테가

수없이 많이 기르고 있는 더 큰 짐승을 잡곤 하지요.

배를 타고 무사히 그 옆을 통과했다고 자랑할 수 있는 뱃사람은

아직 아무도 없어요. 그녀가 머리 하나로 한 명씩

이물이 검은 배에서 사람을 낚아채 가기 때문이지요.   100

     그러나 그중 다른 바위는, 오뒷세우스여! 그대도 보게 되겠지만

야트막한 편이며 첫 번째 바위 바로 옆에 있어요. 그대는 화살을

쏘아 보낼 수도 있을 거예요. 그곳에는 잎이 무성한 큰 무화과나무가

한 그루 있는데, 그 무화과나무 밑에서 고귀한 카륍디스가 검은 물을

빨아들이지요. 그녀는 하루 세 번씩 내뱉고 세 번씩 무시무시하게   105

빨아들여요. 그녀가 물을 빨아들일 때는 그곳에 가지 마세요.

대지를 흔드는 신도 그대를 구해주지 못할 테니까요.

그러니 그대는 스퀼라의 동굴 쪽으로 다가가서 얼른 배를 몰아

그 옆을 통과하세요. 배 안에서 여섯 명의 전우를 잃는 편이

---

3 '불의 폭풍'은 리파리 군도의 북동쪽에 있는 스트롬볼리(Stromboli) 화산을 가리키는 것으로 보는 견해도 있다.

4 여기서 '에레보스를 향해'는 '서쪽을 향해'라는 뜻이다.

5 '주요 신명' 참조.

한꺼번에 모든 전우를 다 잃는 쪽보다는 훨씬 나을 테니까요.'   110

그녀가 이렇게 말하자 나는 그녀에게 이런 말로 대답했소.

'자, 여신이여! 그대는 내게 이 점에 대해 거짓 없이 사실대로

말씀해주시오. 혹시 그 끔찍한 카륍디스에게서 무사히 벗어나면서도

스퀼라가 전우들을 빼앗아갈 때 그녀를 물리칠 방도는 없는 건가요?'

내가 이렇게 묻자 여신들 중에서도 고귀한 그녀가 곧바로 말했소.   115

'대담한 자여! 그대는 또다시 전쟁의 업무와 노고를 염두에 두고

있구려. 그대는 불사신 앞에서도 물러서지 않을 작정이오?

스퀼라는 죽지 않으며 무시무시하고 끔찍하고 사납고

더불어 싸울 수 없는 불사(不死)의 재앙이에요. 그녀를 막을

방도는 없으며 그녀 앞에서는 도망치는 것이 상책이에요.   120

그대가 무장하고 그 바위 옆에서 지체하다가는

그녀가 다시 그토록 많은 머리로 그대에게 덤벼들어

많은 사람들을 잡아가지 않을까 두렵네요.

그러니 그대는 있는 힘을 다해 통과하되 인간들에게 재앙이 되라고

스퀼라를 낳아준 어머니 크라타이이스를 부르세요.   125

그러면 그녀는 스퀼라가 다시 덤벼드는 것을 막아줄 거예요.

그 뒤 그대는 트리나키에 섬[6]에 닿게 될 거예요. 그곳에는

헬리오스의 수많은 암소들과 힘센 작은 가축들이 풀을 뜯고 있는데

소떼가 일곱이요 아름다운 양떼도 그만큼 많지요. 양떼는

각각 쉰 마리씩인데[7] 그것들은 새끼를 낳지도 않고   130

죽지도 않아요. 여신들이 그것들을 치고 있어요.

고귀한 네아이라[8]가 헬리오스 휘페리온에게 낳아준

머리를 곱게 땋은 요정들인 파에투사와 람페티에 말예요.

존경스러운 어머니가 이들을 낳아 기른 다음

이들이 아버지의 작은 가축들과 뿔 굽은 소들을 지키라고   135

멀리 떨어진 트리나키에 섬에 가서 살게 한 것이지요.

그대가 귀향을 염려하여 그것들을 해치지 않고 내버려둔다면

그대들은 고생은 해도 이타케에 무사히 닿게 될 거예요.

그러나 그대가 그것들을 해친다면 나는 그대의 배와 전우들에게

파멸을 예언하겠어요. 설령 그대 자신은 벗어난다 해도   140

그대는 전우들을 모두 잃고 나중에 비참하게 귀향하게 될 거예요.'

　　　그녀는 이렇게 말했고 어느새 황금 옥좌의 새벽의 여신이 나타났소.

여신들 중에서도 고귀한 키르케는 섬으로 올라가고

나는 배가 있는 곳으로 가서 전우들에게

배에 올라 고물 밧줄을 풀라고 재촉했소.   145

그들은 지체 없이 배에 올라 노 젓는 자리에 앉았소.

그리고 그들은 순서대로 앉아 노로 잿빛 바닷물을 쳤소.

그러자 사람의 목소리를 가진 무서운 여신인 머리를 곱게 땋은

키르케가 우리를 위해 이물이 검은 배의 뒤쪽에서

돛을 부풀리는 순풍을 보내주어 훌륭한 전우가 되게 해주었소.   150

그래서 우리는 배 안에서 선구들을 부지런히 손보며 마냥 가만히

앉아 있었소. 바람과 키잡이가 배를 똑바로 몰았기 때문이오.

그때 나는 전우들 사이에서 비통한 마음으로 이렇게 말했소.

　　'친구들이여! 여신들 중에서도 고귀한 키르케가 내게 말해준

6　트리나키에(Trinakiē '세모꼴 섬')는 시킬리아의 다른 이름으로 이 섬의 생긴 모양에서 비롯된 이름이다.

7　350이라는 수는 양력에서 1년의 날수에 가깝다.

8　네아이라('새로운 여자')는 헬리오스에 의해 두 딸 파에투사('빛나는 여자')와 람페티에('번쩍이는 여자')의 어머니가 된다.

신탁은 한두 사람만 알아야 하는 것이 아닌 만큼   155
나는 그것을 말하겠소. 우리가 그것을 알고 죽거나 아니면
죽음과 죽음의 운명을 피하고 벗어날 수 있도록 말이오.
그녀는 먼저 우리더러 놀라운 세이렌 자매의 목소리와
그들의 꽃이 핀 풀밭을 피하라고 명령했소. 그녀는
오직 나만이 그들의 목소리를 들으라고 했소. 그러니 그대들은   160
돛대를 고정하는 나무통에 똑바로 세운 채 그 자리에서 꼼짝하지
못하도록 나를 고통스러운 밧줄로 묶되 돛대에 밧줄의 끄트머리를
매시오. 그리고 내가 그대들에게 풀어달라고 애원하거나
명령하거든 그때는 더 많은 밧줄로 나를 꽁꽁 묶으시오.'
    이렇게 말하고 나는 전우들에게 모든 것을 자세히 설명해주었소.   165
그사이에 우리의 잘 만든 배는 재빠르게 세이렌 자매의 섬에
이르렀소. 부드러운 순풍이 우리의 배를 몰아다준 것이지요.
그러자 금세 바람이 자더니 바다는 바람 한 점 없이 잔잔해졌소.
어떤 신이 파도를 잠재운 것이지요.
그러자 전우들이 일어서서 배의 돛을 말아   170
속이 빈 배 안에 넣고는 노 옆에 앉아
반들반들 깎은 전나무 노로 물에 흰 거품을 일으켰소.
나는 날카로운 청동으로 크고 둥근 밀랍 덩이를
잘게 잘라 튼튼한 내 두 손으로 이겼소.
그러자 밀랍이 금세 데워졌으니 내 힘과 고공(高空)의 아들   175
헬리오스의 광선이 그리 되게 만든 것이오.
나는 순서대로 모든 전우들의 귀에다 그것을 발라주었소.
그리고 그들은 배 안에서 돛대를 고정하는 나무통에 똑바로
서 있는 나의 손발을 묶고, 돛대에 밧줄의 끄트머리를

맨 뒤 배에 앉아 노로 잿빛 바닷물을 쳤소.　　　　　　　　　180
사람의 고함 소리가 들릴 만한 거리만큼 떨어졌을 때 우리는 재빨리
내달았소. 그러나 세이렌 자매도 자기들을 향해 가까이 다가오는
날랜 배를 못 볼 리 없는지라 낭랑한 노랫소리를 울리기 시작했소.
　'자! 이리 오세요, 칭찬이 자자한 오뒷세우스여, 아카이오이족의
위대한 영광이여! 이곳에 배를 세우고 우리 두 자매의 목소리를　　185
들어보세요. 우리 입에서 나오는 감미롭게 울리는 목소리를
듣지 않고 검은 배를 타고 이곳을 지나간 사람은 아직 아무도
없어요. 그런 사람은 즐긴 다음 더 유식해져서 돌아가지요.
우리는 넓은 트로이아에서 아르고스인과 트로이아인이
신들의 뜻에 따라 겪은 모든 고통을 다 알고 있으며,　　　　　190
풍요한 대지 위에서 일어나는 일은 모르는 것이 없으니까요.'
　그들이 고운 목소리로 이렇게 노래하자 내 마음은 듣고 싶어했소.
그래서 전우들에게 눈짓으로 풀어달라고 명령했지만
그들은 몸을 앞으로 구부리며 힘껏 노를 저었소.
그리고 페리메데스와 에우륄로코스가 당장 일어서더니　　　　195
더 많은 밧줄로 나를 더욱 꽁꽁 묶었소.
우리가 배를 몰아 세이렌 자매 앞을 지나가고
그들의 목소리와 노랫소리가 더는 들리지 않자
사랑하는 전우들은 지체 없이 내가 그들의 귀에
발라준 밀랍을 뗐고 나도 밧줄에서 풀어주었소.　　　　　　　200
　그러나 우리가 그 섬을 뒤로하자마자 나는 곧 물보라와
큰 너울을 보았고, 바다가 노호하는 큰 소리를 들었소.
전우들이 질겁을 하며 손에서 노를 놓아버리자 모든 노들이
찰싹찰싹 바닷물을 튀기며 배는 그 자리에 서버렸소.

날을 세운 노를 그들은 더는 손으로 젓지 못한 것이지요.   205
그래서 나는 배 안을 돌며 전우들을 격려했고
한 사람씩 일일이 가까이 다가가 상냥한 말을 건넸소.

　'친구들이여! 우리는 재앙에 관한 한 결코 무지한 편이 아니오.
정말이지 이번 재앙은 퀴클롭스가 강력한 힘으로 우리를
속이 빈 동굴에 가두었을 때보다 크다 할 수는 없을 것이오.   210
그곳에서도 우리는 나의 용기와 조언과 지혜에 의해
벗어났거늘, 생각건대 이번 일도 언젠가는 우리에게
추억이 될 것이오. 자, 이제 모두 내가 말하는 대로 합시다!
그대들은 노 젓는 자리에 앉아 바다의 무겁게 부서지는
너울을 노로 치시오. 그러면 제우스께서 아마도   215
우리가 이 파멸을 피하고 벗어날 수 있게 해주실 것이오.
키잡이! 그대에게는 내가 이렇게 명령하니 명심하시오.
그대가 속이 빈 배의 키를 잡고 있기 때문이오.
그대는 저기 저 물보라와 너울에서 떨어져 바위에
바싹 붙어 배를 모시오. 그대가 그런 줄도 모르고 배를   220
저쪽으로⁹ 급히 몰아 우리를 재앙에 빠뜨리는 일이 없게 말이오.'

　내가 이렇게 말하자 그들은 곧 내 말에 복종했소.
그러나 혹시 전우들이 겁을 먹고 노 젓기를 그만두고
배 안에 숨는 일이 없도록, 물리칠 수 없는 재앙인
스퀼라에 관해서는 아직 아무 말도 하지 않았소.   225
그러나 그때 나는 절대로 무장해서는 안 된다는
키르케의 엄명을 잊어버리고 말았소.
그래서 나는 이름난 무구들을 입고 손에 두 자루의 긴 창을
집어 들고 배의 이물 갑판으로 걸어갔으니

내 전우들에게 고통을 안겨줄 바위에 사는 스퀼라를   230

그곳에서 맨 먼저 보게 되리라고 생각했기 때문이지요.

그러나 나는 아무 데서도 그녀를 볼 수 없었고 어둠침침한

바위를 구석구석 두루 살피느라 눈이 지치기 시작했소.

    우리는 한숨을 쉬며 해협을 향해 항해를 계속했소.

한쪽에는 스퀼라가 살고 있고 다른 쪽에서는 고귀한 카륍디스가   235

바다의 짠물을 무시무시하게 빨아들이고 있었소.

그녀가 물을 내뿜을 때는 센 불 위에 걸린 가마솥처럼

맨 밑바닥으로부터 소용돌이치며 끓어올랐고

물보라는 두 바위의 꼭대기까지 높이 날아올랐소.

그러나 바다의 짠물을 도로 빨아들일 때   240

그녀는 소용돌이치며 속을 다 드러내 보였고 주위의 바위는

무섭게 울부짖었으며 바닥에는 시커먼 모래땅이 드러났소.

그러자 창백한 공포가 전우들을 사로잡았소.

우리가 파멸을 두려워하며 그쪽을 바라보고 있는 사이에

스퀼라가 나의 속이 빈 배에서 전우 여섯 명을 낚아채 가니   245

그들은 손과 힘에서 가장 뛰어난 자들이었소.

내가 날랜 배 쪽을 살펴보며 전우들을 찾고 있는데

전우들의 손발이 어느새 허공에 높이 매달려 있는 것이 보였소.

전우들은 괴로워서 크게 비명을 지르며 내 이름을 불렀소.

그러나 그것도 그때가 마지막이었소.   250

마치 낚시꾼이 바닷가 툭 튀어나온 곳에서 긴 낚싯대로

작은 물고기들에게 덫이 되도록 미끼를 던지고 들에 사는

---

9   '카륍디스 쪽'이라는 뜻이다.

소의 뿔[10]을 바닷물 속에 내리고 있다가 한 마리가 잡히면
버둥대는 물고기를 뭍으로 끌어당길 때와 같이,
꼭 그처럼 버둥대며 그들은 바위로 들어올려졌소.   255
그곳 동굴 입구에서 그녀는 비명을 지르는 전우들을 먹어치웠고
무서운 사투를 벌이며 그들은 나를 향해 손을 내밀었소.
나는 바다에서 길을 찾으며 온갖 고통을 다 겪었지만
그것은 내 눈으로 본 가장 참혹한 광경이었소.

　　　그 바위들과 무서운 카립디스와 스퀼라를 벗어나자   260
우리는 곧 신의 나무랄 데 없는 섬에 도착했소.
그곳에는 헬리오스 휘페리온의 이마가 넓은 훌륭한
소들이 있었고 힘센 작은 가축들도 많이 있었소.
그때 내가 검은 배를 타고 아직 바다 위에 있는데도
축사에 갇힌 소떼의 음매 하고 우는 소리와 양떼의   265
매매 우는 소리가 들려왔소. 그러자 눈먼 예언자
테바이의 테이레시아스와 아이아이에 섬의 키르케가 한 말이
내 마음에 떠올랐소. 그녀는 인간을 기쁘게 해주는
헬리오스의 섬을 피하라고 내게 신신당부했소.
그래서 나는 비통한 마음으로 전우들 사이에서 말했소.   270
　　　'전우들이여! 그대들은 그동안 고생이 많았지만 내 말을 들으시오.
나는 그대들에게 테이레시아스와 아이아이에 섬의 키르케의
예언을 알려주겠소. 그녀는 인간을 기쁘게 해주는
헬리오스의 섬을 피하라고 내게 신신당부했소. 그곳에서
가장 끔찍한 재앙이 우리에게 일어날 것이라고 했소.   275
그러니 검은 배를 옆으로 몰아 저 섬을 지나쳐야 합니다.'
　　　내가 이렇게 말하자 그들은 그만 맥이 빠졌소.

그때 에우뤼로코스가 대뜸 이렇게 적의에 찬 말로 대답했소.

'무정하시도다, 오뒷세우스여! 그대는 힘이 절륜하고 그대의 사지는
지칠 줄 모르오. 그대는 정말이지 온통 무쇠로 만들어져 있소이다.   280
그래서 그대는 피로와 졸음에 지친 그대의 전우들이 육지를
밟는 것조차도 허용하시지 않는구려. 저기 저 바다로 둘러싸인
섬에서 우리는 맛있는 저녁을 준비할 수 있을 텐데 말이오.
그대는 오히려 지칠 대로 지친 우리더러 섬을 지나쳐
날랜 밤을 헤치며 안갯빛 바다 위를 떠돌아다니라고   285
명령하시는구려. 배들에 파멸을 안겨주는 역풍은 밤에
생기는 법이지요. 남풍이든 세차게 불어대는 서풍이든,
갑자기 폭풍이 불어온다면 우리는 대체 어떻게 갑작스러운
파멸에서 벗어난단 말이오? 이들 두 바람이야말로 그 무엇보다도
통치자인 신들의 뜻을 거슬러 배를 부수니 말이오.   290
그러니 지금은 어두운 밤의 명령에 복종합시다.
그러면 우리는 날랜 배 옆에 머물며 저녁 준비를 할 것이고
아침이 되면 넓은 바다로 나갈 것이오.'

에우뤼로코스가 이렇게 말하자 다른 전우들도 이에 찬동했소.
그러자 나는 어떤 신이 재앙을 꾀하고 있음을 알아차리고   295
그를 향해 물 흐르듯 거침없이 말했소.

'에우뤼로코스여! 나는 혼자이니 그대들이 나를 강요할 수도
있을 것이오. 그러니 자, 그대들은 모두 내게 엄숙히
맹세해주시오. 혹시 소떼나 큰 양떼를 발견하더라도

---

10 여기서 말하는 '소의 뿔'이란 낚싯바늘이 낚싯줄과 연결되는 부분을 보호하기 위한 조그
마한 뿔관을 말하는 것으로 생각된다.

아무도 사악하고 못된 짓을 저질러 소나 작은 가축을   300
죽이지 않겠다고 말이오. 대신 그대들은
불사의 키르케가 준 음식이나 얌전히 드시오.'
　　내가 이렇게 말하자 그들은 당장 내가 명령한 대로
하겠다고 맹세했소. 그들이 맹세하기를 모두 마치자
우리는 잘 만든 배를 속이 빈 포구 안 달콤한 샘물   305
근처에 세웠소. 그러자 전우들이 배에서 내려
능숙하게 저녁 준비를 했소.
이윽고 먹고 마시는 욕망이 충족되었을 때
그들은 스퀼라가 속이 빈 배에서 낚아채어 가
먹어치운 사랑하는 전우들을 생각하며 울었고,   310
울고 있는 그들에게 마침내 달콤한 잠이 찾아왔소.
밤의 삼분의 일만 남고 별들이 기울기 시작했을 때
구름을 모으시는 제우스께서 그들을 향해 무서운 폭풍과 함께
돌풍을 일으키시더니 육지와 바다를 한꺼번에 구름으로
싸셨고, 하늘에서는 밤이 쏟아져 내렸소.   315
이른 아침에 태어난 장밋빛 손가락을 가진 새벽의 여신이 나타나자
우리는 배를 뭍으로 올려 속이 빈 동굴 안으로 끌어다 넣었는데
그곳에는 요정들의 아름다운 무도장과 집회장들이 있었소.
나는 회의를 소집해 그들 사이에서 이렇게 말했소.
　　'친구들이여! 날랜 배 안에는 먹을 것과 마실 것이 있으니   320
우리는 무슨 변을 당하지 않도록 저 소들에게서 떨어져 있읍시다.
저것들은 무서운 신인 만물을 굽어보고 만사를 듣는
헬리오스의 소들이고 힘센 작은 가축들이기 때문이오.'
　　이렇게 말하자 그들의 당당한 마음은 내 말에 복종했소.

그러나 한 달 내내 남풍이 쉬지 않고 불고   325

동풍과 남풍이 아닌 다른 바람은 일지 않았소.

내 전우들은 음식과 불그레한 포도주가 아직 남아 있는

동안에는 목숨을 건지기를 열망하며 소들에게서 멀리

떨어져 있었소. 그러나 결국 배 안의 양식이

다 떨어지자 그들은 어쩔 수 없이 사냥감을 찾아 돌아다니며   330

구부러진 낚싯바늘로 물고기며 새며 그 밖에 그들의 손에

닿는 것이면 무엇이든 잡았소. 굶주림이 그들의 창자를

갉아먹었으니까요. 마침내 나는 혹시 어떤 신이 내게

귀향의 길을 가리켜주실까 해서 기도하려고 섬으로 올라갔소.

나는 섬을 돌아다니다가 전우들에게서 벗어나게 되자   335

바람을 피할 수 있는 곳에서 손을 씻은 뒤

올림포스에 사시는 모든 신들께 기도했소.

그러나 그분들은 내 눈꺼풀 위에 달콤한 잠을 쏟아부으셨고

그동안 에우륄로코스는 내 전우들에게 나쁜 조언을 하기 시작했소.

  '전우들이여! 그대들은 그동안 고생이 많았지만 내 말을 들으시오.   340

가련한 인간들에게는 모든 죽음이 다 가증스럽겠지만

굶어 죽어서 운명을 맞는 것이야말로 가장 비참할 것이오.

자, 헬리오스의 소들 가운데 가장 훌륭한 것들을 몰고 와서

넓은 하늘에 사시는 불사신들께 제물로 바칩시다.

그리고 고향땅 이타케에 닿게 되면 우리는 곧바로   345

헬리오스 휘페리온에게 풍요한 신전을 지어드리고

그 안에 빼어난 장식품들을 많이 갖다놓을 것이오.

그러나 그분이 뿔 굽은 소들 때문에 노하여 우리 배를

부수기를 원하시고 다른 신들도 그분의 뜻을 따르신다면

나는 외딴섬에서 서서히 기진하느니 차라리 파도를 향해   350
크게 입을 벌리고 한번 숨을 헐떡여 목숨을 버리고 싶소이다.'

　　에우륄로코스가 이렇게 말하자 다른 전우들도 이에 찬동했소.
그들은 지체 없이 가까이 있던 헬리오스의 소들 중에서 가장 훌륭한
것들을 몰고 왔으니, 뿔이 굽고 이마가 넓은 아름다운 그 소들은
이물이 검은 배에서 멀지 않은 곳에서 풀을 뜯고 있었던 것이오.   355
그들은 소들 주위에 둘러서서 잎이 높다랗게 달린 참나무의
연한 잎사귀들을 뜯으며 신들께 기도했소.[11]
훌륭한 갑판이 덮인 배 안에 흰 보리가 없었기 때문이오.
그들은 기도하고 나서 소들을 잡아 껍질을 벗긴 다음
넓적다리뼈를 발라내어 그것들을 기름 조각에   360
두 겹으로 싸고 다시 그 위에 날고기를 얹었소.
그리고 그들은 활활 타는 제물 위에 부어올릴 술이 없어서
대신 물을 부어올렸고 불 위에 내장을 구웠소.
이윽고 넓적다리뼈들이 다 타자 그들은 내장을 맛보고 나서
나머지는 잘게 썰어 꼬챙이에 꿰었소.   365

　　바로 그때 달콤한 잠이 내 눈꺼풀을 떠나자
나는 날랜 배가 있는 바닷가로 걸어갔소.
내가 양 끝이 흰 배에 가까이 다가갔을 때
기름 조각의 달콤한 냄새가 나를 완전히 에워쌌소.
나는 신음하며 불사신들을 향해 말했소.   370
　　'아버지 제우스와 영생하고 축복받은 다른 신들이여! 그대들은
틀림없이 나를 파멸시키시려고 달콤한 잠으로 나를 재우신 것입니다.
그동안 뒤에 남아 있던 내 전우들이 엄청난 일을 생각해냈으니까요.'
　　한편 긴 옷의 람페티에는 우리가 그의 소들을 죽였다는 것을

알려주려고 급히 헬리오스 휘페리온에게로 갔소.

그러자 그는 당장 마음속에 화가 나서 불사신들 사이에서 말했소.

　'아버지 제우스와 그대들 영생하고 축복받은 다른 신들이여!

그대들은 라에르테스의 아들 오뒷세우스의 전우들을 벌주소서.

그들은 무도하게도 내 소들을 죽였는데 그 소들은

내가 별 많은 하늘로 올라갈 때도, 하늘에서 다시 대지로 　　　　　　　　380

돌아설 때도 늘 나를 기쁘게 해주었지요. 만약 그들이

그 소들에 대해 내게 적절한 보상을 해주지 않는다면

나는 하데스의 집으로 내려가서 사자(死者)들 사이에서 비출 것이오.'

　그에게 구름을 모으시는 제우스께서 이렇게 대답하셨소.

'헬리오스여! 그대는 부디 불사신들 사이에서 그리고 필멸의 　　　　　385

인간들 사이에서 양식을 대주는 대지 위를 비추시오.

나는 곧 포도줏빛 바다 한가운데에서 번쩍이는 번개로

그들의 날랜 배를 쳐서 박살낼 것이오.'

　이것은 내가 머리를 곱게 땋은 칼륍소에게 들은 말이오.

그녀는 이것을 신들의 사자인 헤르메스에게 들었다고 했소. 　　　　　390

　나는 배가 있는 바닷가로 내려가 전우들에게 다가가서

꾸짖었소. 그러나 우리는 어떤 대책도 마련할 수 없었으니,

소들은 이미 죽었기 때문이오. 신들은 곧바로 그들에게

전조를 내보여주셨소. 껍질들이 땅 위를 기어다니는가 하면

꼬챙이에 꿴 고깃점들이 구운 것도 날것도 음매 하고 　　　　　　　395

울었고, 소의 목소리 같은 것이 크게 울렸던 것이오.

11　제물로 바칠 짐승에게는 대개 보리를 뿌리는데 보리가 없어 대신 참나무 잎사귀를 뜯었다
　　는 뜻이다.

그 뒤 엿새 동안 내 사랑하는 전우들은 자신들이 몰고 온
헬리오스의 소들 중에서 가장 훌륭한 것들로 잔치를 벌였소.
크로노스의 아드님 제우스께서 거기에 일곱 번째 날을
보태시자 그제야 바람은 돌풍 속에서 날뛰기를 그만두었소.   400
그래서 우리는 곧바로 배에 올라 넓은 바다로 나갔고
돛대를 세우고 흰 돛을 달아 올렸소.

　우리가 그 섬을 떠나 달리 육지는 보이지 않고
보이는 것이라고는 하늘과 바다뿐이었을 때,
그때 크로노스의 아드님께서 속이 빈 배 위에 검은 구름을   405
세우셨고 배 밑의 바다가 거무스름해지기 시작했소.
그리하여 우리 배는 더는 오랫동안 달릴 수가 없었소.
갑자기 요란한 서풍이 세찬 돌풍을 일으키며 날뛰더니
한바탕 바람이 돛대의 앞밧줄들을 둘 다 끊어버린 것이오.
그러자 돛대가 뒤로 넘어지며 선구들이 모두 뱃바닥에   410
떨어졌소. 돛대는 배의 고물에 있던 키잡이의 머리를
쳐서 그의 두개골을 온통 박살내버렸소.
그러자 그는 마치 잠수부처럼 고물에서 바다 아래로 떨어졌고
그의 당당한 혼백은 그의 뼈를 떠나고 말았소.
그와 동시에 제우스께서 천둥을 치며 배 안에 번개를 던지니   415
배는 제우스의 번개에 맞아 전체가 빙글빙글 돌았고
배 안은 유황 냄새가 가득했으며 전우들은 모두 배에서
떨어졌소. 전우들은 마치 바다오리처럼 검은 배 주위로
파도에 떠다녔고 신들은 그들에게서 귀향을 빼앗아버리셨소.

　그러나 나는 후려치는 파도가 용골에서 측벽들을 뜯어내어   420
벌거숭이가 된 용골만이 파도에 떠밀려 다닐 때까지 배 안을

오락가락했소. 그때 파도가 배의 돛을 용골 쪽으로 내던졌고
돛대에는 아직도 소가죽으로 만든 뒷밧줄이 매달려 있었소.
나는 그것으로 용골과 돛대를 함께 묶어
그 위에 앉은 채 파멸을 안겨주는 바람에 떠밀려 다녔소.   425
　　　그때 서풍이 돌풍 속에서 날뛰기를 그만두자
남풍이 내 마음에 고통을 안겨주며 재빨리 다가왔는데,
나를 끔찍한 카립디스에게로 되돌아가게 하려는 것이었소.
나는 밤새도록 떠밀려 가서 해뜰 무렵에
스퀼라의 동굴과 무시무시한 카립디스에 다다랐소.   430
그때 마침 카립디스는 바다의 짠물을 빨아들이고 있었는데
나는 높다란 무화과나무에 훌쩍 뛰어올라
박쥐처럼 매달리며 꽉 붙잡았지만 아무 데도 발을 디디고
똑바로 설 수가 없었고, 그렇다고 위로 올라갈 수도 없었소.
뿌리들은 저 아래 뻗어 있고 길고 굵은 가지들은 저 멀리   435
허공에 매달려 카립디스에게 그늘을 지어주고 있었기 때문이오.
나는 그녀가 나중에 돛대와 용골을 도로 토해낼 때까지 끈기 있게
기다렸소. 그러나 그러기를 바라고 있는 나에게 그것들은 늦게야
돌아왔소. 어떤 남자가 판결을 구하는 젊은이들의 많은 송사를
재판하고 나서 저녁을 먹으러 가려고 회의장에서 일어설 시간이   440
되어서야 그 선재들은 카립디스 밖으로 모습을 드러냈던 것이오.
그래서 나는 손발을 놓고 아래로 떨어져 물 한가운데에,
기다란 선재들 옆에 풍덩 빠졌소. 나는 다시
선재들 위에 앉아 두 손으로 힘껏 노를 저었소. 그러나 인간과
신들의 아버지께서는 내가 스퀼라를 보는 것은 허용하지 않으셨소.   445
그러지 않았다면 나는 갑작스러운 파멸에서 벗어나지 못했을 것이오.

그곳에서 나는 아흐레 동안 떠밀려갔고, 열흘째 되는 날 밤에 신들은
나를 오귀기에 섬 가까이 데려다주셨소. 그곳에는 사람의 목소리를 가진
무서운 여신인 머리를 곱게 땋은 칼륍소가 살고 있어 나를 환대해주고
보살펴주었소. 그런데 내가 왜 그 일들에 관해 그대에게 이야기하고 있죠?   450
어제 이미 나는 그대의 집에서 그대와 그대의 강력한 아내에게
그 일들에 관해 이야기했고 또 분명하게 말한 것을
재차 말하는 것은 내 성미에도 맞지 않는데 말이오."

XIII

오뒷세우스가 파이아케스족의 나라를 떠나 이타케에 도착하다

그가 이렇게 말하자 그들은 모두 잠자코 있었으니
그늘진 홀에서 오뒷세우스의 이야기에 매혹되었던 것이다.
그때 그에게 알키노오스가 이렇게 말했다.
"오뒷세우스여! 생각건대, 그대는 그동안 고생이 많았지만
청동 문턱에 지붕이 높다란 내 집에 온 이상   5
다시는 표류하지 않고 그대의 집에 돌아가게 될 것이오.
그리고 여기 내 궁전에서 언제나 원로들 몫의
반짝이는 포도주를 마시며 가인에게 귀 기울이는
그대들에게 나는 이렇게 말하고 부탁하는 바이오.
반들반들 깎은 궤짝에는 나그네를 위한 옷들과   10
정교하게 만든 황금과 그 밖에 파이아케스족의 조언자들이
이리로 가져온 온갖 것들이 들어 있소. 자, 우리는 저마다
그에게 큰 세발솥과 가마솥을 하나씩 줍시다.
우리는 다시 백성들에게서 거둬 보상받을 수 있을 것이오.
혼자서 아무 보상 없이 그런 선물을 하기는 힘들기 때문이오."   15
    알키노오스가 이렇게 말하자 그 말이 그들의 마음에 들었다.
그리고 나서 그들은 저마다 자기 집으로 누우러 갔다.
이른 아침에 태어난 장밋빛 손가락을 가진 새벽의 여신이 나타나자
그들은 사람의 마음을 즐겁게 해주는 청동을 갖고 서둘러 배가
있는 곳으로 갔다. 그러자 알키노오스의 신성한 힘이 몸소 배 안을   20

오락가락하며 노 젓는 의자들 밑에 선물들을 잘 간수해놓았으니,

전우들이 힘껏 노를 저을 때 방해되지 않게 하려는 것이었다.

그러고 나서 그들은 알키노오스의 집으로 가서 식사를 했다.

  그들 사이에서 알키노오스의 신성한 힘이 만물을 다스리는

검은 구름의 신 크로노스의 아들 제우스에게 황소 한 마리를   25

제물로 바쳤다. 넓적다리뼈들이 다 타자 그들은 소문난

잔치를 벌이며 즐거워했고, 그들 사이에서 백성들에게 존경받는

신과 같은 가인 데모도코스가 악기를 연주했다. 그러나 오뒷세우스는

해가 지기를 열망하며 자꾸만 찬란한 해를 향해 머리를

돌리곤 했으니 귀향하는 것이 그의 소망이었기 때문이다.   30

마치 온종일 묵정밭에서 포도줏빛 황소 두 마리를 몰며

이어 붙인 쟁기를 끌던 사람이 저녁 식사를 열망할 때와 같이

ㅡ그는 저녁 먹으러 갈 수 있으니 해가 지는 것이 반갑고

걸을 때마다 어느새 무릎이 아프기도 하다ㅡ

꼭 그처럼 오뒷세우스에게는 해가 지는 것이 반가웠다.   35

그래서 그는 당장 노를 사랑하는 파이아케스족 사이에서 말했는데

그것은 누구보다도 알키노오스에게 하는 말이었다.

"통치자 알키노오스여, 모든 백성들 중에서 가장 탁월한 이여!

그대들은 헌주하고 나서 나를 안전하게 호송해주시고 그대들 자신도

안녕히 계십시오. 이제 내 마음이 바라던 것들, 호송과 사랑스러운   40

선물을 받는 일이 이뤄졌기 때문이오. 올림포스에 사시는 신들께서는

부디 이것들에 축복을 내려주시기를! 그리고 나는 귀향해 집에서

나무랄 데 없는 아내와 함께 가족들의 건강한 모습을 볼 수 있었으면!

한편 그대들은 이곳에 머물며 결혼한 아내와 자식들을 즐겁게

해주시기를! 신들께서는 부디 그대들에게 온갖 좋은 것을 베풀어주시고   45

백성들에게는 어떤 나쁜 것도 다가가지 않기를!"

그가 이렇게 말하자 그들은 모두 이에 찬동하며 나그네를
호송해주라고 명령했으니, 그의 말이 도리에 맞았기 때문이다.
그러자 알키노오스의 힘이 전령에게 말했다.
"폰토노오스! 희석용 동이에다 술에 물을 타 홀에 있는   50
모든 이들에게 따라드려라. 우리는 먼저 아버지 제우스께
기도하고 나서 나그네를 고향땅으로 호송해줄 것이니라."

그가 이렇게 말하자 폰토노오스가 마음을 즐겁게 해주는
포도주에 물을 타 와서 모든 이들에게 다가가 따라주었다.
그들은 앉은자리에서 넓은 하늘에 사는 축복받은 신들에게   55
헌주했다. 그때 고귀한 오뒷세우스가 일어서서
손잡이가 둘 달린 잔을 아레테의 손에 쥐여주며
그녀를 향해 물 흐르듯 거침없이 말했다.
"부디 안녕하십시오, 왕비님! 모든 인간의 운명인
노년과 죽음이 찾아올 때까지 평생토록.   60
나는 고향에 돌아가지만 그대는 이 집에서 자식들과
백성들과 알키노오스 왕과 재미나게 사십시오."

이렇게 말하고 고귀한 오뒷세우스가 문턱을 넘자
알키노오스의 힘은 그에게 전령 한 명을 딸려 보내
날랜 배가 있는 바닷가로 그를 인도하게 했다.   65
아레테도 시중드는 여인들을 그에게 딸려 보내니
한 명은 겉옷 한 벌과 윗옷 한 벌을 들고 있고,
다른 한 명은 튼튼한 궤짝을 나르라는 명령을 받았으며
또 다른 한 명은 빵과 불그레한 포도주를 운반했다.

그들이 배가 있는 바닷가로 내려가자   70

당당한 호송자들은 마실 것과 먹을 것을 지체 없이

받아 모두 배 안에 들여놓았다.

그리고 그들은 오뒷세우스가 깨지 않고 자도록 그를 위해

속이 빈 배의 고물 쪽 갑판 위에 리넨 천을 깔았다.

그리하여 오뒷세우스가 배에 올라 말없이 눕자   75

그들은 저마다 질서정연하게 노 젓는 자리에 앉았고

구멍 뚫린 돌에서 밧줄을 풀었다.

그들이 몸을 뒤로 젖히며 노로 짠 바닷물을 치자마자

부드러운 잠이, 깨지 않는 더없이 달콤한,

죽음에 가장 가까운 잠이 오뒷세우스의 눈꺼풀 위에 내렸다.   80

마치 들판에서 네 필의 수말들이 채찍에 쫓겨

다 함께 몸을 들며 앞으로 내달아

재빨리 주로(走路)를 완주하듯이,

꼭 그처럼 배의 이물이 들렸고 뒤에서는

노호하는 바다의 자줏빛 큰 물결이 끓어올랐다.   85

배는 안전하게 계속해서 달리니 새 중에서 가장

날랜 빙빙 도는 매조차도 그 배를 따라갈 수 없었을 것이다.

그처럼 배는 바다의 파도를 헤치고 재빨리 달리며

조언에서 신들 못지않은 남자를 나르고 있었으니,

그로 말하면 전에는 사람들의 전쟁과 힘든 파도를   90

헤치느라 마음속으로 실로 숱한 고초를 겪었으나

그때는 자신이 겪은 모든 것을 잊고 꼼짝 않고 잠들어 있었다.

　　이른 아침에 태어난 새벽의 여신의 빛을 알리기 위해

맨 먼저 나타나는 가장 밝은 별¹이 떠올랐을 때

바다를 항해하는 배는 섬에 다가가고 있었다.   95

이타케 나라에는 바다 노인 포르퀴스의 포구가 하나 있는데
가파른 바위 곶〔岬〕이 양쪽으로 돌출해 있어
이것들이 포구 쪽으로 야트막한 사면을 이루며
포구 바깥에서 사나운 바람이 일으키는 파도를 막아주었다.
그래서 훌륭한 갑판이 덮인 배들이 일단 정박할 수 있는 거리까지   100
들어오면 그 안에서는 밧줄을 매지 않아도 그대로 서 있다.
포구의 맨 안쪽에는 잎사귀가 긴 올리브가 한 그루 있고
바로 그 옆에는 그늘진 쾌적한 동굴이 있는데
그것은 나이아데스[2]라고 불리는 요정들에게 바쳐진 것이다.
동굴 안에는 돌로 된 희석용 동이들과 손잡이가 둘 달린   105
항아리들이 있고, 벌들도 집을 지어놓고 있다.
그 안에는 돌로 된 커다란 베틀들이 있어
요정들이 진한 자줏빛 천을 짜는데 보기에 장관이다.
또 마르지 않는 물도 있다. 동굴에는 문이 두 개 있는데
북풍을 향한 문으로는 인간들이 내려갈 수 있지만   110
남풍을 향한 문은 신성한 것인지라 그리로 인간들은
들어갈 수가 없다. 그것은 불사신들의 길이다.
　　그들은 그 안으로 배를 몰았으니 모든 것을 미리
알았던 것이다. 그러자 달리던 배의 몸통이 절반이나 뭍으로
올라갔다. 뱃사람들의 손이 그만큼 힘차게 배를 몰았다.   115
그들은 노 젓는 의자들이 훌륭한 그 배에서 뭍으로 내리더니

---

1   샛별. 이날은 『오뒷세이아』 1권에서 신들의 회의가 있은 지 35일째 되는 날이다. 40일째 되
　　는 날 구혼자들은 헤르메스 신의 인도로 저승에 간다.
2   나이아데스(Naiades 원전 Nēiades 단수형 Nais 원전 Nēis)는 물의 요정들이다.

먼저 오뒷세우스를 리넨 천과 번쩍이는 담요째

속이 빈 배에서 들어내

잠에 제압된 그를 모래 위에 뉘었다.

그러고 나서 당당한 파이아케스족이 집으로 돌아가는 그에게　　　　　120

기상이 늠름한 아테나의 뜻에 따라 선사한 재물들을 내렸다.

그들은 그것들을 길에서 조금 떨어진 무화과나무 밑동 옆에

쌓아놓았으니, 길 가던 행인이 오뒷세우스가 깨기도 전에

그리로 와서 그것들을 약탈해가지 못하게 하려는 것이었다.

그러고 나서 그들은 도로 집으로 출발했다.　　　　　125

그러나 대지를 흔드는 신은 자신이 처음에 오뒷세우스에게 말한

위협들을 잊지 않고 있다가 제우스에게 계획을 물었다.

"아버지 제우스여! 나는 불사신들 사이에서 더 이상

존경받지 못할 것이오. 인간들이, 그것도 내 혈통에서 비롯된

파이아케스족이 나를 조금도 존경하지 않으니 말이오.　　　　　130

나는 오뒷세우스가 천신만고 끝에 집에 돌아가게 될 것이라고

말했을 뿐 그에게서 귀향을 완전히 빼앗을 생각은 전혀 없었소.

그대가 그에게 일단 그것을 약속하고 머리를 끄덕였기 때문이오.

그런데 저들이 날랜 배에 잠든 그를 싣고 바다 위로 날라

이타케에 내려놓았을뿐더러 그에게 청동이며 황금이며　　　　　135

손으로 짠 옷들하며 이루 말할 수 없이 많은 선물을 넉넉히 주었으니,

오뒷세우스가 설령 제 몫의 전리품을 챙겨 무사히 돌아갔다 해도

트로이아에서 그렇게 많은 것을 가져가지는 못했을 것이오."

　　구름을 모으는 제우스가 그에게 이런 말로 대답했다.

"오오, 대지를 흔들며 영토가 광대한 이여, 무슨 그런 말씀을 하시오!　　　　　140

신들은 결코 그대를 업신여기지 못할 것이오. 우리 가운데

가장 연장자이며 가장 고귀한 그대를 업신여기기는 어렵지요.
그리고 인간들 중에 누가 자신의 완력과 힘에 이끌려 그대를
존경하지 않으면 그대는 나중에라도 반드시 벌을 주곤 했소.
그러니 그대는 그대가 원하는 대로 그대 마음 내키는 대로 행하시오." 145
        대지를 흔드는 포세이돈이 그에게 대답했다.
"검은 구름의 신이여! 당장 그대가 말한 대로 행할 것이로되
나는 늘 그대의 노여움을 존중하고 피해왔소이다.
그러나 지금 파이아케스족의 더없이 아름다운 배가 호송에서
돌아오면 나는 안갯빛 바다에서 그것을 부숴버릴 것이오. 150
앞으로는 저들이 자제하며 사람들 호송하기를 그만두게 하려는 것이오.
나는 또 그들의 도시를 높은 산으로 둘러쌀 것이오."
        구름을 모으는 제우스가 그에게 이런 말로 대답했다.
"이봐요, 내 마음에는 이렇게 하는 것이 나을 듯하오.
다가오는 배를 모든 백성들이 도시에서 바라보고 있을 때, 155
모든 인간이 놀라도록 그 배를 육지 바로 가까이에서
날랜 배 모양의 돌로 바꿔버리는 것이오. 그렇게 하면 그대가
그들의 도시를 큰 산으로 둘러싸는 결과가 될 것이오."
        대지를 흔드는 포세이돈은 이 말을 듣자
파이아케스족이 사는 스케리아로 갔다. 160
그가 그곳에 머무르는 동안 바다를 항해하는 배가 재빨리 달려
아주 가까이 다가왔다. 그러자 대지를 흔드는 신이
가까이 다가가 배를 돌로 바꾸고, 손바닥으로 내리쳐
저 밑에다 뿌리내리게 하고는 그곳을 떠났다.
        그러자 소문난 뱃사람들인 긴 노의 파이아케스족이 165
물 흐르듯 거침없이 서로 이야기를 주고받았다.

그들 중에는 옆 사람을 보며 이렇게 말하는 자들도 있었다.

"아아, 날랜 배가 방금 온전히 모습을 드러냈는데

도대체 누가 집으로 돌아오던 그 배를 바다에 묶어버렸을까?"

　　이렇게 말하는 자들이 더러 있었으니 어찌된 영문인지 알지 못했던　　170

것이다. 그러자 그들 사이에서 알키노오스가 열변을 토하며 말했다.

"아아! 진실로 내 아버지의 옛 신탁이 나를 따라잡았구나.

그분께서 말씀하시기를, 우리가 모든 사람들을 안전하게

호송해준다고 하여 포세이돈께서 우리에게 화를 내신다고 했소.

그래서 언젠가는 파이아케스족의 더없이 아름다운 배가　　175

호송에서 돌아올 때 안갯빛 바다에서 그 신께서 배를 부숴버리고

우리 도시를 큰 산으로 둘러싸실 것이라 했소.

노인은 그렇게 말씀하셨고 지금 그것이 모두 이뤄졌소.

자, 우리 모두 내가 말하는 대로 합시다. 어떤 사람이

우리 도시에 오더라도 그대들은 호송하기를 그만두시오.　　180

그리고 우리는 혹시 포세이돈께서 우리를 불쌍히 여기시어

우리 도시를 더없이 긴 산으로 둘러싸지 않도록

그분께 고르고 고른 황소 열두 마리를 제물로 바칩시다."

　　그가 이렇게 말하자 그들은 겁이 나서 황소들을 끌고 왔다.

그리하여 파이아케스족의 나라의 지도자와 보호자들이　　185

제단 주위에 둘러서서 포세이돈 왕에게 기도하고 있을 때,

고귀한 오뒷세우스는 고향땅에서 자다가 잠에서 깼다.

그러나 그는 그곳을 알아보지 못했으니

오랫동안 그곳을 떠나 있던 데다 여신이, 제우스의 딸

팔라스 아테나가 그의 주위에 안개를 쏟았기 때문이다.　　190

구혼자들이 자신들의 모든 악행을 보상하기 전에는 그의 아내도

시민들도 친구들도 그를 알아보지 못하도록, 여신이 그를

못 알아보게 만들고 그에게 필요한 모든 것을 일러주기 위해서였다.

그래서 길게 뻗은 길들이며 상륙하기 편리한 포구들이며

가파른 바위들이며 잎이 무성한 나무들이며   195

모든 것이 그 주인에게 낯설어 보였다.

오뒷세우스는 벌떡 일어나 고향땅을 바라보다가

탄식하며 두 손으로 두 넓적다리를 쳤다.

그리고 그는 비탄하며 이렇게 말했다.

"아아, 슬프도다! 나는 또 어떤 인간들의 나라에 온 걸까?   200

그들은 오만하고 야만적이고 의롭지 못한 자들일까, 아니면

손님들에게 친절하고 신을 두려워하는 마음씨를 가진 자들일까?

이 많은 재물을 나는 어디로 가져가며 나 자신은 또 어디로

가야 하지? 차라리 이 재물들을 그곳 파이아케스족의 나라에

남겨두고 왔으면 얼마나 좋았을까! 그랬다면 나는 나를 환대해주고   205

고향으로 호송해줄 다른 강력한 왕에게 갈 수도 있을 텐데.

그런데 지금 나는 이 재물들을 어디에 갖다놓아야 할지 알지 못하며

혹시 다른 사람들이 약탈해갈까봐 이곳에 그대로 남겨둘 수도 없구나.

아아! 나를 낯선 땅에 데려다놓다니

파이아케스족의 지도자와 보호자들은 결코 모든 점에서   210

지혜롭고 올바르다고는 할 수 없어. 그들은 멀리서도 잘 보이는

이타케로 나를 데려다주겠다고 약속해놓고는 이행하지 않았으니까.

모든 이들을 굽어보시며 잘못을 저지르는 자는 누구건

벌주시는 탄원자들의 신이신 제우스께서는 부디 그들을 벌주시기를!

자, 그들이 떠나면서 속이 빈 배에 얼마쯤 싣고 가지 않았는지   215

내가 이 재물들을 세어보고 살펴보리라."

그는 이렇게 말하고 더없이 아름다운 세발솥들과
가마솥들과 황금과 손으로 짠 고운 옷들을 세기
시작했다. 그중에서 빠진 것은 아무것도 없었다.
그러나 그는 고향땅을 애타게 그리며 노호하는 바다의   220
기슭으로 살그머니 내려가서 하염없이 울었다.
그때 통치자들의 아들들이 그러하듯 아테나가 귀여운
양치기 젊은이의 모습을 하고 그에게 다가왔다.
그녀는 어깨에 두 겹으로 된 잘 만든 외투를 걸치고
번쩍이는 발밑에는 샌들을 매어 신었으며 손에는 투창을 들고 있었다.   225
그녀를 보자 오뒷세우스가 반색하며 다가갔다.
그리고 그는 그녀를 향해 물 흐르듯 거침없이 말했다.
"친구여, 그대는 내가 이 나라에서 처음 만난 사람이니 부디 편안하시길!
그리고 나쁜 의도로 나를 대하지 마시오! 그대는 여기 이것들을
구해주시고 나도 구해주시오. 정말이지 나는 그대의 무릎을 잡고   230
마치 신께 기도하듯 그대에게 기도하오. 그대는
내가 잘 알 수 있게 이 점에 대해 사실대로 말씀해주시오.
이곳은 어떤 백성들이 사는 어떤 나라인가요? 어떤 사람들이 이곳에
살고 있지요? 이곳은 멀리서도 잘 보이는 섬인가요, 아니면
기름진 본토의 곶[岬]이 바다에 기대어 누워 있는 곳인가요?"   235
        빛나는 눈의 여신 아테나가 그에게 대답했다.
"나그네여! 내게 이 나라에 관해 묻다니 그대는
어리석거나 아니면 멀리서 오셨구려. 이곳은 그렇게
이름 없는 곳이 아니라 실로 많은 사람들에게 알려진 곳이오.
아니, 새벽과 태양을 향해 사는 모든 사람들과 저 뒤쪽에서   240
그늘진 서쪽을 향해 사는 모든 사람들이 이곳을 알지요.

물론 이곳은 바위투성이고 말을 몰기에 적당치 않으나

넓지 않다고 하여 아주 가난한 것은 아니랍니다.

이곳에서는 말할 수 없이 많은 곡식이 나고 포도주도 나며

비와 싱싱한 이슬이 항상 이곳을 적셔주지요.   245

이곳은 염소와 소를 먹이기에 좋고, 온갖 나무들이 있으며

또 가축에게 물 먹이는 곳들도 있는데 사철 마르지 않아요.

그리하여 나그네여! 이타케라는 이름은 이 아카이오이족 해안에서

아주 멀리 떨어져 있다는 트로이아에까지 닿았다오."

그녀가 이렇게 말하자 참을성 많은 고귀한 오뒷세우스는   250

마음이 흐뭇했다. 아이기스를 가진 제우스의 딸 팔라스 아테나가

그의 고향땅을 그렇게 말하는 것이 기뻤던 것이다.

그래서 그는 그녀를 향해 물 흐르듯 거침없이 말하고 싶었다.

그러나 그는 사실을 말하지 않고 하려던 말을 삼켰으니

그의 가슴속 마음은 언제나 매우 영리했던 것이다.   255

"이타케에 관해 나는 저 바다 멀리 넓은 크레테에서도 들었는데

이제 나 자신이 이런 재물들을 갖고 이리로 오게 되었군요.

자식들에게도 나는 이만큼 많은 것을 남겨두고

도망쳐왔소이다. 그것은 내가 이도메네우스의 사랑하는 아들을,

넓은 크레테에서 고된 일로 생계를 꾸려나가는 인간들을   260

달리기에서 늘 이기는 걸음이 잰 오르실로코스를 죽였기 때문이오.

나는 트로이아의 전리품 때문에 인간들의 전쟁과

힘겨운 파도를 헤치느라 마음속으로 고초를 겪었건만

그는 내게서 그것을 몽땅 빼앗으려 했소.

내가 트로이아인들의 나라에서 그의 아버지에게 시종으로 봉사하여   265

호의를 보이려 하지 않고 다른 전우들을 지휘했다는 이유에서였소.

그래서 나는 전우 한 명과 함께 길섶에 매복해 있다가
들판에서 돌아오는 그를 청동 날이 박힌 창으로 맞혔소.
하늘은 칠흑 같은 밤으로 덮여 있어 우리를 본 사람은
아무도 없고 나는 그의 목숨을 몰래 빼앗았지요.   270
날카로운 청동으로 그를 죽이고 나서 나는 곧장
배가 있는 곳으로 가서 당당한 포이니케인들에게 간청했고
그들에게 마음이 흡족하도록 전리품을 주었소.
그리고 그들에게 나를 배에 태워 퓔로스나 또는 에페이오이족이
다스리는 신성한 엘리스로 데려가 그곳에 내려달라고 부탁했소.   275
하지만 바람의 힘이 그들의 의도와는 달리 배를 목적지에서
밀어냈소. 그러나 그들이 나를 속이려 한 것은 아니오.
그곳에서 떠밀려 우리는 밤에 이곳에 닿았소.
우리는 간신히 노를 저어 포구로 들어왔고 저녁 먹을 필요를
절실히 느꼈지만 저녁 생각을 하는 사람은 아무도 없었소.   280
우리는 그대로 배에서 내려 모두 누웠소.
그때 지칠 대로 지친 나에게 달콤한 잠이 찾아왔소.
그들은 내 재물을 속이 빈 배에서 가져와
내가 모래 위에 누워 있는 그곳에 내려놓고는
배에 올라 살기 좋은 시돈 지방으로 떠났고   285
나는 비통한 마음으로 뒤에 남게 되었소."

그가 이렇게 말하자 빛나는 눈의 여신 아테나가 웃음 지으며
한 손으로 그를 쓰다듬었다. 이어서 그녀는 아름답고
크고 훌륭한 수공예에 능한 여인의 모습을 하고는
그를 향해 물 흐르듯 거침없이 말했다.   290
"신이 그대와 만난다 해도 온갖 계략에서

그대를 이기자면 영리하고 교활해야 하겠구려.

가혹한 자여, 꾀 많은 자여, 계략에 물리지 않는 자여!

그대는 그대 자신의 나라에 와 있으면서도 그대가 진심으로

좋아하는 기만과 교언(巧言)을 그만두려 하지 않는구나.   295

자, 영리함에서는 우리 둘 다 능하니까 그런 이야기는

이제 그만두자. 그대는 조언과 언변에서 모든 인간들 중에

월등히 뛰어나고, 나는 모든 신들 사이에서

계책과 영리함으로 명성을 얻고 있으니 말이다.

나는 온갖 노고에서 그대 곁에 서서 그대를 지켜주었건만   300

그대는 나를, 제우스의 딸 팔라스 아테나를 알아보지 못했다.

나는 또 그대가 모든 파이아케스족에게 사랑받게 해주었다.

그리고 지금 내가 이리로 온 것은 내가 그대와 함께 계략을 짜고,

그대가 집으로 떠나올 때 당당한 파이아케스족이

내 뜻과 계획에 따라 그대에게 준 많은 재물들을 감추고,   305

또한 그대가 그대의 잘 지은 집에 도착해서도 얼마나 많은 고난을

참고 견뎌야 할 운명인지를 그대에게 말해주기 위함이다.

그대는 억지로라도 꾹 참고 남자든 여자든 어느 누구에게도

그대가 떠돌아다니다가 왔다는 말은 하지 마라. 그대는 오히려

남자들의 행패를 감수하며 많은 고통을 묵묵히 참아라."   310

　　지략이 뛰어난 오뒷세우스가 그녀에게 이런 말로 대답했다.

"여신이시여! 인간이 아는 것이 아무리 많다 해도 사실 그대를

알아보기는 어려울 것입니다. 그대는 온갖 모습을 다 취하시니까요.

그러나 나는 전에 우리 아카이오이족 아들들이 트로이아에서

전쟁했을 때 그대가 내게 상냥하셨다는 것을 잘 알고 있습니다.   315

그러나 우리가 프리아모스의 가파른 도시를 함락하고 나서

배에 오르고 어떤 신이 아카이오이족을 흩어버리신 뒤로,
제우스의 따님이시여! 나는 그대를 뵙지 못했으며 그대가
내 고통을 막아주시려고 내 배에 오르는 것을 알지 못했습니다.
오히려 나는 신들이 나를 재앙에서 구해주실 때까지 언제나   320
쓰라린 마음으로 나 자신의 생각에 따라 배를 몰았습니다.
물론 파이아케스족의 풍요한 나라에서는 그대가 말로
나를 격려해주셨고 친히 시내로 인도해주셨습니다.
지금 나는 그대에게 그대 아버지의 이름으로 간청합니다.
생각건대, 나는 멀리서도 잘 보이는 이타케에 온 것이 아니라   325
어떤 낯선 나라를 떠돌고 있는 것 같고 그대가 그렇게 말씀하시는 것도
나를 놀리고 내 마음을 호리시려는 의도 같습니다.
말씀해주십시오. 정말로 나는 그리운 고향에 온 것입니까?”
    빛나는 눈의 여신 아테나가 그에게 대답했다.
“그대는 언제나 가슴속에 그런 생각을 품고 있구나.   330
그래서 나는 그대를 불운 속에 혼자 내버려둘 수가 없는 것이다.
아무리 그대가 세련되고 명민하고 사려 깊다 해도 말이다.
사실 다른 사람이 떠돌아다니다가 돌아왔다면 좋아하며
집에서 자식들과 아내를 만나겠다고 서둘렀을 것이다.
그러나 그대는 여전히 그대의 궁전에 앉아   335
마냥 눈물 속에서 괴로운 밤들과 낮들을 보내고 있는
그대의 아내를 몸소 시험해보기 전에는
아무것도 물어보려 하거나 들으려 하지 않는구나.
나는 그대가 전우들을 다 잃기는 해도 귀향하게 되리라는 것을
마음속으로 알고 있었고 한 번도 의심해본 적이 없다.   340
하지만 나는 아버지의 형제인 포세이돈과 싸우고 싶지 않았다.

그분은 자신의 사랑하는 아들을 눈멀게 한 것에 화가 나
그대에게 마음속으로 원한을 품은 것이다.
자, 나는 그대가 확신하도록 이타케의 주거지를 가리켜주겠다.
여기 이것이 바다 노인 포르퀴스의 포구이고   345
저기 포구의 맨 안쪽에 있는 것이 잎사귀가 긴 올리브나무다.
바로 그 옆에는 그늘진 쾌적한 동굴이 있다.
나이아데스라고 불리는 요정들에게 바쳐진 곳이다.
저기 저것이 그대가 마음에 들 만한 헤카톰베의 많은 제물들을
요정들에게 바치곤 하던 지붕 덮인 동굴이고   350
저 산은 숲을 입고 있는 네리톤이다.”

    이렇게 말하고 여신이 안개를 흩어버리자 땅이 드러났다.
그러자 참을성 많은 고귀한 오뒷세우스가 자기 나라에 돌아온 것이
너무 기쁘고 좋아서 양식을 대주는 대지에 입맞추었다.
그러고 나서 그는 지체 없이 두 손을 들어 요정들에게 기도했다.   355
“제우스의 딸들인 나이아데스 요정들이여! 나는 다시는
그대들을 못 볼 줄 알았습니다. 지금은 그대들에게 다정한 기도로
인사드리지만 나중에는 이전처럼 선물들도 바치겠나이다.
만약 제우스의 전리품을 안겨주시는 따님께서 기꺼이 나를
살리시고 내 사랑하는 아들을 번성하게 해주신다면 말입니다.”   360
    빛나는 눈의 여신 아테나가 그에게 말했다.
“안심하라! 그 일이라면 더는 마음속으로 염려할 필요가 없다.
자, 그대의 재물들이 그대를 위해 안전하게 간수되도록 지금 당장
신에게 바쳐진 동굴 맨 안쪽에 갖다놓자꾸나. 그런 다음
우리가 어떻게 하는 것이 가장 좋을지 궁리해보자.”   365
    이렇게 말하고 여신은 그늘진 동굴 안으로 들어가서

동굴의 숨은 구석들을 찾았고, 그동안 오뒷세우스는
파이아케스족이 준 황금이며 닳지 않는 청동이며
훌륭하게 만든 옷들을 남김없이 모두 가까이 가져왔다.
그가 그것들을 조심스럽게 갖다놓자 아이기스를 가진 제우스의 딸   370
팔라스 아테나가 동굴 입구에 돌덩이를 갖다놓았다.
    그리고 나서 그들 둘은 신성한 올리브 밑둥에 기대앉아
오만불손한 구혼자들에게 파멸을 안겨줄 궁리를 했다.
빛나는 눈의 여신 아테나가 먼저 말문을 열었다.
"제우스의 후손 라에르테스의 아들이여, 지략이 뛰어난 오뒷세우스여!   375
파렴치한 구혼자들에게 어떻게 주먹맛을 보일지 잘 생각해보라.
그들은 삼 년 동안이나 그대의 궁전에서 주인 행세를 하며
그대의 신과 같은 아내에게 구혼하며 구혼 선물을 주고 있다.
그러나 그녀는 마음속으로 늘 그대의 귀향을 애타게 그리며
모든 사람들에게 희망을 주고 각자에게 약속을 하며   380
전갈을 보내지만 그녀의 마음은 다른 곳에 가 있다."
    지략이 뛰어난 오뒷세우스가 이런 말로 대답했다.
"아아, 여신이시여! 정말이지 그대가 모든 것을 조리 있게
일일이 설명해주시지 않았던들 나는 내 궁전에서
아트레우스의 아들 아가멤논처럼 비참하게 죽고 말았겠지요.   385
자, 어떻게 하면 내가 그들을 벌줄 수 있는지 그대가 계략을 짜주십시오.
우리가 트로이아의 번쩍이는 머리띠를 풀었을 때처럼
그대가 몸소 내 곁에 서서 대담한 용기를 불어넣어주십시오.
그대가 그처럼 열성적으로 내 곁에 서주신다면,
빛나는 눈의 여신이시여, 나는 그대와 그대의 호의적인 도움에   390
힘입어 삼백 명의 남자와도 싸우겠습니다, 존경스러운 여신이시여!"

빛나는 눈의 여신 아테나가 그에게 대답했다.
"우리가 이 힘든 일을 시작하게 되면 나는 물론
그대 곁에 있을 것이며 그대에게서 눈을 떼지 않을 것이다.
그러면 생각건대, 그대의 살림을 먹어치우는 구혼자 중에는   395
피와 골로 끝없는 대지를 더럽히는 자들이 더러 있을 것이다.
하지만 나는 이제 어떤 인간도 그대를 못 알아보게 만들 것이다.
그대의 고운 살갗을 나긋나긋한 사지 위에서 쪼그라들게 하고,
머리에서 금발을 없애고, 그런 옷을 걸친 사람을 보면
혐오감을 느낄 그런 누더기로 그대를 쌀 것이다.   400
전에는 더없이 아름답던 그대의 두 눈도 흐리게 만들겠다.
그대가 모든 구혼자와 그대의 아내와
그대가 궁전에 남겨두고 온 아들에게도 추해 보이도록.
그대는 맨 먼저 돼지치기에게 가라.
그대의 돼지를 치는 그는 그대에게 호의적이며   405
그대의 아들과 사려 깊은 페넬로페에게도 우호적이다.
그대는 그가 돼지들 옆에 앉아 있는 것을 보게 될 것이다.
돼지들은 코락스 바위[3]와 아레투사 샘 근처에서 먹이를 찾으며
그곳에서 마음껏 도토리를 먹고 검은 물을 마시는데
이런 것들이 돼지를 살지고 윤기 나게 한다.   410
그대는 그곳에 있는 그의 곁에 머물며 그에게 모든 것을 물어보라.
그동안 나는 미인의 고장 스파르테로 가서 그대의 사랑하는 아들
텔레마코스를 부르겠다. 오뒷세우스여! 텔레마코스는 혹시

---

3   코락스 바위(Korakos Petrē는 '까마귀 바위'라는 뜻이고 아레투사(Arethousa)는 흔히 볼 수
     있는 샘 이름이다.

그대가 아직도 어딘가에 살아 있는지 그대의 소식을 들으려고
넓은 무도장이 있는 라케다이몬으로 메넬라오스를 찾아갔다."   415

　　지략이 뛰어난 오뒷세우스가 그녀에게 이렇게 대답했다.
"왜 마음속으로 다 알고 계시면서 그 애에게 말씀하시지 않았습니까?
혹시 그 애도 추수할 수 없는 바다 위를 떠돌아다니며 고통받게 하고
다른 사람들이 그의 살림을 먹어치우게 하시려는 것인가요?"

　　빛나는 눈의 여신 아테나가 그에게 대답했다.   420
"그 애 일이라면 그대는 너무 염려하지 마라.
텔레마코스가 그리로 가서 훌륭한 명성을 얻도록 내가 몸소 그를
호송해주었다. 그는 아무런 고통도 받지 않고 편안히
아트레우스의 아들 집에 앉아 있고, 말할 수 없는 풍요에
둘러싸여 있다. 물론 젊은이들이 배를 타고 매복하여   425
그가 고향땅에 돌아오기 전에 그를 죽이기를 열망하지만.
하지만 그렇게 되지는 않을 것이다. 그러기 전에 그대의 살림을
먹어치우는 구혼자들 가운데 몇 명은 땅속에 묻힐 것이다."

　　이렇게 말하고 아테나가 지팡이로 그를 건드렸다.
그녀는 그의 고운 살갗을 나긋나긋한 사지 위에서 쪼그라들게 했고   430
그의 머리에서 금발을 없애버렸으며
그의 사지를 온통 늙은 노인의 살갗으로 덮었으며
전에는 더없이 형형하던 그의 두 눈도 흐리게 만들었다.
그리고 찢어지고 때 묻고 더러운 연기에 그을린
다른 더러운 윗옷을 걸쳐주었다.   435
그러고 나서 그녀는 그 맨 위에 날랜 사슴의 털이 다 빠진
큰 가죽을 입히고 지팡이 하나와 볼품없는 바랑 하나를 주니,
군데군데 찢어진 그 바랑은 노끈으로 메게 되어 있었다.

그들 둘은 이렇게 의논한 뒤 헤어졌다.

여신은 오뒷세우스의 아들을 찾아 고귀한 라케다이몬으로 갔다.   440

XIV

오뒷세우스가 에우마이오스를 찾아가다

오뒷세우스는 포구를 떠나 산마루 사이의 울퉁불퉁한 오솔길을 따라
숲이 우거진 곳으로 올라갔다. 그곳에서 모든 하인 가운데
그의 살림을 가장 잘 보살피는 고귀한 돼지치기를 만날 수 있다고
아테나가 고귀한 오뒷세우스에게 일러주었기 때문이다.
오뒷세우스가 가서 보니 돼지치기는 바깥 문간에 앉아 있었다.   5
그곳에는 전망 좋은 위치에 아름답고 크고 사방이 탁 트인 안뜰이
높다랗게 만들어져 있었다. 이 안뜰은 돼지치기가 떠나고 없는
주인의 돼지들을 위해 손수 만든 것으로 그의 안주인도
라에르테스 노인도 모르는 것이었다. 돼지치기는 잘라낸 돌들로
안뜰을 꾸미고 그 둘레에 야생 배나무로 울타리를 쳐놓았다.   10
그는 안뜰의 바깥쪽에다 빙 돌아가며 빈틈없이
검은 껍질을 벗긴 참나무 말뚝을 두껍고 조밀하게 박고
뜰 안쪽에는 다닥다닥 붙은 돼지우리 열두 칸을 지어
돼지의 잠자리를 만들었다. 우리마다
바닥에서 자는 돼지들이 쉰 마리씩 갇혀 있는데   15
그것들은 새끼를 낳는 암돼지이고, 수돼지는 밖에서 잠을 잤다.
그런데 수돼지는 훨씬 수가 적었으니, 살진 수돼지 중에서
돼지치기가 계속해서 가장 훌륭한 것으로 골라 시내로 들여보내면
신과 같은 구혼자들이 그것을 먹어치우기 때문이다.
그래도 수돼지는 삼백육십 마리나 되었다. 돼지들 옆에는   20

늘 야수처럼 사나운 개 네 마리가 자고 있었는데
일꾼들의 우두머리인 돼지치기가 기르는 것들이었다.
돼지치기는 마침 색깔이 고운 소가죽을 잘라 자신의 발에 맞게
샌들을 만드는 중이었고, 나머지 일꾼 중 세 명은 먹이 찾는
돼지들을 몰고 저마다 다른 방향으로 흩어지고 없었다.   25
네 번째 일꾼은 강요에 못 이겨 오만불손한 구혼자들에게
돼지를 몰아주도록 돼지치기가 시내로 보냈다. 구혼자들이
돼지를 제물로 바치고 그 고기를 배불리 먹을 수 있도록.
　　늘 짖는 개들이 갑자기 오뒷세우스를 보고
요란하게 짖어대며 덤벼들자, 신중한 오뒷세우스는   30
주저앉으며 손에서 지팡이를 놓아버렸다.
하마터면 그는 거기 자신의 농장에서 수치스러운 고통을
당할 뻔했는데, 돼지치기가 손에서 가죽을 놓고
바깥 문간을 지나 잰걸음으로 개들을 급히
뒤쫓아와서는 개들을 꾸짖고 돌멩이를 마구 던져   35
사방으로 쫓더니 주인에게 말을 거는 것이었다.
"노인장! 하마터면 눈 깜짝할 사이에 개들에게 큰 봉변을 당할
뻔했구려. 그랬다면 그대는 내게 치욕을 안겨주었을 것이오.
그러잖아도 신들께서는 내게 다른 고통과 슬픔도 많이
보내주셨건만. 신과 같은 주인을 위해 슬퍼하고 괴로워하며   40
나는 이곳에 앉아 남들 먹으라고 살진 돼지들을 치고 있다오.
그런데 그분께서는 지금 먹을거리를 찾아 낯선 말을 하는
사람들의 나라와 도시를 떠돌아다니시겠지요.
만약 그분께서 아직도 살아서 햇빛을 보고 계신다면 말이오.
따라오시오, 노인장! 오두막으로 들어갑시다. 그곳에서   45

빵과 포도주로 양껏 배를 채운 다음 그대가 어디서 왔으며

얼마나 많은 고난을 참고 견뎠는지 이야기해주시오."

이렇게 말하고 고귀한 돼지치기가 앞장서서 오뒷세우스를

오두막으로 데리고 들어가 앉히더니, 바닥에 어린 가지들을

넉넉히 깔고 그 위에 자신의 침구인 털북숭이 야생 염소의   50

큼직하고 두툼한 가죽을 깔았다. 그러자 오뒷세우스는

돼지치기가 자기를 반갑게 맞아주는 것이 기뻐서 이렇게 말했다.

"주인장! 그대가 나를 기꺼이 맞아주시니 제우스와

다른 불사신들께서 그대의 간절한 소원을 이뤄주시기를!"

돼지치기 에우마이오스여, 그대는 그에게 이렇게 대답했도다.   55

"나그네여! 그대보다 못한 사람이 온다 해도 나그네를 업신여기는 것은

도리가 아니지요. 모든 나그네와 걸인은 제우스에게서 온다니까요.

우리 같은 사람들의 보시는 작지만 소중한 법이오.

더 이상의 보시는 하인들의 권한 밖이오. 우리 주인처럼

젊은 주인이 다스릴 때면 하인들은 언제나 조심하게 마련이오.   60

그분의 귀향을 신들께서 막아버리신 것이 틀림없어요.

나를 알뜰하게 보살펴주시며 재산도 주신 분이었소.

집과 농토와 여러 남자한테 구혼받던 아내 말이오.

그런 것들은 마음씨 고운 주인이 자기를 위해 애썼을 뿐 아니라

신의 도움으로 하는 일이 번창하는 그런 하인에게 주는 것들이지요.   65

마치 지금 내가 맡아보는 이 일이 번창하듯이 말이오.

주인 나리가 이곳에서 늙어가셨다면 내게 많은 도움을 주셨을 것을.

그러나 그분께서는 돌아가셨다오. 아아, 헬레네 일족은

무릎 꿇고 쓰러져 죽어버렸으면! 그들이야말로 많은 남자의

무릎을 풀어버렸잖소. 그분께서도 아가멤논의 명예를 위해   70

트로이아인들과 싸우려고 말의 고장 일리오스로 가신 것이오."

　　이렇게 말하고 돼지치기는 급히 허리띠로 윗옷을

졸라매더니 새끼 돼지들이 갇혀 있는 우리로 갔다.

그곳에서 그는 두 마리를 꺼내와 두 마리 다 제물로 바치더니

불에 그슬린 다음 잘게 썰어 꼬챙이에 꿰었다.　　　　　　　　　75

고기가 구워지자 그는 뜨끈뜨끈하게 꼬챙이째 오뒷세우스 앞에

전부 갖다놓더니 그 위에 흰 보릿가루를 뿌렸다.

그러고 나서 그는 나무대접에다 꿀처럼 달콤한 포도주를 따르고

물을 타더니 노인과 마주앉아 이런 말로 권했다.

"자 드시오, 나그네여! 이것은 새끼 돼지로 하인들이 내놓을 수 있는　　80

음식이오. 살진 돼지는 마음속으로 신들의 노여움을

생각지 않는 동정심 없는 구혼자들이 먹어치우니까요.

그러나 축복받은 신들께서는 가혹한 행위를 좋아하지 않고

오히려 정의와 인간들의 도리에 맞는 행위를 존중하지요.

악의와 적의에 찬 사람들이 남의 땅에 상륙해　　　　　　　　　85

제우스께서 그들에게 전리품을 주시어 배에 가득

그것을 싣고 집으로 향하는 경우에도 신들의 노여움을

사지 않을까 하는 두려움이 그들 마음을 엄습하는 법이지요.

하지만 저들은 어떤 신의 음성을 듣고 그분의 비참한 죽음을

아는 듯하단 말이오. 그래서 정당한 방법으로 구혼하려고도,　　90

고향에 돌아가려고도 않고 방자하게도 마음 놓고 우리의 재물을

탕진한다오. 저들은 아낄 줄을 몰라요.

제우스께서 보내주시는 밤에도 낮에도 저들은 제물을

바치곤 하는데 한두 마리씩 바치는 게 아니라오.

저들은 또 포도주도 마구 퍼마셔 없앤다오.　　　　　　　　　95

사실 그분의 살림은 말할 수 없이 많지요.

검은 본토에서도 여기 이타케에서도 그만큼 많이 가진

영웅은 아무도 없어요. 스무 명의 재산을 합쳐도 그렇게

많지는 않을 것이오. 내가 그대에게 열거해보겠소.

본토에는 소떼가 스물이나 있고 그만큼 많은 양떼와 그만큼 많은   100

돼지떼와 그만큼 많은 흩어져 풀을 뜯는 염소떼가 있는데

그분 소유의 목자들과 남의 목자들이 그것들을 먹인다오.

그리고 여기 섬의 맨 끝쪽에는 흩어져 풀을 뜯는 염소떼가 전부

열하나가 있는데 그것도 믿을 만한 사람들이 지키지요.

그러나 날마다 이들 중 한 명씩 저들에게 그중 한 마리를,   105

그것도 살진 염소 중에서 가장 훌륭해 보이는 것을 몰고 가야

한다오. 돼지들을 지키고 보호하는 나 또한

수퇘지 중에서 가장 훌륭한 것을 골라 저들에게 보낸다오.”

　　돼지치기가 이렇게 말했지만 오뒷세우스는 말없이 게걸스레 고기를

먹고 포도주를 마셨으니 구혼자들에게 내릴 재앙을 궁리 중이었다.   110

오뒷세우스가 잘 먹고 음식으로 마음을 즐겁게 했을 때

돼지치기가 늘 자기가 마시는 잔에 철철 넘치게

포도주를 채워주자 흐뭇한 마음으로 받아들고

그는 이렇게 물 흐르듯 거침없이 말했다.

“여보시오, 자신의 재물로 그대를 산, 그대의 말처럼   115

그토록 부유하고 힘 있는 그분이 대체 뉘시오? 그대는 그분이

아가멤논의 명예를 위해 죽었다고 했소? 혹시 내가

아는 사람일 수도 있으니 말해보시오. 아마도 제우스와

다른 불사신들께서는 내가 그분을 봤다는 소식을 전할 수

있을지 아시겠지요. 나도 무던히 많이 떠돌아다닌 몸이라오.”   120

그에게 일꾼들의 우두머리인 돼지치기가 대답했다.

"노인장! 어떤 나그네가 이곳에 와서 그분의 소식을 전한다 해도
그분의 아내와 사랑하는 아들을 설득하지 못해요.
떠돌이들이란 대접받을 필요가 있으면 아예 진실은
접어두고 그저 되는 대로 지껄여대니까요.   125
떠돌아다니다가 이타케의 나라에 온 자라면 누구나
내 안주인에게 가서 허언을 늘어놓는다오. 그러면 그분은
그를 맞아 환대하며 모든 것을 꼬치꼬치 물어보시지요.
그럴 때마다 안주인의 눈꺼풀에서 눈물이 쏟아지는데
남편이 객사한 여인으로서는 당연한 일이지요.   130
노인장! 누가 그대에게 외투와 윗옷 같은 것들을 준다면
그대도 당장 이야기를 지어내겠지요.
그러나 그분으로 말하면 개들과 날랜 새들이 벌써 뼈에서
살갗을 찢은 게 틀림없고 혼백은 그분을 떠났을 거요.
아니면 바다에서 물고기들이 그분을 뜯어먹고   135
그분의 뼈는 바닷가 모래밭에 묻혀 누워 있는지도 모르지요.
그분께서는 그곳에서 그렇게 돌아가셨고 그분의 모든 친구들에게는
특히 나에게는 슬픔만 남았어요. 나는 어디로 가든
아니, 내가 처음 태어나서 부모님이 손수 나를 길러주신
부모님 집에 돌아간다 해도 그토록 상냥한 주인은 다시는   140
만나지 못할 테니까요. 부모님을 고향땅에서 내 눈으로 보는 것이
소망이지만 부모님을 위해서도 나는 이토록 슬퍼하지는
않을 것이오. 그만큼 떠나고 안 계신 오뒷세우스에 대한 그리움이
나를 사로잡는구려. 나그네여! 그분께서는 이곳에 안 계시지만
나는 그분의 이름을 말하기도 조심스러워요. 그분께서는   145

남달리 나를 사랑해주셨고 마음속으로 염려해주셨으니까요.
그래서 멀리 떨어져 계시지만 나는 그분을 '나리'라고 부른다오."

참을성 많은 고귀한 오뒷세우스가 그에게 말했다.
"여보시오! 그대가 전적으로 부인하며 그분이 더는 돌아오지
못할 것이라 말하고 그대의 마음도 불신으로 가득하니 150
나는 그냥 말하지 않고 맹세하고 말하겠소.
오뒷세우스는 돌아온다고. 그리고 이런 반가운 소식에 대한
보수는 그분이 돌아와 자기 집에 도착하는 즉시 내게 주시오.
그때는 내게 외투와 윗옷 같은 좋은 옷들을 입혀주시오.
그러나 그전에는 내 비록 몹시 궁핍하기는 하지만 아무것도 155
받지 않으리다. 나는 가난에 짓눌려 허언을 늘어놓는
그런 자는 하데스의 문만큼이나 싫어하니까요.
이제 먼저 신들 중에서 제우스와 손님을 맞는 식탁과 내가 찾아온
나무랄 데 없는 오뒷세우스의 화로가 내 증인이 되어주소서.
이 모든 일이 내가 말하는 대로 이뤄질 것인즉, 160
올해 안에 오뒷세우스는 이곳에 돌아올 것이오.
이 달이 이울고 새 달이 차기 시작하면 그분은
집에 돌아와 이곳에서 그분의 아내와 영광스러운 아들을
업신여긴 모든 자들에게 복수할 것이오."
돼지치기 에우마이오스여, 그대는 이런 말로 대답했도다. 165
"노인장! 반가운 소식에 대한 보수라면 나는 지불하지 않겠소.
오뒷세우스께서는 더는 집에 돌아오시지 못할 테니까요.
마음 편히 포도주나 드시오. 다른 일들이나 생각합시다.
그런 일이라면 내게 상기시키지 마시오. 누가 내게 자상하신
주인님을 상기시킬 때마다 나는 가슴이 아프고 속상해요. 170

그대의 맹세는 없던 일로 합시다. 그렇더라도 오뒷세우스께서
돌아오신다면 좋으련만! 나도 페넬로페도 라에르테스 노인도
신과 같은 텔레마코스도 그분께서 돌아오시기를 고대해요.
나는 이제 또 오뒷세우스께서 낳으신 아드님 텔레마코스를 위해
마냥 슬퍼하고 있어요. 신들께서 도련님을 어린 가지처럼 길러주셨고   175
나는 도련님의 체격과 용모가 놀라울 만큼 준수해 남자들 사이에서
사랑하는 아버지 못지않으리라 생각했는데, 어떤 불사신 또는
어떤 인간이 도련님의 마음속 올바른 생각을 훼손했는지
도련님은 아버지의 소식을 좇아 모래가 많은 퓔로스로 떠나셨소.
그런데 신과 같은 아르케이시오스¹의 집안이 이타케에서   180
이름 없이 사라지게 하려고 당당한 구혼자들이 매복하고는
도련님이 돌아오시기만을 기다려요. 도련님 이야기는 그만둡시다.
도련님은 잡히거나 아니면 크로노스의 아드님께서
구원의 손길을 도련님에게 뻗치시어 벗어나게 하시겠지요.
노인장! 그대는 그대 자신이 겪은 고난이나 말해주시오. 그대는 또 내가   185
잘 알 수 있게 이 점에 대해서도 사실대로 말해주시오. 그대는
인간들 중에 뉘시며 어디서 오셨소? 그대의 도시는 어디며 부모님은
어디 계시오? 어떤 종류의 배를 탔으며, 어떤 의도에서 뱃사람들이
그대를 이타케로 데려다주었고, 그들은 자신들이 어떤 사람들이라고
자랑하던가요? 걸어서는 이곳에 오지 못했을 테니 말이오."   190
　　　지략이 뛰어난 오뒷세우스는 그에게 이런 말로 대답했다.
"그것이라면 내 그대에게 솔직히 다 말하겠소.
우리 둘이서 그대의 오두막에 머물며 조용히 잔치를 벌일 수 있게
먹을 것과 달콤한 술이 오랫동안 떨어지지 않고
다른 사람들은 일하러 간다면 좋으련만! 그렇게만 되면   195

나는 힘들이지 않고 일 년 내내 이야기할 수도 있소.

그래도 내 마음의 모든 근심을, 신들의 뜻에 따라

내가 겪은 고초를 다 말할 수는 없을 것이오.

나는 넓은 크레테 출신임을 자랑으로 여기며

부유한 사람의 아들이오. 그분의 집에는 다른 아들들도　　　　　　200

여럿이 함께 자랐는데 그들은 결혼한 아내가 낳은

적자들이었소. 나를 낳아주신 어머니는 돈을 주고 사온

첩이었소. 하지만 내가 그분의 혈통임을 자랑하는 휠라코스의

아들 카스토르께서는 적자들 못지않게 내게 잘해주셨소.

그분께서는 당시 행복과 부와 영광스러운 아들들 때문에　　　　205

크레테인들의 나라에서 신처럼 존경받았는데

죽음의 여신들이 그분을 하데스의 집으로

데려가자 그분의 고매한 아들들은 제비를 던져

아버지의 살림을 자기들끼리 나누어 갖고 내게는

보잘것없는 나머지를 주고 집을 몫으로 정해주었소.　　　　　　210

그래서 나는 유능한 사람인지라 재산이 많은 집안의 딸을

아내로 데려왔소. 나는 쓸모없거나 전쟁을 피하는 그런 사람이

아니었으니까요. 지금은 다 지난 일이지만 그대는 아마 남은 그루터기만

보고도 내가 그런 사람이었다는 것을 알 수 있을 것이오.

나는 고생이라면 충분하고도 남을 만큼 했기에 하는 말이오.　　　　215

그러나 내가 전에 적군에게 재앙을 안겨줄 요량으로

가장 훌륭한 전사들을 매복조로 뽑을 때면, 아레스와 아테나가

내게 용기와 전사들의 대열을 돌파할 힘을 주었소.

1　　아르케이시오스(Arkeisios)는 오뒷세우스의 할아버지이다.

내 당당한 마음은 죽음을 전혀 예감하지 못했고
나는 월등히 맨 먼저 뛰어나가 적군 중에서 220
나보다 걸음이 빠르지 못한 자를 창으로 죽이곤 했소.
전쟁에서 나는 그런 사람이었소. 들일이나
빼어난 자식들을 양육하는 살림살이는 좋아하지 않았소.
그 대신 나는 언제나 노를 갖춘 배와 전쟁과 반들반들 닦은
창과 화살을 좋아했는데, 이런 것들은 남들에게는 225
섬뜩하기만 한 무서운 것이지만 나는 신들께서
내 마음속에 심어주신 바로 그런 것들을 사랑했소.
좋아하는 일은 사람마다 다르게 마련이니까요.
아카이오이족 아들들이 트로이아에 상륙하기 전까지 나는
외지 사람들을 향해 아홉 번이나 전사들과 빨리 달리는 230
함선들을 인솔했고 많은 것을 손에 넣었소. 나는 그중에서
마음에 드는 것을 고르기도 했지만 많은 것은 나중에
제비를 뽑아 얻었소. 그리하여 나는 금세 재산이 늘어
크레테인들 사이에서 곧 존경과 두려움의 대상이 되었소.
그러나 목소리가 멀리 들리는 제우스께서 많은 남자의 235
무릎을 풀어버린 저 가증스러운 원정을 생각해내셨을 때
크레테인들은 나와 명성도 자자한 이도메네우스더러 함선들을
일리오스로 인솔하기를 요구했소. 나는 그 요구를 거절할 수
없었소. 백성들의 평판이 부담스러웠기 때문이오.
우리 아카이오이족 아들들은 그곳에서 구 년 동안 전쟁을 했고 240
십 년째 되는 해에 프리아모스의 도시를 함락한 뒤 배를 타고
집으로 떠났는데 어떤 신이 아카이오이족을 흩어버리셨소.
그러나 조언자 제우스께서 불쌍한 나에게 재앙을 생각해내셨소.

나는 겨우 한 달 동안만 집에 머물며 내 자식들과 결혼한 아내와

내 재산을 돌보았을 뿐이오. 그러자 내 마음은 내게　　　　　　　245

단단히 의장(艤裝)을 하고 신과 같은 전우들과 함께 배를 타고

아이귑토스로 가라고 명령하는 것이었소.

나는 아홉 척의 배를 의장하게 했고 뱃사람들은 금세

모여들었소. 그러고 나서 사랑하는 나의 전우들은 엿새 동안

잔치를 벌였소. 나는 그들에게 많은 제물을 주어 그들이　　　　250

신들께 바치고 나서 자신들을 위해 잔치를 준비하게 했소.

이레째 되는 날, 우리는 배에 올라 아름답고 세찬 북풍을 받으며

넓은 크레테를 떠났는데 마치 물줄기 따라 내려가듯

힘들지 않은 항해였소. 내 배들은 한 척도 피해를 입지 않았고

우리는 안전하고 탈 없이 마냥 앉아 있기만 했소.　　　　　　255

배들은 바람과 키잡이들이 똑바로 몰아주었기 때문이오.

닷새 만에 우리는 아름답게 흘러가는 아이귑토스에 닿았고

나는 아이귑토스 강에다 양 끝이 휜 배들을 세웠소.

그러고 나서 나는 사랑하는 뱃사람들에게 그곳에서

배들 옆에 머물며 배를 지키라고 명령하고는　　　　　　　　260

정탐꾼들을 내보내 망볼 만한 곳들을 차지하게 했소.

그러나 뱃사람들은 무모하게도 충동에 이끌려

어느새 아이귑토스인들의 더없이 아름다운 들판을 약탈하며

그들의 아내들과 어린아이들을 끌어오고 남자들은

죽였소. 그러자 그 함성이 금세 시내에 닿았소.　　　　　　　265

고함 소리를 들은 그곳 사람들이 날이 새자마자 내달아 나오니

들판은 보병들과 말들과 청동의 번쩍거림으로 가득 찼소.

천둥을 좋아하시는 제우스께서 나의 뱃사람들에게

사악한 패주(敗走)를 내려보내자 아무도 감히 맞서서

버티려 하지 않았소. 재앙이 사방에서 에워쌌기 때문이오.　　　　　　270

그들은 그곳에서 우리 가운데 상당수를 날카로운 청동으로 죽이는가 하면

자신들을 위해 강제 노역을 시키려고 산 채로 끌고 가기도 했소.

그러나 제우스께서는 친히 내 마음속에 이런 생각을 품게 하셨소.

— 그곳 아이귑토스에서 죽어 운명을 맞았다면

좋았을 것을! 그 뒤로 나를 맞아준 것은 불행뿐이었으니 말이오 —　　　　　275

나는 당장 머리에서 잘 만든 투구를 벗고

어깨에서 방패를 풀고 손에서 창을 내던지고 나서

왕의 말들을 향해 마주 다가가 왕의 무릎을 잡고 입맞추었소.

그러자 왕도 나를 불쌍히 여겨 구해주고 눈물 흘리는

나를 자기 전차에 태워 집으로 데려갔소.　　　　　　280

많은 사람들이 물푸레나무 창을 들고 내게 달려들며 나를

죽이려 했소. 그들은 매우 화가 났던 것이오. 그러나 왕은

그들을 막았으니 무엇보다 그런 나쁜 짓을 못마땅해하는

손님의 신 제우스의 노여움이 두려웠기 때문이오.

칠 년 동안 나는 그곳에 머물며 아이귑토스인들 사이에서　　　　　285

많은 재물을 모았소. 그들 모두가 내게 선물을 주었으니까요.

그러나 여덟 번째 해가 다가왔을 때

허언에 능한 한 포이니케인이 도착했소.

그자는 사람들에게 이미 많은 불행을 안겨준 사기꾼이었소.

마침내 그자는 감언이설로 나를 설득하여　　　　　290

자신의 집과 재산이 있는 포이니케로 데려갔소.

그곳에서 나는 만 일 년 동안 그자와 함께 머물렀소.

날들이 가고 달들이 지나 다시 해가 바뀌고

계절이 돌아왔을 때 그자는 나를 리뷔에 행(行) 배에

태우더니 내가 그와 함께 그리로 짐을 싣고 가는 것이라고   295

그럴싸하게 둘러댔소. 그러나 그의 의도는

나를 그곳에 팔고 값을 많이 받는 것이었소.

불길한 예감이 들었지만 마지못해 그를 따라 배에 올랐소.

아름답고 세찬 북풍을 받으며 배가 바다 한가운데를 달려

크레테 위쪽을 지났을 때 제우스께서 그들에게 파멸을 생각해내셨소.   300

우리가 크레테를 뒤로하고 달리 육지는 보이지 않고

보이는 것이라고는 하늘과 바다뿐일 때,

크로노스의 아드님께서는 속이 빈 배 위에 검은 구름을

세우셨고 배 밑의 바다는 거무스름해지기 시작했소.

제우스께서 천둥을 치면서 배 안에 번개를 던지시니   305

배는 제우스의 번개에 맞아 전체가 빙글빙글 돌았고

배 안은 유황 냄새로 가득했으며 대원들은 모두 배에서 떨어졌소.

대원들은 마치 바다오리처럼 검은 배 주위로

파도에 떠다녔고 그들에게서 신들은 귀향을 빼앗아버렸소.

내가 이렇게 마음속으로 괴로워할 때 제우스께서는   310

내가 고통에서 벗어나라고 이물이 검은 배의

기다란 돛대를 손수 내 손에 쥐여주셨소. 그리하여 나는

그 돛대에 매달린 채 파멸을 안겨주는 바람에 떠밀렸소.

나는 아흐레 동안 떠돌았고 열흘째 되는 날 캄캄한 밤에

큰 파도가 나를 테스프로토이족[2]의 나라 가까이 굴려주었소.   315

그곳에서 테스프로토이족의 왕 영웅 페이돈이 몸값도 받지 않고

그냥 나를 보살펴주었소. 그의 사랑하는 아들이 바람과 피로에

제압된 나와 마주치자 내 손을 잡고 일으켜 세우더니 나를 집으로

데려갔으니까요. 그는 자기 아버지의 집에 도착하자

그곳에서 내게 외투와 윗옷 같은 의복을 입혀주었소.   320

그곳에서 나는 오뒷세우스의 소식을 들었다오. 왕이 고향땅으로

돌아가는 그분을 접대하고 환대했다고 말하면서

청동이며 황금이며 공들여 만든 무쇠며 오뒷세우스가 모은

모든 재물들을 내게도 보여주었기에 하는 말이오.

그분의 십대 손까지도 충분히 쓸 수 있는 재물이었소.   325

그만큼 많은 보물이 그분을 위해 왕의 집안에 쟁여 있었소.

왕이 말하기를 오뒷세우스는 오랫동안 떠나 있다가

이타케의 기름진 나라로 어떻게 돌아갈지, 공공연하게

돌아갈지 아니면 몰래 돌아갈지 잎사귀가 높다란

참나무에게서 제우스의 조언을 듣고자 도도네[3]로 갔다고 했소.   330

왕이 자기 집에서 헌주하고 내 앞에서 맹세하며 말하기를,

배는 바다에 끌어내려져 있고 사랑하는 고향땅으로 그분을

호송해줄 전우들도 대기하고 있다고 했소.

그러나 왕은 나를 먼저 호송해주었으니 마침 테스프로토이족의

배 한 척이 밀의 고장 둘리키온으로 출발했기 때문이오.   335

왕은 나를 그곳에 있는 아카스토스 왕에게 잘 데려다주라고

뱃사람들에게 명령했소. 그러나 내가 참담한 슬픔에 빠지도록

나에 대한 나쁜 계획이 그들의 마음에 들었소.

바다를 항해하는 배가 육지에서 멀어졌을 때 그들은

교활하게도 곧바로 내게 예속의 날을 궁리한 것이오.   340

그들은 내가 입은 외투와 윗옷 같은 옷들을 벗기더니

구멍이 숭숭 뚫린 더러운 누더기와 윗옷으로,

그대가 지금 눈앞에 보고 있는 바로 이것들로 갈아입혔소.

저녁때 그들은 멀리서도 잘 보이는 이타케의 시골에 닿았소.

그곳에서 그들은 나를 배 안에다 잘 꼰 밧줄로 345

꽁꽁 묶어놓고 자신들은 배에서 내려

바닷가에서 서둘러 저녁을 지어 먹었소.

한편 신들께서 나를 묶은 밧줄을 힘들이지 않고 손수

풀어주시자 나는 누더기로 머리를 감싼 채 반들반들 깎은

짐 싣는 널빤지를 타고 아래로 미끄러졌고 바닷물이 350

가슴께까지 오자 두 손으로 노 저으며 헤엄치기 시작했소.

그리하여 곧 바다 밖으로, 그들의 손길이 미치지 않는

곳으로 나온 나는 우거진 숲의 덤불로 올라가

그곳에 웅크리고 누웠소. 그들은 크게 한숨을 쉬며

오락가락하더니 더 찾아봤자 이로울 게 없을 성싶었는지 355

속이 빈 배를 타고 되돌아갔소.

그리하여 신들께서 힘들이지 않고 손수 나를 구하셔서

지혜로운 분의 농장 가까이 데려다주신 것이오.

나는 아직은 살 운명이니까요.”

　　돼지치기 에우마이오스여, 그대는 그에게 이런 말로 대답했도다. 360

“가련한 나그네여! 그대의 온갖 고난과 방랑에 관한 자상한

이야기는 진실로 내 마음을 감동시켰소. 그러나 생각건대,

2　테스프로토이족(Thesprotoi)의 나라는 제우스의 가장 오래된 신탁소가 있던 도도네와 아케론 강을 포함하는 에페이로스 지방의 해안 지대로, 나중에는 테스프로티스(Thesprotis)라는 이름을 갖게 되었으며 이타케의 북동쪽에 있다.

3　도도네는 제우스의 가장 오래된 신탁소가 있던 곳으로 에페이로스 지방에 있다. 그곳에서는 신성한 참나무 잎사귀들이 바람에 살랑거리는 소리를 듣고 신의(神意)를 풀이했던 것으로 보인다.

오뒷세우스에 관한 그대의 말은 사리에 맞지 않으며 나를

설득하기 어렵소. 무엇 때문에 그대는 그런 처지에 있으면서

공연히 거짓말까지 하시오? 내 주인님의 귀향이라면 나도 365

잘 알고 있소. 그분께서는 모든 신들께 심한 미움을 사신 것이오.

신들께서는 그분을 트로이아인들 사이에서도 제압하지 않고

전쟁을 다 치른 뒤 가족들의 품안에서도 제압하지 않으셨으니까.

그랬다면 전(全) 아카이오이족이 그분을 위해 무덤을 지었을 것이고

그분께서는 또 아들을 위해 장차 큰 명성을 얻었을 것이오. 370

그런데 지금 폭풍의 정령들이 아무 명성도 없이 그분을 채어가버렸소.

나로 말하면 따로 떨어져 돼지들 옆에 살며 어디선가 홀연히

주인님 소식이 와서 사려 깊은 페넬로페가 나를 그리로 오라고

부르지 않으시면 시내로 가지 않아요. 그럴 때면 사람들이

둘러앉아 소식을 가져온 사람에게 꼬치꼬치 캐묻는데, 이때 375

더러는 오랫동안 떠나고 안 계신 주인님을 위해 슬퍼하는가 하면

더러는 아무 보상도 않고 그분의 살림을 먹어치우는 것을 즐거워하지요.

그러나 이렇게 묻고 질문하는 것도 어떤 아이톨리아인이

이야기로 나를 속인 뒤부터는 별로 즐겁지가 않아요.

그자는 사람을 죽이고 대지 위를 두루 떠돌아다니다가 380

내 집에 오게 되었는데, 나는 그자를 크게 환대했지요.

그자는 내 주인님이 크레테인들 사이에서, 이도메네우스의 집에서

폭풍에 부서진 배들을 수리하고 계시는 것을 봤다고 했소.

그자는 또 여름이나 초가을께는 그분께서 많은 재물을 갖고

신과 같은 전우들과 함께 돌아오실 것이라고 했소. 385

그러니 고생을 많이 하신 노인장! 어떤 신께서 그대를 내게 인도하신

이상 그대도 거짓말로 환심을 사려 하거나 호리려 들지 마시오.

내가 그대를 존중하거나 사랑한다면 그 때문이 아니라 손님의
보호자이신 제우스를 두려워하고 그대를 불쌍히 여기기 때문이라오."

　　지략이 뛰어난 오뒷세우스가 그에게 이런 말로 대답했다　　　　　390
"그대의 가슴속 마음은 좀처럼 믿으려 하지 않는구려.
내가 그렇게 맹세해도 그대를 설득하여 믿게 만들지 못하는구려.
자, 우리 계약을 맺읍시다! 그리고 나중을 위해
우리 둘 다 올륌포스에 사시는 신들을 증인으로 삼아요.
그대의 주인이 여기 이 집에 돌아오면　　　　　　　　　　　　　395
그대는 내게 외투와 윗옷 같은 옷들을 입혀주고
그리운 둘리키온으로 갈 수 있게 나를 호송해주시오.
그러나 그대의 주인이 내가 말한 대로 오지 않는다면,
다른 거지도 거짓말로 속이기를 조심하도록 그대는
그대의 하인들을 시켜 나를 큰 바위에서 내던지구려."　　　　　400

　　고귀한 돼지치기가 그에게 이런 말로 대답했다.
"나그네여! 내가 그대를 내 오두막으로 데려와 환대하고 나서
다시 그대를 죽여 그대의 소중한 목숨을 빼앗는다면
그것이 과연 지금이나 훗날에 사람들 사이에서
자랑거리가 될 수 있겠소? 그러고도 내가 과연　　　　　　　　　405
크로노스의 아드님 제우스께 간절히 기도할 수 있겠소?
지금은 저녁 먹을 시간이오. 오두막에서 맛있는 저녁 식사를
준비할 수 있게 일꾼들이 빨리 돌아와주면 좋으련만!"

　　그들은 이렇게 서로 이야기를 주고받았다.
그때 돼지치기들이 돼지들을 몰고 가까이 다가왔고,　　　　　　410
익숙한 우리에서 잠자라고 돼지들을 가두자 우리로 들어가는
돼지들에게서 말할 수 없이 큰 소음이 일었다.

이어서 고귀한 돼지치기가 일꾼들에게 소리쳤다.

"먼 데서 온 나그네를 위해 잡으려 하니 수퇘지 중에서

가장 훌륭한 녀석을 가져오게. 우리도 그것을 맛볼 것이다.   415

오랫동안 우리야말로 흰 엄니의 돼지들 때문에 고생깨나 했네.

남들이 아무 보상 없이 우리가 애써 기른 것들을 먹어치우는 동안."

　　이렇게 말하고 그는 무자비한 청동으로 장작을 팼고

다른 사람들은 살진 다섯 살배기 수퇘지 한 마리를 몰아왔다.

그들이 수퇘지를 화롯가에 갖다놓자 마음씨 착한   420

돼지치기는 불사신들을 잊지 않았다.

그는 먼저 흰 엄니의 수퇘지의 머리털을 불속에

던져 넣고 현명한 오뒷세우스가 자기 집에

돌아오게 해달라고 모든 신들께 기도했다.

그리고 그가 일어서서 패지 않고 남겨둔 참나무 토막으로 수퇘지를   425

후려치자 목숨이 수퇘지를 떠났다. 이어서 다른 자들이 멱을 따고

그슬린 다음 곧바로 부위별로 해체하자, 돼지치기가 모든 사지에서

살코기를 길고 가늘게 잘라내어 넓적다리뼈들에 얹고 그것들을

기름 조각으로 싼 뒤 그 위에 빻은 보릿가루를 뿌리더니

그것들을 불속에 던져 넣었다. 그들은 나머지 고기를 잘게 썰어   430

꼬챙이에 꿰어 조심스럽게 구운 뒤 꼬챙이에서 모두

빼내어 나무접시에 수북이 쌓았다. 돼지치기는 그것을

나누기 위해 일어섰다. 그는 사리가 밝은지라

전체를 일곱 등분했다. 그중 한 몫은 기도한 뒤

요정들과 마이아의 아들 헤르메스를 위해 따로 떼어놓고   435

나머지 몫들은 각자에게 나눠주었다.

그러나 그는 흰 엄니의 수퇘지의 긴 등심은 오뒷세우스에게

명예의 선물로 주어 주인의 마음을 기쁘게 해주었다.

지략이 뛰어난 오뒷세우스가 그에게 이렇게 말했다.

"에우마이오스여, 내 처지가 이러함에도 좋은 것을 명예의 선물로   440

내게 주시니 내게서 사랑받듯 아버지 제우스께도 사랑받기를!"

　　돼지치기 에우마이오스여, 그대는 그에게 이런 말로 대답했도다.

"드시오, 이상한 나그네여! 그리고 여기 있는 것들을 있는 그대로

즐기시오. 신께서는 마음 내키는 대로 어떤 것은 주실 것이나

어떤 것은 주시지 않을 것이오. 신께는 모든 것이 가능하니까요."   445

　　이렇게 말하고 그는 신들을 위해 떼어놓은 몫을 영생하는 신들께

태워올리며 반짝이는 포도주를 헌주하고 나서 도시의 파괴자

오뒷세우스의 손에 잔을 쥐여주고는 자신의 몫 옆에 가 앉았다.

빵은 메사울리오스⁴가 그들에게 나누어주었는데 그로 말하면

주인이 떠나고 없는 사이 안주인과 라에르테스 노인에게도   450

알리지 않고 돼지치기가 자력으로 구해왔으니,

자기 돈을 주고 타포스인들에게서 사왔던 것이다.

그들은 앞에 차려진 음식에 손을 내밀었다.

그리하여 먹고 마시는 욕망이 충족되었을 때

메사울리오스는 빵을 치웠고 다른 사람들은   455

빵과 고기를 배불리 먹고 서둘러 잠자러 갔다.

　　이윽고 달도 없는 고약한 밤이 다가왔다. 제우스는 밤새도록

비를 뿌렸고 비를 가져다주는 서풍이 여전히 세차게 불었다.

그때 오뒷세우스는 혹시 돼지치기가 크게 염려해주는 마음에서

입고 있던 외투를 자기에게 벗어주거나, 아니면 다른 일꾼에게   460

4　메사울리오스(Mesaulios)는 '농장 머슴'이라는 뜻이다.

그리 하라고 명령하는지 시험해보려고 그들 사이에서 말했다.

"이제 내 말 좀 들으시오, 에우마이오스와 그대들 동료 일꾼들이여!

내 한 가지 소원이 있어 말하겠소. 주책없는 술이란 녀석이

그리 하라고 명령하는구려. 술이란 녀석은 가장 사려 깊은 사람도

노래하고 상냥하게 웃게 부추기는가 하면 춤추라고   465

일으켜 세우기도 하고 말하지 않는 게 더 좋을 말도 내뱉게 한다오.

그러나 일단 입 밖에 낸 이상 나는 아무것도 숨기지 않겠소.

아아, 우리가 매복조를 짜서 트로이아의 성벽 밑으로 인솔했을

때처럼 내가 젊고 내 힘이 약해지지 않았다면 좋으련만!

그때 오뒷세우스와 아트레우스의 아들 메넬라오스가 지휘자였고   470

나는 그들과 함께 세 번째 인솔자였소. 명령은 그들이 내렸으니까요.

우리는 도시와 가파른 성벽에 도착하자

도성 주위의 짙은 덤불 속에, 갈대밭과 늪지대에

무구들로 몸을 덮고 웅크린 채 누워 있었소.

북풍은 그쳤지만 꽁꽁 얼어붙은 고약한 밤이   475

다가오고 하늘에서는 눈이 내려 차디찬 서리처럼

얼어붙은 때라 방패는 온통 두꺼운 얼음으로 덮였지요.

그때 다른 사람들은 모두 외투와 윗옷을 입고 있어

어깨까지 방패를 덮고 편히 잠을 잤소. 하지만 나는

떠날 때 어리석게도 전우들에게 외투를 맡겨두고 왔으니   480

그렇게 춥지는 않으리라고 생각했던 것이지요.

그래서 나는 방패와 번쩍이는 가죽 치마만 입고 갔다오.

밤이 삼분의 일만 남고 별들이 기울기 시작했을 때

나는 옆에 있던 오뒷세우스를 팔꿈치로 치며 말했소.

그러자 그도 곧바로 내 말에 귀를 기울였소.   485

'제우스의 후손 라에르테스의 아들이여, 지략이 뛰어난 오뒷세우스여!
나는 살아 있는 사람들과 더는 함께하지 못할 것 같소. 외투를
입지 않아 이 겨울 추위가 나를 제압하기 때문이오. 어떤 신이 윗옷만
입으라고 나를 속이신 것이오. 그러니 이제는 피할 길이 없소이다.'
내가 이렇게 말하자 그는 곧 마음속에 한 가지 생각이 떠올라   490
—그는 회의에서도 전투에서도 그런 사람이었지요!—
나직한 목소리로 내게 이렇게 말했소.
'조용하시오. 다른 아카이오이족이 그대의 말을 듣지 못하도록.'
그는 이렇게 말하고 나서 팔베개를 하고 누워서 말했소.
'들으시오, 친구들이여! 내가 자고 있을 때 신께서 보내신 꿈이   495
나를 찾아왔소. 우리는 함선들에서 너무 멀리 왔소이다.
그러니까 혹시 백성들의 목자인 아트레우스의 아들
아가멤논이 함선들에서 더 많은 전우들을 보내줄지
누가 이 사실을 전했으면 좋겠소이다.'
그가 이렇게 말하자 안드라이몬의 아들 토아스[5]가 벌떡
일어나 자줏빛 외투를 벗어놓고 함선들을 향해 달렸소.   500
그래서 나는 황금 옥좌의 새벽의 여신이 나타날 때까지
좋아라 하고 그의 옷을 입고 누워 있었소. 아, 내가 지금
그때처럼 젊고 힘이 약해지지 않았다면 좋으련만!
그렇다면 농장 돼지치기들 중에서 누군가 훌륭한 전사에 대한
애정과 존경심에서 내게 외투를 줄 텐데. 하지만 지금 내가   505
몸에 더러운 옷을 걸쳤다고 모두들 나를 업신여기는구나."

---

5 여기 나오는 토아스(Thoas)는 안드라이몬과 고르고(Gorgo)의 아들로, 아이톨리아 지방에
있는 칼뤼돈(Kalydon) 시의 왕이다.

돼지치기 에우마이오스여, 그대는 그에게 이런 말로 대답했도다.
"노인장! 그대가 그분을 칭찬한 이야기는 나무랄 데 없소.
또한 그대는 사리에 맞지 않는 말을 한 것이 아니고 무익한 말을
한 것도 아니오. 그러니 그대는 옷은 물론이고, 그 밖에 우리와   510
만난 불행한 탄원자가 받아 마땅한 다른 것도 모두 갖게 될 것이오.
물론 오늘밤에만 말이오. 내일 아침에는 그대의 누더기를
다시 걸치게 될 것이오. 이곳에는 외투나 갈아입을 윗옷이
많지 않고 외투는 저마다 한 벌씩밖에 없기 때문이오.
그러나 오뒷세우스의 사랑하는 아드님이 다시 돌아오시면   515
도련님이 손수 그대에게 외투와 윗옷 같은 옷들을 주실 것이며
어디든 그대의 마음이 명령하는 곳으로 그대를 호송해주실 것이오."
     이렇게 말하고 그는 일어서서 불 옆에 오뒷세우스를 위해
침상을 갖다놓고 그 위에 양가죽과 염소가죽을 깔았다.
오뒷세우스가 거기 눕자 돼지치기가 두툼하고 큼직한   520
외투를 덮어주었는데 그것은 무서운 폭풍이 일면
갈아입으려고 준비해둔 것이었다.
     그렇게 오뒷세우스는 거기서 잠을 잤고 그의 옆에는 젊은이들이
자고 있었다. 그러나 돼지치기는 돼지들과 떨어져 거기서
누워 자는 것이 마음에 들지 않아 채비를 하고 밖으로 나갔다.   525
그러자 오뒷세우스는 기뻐했으니, 멀리 떠나고 없는
주인의 살림을 돼지치기가 알뜰히도 보살폈기 때문이다.
돼지치기는 먼저 튼튼한 어깨에 날카로운 칼을 메고 나서
바람을 막아줄 아주 두툼한 외투를 걸치고
잘 먹인 큰 염소의 모피를 들더니   530
개와 사람을 막아주는 날카로운 창을 집어 들었다.

그러고 나서 그는 흰 엄니의 돼지들이 폭풍을 피해
자고 있는 속이 빈 바위 밑으로 누우러 갔다.

XV

텔레마코스가 에우마이오스에게 가다

한편 팔라스 아테나는 넓은 무도장이 있는 라케다이몬으로 갔으니
늠름한 오뒷세우스의 영광스러운 아들에게
귀향을 일깨워주고 돌아가라고 재촉하기 위해서였다.
여신이 가서 보니 텔레마코스와 네스토르의 빼어난 아들은
영광스러운 메넬라오스의 집 바깥채에서 자고 있었다.   5
네스토르의 아들은 부드러운 잠에 제압되었지만
달콤한 잠도 텔레마코스를 사로잡지 못했으니, 그는 마음속으로
아버지가 염려되어 향기로운 밤에도 깨어 있었던 것이다.
빛나는 눈의 아테나가 그에게 다가서서 말했다.
"텔레마코스여! 그대가 그대의 재산과 저토록 오만불손한 자들을   10
그대로 남겨둔 채 집을 떠나 먼 곳으로 떠돌아다니는 것은
이제 더는 아름다운 일이 아니다. 저들이 그대의 재산을 나누어
모조리 먹어치우고 그대는 무익한 여행을 하게 되지 않을까 두렵구나.
자, 그대는 나무랄 데 없는 어머니를 아직도 집에서 만날 수 있도록
목청 좋은 메넬라오스에게 집에 보내달라고 어서 재촉하라.   15
에우뤼마코스가 선물에서 모든 구혼자들을 능가하고 구혼 선물도
크게 늘린 까닭에 그대 어머니의 아버지와 오라비들이 지금
그녀에게 에우뤼마코스와 결혼하라고 재촉하고 있으니 말이다.
어머니가 그대 뜻을 거슬러 집에서 재물을 갖고 나가지 않을까 두렵구나.
여자의 가슴속 마음이 어떠한지는 그대도 잘 알 것이다.   20

여자는 자기를 아내로 삼은 남자의 살림을 늘리기 원하며
일단 사랑하는 남편이 죽고 나면, 전남편과의 사이에서 태어난
자식들이나 전남편은 더는 기억하지도 묻지도 않는다.
그러니 그대는 가서 신들이 그대에게 영광스러운 아내를
주실 때까지 하녀들 중에서 가장 훌륭해 보이는 여인에게   25
그대의 모든 재산을 돌보라고 손수 맡겨라.
그대에게 이를 말이 또 있으니 그대는 명심하라.
구혼자들의 우두머리들이 이타케와 울퉁불퉁한 사모스 사이의
해협에서 계획적으로 매복하여 그대를 기다리고 있다.
고향땅에 닿기 전에 그대를 죽이기를 열망하면서 말이다!   30
하지만 그렇게는 되지 않을 것이다. 그러기 전에 그대의 살림을
먹어치우는 자들 가운데 몇 명은 땅속에 묻히게 될 것이다.
그러니 그대는 그대의 잘 만든 배를 그 섬들에서 멀리 떨어지게
하고 밤에도 항해하라. 불사신들 중에서 그대를 지켜주고
보호하는 분께서 뒤에서 그대에게 순풍을 보내주실 것이다.   35
그러나 그대는 이타케의 가장 가까운 해안에 닿거든
배와 모든 대원들을 서둘러 시내로 보내고
그대 자신은 우선 돼지치기에게 가보아라.
그대의 돼지들을 지키는 그는 그대에게도 우호적이다.
그리고 그곳에서 밤을 보내고 그를 서둘러 시내로 보내   40
그대가 무사히 퓔로스에서 돌아왔다는 소식을
사려 깊은 페넬로페에게 전하게 하라."
    그녀는 이렇게 말하고 높은 올륌포스로 떠났고
텔레마코스는 네스토르의 아들을 발꿈치로 건드려
달콤한 잠에서 깨우며 이렇게 말했다.   45

"일어나시오, 네스토르의 아들 페이시스트라토스여!

우리가 길을 떠날 수 있게 그대는 그대의 통발굽의 말들을

끌고 가서 마차 앞에 매어주시오."

　　네스토르의 아들 페이시스트라토스가 그에게 대답했다.

"텔레마코스! 우리가 아무리 급하기로 캄캄한 밤에　　　　　　　　50

길을 떠날 수는 없소. 곧 날이 밝아올 것이오. 그러니 그대는

이름난 창수인 아트레우스의 아들, 영웅 메넬라오스가

선물들을 가져와 마차에 싣고 상냥한 말로 그대를

보내줄 때까지 기다리시오. 손님은 자기를

환대해준 주인을 평생 동안 기억하지요."　　　　　　　　　　55

　　그는 이렇게 말했다. 어느새 황금 옥좌의 새벽의 여신이 나타났다.

그러자 목청 좋은 메넬라오스가 머릿결 고운 헬레네의 옆,

자기 잠자리에서 일어나 그들에게 다가왔다.

오뒷세우스의 사랑하는 아들은 그를 알아보고

서둘러 몸에 번쩍이는 윗옷을 입었다.　　　　　　　　　　　60

젊은 영웅은 튼튼한 어깨에 큰 외투를 걸치고

문 쪽으로 가서 메넬라오스의 옆에 섰다. 그에게 신과 같은

오뒷세우스의 사랑하는 아들 텔레마코스가 이렇게 말했다.

"제우스께서 양육하신 아트레우스의 아들 메넬라오스 님,

전사들의 우두머리여! 지금 당장 나를 사랑하는 고향땅으로　　　65

보내주십시오. 내 마음은 지금 당장 집에 돌아가기를 원합니다."

　　목청 좋은 메넬라오스가 그에게 대답했다.

"텔레마코스! 자네가 귀향을 열망하니 나는 자네를

이곳에 오래 붙들어두지 않겠네. 나도 지나치게 사랑하거나

지나치게 미워하는 주인에게는 화가 나겠지.　　　　　　　　70

매사에 중용이 더 나은 법이니까.

머물고 싶어하는 손님을 서둘러 보내는 것이나

서둘러 가려는 사람을 붙드는 것이나 똑같이 잘못이지.

오는 손님은 환대하고 떠나고 싶어하는 손님은 보내주어야지.

자네는 내가 훌륭한 선물들을 가져와 마차에 싣고 그것들을   75

자네 두 눈으로 볼 때까지 기다리게나. 그러면 나는 여인들에게

궁전 안에서 점심을 준비하라고 이르겠네. 안에는 무엇이든 넉넉하게

비축되어 있으니까. 끝없는 대지 위로 먼길을 떠나기 전에

점심을 든다는 것은 명예이자 영광인 동시에 이익이 될 걸세.[1]

자네가 헬라스와 아르고스의 중심부를 두루 여행하고 싶다면   80

그리고 내가 동행해주기를 원한다면 나는 자네를 위해

말에 멍에를 얹고 인간들의 도시로 자네를 안내하겠네.

그러면 어느 누구도 우리를 빈손으로 보내지 않고

훌륭한 청동 세발솥이든 한 쌍의 노새든 황금 잔이든

한 가지는 가져가라고 우리에게 줄 걸세.”   85

　　그에게 슬기로운 텔레마코스가 대답했다.

“제우스께서 양육하신 아트레우스의 아들 메넬라오스 님,

전사들의 우두머리여! 나는 지금 바로 내 나라로 돌아가고 싶습니다.

내가 이리로 올 때 내 재산을 지켜줄 사람을 뒤에 남겨두지 않아서요.

신과 같은 아버지를 찾다가 나 자신이 목숨을 잃거나   90

아니면 내 궁전에서 훌륭한 재산을 잃게 되지나 않을까 두렵습니다.”

　　목청 좋은 메넬라오스는 이 말을 듣고 곧바로

아내와 하녀들을 시켜 궁전 안에서 점심 준비를 하게 했다.

안에는 무엇이든 넉넉하게 비축되어 있기 때문이다.

그때 보에토오스의 아들 에테오네우스가 막 잠자리에서 일어나   95

메넬라오스에게 가까이 다가왔으니 그는 거기서 멀지 않은 곳에

살았다. 그에게 목청 좋은 메넬라오스가 불을 피워

고기를 구우라고 명령하자 그도 거역하지 않았다.

메넬라오스는 향기로운 광으로 내려갔다. 그러나 그는

혼자가 아니었으니 헬레네와 메가펜테스가 그와 동행한 것이다.   100

그들이 보물들이 쌓여 있는 곳에 이르렀을 때

아트레우스의 아들은 손잡이가 둘 달린 잔 하나를 집더니

아들 메가펜테스에게는 은으로 만든 희석용 동이 하나를 들고

가라고 명령했다. 헬레네는 궤짝들 옆에 서 있었는데 그 안에는

그녀가 손수 만든, 바느질이 더없이 정교한 옷들이 들어 있었다.   105

그중 하나를 여인들 중에서도 고귀한 헬레네가 집어 들고

나가니 가장 넓고 가장 아름답게 수놓은 그 옷은

별처럼 반짝였고 다른 옷들 맨 밑에 놓여 있었다.

그들이 집안을 계속해서 걸어가 텔레마코스가 있는 곳에

이르자 금발의 메넬라오스가 그를 향해 말했다.   110

"텔레마코스, 헤라의 크게 천둥 치시는 남편인 제우스께서

부디 자네가 마음속으로 열망하는 대로 자네의 귀향을

이뤄주시기를! 내 집에는 많은 보물이 쌓여 있는데

그중에서 가장 아름답고 가장 값진 것을 자네에게 선물로 주겠네.

나는 정교하게 만든 희석용 동이 하나를 자네에게 줄 것인데   115

전체가 은으로 만들어졌고 가장자리는 금으로 마감한 것일세.

그것은 헤파이스토스의 작품으로 시돈인들의 왕인

---

1   먼길을 떠나기 전에 점심을 먹는 것은 주인에게는 명예와 영광이 되고 손님에게는 도움이
    된다는 뜻이다.

영웅 파이디모스가 내게 주었네. 귀향길에 그리로 간 나를
그의 집에 받아주었을 때 말일세. 이 잔도 자네에게 주겠네."
이렇게 말하고 영웅 아트레우스의 아들은 손잡이가 둘 달린   120
잔을 그의 손에 쥐여주었다. 그리고 강력한 메가펜테스는
은으로 만든 번쩍이는 희석용 동이를 그의 옆에 갖다놓았다.
그리고 고운 볼의 헬레네는 옷을 손에 들고
가까이 다가가서 이렇게 말했다.
"사랑하는 아들이여! 나도 여기 이것을 그대에게 선물로 줄 것이니   125
헬레네의 솜씨로 만든 이 기념품은 바라고 바라던 그대의 결혼식 날
그대의 신부에게 입히시오. 그때까지는 사랑하는 어머니 곁에,
어머니의 방 안에 놓아두시오. 부디 즐거운 마음으로 그대가
그대의 잘 지은 집과 고향땅에 닿게 되기를!"
    이렇게 말하고 헬레네가 옷을 손에 쥐여주자 텔레마코스는   130
기뻐하며 받았다. 영웅 페이시스트라토스는 선물들을 받아
마차의 짐 고리에 넣으며 그 모든 것을 보고 감탄을 금치 못했다.
이어서 금발의 메넬라오스가 사람들을 집안으로 인도했고
두 사람은 등받이의자와 안락의자에 앉았다.
곧 시녀 한 명이 아름다운 물항아리를 가져와   135
손을 씻으라고 은대야 위에 물을 부어주고 나서
그들 앞에 반들반들 닦은 식탁을 갖다놓았다. 그러자
존경스러운 가정부가 빵을 가져와 그들 앞에 놓고 그 밖에도
갖가지 음식을 올리더니 자기 옆에 있는 것들을 아낌없이 건네주었다.
보에토오스의 아들은 그 옆에서 고기를 썰어 몫을 나누고   140
영광스러운 메넬라오스의 아들은 포도주를 따라주었다.
그리하여 그들은 앞에 차려진 음식에 손을 내밀었다.

이윽고 먹고 마시는 욕망이 충족되었을 때

텔레마코스와 네스토르의 빼어난 아들은

말들에 멍에를 얹고 정교하게 만든 마차에 올라145

바깥 대문과 소리가 잘 울리는 주랑 밖으로 몰았다.

한편 아트레우스의 아들 금발의 메넬라오스는 마음을 즐겁게 해주는

포도주가 든 황금 잔을 오른손에 들고 그들을 뒤쫓아갔으니

그들이 떠나기 전에 헌주하게 하려는 것이었다.

그는 말들 앞에 서서 작별 인사를 하며 말했다.150

"안녕히 가게, 두 젊은이! 백성들의 목자 네스토르에게도

안부 전해주게나. 우리 아카이오이족 아들들이 트로이아에서

전쟁했을 때 그분은 내게 진실로 아버지처럼 상냥하셨다네."

  슬기로운 텔레마코스가 그에게 대답했다.

"제우스의 양자님! 우리는 그곳에 도착하자마자 그 모든 것을155

그대가 말씀하신 그대로 그분께 확실히 전하겠습니다.

그만큼 확실히 내가 이타케로 돌아가 오뒷세우스를 만나 뵙고

나는 그대에게서 온갖 환대를 받고 떠나오는 길이며 수많은 훌륭한

보물까지 가져왔다고 그분께 말씀드릴 수 있다면 좋으련만!"

  그가 이렇게 말했을 때 그의 오른쪽으로 새 한 마리가 날아왔으니,160

독수리가 집에서 기르는 크고 흰 거위 한 마리를 발톱으로

채어가고 남자들과 여자들이 고함을 지르며 뒤쫓고 있었다.

독수리는 가까이 다가오더니 말들 앞을 지나

오른쪽으로 재빨리 날아가버렸다. 그것을 보자 그들은 기뻤고

모두 가슴속 마음이 따뜻해졌다. 그들 사이에서165

네스토르의 아들 페이시스트라토스가 먼저 말문을 열었다.

"제우스께서 양육하신 메넬라오스 님, 백성들의 우두머리여! 신이 이 전조를

우리 두 사람에게 보내셨을까요, 그대에게 보내셨을까요?"

　　그가 이렇게 말하자 아레스의 사랑을 받는 메넬라오스는

어떻게 하면 사리에 맞게 대답할 수 있을지 곰곰이 생각했다.　　　　170

그때 긴 옷을 입은 헬레네가 한발 앞서 이렇게 대답했다.

"그대들은 내 말을 들으세요. 나는 불사신들이 내 마음에

불어넣어주신 대로, 그리고 이뤄지리라고 내가 생각하는 대로

예언하겠어요. 저 독수리가 제 종족과 새끼들이 있는

산에서 날아와 집에서 기르는 거위를 채어갔듯이,　　　　175

꼭 그처럼 오뒷세우스도 많은 고생과 방랑 끝에 집에 돌아와

복수할 거예요. 어쩌면 그분은 벌써 집에 돌아와서

모든 구혼자들에게 내릴 재앙을 궁리 중인지도 모르죠."

　　슬기로운 텔레마코스가 그녀에게 대답했다.

"헤라의 크게 천둥 치시는 남편인 제우스께서 제발 지금 말씀대로만　　　　180

해주신다면! 그러면 나는 집에 가서도 그대를 신처럼 공경하겠습니다."

　　이렇게 말하고 그가 채찍으로 말들을 치자 말들은

부리나케 도시를 지나 재빨리 들판으로 내달았다.

말들은 목에 멘 멍에를 온종일 흔들어댔다.

　　이제 해가 지고 길이란 길은 모두 어둠에 싸였다.　　　　185

그들은 일찍이 알페이오스가 낳은 아들인 오르실로코스의

아들 디오클레스의 집이 있는 파라이에 도착했다.

그곳에서 그들은 밤을 보냈고 디오클레스는 그들을 환대했다.

　　이른 아침에 태어난 장밋빛 손가락을 가진 새벽의 여신이

나타나자 그들은 말들에 멍에를 얹고 정교하게 만든 마차에　　　　190

올라 바깥 대문과 소리가 잘 울리는 주랑 밖으로 몰았다.

그가 채찍질하며 앞으로 몰자 말들도 마다하지 않고 나는 듯이 달렸다.

그들은 곧 필로스의 가파른 성채에 도착했는데

그때 텔레마코스가 네스토르의 아들에게 말했다.

"네스토르의 아들이여! 그대는 내게 약속하고 내 청을 들어줄 수 있겠소? 195

우리는 아버지들의 우정을 통해 이전부터 서로 친구임을

자랑으로 여기니까요. 게다가 우리는 나이도 같고

이 여행으로 더욱더 친해질 것이오. 제우스의 양자여! 그대는 나를

싣고 배 옆을 지나치지 말고 그곳에 세우시오. 그러지 않으면

노인께서 환대하기를 열망하며 내 뜻을 거슬러 나를 자기 집에 200

붙드실 것이오. 하지만 나는 되도록 빨리 집에 돌아가야만 하오."

　　그가 이렇게 말하자 네스토르의 아들은 어떻게 하면

그의 청을 온당하게 들어줄 수 있을지 마음속으로 심사숙고했다.

아무리 생각해보아도 그에게는 역시 이렇게 하는 것이

더 이로울 것 같았다. 그는 날랜 배가 있는 바닷가로 205

말 머리를 돌려 훌륭한 선물들, 메넬라오스가 준

옷과 황금을 들어 내려 배의 고물에 갖다놓고는

텔레마코스를 재촉하며 물 흐르듯 거침없이 말했다.

"내가 집에 가서 노인께 알리기 전에 그대는 지금 어서 배에 오르고

그대의 모든 대원들에게도 그렇게 하라고 명령하시오. 210

나는 마음속으로 이 점을 잘 알기 때문이오. 그분께서는

고집 센 분이라 그대를 그냥 가게 두지 않고 초대하려고

몸소 이리로 오실 것이고 그대를 두고 그냥 돌아가시지는

않을 것이오. 그분께는 그런 일들이 무척 노여울 테니까요."

　　그는 이렇게 말하고 갈기도 고운 말들을 몰아 215

필로스인들의 도시로 돌아갔고 금세 집에 도착했다.

한편 텔레마코스는 대원들을 독려하고 명령했다.

"대원들이여! 그대들은 우리가 길을 떠날 수 있게
선구들을 검은 배에 싣고 어서 배에 오르시오."

　그가 이렇게 말하자 그들은 귀담아듣다가 그가 시키는 대로　　　　　220
곧바로 배에 올라 노 젓는 자리에 앉았다. 그는 부지런히
이런 일들을 끝내고, 배의 고물 옆에서 아테나에게 기도하며
제물을 바쳤다. 그때 먼 데서 온 한 사내가 가까이 다가왔으니
그는 사람을 죽이고 아르고스에서 도망쳐오는 중이었다.
그는 예언자로 혈통으로는 멜람푸스[2]의 후손이었으니,　　　　　225
멜람푸스는 전에 양떼의 어머니인 퓔로스에 살면서
부유했을뿐더러 퓔로스인들 사이에서 월등히 큰 집을 갖고 있었다.
그러나 사람들 중에서 가장 당당하고 늠름한 넬레우스를 피해
외지 사람들의 나라로 갔고, 넬레우스는 그의 많은 재산을
만 일 년 동안이나 강제로 압류했다.　　　　　230
그동안 멜람푸스는 넬레우스의 딸 때문에,
그리고 가차 없이 치는 여신 에리뉘스[3]가 그의 마음속에 심어준
미망(迷妄) 때문에 큰 고통을 받으며 퓔라코스의 집에서
가혹한 사슬에 묶여 있었다. 그러나 멜람푸스는
이러한 죽음의 운명에서 벗어나 음매 하고 우는 소떼를 몰고　　　　　235
퓔라케에서 퓔로스로 돌아가 신과 같은 넬레우스로 하여금
수치스러운 짓을 보상하게 하고는 넬레우스의 딸을 제수(弟嫂)로서
집에 데려갔다. 그러고 나서 외지 사람들의 나라로,
말을 먹이는 아르고스로 갔으니 멜람푸스는 그곳에서
수많은 아르고스인들을 다스리며 살 운명이었던 것이다.　　　　　240
멜람푸스는 그곳에서 아내와 결혼하고 지붕이 높다란 집을
지었으며 강력한 두 아들 안티파테스와 만티오스를 낳았다.

안티파테스가 늠름한 오이클레스를 낳고 오이클레스가

백성들을 고무하는 암피아라오스를 낳으니,

아이기스를 가진 제우스와 아폴론이 온갖 애정으로 암피아라오스를[4]   245

사랑해주었다. 그러나 암피아라오스는 노령의 문턱에 이르지 못하고

여인의 선물 때문에 테바이에서 죽었다. 암피아라오스에게서

두 아들이 태어났으니 알크마이온과 암필로코스가 곧 그들이다.

한편 만티오스는 폴뤼페이데스와 클레이토스를 낳았다.

클레이토스는 뛰어난 미모 때문에 황금 옥좌의 새벽의 여신이   250

채어갔으니 불사신들과 함께 살게 하려는 것이었다.

고매한 폴뤼페이데스는 아폴론이 인간들 중에서 월등히 뛰어난

예언자로 만들었으니 암피아라오스가 죽었기 때문이다.

그 뒤 폴뤼페이데스는 아버지에게 화가 나서 휘페레시에[5]로 옮겨가

그곳에 살면서 모든 사람들에게 예언을 해주었다.   255

　　텔레마코스에게 가까이 다가선 사람은 바로 이 폴뤼페이데스의

아들로 이름은 테오클뤼메노스였다. 테오클뤼메노스는

텔레마코스가 날랜 검은 배 옆에서 헌주하며 기도하는 것을

발견하고 그에게 물 흐르듯 거침없이 말했다.

"친구여! 나는 이곳에서 그대가 제물을 바치는 것을   260

보았소. 그대의 제물과 신, 나아가 그대 자신의 머리와

2　멜람푸스에 관해서는 11권 주 14 참조.

3　에리뉘스(Erinys 복수형 Erinyes)는 복수의 여신이다. 호메로스에서 그들의 수와 생김새와
　　이름은 언급하고 있지 않으며 단수형(『일리아스』 9권 571행, 19권 87행;『오뒷세이아』 15
　　권 234행 참조)으로도, 복수형(『일리아스』 9권 454행 이하 참조)으로도 쓰인다.

4　암피아라오스와 알크마이온에 관해서는 11권 주 28 참조.

5　휘페레시에는 아카이아 지방의 해안 도시로, 훗날 아이게이라(Aigeira)로 개명되었다.

그대를 따르는 대원들의 이름으로 간청하건대, 그대는 내 물음에
사실대로 대답하고 숨기지 마시오. 그대는 인간들 중에 뉘시며
어디서 오셨소? 그대의 도시는 어디며 부모님은 어디 계시오?"

　　슬기로운 텔레마코스가 그에게 대답했다.　　　　　　　　　265
"나그네여! 내 그대에게 솔직히 다 말하겠소. 나는 이타케 출신으로
내 아버지는 오뒷세우스요. 그분께서 전에 그런 적이 있다면
말이오. 하지만 지금 그분은 비참하게 돌아가시고 말았소.
그래서 나는 오랫동안 떠나고 안 계신 아버지의 소식을 듣고자
대원들을 데리고 검은 배를 타고 나선 것이라오."　　　　　　270

　　신과 같은 테오클뤼메노스가 그에게 대답했다.
"그대처럼 나도 고향을 떠났는데 씨족 중 한 사람을 죽였다오.
말을 먹이는 아르고스에는 그의 형제들과 친척들이
많이 있어 아카이오이족을 강력히 다스리고 있소.
나는 그들에 의한 죽음과 검은 죽음의 운명을 피해 도망치는　　275
중인데 사람들 사이를 떠돌아다니는 것이 내 운명이기 때문이오.
도망자로서 그대에게 탄원하건대 그대는 그들이 나를 죽이지 못하게
배에 태워주시오. 그들은 아마 나를 뒤쫓고 있을 거요."

　　슬기로운 텔레마코스가 그에게 대답했다.
"함께 가기를 원한다면 균형 잡힌 배에서 그대를 밀어내지 않겠소.　280
자, 따라오시오! 이타케에서 우리는 그대를 최대한 환대할 것이오."

　　이렇게 말하고 텔레마코스는 테오클뤼메노스에게서
청동 창을 받아 양 끝이 휜 배의 갑판 위에
내려놓고는 자신도 바다를 여행하는 배에 올라
고물에 앉았더니 그를 자기 옆에 앉혔다.
그러자 그의 대원들이 고물 밧줄을 풀었다.　　　　　　　　　285

텔레마코스가 대원들에게 선구들을 손질하라고 독려하고

명령하자 대원들은 지체 없이 그의 지시에 따랐다.

그들은 전나무 돛대를 세워 횡목(橫木)의 구멍에

끼워넣고는 돛대의 앞밧줄로 돛대를 단단히 묶더니   290

잘 꼰 소가죽끈으로 흰 돛을 달아 올렸다.

이때 빛나는 눈의 아테나가 그들에게 대기 사이로 세차게 불어대는

순풍을 보내주니, 배가 되도록 빨리 달려 짠 바닷물 위를

무사히 지나게 하려는 것이었다. 그리하여 그들은 크루노이와

강물이 아름답게 흘러가는 칼키스⁶ 옆을 지났다.   295

　　이윽고 해가 지고 길이란 길은 모두 어둠에 싸였다.

배는 제우스의 순풍에 밀려 페아이⁷에 다가갔고

이어서 에페이오족이 다스리는 고귀한 엘리스의 옆을 지났다.

그곳에서 그는 죽음을 피하게 될지 아니면 사로잡히게 될지

곰곰이 생각하며 뾰족한 섬들⁸을 향해 나아갔다.   300

　　한편 오뒷세우스와 고귀한 돼지치기는 오두막에서 저녁을

먹고 있었고 다른 이들도 그들 옆에서 식사를 했다.

그리하여 먹고 마시는 욕망이 충족되었을 때,

오뒷세우스는 돼지치기가 자기를 여전히 정성껏 환대하고

그곳 농장에 그대로 머물라고 할지 아니면 시내로   305

가라고 할지 떠볼 양으로 그들 사이에서 이렇게 말했다.

"이제 내 말을 들으시오, 에우마이오스와 그대들 다른

6　여기 나오는 칼키스는 알페이오스 강의 하구 남쪽에 있는 개울이다.

7　페아이는 북엘리스 지방에 있는 소도시다.

8　'뾰족한 섬들'이란 아카르나니아(Akarnania) 지방의 아켈로오스(Acheloos) 강 하구 앞 남
　　(南)에키나데스(Echinades) 섬들을 가리키는 것으로 추정된다.

동료 일꾼들이여! 나는 그대와 동료 일꾼들에게 짐이 되지 않게
내일 아침 구걸하러 시내로 나갈까 하오. 그대는 내게 좋은 조언을
해주시고 그리로 나를 인도할 훌륭한 길라잡이를 붙여주시오.　　　　310
일단 시내에 가기만 하면 혹시 누가 물 한 잔이나 빵 한 쪽이라도 줄까
기대하며 나는 필요에 따라 길라잡이 없이 혼자 돌아다닐 것이오.
나는 또한 신과 같은 오뒷세우스의 집에 가서
사려 깊은 페넬로페에게 소식을 전하고 혹시 내게
음식을 줄지 모르니 오만불손한 구혼자들과도 어울릴 것이오.　　　　315
음식이라면 그들이 말할 수 없이 많이 갖고 있으니까요.
나는 그들이 원한다면 무엇이든 기꺼이 그들에게 시중들 것이오.
내가 털어놓을 테니 그대는 명심하고 들으시오.
모든 인간들의 일에 우아함과 영광을 주시는 신들의 사자
헤르메스가 내게 은총을 베푸신 덕분에 불타는 장작을　　　　320
보기 좋게 쌓아올리거나 마른 장작을 패거나 고기를 썰어
나눠주거나 포도주를 따르는 등 시중을 드는 일이라면
나를 당할 자가 아무도 없을 것이오. 그리고 이런 것들은
다 못난 자들이 잘난 사람들에게 시중을 드는 법이지요."
　　돼지치기 에우마이오스가 크게 역정을 내며 말했다.　　　　325
"아아, 나그네여! 어째서 그대는 마음속에 그런 생각을 품는 것이오?
구혼자들의 오만과 폭력이 무쇠의 하늘에까지 닿았거늘
그대가 진실로 그자들의 무리 속으로 들어가기를 원한다면
그곳에서 목숨을 내놓기로 작정했음이 틀림없소.
그자들의 하인들은 그대와 같은 사람들이 아니오.　　　　330
그들은 젊고 외투와 윗옷을 잘 차려 입었으며 머리에는 언제나
기름이 발라져 있고 얼굴도 곱상해요, 그자들에게 시중드는 자들은.

또한 반들반들 닦은 식탁들에는 늘 빵과 고기와 포도주가

그득히 차려져 있어야만 해요. 그러니 그대는

이곳에 머무르시오. 그대가 여기 있다고 귀찮아할 사람은   335

아무도 없소. 나도 그렇고 나와 함께하는 동료들도 마찬가지요.

오뒷세우스의 사랑하는 아드님이 다시 돌아오시면

손수 그대에게 외투와 윗옷 같은 옷들을 주실 것이며

어디든 그대의 마음이 명령하는 곳으로 그대를 호송해주실 것이오.”

참을성 많은 고귀한 오뒷세우스가 그에게 대답했다.   340

“에우마이오스여, 그대는 나를 방랑과 무서운 고통에서

구해주었으니 나에게 사랑받듯 아버지 제우스에게도

사랑받게 되기를! 인간에게는 떠돌아다니는 것보다 더한 불행은

달리 없기 때문이오. 하지만 사람들은 방랑과 고난과

고통을 당하게 되면 그 빌어먹을 배란 녀석 때문에 심한 고통도   345

참게 마련이지요. 한데 지금 그대가 나를 붙들며 도련님이

돌아오실 때까지 기다리라 하니, 그대는 내게 신과 같은

오뒷세우스의 어머니와 그분이 떠나며 노년의 문턱에 남겨두고 간

아버지에 관해 말해주시오. 그분들은 아직도 햇빛 아래

살아 있나요, 아니면 이미 죽어서 하데스의 집에 가 계시나요?”   350

　　그에게 일꾼들의 우두머리인 돼지치기가 대답했다.

“나그네여! 내 그대에게 솔직히 다 말하겠소.

라에르테스 님은 아직도 살아 계시지만 자기 궁전에서

목숨이 사지를 떠나게 해달라고 늘 제우스께 기도한답니다.

그분은 떠나고 없는 아들과 결혼한 현명한 아내 때문에   355

심히 슬퍼하시는데 무엇보다도 아내의 죽음이 그분을

상심하게 했고 때가 되기도 전에 노인으로 만들었지요.

한편 그녀는 자신의 영광스러운 아들 때문에 괴로워하다가
비참하게 돌아가셨는데, 친구로서 이곳에 살며 내게 친절히
대해주는 사람은 제발 아무도 그렇게 죽지 말기를!   360
그녀가 온갖 괴로움에도 불구하고 아직 살아 계실 동안에는
내게는 그녀에 관해 묻고 질문하는 것이 즐거움이었소.
그녀가 자신의 막내로 착한 딸인 긴 옷의 크티메네와 함께
나를 손수 길러주셨으니까요. 나는 그녀의 딸과 함께 자랐고
그녀는 자기 딸 못지않게 내게 잘해주셨소.   365
우리 두 사람이 바라고 바라던 청년기에 이르렀을 때
그분들은 수많은 구혼 선물을 받고 딸을 사메로 시집보내셨소.
그러나 그녀는 내게 외투와 윗옷 같은 좋은 옷들을 입혀주시고
발을 위해 샌들을 주시더니 시골로 내보냈소.
그녀는 나를 진심으로 사랑해주셨소.   370
물론 지금은 그런 사랑을 받을 수 없지만
축복받은 신들께서는 내가 맡은 일을 번창하게 해주셨소.
그래서 나는 거기서 나는 것으로 먹고 마셨고 존경스러운 분들께
바치기도 했지요. 그러나 이 집의 안주인에게서는 말이든 행동이든
즐거운 것이라고는 아무것도 들리지 않으니, 이 집에 재앙이   375
떨어졌기 때문이지요. 저 오만불손한 사내들 말이오. 하인들이란
안주인 앞에서 말하고 이것저것 물어보고 먹고 마시기를 열망할
뿐 아니라 그러다가 하인들의 마음을 따뜻하게 해주는 그런 것들을
언제나 조금은 시골로 가져가기를 바라는 법이지요."⁹

지략이 뛰어난 오뒷세우스가 그에게 이런 말로 대답했다.   380
"아아, 돼지치기 에우마이오스여! 그대는 고향과 부모님 곁을 떠나
먼길을 왔을 때 아직도 어린아이에 지나지 않았을 것이오.

자, 그대는 이 점에 대해 내게 솔직히 말해보시오.

그대의 아버지와 존경스러운 어머니가 사시던

인간들의 길이 넓은 도시가 파괴된 것이오,   385

아니면 혼자서 양떼나 소떼를 지키고 있던 그대를

적군이 배에 싣고 와서 이분의 집에다 팔고

이분은 적당한 값을 치른 것이오?"

　　일꾼들의 우두머리인 돼지치기가 그에게 말했다.

"나그네여! 그대가 내게 그런 것들을 묻고 질문하니   390

그대는 이제 조용히 귀 기울이되 편안한 마음으로 술이나

들며 앉아 있으시오. 요즈음은 밤이 말할 수 없이 길어

잠도 잘 수 있고 재미있다면 이야기도 들을 수 있지요. 그대는 너무

일찍 자러 갈 필요가 없소. 너무 많이 자는 것도 괴로운 일이지요.

그러나 다른 사람들은 자신의 마음이 그리 하라고 명하거든   395

가서 자구려. 그리고 날이 밝아오는 대로

아침을 먹고 우리 주인님의 돼지들을 따라가보구려.

우리 두 사람은 오두막 안에서 먹고 마시고

서로 상대방의 쓰라린 슬픔을 일깨우며 즐깁시다.

진실로 많은 고생을 하며 많이 떠돌아다닌 사람에게는   400

고통조차도 나중에는 즐거운 법이지.

그래서 나는 그대가 묻고 질문하는 것에 관해 말하겠소.

　　쉬리에[10]라는 섬이 있는데, 그대도 아마 들어봤을 것이오.

그 섬은 해가 한 바퀴 도는 오르튀기아 섬의 위쪽에 있는데

9　페넬로페가 자기 방에 틀어박혀 하인들도 잘 만나주지 않는 지금, 그녀가 행복하고 인심
　　좋던 그 옛날이 그립다는 뜻이다.

인구는 그다지 많지 않지만 꽤 훌륭한 섬인지라 405

소떼와 양떼가 많고 포도주도 많이 나고 곡식도 많이

나지요. 백성들에게 기근이 찾아오는 일도 없고

다른 가증스러운 병이 가련한 인간들을 괴롭히지도 않아요.

그 도시에서는 인간의 종족들이 노쇠해지면

은궁(銀弓)의 아폴론이 아르테미스와 함께 찾아와 410

부드러운 화살로 죽이지요. 그곳에는 두 도시가 있는데

나라 전체가 그들 사이에 둘로 나뉘어져 있지요. 두 도시 모두

내 아버지께서 왕으로서 다스리셨는데, 오르메노스의 아들,

불사신과도 같은 크테시오스가 바로 그분이시지요.

    그런데 소문난 뱃사람이자 사기꾼인 포이니케인들이 415

바로 그곳에 검은 배에 싸구려 물건을 잔뜩 싣고 왔소.

내 아버지 집에는 포이니케 여인이 한 명 있었는데

그녀는 잘생기고 키도 크고 훌륭한 수공예에도 능했어요.

바로 이 여인을 교활한 포이니케인들이 호린 것이오.

처음에는 그녀가 빨래하고 있을 때 그들 중 한 명이 420

속이 빈 배 옆에서 그녀와 사랑의 동침을 했는데, 그렇게 되면

아무리 행실이 바른 여인이라도 마음이 홀리게 마련이지요.

그러고 나서 그자는 그녀에게 그녀가 누구며 어디서 왔는지 묻고

그녀는 곧바로 자기 아버지의 지붕이 높다란 집을 알려주었소.

'나는 청동이 많은 시돈 출신임을 자랑으로 여기며 425

부(富)가 강물 넘치듯 하는 아뤼바스의 딸이에요.

그러나 해적인 타포스인들이 들판에서 돌아오는 나를

낚아채 이리로 데려와서는 이분의 집에다 팔고

이분은 적당한 값을 치렀어요.'

그러자 그녀와 몰래 살을 섞은 자가 그녀에게 대답했소.　　　　430
'그대는 지금 우리와 함께 집에 돌아가 부모님의
지붕이 높다란 집과 부모님을 다시 만나보고 싶지 않나요?
그분들은 아직 살아 있고 부자라는 말을 듣는다오.'

　　그 여인이 그자에게 이렇게 대답했소.
'뱃사람들이여! 만약 그대들이 나를 무사히 집에 데려다주겠다고　　435
맹세하고 보증하신다면 그렇게 할 수도 있겠지요.'

　　그녀가 이렇게 말하자 그들은 모두 그녀가 시키는 대로
맹세했소. 그러나 그들이 맹세하기를 모두 마쳤을 때
그들 사이에서 그 여인이 다시 이렇게 말했소.
'지금은 잠자코 계세요. 그대들 동료 중에 누군가 거리나 또는　　440
우물가에서 나를 만나더라도 절대로 내게 말을 걸어서는 안 돼요.
그렇지 않으면 누군가 집에 가서 노인에게 일러바칠 것이고,
그러면 그는 의심하여 나를 가혹한 사슬로 묶게 하고
그대들에게는 파멸을 꾀할 거예요. 그러니 그대들은
내 말을 마음속에 간직하고 싣고 갈 짐을 서둘러 사들이세요.　　445
그대들의 배가 화물로 가득 차거든 그때는 재빨리 집으로
내게 기별해주세요. 나는 내 손에 닥치는 대로 황금도
가져올 거예요. 그리고 나는 뱃삯으로 다른 것도 기꺼이
드리겠어요. 나는 내 주인의 어린 아들을 궁전에서 양육하는데
아주 영리한 아이예요. 바로 그 아이가 나와 함께 문밖으로　　450

10　쉬리에와 오르튀기아는 대지의 서쪽 끝에 있다는 전설의 섬들이다. 고대에는 오르튀기아
　　라는 이름을 가진 곳으로 델로스 섬과 시킬리아의 쉬라쿠사이(Syrakousai) 시에 속하는 섬
　　이 있어 이 둘 중 하나로 보는 견해도 있었으나 『오뒷세이아』에 나오는 지명들이 모두 실
　　재하는 것으로 보기는 어려울 것이다.

달려나올 거예요. 나는 그 아이를 배로 데려올 것이고

그러면 그대들이 어디로 가서 낯선 말을 하는 사람들에게

그 아이를 팔든, 그 아이는 그대들에게 큰 값을 받게 해줄 거예요.'

　그녀는 이렇게 말하고 아름다운 궁전으로 돌아갔소.

한편 그들은 우리들 사이에서 만 일 년 동안 머물며　　　　　　　　455

자신들의 속이 빈 배에 많은 화물을 사들였소.

마침내 그들의 속이 빈 배가 떠날 수 있을 만큼 짐이 찼을 때

그들은 사자(使者)를 보내 그 여인에게 알렸소.

아주 교활한 사내가 내 아버지의 집으로 왔는데

그자는 군데군데 호박 알을 꿴 황금 목걸이를 갖고 있었소.　　　　460

나의 존경스러운 어머니와 하녀들은 궁전에서

그것을 만지작거리고 눈으로 요리조리 살피며

값을 흥정했소. 그러나 그자는 그 여인에게 말없이

눈짓했고, 그러고 나서는 속이 빈 배로 돌아갔소.

그러자 그녀는 내 손을 잡고 대문 밖으로 데리고 나가다가　　　　465

바깥채에서 벌어진 잔치판에서 손님들의 술잔과 식탁들을

발견했소. 손님들은 내 아버지에게 봉사하던 분들로

그때는 마침 백성들의 말을 들으러 회의장에 가고 없었소.

그녀는 재빨리 술잔 세 개를 품속에 숨겨 나왔고

나는 아무 영문도 모르는 채 그녀를 따라갔소.　　　　　　　　470

이윽고 해가 지고 길이란 길은 모두 어둠에 싸였소.

우리는 재빨리 움직여 이름난 포구로 갔고

그곳에는 포이니케인들의 빨리 달리는 배가 서 있었소.

그들은 배에 오르더니 우리 두 사람도 배에 태워

습한 바닷길을 항해했고 제우스께서는 순풍을 보내주셨소.　　　　475

엿새 동안 우리는 낮에도 밤에도 항해를 계속했소.

그러나 크로노스의 아드님 제우스께서 거기에 일곱 번째 날을

보태셨을 때 활의 여신 아르테미스가 그 여인을 쏘아 맞혔소.

그녀는 쿵 하고 제비갈매기처럼 바닥에 쓰러졌소.

그러자 그들은 그녀를 물개들과 물고기들의 밥이 되라고   480

배 밖으로 내던졌고 나는 비통한 마음으로 뒤에 남았소.

바람과 물이 우리가 탄 배를 이타케 근처로 날라다주었을 때

라에르테스 님이 자기 재산으로 나를 사셨지요.

그렇게 하여 나는 이 나라를 내 눈으로 보게 되었던 것이라오."

　　제우스의 후손인 오뒷세우스가 그에게 이렇게 말했다.   485

"에우마이오스여! 그대가 겪은 그 모든 고통에 관한

이야기를 듣고 나는 마음속으로 크게 감동받았소.

그러나 제우스께서는 확실히 그대에게 나쁜 것만 아니라 좋은 것도

주셨군요. 그대는 많은 고생 끝에 마음씨 고운 사람의 집에

오게 되어 그분이 자상하게도 그대에게 먹을 것과 마실 것을   490

챙겨주고 그대는 잘 살고 있으니 말이오. 하지만 나는

이리로 오기 전에 인간들의 수많은 도시를 떠돌아다녔소."

　　그들은 이렇게 서로 이야기를 주고받았다.

그러고 나서 그들은 오랜 동안이 아니라 잠시 동안 잠을 잤다.

금세 훌륭한 옥좌의 새벽의 여신이 다가왔기 때문이다.   495

한편 텔레마코스의 대원들은 육지 가까이에서 돛을 풀고

재빨리 돛대를 누인 뒤, 노를 저어 배를 포구 안으로 몰았다.

그러고 나서 그들은 닻돌을 던지고 고물 밧줄을 맸다.

이어서 자신들도 바닷가에 내려서

식사를 준비하고 반짝이는 포도주에 물을 탔다.   500

그리하여 먹고 마시는 욕망이 충족되었을 때
좌중에서 슬기로운 텔레마코스가 먼저 말문을 열었다.
"그대들은 지금 검은 배를 몰고 도시로 가시오.
나는 시골 목자들에게 갔다가 내 농토를
둘러본 뒤 저녁에 도시로 들어갈 것이오.   505
그러면 내일 아침에 나는 그대들에게 여행의 품삯에 덧붙여
고기와 달콤한 포도주로 훌륭한 잔치를 베풀 수 있을 것이오."
　　신과 같은 테오클뤼메노스가 그에게 말했다.
"젊은이! 나는 어디로 가야 하오? 바위투성이의 이타케를
다스리는 사람들 가운데 나는 누구의 집으로 가야 하오?   510
나는 곧장 그대의 어머니와 그대의 집으로 가야 하나요?"
　　슬기로운 텔레마코스가 그에게 대답했다.
"여느 때라면 그대에게 우리집으로 가라고 할 것이오.
그곳에서는 손님 접대에 소홀한 법이 없으니까요. 그러나 지금은
내가 떠나 있고 내 어머니께서도 그대를 만나보시지 않을 테니   515
그러는 것이 그대에게는 불리할 것이오. 내 어머니께서는 집안에서
구혼자들에게 자주 모습을 드러내시지 않고 그들에게서 떨어져 이층 방에서
베를 짜고 계시니까요. 그러니 나는 그대가 찾아갈 만한 다른 사람을
소개하겠소. 현명한 폴뤼보스의 빼어난 아들 에우뤼마코스 말이오.
지금 이타케인들은 그를 신처럼 우러러본다오. 그는 그들 중에서   520
월등히 뛰어난 사람일뿐더러 내 어머니와 결혼하고 내 아버지의
명예로운 지위를 차지하기를 가장 열망하기 때문이지요.
그러나 대기 속에 사시는 올림포스의 제우스께서는 아시겠지만 아마도
제우스께서는 그 결혼에 앞서 그들에게 파멸의 날을 안기실 것이오."
　　그가 이렇게 말했을 때 그의 오른쪽으로 새 한 마리가 날아왔으니   525

그것은 아폴론의 날랜 사자, 독수리였다. 독수리는 발톱 사이에
비둘기 한 마리를 차고는 그것을 뜯으며 깃털들을 대지 위에,
배와 텔레마코스의 중간쯤에 뿌리는 것이었다.

그러자 테오클뤼메노스가 텔레마코스를 대원들 사이에서
따로 불러 그의 손을 꼭 잡으며 이렇게 말했다.   530

"텔레마코스! 확실히 저 새는 신의 뜻이 없었다면 그대의
오른쪽으로 날아오지 않았을 것이오. 나는 저 새를 보는 순간
전조의 새임을 알았소. 이타케의 나라에는 그대의 가문보다 더
왕다운 가문은 달리 없으니 그대들이 영원히 다스리게 될 것이오."

슬기로운 텔레마코스가 그에게 대답했다.   535

"나그네여, 그 말이 이뤄진다면 오죽이나 좋겠소!
그러면 그대는 당장 나에게 환대받고 수많은 선물을 받게 되어
그대를 만나는 사람은 누구건 그대를 행복하다고 부러워하게 될 텐데!"

이렇게 말하고 그는 충실한 대원 페이라이오스에게 소리쳤다.

"클뤼티오스의 아들 페이라이오스여! 그대는 여느 때에도   540
나와 퓔로스로 동행한 대원들 중에서 내 말을 가장 잘 따라주었소.
그러니 그대는 지금 이 나그네를 데리고 가서 내가 올 때까지
그대의 집에서 정성껏 환대하고 존중하시오."

이름난 창수인 페이라이오스가 그에게 대답했다.

"텔레마코스! 그대가 이곳에 오랫동안 머문다 해도 나는 이 사람을   545
보살펴줄 것이고, 손님 접대에 소홀한 점이 없도록 할 것이오."

그는 이렇게 말하고 배에 올랐고 전우들에게도
배에 오른 뒤 고물 밧줄을 풀라고 명령했다.
그러자 그들은 지체 없이 배에 올라 노 젓는 자리에 앉았다.

그러나 텔레마코스는 발밑에 아름다운 샌들을 매어 신고   550

끝에 날카로운 청동이 박힌 강한 창을

배의 갑판에서 집어 들었다. 그들은 고물 밧줄을 풀고

신과 같은 오뒷세우스의 사랑하는 아들 텔레마코스가

시키는 대로 배를 바다로 밀어내더니 도시로 항해했다.

한편 걸음을 재촉하던 텔레마코스가 마침내 농장에 도착하자,   555

그곳에는 그의 돼지들이 헤아릴 수 없이 많이 있고

그 돼지들 사이에서 주인에게 충직한 착한 돼지치기가 자고 있었다.

XVI

텔레마코스가 오뒷세우스를 알아보다

한편 그들 두 사람, 오뒷세우스와 고귀한 돼지치기는
날이 새자 오두막 안에 불을 피우고 아침식사를
준비했고 목자들은 돼지떼와 함께 내보냈다.
그때 텔레마코스가 다가오자 짖기 좋아하는 개들이
짖지 않고 그의 주위에서 꼬리를 쳤다. 고귀한 오뒷세우스가   5
개들이 꼬리치는 것을 알아챘을 때 그의 귀에 발자국 소리가 들렸다.
그는 당장 에우마이오스에게 물 흐르듯 거침없이 말했다.
"에우마이오스여! 그대의 동료나 아니면 다른 친지가 틀림없이
곧 들이닥칠 것이오. 개들이 짖지 않고 그의 주위에서
꼬리칠 뿐만 아니라 발자국 소리도 들리니 말이오."   10
    그 말이 채 끝나기도 전에 오뒷세우스의 사랑하는 아들이
문간에 나타났다. 그러자 돼지치기가 깜짝 놀라 벌떡
일어서더니 반짝이는 포도주에 열심히 물을 타던
그릇을 손에서 떨어뜨리고 자기 주인에게 다가가
그의 머리와 아름다운 두 눈과 두 손에   15
입맞추며 눈물을 뚝뚝 흘렸다.
마치 사랑하는 아버지가 십 년 만에 먼 나라에서
돌아온 아들을, 아버지의 속깨나 썩이던
귀염둥이 외아들을 반기듯 꼭 그처럼
고귀한 돼지치기는 신과 같은 텔레마코스를   20

마치 죽음에서 벗어나 돌아온 양 얼싸안고 입맞추고
울면서 물 흐르듯 거침없이 말했다.
"돌아오셨군요, 내 눈의 달콤한 빛인 텔레마코스 도련님!
도련님이 배를 타고 필로스로 떠나실 때 다시는 못 보는 줄 알았지요.
어서 안으로 드세요, 도련님. 객지에서 막 돌아오신 도련님을   25
안에서 뵈며 마음속으로 즐기고 싶어요. 도련님은 전에도
시골의 목자들에게 자주 나오시지 않고 시내에 머무시곤
했으니까요. 아마도 파멸을 안겨주는 구혼자들의 무리를
쳐다보는 것이 도련님의 마음에는 즐거웠나 봅니다."
    슬기로운 텔레마코스가 그에게 대답했다.   30
"좋을 대로 하세요, 아저씨. 그러나 내가 이리로 온 것은
그대 때문이에요. 나는 그대를 내 눈으로 보고, 내 어머니께서
아직 궁전 안에 계신지 아니면 다른 사람이 내 어머니와
결혼하여 눕는 이가 사라진 오뒷세우스의 침상이
더러운 거미줄로 덮여 있는지 그대의 말을 듣고 싶었어요."   35
    일꾼들의 우두머리인 돼지치기가 그에게 대답했다.
"마님께서는 굳건한 마음으로 여전히 도련님의 궁전에
머물러 계신답니다. 하지만 마님께서는 내내
눈물 속에서 괴로운 밤들과 낮들을 보내고 계세요."
    이렇게 말하고 그는 텔레마코스에게서 청동 창을 받아들었다.   40
그러자 텔레마코스는 돌 문턱을 넘어 안으로 들어섰고
그가 가까이 다가오자, 그의 아버지 오뒷세우스가 일어서며 자리를
내주었다. 텔레마코스는 오뒷세우스를 만류하며 말했다.
"그대로 앉아 계시오, 나그네여! 우리는 농장 안 다른 곳에서 자리를
찾아보겠소. 자리를 마련해줄 사람이 여기 있으니 말이오."   45

그가 이렇게 말하자 오뒷세우스는 돌아가서 도로 앉았다.

돼지치기가 텔레마코스를 위해 아직도 푸른 어린 가지들을

밑에 깔고 그 위에 양모피를 펴자, 오뒷세우스의 사랑하는 아들이

거기 앉았다. 그러자 돼지치기가 어제 먹다 남은

구운 고기 접시들을 그들 앞에 내놓고   50

재빨리 빵을 바구니에 수북이 쌓더니

나무 대접에다 꿀처럼 달콤한 포도주에 물을 탔다.

그러고 나서 돼지치기는 신과 같은 오뒷세우스의 맞은편에 앉았다.

그리하여 그들은 앞에 차려진 음식에 손을 내밀었다.

이윽고 먹고 마시는 욕망이 충족되었을 때   55

텔레마코스가 고귀한 돼지치기에게 말했다.

"아저씨! 여기 이 나그네는 어디서 왔나요? 어떤 의도에서 뱃사람들이

그를 이타케로 데려다주었으며 그들은 자신이 어떤 사람들이라고

자랑했다던가요? 결코 걸어서는 이리로 오지 못할 테니 말이오."

돼지치기 에우마이오스여, 그대는 그에게 이런 말로 대답했도다.   60

"도련님! 모든 것을 사실대로 말씀드리겠어요.

이 나그네는 자신이 넓은 크레테 출신이라고 자랑했어요.

그가 말하기를, 자신은 방랑하며 인간들의 수많은 도시를

떠돌아다녔대요. 어떤 신이 그의 운명의 실을 그렇게

자으신 거죠. 지금 그는 테스프로토이족의 배에서 도망쳐   65

이 농장으로 왔는데, 그를 도련님 손에 넘길 테니 좋으실 대로

하세요. 그는 자기가 도련님의 탄원자라고 말한답니다."

슬기로운 텔레마코스가 그에게 대답했다.

"에우마이오스 아저씨! 그대의 말을 들으니 나는 몹시

마음이 아파요. 내 어찌 이 나그네를 내 집에 받아들일 수 있겠어요.   70

나는 아직 젊고 누가 먼저 내게 행패를 부려도 그 사람을

제지할 수 있을 만큼 아직은 내 완력을 믿지 못하니 말이오.

어머니께서도 마음속으로 망설이고 계시오.

남편의 침상과 백성들의 평판을 존중하여 이곳에 나와 함께

머물며 집을 돌보실 것인지, 아니면 궁전에서 75

구혼하는 아카이오이족 중에서 누구건 가장 훌륭하고

선물을 가장 많이 주는 남자를 따라갈 것인지 말이오.

이 나그네는 일단 그대의 집에 왔으니 나는 그에게

외투와 윗옷 같은 좋은 옷들을 입혀주어야지요.

나는 또 그에게 쌍날칼을 주고 발을 위해 샌들을 내줄 것이며 80

어디든 그의 마음이 명령하는 곳으로 그를 호송해줄 것이오.

아니면 그대만 좋다면 그대가 그를 농장에 붙들어두고 보살피시오.

그러면 내가 옷들과 온갖 음식을 이리 보내

그가 그대와 그대의 동료들에게 짐이 되지 않게 하겠소.

그러나 나는 그가 구혼자들 사이로 가는 것은 허용하지 85

않겠어요. 그자들은 너무나 어리석고 교만하니까요.

그자들은 그를 조롱할 것이고, 그러면 나도 괴롭겠지요.

그리고 아무리 강력한 사람이라도 많은 사람들 사이에서 혼자서

무엇을 이루기는 힘들지요. 그들이 훨씬 더 강하니까요.”

　　참을성 많은 고귀한 오뒷세우스가 그에게 말했다. 90

“이보시오! 나도 한마디 할 권리가 있다고 생각하오.

구혼자들이 그대의 궁전에서 그대의 뜻을 거슬러

어리석은 짓을 꾀한다는 그대 말을 들으니

나는 실로 가슴이 찢어질 것만 같소이다. 말씀해보시오.

그대는 자진하여 굴복하는 것이오, 아니면 이 나라 백성들이 95

어떤 신의 음성에 복종해 그대를 증오하는 것이오?

아니면 그대는 큰 싸움이 벌어진다 해도 그들만은 전우라고

믿을 수 있는 그대의 형제들을 혹시 원망하는 것이오?

내게 기백이 있는 만큼이나 내가 젊다면 좋으련만!

또한 내가 나무랄 데 없는 오뒷세우스의 아들이거나,　　　　　　100

아니면 오뒷세우스 본인이 떠돌아다니다가 돌아온다면 좋으련만!

아직은 한 가닥 희망이 남아 있소. 그때는 내가 라에르테스의 아들

오뒷세우스의 궁전으로 가서 저들 모두에게 재앙을

안겨주지 못한다면 누구건 당장 내 목을 쳐도 좋소.

하지만 만약 그들이 다수로 혼자인 나를 제압한다면　　　　　　105

그때는 그들이 나그네들을 학대하고 아름다운 궁전에서

하녀들을 볼썽사납게 끌고 다니고

포도주를 마구 퍼내고 결코 이뤄지지 않을 일에

무턱대고 쓸데없이 음식을 먹어치우는 것과 같은

그런 못된 짓을 언제까지나 지켜보느니　　　　　　110

차라리 나는 궁전에서 살해되어 죽고 싶소이다.”

　　　슬기로운 텔레마코스가 그에게 대답했다.

“나그네여! 내 그대에게 솔직히 다 말하겠소.

나에게 전 백성이 화내거나 증오하는 것도 아니고

큰 싸움이 벌어진다 해도 그들만은 전우라고　　　　　　115

믿을 수 있는 내 형제들을 내가 원망하는 것도 아니라오.

크로노스의 아드님께서는 이렇게 우리 혈통을 한 명만으로 이어가게

하셨으니까요. 아르케이시오스는 라에르테스를 외아들로 낳으셨고,

라에르테스는 또 아버지로서 외아들인 오뒷세우스를 낳으셨소.

오뒷세우스는 또 궁전에서 나를 외아들로 낳고는 재미도　　　　　　120

못 보시고 내 곁을 떠나가셨소. 그래서 지금 집안에는
헤아릴 수 없이 많은 적군이 와 있지요. 둘리키온과 사메와
숲이 우거진 자퀸토스 같은 섬들을 다스리는 왕자들과
이곳 바위투성이의 이타케에서 다스리는 모든 이들이
내 어머니께 구혼하며 내 살림을 탕진하고 있으니 말이오.   125
그러나 내 어머니께서는 그 가증스러운 구혼을 거절하지도
못하고 차마 끝장내지도 못하시오. 그리하여 그자들은
내 살림을 먹어 축내며, 머지않아 그들은 나 자신도 갈기갈기
찢을 것이오. 그러나 그런 일은 신들의 무릎에 놓여 있지요.
그러니 아저씨! 어서 빨리 가서 사려 깊은 페넬로페께   130
내가 무사히 퓔로스에서 돌아왔다고 전해주시오.
나는 이곳에 머물 테니 그대는 어머니에게만 소식을 전한 다음
이리로 돌아오되, 다른 아카이오이족은 아무도 알지 못하게
하시오. 많은 사람들이 나의 파멸을 꾀하고 있으니까요."
      돼지치기 에우마이오스여, 그대는 그에게 이런 말로 대답했도다.   135
"무슨 말씀인지 잘 알겠어요. 나도 멍청하지는 않으니까요.
자, 도련님은 이 점에 대해서도 내게 솔직히 말씀해주세요.
내친걸음에 불운한 라에르테스 님에게도 가서 소식을 전할까요?
그분은 그동안 아드님인 오뒷세우스 때문에 크게 상심하시면서도
들일을 감독하셨고 가슴속 마음이 명령할 때마다   140
집안에서 하인들과 함께 먹고 마시곤 하셨으나,
도련님이 배를 타고 퓔로스로 떠나신 뒤로는
여태까지 식음을 전폐하다시피 하고 들일도 감독하지
않으신다고 들었습니다. 그분은 슬픔을 이기지 못해 눈물을
흘리며 탄식하고 계시고 피골이 상접했다고 합니다."   145

슬기로운 텔레마코스가 그에게 대답했다.

"안타까운 일이오. 그러나 아무리 괴롭더라도 우리는 그분을
혼자 계시게 내버려둡시다. 사람들이 모든 것을 마음대로 선택할 수
있다면 우리는 먼저 아버지의 귀향의 날을 선택해야겠지요. 그러니
소식을 전한 뒤 곧장 돌아오고 그분을 찾아 들판을 돌아다니지 마세요.   150
그러지 말고 그대는 어머니께 시중드는 가정부를 그분에게
되도록 빨리 은밀히 보내시라고 어머니께 말씀드리시오.
그러면 그 가정부가 할아버지께 소식을 전할 거예요."

이런 말로 그는 돼지치기를 재촉했다. 그러자 돼지치기는
손에 샌들을 집어 들더니 그것을 발밑에 매어 신고 시내로 갔다.   155
한편 아테나는 돼지치기 에우마이오스가 농장을 떠나는 것을
못 볼 리 없는지라 아름답고 크고 훌륭한 수공예에 능한
여인의 모습을 하고 가까이 다가갔다. 그녀는 오뒷세우스에게
자신의 모습을 드러내며 오두막의 입구 맞은편에 섰다.
그러나 텔레마코스는 그녀를 보지도 알아차리지도 못했으니   160
신들은 모두에게 보이도록 모습을 드러내지는 않기 때문이다.
그러나 오뒷세우스는 그녀를 보았고, 개들도 보고는 짖지 않고
낑낑대며 농장 저쪽으로 꽁무니를 뺐다. 그러자 그녀는
오뒷세우스에게 눈썹으로 신호를 보냈고, 고귀한 오뒷세우스는
그것을 알아차리고 방에서 나가 안마당의 큰 담을 지나갔다.   165
오뒷세우스가 그녀 앞에 서자 아테나가 그를 향해 말했다.

"제우스의 후손 라에르테스의 아들이여, 지략이 뛰어난 오뒷세우스여!
이제는 그대의 아들에게 말할 때가 되었으니 그대는 숨기지 마라.
그대들 두 사람은 구혼자들에게 내릴 죽음과 죽음의 운명을 궁리하여
이름난 도시로 가라. 나 자신도 이제 더는 그대들에게서   170

멀리 떨어져 있지 않을 것이다. 나는 싸우기를 열망하고 있다.”

이렇게 말하고 아테나가 황금 지팡이로 그를 툭툭 쳤다.
먼저 그녀는 그의 가슴 주위에 깨끗한 겉옷과 윗옷을
걸쳐주고 그의 체격과 젊음을 늘려주었다.
그의 살갗은 다시 가무스름해졌고 두 볼은 팽팽해졌으며   175
그의 턱 주위에는 턱수염이 짙게 나 있었다.
그녀는 이렇게 해놓고 돌아갔고 오뒷세우스는
오두막으로 들어갔다. 그러자 그의 사랑하는 아들이
그를 보고 놀라며 혹시 신이 아닐까 두려워서 시선을
돌린 채, 그를 향해 물 흐르듯 거침없이 말했다.   180
“나그네여! 지금 그대는 잠시 전과는 달라 보이시오.
옷도 다른 것들을 입었고 피부색도 다른 걸요.
그대는 틀림없이 넓은 하늘에 사시는 신들 중 한 분인 것 같아요.
자비를 베푸소서! 저희는 그대에게 마음을 기쁘게 해주는 제물과
훌륭하게 만든 황금 선물들을 바치겠나이다. 저희를 살려주십시오!”   185
참을성 많은 고귀한 오뒷세우스가 그에게 대답했다.
“나는 신이 아니다. 왜 너는 나를 불사신으로 여기느냐?
나는 네가 그를 위해 신음하고 많은 고통을 당하고
남자들의 행패를 감수했던 네 아버지이니라!”
이렇게 말하고 그가 아들에게 입맞추자 눈물이 두 볼에서   190
땅으로 떨어졌다. 그가 늘 억제하던 눈물이었다.
그러나 텔레마코스는 그가 자기 아버지라는 것이 아직도
믿어지지 않아 다시 이런 말로 그에게 대답했다.
“그대는 내 아버지 오뒷세우스가 아니오! 내가 더욱더
슬퍼하며 신음하라고 어떤 신이 나를 호리시는 것이겠지요.   195

필멸의 인간이 자신의 지혜로는 이런 일을 해낼 수

없을 것이오. 어떤 신이 그에게 접근하지 않고서는 말이오.

신은 물론 원하시기만 하면 힘들이지 않고 인간을 젊게 또는 늦게

만드실 수 있겠지요. 조금 전에 그대는 노인이었고 볼품없는 옷을

입었으나 지금은 넓은 하늘에 사시는 신들과도 같군요."   200

    지략이 뛰어난 오뒷세우스가 그에게 이런 말로 대답했다.

"텔레마코스야! 네 사랑하는 아버지가 눈앞에 와 있는데도

지나치게 이상히 여기거나 놀라는 것은 옳지 못한 짓이다.

앞으로 다른 오뒷세우스는 이리로 오지 않을 것이다.

네가 보는 내가 바로 그 사람이며 이리저리 떠돌아다니다가   205

천신만고 끝에 이십 년 만에 고향땅에 돌아온 것이다.

이것은 전리품을 안겨주시는 아테나의 작품이니라.

그녀는 그럴 능력이 있기에 나를 그녀가 원하는 그런 사람처럼,

때로는 거지처럼 때로는 몸에 좋은 옷을

입은 젊은이처럼 보이게 만드시지.   210

넓은 하늘에 사시는 신들에게는 필멸의 인간을

영광스럽게 하거나 해코지하는 것은 쉬운 일이니까."

    이렇게 말하고 그가 다시 앉자 텔레마코스는

훌륭한 아버지의 목을 끌어안고 슬피 울었다.

그러자 두 사람 모두에게 비탄하고 싶은 욕망이 일었다.   215

그래서 그들은 새들보다도, 이를테면 아직 깃털도 나기 전

보금자리에 있는 새끼들을 농부에게 빼앗겼을 때의 바다독수리나

발톱 굽은 독수리들보다도 더 하염없이 엉엉 울었다.

꼭 그처럼 애처로이 그들의 눈썹 밑에서 눈물이 쏟아졌다.

그리하여 그들은 해가 질 때까지 비탄에 잠겼을 것이나   220

텔레마코스가 갑자기 아버지에게 이렇게 말했다.

"아버지! 뱃사람들이 어떤 배에 태워 아버지를 이곳 이타케로

데려다주었나요? 그들은 스스로 어떤 사람이라고 자랑하던가요?

아버지께서 걸어서 이곳에 오실 수는 없었을 테니 말예요."

참을성 많은 고귀한 오뒷세우스가 그에게 대답했다.   225

"내 아들아! 너에게는 사실대로 다 털어놓겠다.

이름난 뱃사람들인 파이아케스족이 나를 데려다주었다.

그들은 누구건 다른 사람들도 자기네한테 오면 호송해주곤 하지.

그들이 잠든 나를 날랜 배에 태우고는 바다 위로 실어 날라

이타케에 내려놓았고, 내게 청동이며 황금이며   230

손으로 짠 옷들 같은 빼어난 선물을 넉넉히 주었지.

그리고 그것들은 신들의 뜻에 따라 동굴 안에 쌓아두었다.

나는 지금 너와 함께 적군을 도륙할 일에 관해 의논하라는

아테나의 지시를 받고 이리로 오는 길이다.

너는 그들이 얼마나 많고 어떤 자들인지 내가 알 수 있도록   235

구혼자들에 관해 빠짐없이 말하고 그들의 수를 열거해보아라.

그러면 나는 나무랄 데 없는 내 마음속으로 남들의 도움 없이

우리 둘만으로 그들에게 대항할 수 있을지, 아니면 남들의

도움을 구해야 할지 곰곰이 생각하고 심사숙고할 것이다."

슬기로운 텔레마코스가 그에게 대답했다.   240

"아버지! 저는 아버지께서 팔에서는 창수(槍手)시요

회의에서는 지혜로우시다는 명성을 늘 듣는답니다.

하지만 지금 하도 엄청난 말씀을 하시니 어안이 벙벙해요.

단둘이서 다수의 강한 자들과 싸운다는 것은 말도 안 돼요.

솔직히 말씀드리자면 구혼자들은 열 명이나 스무 명이 아니라   245

휠씬 더 많아요. 제가 지금 당장 그들의 수를 알려드릴게요.

둘리키온에서는 쉰두 명의 엄선된 젊은이들이 와 있는데

시중꾼 여섯 명이 그들과 동행하고 있어요.

또 사메에서는 스물네 명의 남자들이 와 있고

자퀸토스에서는 스무 명의 아카이오이족 젊은이들이 와 있으며　250

이타케 자체에서는 모두 열두 명의 왕자들이 와 있는데

전령 메돈과 신과 같은 가인과 고기 써는 솜씨가 좋은

시종 둘이 그들과 함께해요.[1] 만약 우리가 집안에서 이들 모두와

맞선다면 아버지께서 오셔서 그들에게 복수하시는 것이

우리에게는 비참하고 끔찍한 결과가 되지 않을까 두려워요.　255

그러니 어떤 협력자를 구할 수 있겠는지 곰곰이 생각해보시고

누가 우리 두 사람을 진심으로 도울 수 있겠는지 심사숙고해보세요."

　　참을성 많은 고귀한 오뒷세우스가 그에게 대답했다.

"내가 너에게 이를 것인즉 너는 명심해 들어라. 아테나와

아버지 제우스라면 우리의 협력자로서 충분하겠는지, 아니면　260

내가 다른 협력자를 생각해내야 하겠는지 너도 심사숙고해보아라."

　　슬기로운 텔레마코스가 그에게 대답했다.

"방금 말씀하신 그 두 분이라면 정말 훌륭한 협력자들이에요.

그 두 분께서는 구름 위에 높다랗게 앉아 계시고

다른 인간들은 물론이고 불사신들도 다스리시니까요."　265

　　참을성 많은 고귀한 오뒷세우스가 그에게 말했다.

"내 궁전에서 구혼자들과 우리가 맞붙어 아레스의 힘[2]이

1　구혼자들은 모두 108명이다. 그 밖에 시중꾼 6명과 시종 2명, 전령과 가인 한 명씩이 그들
　　과 함께한다.

가려지게 되면 그때는 그 두 분께서 더는
격렬한 전투의 소동에서 멀찍이 떨어져 계시지 않을 것이다.
너는 지금 날이 밝아오는 대로 집으로 가서   270
오만불손한 구혼자들과 어울리거라.
나는 이따가 돼지치기가 시내로 인도해줄 것인데
그때 나는 불쌍한 거지 노인처럼 보일 것이다.
그리하여 구혼자들이 집안에서 나를 모욕하더라도
내가 모욕을 당하는 동안 네 가슴속 마음은 꾹 참아야 한다.   275
아니, 그들이 내 발을 잡고 온 집안을 끌고 다니다가 문밖으로
끌어내거나 또는 물건을 던져 나를 맞히더라도, 너는 그것을 보고도
참아야 한다. 너는 그들에게 어리석은 짓일랑 그만두라고 명령하되
부드러운 말투를 사용하거라. 그래도 그들은 네 말을 듣지 않을 것이다.
그들에게는 운명의 날이 다가왔기 때문이지.   280
내가 또 한 가지를 너에게 일러줄 것이니 너는 명심하거라.
조언에 능한 아테나께서 내 마음에 일깨워주시어
내가 너에게 머리를 끄덕이거든 너는 그것을 알아차리고
홀 안에 있는 전쟁 무기들을 있는 대로 다 집어 들어
모조리 지붕이 높다란 집의 맨 안쪽에 들여놓아라.   285
그리고 구혼자들이 무기가 없어진 것을 알고 너에게
묻거든 너는 부드러운 말로 이렇게 그들을 속여라.
'연기 안 나는 곳으로 치웠을 뿐이오. 전에 오뒷세우스가 트로이아로
떠나며 남겨두고 가셨을 때와는 더는 비교도 안 될 만큼
완전히 망가졌어요. 그만큼 센 불의 입김이 닿았던 것이죠.   290
그 밖에도 크로노스의 아드님께서 더 큰 우려를 내 마음에
일깨워주셨으니, 그대들이 술김에 그대들끼리 말다툼을 벌이면

서로 부상을 입혀 잔치와 구혼을 욕되게 하리라는 것이었소.

무쇠란 그 자체가 사람을 끌어당기는 법이니까요.'

너는 우리 두 사람만을 위해 우리가 달려가서 집어 들 수 있도록　　　　295

손에 쥘 수 있는 칼 두 자루와 창 두 자루 그리고

소가죽 방패를 남겨두어라. 그러면 그자들을

팔라스 아테나와 조언자 제우스께서 호리실 것이다.

또 한 가지를 너에게 일러줄 것이니 너는 명심하거라.

네가 진실로 내 아들이고 우리 핏줄이라면　　　　300

어느 누구도 오뒷세우스가 집에 와 있다는 말을 들어서는 안 된다.

라에르테스도, 돼지치기도, 하인들 가운데 어느 누구도

아니, 페넬로페까지도 그 사실을 알아서는 안 된다.

오직 너와 나, 우리 둘이서 여인들의 의도를 알아내자꾸나.

우리는 또 그들 중 누가 우리 두 사람을 마음속으로 존중하고　　　　305

두려워하는지, 누가 우리를 무시하고 너같이 고귀한 자를

업신여기는지 하인들도 시험해볼 수 있을 것이다.”

　　그의 영광스러운 아들이 이런 말로 대답했다.

“아버지! 제 마음이 어떠한지는 아버지께서도 나중에 아시게

되겠지요. 저는 생각하는 것이 결코 경솔하지 않으니까요.　　　　310

하지만 지금 그 제안은 우리 두 사람 모두에게 이롭지 못할 것

같네요. 그래서 저는 아버지께 심사숙고하시라고 부탁드리고 싶어요.

아버지께서 각자를 시험해보시려고 일일이 들판으로 찾아가시어

많은 시간을 길에서 무익하게 보내시는 동안, 그자들은 방자하게도

집안에서 편안히 재산을 탕진하겠지요. 그자들은 아낄 줄을 몰라요.　　　　315

2　　여기서 '아레스의 힘'이란 '승패'라는 뜻이다.

물론 여인들에 관해서는 누가 아버지를 업신여기고 누가 죄가 없는지
알아보시라고 아버지께 권해드리고 싶어요. 그러나 우리 둘이 농장에서
일꾼들을 시험해보는 것은 저로서는 그만두었으면 좋겠어요.
아버지께서 진실로 아이기스를 가진 제우스의 전조를
알고 계신다면 그런 일은 나중에라도 할 수 있겠지요."   320
        두 사람은 이렇게 서로 이야기를 주고받았다.
한편 필로스에서 텔레마코스와 그의 대원들을 싣고 온
잘 만든 배는 이타케 시내로 들어가고 있었다.
그들은 수심이 매우 깊은 포구로 들어가
검은 배를 뭍으로 끌어올렸다.   325
그리고 고매한 시종들은 무구들을 밖으로 들어냈고
더없이 아름다운 선물들도 곧바로 클뤼티오스의 집으로 날랐다.
그들은 오뒷세우스의 집으로 전령을 보내
텔레마코스는 시골에 와 있고, 배는 그가 시내로
항해하도록 명령했다는 소식을 사려 깊은 페넬로페에게   330
전하게 했으니, 고귀한 왕비가 마음에 두려움을 느껴
하염없이 눈물짓는 것을 막자는 것이었다.
그리하여 이들 두 사람, 전령과 돼지치기가
왕비에게 같은 소식을 전하러 가다가 서로 만났다.
그들이 신과 같은 왕의 집에 도착했을 때   335
전령은 하녀들에 둘러싸여 이렇게 말했다.
"왕비님! 사랑하는 아드님께서 방금 도착하셨습니다."
그러나 돼지치기는 페넬로페에게 가까이 다가가서
사랑하는 아들이 그녀에게 전하라고 한 말을 빠짐없이 전했다.
돼지치기는 명령받은 것을 다 전하고 나서 담장으로 둘러싸인   340

구내(構內)와 궁전을 뒤로하고 돼지들에게로 돌아갔다.

그러자 구혼자들은 마음이 괴롭고 의기소침해져

홀에서 안마당의 큰 담장 밖으로 나가

거기 대문 앞에 앉아서 회의를 열었다.

좌중에서 폴뤼보스의 아들 에우뤼마코스가 먼저 말문을 열었다.   345

"친구들이여! 텔레마코스는 오만불손하게도 큰일을 해냈소.

이번 여행 말이오. 우리는 그가 해내지 못할 줄 알았는데.

그러니 자, 우리가 가진 것 중 가장 좋은 검은 배 한 척을

바다로 끌어내리고 바다에서 노 저을 사람들을 모아

우리 친구들에게 빨리 돌아오라고 당장 기별합시다."   350

그의 말이 채 끝나기도 전에 암피노모스가 앉았던 자리에서

몸을 돌려 바라보니, 수심이 매우 깊은 포구에 배가 와 있고

사람들이 벌써 돛을 내리고 손에 노를 들고 있지 않은가!

그는 껄껄대고 웃으며 동료들 사이에서 말했다.

"서둘러 기별할 필요가 없을 것 같소. 그들이 돌아왔으니 말이오.   355

어떤 신이 그들에게 말해주었거나 그들 자신이 텔레마코스의

배가 지나가는 것을 보고도 따라잡을 수 없었던 것 같소."

그가 이렇게 말하자 그들은 일어서서 바닷가로 걸어갔다.

뱃사람들은 지체 없이 검은 배를 뭍으로 끌어올렸고

고매한 시종들은 무구들을 밖으로 들어냈다.   360

그리하여 구혼자들은 한 명도 빠짐없이 회의장에 모였고

다른 사람은 젊은이든 노인이든 합석하는 것을 허용치 않았다.

좌중에서 에우페이테스의 아들 안티노오스가 말했다.

"아아! 신들이 그를 파멸에서 구해주신 것이오.

우리의 파수꾼들은 온종일 바람 부는 언덕 위에 앉아 있었고   365

교대도 항상 신속히 이루어졌소. 그리고 해가 지면

우리는 뭍에서 밤을 보내지 않고 날랜 배를 타고

바다를 순찰하면서 고귀한 새벽의 여신을 기다렸소.

매복하여 기다리다가 텔레마코스를 잡아 죽이려고 말이오.

그런데 그동안 어떤 신이 그를 집에 데려다주셨구려.　　　　　370

그러니 우리는 이곳에서 텔레마코스 그자에게 비참한 파멸을 안겨줄

궁리를 하고 그가 우리 손아귀에서 벗어나지 못하게 합시다.

그가 살아 있는 한 우리는 결코 목적을 달성하지 못할 것이오.

그 자신도 조언과 지혜에 밝을뿐더러 백성들에게

우리는 이미 전폭적인 지지를 받지 못하니까요.　　　　　375

그러니 그가 아카이오이족을 회의장에 모으기 전에 해치웁시다.

아마도 그는 결코 게으름을 피우지 않을 것이며

우리에게 큰 원한을 품고는 모두가 모인 자리에서 우리가 그에게

갑작스러운 파멸을 꾀했지만 자신을 따라잡지 못했다고 말할 것이오.

이런 악행을 듣는다면 그들은 우리더러 잘했다고 하지는 않을 거요.　　　　　380

그렇게 되면 그들이 우리를 해코지하며 우리 땅에서 내쫓고

우리는 남의 나라로 가게 되지 않을까 두렵소이다.

그러니 우리가 선수를 써서 도시에서 떨어진 시골이나

아니면 길에서 그를 죽입시다. 그리고 살림과 재산은

우리끼리 적당히 나눠 갖고, 집은 그의 어머니와　　　　　385

누구든지 그녀와 결혼하는 사람에게 가지라고 줍시다.

그러나 만약 내 이 말이 그대들의 마음에 들지 않고 그가 살아서

자기 아버지의 유산을 전부 다 차지하기를 그대들이 바란다면,

우리는 더는 이곳에 모여 마음을 즐겁게 해주는 그의 재산을

다 먹어치울 것이 아니라, 각자 자기 궁전에서 구혼 선물로　　　　　390

왕비를 얻도록 합시다. 그러면 그녀는 자기에게 가장 많은 선물을

주고 운명에 의해 남편으로 정해진 남자와 결혼하게 되겠지요.”

　　　그가 이렇게 말하자 그들은 모두 잠자코 있었다.

이때 아레토스의 아들인 니소스 왕의 영광스러운 아들

암피노모스가 좌중에서 열변을 토하며 말했다.　　　　　　　　　　395

그는 밀과 풀의 고장 둘리키온에서 구혼자들을

인솔해왔는데 마음씨가 착한지라

누구보다도 그의 말이 페넬로페의 마음에 들었다.

그는 좋은 뜻에서 좌중에서 열변을 토하며 말했다.

“친구들이여! 나는 텔레마코스를 죽이지 않았으면 싶소.　　　　　400

왕가(王家)의 혈통을 끊는다는 것은 차마 못할 짓이오.

그러니 먼저 신들의 뜻을 물어봅시다.

위대하신 제우스의 신탁이 승인한다면 내가 나서서 그를 죽이고

다른 사람들에게도 모두 그리 하라고 명령할 것이오.

하지만 신들이 말리신다면 나는 그만두라고 명령하겠소.”　　　　405

　　　암피노모스가 이렇게 말하자 그의 말이 그들 모두의 마음에 들었다.

그들은 곧바로 일어서서 오뒷세우스의 집으로 갔고

그곳에 도착하자 반들반들 깎은 안락의자에 앉았다.

　　　한편 사려 깊은 페넬로페는 다른 것을 생각해내어

오만불손한 구혼자들 앞에 모습을 드러냈다.　　　　　　　　　　410

그녀는 궁전에서 자기 아들을 죽이려 한다는 말을 들은 것이니,

전령 메돈이 그들의 계획을 듣고는 그녀에게 일러주었던 것이다.

그래서 그녀는 시중드는 여인들과 함께 홀 쪽으로 갔다.

여인들 중에서도 고귀한 그녀는 구혼자들이 있는 곳에 이르자

지붕을 튼튼하게 떠받치는 기둥 옆에 섰는데　　　　　　　　　　415

얼굴에는 번쩍이는 베일을 쓰고 있었다.

그녀는 안티노오스를 꾸짖으며 이렇게 말했다.

"안티노오스여, 교만한 자여, 재앙을 꾸미는 자여! 그런데도
이타케 땅 동년배 사이에서는 그대가 조언과 언변이 가장 뛰어나다고
사람들이 말하는구려. 하지만 그대는 결코 그런 위인이 못 되오.   420
미쳐 날뛰는 자여! 어째서 그대는 텔레마코스에게 죽음과 운명을
꾀하는 것이며 제우스께서 그 증인이신 탄원자들을 거들떠보지도
않는 것이오? 서로 재앙을 꾀한다는 것은 불경한 짓이오.
그대는 그대의 아버지가 백성들이 무서워 이 집으로 도망쳐왔던
일도 모른단 말이오? 그때 백성들은 그대의 아버지에게 크게   425
분개했는데 그가 해적인 타포스인들을 따라다니며 우리의
동맹자인 테스프로토이족을 괴롭혔기 때문이었소. 그래서 그들은
그대의 아버지를 죽여 그의 심장을 꺼내고 마음을 즐겁게 해주는
그의 많은 살림을 다 먹어치우려 했소. 그러나 오뒷세우스는
그들의 열망에도 불구하고 그들을 제지하고 말리셨소. 하거늘 지금   430
그대는 아무 보상도 않고 그이의 살림을 먹어치우고 그이의 아내에게
구혼하고 그이의 아들을 죽이려 함으로써 나를 심히 모욕하는구려.
제발 그만두고 다른 사람들에게도 그만두라고 이르시오."

그녀에게 폴뤼보스의 아들 에우뤼마코스가 대답했다.

"이카리오스의 따님이여, 사려 깊은 페넬로페여! 안심하시오.   435
그런 일들이라면 마음속으로 염려하지 마시오.
내가 살아서 이 지상에서 내 이 눈으로 보는 동안에는
그대의 아들 텔레마코스에게 완력을 쓰려는 사람은
있지도 않고 있지도 않을 것이며 태어나지도 않을 것이오.
내가 지금 하는 말은 반드시 이루어질 것인즉,   440

그런 자는 당장 내 창에 찔려 검은 피를 흘리게 될 것이오.
도시의 파괴자 오뒷세우스는 가끔 나를 자기 무릎에 앉히고는
구운 고기를 손에 쥐여주고 불그레한 포도주를 입에 대주셨기
때문이지요. 그래서 내게 텔레마코스는 모든 이들 중에서
누구보다도 가장 소중한 사람이오. 나는 그에게 죽음을,   445
구혼자들에 의한 죽음을 두려워하지 말라고 부탁하는 바이오.
물론 신에 의한 죽음은 피할 길이 없겠지만 말이오."

    그는 이렇게 위로의 말을 했지만 그녀의 아들을 죽일 궁리를
하는 것은 다름 아닌 그 자신이었다. 그녀는 번쩍이는 이층 방에
올라가서 사랑하는 남편 오뒷세우스를 생각하며 울었다. 그러자   450
빛나는 눈의 아테나가 그녀의 눈꺼풀 위에 달콤한 잠을 내려주었다.

    저녁때, 고귀한 돼지치기는 오뒷세우스와 그의 아들에게로
돌아왔다. 두 사람은 한 살배기 돼지를 제물로 바치고 나서
막 저녁을 준비하는 중이었다. 그때 아테나가
가까이 다가가서 라에르테스의 아들 오뒷세우스를   455
지팡이로 툭툭 쳐서 다시 거지 노인으로 만들었다.
그녀는 다시 그의 몸에 남루한 옷들을 입혔으니, 돼지치기가
대면하여 그를 알아보고는 그것을 마음속에 간직하지 못하고
사려 깊은 페넬로페에게 가서 일러주지 못하게 하려는 것이었다.

    그때 돼지치기에게 텔레마코스가 먼저 말을 걸었다.   460
"돌아왔군요, 고귀한 에우마이오스 아저씨! 시내에는 어떤 소문이
나돌던가요? 당당한 구혼자들이 벌써 매복처에서 집에 돌아왔던가요?
아니면 여전히 내가 집에 돌아오기를 지키고 기다린다 하던가요?"

    돼지치기 에우마이오스여, 그대는 이런 말로 대답했도다.
"나는 시내를 돌아다니며 그런 것들을 묻고 질문하고 싶은   465

마음이 내키지 않았어요. 내 마음은 나더러 소식을 전한 뒤
되도록 빨리 이곳으로 돌아가라고 명령했어요.
나는 도련님의 대원들이 보낸 날랜 사자(使者)인 그 전령과
만났는데 그가 먼저 도련님의 어머니께 소식을 전했지요.
그 밖의 다른 것도 나는 알고 있어요. 내 눈으로 보았으니까요.　　　　470
나는 헤르메스의 언덕³이 있는 곳으로 해서 도시 위쪽으로
길을 걸어오다가 날랜 배 한 척이 우리 포구로 들어오는 것을
보았어요. 배 안에는 많은 뱃사람들이 있고 배는 방패들과
양날 창들로 가득하더군요. 그때 나는 저들이
구혼자들이로구나 하는 생각이 들었으나 확실치는 않아요.”　　　　475

　　　그가 이렇게 말하자 텔레마코스의 신성한 힘이 웃음 지으며
돼지치기의 시선을 피하여 두 눈으로 아버지를 쳐다보았다.

　　　그들은 하던 일이 끝나자 잔치를 벌였고 진수성찬을 공평히
나눠 먹으니 마음에 부족한 것이 하나도 없었다.
이윽고 먹고 마시는 욕망이 충족되었을 때　　　　480
그들은 잠잘 생각을 했고 잠의 선물을 받았다.

3　'헤르메스의 언덕'(Hermaios lophos)은 네이온 산의 등성이를 말하는 것으로 추정된다.

XVII

텔레마코스가 시내로 돌아가다

이른 아침에 태어난 장밋빛 손가락을 가진 새벽의 여신이

나타나자 신과 같은 오뒷세우스의 사랑하는 아들

텔레마코스는 시내로 가려고 발밑에 아름다운

샌들을 매어 신고 손에 맞는 강한 창을

집어 들더니 자신의 돼지치기에게 말했다.   5

"아저씨! 나는 어머니를 뵈러 시내로 갈 것이오.

나를 직접 보시기 전에는 어머니께서 비통한 울음과

눈물겨운 비탄을 결코 그치지 않을 것 같아서요.

부탁하건대 그대는 이 불운한 나그네를 시내로 데려다주시오.

그곳에서 먹을 것을 구걸할 수 있게 말이오.   10

누구건 마음이 내키면 그에게 빵 한 조각과

물 한 잔은 주겠지요. 나는 너무나 마음이 괴로워

찾아오는 사람을 다 맞이할 수가 없어요.

나그네가 그걸로 화낸다면 그의 괴로움은 그만큼

더 커지겠지요. 나는 솔직히 말하는 편이 좋아요."   15

　　　지략이 뛰어난 오뒷세우스가 그에게 이런 말로 대답했다.

"여보시오! 나도 이곳에 머물고 싶지 않소이다.

거지는 시골보다는 시내에서 구걸하는 편이

더 나아요. 마음 내키면 누구건 내게 먹을 것을 주겠지요.

나는 농장에 머물며 매사에 감독이 시키는 대로 할   20

그런 나이는 이미 지났소. 어서, 떠나시오! 나는 불을 쬐다가
몸이 따뜻해지고 햇볕이 더워지는 대로 그대에게 부탁받은
이 사람이 데려다줄 것이오. 내가 입은 옷들이 형편없이
남루하여 아침 서리에 몸이 상하지 않을까 두렵군요.
게다가 그대들 말로는 도시가 멀리 떨어져 있다니 말이오."   25

    그가 이렇게 말하자 텔레마코스는 발걸음을 재촉하며
농장을 지나 성큼성큼 걸어갔고 구혼자들에게
재앙을 꾀했다. 이윽고 살기 좋은 집에 도착했을 때
그는 긴 기둥에 창을 기대 세워놓고
돌 문턱을 넘어 안으로 들어갔다.   30

    그를 맨 먼저 본 사람은 유모 에우뤼클레이아였는데,
그녀는 정교하게 만든 안락의자들 위에 양모피를 펴다가
눈물을 흘리며 곧장 그에게 다가왔다. 그리고 참을성 많은
오뒷세우스의 다른 하녀들도 그 주위에 모여들어
그의 머리와 두 어깨에 입맞추며 그를 반겼다.   35

    사려 깊은 페넬로페도 자기 방에서 나오니
그 모습은 아르테미스나 황금의 아프로디테와 같았다.
그녀는 사랑하는 아들을 두 팔로 얼싸안고 눈물을 흘리며
아들의 머리와 아름다운 두 눈에 입맞추더니
흐느끼며 물 흐르듯 거침없이 말했다.   40
"네가 왔구나, 내 눈의 달콤한 빛인 텔레마코스야!
사랑하는 아버지의 소식을 좇아 내 뜻을 거슬러 몰래
배를 타고 퓔로스에 간 뒤 나는 너를 다시는 못 볼 줄 알았다.
자, 너는 네가 본 대로 나에게 빠짐없이 말해다오."
    슬기로운 텔레마코스가 그녀에게 대답했다.   45

"어머니! 제게 울음을 불러일으키지 마시고 제 가슴속 마음을
흔들어놓지 마세요. 저는 갑작스러운 파멸에서 간신히 벗어났어요.
그러니 어머니께서는 지금 목욕하신 뒤 몸에 깨끗한 옷을
입으시고, 시중드는 여인들과 함께 이층 방에 올라가시어
혹시 제우스께서 보상 행위가 이뤄지게 해주실지   50
모든 신들께 마음에 들 만한 헤카톰베를 바치겠다고 서약하세요.
저는 회의장에 가서 제가 퓔로스에서 이리로 올 때
저와 동행한 나그네를 우리집으로 청할래요.
저는 그를 신과 같은 대원들과 함께 먼저 보내며
페이라이오스에게 집으로 데려가 내가 올 때까지   55
정성껏 환대하고 공경하라고 일러두었거든요."

　　　그가 이렇게 말하자 그녀는 아들의 말뜻을 알아듣고
두말없이 목욕한 뒤 깨끗한 옷을 몸에 걸치고
혹시 제우스께서 보상 행위가 이뤄지게 해주실지
모든 신들께 마음에 들 만한 헤카톰베를 바치겠다고 서약했다.   60

　　　한편 텔레마코스가 창을 들고 홀을 지나 밖으로
나가니 날쌘 개 두 마리가 그를 따랐다.
아테나가 그에게 신과 같은 우아함을 쏟아부으니
사람들은 모두 텔레마코스가 오는 것을 보고 감탄했다.
당당한 구혼자들은 그의 주위로 모여들며 입으로는   65
듣기 좋은 말을 했지만 마음속으로는 재앙을 꾀했다.
그러나 그는 구혼자들의 큰 무리는 피하고
그 옛날 아버지 때부터 그의 집안 친구들인 멘토르와
안티포스와 할리테르세스가 앉아 있는 곳으로 가서
앉았다. 그러자 그들은 그에게 이것저것을 물어보았다.   70

그때 이름난 창수 페이라이오스가 그들에게 가까이 다가왔으니
그는 시내를 거쳐 나그네를 회의장으로 데려오는 중이었다.
그러자 텔레마코스도 머뭇거리지 않고 나그네에게 얼른 다가섰다.
페이라이오스가 텔레마코스에게 먼저 말을 걸었다.
"텔레마코스여! 메넬라오스가 준 선물들을 내가 그대에게   75
보낼 수 있도록 어서 여인들을 내 집으로 보내주시오."
       슬기로운 텔레마코스가 그에게 대답했다.
"페이라이오스여! 우리는 이 일의 결말이 어떻게 될지 알지 못하오.
당당한 구혼자들이 우리집에서 나를 몰래 죽이고 내 아버지의
모든 유산을 저희끼리 나눠 가질 바에야, 나는 그중 한 명보다는   80
그대가 가지고 즐기기를 바라오. 그러나 내가 저들에게
죽음과 죽음의 운명을 안겨주게 된다면 그때는 그대가 기꺼이
선물들을 내 집으로 가져오시오. 나도 기꺼이 받을 것이오."
       이렇게 말하고 그는 고생을 많이 한 나그네를
자기 집으로 데려갔다. 그들은 살기 좋은 집에 도착한 뒤   85
등받이의자와 안락의자에 외투를 벗어놓고
반들반들 닦은 욕조에 들어가 목욕을 했다.
하녀들이 목욕시켜주고 나서 올리브유를 발라주고
두툼한 외투와 윗옷을 입혀주자
그들은 욕조에서 나와 의자에 앉았다.   90
곧 시녀 한 명이 아름다운 물항아리를 가져와
손을 씻으라고 은대야 위에 물을 부어주더니
그들 앞에 반들반들 닦은 식탁을 갖다놓았다.
그러자 존경스러운 가정부가 빵을 가져와 그들 앞에 놓고 그 밖에도
갖가지 음식을 올리더니 자기 옆에 있는 것들을 아낌없이 건네주었다.   95

페넬로페는 그 맞은편에서 홀의 기둥에 기대놓은

등받이의자에 앉아 고운 실을 잣고 있었다.

그들은 앞에 차려진 음식에 손을 내밀었다.

그리하여 먹고 마시는 욕망이 충족되었을 때

그들 사이에서 사려 깊은 페넬로페가 먼저 말문을 열었다.　　　　100

"텔레마코스야! 나는 이층 방에 올라가서

오뒷세우스가 아트레우스의 아들들과 함께 일리오스로

떠나가신 그날부터 줄곧 눈물 젖은 신음의 장소가 돼버린

내 침상에 누워야겠다. 그런데 너는 당당한 구혼자들이

이 집에 들어오기 전에 네 아버지의 귀향에 관해 혹시　　　　105

들은 것이 있는지 내게 분명히 말해주지 않는구나."

　　　그러자 슬기로운 텔레마코스가 그녀에게 대답했다.

"어머니! 사실대로 다 털어놓겠어요.

우리는 퓔로스로, 백성들의 목자인 네스토르를 찾아갔어요.

그러자 그분은 지붕이 높다란 집으로 저를 맞아들이시더니　　　　110

아버지가 여러 해 만에 객지에서 돌아온 아들을 대하듯

저를 정성껏 환대해주셨어요. 꼭 그처럼 그분은

영광스러운 아들들과 더불어 저를 정성껏 보살펴주셨어요.

그러나 그분은 참을성 많은 오뒷세우스에 관해 살아 계신지

아니면 돌아가셨는지 지상의 어느 누구에게서도 아무 말도　　　　115

듣지 못했다고 말씀하시며, 말들과 튼튼한 마차와 함께 저를

아트레우스의 아들이자 이름난 창수인 메넬라오스에게 보내셨어요.

그곳에서 저는 신들의 뜻에 따라 아르고스인들과 트로이아인들에게

크나큰 고난을 안겨준 장본인인 아르고스의 헬레네를 보았어요.

그때 목청 좋은 메넬라오스가 저에게 무슨 용건으로　　　　120

고귀한 라케다이몬에 왔느냐고 물으셨어요.

그래서 제가 그분께 사실대로 다 털어놓자

그분은 제게 이런 말로 대답하셨어요.

'아아, 겁쟁이인 주제에 그자들이 감히

대담무쌍한 분의 잠자리에 눕기를 바라다니! 125

마치 갓 태어나 아직 어미 젖을 먹는 새끼를

암사슴이 강력한 사자의 은신처에 뉘어놓고는

산기슭과 풀이 무성한 골짜기에 풀을 뜯으러

나가고 나면 제 잠자리로 돌아온 사자가

어미와 새끼 모두에게 치욕적인 운명을 안겨줄 때와 같이, 130

꼭 그처럼 오뒷세우스가 그자들에게 치욕적인 운명을 안겨줄 걸세.

아버지 제우스와 아테나와 아폴론이여,

전에 튼튼하게 잘 지은 레스보스에서 그가 일어나

레슬링 시합을 벌여 필로멜레이데스를 힘차게 내던지자

전 아카이오이족이 기뻐했을 때와 같은 그런 강력한 자로서 135

오뒷세우스가 구혼자들과 섞였으면 좋으련만!

그러면 그자들은 모두 재빠른 운명과 쓰디쓴 결혼을 맞게 될 텐데.

자네가 내게 묻고 간청하는 것들에 관해 나는 결코

핵심에서 벗어나거나 질문을 회피하며 엉뚱한 말을 하거나

자네를 속이지 않겠네. 나는 거짓을 모르는 바다 노인이 140

내게 말해준 것을 자네에게 한마디도 숨기거나 감추지 않을 걸세.

그 노인이 말하기를, 자기는 오뒷세우스가 어떤 섬에서, 요정 칼립소의

궁전에서 심한 고통을 당하고 있는 것을 보았다고 했네. 그녀가 그를

억지로 그곳에 붙들고 있어 그가 고향에 돌아갈 수 없는 것이라네.

그에게는 노를 갖춘 배가 없을 뿐만 아니라 145

바다의 넓은 등으로 데려다줄 전우들도 없으니까.'

아트레우스의 아들 이름난 창수 메넬라오스는 그렇게 말씀하셨어요.

그래서 저는 일을 다 보고 나서 귀향길에 올랐고 불사신들께서는

순풍을 보내주시며 저를 그리운 고향땅으로 재빨리 호송해주셨어요."

그는 이런 말로 그녀의 가슴속 마음을 흔들어놓았다.   150

이번에는 신과 같은 테오클뤼메노스가 그들 사이에서 말했다.

"라에르테스의 아들 오뒷세우스의 존경스러운 부인이시여!

그분은 확실한 것은 알지 못하십니다. 나는 숨기지 않고 솔직히

그대에게 예언할 것이니 그대는 내 말을 명심하십시오.

지금 어떤 다른 신들보다도 먼저 제우스와 손님을 맞는 식탁과   155

내가 찾아온 나무랄 데 없는 오뒷세우스의 이 화로가 증인이

되어주소서. 오뒷세우스는 지금 앉아 있든 숨어서 다니든 벌써

고향땅에 와 있고, 이 모든 악행을 알고는

모든 구혼자들에게 재앙을 꾀하고 있습니다.

내가 훌륭한 갑판이 덮인 배 위에 앉아 지켜본 새의 전조는   160

그러했고 나는 그것을 텔레마코스에게 큰 소리로 알려주었습니다."

사려 깊은 페넬로페가 그에게 대답했다.

"나그네여, 그 말이 이뤄진다면 오죽이나 좋겠어요!

그러면 그대는 나에게 환대받고 수많은 선물들을 받게 되어

그대를 만나는 사람은 누구건 그대를 행복하다고 기리게 될 텐데!"   165

그들은 이렇게 서로 이야기를 주고받았다.

한편 구혼자들은 오뒷세우스의 집 앞에 있는

잘 고른 땅에서 여느 때처럼 원반던지기와

창던지기를 즐기며 교만을 떨고 있었다.

그러나 점심때가 되어 작은 가축들이 사방의 들판에서 들어오고   170

여느 때 몰던 자들이 그것들을 몰고 왔을 때

메돈이 그들에게 알렸으니, 그는 전령들 중에서 가장

그들의 마음에 들어 종종 그들과 함께 식사를 했다.

"젊은이들이여! 그대들은 모두 경기로 마음을 즐겁게 했으니

집에 들어가서 함께 식사 준비를 합시다.   175

제때 식사하는 것은 결코 나쁜 일이 아니니까요."

　　　그가 이렇게 말하자 그들은 그의 말에 복종하고

일어서서 걸어갔다. 그들은 잘 지은 집에 도착해서는

등받이의자와 안락의자에 외투를 벗어놓고

큰 양들과 잘 먹인 염소들을 잡았고 살진 돼지들과   180

떼 지어 사는 암소도 한 마리 잡았다. 그러고 나서 그들은

그것들로 잔치 준비를 했다. 한편 오뒷세우스와

고귀한 돼지치기는 농장에서 시내로 막 출발하려던 참이었다.

일꾼들의 우두머리인 돼지치기가 먼저 말문을 열었다.

"나그네여! 보아하니 그대는 내 주인님이 부탁하신 대로   185

정말 오늘 중으로 시내에 들어가기를 열망하는구려.

나는 그대가 농장지기로 이곳에 남았으면 싶소.

그러나 나는 내 주인님을 존경하며 또 나중에 그분이 나를

야단치실까 두렵소. 주인의 질책은 괴로운 법이지요.

그러니 자, 이제 떠나볼까요! 낮도 많이 지났고   190

저녁이 되면 금세 쌀쌀해질 테니까요."

　　　지략이 뛰어난 오뒷세우스가 그에게 이런 말로 대답했다.

"무슨 말인지 잘 알았소. 나도 멍청하진 않다오.

출발합시다! 그리고 그대는 끝까지 길을 인도하시오.

혹시 다듬어놓은 몽둥이가 있으면 내가 의지할 수 있게   195

하나 주시구려. 그대들 말로는 길이 미끄럽다니 말이오."

　　이렇게 말하고 그가 볼품없는 바랑 하나를 어깨에 메니

군데군데 찢어진 그 바랑은 노끈으로 메게 되어 있었다.

에우마이오스는 그에게 마음에 드는 지팡이 하나를 내주었다.

그리하여 두 사람은 떠나고 개들과 목자들만이 농장을 지키기 위해　　　200

뒤에 남았다. 하지만 돼지치기는 자기 주인을 시내로 안내했으니

그의 주인은 불쌍한 거지 노인의 모습을 하고

지팡이를 짚고 있었고 몸에는 누더기를 걸치고 있었다.

　　그들은 울퉁불퉁한 길을 걸어 도시 가까이 다가갔고

아름답게 흐르는 한 샘물가에 이르렀다.　　　205

시민들이 물을 길어가는 이 샘은

이타코스와 네리토스와 폴뤽토르[1]가 만든 것으로

샘 주위에는 물을 먹고 자라는 백양나무 숲이

빙 둘러져 있고 높다란 바위에서 차가운 물이

흘러내리고 있었다. 샘의 맨 위쪽에는 요정들을 위한 제단이　　　210

마련되어 있어 지나는 길손들이 그곳에서 제물을 바쳤다.

돌리오스의 아들 멜란테우스[2]가 구혼자들의 잔치를 위해

모든 가축 떼들 중에서 가장 빼어난 염소들을 몰고 오다가

1　기원전 5세기 초의 역사가 아쿠실라오스(Akousilaos)에 따르면 이타코스(Ithakos 그에게서
　　이타케라는 지명이 유래했다)와 네리토스(Neritos 그에게서 네리톤이라는 산 이름이 유래
　　했다)와 폴뤽토르(Polyktor '많이 가진 자'라는 뜻)는 형제간으로 케팔레니아와 이타케를
　　차례로 세웠다고 한다. 이들의 자손들이 원래 이타케를 통치했는데 뒤에 오뒷세우스의 선
　　조들에 의해 대치된 것으로 보인다.

2　멜란테우스 또는 멜란티오스는 오뒷세우스의 가장 불충한 하인으로 그에 못지않게 행실
　　이 나쁜 그의 누이 멜란토와 함께 나중에 잔혹한 벌을 받게 된다.

그곳에서 그들과 마주쳤는데 목자 둘이 그자를 따르고 있었다.

그자는 그들을 보자 험하고 수치스러운 말로   215

욕설을 했고 오뒷세우스의 마음을 자극했다.

"지금 말 그대로 고약한 자가 고약한 자를 인도하고 있구나.

신은 늘 유유상종하게 하시는 법이니까.

이 재수 없는 돼지치기여! 자네는 이 식객을, 성가신 거지를,

잔치 음식의 청소부를 어디로 데려가는 중인가?   220

이자는 수많은 기둥에 기대서서 어깨를 문지르며

칼이나 가마솥이 아니라 음식 찌꺼기를 구걸하겠지.

자네가 이자를 내게 주어 농장을 지키고 우리를 청소하고

새끼 염소들에게 잎사귀를 가져다주게 한다면

이자는 유장(乳漿)을 마시고 엉덩이가 튼튼해질 텐데.   225

그러나 이자는 배운 것이라고는 나쁜 짓뿐이어서

일은 하지 않고 물릴 줄 모르는 배를 채우기 위해

동냥질이나 하며 몰래 이 나라를 두루 돌아다니려 하겠지.

내가 하는 말은 반드시 이뤄질 것인즉, 이자가 신과 같은

오뒷세우스의 집에 발을 들여놓았다가는 나리들이 이자를   230

집안에서 몰아낼 때 나리들의 손아귀에서 수많은 발판들이

이자의 머리 주위로 날아가 이자의 갈빗대를 짓이겨놓으리라."

　　　그자는 이렇게 말하고 지나가며 어리석게도 오뒷세우스의

엉덩이를 발로 걷어찼으나 길에서 밀어내지는 못했다.

오히려 오뒷세우스는 꼼짝 않고 버티고 선 채 그자를 뒤쫓아가   235

몽둥이로 목숨을 빼앗을까, 아니면 그자를 번쩍 들어올려

땅바닥에 메다꽂을까 하고 망설이고 있었다.

그러나 오뒷세우스는 꾹 참고 자제했다. 물론 돼지치기는

그자를 노려보며 꾸짖고 두 손을 들어 큰 소리로 기도했다.

"샘의 요정들이여, 제우스의 따님들이여! 일찍이 오뒷세우스께서   240
새끼 양이나 새끼 염소의 넓적다리뼈들을 기름 조각에 넉넉히 싸서
그대들에게 태워올리신 적이 있다면 내 소원을 이루어주시어
주인님께서 돌아오시고 어떤 신이 그분을 데려다주시기를!
그러면 사악한 목자들이 작은 가축들을 도륙하고 있는데도
언제나 도시 주위를 돌아다니며 오만하게 거드름을 피우는 자네의   245
그 잘난 체하는 짓거리를 그분께서 중단시키실 텐데."

　　　염소치기 멜란티오스가 그에게 대답했다.

"아아, 음모에 능한 저 개 같은 자가 또 무슨 말을 하는 건가!
저자가 내게 많은 살림을 가져다주도록[3] 나는 언젠가는 저자를
훌륭한 갑판이 덮인 검은 배에 실어 이타케에서 멀리 떨어진 곳으로   250
데려가고 말리라. 오뒷세우스에게 먼 곳에서 귀향의 날이 사라져버린
것이 확실한 만큼 텔레마코스가 오늘이라도 궁전에서 은궁의
아폴론이 쏜 화살에 맞거나 구혼자들에게 제압된다면 좋으련만!"

　　　그는 이렇게 말하고 천천히 걷는 그들을 뒤에
남겨둔 채 걸음을 재촉하며 서둘러 주인 집에 도착했다.   255
그는 곧장 안으로 들어가서 그를 가장 아끼는
에우뤼마코스의 맞은편에 앉았다. 그러자 시중드는 자들이
그의 앞에 그의 몫의 고기를 갖다놓았고
존경스러운 가정부는 빵을 가져와 그가 먹도록 그의 앞에 놓았다.
오뒷세우스와 고귀한 돼지치기는 그제야 집 앞에 다가와   260
멈추어 섰으니 속이 빈 포르밍크스 소리가 들려왔기 때문이다.

3　저자를 노예로 팔면 값을 많이 받게 될 것이라는 뜻이다.

페미오스가 그자들을 위해 노래하기 시작한 것이다.

그러자 오뒷세우스가 돼지치기의 손을 잡으며 말했다.

"에우마이오스여! 틀림없이 이것이 오뒷세우스의 아름다운 궁전이군요.

이 궁전은 수많은 궁전들 사이에서도 쉽게 알아볼 수 있겠구려.   265

집채들이 서로 붙어 있고 안마당은 담장과 흉벽으로 절묘하게

둘러져 있으며, 잘 지켜주는 두 짝으로 된 문들이 그 앞에

달려 있으니 어느 누구도 이 궁전을 업신여기지 못할 것이오.

보아하니 안에서는 많은 사람들이 모여 잔치를 벌이고 있는 것 같소.

고기 굽는 냄새가 나고 신들께서 잔치의 동반자가 되게 하신   270

포르밍크스 소리가 안에서 들려오니 말이오."

　　돼지치기 에우마이오스여, 그대는 그에게 이런 말로 대답했도다.

"그대는 쉽게 알아보는구려. 하긴 그대는 다른 일에도 멍청한 사람은

아니니까. 자, 우리가 앞으로 어떻게 해야 할지 잘 생각해봅시다.

그대가 먼저 살기 좋은 집에 들어가 구혼자들과 어울리시오.   275

나는 이곳에 남겠소. 아니면 원하신다면 그대가 남으시오.

내가 먼저 들어가겠소. 그러나 오래 지체하지는 마시오. 그대가

밖에 있는 것을 누가 본다면 그대를 마구 치고 때릴 거요.

나는 이 점에 대해 잘 생각해보라고 그대에게 권하고 싶소."

　　참을성 많은 고귀한 오뒷세우스가 그에게 대답했다.   280

"무슨 말인지 잘 알아들었소. 나도 멍청하지는 않다오.

그대가 먼저 들어가시오. 내가 이곳에 남겠소. 나는 주먹이나

내던지는 물건에 얻어맞는 일이라면 무식한 편은 아니니까요.

나는 파도와 전쟁터에서 고생을 많이 해봐서 마음이 굳건한 편이오.

그러니 지금까지의 고난들에 이번 고난이 추가될 테면 되라지요.   285

그러나 배란 녀석이, 인간들에게 수많은 재앙을 안겨주는 그 빌어먹을

배란 녀석이, 일단 욕구를 품게 되면 아무도 억누를 수 없는 법이라오.

훌륭한 노 젓는 자리가 있는 배들이 선구를 갖추고 추수할 수 없는

바다를 지나 적군에게 재앙을 안겨주는 것도 다 그 배란 녀석 때문이지요."

    그들은 이렇게 서로 이야기를 주고받았다. 290

그때 개 한 마리가 누워 있다가 머리를 들고 귀를 쫑긋 세우니

참을성 많은 오뒷세우스의 개 아르고스였다.

그 개는 전에 오뒷세우스가 길렀으나 재미는 보지 못했다.

그러기 전에 그는 신성한 트로이아로 갔던 것이다. 전에는 젊은이들이

야생 염소와 사슴과 토끼를 향해 그 개를 부추기곤 했지만 295

지금은 주인이 떠나고 없는지라 그 개는 돌보는 이 없이

노새들과 소들의 똥 더미에 누워 있었으니, 대문 앞에는

오뒷세우스의 하인들이 그의 넓은 영지에 거름을 주려고

치울 때까지 그런 똥 더미들이 잔뜩 쌓여 있었던 것이다.

아르고스는 벌레투성이가 되어 그곳에 누워 있었다. 300

지금 그 개는 오뒷세우스가 와 있음을

알아차리고 꼬리치며 두 귀를 내렸으나

주인에게 더 가까이 다가갈 힘이 없었다.

오뒷세우스는 에우마이오스에게 쉽게 들키지 않으려고

시선을 돌려 눈물을 닦으며 곧바로 이렇게 물었다. 305

"에우마이오스여! 이런 개가 여기 똥 더미에 누워 있다니

정말 이상한 일이구려. 참 잘생겼네요! 그러나 이 개가

이렇게 잘생긴 데다 달리는 데도 날랜지, 아니면

주인이 과시용으로 기르는 식탁 개들이 그러하듯

생긴 것만 그러한지 잘 모르겠구려." 310

    돼지치기 에우마이오스여, 그대는 그에게 이런 말로 대답했도다.

"사실 이 개의 주인은 먼 객지에서 돌아가셨어요.

여전히 이 개가 생김새와 능력에서 오뒷세우스께서 트로이아로

가시며 남겨두고 가신 그때와 같다면, 그대는 당장

이 개의 속력과 용맹을 보고 감탄을 금치 못할 것이오.   315

이 개가 일단 추격하면 우거진 숲의 깊숙한 곳에서 이 개를

벗어날 수 있는 들짐승은 하나도 없었소. 수색에도 이 개는

가장 뛰어났으니까요. 그러나 지금은 재앙이 이 개를 덮쳐

주인은 고향에서 멀리 떨어진 곳에서 돌아가시고 여인들은

이 개를 돌보지도 보살피지도 않아요. 하인들이란 일단   320

주인이 권세를 잃고 나면 더는 정직하게 봉사하려 하지 않아요.

예속의 날이 한 인간을 덮치면 목소리가 멀리 들리는

제우스께서 그의 미덕을 반(半)이나 앗아가니까요."

　돼지치기는 이렇게 말하고 살기 좋은 집안으로

들어가 곧장 당당한 구혼자들이 있는 홀로 갔다.   325

그러나 이십 년 만에 주인 오뒷세우스를 다시 보는

바로 그 순간 검은 죽음의 운명이 그 개를 덮쳤다.

　신과 같은 텔레마코스가 집안으로 들어오는 돼지치기를

맨 먼저 보고 머리를 끄덕여 자기에게로 불렀다.

그러자 에우마이오스가 주위를 둘러보다 옆에 놓여 있던   330

의자 하나를 집어 드니, 그것은 고기를 썰어주는 자가

온 집안에서 잔치를 벌이는 구혼자들 사이에서 고기를

듬뿍 나눠주며 앉곤 하던 의자였다. 그는 이 의자를 가져다

텔레마코스의 맞은편 식탁 가에 놓더니 거기에 앉았다. 그러자

전령이 그의 앞에 그의 몫을 갖다놓았고 광주리에서 빵도 꺼내주었다.   335

　바로 그의 뒤를 이어 오뒷세우스도 집안으로 들어가니

그는 불쌍한 거지 노인의 모습을 하고 지팡이를
짚은 채 몸에는 남루한 옷을 걸치고 있었다.
그는 문간 안쪽의 물푸레나무 문턱에 앉아
삼나무 기둥에 기댔는데, 그것은 전에 목수가   340
솜씨 좋게 깎은 다음 먹줄을 치고 똑바르게 마른 것이었다.
그러자 텔레마코스가 돼지치기를 부르더니
더없이 아름다운 광주리에서 빵 덩어리를 통째로 끄집어내고
거기다 두 손아귀로 쥘 수 있는 만큼 고기를 듬뿍 얹으며 말했다.
"그대는 이것들을 저 나그네에게 가져다주며 그 자신이   345
모든 구혼자들을 일일이 찾아가 구걸하라고 이르되
염치는 궁핍한 사람에게 좋은 동반자가 아니라고 이르시오."
    그가 이렇게 말하자 돼지치기는 그 말을 듣고
오뒷세우스에게 가까이 다가가 물 흐르듯 거침없이 말했다.
"나그네여! 텔레마코스 도련님이 그대에게 이것들을 주며   350
모든 구혼자들을 일일이 찾아가 구걸하라고 하셨소.
도련님은 또 염치는 걸인에게 좋은 동반자가 아니라고 말씀하셨소."
    지략이 뛰어난 오뒷세우스가 그에게 이런 말로 대답했다.
"제우스 왕이시여, 부디 텔레마코스가 사람들 사이에서
행복하고 그의 마음속 소망이 모두 이뤄지게 해주소서!"   355
    이렇게 말하고 그는 두 손으로 음식을 받아
자기 발 앞 볼품없는 바랑 위에 올려놓고
홀에서 가인이 노래하는 동안 그것들을 먹었다.
그가 식사를 마치고 신과 같은 가인이 노래를 끝냈을 때
구혼자들이 홀에서 떠들어대기 시작했다. 그때 아테나가   360
라에르테스의 아들 오뒷세우스에게 가까이 다가서며,

어떤 자들이 올바르고 어떤 자들이 무도한지 알 수 있도록
구혼자들 사이에서 빵 조각을 모으라고 재촉했다.
하지만 그녀는 그들 중 단 한 명도 재앙에서 구해내지 못할 운명이었다.
오뒷세우스는 오른쪽으로 돌며 구혼자들에게 구걸하기 시작했고   365
마치 본래부터 거지인 양 사방으로 손을 내밀었다.
그러자 그들은 그를 불쌍히 여겨 음식을 조금씩 나눠주면서도
그를 이상히 여겨 그가 누구며 어디서 왔는지 서로 물었다.
그러자 좌중에서 염소치기 멜란티오스가 말했다.
"명성도 자자한 왕비님의 구혼자들이시여! 나리들은 이 나그네에 관해   370
내 말을 들으소서. 나는 조금 전에도 그를 보았기 때문입죠.
그를 이리로 인도한 것은 돼지치기가 분명하나 그 자신에 관해서는
그가 어떤 혈통임을 자랑하는지 나로서는 확실히 알지 못합니다."
　　그가 이렇게 말하자 안티노오스가 에우마이오스를 꾸짖으며 말했다.
"오오, 악명 높은 돼지치기여! 어쩌자고 그대는 저자를   375
시내로 데려온 것인가? 부랑자, 성가신 거지, 잔치 음식의
청소부라면 이미 여기 있는 자들로도 충분하지 않은가?
그대는 그자들이 여기 모여 그대 주인의 살림을 먹어치우는
것만으로는 성에 차지 않아 저자까지 불러들였단 말인가?"
　　돼지치기 에우마이오스여, 그대는 그에게 이런 말로 대답했도다.   380
"안티노오스여! 그대가 비록 유능하기는 하지만 그대의 그 말은
아름답지 못합니다. 도대체 제 발로 가서 외지에서 낯선 사람을
불러들일 자가 어디 있겠습니까? 예언자나 질병을 고칠 의사나
재목을 다룰 목수나 노래로 마음을 즐겁게 해주는 신적인 가인 같은
장인(匠人)들 가운데 한 사람이라면 몰라도.   385
이런 사람들은 끝없는 대지 위에서 어디서나 초청받게 마련이지요.

그러나 제 재산을 탕진하라고 거지를 부를 사람은 아무도 없겠지요.
그대는 모든 다른 구혼자들보다도 오뒷세우스의 하인에게
특히 나에게 늘 가혹하더군요. 하지만 나는
사려 깊은 페넬로페 님과 신과 같은 텔레마코스 도련님이   390
궁전 안에 살아 계시는 한 그런 일엔 개의치 않을 것이오."

　　슬기로운 텔레마코스가 그에게 대답했다.

"그대는 제발 잠자코 있고 저 사람에게 길게 대꾸하지 마시오.
안티노오스는 언제나 험한 말로 우리에게 시비를 걸어오고
그렇게 하도록 다른 사람들도 부추기니 말이오."   395

　　이렇게 말하고 그는 안티노오스에게 물 흐르듯 거침없이 말했다.

"안티노오스여! 아버지가 아들 걱정하듯 그대는 내 걱정을 많이도
해주시는구려. 나더러 저 나그네를 강압적인 말로 홀에서 내쫓으라고
하시니 말이오. 하지만 그런 일은 결코 없을 것이오.
그대는 그에게 뭘 좀 가져다주시오. 나는 인색하게 굴지 않겠소.   400
아니, 나는 가져다주라고 그대에게 권하고 싶소. 그 때문이라면
그대는 내 어머니도, 신과 같은 오뒷세우스의 집의 하인들도 어려워할
필요가 없을 것이오. 그러나 그대는 가슴속에 그런 생각을 품어본 적이
없겠지요. 그대는 남 주기보다는 제가 먹기를 훨씬 좋아하니까요."

　　안티노오스가 그에게 이런 말로 대답했다.   405

"텔레마코스! 큰소리치는 자여, 분을 삭이지 못하는 자여!
무슨 그런 말을 하는가! 모든 구혼자들이 저자에게 나만큼만
건네준다면 이 집은 저자를 석 달 동안은 떼어놓을 수 있을 걸세."

　　그는 이렇게 말하고 식탁 밑에 있던 발판을 들어 보여주었는데
잔치 때 그는 그 위에 부드러운 발을 올려놓고 쉬곤 했다.   410
그러나 다른 사람들은 모두 조금씩 음식을 나눠주어 오뒷세우스의

바랑은 빵과 고기로 가득 찼다. 그리하여 오뒷세우스는 즉시
문턱으로 돌아가서 아카이오이족의 선물들을 맛보려다가
안티노오스 옆에 멈추어 서서 그를 향해 이렇게 말했다.
"나리! 적선 좀 하십시오. 보아하니 나리는 아카이오이족 중에서   415
가장 못난 분이 아니라 가장 훌륭한 분 같군요. 나리는 왕과 같으세요.
그러니 나리는 내게 빵 조각을 주시되 다른 사람보다 많이
주셔야 해요. 그러면 나는 끝없는 대지 위에서 나리를
찬양할게요. 나도 한때는 사람들 사이에서 내 집을 갖고
행복하고 부유하게 살았으며, 어떤 사람이   420
어떤 용건으로 왔든 부랑자에게도 종종 베풀곤 했습죠.
나는 또한 수없이 많은 하인들뿐만 아니라 사람들을 잘살게 해주고
부자라는 말을 듣게 해주는 다른 것들도 많이 갖고 있었다오.
그러나 크로노스의 아드님 제우스께서 그 모든 것을 앗아가셨소.
그것은 확실히 그분의 뜻이었소. 그분께서 나를 사방으로 떠돌아다니는   425
해적들과 함께 아이귑토스로 가라고 보내시어 나를 파멸케 하셨어요.
나는 아이귑토스 강에다 양 끝이 흰 배들을 세웠소.
그러고 나서 나는 사랑하는 전우들에게 그곳에서
배들 옆에 머물며 배를 지키라고 명령하고
정탐꾼들을 내보내 망볼 수 있는 곳들을 차지하게 했소.   430
그러나 전우들은 무모하게도 충동에 이끌려
어느새 아이귑토스인들의 더없이 아름다운 들판을 약탈하고
그들의 아내들과 어린아이들을 끌어오고
남자들을 죽였소. 그러자 그 함성이 금세 시내에 닿았소.
고함 소리를 들은 그곳 사람들이 날이 새자마자 내달아 나오니   435
들판은 보병들과 말들과 청동의 번쩍거림으로 가득 찼소.

천둥을 좋아하시는 제우스께서 나의 전우들에게 사악한 패주(敗走)를
내려보내자 감히 아무도 맞서서 버티려 하지 않았소. 사방에서
재앙이 에워쌌기 때문이오. 그곳에서 그들은 우리 가운데 상당수를
날카로운 청동으로 죽였고 다른 사람들은 자신들을 위해 강제노역을   440
시키려고 산 채로 끌고 갔소. 그러나 나는 그들이 마침 그곳에
손님으로 와 있던 이아소스의 아들 드메토르[4]에게 주어, 퀴프로스로
데려가게 했으니 그가 퀴프로스를 강력히 다스리고 있었기 때문이지요.
그곳에서 나는 천신만고 끝에 이곳으로 오게 된 것이오."

  안티노오스가 그에게 대답했다.   445
"어떤 신이 이런 골칫거리를 데려와 잔치의 흥을 깬단 말인가?
내 식탁에서 멀찍이 그렇게 한가운데에 서 있어. 그러지 않으면
아마 아이귑토스와 퀴프로스로 가서 쓰라린 고통을 당하게 될 거야.
너야말로 대담하고도 뻔뻔스러운 거지니까. 너는 차례차례
모든 사람들에게 다가서고 그들은 아무 생각 없이 베푸는데,   450
남의 것으로 인심을 쓸 때는 절제하거나 후회할 필요가 없기
때문이지. 저마다 자기 앞에 많이 갖고 있으니 말이야."

  지략이 뛰어난 오뒷세우스가 물러나며 말했다.
"아아, 나는 그대의 지혜가 그대의 외모에 필적할 줄 알았는데!
그대는 그대 집에서 구걸하는 자에게 소금 알갱이 하나도   455
줄 사람이 아니오. 그대는 지금 남의 식탁 가에 앉아 있고 앞에 많이
갖고 있으면서도 나에게 빵 조각 하나 집어 주지 못하니 말이오."

  그가 이렇게 말하자 안티노오스는 마음속에 더욱더
화가 치밀어 그를 노려보며 물 흐르듯 거침없이 말했다.

---

4 드메토르는 '길들이는 자'라는 뜻이다.

"너는 내게 악담까지 늘어놓았으니 생각건대,   460
이제 더는 이 홀에서 모양새 좋게 물러가지 못하리라."

그는 이렇게 말하고 발판을 집어 들어 오뒷세우스의 오른쪽 어깨
맨 아랫부분, 등이 시작되는 곳에 던졌다. 그러나 오뒷세우스는
바위처럼 꼼짝 않고 서서 안티노오스의 가격에도 비틀거리지 않고
마음속으로 재앙을 꾀하며 말없이 고개를 흔드는 것이었다.   465
그러더니 그는 문턱으로 돌아가 그곳에 앉았고 음식이 가득 든
바랑을 내려놓으며 구혼자들을 향해 이렇게 말했다.
"명성도 자자하신 왕비님의 구혼자들이여! 나리들은 내 말을
들으시오. 나는 내 가슴속 마음이 명령하는 바를
말하고자 하오. 정말이지 소떼든 흰 양떼든   470
사람이 자기 재산을 지키기 위해 싸우다가 얻어맞으면
그때는 고통도 없고 마음의 슬픔도 없는 법이지요.
그러나 나는 인간들에게 수많은 재앙을 안겨주는 이 빌어먹을
가련한 배란 녀석 때문에 안티노오스에게 얻어맞았소.
거지들에게도 신들과 복수의 여신들이 계신다면   475
안티노오스가 결혼하기 전에 죽음의 종말이 그를 따라잡기를!"
에우페이테스의 아들 안티노오스가 그에게 대답했다.
"부랑자여! 너는 앉아서 조용히 먹든지 다른 곳으로 꺼져버려.
아니면 네 그런 말에 젊은이들이 네 손과 발을 잡고는 온 집안을
끌고 다니며 살갗을 온통 짓이겨놓지 않을까 두렵구나."   480
그가 이렇게 말하자 구혼자들이 모두 그의 말에 크게 분개했다.
거만한 젊은이들 중에는 이렇게 말하는 자들도 더러 있었다.
"안티노오스! 저 불운한 부랑자를 치다니 그건 잘못이오.
그대는 파멸을 면치 못할 것이오. 만일 그가 하늘에 사시는

어떤 신이라면 말이오. 신들은 온갖 모습을 하고는   485
낯선 나라에서 온 나그네인 양 도시들을 떠돌아다니며
인간들의 교만과 바른 행실을 굽어보고 계시니 말이오."

　구혼자들이 이렇게 말해도 안티노오스는 아랑곳하지 않았다.
한편 텔레마코스는 오뒷세우스가 얻어맞자 마음이 무척 괴로웠으나
그렇다고 해서 눈꺼풀에서 땅바닥으로 눈물을 흘리지는 않고   490
말없이 머리를 흔들며 마음속으로 재앙을 꾀하고 있었다.

　사려 깊은 페넬로페도 나그네가 홀에서 얻어맞는 소리를 듣고
하녀들 사이에서 이렇게 말했다. "제발 그대 자신을
명궁 아폴론이 그처럼 맞히셨으면 좋았을 것을, 안티노오스여!"
가정부 에우뤼노메가 그녀에게 이렇게 말했다.   495
"이제 제발 우리 기도가 이뤄졌으면! 그러면 저들 중에
어느 누구도 훌륭한 옥좌의 새벽의 여신을 보지 못할 텐데!"

　사려 깊은 페넬로페가 그녀에게 대답했다.
"아주머니! 저들은 재앙만 꾀하니 다들 미워요. 그러나
누구보다도 안티노오스가 검은 죽음의 운명을 닮았어요.   500
어떤 불운한 나그네가 와서 궁전 안을 돌아다니며
궁핍에 쫓겨 사람들에게 구걸하자 다른 사람들은
모두 그의 바랑을 채워주고 뭐라도 주는데
그자는 그의 오른쪽 어깨 밑에 발판을 던졌으니 말이오."

　그녀가 자기 방에 앉아 하녀들 사이에서 이렇게   505
말하고 있는 동안 고귀한 오뒷세우스는 음식을 먹고 있었다.
그녀는 이어 고귀한 돼지치기를 불러 이렇게 말했다.
"고귀한 에우마이오스여! 그대는 가서 그 나그네에게
이리로 오라고 이르시오. 나는 인사하고 그가 혹시

참을성 많은 오뒷세우스의 소식을 들었는지 아니면 자기 눈으로   510
보았는지 물어보고 싶소. 많이 떠돌아다닌 사람 같으니 말이오."

　　돼지치기 에우마이오스여, 그대는 그녀에게 이런 말로 대답했도다.
"왕비님! 아카이오이족⁵이 이젠 제발 좀 조용했으면 좋겠어요.
그가 하는 이야기는 틀림없이 마님의 마음을 호릴 것입니다.
내 오두막에 사흘 밤 사흘 낮을 그를 붙들어두었습죠.   515
그가 배에서 도망쳐 맨 먼저 나를 찾아왔으니까요.
그런데도 그는 자신이 겪은 모든 고통을 다 이야기하지 못했어요.
마치 신들에게 가르침을 받아 그리움의 말들을 인간들에게
노래하는 가인을 누군가 응시하고 있고, 가인이 노래하는
동안에는 사람들이 물리지 않고 노래 듣기를 열망할 때같이,   520
꼭 그처럼 그는 오두막에서 내 곁에 앉아 나를 호렸지요.
자기 말로 그는 아버지 때부터 오뒷세우스의 빈객으로
미노스의 일족(一族)이 있는 크레테에 산다고 했어요.
그곳에서 그는 구르고 굴러 천신만고 끝에 지금 이리로 온 거래요.
그는 또한 테스프로토이족의 기름진 나라에서 오뒷세우스께서   525
아직도 살아 계시고 가까이 계신다는 소문을 들었다고 주장하며
그분께서 많은 보물을 집으로 가져오실 거래요."

　　사려 깊은 페넬로페가 그에게 대답했다.
"가서 그를 이리로 불러주시오. 그가 직접 내게 말할 수 있게
말이오. 저들은 문간에 앉아서, 아니면 여기 집안에서라도   530
즐기라고 하시오. 저들은 마음이 기쁠 테니까.
그들 자신의 재산은 빵이든 달콤한 술이든 집안에
잘 간수되어 있고 그들의 하인들이 그것을 먹고 있지요.
그러나 그들 자신은 날마다 우리집에 와서

소들과 양들과 살진 염소들을 잡아 제물로 바치고 535

잔치를 벌이며 반짝이는 포도주를 마구 마셔대고 있어요.

그리하여 가산이 대부분 탕진되었어요. 그게 다

이 집의 파멸을 막아줄 오뒷세우스 같은 남자가 없기 때문이지요.

그러나 오뒷세우스가 돌아와 고향땅에 닿으시면 그때는

그이가 아들과 함께 저자들의 행패를 당장 복수하게 되겠지요." 540

　　　그녀가 이렇게 말했을 때, 텔레마코스가 크게 재채기하는 바람에

온 집이 무섭게 울렸다. 그러자 페넬로페가 웃으며

곧바로 에우마이오스에게 물 흐르듯 거침없이 말했다.

"그대는 가서 저 나그네를 내 앞으로 불러주시오. 그대는 내가

말을 마치자마자 내 아들이 재채기하는 소리를 듣지 못했나요?[6] 545

그러니 모든 구혼자들에게 빠짐없이 죽음의 종말이 닥칠 것이고

어느 누구도 죽음과 죽음의 운명을 피하지 못할 것이오.

내 또 한 가지를 그대에게 이를 것인즉 그대는 내 말을 명심하시오.

그가 한 말이 모두 거짓 없는 사실임을 내가 알게 되면

나는 그에게 외투와 윗옷 같은 좋은 옷들을 입혀줄 것이오." 550

　　　그녀가 이렇게 말하자 돼지치기는 이 말을 듣고 가서

나그네에게 가까이 다가서며 물 흐르듯 거침없이 말했다.

"나그네 양반! 텔레마코스의 어머니 사려 깊은 페넬로페 님이 그대를

부르시오. 그분은 벌써 많은 고통을 당하셨는데도 그분의 마음은

남편에 관해 물어보라고 그분께 재촉하고 있소. 그대가 한 말이 555

모두 거짓 없는 사실임을 아시게 된다면 그분은 그대에게 외투와

5　여기서 '아카이오이족'은 '구혼자들'이라는 뜻이다.

6　고대 그리스인들은 큰 소리로 재채기하는 것을 길조로 여겼다.

윗옷을 입혀주실 것인즉, 그것이야말로 그대에게 가장 필요한
것들이오. 게다가 그대는 온 나라를 돌아다니며 빵을 구걸해 배를
채울 수 있을 것이오. 누구든 마음 내키면 그대에게 줄 테니까요."

　　참을성 많은 고귀한 오뒷세우스가 그에게 말했다.　　　　　　　560
"에우마이오스여! 나는 당장이라도 이카리오스의 따님이신 사려 깊은
페넬로페에게 모든 것을 거짓 없이 사실대로 말하고 싶소이다. 나는
그분의 남편을 잘 알고 있소. 우리는 같은 고초를 겪었다오.
하지만 나는 교만과 폭력이 무쇠의 하늘에 닿은
저 가혹한 구혼자들의 무리가 두렵소. 방금도 나는　　　　　　　565
집안을 돌아다녔을 뿐 나쁜 짓을 한 것이 하나도 없는데
저자가 나를 때려 심히 아프게 했을 때,
텔레마코스도 다른 누구도 그것을 막아주지 않았소.
그러니 지금 그대는 페넬로페에게 가서 안달이 나더라도
해가 질 때까지 방 안에서 기다리시라고 이르시오. 그때는　　　　570
남편의 귀향의 날에 관해 내게 묻고, 나를 불 바로 옆에
앉히시라고 하시오. 나는 남루한 옷을 입고 있으니까요. 이것은
그대도 알고 있는 사실이오. 나는 맨 먼저 그대에게 탄원했으니까요."

　　그가 이렇게 말하자 돼지치기는 그의 말을 듣고 나서 돌아갔다.
그리고 돼지치기가 문턱을 넘었을 때 페넬로페가 그에게 말했다.　　575
"에우마이오스여! 그대를 따라오지 않다니 그 거지가 대체 무슨 생각을
하는 거요? 누군가를 지나치게 두려워하는 거요, 아니면 혹시
여기 궁전에서 수줍음을 타는 거요? 수줍음을 타면 좋은 거지는 못되지."

　　돼지치기 에우마이오스여, 그대는 그녀에게 이런 말로 대답했도다.
"그가 한 말은 사리에 맞고 다른 사람도 생각할 수 있는 일입니다.　　580
그는 지나치게 당당한 남자들의 교만을 피하겠다는 것이지요.

그래서 그는 마님더러 해가 질 때까지 기다리시라고 부탁했습니다.

그리고 왕비님, 마님 혼자서 나그네에게 말씀하시고 그의 말을

들으시는 편이 마님께도 훨씬 좋을 것입니다.”

　　사려 깊은 페넬로페가 그에게 대답했다.　　　　　　　　　　585

“그 나그네는 확실히 어리석은 사람이 아니오. 그가 우려한 일이

일어날 수도 있을 테니까요. 필멸의 인간들 중에 저토록 교만을 떨며

못된 짓을 꾀하는 자들은 달리 아무도 없을 테니 말이오.”

　　그녀는 이렇게 말했고, 고귀한 돼지치기는

볼일을 다 보고 나서 구혼자들의 무리로 갔다.　　　　　　　　590

그는 다른 사람들은 듣지 못하게 얼굴을 가까이 갖다 대고

곧바로 텔레마코스에게 물 흐르듯 거침없이 말했다.

“도련님! 나는 도련님의 재산이자 내 재산인 돼지들과 그곳에 있는

것들을 지키러 가겠습니다. 이곳의 모든 일은 도련님 소관이에요.

도련님은 무엇보다도 도련님 자신을 지키시고 변을 당하시지 않도록　595

마음속으로 심사숙고하세요. 많은 아카이오이족이 재앙을 꾀하고 있어요.

우리에게 고통이 되기 전에 그자들을 제우스께서 근절해버리시기를!”

　　슬기로운 텔레마코스가 그에게 대답했다.

“그렇게 되고말고요, 아저씨! 저녁은 먹고 가시오. 그리고 내일

오실 때 제물로 바칠 훌륭한 짐승들을 몰고 오시오.　　　　　　600

이곳의 모든 일은 나와 불사신들의 소관이오.”

　　그가 이렇게 말하자 돼지치기는 반들반들 깎은 의자에 도로 앉았다.

먹을 것과 마실 것으로 마음을 즐겁게 하고 나서 돼지치기는

담장으로 둘러싸인 구내와 회식자들로 가득 찬 홀을 뒤로하고

돼지들을 향해 떠났다. 그러나 구혼자들은 춤과 노래를　　　　　605

즐겼으니 어느새 저녁때가 가까웠기 때문이다.

XVIII
이로스와의 권투시합

그때 이타케 시내를 돌아다니며 구걸하던, 이곳에서는

누구나 다 아는 거지가 다가왔다. 그는 게걸스러운 배로

끊임없이 먹고 마셔 그들 사이에서 악명이 높았다.

그는 덩치는 커 보여도 근력과 힘은 없었다. 그의 이름은

아르나이오스였는데 이것은 그가 태어날 때 그의 존경스러운 어머니가   5

지어준 이름이었다. 그러나 젊은이들은 모두 그를 이로스[1]라고

불렀으니 누가 부탁하기만 하면 그는 심부름을 가곤 했기 때문이다.

그 이로스가 오더니 오뒷세우스를 집에서 내쫓으려고

험담을 늘어놓으며 물 흐르듯 거침없이 말했다.

"문간에서 꺼져, 이 영감태기야! 당장 발을 잡고 끌어내기 전에.   10

모두 내게 곁눈질하며 너를 끌어내라고 하는 것도 안 보여?

하지만 그런 짓을 하는 것은 창피한 노릇이니 자, 일어서서

꺼져! 둘 사이에 말다툼이 곧 주먹다짐으로 바뀌지 않도록 말이야."

　　지략이 뛰어난 오뒷세우스가 노려보며 말했다.

"이상한 사람이구먼! 나는 그대를 행동으로든 말로든   15

해코지하지 않을뿐더러 누가 그대에게 많이 주더라도 시기하지 않소.

여기 이 문턱은 우리 두 사람이 있기에 충분하고, 그대는 또 남의 재물을

1　이로스라는 이름은 『일리아스』에서 헤르메스와 함께 신들의 사자(使者) 노릇을 하는 여신
　　이리스(Iris)에 대응하는 남성 이름으로 '심부름꾼'이라는 뜻이다.

시기할 필요도 없소. 그대도 나와 마찬가지로 부랑자인 것 같고

우리가 부자(富者)가 되는 것은 신들에게 달려 있으니 말이오.

주먹다짐을 하자고 지나치게 도전해 나를 화나게 하지 마시오.　　　　　20

내 비록 늙은이지만 그대의 가슴과 입술을 피로 물들이지 않도록.

그렇게 되면 내일은 내게 훨씬 더 편안하겠지요.

그대는 아마 라에르테스의 아들 오뒷세우스의 궁전에

두 번 다시 돌아오지 못할 테니까.”

　　　부랑자 이로스가 부아가 치밀어 말했다.　　　　　　　　　　　25

“아아! 저 식객의 유창한 말솜씨 좀 보소. 꼭 난로 청소하는

할멈 같네그려. 나는 저자에게 재앙을 생각해내어

좌우에서 이빨을 쳐서 모조리 땅바닥으로 쏟아버리겠소.

마치 곡식을 망치는 돼지의 엄니를 뽑듯 말이야. 자, 이제

허리띠를 꽉 매. 우리가 싸운다는 것을 여기 이분들이 모두　　　30

아시도록 말이야. 하지만 너는 너보다 젊은 사람과 어떻게 싸울래?”

　　　그들은 이렇게 높다란 대문 앞 반들반들 깎은 문턱에서

마음껏 서로 상대방의 부아를 돋우고 있었다.

그때 안티노오스의 신성한 힘이 두 사람이 하는 말을 듣고

유쾌하게 껄껄대며 구혼자들 사이에서 말했다.　　　　　　　　　35

“친구들이여! 정말이지 이런 구경거리는 일찍이 없었소.

그만큼 재미있는 일을 어떤 신이 이 집에 보내주셨소. 저 나그네와

이로스가 주먹다짐을 하자고 서로 싸움을 거니 말이오.

자, 어서 우리가 싸움을 붙이도록 합시다!”

　　　그가 이렇게 말하자 그들은 모두 웃으며 벌떡 일어서서　　　40

남루한 옷을 입은 두 거지 주위로 모여들었고

그들 사이에서 에우페이테스의 아들 안티노오스가 말했다.

"내 말을 들으시오, 당당한 구혼자들이여! 할 말이 있소.

여기 불 위에 염소의 밥통 두 개가 놓여 있소.

우리는 저녁때 먹으려고 이것들에 기름 조각과 피를 잔뜩 채워놓았소.   45

둘 중에 누구든 더 우세하고 이기는 자는

손수 이 밥통 가운데 하나를 마음대로 고르게 합시다.

그 밖에도 그는 언제나 우리와 함께 먹게 될 것이고 우리는 또

다른 거지는 우리 사이에 끼어들어 구걸하지 못하게 할 것이오."

　　　안티노오스가 이렇게 말하자 그 말이 그들의 마음에 들었다.   50

그때 지략이 뛰어난 오뒷세우스가 교활하게도 좌중에서 이렇게 말했다.

"여러분! 늙고 불운에 꺾인 사람이 더 젊은 사람과 싸운다는 것은

될 일이 아니지만 재앙을 안겨주는 이 배란 녀석이 나를

부추기는군요. 내가 얻어맞아 제압되게 하려고 말이오.

자, 이제 여러분 모두 엄숙히 맹세해주시오!   55

어느 누구도 이로스에게 호의를 보이려고 묵직한 손으로

부당하게 쳐서 그를 위해 힘으로 나를 제압하지 않겠다고 말이오."

　　그가 이렇게 말하자 그들은 모두 그가 시키는 대로 맹세했다.

그리하여 그들이 맹세하기를 모두 마쳤을 때

좌중에서 이번에는 텔레마코스의 신성한 힘이 말했다.   60

"나그네여! 그대의 마음과 당당한 기개가 여기 이자를 막으라고

재촉한다면 그대는 다른 아카이오이족은 아무도 두려워하지 마시오.

그대를 치는 자는 많은 사람들과 싸우게 될 테니 말이오.

나로 말하면 그대의 주인이고, 둘 다 슬기로운 왕인

안티노오스와 에우뤼마코스가 내게 동의하기 때문이오."   65

　　그가 이렇게 말하자 그들은 모두 그 말에 찬동했다.

그러자 오뒷세우스가 입고 있던 누더기를 샅에다 매며

크고 당당한 넓적다리와 넓은 어깨와 가슴과

억센 두 팔을 드러냈다. 그러자 아테나가 가까이 다가서서

백성들의 목자인 그의 사지를 더 힘 있게 해주었다.　　　　　　　　　70

그러자 구혼자들은 모두 크게 놀랐고 옆 사람을

보고 이렇게 말하는 자도 더러 있었다.

"이제 곧 이로스는 비(非)이로스가 되고,[2] 자청해 재앙을 맞겠는걸.

누더기 밑으로 드러나 보이는 저 노인의 넓적다리 좀 봐."

　　　그들이 이렇게 말하자 이로스는 마음이 몹시 흔들렸다.　　　　75

그런데도 하인들이 띠를 매어 가지고 겁에 질린 그를 억지로

데리고 나왔고 그의 사지에서는 살이 부들부들 떨렸다.

그러자 안티노오스가 그를 꾸짖으며 이렇게 말했다.

"이 허풍쟁이야! 차라리 지금 네가 없다면, 태어나지 않았다면

좋았을 것을. 저자 앞에서 이렇게 떨며 잔뜩 겁에 질려 있다니!　　　80

저자는 자신을 엄습한 불운에 꺾인 늙은이일 뿐이라고.

내가 지금 하는 말은 반드시 이뤄질 것인즉,

만약 저자가 이겨서 너보다 우세하면 나는

너를 검은 배에 던져 넣어 본토로, 모든 인간을

불구로 만드는 에케토스 왕[3]에게 보내버릴 것이다.　　　　　　　85

그러면 그는 무자비한 청동으로 네 코와 두 귀를 벨 것이고

남근을 떼어내 개들에게 먹으라고 날로 던져줄 것이다."

　　　그가 이렇게 말하자 이로스는 더욱더 사지가 부들부들 떨렸다.

그러나 그들은 그를 한가운데로 데려갔고 두 사람은 손을 들어올렸다.

그때 참을성 많은 고귀한 오뒷세우스는 그자를 치되　　　　　　　90

그자가 쓰러질 때 목숨이 그자를 떠나게 칠 것인지, 아니면

그자를 가볍게 쳐서 대지 위에 뉠 것인지 심사숙고했다.

아무리 생각해보아도 역시 자기가 누군지 아카이오이족이

눈치채지 못하도록 그자를 가볍게 치는 것이 더 유리할 것 같았다.

그때 두 사람이 손을 들어올려, 이로스는 그의 오른쪽 어깨를 쳤고   95

오뒷세우스는 이로스의 귀 밑 목을 쳐서 뼈를 으스러뜨렸다.

그러자 당장 입에서 붉은 피가 쏟아지는 가운데

이로스는 비명 소리와 함께 먼지 속에 넘어져 이를 갈며

발꿈치로 대지를 차댔다. 당당한 구혼자들은 손을 쳐들며

죽자고 웃었다. 그러나 오뒷세우스는 그자의 발을   100

잡고 먼저 문간을 지나고 다음은 주랑의 문들을 지나

마당으로 끌고 가서는, 이로스를 마당의 담장에

기대어 앉히고 손에 지팡이를 쥐여주며

그에게 물 흐르듯 거침없이 말했다.

"너는 여기 앉아서 이제 돼지들과 개들이나 쫓아.   105

그리고 그런 주제에 나그네들과 걸인들에게 제발

주인 행세 좀 하려 들지 마. 더 큰 봉변 당하지 않으려면."

　　그가 이렇게 말하고 그자의 어깨에 볼품없는 바랑을 메어주니

군데군데 찢어진 그 바랑은 노끈으로 메게 되어 있었다.

그러고 나서 오뒷세우스가 문턱으로 돌아가 거기에 앉자 구혼자들이   110

유쾌하게 웃으며 들어오더니 이런 말로 오뒷세우스에게 인사했다.

"나그네여, 제우스와 다른 모든 불사신들께서 그대가 바라는

그대의 마음에 가장 사랑스러운 것을 이뤄주시기를! 그대는 드디어

저 물릴 줄 모르는 자가 이 나라 안에서 구걸하지 못하게

2　'비(非)이로스가 된다' 함은 '이제 더 이상 심부름할 수 없게 된다'는 뜻이다.

3　에케토스('붙잡는 자'라는 뜻)는 잔인무도한 왕으로서 가공의 인물로 생각된다.

해놓았으니 말이오. 우리는 곧 그자를 본토로, 모든 인간을   115
불구로 만드는 에케토스 왕에게 보내버릴 것이오."

　　그들이 이렇게 말하자 고귀한 오뒷세우스는 그 말이 좋은 조짐으로
느껴져 기뻤다. 그리고 안티노오스는 기름 조각과 피를
잔뜩 채워 넣은 커다란 염소의 밥통을 그의 앞에 갖다놓았고
또 암피노모스는 광주리에서 빵 두 덩어리를 들어내   120
그 옆에 놓더니 황금 잔을 들어 이렇게 축하 인사를 했다.
"편안하시오, 나그네 양반. 앞으로는 행복이 그대와 함께하기를!
그러나 지금은 그대가 수많은 불행에 꽉 붙잡혀 있구려."

　　지략이 뛰어난 오뒷세우스가 그에게 이런 말로 대답했다.
"암피노모스! 그대는 매우 슬기로운 사람 같구려. 실제로 그대는   125
그런 아버지에게서 태어났지요. 나는 둘리키온의 니소스가
착하고 부유하다는, 그분에 대한 좋은 평판을 들은 적이 있는데
그대가 그분의 아들이라니 말이오. 그대는 또 신중한 사람으로 보이오.
그래서 내가 지금 그대에게 이르니 그대는 명심해서 내 말을 들으시오.
대지가 기르는 것들 중에서, 숨쉬며 대지 위를 기어다니는   130
온갖 것들 중에서, 인간보다 허약한 것은 하나도 없소. 신들이 그를
번창하게 하시어 그의 무릎이 팔팔하게 움직이는 동안에는,
그는 훗날 재앙을 당하리라고 꿈에도 생각지 않지요.
하지만 축복받은 신들이 그에게 불행을 자아내시면 그는 불행도
굳건한 마음으로 참고 견디지요. 그럴 수밖에 없으니까요.   135
지상에 사는 인간들의 생각이 어떠한가 하는 것은 전적으로 인간들과
신들의 아버지께서 그들에게 어떤 날을 보내주느냐에 달려 있소.[4]
나도 한때는 사람들 사이에서 꼭 성공할 줄 알았소.
그러나 나는 내 아버지와 형제들을 믿고

나 자신의 완력과 힘에 이끌려 못된 짓을 꽤나 저질렀소.　　　　140
그러니 사람은 도리에 어긋나지 않게 무엇을 주든 말없이
신들의 선물을 받아들여야 하오. 왜 이런 말을 하는고 하니
내가 보기에 구혼자들이 못된 짓을 꾀하기 때문이오.
그들은 남의 재산을 탕진하고, 아마 이제 더는 가족들과
고향땅에서 떨어져 있지 않을 한 남자의 아내를　　　　145
업신여기니 말이오. 아니, 그는 아주 가까이 와 있소.
그러니 그대를 어떤 신이 집으로 데려가시어 그가 그리운
고향땅에 돌아올 때 그대가 그와 마주치지 않았으면 좋겠소.
일단 그가 자기 지붕 밑에 들어서면, 구혼자들과 그는
아마 피를 흘리지 않고서는 헤어지지 못할 테니 말이오."　　　　150
　　　오뒷세우스는 이렇게 말하고 헌주한 다음 꿀처럼 달콤한
포도주를 마시고 잔을 도로 백성들의 정렬자[5]의 손에 쥐여주었다.
그리하여 암피노모스는 비통한 마음으로 머리를 끄덕이며 홀을 지나
돌아갔으니 마음에 불길한 예감이 들었기 때문이다. 그럼에도 그는
자신의 죽음의 운명을 피하지 못했으니, 그도 텔레마코스의　　　　155
손과 창에 비명횡사하도록 아테나가 그를 묶어버렸기 때문이다.
그는 자신이 일어섰던 안락의자에 도로 주저앉았다.
　　　그때 빛나는 눈의 여신 아테나가 이카리오스의 딸
사려 깊은 페넬로페의 마음속에 한 가지 생각을 불어넣으니,
그녀는 구혼자들 앞에 나타나 그들의 마음을　　　　160

4　　인간의 마음은 행, 불행에 따라 바뀌게 마련이어서 행복할 때는 오만하고 불행할 때는 소
　　　심해진다는 뜻이다.
5　　암피노모스.

온통 희망으로 들뜨게 하고 남편과 아들에게

전보다도 더 존경받고 싶었던 것이다.

그래서 그녀는 까닭 없이 웃으며 이렇게 말했다.

"에우뤼노메! 전에는 그런 적이 없더니 지금 내 마음은

비록 그들이 밉기는 하지만 그들 앞에 나서기를 바라는구나.　　165

나는 또 내 아들에게도 유익한 한마디를 해야겠어요.

입으로는 좋은 말을 하지만 뒤에서는 재앙을 꾀할 뿐인

오만불손한 구혼자들과 매사를 함께해서는 안 된다고 말이오."

　　가정부 에우뤼노메가 그녀에게 이렇게 대답했다.

"내 딸이여! 마님께서 하신 말씀이 모두 사리에 맞아요.　　170

가서서 도련님에게 기탄없이 한말씀해주세요.

그러나 먼저 몸을 씻고 얼굴에도 뭘 좀 찍어 바르고 가세요.

눈물로 얼룩진 그런 얼굴로는 가지 마세요. 자, 가세요!

마냥 하염없이 슬퍼하는 것은 좋은 일이 아니니까요. 도련님도

이젠 그럴 나이가 되셨지요. 수염 난 도련님의 모습을 볼 수 있게　　175

해달라고 마님께서는 불사신들께 간절히 기도하셨잖아요."

　　사려 깊은 페넬로페가 그녀에게 대답했다.

"에우뤼노메! 호의는 고맙지만 내게 그렇게 듣기 좋게

말하지 마시오. 나더러 몸을 씻고 화장을 하라고 말이오.

그이가 속이 빈 배를 타고 떠나가신 뒤　　180

올륌포스에 사시는 신들께서 나의 아름다움을

망쳐버리셨으니 말이오. 그들이 홀에서 내 옆에 서도록

그대는 아우토노에와 힙포다메이아를 이리로 불러주시오.

혼자서는 남자들 사이에 가고 싶지 않아요. 부끄러워서 말이오."

그녀가 이렇게 말하자 노파는 여인들에게 그 분부를　　185

전하고 빨리 움직이라고 재촉하려고 방에서 나갔다.

그때 빛나는 눈의 여신 아테나는 다른 것을 생각해내어
이카리오스의 딸에게 달콤한 잠을 쏟아부었다.
그러자 그녀는 잠들어 안락의자에 앉은 채 뒤로 누웠고
그녀의 관절은 모두 풀렸다. 그사이 고귀한 여신은   190
아카이오이족이 보고 놀라도록 그녀에게 불멸의 선물을 주었으니
여신은 먼저 아름다운 화관을 쓴 퀴테레이아 여신이
카리스 여신들의 사랑스러운 춤을 향해 다가갈 때 바르는 것과 같은
불멸의 미안수(美顏水)로 그녀의 고운 얼굴을 깨끗이 해주었다.
그런 다음 여신은 그녀의 몸을 더 크고 풍만해 보이게 했으며   195
갓 베어낸 상아보다도 더 희게 만들어주었다.
이렇게 애쓰고 나서 고귀한 여신은 떠나갔고
흰 팔의 하녀들은 방에서 나와 떠들어대며 다가왔다.
그러자 그녀가 달콤한 잠에서 풀려나
양손으로 두 볼을 문지르며 말했다.   200
"부드러운 잠이 너무나 불행한 여인인 나를 감싸주었구나.
순결한 아르테미스께서 그토록 부드러운 죽음을 지금 당장 내게
안겨주신다면! 그러면 나는 마음속으로 슬퍼하며, 사랑하는 남편의
온갖 미덕이 그리워 내 인생을 소모하지 않을 텐데.
그이는 아카이오이족 중에서 가장 출중하셨으니까."   205
이렇게 말하고 그녀는 번쩍이는 이층 방에서 내려왔다.
그러나 그녀는 혼자가 아니었으니, 시녀 두 명이 그녀와
동행했다. 여인들 중에서도 고귀한 그녀는
얼굴에 번쩍이는 베일을 쓰고 구혼자들이 있는 곳으로 가서
지붕을 튼튼하게 떠받치는 기둥 옆에 섰는데

좌우에는 성실한 시녀가 한 명씩 서 있었다. 그러자 구혼자들은   210
그 자리에서 무릎이 풀렸고 그들의 마음은 사랑에 매혹되어
저마다 자기가 침상에서 그녀 옆에 눕게 해달라고 기도했다.
그러나 그녀는 사랑하는 아들에게 말했다.
"텔레마코스야! 네 마음과 생각은 이제 더는 전처럼   215
견실하지 못하구나. 아직 어린아이였을 때 너는 사리가 밝았었지.
그런데 네가 커서 성년이 된 지금
외지에서 온 사람들은 네 키와 아름다움을 보고는
네가 어느 부잣집 아들인 줄 알겠지만 네 마음과
생각은 이제 더는 전처럼 온당하지가 못하구나.   220
이토록 봉변당하도록 네 손님을 내버려두다니
어찌 이런 일이 궁전 안에서 일어날 수 있단 말이냐?
이렇게 손님이 우리집에 앉아 있다가 심한 학대를 받아
무슨 변이라도 생기면 어찌 하겠느냐?
앞으로 사람들 사이에서 수치와 망신은 네 몫이 될 것이다."   225
　　슬기로운 텔레마코스가 그녀에게 대답했다.
"어머니! 그 일이라면 어머니께서 노여워하셔도 저는 화내지
않겠어요. 저도 이제 마음속에 나름대로 생각이 있고 좋은 것과
나쁜 것을 알아요. 전에는 철없는 어린아이였지만요.
그래도 매사를 슬기롭게 생각할 수는 없어요.   230
저 사람들이 저마다 다른 곳에 앉아 재앙을 꾀하니
저는 당황스럽고, 저를 도울 사람은 아무도 없으니까요.
그러나 나그네와 이로스 사이의 싸움은 구혼자들의 뜻대로
되지 않았고 나그네가 더 힘이 셌어요.
아버지 제우스와 아테나와 아폴론이시여,   235

구혼자들이 우리 궁전에서 지금 저렇게 제압되어

더러는 안마당에서, 더러는 집안에서 머리를

흔들어대고 있고 그들 각자의 사지가 풀렸으면 좋으련만!

마치 지금 이로스가 안마당의 문 옆에 앉아

술 취한 사람처럼 머리를 흔들어대며   240

사지가 풀려서 두 발로 똑바로 일어서지도 못하고

돌아갈 곳이 어디든 간에 집에 돌아가지도 못하듯 말예요."

　　　그들은 서로 이렇게 이야기를 주고받았다.

그때 에우뤼마코스가 페넬로페에게 이런 말을 했다.

"이카리오스의 따님이여, 사려 깊은 페넬로페여!   245

이아손의 아르고스[6]에 사는 모든 아카이오이족이 그대를

보게 된다면 내일 아침부터는 더 많은 구혼자들이

이 궁전에서 잔치를 벌일 것이오. 그대는 생김새와 신장에서

그리고 안으로는 마음의 지혜에서 모든 여인을 능가하기 때문이오."

　　　사려 깊은 페넬로페가 그에게 대답했다.   250

"에우뤼마코스여! 내 용모의 탁월함은 일리오스에

가려고 아르고스인들이 배에 오르고 그들과 함께 내 남편

오뒷세우스가 떠나시던 날 불사신들께서 모두 망쳐버리셨지요.

그이가 돌아와 내 삶을 보살펴주신다면 그때는 내 명성도

더 커지고 훌륭해지겠지요. 그러나 지금의 난 괴로워요.   255

어떤 신이 재앙이란 재앙은 모조리 내게 보내셨으니까요.

6　'이아손 아르고스'(Iason Argos)라는 말은 여기에만 나오는데, 문맥상으로 펠로폰네소스
　　반도 전체 또는 당시의 그리스 전체를 가리키는 이름인 듯하다. 이아손을 '이오니아의'라
　　는 뜻으로 해석하려는 시도도 있는데 역사적으로나 어원적으로나 설득력이 약하다.

그래요! 그이는 고향땅을 뒤로하고 떠나가실 때

내 오른손 손목을 잡으시며 이렇게 말씀하셨지요.

'여보! 훌륭한 정강이받이를 댄 아카이오이족이 모두

무사히 잘 돌아오리라고 나는 생각지 않소.   260

트로이아인들도 훌륭한 전사들이고 창수들이고 궁수들이며,

걸음이 잰 말들이 끄는 전차를 탄다고들 하고,

또 그런 전차야말로 만인에게 공통된

전쟁의 큰 다툼을 가장 빨리 결판내기 때문이오.

그러니 신이 나를 집에 돌아오게 해주실지 아니면 그곳   265

트로이아에서 내가 죽게 될지 나도 모르오. 이곳 일은 이제 모두

당신 소관이오. 내가 떠나고 없는 동안 당신은 이 궁전에서

내 부모님을 생각해주시오, 지금처럼. 아니 지금보다도 더 많이!

그러다가 내 아들에게 수염이 돋는 것이 보이거든 그때는

누구건 당신이 원하는 사람과 결혼하고 이 집을 떠나시오.'   270

그이는 이렇게 말씀하셨고 그 모든 것이 이제 이뤄질 것이오.

제우스께서 모든 행복을 앗아가신 이 저주받은 여인에게

가증스러운 결혼이 찾아오는 밤이 다가올 것이오.

그러나 내 마음을 몹시 괴롭히는 것이 한 가지 있으니

이런 일은 전에는 구혼자들의 풍속이 아니었다는 것이오.   275

누구든 훌륭한 여인과 부잣집 딸에게

구혼하고자 하여 서로 경쟁하는 이들은

손수 자신들의 소들과 힘센 작은 가축들을 몰고 와서

신부의 친척들에게 잔치를 베풀고 빼어난 선물들을 주지,

아무 보상도 없이 남의 살림을 먹어치우지는 않는단 말이오."   280

　　그녀가 이렇게 말하자 지략이 뛰어난 오뒷세우스가 기뻐했으니

그녀가 상냥한 말로 그들의 마음을 호려 그들에게서 선물을

끌어내면서도 마음속으로는 다른 것을 생각하고 있었기 때문이다.

에우페이테스의 아들 안티노오스가 그녀에게 이렇게 말했다.

"이카리오스의 따님이여, 사려 깊은 페넬로페여!   285

아카이오이족 중에 누가 이리로 선물을 가져오거든 그대는 받으시오.

선물을 거절하는 것은 아름답지 못하기 때문이오.

하지만 우리는 그대가 아카이오이족 중에서 가장 훌륭한 남자와

결혼하기 전에는 우리 농토나 그 밖의 다른 곳으로 돌아가지 않을 것이오."

안티노오스가 이렇게 말하자 그 말이 구혼자들의 마음에 들었다.   290

그래서 그들은 저마다 전령을 내보내 선물을 가져오게 했다.

안티노오스의 전령은 다채롭게 수놓은 더없이 크고 아름다운 옷을

한 벌 가져왔다. 그 옷에는 모두 열두 개의 황금 브로치가 달렸는데

이것들은 보기 좋게 구부러진 암쇠로 고정되어 있었다.

에우뤼마코스의 전령은 정교하게 만든 황금 목걸이 하나를   295

급히 가져왔는데, 호박 알이 줄줄이 꿰여 있는 것이 태양처럼 번쩍였다.

또한 에우뤼다마스의 시종들은 한 쌍의 귀고리를 가져왔는데,

오디 모양의 알이 세 개씩 달린 우아함을 숨길 수 없는 귀고리였다.

폴뤽토르의 아들 페이산드로스 왕의 집에서는

그의 시종이 더없이 아름다운 보물인 짧은 목걸이 하나를 가져왔다.   300

다른 아카이오이족도 저마다 아름다운 선물을 가져왔다.

그러자 여인들 중에서도 고귀한 그녀는 이층 방에 올라갔고

시녀들은 그녀를 위해 더없이 아름다운 선물들을 날라주었다.

한편 구혼자들은 춤과 동경에 찬 노래 쪽으로 마음을

돌려 그것을 즐기며 저녁이 오기를 기다렸다.   305

그리고 그들이 즐기는 사이에 검은 저녁이 다가오자 그들은

자기들을 비추도록 서둘러 홀에 등화(燈火)용 화덕 세 개를
갖다놓고, 그 위에 오래전에 말랐지만 얼마 전에 청동으로 팬
마른 장작을 두루 얹고 그 사이사이에 관솔 개비들을 집어넣었다.
그리고 그것들이 밝게 비추도록 참을성 많은 오뒷세우스의   310
하녀들이 번갈아 등화를 쑤석거려 돋우었다. 그들 사이에서
제우스의 후손인 지략이 뛰어난 오뒷세우스가 이렇게 말했다.
"오랫동안 떠나고 없는 오뒷세우스왕의 하녀들이여!
그대들은 존경스러운 왕비님이 계신 안채로 들어가서
그분 옆에서 물렛가락을 돌리며 방에 앉아 그분을   315
즐겁게 해드리거나 아니면 손으로 양모를 빗도록 하시오.
여기 있는 모든 사람들을 위해 등화는 내가 돌보겠소. 그들이
훌륭한 옥좌에 앉은 새벽의 여신을 원한다 해도 나를
지치게 하지는 못할 것이오. 그만큼 나는 참을성이 많은 사람이라오."
　　그가 이렇게 말하자 하녀들이 깔깔대고 웃으며 서로 쳐다보았다.   320
그러나 곱상한 얼굴의 멜란토는 그에게 심한 욕설을 퍼부었다.
돌리오스의 딸인 그녀를 페넬로페가 돌보아주며 친자식처럼
양육하고 마음을 기쁘게 해주려고 장난감들도 주었지만,
그녀는 페넬로페를 위해 마음으로 슬퍼하기는커녕
에우뤼마코스와 사랑의 동침을 하곤 했다.   325
그녀는 꾸짖는 말로 오뒷세우스를 이렇게 타박했다.
"이 불쌍한 나그네여! 그대는 정신 나간 사람이 틀림없군그래.
그대는 대장장이의 집이나 합숙소 같은 곳에 가 잠잘 생각은
않고, 대담무쌍하게도 이곳에서 수많은 남자들 사이에서
마구 열변을 토하면서도 마음에 두려움조차 없으니 말이오.   330
아마도 포도주가 정신을 앗아갔거나 아니면 그대의 생각은

늘 그 모양인가봐요. 허튼소리만 늘어놓으니. 아니면
부랑자 이로스에게 이기고 우쭐해져서 제정신이 아닌 것 같네요.
이로스보다 훌륭한 자가 그대에게 도전하며 당장이라도 일어나
억센 주먹으로 그대를 좌우에서 쳐서 피투성이로   335
만든 뒤 이 집에서 쫓아내지 않도록 조심하시오."

　　　지략이 뛰어난 오뒷세우스가 그녀를 노려보며 말했다.
"이 짐승 같은 여인이여! 내 당장 저리로 가 네 말을 텔레마코스에게
일러바치겠다. 그러면 그분이 당장 너를 토막토막 잘라버리겠지."

　　　그가 이렇게 말하자 여인들은 경악하며 뿔뿔이 흩어졌다.   340
그들은 홀을 지나 달아났고 저마다 두려움에 무릎이
풀렸으니 그의 말이 참말이라고 믿었던 것이다.
그러나 그는 활활 타오르는 등화용 화덕들 옆을 지키고 서서
등화를 돌보며 그들 모두를 지켜보았다. 하지만 마음속으로는
꼭 이뤄져야 할 다른 일을 곰곰이 생각하고 있었다.   345

　　　그때 아테나는 당당한 구혼자들이 그를 모욕하고 가슴을
짓찧기를 완전히 그만두게 하지 않았으니, 라에르테스의 아들
오뒷세우스의 마음에 원한이 더 깊이 사무치게 하려는 것이었다.
폴뤼보스의 아들 에우뤼마코스가 좌중에서 먼저 말문을 열어
오뒷세우스를 조롱함으로써 동료들을 한바탕 웃게 만들었다.   350
"내 말을 들어보시오, 명성도 자자한 왕비님의 구혼자들이여!
나는 내 가슴속 마음이 명령하는 바를 말하려 하오. 저 사람이
신의 뜻을 거슬러 오뒷세우스의 집에 온 것이 아닌 것은 확실하오.
아무튼 내 눈에는 저기 저 햇불의 불빛은 바로 저자의 머리에서
솟는 것 같소. 저자에게는 짧은 머리카락 하나 없으니 말이오."   355
　　　이렇게 말하고 나서 그는 도시의 파괴자 오뒷세우스를 향해 말했다.

"나그네여! 외딴 시골에서 나를 위해 품팔이할
생각은 없는가? 내가 너를 고용하겠다면 말이다. 품삯 걱정일랑
안 해도 돼. 그곳에서 할 일이란 담 쌓을 돌을 모으고
키 큰 나무를 심는 것이다. 나는 그곳에서 너를 배불리 먹이고   360
입히고 발을 위해 신발도 줄 것이다.
그러나 너는 배운 것이라고는 나쁜 짓뿐이어서
일할 생각은 않고 물릴 줄 모르는 배를 채우기 위해
동냥질이나 하며 몰래 이 나라를 두루 돌아다니려 하겠지."
지략이 뛰어난 오뒷세우스가 그에게 이런 말로 대답했다.   365
"에우뤼마코스여, 일을 두고 우리 둘 사이에 내기라도 벌인다면
좋겠네요! 낮이 길어지는 봄철에 풀밭에서 말이오.
나는 보기 좋게 구부러진 낫을 한 자루 들고 있고 그대도
같은 것을 들고 있소. 우리가 저녁 늦도록 먹지도 않고 일로
상대방을 시험해보기 위해서요. 풀이 넉넉히 풀밭이오.   370
아니면 소들을 모는 것도 좋겠구려! 그 황소들은 더없이
훌륭하고 크고 황갈색이며 두 마리 다 꼴을 배불리 뜯었으며
나이도 같고 힘도 비슷한데 그 기운은 지칠 줄 모릅니다.
네 정보 넓이의 들이라고 해봅시다. 흙덩이는 쟁기 앞에 무너진다오.
그러면 그대는 내가 끊어지지 않고 이어지는 밭고랑을 갈 수 있는지[7]   375
볼 수 있을 것이오. 아니라면 오늘이라도 크로노스의 아드님께서
아무데서든 전쟁을 일으키시어 내가 방패와 두 자루의 창을
들게 되고 내 관자놀이에 꼭 맞는 온통 청동으로 된 투구를
쓰게 된다면, 그대는 내가 선두대열에 섞이는 것을
보게 될 것이고, 입을 열어 이 배를 조롱하지 못할 것이오.   380
아니, 그대는 교만하고 마음씨가 야박한 사람이오.

그대는 자신을 위대하고 강력하다고 생각하는 것 같은데

그것은 그대가 보잘것없는 소수와 어울리기 때문이오.

만약 오뒷세우스가 돌아와서 고향땅에 닿는다면

저 문들이 비록 매우 넓기는 해도 문간을 지나 문밖으로　　　　385

도망치려는 그대에게는 금세 너무 좁아질 것이오.”

　　　그가 그렇게 말하자 에우뤼마코스는 마음에 심히 부아가

치밀어 그를 노려보며 물 흐르듯 거침없이 말했다.

“이 가련한 자여! 내가 곧 너에게 재앙이 떨어지게 해주리라. 너는

대담무쌍하게도 수많은 남자들 사이에서 열변을 토하면서도 마음에　　390

두려움이 없으니. 아마도 포도주가 네 정신을 앗아갔거나

아니면 네 생각은 늘 그 모양인가 보구나. 입만 열면 허튼소리니 말이다.

아니면 부랑자 이로스에게 이기고 우쭐해진 나머지 제정신이 아닌가 보군.”

　　　이렇게 말하고 그는 발판 하나를 집어 들었다. 그러자 오뒷세우스는

둘리키온 출신인 암피노모스의 무릎에 가 앉았으니 에우뤼마코스가　　395

두려웠던 것이다. 그래서 에우뤼마코스가 발판으로 술 따르는 시종의

오른손을 맞히자 주전자가 요란한 소리를 내며 땅바닥에 떨어졌고

술 따르는 시종은 먼지 속에 나자빠져 신음했다.

그러자 그늘진 홀에서 구혼자들이 야단법석을 떨었고

옆 사람을 보고 이렇게 말하는 자들도 더러 있었다.　　　　　　400

“저 떠돌이 나그네가 이곳에 오기 전에 다른 곳에서 죽어버렸다면

얼마나 좋았을까! 그랬으면 우리 사이에서 이런 소동은 일어나지

않았을 것을. 그런데 지금 거지들 때문에 우리가 말다툼을 하느라

훌륭한 잔치의 흥이 깨지고 말았소. 더 못한 자가 이기기 때문이오.”

7　　내친 김에 쉬지 않고 계속하여 밭을 간다는 뜻이다.

그들 사이에서 텔레마코스의 신성한 힘이 말했다.   405

"이상한 분들이군요. 그대들은 광기를 부려 그대들이 먹고 마셨음을
더는 마음속에 숨기지 못하는구려. 틀림없이 어떤 신이 그대들을
부추기고 있소. 자, 그대들은 잘 먹었으니 집에 가 누우시오. 그대들의
마음이 그리 명령한다면. 나는 여기서 어느 누구도 내쫓지 않을 것이오."

그가 이렇게 말하자 그들은 모두 입술을 깨물고   410
텔레마코스의 대담무쌍한 그 말에 어안이 벙벙했다.
그때 그들 사이에서 아레토스의 아들인 니소스 왕의
영광스러운 아들 암피노모스가 이렇게 말했다.

"친구들이여! 누가 옳은 말을 하는데도 적대적인 말로 대들며
화낼 사람은 아무도 없을 것이오. 그러니 그대들은   415
저 나그네는 물론이고 신과 같은 오뒷세우스의 집안에 있는
다른 하인들도 학대하지 마시오. 자, 술 따르는 시종은
헌주를 위해 각자의 잔에 차례로 술을 따르거라.
우리가 헌주하고 나서 집에 가 눕도록 말이다. 저 나그네는
오뒷세우스의 궁전에 남아 있게 하여 텔레마코스가   420
그를 돌보게 합시다. 저 나그네는 그의 집을 찾아왔으니 말이오."

그가 이렇게 말하자 그의 말이 그들 모두의 마음에 들었다.
그러자 영웅 물리오스가 그들을 위해 희석용 동이에다 술에 물을
탔으니, 둘리키온 출신의 이 전령은 암피노모스의 시종이었다.
그가 각자에게 다가가서 차례로 따라주자 그들은   425
축복받은 신들께 헌주하고 꿀처럼 달콤한 포도주를 마셨다.
헌주하고 나서 마음껏 마셨을 때 그들은
저마다 자기 집에 누우러 갔다.

XIX

오뒷세우스가 페넬로페와 대담하다 │ 세족(洗足)

그러나 고귀한 오뒷세우스는 홀에 남아 어떻게 하면
아테나의 도움으로 구혼자들을 죽일 수 있을지 심사숙고하다가
곧바로 텔레마코스를 향해 물 흐르듯 거침없이 말했다.
"텔레마코스야! 전쟁의 무기들을 모조리 안으로
들여놓아야겠다. 무기들이 없어진 걸 알고 구혼자들이   5
네게 묻거든 너는 부드러운 말로 그들을 속여야 한다.
'연기 안 나는 곳으로 치웠을 뿐이오. 전에 오뒷세우스가
트로이아로 떠나며 남겨두고 가실 때와는 비교도 안 될 만큼
완전히 망가졌어요. 그만큼 센 불의 입김이 닿았던 거죠.
게다가 크로노스의 아드님께서 더 큰 우려를 내 마음에   10
일깨우셨으니, 그대들이 술김에 그대들끼리 말다툼을 벌이면
서로 부상을 입혀 잔치와 구혼을 망쳐놓으리라는 것이었소.
무쇠란 그 자체가 사람을 끌어당기는 법이니까요.'"
　　그가 이렇게 말하자 텔레마코스는 사랑하는 아버지의 말에 복종하여,
유모 에우뤼클레이아를 불러내어 그녀에게 이렇게 말했다.   15
"아주머니! 자, 나를 위해 여인들을 그들의 방에 붙들어두시오.
내가 아버지의 무기들을 방에 갖다놓을 때까지 말이오. 그 아름다운
무기들은 아버지께서 떠나신 뒤 집안에 돌보는 사람이 없어
연기에 뿌예졌어요. 나는 그때 어린아이에 지나지 않았지요. 이제 나는
불의 입김이 닿지 않는 곳에 그것들을 옮겨놓아야겠어요."   20

사랑하는 유모 에우뤼클레이아가 그에게 대답했다.

"도련님! 언젠가는 도련님이 현명한 생각을 하게 되어 집안을
돌보고 모든 재산을 지키기를 바랐어요. 하지만 자, 누가 불을
가져와 도련님을 위해 들어주죠? 도련님에게 불빛을 비쳐줄
하녀들이 밖으로 나오는 것을 도련님이 허용하지 않으니 말예요."   25

슬기로운 텔레마코스가 그녀에게 대답했다.

"이 나그네가 할 것이오. 내 밥을 먹은 사람은 누구건
먼 데서 왔다 해도 게으름 피우게 내버려두지 않을 것이오."

그가 이렇게 말하자 그녀는 그 말뜻을 알아듣고
두말없이 살기 좋은 방들의 문을 잠갔다. 그러자 그들 두 사람,   30
오뒷세우스와 그의 영광스러운 아들은 곧바로 일어서서
투구들과 배가 불룩한 방패들과 날카로운 창들을
안으로 날랐고, 그들 앞에서 팔라스 아테나는 황금으로 된
등화용 불통을 들고 더없이 아름다운 불빛을 비추어주었다.
그러자 텔레마코스가 당장 아버지에게 말했다.   35

"아버지! 저는 지금 제 눈으로 큰 기적을 보고 있어요.
아무튼 홀의 벽과 아름다운 대들보와
소나무 서까래와 높다란 기둥들이 제 눈에는
활활 타는 불꽃처럼 환하군요. 넓은 하늘에 사시는
신들 중 한 분이 이곳에 와 계심이 틀림없어요."   40

지략이 뛰어난 오뒷세우스가 이런 말로 대답했다.

"조용히 하거라! 네 생각을 억제하고 이 일에 관해 묻지 마라.
이것이 올림포스에 사는 신들의 습관이란다.
이제 너는 누워 자거라. 나는 이곳에 남아
하녀들과 네 어머니를 좀더 떠볼 참이다.   45

네 어머니는 아마 슬퍼하며 내게 꼬치꼬치 물어보겠지."

그가 이렇게 말하자 텔레마코스는 횃불의 불빛을 받으며

홀을 지나 방으로 누우러 갔으니, 그 방은 달콤한 잠이

찾아오면 그가 전부터 누워 자곤 하는 곳이었다.

그때도 그는 그곳에 누워 고귀한 새벽의 여신을 기다렸다.   50

하지만 고귀한 오뒷세우스는 홀에 남아 어떻게 하면 아테나의

도움으로 구혼자들을 죽일 수 있을지 골똘히 궁리했다.

그때 사려 깊은 페넬로페가 자기 방에서 나오니

그 모습은 아르테미스나 황금의 아프로디테와 같았다.

그러자 그녀를 위해 그들은 그녀가 늘 앉곤 하던 불 바로 앞에   55

상아와 은으로 정교하게 세공한 의자 하나를 갖다놓았다.

이 의자는 전에 공예가 이크말리오스가 만든 것으로, 발을 얹도록

발판을 달아놓았다. 그 위에는 큰 양모피가 깔려 있었다.

그리하여 사려 깊은 페넬로페가 의자에 앉자

흰 팔의 하녀들이 방에서 나오더니   60

먹다 남은 갖가지 음식과 식탁과

저 도도한 남자들이 마시던 잔들을 치우고는

타다 남은 장작들을 화덕에서 바닥 위로 끄집어내고

화덕들 위에 새 장작들을 수북이 쌓아 빛과 열을 돋우었다.

그때 멜란토가 또다시 두 번째로 오뒷세우스를 모욕하기 시작했다.   65

"나그네여! 그대는 여태껏 이곳에서 우리를 괴롭히고

밤에 집안을 맴돌며 여인들을 엿볼 작정이오?

이 딱한 자여! 문밖으로 나가 먹은 것이나 잘 삭일 것이지.

그러다 그대는 당장 횃불에 얻어맞고 문밖으로 쫓겨날 것이오."

지략이 뛰어난 오뒷세우스가 그녀를 노려보며 말했다.   70

"이상한 여인이네그려. 어째서 너는 화를 내며 내게 이토록

덤벼드는가? 내 행색이 불결하고 입은 옷이 더러워서?

아니면 내가 궁핍에 쫓겨 이 나라에서 동냥질을 하니까?

하지만 거지들과 부랑자들이란 다 그런 법이지.

나도 한때는 사람들 사이에서 나 자신의 집을 갖고   75

행복하고 부유하게 살았을뿐더러 어떤 사람이

어떤 용건으로 왔든 부랑자에게도 종종 베풀며 살았지.

나는 허다한 하인들뿐 아니라 사람들을 잘살게 해주고

부자라는 말을 듣게 해주는 다른 것들도 많이 소유했었지.

그러나 크로노스의 아드님 제우스께서 그 모든 것을 앗아가셨지. 그것은   80

확실히 그분의 뜻이었어. 그러니 지금, 여인이여! 하녀들 사이에서

가장 뛰어난 너의 그 반지르르한 자색을 언젠가 완전히 잃지 않도록 조심해.

네 안주인이 화가 나서 너를 미워할 수도 있고

오뒷세우스가 돌아올 수도 있겠지. 아직 한 가닥 희망은 남아 있으니까.

너희들 생각처럼 그분이 죽어서 더는 돌아올 수 없다 해도,   85

그분에게는 아폴론 덕분에 그분과 같은 아들 텔레마코스가 있어

어떤 여인도 그를 속이며 궁전 안에서 못된 짓을 할 수는 없을 거야.

그도 이젠 그런 것을 눈치채지 못할 나이는 지났으니까."

      그가 이렇게 말하자 사려 깊은 페넬로페는

그의 말을 듣고 이런 말로 하녀를 꾸짖었다.   90

"이 대담하고도 뻔뻔스러운 것 같으니라고! 내가 네 발칙한 짓을

모를 줄 아느냐? 너는 네 머리로 그 대가를 치를 것이다.

나에게 직접 들어 너도 잘 알겠지만

나는 하도 괴로워 여기 이 홀에서 나그네에게

내 남편에 관해 물어보고자 하는 것이다."   95

그녀는 이렇게 말하고 가정부 에우뤼노메에게 말했다.

"에우뤼노메! 양모피를 깐 의자 하나를 가져와요.

나그네가 앉아서 내게 말을 하고 내 말을 들을 수

있도록 말이오. 나는 그에게 물어볼 게 있다오."

그녀가 이렇게 말하자 에우뤼노메는 반들반들 깎은   100

의자 하나를 서둘러 가져오더니 그 위에 양모피를 폈다.

그곳에 참을성 많은 고귀한 오뒷세우스가 앉자

사려 깊은 페넬로페가 먼저 말문을 열었다.

"나그네여! 내가 먼저 그대에게 한 가지 묻겠소. 그대는 인간들 중에

뉘시며 어디서 오셨소? 그대의 도시는 어디며 부모님은 어디 계시오?"   105

지략이 뛰어난 오뒷세우스가 그녀에게 이런 말로 대답했다.

"부인! 끝없는 대지 위의 어떤 인간도 그대를 비난하지

못할 것이오. 그대의 명성이 넓은 하늘에 닿았기 때문이오.

신을 두려워하며 수많은 강력한 인간들을 다스리고

법을 준수하는 나무랄 데 없는 왕의 명성처럼 말이오.   110

그 왕에게는 검은 대지가 밀과 보리를 넉넉히 가져다주고

나무들은 열매로 휘어지고 작은 가축들은 어김없이 새끼를 낳고

바다는 많은 물고기들을 베푸는데, 이 모든 것이 그의 훌륭한 통치

덕분이지요. 그리하여 백성들은 그의 밑에서 번영을 누리지요.

그러니 그대는 지금 그대의 궁전에서 다른 것은 무엇이든 내게   115

물어보시오. 나의 혈통과 고향땅에 관해서는 묻지 마시고요.

지난날을 생각하면 내 마음은 더욱더 고통으로 미어진답니다.

알고 보면 몹시도 불행한 사람이라서요. 그리고 내가 남의 집에 앉아

울며 탄식해야 하는 이유라도 있단 말인가요? 하염없이

슬퍼하는 것은 결코 좋은 일이 아니지요. 그러면 하녀들 중에   120

누구라도 아니면 그대가 대놓고 화내며 나더러 술에 취해
괜히 울음보나 터뜨린다고 말씀하시지 않을까 두렵습니다."
　사려 깊은 페넬로페가 대답했다.
"나그네여! 내 용모의 탁월함은
아르고스인들이 일리오스에 가려고 배에 오르고 그들과 함께 　　125
내 남편 오뒷세우스가 떠나시던 날 불사신들께서 망쳐버리셨지요.
그이가 돌아와 내 삶을 보살펴주신다면 그때는 내 명성도
더 커지고 더 훌륭해지겠지요. 그러나 지금의 난 괴로워요.
어떤 신이 재앙이란 재앙은 모조리 내게 보내셨기 때문이오.
둘리키온과 사메와 숲이 우거진 자퀸토스 같은 섬들을 　　130
다스리는 왕자들과 멀리서도 잘 보이는
이곳 이타케 주위에 사는 자들이 내 뜻을 거슬러
내게 구혼하며 살림을 탕진하고 있으니 말이오.
그래서 나는 나그네들과 탄원자들은 물론이요
공익에 봉사하는 전령들에게도 주의를 기울이지 못해요. 　　135
오직 오뒷세우스에 대한 그리움으로 내 마음은 소진되어가고 있어요.
이제 저들은 결혼을 재촉하고, 그래서 나는 계략을 꾸미고 있어요.
처음에는 어떤 신이 겉옷을 짜도록 내 마음속에 일깨워주셨어요.
그래서 나는 내 방에 큼직한 베틀 하나를 차려놓고
넓고 고운 베를 짜며 느닷없이 그들 사이에서 이렇게 말했지요. 　　140
'젊은이들이여, 나의 구혼자들이여! 고귀한 오뒷세우스가 돌아가셨으니
그대들은 내가 겉옷 하나를 완성할 때까지 나와의 결혼을 재촉하지
말고 기다려주시오. 쓸데없이 실을 망치고 싶지 않으니까요.
나는 사람을 길게 뉘는 죽음의 파멸을 안겨주는 운명이 그분께
닥칠 때를 대비해 영웅 라에르테스를 위해 수의를 짜려 하오. 　　145

그러면 그토록 많은 재산을 모은 그분께서 덮개도 없이 누워 계신다고
아카이오이족 여인 중 누구도 백성들 사이에서 나를 비난하지 못할 것이오.'
내가 이렇게 말하자 그들의 당당한 마음이 내 말에 찬동했어요.
그리고 실제로 나는 낮이면 큼직한 베틀에서 베를 짰고
밤이면 횃불꽂이에 횃불을 꽂아두고 그것을 풀곤 했어요.   150
이렇게 삼 년 동안을, 나는 들키지 않고 아카이오이족을
믿게 만들었어요. 그러나 달들이 가고 수많은 날들이
지나 사 년째가 되고 계절이 바뀌었을 때,
지각없고 뻔뻔스러운 하녀들의 도움으로 그들이 들이닥쳐
나를 붙잡았고 큰 소리로 나를 나무랐어요. 그리하여   155
내 의사에 반해, 마지못해 그것을 완성하지 않을 수 없었어요.
이제 나는 결혼을 피할 수 없고 다른 어떤 계책을 세울 수도
없어요. 부모님은 결혼하라고 재촉이 성화 같고 이 모든 것을
아는 내 아들은 구혼자들이 그의 살림을 먹어치우는 것을
못마땅해하지요. 그 애는 이미 제우스께서 영광을 내리시는   160
성년이 되어 능히 가정을 돌볼 수 있게 되었으니까요.
그건 그렇고, 그대는 내게 그대의 혈통과 고향을 말해주시오. 그대는
분명 옛 전설에서처럼 나무나 바위에서 태어나지는 않았을 테니까요."
       지략이 뛰어난 오뒷세우스가 그녀에게 이런 말로 대답했다.
"오오, 라에르테스의 아들 오뒷세우스의 존경스러운 부인이여!   165
그대는 내 혈통에 대한 의문을 접어두지 않을 작정인가요?
그렇다면 그대에게 털어놓겠소. 그대는 지금까지 내가
겪은 것보다 더 많은 고통에 나를 넘기는 셈이오. 하지만
그런 일쯤은 나의 경우처럼 오랫동안 고향을 떠나 고생하며
인간들의 수많은 도시를 떠돌아다니는 사람이라면 으레 겪게 마련이지요.   170

그렇더라도 그대가 묻고 질문하시니 나는 사실대로 다 털어놓겠소.

포도줏빛 바다 한가운데에 크레테라는 나라가 있는데 아름답고 기름진

곳으로 바다로 둘러싸여 있지요. 거기에는 헤아릴 수 없이 많은

인간들이 사는 도시도 아흔 개나 있지만 도시마다 말이 달라

여러 말이 섞여 있답니다. 그곳에는 아카이오이족이 있고   175

고매한 원(原)크레테인들이 있고 퀴도네스족도 있으며, 머리털이

바람에 날리는 도리에이스족과 고귀한 펠라스고이족이 있지요.[1]

이 도시들 중에 크노소스라는 대도시가 있는데, 미노스께서

통치하시던 곳이지요. 9년마다 위대한 제우스와 대화를 나누시며.

바로 그분께서 내 아버지이신 늠름하신 데우칼리온의 아버지십니다.   180

데우칼리온께서는 나와 이도메네우스 왕을 낳으셨지요.

그러나 이도메네우스는 부리처럼 휜 함선들을 타고 아트레우스의

아들들과 함께 일리오스로 가셨어요. 내 이름은 아이톤이며,

둘 중 내가 아우고 이도메네우스가 맏이에다 더 훌륭했지요.

그곳에서 나는 오뒷세우스를 만나보고 우정의 선물을 주었답니다.   185

트로이아로 향하던 그분이 말레아에 이르렀을 때 바람의 힘이

항로에서 벗어나 크레테로 그분을 이끌었기 때문이지요.

그분은 가까스로 폭풍에서 벗어나 에일레이튀이아[2]의 동굴이 있는

암니소스[3]의 접근하기 어려운 포구에 배를 세웠지요.

그분은 곧바로 도시로 올라와 이도메네우스에 관해 물으며   190

사랑하고 존경하는 자기 친구라고 말했지요.

그러나 그때는 이도메네우스가 부리처럼 휜 함선들과 함께

일리오스로 가신 지 열 번째 아니면 열한 번째 아침이었소.

그래서 나는 그분을 데려가 잘 대접하고 정성껏 환대했지요.

내 집에는 무엇이든 넉넉히 비축되어 있었으니까요.   195

나는 그분과 그분을 따르는 전우들을 위해

백성들로부터 보릿가루와 반짝이는 포도주를 거둬서 주고

마음에 흡족하도록 제물을 바치라고 소들도 주었답니다.

그곳에서 고귀한 아카이오이족은 열이틀 동안 머물렀소.

세찬 폭풍이 그들을 꼭 붙들어 땅 위에 서 있는 것조차   200

용납하지 않았으니까요. 어떤 신이 화가 나 바람을 일으키신 것이오.

그러나 열사흘째 되는 날 바람이 자기 시작하자 그들은 출항했소."

　　그가 이렇게 참말 같은 거짓말을 잔뜩 늘어놓자

페넬로페는 듣고 눈물을 흘렸고 살갖이 녹아내렸다.

마치 서풍이 뿌려놓은 것을 동풍이 녹이면   205

고산 지대에서 눈이 녹아내리고

1　여기서 원(原)크레테인들은 아카이오이족이 남하하기 전에 크레테에 살던 원주민의 잔존
　세력인 듯하고, 퀴도네스족은 나중에 크레테 섬의 서북쪽 지금의 카니아(Khania) 주위로
　이주한 카리아(Karia)인들 또는 포이니케인들인 듯하다. 도리에이스족(Dorieis)은 호메로
　스에서는 본토에서의 도리에이스족의 침입에 관해 아무런 언급이 없는 점으로 미루어 기
　원전 1100년경 북서 지방에서 그리스 반도로 남하한 그 종족이 아니라 도리온(Dorion)이
　라는 이름의 도시에 살던 부족이 아닌가 싶다. 펠라스고이족은 『일리아스』에서 트로이아
　의 동맹군으로 나오는 것으로 보아 아카이오이족이 아니라 야만족의 말을 쓰는 부족으로
　보이는데, 호메로스 당시 그들의 주된 거주지는 소아시아 트로아스(Troias) 지방 남쪽의
　라리사(Larisa)였다. 호메로스에는 텟살리아 지방에도 펠라스고이족의 자취가 남아 있는
　데 '펠라스기콘 아르고스'(Pelasgikon Argos)라는 지명과 도도네(Dodone)의 제우스에게 붙
　이는 '펠라스기코스'라는 형용사가 그것이다. 이들은 그리스인들이 남하하기 전에 그리스
　와 에게 해 주변에 살던 선주민들로 생각된다.

2　에일레이튀이아는 제우스와 헤라의 딸로 출산(出産)의 여신이다. 아이의 '도래'(到來)라는
　뜻으로 생각되는 이 여신은 호메로스에서는 복수형(『일리아스』 11권 270행, 19권 119행
　참조)으로도, 단수형(『일리아스』 16권 187행, 19권 103행; 『오뒷세이아』 19권 188행 참조)
　으로도 쓰인다.

3　암니소스는 크레테 섬 북안(北岸)에 있는 크노소스 시의 포구이다.

눈이 녹아내리면 강들이 흐르는 물로 가득 차듯,

꼭 그처럼 그녀의 고운 볼은 흐르는 눈물에 녹아내렸고

그녀는 바로 자기 옆에 앉아 있는 남편을 위해 울었다.

오뒷세우스는 울고 있는 아내가 마음속으로 애처로웠지만   210

그의 두 눈은 눈꺼풀 사이에서 뿔이나 무쇠인 양

꼼짝도 않고 아주 교묘하게 눈물을 감추었다.

그녀는 실컷 울며 슬퍼하고 나서

다시 이런 말로 그에게 대답했다.

"나그네여! 그대가 과연 그대 말처럼 그곳에 있는 그대의   215

궁전에서 신과 같은 전우들과 함께 내 남편을 접대했는지

이제야말로 내가 그대를 시험해볼 수 있겠군요.

말해보세요, 그이는 몸에 어떤 옷을 입었으며 그이 자신은

어떤 사람이었는지. 동행한 전우들에 관해서도 말해보세요."

　　　지략이 뛰어난 오뒷세우스가 그녀에게 이런 말로 대답했다.   220

"부인! 그토록 오랫동안 떨어져 있는 사람에 관해

말한다는 것은 어려운 일이오. 그분이 그곳을 떠나고

내 고향을 뒤로한 지도 어느덧 이십 년째니까요.

하지만 나는 내 마음에 떠오르는 대로 그대에게 말해보겠소.

고귀한 오뒷세우스는 두 겹으로 된 두툼한 자줏빛 외투를 입고 있었소.   225

거기에 황금으로 만든 브로치가 달려 있었는데

암쇠는 두 개였소. 브로치 앞쪽은 예술품이었으니

개 한 마리가 앞발로 얼룩무늬의 어린 사슴 한 마리를 잡고는

버둥대는 그놈을 노려보고 있었소. 황금으로 만들어졌음에도

개는 어린 사슴을 노려보며 목을 조이고 어린 사슴은 발을 버둥대며   230

도망치려 하는 광경에 모두 감탄을 금치 못했다오.

또 나는 그분의 몸에서 반짝이는 윗옷을 보았는데

그것은 마치 마른 양파 껍질처럼 반짝였소.

그만큼 부드럽고 태양처럼 빛났지요.

정말이지 많은 여인들이 그것을 보며 감탄을 금치 못했어요.   235

한 가지 더 말씀드릴 테니 그대는 마음속으로 잘 생각해보시오.

오뒷세우스가 그런 옷들을 집에서도 입었는지, 아니면 그분이

날랜 배에 오를 때 전우들 중 한 명이 주었는지, 그도 아니면

다른 곳에서 친구가 주었는지, 나로서는 알지 못하니 말이오.

오뒷세우스로 말하면 아카이오이족 중에 그분을 당할 자가 많지 않아   240

세인(世人)의 사랑을 받았으니까요. 나도 그분에게 청동 창 한 자루와

두 겹으로 된 아름다운 자줏빛 외투와 가장자리를 댄 윗옷을 주고

훌륭한 갑판이 덮인 배가 정박한 곳으로 예의와 격식을 갖춰

바래다주었지요. 그 밖에 전령 한 명이 그분과 동행했는데 그분보다

약간 연상이었소. 그에 관해서도 그가 어떤 사람인지 말하겠소.   245

어깨는 둥글고 살빛은 가무잡잡하고 머리는 텁수룩했으며 이름은

에우뤼바테스였소. 오뒷세우스는 모든 전우들 중에서 특히 그를

존중했는데 그의 생각이 자신의 생각과 같았기 때문이지요."

　　그는 이런 말로 그녀의 마음속에 더욱더 울고 싶은 욕망을

불러일으켰으니, 오뒷세우스가 말해준 증거들이 확실하다는 것을   250

그녀가 알고 있었기 때문이다. 그리하여 그녀는 실컷 울며

슬퍼하고 나서 이번에는 이런 말로 그에게 대답했다.

"나그네여! 나는 지금까지도 그대를 불쌍히 여겼지만 이제부터야말로

그대는 여기 내 궁전에서 환대받고 존경받게 될 것이오.

이야기를 듣고 보니 그 옷들을 보물창고에서 꺼내와 잘 개켜   255

그이에게 드린 것은 바로 나였소. 그리고 그이에게

자랑거리가 되도록 번쩍이는 브로치를 달아준 것도 나였소.

그런데도 나는 사랑하는 고향땅에 돌아오시는 그이를 다시는 반기지 못할

것이오. 역시 오뒷세우스는 이름조차 입에 담기 싫은 재앙의 일리오스를

보려고 속이 빈 배를 타고 사악한 운명과 함께 이곳을 떠나셨군요."   260

　　지략이 뛰어난 오뒷세우스가 그녀에게 이런 말로 대답했다.

"오오, 라에르테스의 아들 오뒷세우스의 존경스러운 부인이여!

이제 더는 고운 살갗을 망치지 마시고 남편을 위한 비탄으로

마음을 상하게 하지도 마시오. 물론 그런다고 내가 그대를

나무라지는 못하겠지만. 많은 여인들이 사랑의 동침을 하고   265

아이를 낳아준 결혼한 남편이 죽게 되면 슬퍼하니까요. 그 남편은

사람들이 신과 같다고 말하는 오뒷세우스보다 훨씬 못한데도 말이오.

그러나 그대는 비탄을 그치고 내 말을 명심해서 들으시오.

나는 거짓 없이 사실대로 말하고 아무것도 숨기지 않을 것이오.

오뒷세우스의 귀향에 관해 나는 그분이 살아서 아주 가까운 곳에,   270

테스프로토이족의 기름진 나라에 와 있다는 말을 들었소.

그리고 그분은 온 나라에 부탁하여 훌륭한 보물들을 많이

싣고 왔소. 그러나 사랑하는 전우들과 속이 빈 배는 그분이

트리나키에 섬을 떠나오다가 포도줏빛 바다에서 잃고 말았소.

그분의 전우들이 헬리오스의 소들을 죽인 탓에   275

제우스와 헬리오스의 노여움을 샀기 때문이지요.

그들은 모두 큰 파도가 이는 바다에서 죽었고

배의 용골을 타고 있던 그분만 파도가 뭍에다,

신들과 가까운 친족간인 파이아케스족의 땅에다 내던졌소.

그들은 그분을 진심으로 신처럼 존경했고 선물도 많이   280

주었으며 그분을 무사히 집으로 호송해주겠다고 자청했소.

그리하여 오뒷세우스는 오래전 이곳에 와 있어야 마땅하나

먼저 대지 위를 두루 돌아다니며 재물을 모으는 것이

그분 마음에는 더 이익이라고 생각되었던 것이오.

정말이지 이익에 관한 한 오뒷세우스는 필멸의 모든 인간들   285

중에서 가장 유능하고 어떤 인간도 그분과 다툴 수 없소.

테스프로토이족의 왕 페이돈이 내게 그렇게 말했소.

그 밖에도 왕은 자기 집에서 헌주하고 내 앞에서 맹세하며 말하기를,

배는 바다에 끌어내려져 있고 그분을 그리운 고향땅으로

호송해줄 동료들도 준비되어 있다고 했소.   290

그러나 왕은 나를 먼저 호송해주었으니 마침 테스프로토이족의

배 한 척이 밀의 고장 둘리키온으로 출발했기 때문이지요.

왕은 또 오뒷세우스가 모은 재물들을 보여주었는데,

그 재물들로 말하면 그분의 십대 손까지 충분히 쓸 수 있을 정도였소.

그만큼 많은 보물이 그분을 위해 왕의 집에 쌓여 있었소.   295

왕이 말하기를, 그분은 오랫동안 떠나 있다가 그리운 고향땅에

어떻게 돌아갈 것인지, 공공연하게 돌아갈지 아니면

몰래 돌아갈지, 잎사귀가 높다랗게 달린 신의 참나무에게

제우스의 조언을 듣고자 도도네로 갔다고 했소. 이렇듯 그분은

분명 무사하며 곧 돌아올 것이오. 그분은 아주 가까이   300

와 있으며, 더는 오랫동안 가족들과 고향땅에서 멀리

떨어져 있지 않을 것이오. 아무튼 나는 그대에게 맹세하겠소.

지금 먼저 신들 중에서도 가장 높고 가장 훌륭하신 제우스와

내가 찾아온 나무랄 데 없는 오뒷세우스의 화로가 내 증인이

되어주소서. 이 모든 일이 내가 말한 대로 이뤄질 것인즉,   305

올해 안으로 오뒷세우스는 이곳에 돌아올 것이오.

이 달이 이울고 새 달이 차기 시작하면 말이오."

사려 깊은 페넬로페가 그에게 대답했다.

"나그네여! 그 말대로만 이뤄진다면 오죽이나 좋겠소!

그러면 그대는 곧 나에게 환대받고 수많은 선물들을 받게 되어   310

그대를 만나는 사람은 누구건 그대를 행복하다고 기리게 될 텐데!

그러나 내 마음속에 어떤 예감이 떠오르오. 그 예감은 이뤄질 것인즉,

오뒷세우스는 더는 집에 돌아오지 못할 것이고 그대도

이곳으로부터 호송을 받지 못할 것이오. 지금 이 집에는, 만약 전에

오뒷세우스가 그런 적이 있다면, 그이가 사람들 사이에서 그러셨듯   315

존경스러운 손님들을 영접하고 호송해줄 그런 주인이 없다오.

시녀들아! 너희들은 이분의 발을 씻겨드리고 잠자리를 보아드리되

이분이 편안하고 따뜻하게 황금 옥좌의 새벽의 여신을

맞을 수 있도록 침상과 외투와 담요를 펴드려라.

그리고 이른 아침에 목욕시켜드리고 기름도 발라드려라.   320

그러면 이분은 홀에 앉아 집안에서 텔레마코스 옆에서 식사하게

될 것이다. 그리고 저들 중 이분에게 못살게 구는 자는

그만큼 더 불리할 것이다. 그런 자는 아무리 무섭게 화낸다 해도

이 집에서는 앞으로 아무것도 이루지 못할 테니까.

나그네여! 만약 그대가 아무 보살핌도 받지 못한 채   325

더러운 옷을 입고 이 궁전에서 식사한다면, 내가 과연 지혜와

신중한 계책에서 다른 여인들을 능가하는지 그대가

어찌 알 수 있겠소? 인간은 덧없는 존재지요.

누군가 자신도 가혹하고 마음씨도 가혹하다면

그가 아직 살아 있을 때는 그가 죽을 때까지 모두   330

그를 저주하고, 그가 죽었을 때는 모두 조롱하겠지요.

그러나 누군가 자신도 나무랄 데 없고 마음씨도
나무랄 데 없다면 그의 손님들이 그의 명성을 모든 사람들에게
널리 퍼뜨리고 많은 사람들이 그를 고귀한 자라고 부르지요."

  지략이 뛰어난 오뒷세우스가 그녀에게 이런 말로 대답했다.   335
"오오, 라에르테스의 아들 오뒷세우스의 존경스러운 부인이여!
내가 처음에 크레테의 눈 덮인 산들을 떠나
긴 노의 배를 타고 항해하기 시작한 뒤로
나는 외투와 번쩍이는 담요는 딱 질색이라오. 나는 전에도 늘
잠 못 이루는 밤들을 지새웠거늘 지금도 그렇게 누워 있고 싶소.   340
정말이지 많은 밤을 나는 볼품없는 잠자리에서 보내며
훌륭한 옥좌의 고귀한 새벽의 여신을 기다렸지요.
그리고 발을 씻는 것은 나에게는 이미 더는 즐거움이 아니오.
나는 그대의 집에서 시중드는 젊은 하녀들 가운데
어느 누구도 내 발을 만지지 못하게 할 것이오.   345
혹시 알뜰히 보살피고 나만큼 마음속으로
많은 고통을 참아낸 노파가 있다면 또 몰라도.
그런 노파라면 나는 내 발을 만지는 것을 거절하지 않겠소."

  사려 깊은 페넬로페가 그에게 대답했다.
"사랑스러운 나그네여! 멀리서 내 집을 찾아온 손님들 중에   350
그대처럼 슬기롭고 그대보다 사랑스러운 사람은 없었소.
그만큼 그대가 하는 말은 모두 신중하고 슬기로워요.
내게는 마음속에 지혜로운 생각을 지닌 노파가 한 명 있는데
바로 그녀가 저 불운한 이를 어머니께서 낳으셨을 때
두 손으로 받아 양육하고 보살펴드렸지요.   355
기운은 없지만 그녀가 그대의 발을 씻겨드릴 것이오.

자, 사려 깊은 에우뤼클레이아! 그대가 일어나서

그대의 주인과 동갑이신 이분의 발을 씻겨드리도록 해요.

어쩌면 오뒷세우스도 지금쯤은 손발이 이러하시겠지.

고생을 하면 사람은 금세 늙어버리니까."   360

        그녀가 이렇게 말하자, 노파는 두 손으로 얼굴을 가리고

뜨거운 눈물을 흘리며 이렇게 비탄의 말을 늘어놓았다.

"아아, 내 아들이여! 나는 그대에게 아무런 도움도 줄 수 없구려!

확실히 제우스께서는 그대를 어떤 사람보다 미워하셨구려.

그대가 신을 두려워하는 마음을 가졌는데도 말이오. 어떤 인간도   365

천둥을 좋아하시는 제우스께 그대가 순탄한 노년에 이르고

영광스러운 아들을 양육하게 해달라고 기도하며 바친 것만큼 많은 살진

넓적다리뼈를 태워올리거나 정선된 헤카톰베를 바친 적은 아직 없다오.

그런데도 지금 제우스께서는 오직 그대한테서만 귀향의 날을

완전히 앗아가셨구려. 그분⁴도 아마 먼 이국에서   370

이름난 궁전을 찾아가시면 여인들에게 조롱을 받으셨겠지요.

이곳에서 저 뻔뻔스러운 여인들이 모두 그대를 조롱했듯 말예요.

저들의 수많은 욕설과 수모를 피하려고 지금 그대는 저들이 그대의

발을 씻지 못하게 하는 거예요. 그러나 나는 이카리오스의 딸

사려 깊은 페넬로페가 그 일을 명령했을 때 싫지 않았다오.   375

그래서 난 페넬로페를 위해 그리고 그대를 위해 발을

씻겨드리겠어요. 나는 그대가 염려되어 가슴이 두근거려요.

자, 그대는 이제 내가 하는 말을 귀담아들으세요.

고생에 찌든 나그네들이 지금까지 수없이 이곳에 왔지만

그대처럼 그렇게 체격과 목소리와 발이 오뒷세우스 님을   380

닮은 사람을 나는 여태 한 번도 본 적이 없는 듯해요."

지략이 뛰어난 오뒷세우스가 그녀에게 이런 말로 대답했다.

"할머니! 우리 두 사람을 자기 눈으로 본 사람들은

누구나 우리가 서로 꼭 닮았다고들 하지요.

방금 그대도 알아차리고 말했듯이 말이오."　　　　　　　　　　385

그가 이렇게 말하자 노파는 예전에 그의 발을 씻어주곤 하던

번쩍이는 대야를 가져와, 먼저 찬물을 넉넉히 붓고 나서

더운 물을 탔다. 그러나 이때 오뒷세우스는 화덕에서 떨어져 앉으며

얼른 얼굴을 어두운 쪽으로 돌렸으니 유모가 자기를 만지게 되면

자기의 흉터를 알아보게 될 것이고, 그러면 모든 것이　　　　　　390

탄로 나지 않을까 갑자기 마음속으로 염려되었기 때문이다.

주인을 씻어주려고 가까이 다가갔을 때 그녀는 아니나 다를까 단박에

그의 흉터를 알아보았다. 그 흉터는 그가 오래전에 어머니의 아버지인

아우톨뤼코스와 그 아들들을 만나러 파르낫소스[5]에 갔을 때

멧돼지의 흰 엄니에 부상당했던 바로 그 흉터였다. 아우톨뤼코스는　　395

도둑질과 맹세의 기술에서 모든 사람을 능가했는데, 그것은

헤르메스 신이 그에게 준 선물이었다. 그가 신에게 새끼 양과

새끼 염소들의 넓적다리뼈를 마음에 흡족하게 태워올리자

신은 기꺼이 그를 도와주시곤 한 것이다. 그리하여 아우톨뤼코스는

이타케의 기름진 나라에 가서 딸의 갓난 아들과 만나게 되었는데　　400

그가 저녁을 다 먹었을 때 에우뤼클레이아가 그의 무릎에

손자를 올려놓으며 이렇게 말했다.

"아우톨뤼코스님! 따님의 사랑하는 아드님에게 붙여줄 이름을

4　　오뒷세우스.

5　　'주요 지명' 참조.

몸소 지어주세요. 이 아이는 기도를 많이 하여 얻은 아이입니다."

아우톨뤼코스가 그녀에게 대답했다. 405

"내 사위와 딸아! 내가 말하는 이름을 이 아이에게
붙여주어라. 나는 남자든 여자든 풍요한 대지 위의
많은 사람들에게 노여워하며 이리로 왔으니, 이 아이에게
오뒷세우스, 즉 '노여워하는 자'⁶라는 이름을 붙여주어라.
이 아이가 성년이 되어 저기 파르낫소스에 있는 제 어미의 410
큰 집에 오게 되면 그곳에 내 재산이 있으니 내가 그중 일부를
이 아이에게 주어 그가 흐뭇한 마음으로 돌아가게 할 것이다."

그래서 오뒷세우스는 그 빼어난 선물들을 받으러 그리로
갔던 것이다. 그러자 아우톨뤼코스와 그의 아들들이
그의 손을 잡으며 상냥한 말로 그를 맞았고, 415
오뒷세우스의 어머니의 어머니인 암피테아는 그를
얼싸안고 머리와 아름다운 두 눈에 입맞추었다.
이어서 아우톨뤼코스가 영광스러운 아들들에게 저녁식사를
준비하라고 이르자 그들은 아버지의 지시에 따라 지체 없이
다섯 살배기 황소 한 마리를 몰고 와서 420
껍질을 벗기고 부지런히 손질한 다음, 전체를 부위별로
해체하고 잘게 썰어 솜씨 좋게 꼬챙이에 꿰어 가지고
조심스럽게 구워 각자에게 제 몫을 나눠주었다.
이렇게 해가 질 때까지 그들은 온종일 잔치를 벌였고 진수성찬을
공평히 나누어 먹으니 마음에 부족한 것이 하나도 없었다. 425
이윽고 해가 지고 어둠이 다가왔을 때
그들은 잠자리에 누워 잠의 선물을 받았다.
이른 아침에 태어난 장밋빛 손가락을 가진 새벽의 여신이

나타나자 아우톨뤼코스의 아들들은 개들을 데리고
사냥하러 갔고 고귀한 오뒷세우스도 그들과 동행했다.   430
그들은 숲을 입고 있는 파르낫소스의 가파른 산을 올랐고
곧 바람 부는 골짜기에 도착했다.
조용하고도 깊이 흐르는 오케아노스에서 태양이 떠오르며
막 들판을 비추기 시작했을 때 몰이꾼들은 숲이 우거진
골짜기에 도착했다. 그들 앞에는 냄새를 맡으며   435
사냥개들이 가고 있고 그들 뒤에는 아우톨뤼코스의
아들들이 있었다. 고귀한 오뒷세우스는 이들 사이에 섞여
그림자가 긴 창을 휘두르며 사냥개들을 바싹 뒤따랐다.
그런데 거기 짙은 덤불 속에 멧돼지 한 마리가 누워 있었는데,
이 덤불로 말하면 눅눅한 바람의 힘도 그것을 뚫고 분 적이 없고   440
빛나는 태양도 햇빛으로 그것을 뚫고 비춘 적이 없었으며
비도 그것을 뚫을 수 없었다. 그만큼 덤불은 짙었으며
그 안에는 낙엽이 수북이 쌓여 있었다.
그리하여 몰아대며 덤벼드는 사람들과 개들의 발자국 소리가
들리자 멧돼지는 그들을 향해 잠자리에서 뛰어나가   445
목털을 곤두세우고 두 눈에 불을 켠 채 그들 앞에
버티고 섰다. 그러자 오뒷세우스가 녀석을 맞히기를
열망하며 튼튼한 손에 긴 창을 번쩍 쳐들고
맨 먼저 앞으로 내달았지만 멧돼지가 한발 앞서 옆에서

---

6   아우톨뤼코스가 '많은 사람들에게 노여워하여' 왔다는 표현 자체가 선뜻 이해되지 않기 때문에 '오뒷세우스'의 이름이 '노여워하는 자'라는 해석에 대해서 대부분의 학자들이 수긍하지 않고 있다.

덤벼들며 엄니로 그의 무릎 위쪽 살을 길게 찢어놓았다.   450

그러나 녀석은 사람의 뼈에까지는 미치지 못했다.

그래서 오뒷세우스가 멧돼지의 오른쪽 어깨를 맞혀

번쩍이는 창끝이 몸통을 관통하자 녀석은 비명을 지르며

먼지 속에 쓰러졌고 목숨이 녀석을 떠났다.

그러자 아우톨뤼코스의 사랑하는 아들들이 그 멧돼지를 부지런히   455

손질했다. 신과 같은 나무랄 데 없는 오뒷세우스의 상처 역시

그들이 솜씨 좋게 묶고 나서 주문을 외어 검은 피를 멎게 했다.

그러고 나서 그들은 지체 없이 사랑하는 아버지의 집으로 돌아갔다.

아우톨뤼코스와 그 아들들은 그를 잘 치료해주고

빼어난 선물들을 주어 흐뭇해하는 그를   460

그리운 고향 이타케로 곧바로 보내주었다.

그러자 그의 아버지와 존경스러운 어머니는 그의 귀향을 반기며

꼬치꼬치 물어보았고, 흉터에 관해서도 그가 무슨 일을 당했는지

물었다. 그래서 그는 부모님에게 아우톨뤼코스의 아들들과 함께

파르낫소스로 사냥 갔을 때 어떻게 멧돼지가 흰 엄니로   465

자기에게 부상을 입혔는지 자초지종을 다 이야기해주었다.

　　노파는 그의 다리를 잡고 두 손으로 씻어 내리다가

바로 이 흉터를 감촉으로 알게 되었던 것이다. 노파가 갑자기

그의 발을 놓아버리자 그의 장딴지가 대야에 떨어지며 청동 그릇이

요란한 소리와 함께 한쪽으로 기울며 물이 바닥에 엎질러졌다.   470

그때 기쁨과 고통이 동시에 에우뤼클레이아의 마음을 엄습했고

그녀의 두 눈에 눈물이 가득 고였으며 낭랑하던 목소리도

나오지 않았다. 그녀는 오뒷세우스의 턱을 잡으며 그에게 말했다.

"그대가 바로 내 아들 오뒷세우스로군요! 다 만져보기 전에는

나는 주인인 그대를 알아보지 못했어요." 475

노파는 이렇게 말하고 페넬로페 쪽으로 시선을 향했으니
사랑하는 남편이 집에 와 있다고 그녀에게 알려주고 싶었던 것이다.
그러나 페넬로페는 노파를 마주보기는커녕 아무것도 알아차리지
못했으니, 아테나가 그녀의 마음을 다른 데로 돌려놓았기 때문이다.
오뒷세우스는 오른손으로 노파의 목을 더듬어 잡고 480
다른 손으로는 노파를 더 가까이 끌어당기며 말했다.

"유모! 왜 나를 망치려 하오? 그대 자신이 나를 젖가슴으로
양육해놓고서. 나는 지금 천신만고 끝에 이십 년 만에 고향땅에
돌아왔소. 그러나 그대가 그 사실을 알게 되고 어떤 신이
그것을 그대 마음에 일깨워주신 이상 그대는 잠자코 있어야 하오. 485
이 집안에서 다른 사람은 누구도 알아서는 아니 되오.
내가 지금 그대에게 하는 말은 반드시 이뤄질 것인즉,
그렇지 않으면 신이 당당한 구혼자들을 내게 굴복시키시어
내가 내 궁전에서 하녀들인 다른 여인들을 죽일 때
그대 비록 내 유모지만 나는 그대를 살려두지 않을 것이오." 490

사려 깊은 에우뤼클레이아가 대답했다.

"내 아들이여, 그대는 무슨 말씀을 그렇게 함부로 하세요!
그대도 아시다시피 내 마음은 확고하고 흔들리지 않아요.
앞으로 나는 단단한 돌이나 무쇠처럼 행동할 거예요.
더불어 내가 한 가지 말씀드릴 것이니 그대는 명심하세요. 495
신이 당당한 구혼자들을 그대에게 굴복시키시면
그때는 내가 궁전에서 그대를 업신여기는 여인들과
죄 없는 여인들의 이름을 낱낱이 그대에게 열거할 거예요."

지략이 뛰어난 오뒷세우스가 그녀에게 이런 말로 대답했다.

"유모! 그대가 왜 그들에 관해 이야기하려 하오?   500

그럴 필요 없어요. 나 자신이 지금 그들을 두루 살펴보고 일일이

알아볼 참이오. 제발 그대는 잠자코 있고 나머지는 신들께 맡겨요."

그가 이렇게 말하자 노파는 발 씻을 물을 가져오려고 홀에서 걸어 나갔다. 먼

젓번 물이 다 엎질러졌기 때문이다.

그녀가 발을 씻기고 올리브유를 발라주자   505

오뒷세우스는 몸을 따뜻하게 하려고 의자를 다시

불 가까이 당겨놓고 누더기로 흉터를 덮었다.

이때 사려 깊은 페넬로페가 먼저 말문을 열었다.

"나그네여! 나는 그대에게 사소한 것 한 가지만 더 묻겠소.

곧 달콤한 잠을 위한 시간이 다가올 테니 말이오. 물론 그것은   510

마음의 근심에도 불구하고 달콤한 잠을 자는 사람에게나 해당되는

말이긴 하지만. 그러나 나에게는 어떤 신이 이루 헤아릴 수 없는

슬픔을 안겨주셨다오. 낮 동안 나는 비탄과 탄식 속에서도 집안에서

나 자신의 일과 시녀들의 일을 보살피는 것을 낙으로 삼곤 해요.

그러나 밤이 되어 잠이 모든 사람들을 사로잡고 나면   515

나는 침상에 누워 있기는 해도, 쓰라린 근심이 내 마음 주위로

떼 지어 몰려와 비탄에 잠긴 나를 불안하게 한다오.

마치 판다레오스의 딸, 푸른 숲의 꾀꼬리가

새봄에 우거진 나뭇잎 위에 앉아 고운 노래를

부를 적에 자주 곡조를 바꾸고 전음을 내며   520

낭랑한 목소리로, 그녀가 전에 제토스 왕에게

낳아주었으나 어리석게도 청동으로 죽여버린

사랑하는 아들 이튈로스를 위해 슬피 울 때와 같이,[7]

내 마음도 꼭 그처럼 두 갈래로 나뉘어 이랬다저랬다 한다오.

내가 이곳에서 내 아들 곁에 머물면서 내 재산이며 하인들이며   525

지붕이 높다란 큰 집이며 그 모든 것을 안전하게 지키고

내 남편의 침상과 백성들의 평판을 두려워해야 하는지,

아니면 지금이라도 궁전 안에서 내게 구혼하고 수없이 많은

구혼 선물을 주는 가장 훌륭한 아카이오이족을 따라가야

하는지 말이오. 더구나 내 아들이 아직 어리고   530

철이 들지 않았을 때에는 내가 결혼하여 남편의 집을

떠나는 것을 허락하지 않더니, 다 자라 성년이 된 지금은

아카이오이족이 그의 재산을 먹어치우는 것이 못마땅해

7 크레테 왕 판다레오스의 딸 아에돈(Aēdōn)은 테바이 왕 제토스(Zethos 11권 262행 참조)
와 결혼하여 아들 하나를 낳는다. 그러나 그녀는 탄탈로스의 딸로 암피온과 결혼한 니오
베(Niobe)가 자식이 많은 것(그 수는 일정치 않아 아들 여섯에 딸 여섯이라고도 하고 아들
일곱에 딸 일곱이라고도 한다. 이들은 나중에 니오베가 레토보다 자식이 많다고 자랑한
탓에 레토의 자식인 아폴론과 아르테미스가 쏜 화살에 모두 죽고 니오베 자신은 돌기둥으
로 변한다)을 시기하여 니오베의 장남을 죽이려고 어두운 밤에 잘못 알고 자기 외아들 이
튈로스(Itylos 후기 신화에서는 Itys)를 죽인다. 그래서 제우스가 그녀를 불쌍히 여겨 꾀꼬
리로 변하게 하자 그녀는 아들의 이름을 부르며 슬피 우는데 이튈로스는 꾀꼬리 울음소리
의 의성어다. 이 전설의 앗티케 판이라 할 수 있는 판디온의 두 딸 필로멜레(Philomēlē)와
프로크네(Prokne) 이야기는 호메로스에서는 나오지 않으나 그 줄거리는 다음과 같다. 아
테나이의 왕 판디온(Pandion)의 딸 프로크네는 트라케 왕 테레우스(Tereus)와 결혼하게 되
는데 테레우스는 처제 필로멜레에게 반해 그녀를 범하고는 발설하지 못하도록 혀를 자르
고 외딴 성채에 처제를 유폐한다. 그러나 필로멜레는 자기가 당한 일을 양탄자에 짜 넣은
다음 하인을 시켜 프로크네에게 보낸다. 그러자 프로크네는 디오뉘소스 축제 때 박코스의
여신도로 변장하고 필로멜레에게 가서 그녀를 데리고 나온다. 그리고 테레우스에게 복수
하기 위해 프로크네는 자기와 테레우스 사이에서 태어난 아들 이튀스를 죽여 그 살점으로
요리를 만들어 남편 앞에 내놓는다. 나중에 테레우스가 내막을 알고 칼을 빼어 두 자매를
죽이려 하자 제우스가 그를 오뒤새로, 프로크네를 꾀꼬리로, 필로멜레는 혀가 없어 지저귀
는 것 이상은 할 수 없으므로 제비로 변신시킨다. 라틴 작가들에게는 필로멜레가 꾀꼬리
로, 프로크네가 제비로 변신한 것으로 되어 있다.

내가 이 궁전에서 내 집으로 돌아가기를 바라고 있소.

자, 그대는 내 꿈 이야기를 듣고 해몽해보시오.   535

내 집에 거위 스무 마리가 있는데 그것들이 물에서 나와

밀을 먹고 있고 나는 흐뭇한 마음으로 그 모습을 바라보고 있어요.

그때 산에서 부리가 굽은 큰 독수리 한 마리가 내리덮쳐

거위들의 목을 모두 분질러 죽였어요. 그리하여 거위의 사체가

집안에 무더기로 쌓이고 독수리는 고귀한 대기 속으로   540

올라가버렸어요. 그러자 나는 꿈속인데도 소리 내어 울었고,

독수리가 거위들을 죽였다고 애처로이 우는 내 주위로

머리를 곱게 땋은 아카이오이족 여인들이 모여들었어요.

그때 독수리가 되돌아와 용마루에 앉더니 사람의 목소리로

이렇게 말하며 내 울음을 제지하는 것이었어요.   545

'용기를 내시오, 멀리까지 명성이 자자한 이카리오스의 따님이여!

이것은 꿈이 아니라 반드시 이뤄질 현실이오.

거위들은 구혼자들이고 나는 조금 전에는 독수리였지만

지금은 그대의 남편으로 돌아온 것이며

모든 구혼자들에게 수치스러운 운명을 지울 것이오.'   550

그가 이렇게 말하자 꿀처럼 달콤한 잠이 나를 놓아주었소.

그래서 나는 집안을 두루 살피다가 내 거위들이 여느 때처럼

먹이통 옆에서 밀을 쪼아먹는 것을 보았어요."

    지략이 뛰어난 오뒷세우스가 그녀에게 이런 말로 대답했다.

"부인! 그 꿈을 비틀어 달리 해몽한다는 것은 불가능한 일이오.   555

그분이 그 꿈을 어떻게 실현할지 오뒷세우스 자신이 그대에게

알려주었으니 말이오. 모든 구혼자들에게 빠짐없이 파멸이 모습을

드러낼 것이며 어느 누구도 죽음과 죽음의 운명을 피하지 못할 것이오."

사려 깊은 페넬로페가 그에게 대답했다.

"나그네여! 꿈이란 다루기 어렵고 해명할 수 없는 것으로   560
인간들에게 모든 꿈이 그대로 실현되는 것도 아니지요.
그림자 같은 꿈의 문(門)은 두 가지입니다. 그중 하나는
뿔로 만들어졌고 다른 하나는 상아로 만들어졌답니다.
베어낸 상아의 문으로 나오는 꿈들은
이뤄지지도 않을 소식을 전해주며 인간을 속이지요.   565
그러나 반들반들 닦은 뿔의 문으로 나오는 꿈들은
누가 그것들을 보든 꼭 실현되지요.
하지만 내 괴기한 꿈이 뿔의 문에서 나온 것 같지가 않아요.
그랬다면 나와 내 아들에게는 반가웠겠지요.
또 한 가지를 말씀드릴 테니 그대는 부디 명심하시오.   570
저기 벌써 나를 오뒷세우스의 집에서 갈라놓을 사악한 이름의
아침이 다가와요. 이제 나는 시합을 위해 저 도끼들을
갖다놓을 작정이에요. 모두 열두 개나 되는 저 도끼를 그이는
자기 궁전에 마치 배 만들 때 쓰는 버팀목처럼 차례로 세워놓고는
멀찍이 물러서서 화살로 그것들을 모두 꿰뚫곤 하셨다오.[8]   575
이제 나는 구혼자들에게 시합을 치르게 할 작정이오.
누구건 가장 쉽게 손바닥으로 활에 시위를 얹어
화살로 열두 개의 도끼를 모두 꿰뚫으면 나는 그 사람을
따라갈 것이고 내가 시집온 더없이 아름답고
온갖 살림으로 가득 찬 이 집을,   580
꿈에서도 잊지 못할 이 집을 떠나갈 것이오."

8   도끼에 어떤 용도로 어떤 모양의 구멍이 나 있는지는 알 수 없다.

지략이 뛰어난 오뒷세우스가 그녀에게 이런 말로 대답했다.

"오오, 라에르테스의 아들 오뒷세우스의 존경스러운 부인이여!

그대의 집안에서 그 시합을 더는 미루지 마시오.

그자들이 아무리 애쓴다 해도 반들반들 닦은 활에   585

시위를 얹어 화살로 무쇠를 꿰뚫기 전에

지략이 뛰어난 오뒷세우스가 이곳으로 돌아올 것이오."

    사려 깊은 페넬로페가 그에게 대답했다.

"나그네여! 그대가 홀에서 내 곁에 앉아 있고 싶다면 그것은 물론

나에게는 즐거움일 것이며, 내 눈꺼풀에는 잠이 쏟아지지 않을 것이오.   590

그러나 인간이 계속하여 잠을 자지 않는다는 것은 불가능한 일이오.

불사신들은 양식을 대주는 대지 위에 사는 필멸의 인간들을

위해 매사에 적절한 몫을 정해주셨기 때문이오.

나는 내 이층 방에 올라가서 오뒷세우스가

이름조차 입에 담기 싫은 재앙의 일리오스를 보려고   595

떠나가신 그날부터 늘 눈물 젖은 신음의 장소가

되어버린 내 침상에 눕겠어요. 나는 그곳에 누울 것이니

그대는 이 집안에 누우세요. 바닥에 그대가 무엇을 펴든지

아니면 하인들에게 잠자리를 보아달라고 하시오."

그녀는 이렇게 말하고 번쩍이는 이층 방에 올라갔다.   600

그러나 그녀는 혼자가 아니었으니 시녀들이 그녀와 동행했다.

그녀는 시중드는 여인들과 함께 자신의 이층 방에 올라가서

사랑하는 남편 오뒷세우스를 위해 울었고 그러자 마침내

빛나는 눈의 아테나가 그녀의 눈꺼풀에 달콤한 잠을 내려주었다.

XX
구혼자들을 죽이기 전에 있었던 일들

고귀한 오뒷세우스는 바깥채에서 잠자리에 들었다.

그는 맨 밑에 아직 무두질하지 않은 소가죽을 한 장 깔고 그 위에

아카이오이족이 늘 제물로 바치곤 하는 양의 모피를 여러 장 폈다.

그가 그곳에 누웠을 때 에우뤼노메가 그에게 외투를 덮어주었다.

그곳에 누워 오뒷세우스는 마음속으로 구혼자들에게   5

파멸을 안겨줄 궁리를 했다. 그때 전부터 이미

구혼자들과 살을 섞었던 여인들이 홀에서 나오더니

저희끼리 신이 나서 유쾌하게 웃어댔다.

그러자 그의 가슴속 마음은 분기했고

그는 마음속으로 몇 번씩이나 심사숙고했다.   10

그가 그녀들에게 달려들어 저마다 죽음을 안겨줄 것인지,

아니면 그녀들이 마지막으로 오만불손한 구혼자들과

살을 섞도록 내버려둘 것인지, 그의 마음은 안에서 짖어댔다.

마치 암캐가 낯선 사람을 보면 연약한 새끼들을 막아서며

짖어대고 사람에게 덤벼들기를 열망하듯이, 꼭 그처럼   15

그의 마음은 그녀들의 못된 짓에 격분하여 안에서 짖어댔다.

그러나 가슴을 치며 이런 말로 그는 마음을 꾸짖었다.

"참아라, 마음이여! 너는 전에 그 힘을 제어할 수 없는

퀴클롭스가 내 강력한 전우들을 먹어치울 때 이보다 험한

꼴을 보고도 참지 않았던가! 그때도 이미 죽음을 각오한 너를   20

계략이 동굴 밖으로 끌어낼 때까지 참고 견디지 않았던가!"

그가 이런 말로 가슴속 마음을 타이르자

그의 마음도 그의 말에 복종하여 계속해서 꾹 참고 견뎠다.

오뒷세우스 자신은 누워서 이리저리 뒤척였다.

마치 어떤 남자가 비계와 피가 가득 든 위(胃)를   25

활활 타오르는 불 위에서 이리저리 굴리며

그것이 어서 빨리 익기를 열망할 때와 같이,

꼭 그처럼 그는 누워서 이리저리 뒤척거리며

어떻게 하면 혼자의 힘으로 파렴치한 다수의 구혼자들에게

주먹맛을 보여줄 수 있을지 골똘히 궁리했다. 그때 하늘에서   30

아테나가 내려와 그에게 다가가니 그 모습이 여인과도 같았다.

그녀는 그의 머리맡에 서서 이런 말을 했다.

"어째서 그대는 다시 깨어 있는가, 모든 인간들 중에서

가장 불행한 자여! 이곳은 그대의 집이고 집안에는 그대의 아내와

많은 사람들이 자기 아들이기를 바라는 그런 아들이 있지 않은가!"   35

지략이 뛰어난 오뒷세우스가 그녀에게 이런 말로 대답했다.

"그렇습니다. 여신이여! 방금 하신 말씀은 모두 옳은 말씀입니다.

내 가슴속 마음은 어떻게 해야 내가 파렴치한 구혼자들에게

주먹맛을 보여줄 수 있는지 골똘히 궁리하는 중입니다.

나는 혼자인데 그들은 이곳에 늘 함께 모여 있으니 말입니다.   40

게다가 나는 가슴속으로 그보다 중요한 일을 골똘히 궁리하는 중인데,

내가 제우스와 그대의 도움으로 그들을 죽이고 나면 어디로 도망칠 수

있느냐 하는 것입니다. 그대는 이 점을 깊이 헤아려주시기 바랍니다."

빛나는 눈의 여신 아테나가 그에게 대답했다.

"그대 의심 많은 자여! 필멸하는 인간인 데다 나만큼 많은 계책을   45

알지 못하는, 나보다 열등한 전우를 믿는 자도 더러 있거늘,

나로 말하면 여신으로 온갖 노고에서 변함없이 그대를

지켜주지 않았는가! 내 그대에게 알기 쉽게 말하겠다.

필멸의 인간들 무리가 쉰 개나 우리 둘을 에워싸고

전투에서 죽이기를 열망한다 해도 그대는   50

그들에게서 소떼와 힘센 작은 가축들을 몰고 가게 될 것이다.

그러니 잠이 그대를 사로잡게 되기를! 밤새도록 자지 않고

지킨다는 것은 고역이다. 그대는 곧 불행을 딛고 일어설 것이다.”

      그녀는 이렇게 말하고 그의 눈꺼풀 위에 잠을 쏟아부었다.

그리고 여신들 중에서도 고귀한 그녀는 올륌포스로 돌아갔다.   55

사지를 풀어주는 잠이 그를 사로잡아 그의 마음속 근심을

풀어주는 동안 알뜰한 그의 아내는 잠에서 깨어

부드러운 침상에 앉아 눈물을 흘렸다.

여인들 중에서도 고귀한 그녀는 마음에 흡족하도록

실컷 울고 나서 맨 먼저 아르테미스에게 기도했다.   60

“아르테미스여, 존경스러운 여신이여, 제우스의 따님이여!

그대는 지금 내 가슴에 그대의 화살을 날려보내 내 목숨을

앗아가소서, 지금 당장! 아니면 폭풍이 나를 낚아채

어두운 길을 따라 나를 데리고 내려가 역류하는[1]

오케아노스가 바다와 섞이는 어귀에 내던져버렸으면!   65

마치 판다레오스의 딸들[2]을 폭풍이 채어갔을 때처럼.

신들이 그들의 부모를 죽이자 소녀들은 집안에

---

1   여기서 '역류한다' 함은 오케아노스가 대지를 감돌고 나서 도로 자신 속으로 흘러들어간
다는 뜻이다.

고아로 남게 되고, 그래서 고귀한 아프로디테가 치즈와

달콤한 꿀과 감미로운 포도주로 그들을 돌보아주었지요.

그리고 헤라는 그들에게 모든 여인들을 능가하는 미모와   70

슬기를 주었고 신성한 아르테미스는 아름다운 풍채를 주었으며

아테나는 명성을 높여주는 온갖 수공예 솜씨를 가르쳤지요.

그러나 고귀한 아프로디테가 소녀들에게 꽃다운 결혼이 이뤄지도록

간청하려고 높은 올림포스로 천둥을 좋아하시는 제우스를 찾아간

사이에 — 그분께서는 필멸의 인간들에게 무엇이 주어졌고   75

무엇이 주어지지 않았는지 모두 잘 알고 계시기 때문이지요 —

폭풍의 정령들이 그 소녀들을 낚아채 가증스러운

복수의 여신들에게 시녀로 주어버렸지요. 꼭 그처럼

올림포스의 궁전에 사시는 분들께서 나를 사람들의 눈앞에서

사라지게 해주시거나, 아니면 머리를 곱게 땋은 아르테미스가   80

화살로 맞히셨으면! 그러면 나는 가증스러운 지하에

내려가서라도 오뒷세우스를 보게 될 것이고, 그이보다 못한 사내의

마음을 기쁘게 해주지 않아도 될 텐데! 누군가 낮 동안에는

늘 눈물바람이고 마음이 천근같이 무겁더라도 밤이 와 잠이 그를

사로잡는다면 그래도 참을 수 있는 불행이지요. 잠이 일단 눈꺼풀을   85

감싸면 좋은 일이든 궂은일이든 만사를 잊게 해주니까요.

그런데 나에게는 신이 나쁜 꿈까지 보내주시는군요.

오늘밤에는 군대를 인솔하고 떠나실 때의 그이를 닮은 어떤 이가

내 곁에 누워 있는 듯했으니까요. 그러나 나는 마음이 흐뭇했어요.

그것이 꿈이 아니라 현실이라고 생각되었으니까요."   90

        그녀는 이렇게 말했고 어느새 황금 옥좌의 새벽의 여신이 다가왔다.[3]

고귀한 오뒷세우스는 울고 있는 그녀의 목소리를 알아듣고

생각에 잠겼고, 그의 마음에는 그녀가 벌써 자기를

알아보고 머리맡에 다가선 것만 같았다.

그래서 그는 깔고 자던 외투와 양피를 걷어 95

홀 안의 안락의자에 올려놓고 소가죽은 대문 밖에 갖다놓았다.

그곳에서 그는 두 손을 들고 제우스에게 기도했다.

"아버지 제우스시여! 그대들 신들께서 나를 모질게 괴롭히신 뒤

그대들의 뜻에 따라 마른 곳과 진 곳을 지나 고향으로 나를 인도하셨다면,

부디 저 안에 깨어 있는 사람 중 누가 내게 길조의 말을 하게 100

해주시고 이 바깥에서도 제우스에게서 다른 전조가 나타나게 하소서!"

그가 이렇게 기도하며 말하자 조언자 제우스가 그의 말을 듣고

곧바로 번쩍이는 올륌포스에서 높다란 구름 사이로 천둥을 쳤다.

고귀한 오뒷세우스는 마음이 흐뭇했다.

한편 집안에서 들려온 길조의 말은 한 여인의 입에서 나왔으니 105

그녀는 백성들의 목자인 오뒷세우스의 맷돌들이 놓여 있는 옆에서

맷돌을 돌리고 있었다. 그 맷돌들은 모두 열두 명의 여인들이 돌렸는데

남자들의 기력을 돋우는 보릿가루와 밀가루를 만들기 위해서였다.

다른 여인들은 모두 맡은 밀을 다 빻은 뒤 잠들었고

그중 가장 허약한 그녀만이 아직 일을 끝내지 못한 채였다. 110

그녀는 맷돌을 멈추고 주인에게 전조가 되도록 이렇게 말했다.

---

2   크레테 왕 판다레오스는 크레테에 있는 제우스 신전에서 헤파이스토스가 만든 황금 개를
    훔친 까닭에 일찌감치 아내와 함께 신들에게 응징당하고 그의 딸들도 아버지의 죄로 나중
    에 벌받게 된다는 이 이야기는, 19권 518~523행에 나오는 아에돈의 이야기와 상충된다고
    는 할 수 없어도 두 이야기가 별개의 전설에 속하는 것으로 생각된다.

3   1권에서 신들의 회의가 있은 지 39일째 되는 이날 오뒷세우스는 드디어 구혼자들에게 복
    수한다.

"신들과 인간들을 다스리시는 아버지 제우스시여! 별이 총총한 하늘에서
그대가 크게 천둥을 치셨으나 어느 곳에도 구름은 보이지 않으니,
필시 그대가 누군가에게 전조를 보여주시는 것이겠지요.
부디 불쌍한 저의 기도도 이뤄주소서! 115
제발 구혼자들이 오뒷세우스의 홀에서 진수성찬을 드는 것도
오늘이 끝이자 마지막이 되기를!
그들은 이토록 가루를 빻게 하여 고통스러운 피로로 내 무릎을
풀어버렸어요. 제발 이번이 그들의 마지막 식사가 되기를!"

그녀가 이렇게 말하자 고귀한 오뒷세우스는 길조의 말과 제우스의 120
천둥을 듣고 기뻐했으니, 구혼자들을 응징하게 되겠구나 싶었던 것이다.

이때 오뒷세우스의 아름다운 궁전에서 일하는 다른 하녀들이
모여들기 시작하더니 화로 위에 지칠 줄 모르는 불을 지폈다.
그러자 신과 같은 남자 텔레마코스가 침상에서 일어나
옷을 입고 어깨에 날카로운 칼을 메고 125
번쩍이는 발밑에 아름다운 샌들을 매어 신고
끝에 날카로운 청동이 달린 강한 창을 집어 들더니
문턱 옆에 가 서서 에우뤼클레이아에게 말했다.
"아주머니! 나그네는 집안에서 잠자리와 음식으로 잘 대접받았나요,
아니면 보살핌도 받지 못한 채 아무렇게나 눕게 했나요? 130
내 어머니께서는 지혜로우시기는 하지만 필멸의 인간들 중에
더 못한 사람을 무턱대고 존중하는가 하면 더 나은 사람을
아무런 명예도 없이 떠나보내시는 버릇이 있으니 하는 말이오."

사려 깊은 에우뤼클레이아가 그에게 대답했다.
"도련님! 지금은 어머니를 나무라지 마세요. 어머니에게는 잘못이 135
없으니까요. 나그네는 앉아서 원하는 동안 포도주를 마셨어요.

어머니께서 물어보시자 음식은 더는 먹고 싶지 않다고 했어요.

게다가 그가 잠자리와 잠을 생각했을 때 어머니께서는

하녀들을 시켜 그를 위해 잠자리를 펴주게 하셨어요.

그러나 그는 완전히 영락한 불운한 사람처럼   140

침상 위에서 담요를 덮고 자기를 거절하고

무두질하지 않은 소가죽과 양모피들을 깔고 바깥채에서

잤어요. 그래서 우리는 그에게 외투를 덮어주었지요."

　　그녀는 이렇게 말했다. 텔레마코스는 창을 손에 쥐고

홀을 지나 밖으로 나갔고 날랜 개 두 마리가 그의 뒤를 따랐다.   145

그는 훌륭한 정강이받이를 댄 아카이오이족이 있는 회의장으로 갔다.

그러자 페이세노르의 아들 옵스의 딸로 여인들 중에서도 고귀한

에우뤼클레이아가 하녀들에게 또다시 지시했다.

"자, 너희 가운데 몇 명은 서둘러 홀을 쓸고 물을 뿌리고

잘 만든 안락의자에 자줏빛 깔개들을 펴라.   150

다른 몇 명은 해면으로 식탁들을 훔치고

희석용 동이들과 손잡이가 둘 달린 잘 만든 술잔들을

깨끗이 부셔라. 또 다른 몇 명은 샘으로

물을 길러 가되 물만 긷고 바로 돌아와야 한다.

구혼자들은 오랫동안 홀에서 떠나 있지 않고 일찌감치   155

돌아올 것이다. 오늘은 만인(萬人)을 위한 잔칫날이니까."⁴

　　그녀가 이렇게 말하자 그들은 귀담아듣고 있다가

그녀의 말에 복종했다. 그들 중 스무 명은 검은 물의 샘으로 갔고

4　이날은 아폴론의 축제일(276행 이하, 21권 258행 참조)로 신월제(新月祭)라는 견해도 있다
　　(14권 162행 참조).

나머지는 집안에 남아 능숙하게 일했다.

　　그때 당당한 하인들이 들어오더니 능숙한 솜씨로　　　　　　　160
보기 좋게 장작을 팼고 그동안 여인들도 샘에서 돌아왔다.
그들의 뒤를 이어 돼지치기가 모든 돼지들 중에서
가장 훌륭한 것으로 살진 돼지 세 마리를 몰고 들어왔는데
그가 아름다운 안마당에 놓아 기른 것들이었다.
돼지치기가 오뒷세우스에게 다정하게 말을 건넸다.　　　　　　165
"나그네여! 이제 아카이오이족이 그대를 조금은 높이 보아줍디까,
아니면 궁전에서 여전히 그대를 업신여깁니까?"
　　지략이 뛰어난 오뒷세우스가 그에게 이런 말로 대답했다.
"에우마이오스여, 신들께서 제발 사람을 모욕하는
저들의 오만무례를 벌주시기를! 저들은 남의 집에서　　　　　　170
악행을 저지르고도 부끄러운 줄을 모르니 말이오."
　　이렇게 그들이 서로 이야기를 주고받는 사이에
염소치기 멜란티오스가 그들에게 다가왔다. 그자는
구혼자들에게 먹이려고 모든 염소떼 중에서도 가장 뛰어난
염소들을 몰고 왔는데 목자 두 명이 그자와 동행했다.　　　　　175
그자는 그 염소들을 소리가 잘 울리는 주랑 밑에 매더니
오뒷세우스에게 모욕적인 말을 건넸다.
"나그네여! 너는 여전히 이곳에서 사람들에게 구걸하며
귀찮게 굴고 대문 밖으로는 나가지 않을 작정인가?
우리 두 사람은 서로 상대방의 주먹맛을 보기 전에는　　　　　180
결코 갈라서지 못할 것 같구먼. 동냥질을 해도 예의는 지켜야지.
아카이오이족의 잔치는 여기 말고 다른 곳에도 있을 것 아닌가!"
　　그가 이렇게 말하자 지략이 뛰어난 오뒷세우스는 아무 대꾸도

않고 말없이 머리를 흔들며 마음속 깊이 재앙을 궁리했다.

　　　그때 세 번째로 일꾼들의 우두머리인 필로이티오스가 구혼자들을 위해　　185
새끼 밴 적이 없는 암소 한 마리와 살진 염소들을 몰고 왔다.
누구든지 찾아오면 다른 사람들도 똑같이 호송해주는
뱃사공들이 그들 일행을 건네주었던 것이다.
그는 그 가축들을 소리가 잘 울리는 주랑 밑에 단단히
매더니 돼지치기에게 가까이 다가서며 묻기 시작했다.　　190
"돼지치기여! 최근에 우리집에 온 저 나그네는 대체 뉘시오?
어떤 사람들에게서 태어났다고 그가 떠벌리던가요?
그자의 친족들과 고향땅은 어디에 있다고 하던가요?
불행한 사람이지만 모습은 왕이나 통치자 같구려.
신들은 많이 떠돌아다닌 사람의 모습을 일그러뜨리시는데　　195
왕들에게도 그런 불행의 실을 자으시지요."

　　　이렇게 말한 필로이티오스는 오뒷세우스에게 다가서서
환영의 표시로 오른손을 내밀며 그를 향해 물 흐르듯 거침없이 말했다.
"안녕하시오, 나그네 양반! 앞으로는 행복이 그대와 함께하기를!
그러나 그대는 지금 수많은 불행에 꼭 붙잡혀 있구려.　　200
아버지 제우스시여! 다른 어떤 신도 그대보다 잔혹하지는 않을
것입니다. 그대 자신이 인간들을 태어나게 하시고는 인간들을
불쌍히 여기시기는커녕 재앙과 고통 속에 빠뜨리시니 말입니다.
나는 그대를 보자 오뒷세우스가 생각나 땀이 나고
두 눈에 눈물이 글썽이는구려. 생각건대,　　205
그분께서도 아직 살아서 햇빛을 보고 계신다면
이런 누더기를 걸치고 사람들 사이를 떠돌아다니시겠지요.
그러나 만약 그분께서 이미 죽어 하데스의 집에 가셨다면

나는 나무랄 데 없는 오뒷세우스를 위해 슬퍼하오.

그분은 아직도 어린 소년인 나를 시켜 케팔렌인들[5]의 나라에 있는   210

소떼를 지키게 하셨지요. 지금 그 소떼는 엄청나게 불어났소.

적어도 인간들에게는 이마가 넓은 소의 종족이 이보다 더

번성하지 못할 것이오. 그런데 다른 사람들이 먹어치우려고

자기들에게 그 소들을 몰고 오라고 명령하고 있소. 그들은 집안에 있는

상속자도 무시하고 신들의 응징 앞에서도 두려워 떨지 않으며,   215

오랫동안 떠나고 안 계신 주인님의 재산을 나눠 갖기를 열망하오.

지금 내 가슴속 마음은 가끔 이런 생각을 굴리곤 한다오.

물론 주인님의 아드님이 살아 계신데 소떼를 몰고

다른 고장으로 외지인들을 찾아간다는 것은

아주 나쁜 짓이겠지요. 그러나 이곳에 남아 고통받으며   220

남들의 소떼를 지킨다는 것은 더 끔찍한 일이 아닐까요? 정말이지

나는 벌써 오래전에 도망쳐 다른 강력한 왕을 찾아갔을 것이오.

이젠 사태가 더는 참을 수 없는 지경에 이르렀으니까요. 하지만

나는 아직도 그분께서 어딘가에서 나타나 집안에서 구혼자들을

흩어버리지 않으실까 하고 불운하신 그분을 생각하고 있답니다.”   225

　　　지략이 뛰어난 오뒷세우스가 그에게 이런 말로 대답했다.

“소치기여! 그대는 나쁜 사람이나 어리석은 사람 같지 않거니와

나 자신도 그대가 분별 있고 지혜롭다는 것을 알기에

내 그대에게 한마디 하고 엄숙히 맹세하겠소.

이제 먼저 신들 중에서 제우스와 손님을 맞는 식탁과 내가 찾아온   230

나무랄 데 없는 오뒷세우스의 화로가 내 증인이 되어주소서.

진실로 그대가 여기 있는 동안 오뒷세우스는 집에 돌아올 것이고

그대가 원한다면 여기서 주인 행세를 하는 구혼자들을

그분이 도륙하는 것을 그대의 두 눈으로 볼 수 있을 것이오."

소떼를 돌보는 사람이 그에게 말했다.   235

"제발 크로노스의 아드님께서 그 말을 이루어주신다면! 그러면 그대는

내 힘과 내 두 손이 어떻게 내게 복종하는지 알게 될 텐데."

마찬가지로 에우마이오스도 현명한 오뒷세우스가

집에 들어오게 해달라고 모든 신들께 기도했다.

그들이 이렇게 서로 이야기를 주고받는 동안 구혼자들은   240

텔레마코스에게 죽음과 파멸을 궁리하고 있었다.

그때 새가, 높이 나는 독수리가, 겁 많은 비둘기

한 마리를 채서 그들의 왼쪽으로 다가왔다.

그러자 그들 사이에서 암피노모스가 열변을 토하며 말했다.

"친구들이여! 텔레마코스를 죽이려는 우리 계획은   245

뜻대로 되지 않을 것이오. 차라리 잔치 생각이나 합시다."

암피노모스가 이렇게 말하자 그 말이 그들의 마음에 들었다.

그들은 신과 같은 오뒷세우스의 집안으로 들어가

등받이의자와 안락의자들에 외투를 벗어놓고

큰 양들과 잘 먹인 염소들을 잡았고 살진 돼지들과   250

떼 지어 사는 암소도 한 마리 잡았다. 그러고 나서 그들은

내장을 구워 빙 돌아가며 나눠주고 희석용 동이들에

포도주를 넣고 물을 탔다. 돼지치기가 각자에게 잔을 나눠주고

빵은 백성들의 우두머리인 필로이티오스가 예쁜 광주리에 담아

---

5 '케팔렌인들'이란 사메, 이타케, 자퀸토스, 둘리키온 섬들과 본토에 있는 아카르나니아 지
방의 일부를 포함하는 오뒷세우스의 통치 영역에 거주하는 자들에 대한 총칭이다. 호메로
스에서 이 이름은 나중에 케팔레니아(Kephallenia)라는 이름을 갖게 된 섬과는 무관하다.

그들에게 나눠주었으며, 멜란테우스가 포도주를 따라주었다.   255
그러자 그들은 앞에 차려진 음식에 손을 내밀었다.

한편 텔레마코스는 치밀한 계산에서 튼튼하게 지은 홀 안
돌 문턱 옆에 오뒷세우스를 앉히고 그를 위해
볼품없는 의자 하나와 조그마한 탁자 하나를 갖다놓았다.
텔레마코스는 그에게 내장의 몫을 가져다주고 황금 잔에   260
포도주를 따라주며 그를 향해 이렇게 말했다.
"이곳에 앉아 사람들 사이에서 포도주를 드시오.
모든 구혼자들의 모욕적인 언사와 주먹다짐은 내가 몸소
그대를 위해 막아주겠소. 이 집은 공공장소가 아니라
오뒷세우스의 집이며 그분께서 나를 위해 획득하셨으니까요.   265
그리고 구혼자들이여! 그대들은 싸움이나 말다툼이 일어나지
않도록 마음속으로 욕설과 주먹다짐을 삼가시오."

그가 이렇게 말하자 그들은 모두 입술을 깨물었고
텔레마코스의 대담무쌍한 말에 어안이 벙벙했다.
좌중에서 에우페이테스의 아들 안티노오스가 말했다.   270
"아카이오이족이여! 텔레마코스의 말이 가혹하더라도 받아들이도록
합시다. 그가 우리를 공공연히 위협했지만 크로노스의 아드님 제우스께서
우리 계획을 저지하셨기 때문이오. 그렇지 않았던들 그가 비록 목소리가
낭랑한 언변가이지만, 우리는 홀에서 벌써 그를 침묵시켰을 것이오."

안티노오스가 이렇게 말했지만 텔레마코스는 그의 말에   275
아랑곳하지 않았다. 한편 전령들은 신들의 신성한 헤카톰베를
이끌고 시내를 지나갔고 장발의 아카이오이족은
명궁 아폴론의 그늘진 원림 아래 모였다.

그들은 살코기를 구워 꼬챙이에서 뺀 다음

몫을 나눠주고 진수성찬을 들었다.

시중드는 자들은 오뒷세우스 옆에도 그들 자신이 받은 것과

같은 몫을 갖다놓았으니, 그리 하라고 신과 같은 오뒷세우스의

사랑하는 아들 텔레마코스가 그들에게 일러두었던 것이다.

　　그러나 아테나는 당당한 구혼자들이 그를 모욕하고 가슴을

짓찧기를 완전히 그치게 하지 않았으니, 라에르테스의 아들

오뒷세우스의 마음에 원한이 더 깊이 사무치게 하려는 것이었다.

구혼자들 중에 온갖 불법을 꾀하는 자가 있었으니

그의 이름은 크테십포스이고 그가 사는 집은 사메에 있었다.

그자는 자신의 엄청난 재산을 믿고 오랫동안 떠나고 없는

오뒷세우스의 아내에게 구혼했다. 그때 그자가

오만불손한 구혼자들 사이에서 이렇게 말했다.

"내 말을 들으시오, 당당한 구혼자들이여! 내가 할 말이 있소이다.

저 나그네는 아까부터 제 몫을, 우리와 똑같은 몫을 받고 있소이다.

당연한 일이지요. 어떤 사람이 이 집에 들어오든 텔레마코스의

손님들을 모욕한다는 것은 아름답지도 옳지도 못한 짓이니까요.

자, 그러니 나도 그에게 접대 선물을 주겠소. 그러면 그도

그것을 목욕 시중드는 하녀나 신과 같은 오뒷세우스의

다른 하인에게 명예의 선물로 줄 수 있을 것이오."

　　이렇게 말하고 그는 억센 손으로 광주리에서 소 다리 하나를

집어 들어 오뒷세우스에게 내던졌다. 그러나 오뒷세우스는

머리를 한쪽으로 살짝 돌려 피하며 마음속으로 화가 나서

차가운 웃음을 지었고 소 다리는 잘 지은 벽에 맞았다.

그러자 텔레마코스가 크테십포스를 이런 말로 꾸짖었다.

"크테십포스여! 정말이지 이것은 그대에게 오히려 잘된 일이오.

그대가 던진 것을 그가 피했기에 그대가 그를 맞히지 못한 것 말이오.　　　305

그렇지 않았던들 나는 날카로운 창으로 그대의 몸 한가운데를 맞혔겠지.

그대의 부친은 이곳에서 결혼식 대신 장례식을 치르느라

바빴을 테고. 그러니 어느 누구도 이 집에서 내게 못된 수작을

보이지 마시오. 나는 여태까지는 어린아이였으나

지금은 좋은 것과 나쁜 것을 모두 분간할 수 있소.　　　310

하지만 우리는 그대들이 양들을 도살하고 포도주를 마셔 없애고

빵을 먹어치우는 것을 보고도 꾹 참고 있다오.

한 사람이 여러 사람을 막기는 어렵기 때문이오. 자,

그대들은 이제 더는 내게 나쁜 마음에서 나쁜 짓을 하지 마시오.

만일 그대들이 청동으로 나를 죽이기를 열망한다면　　　315

그것은 내가 바라는 바요. 그대들은 나그네를 학대하고

하녀들을 온 집안으로 볼썽사납게

끌고 다니곤 하는데, 이런 못된 짓들을 지켜보느니

차라리 죽는 편이 훨씬 낫겠지요.”

　　　그가 이렇게 말하자 그들은 모두 잠자코 있었다.　　　320

한참 뒤에야 좌중에서 다마스토르의 아들 아겔라오스가 말했다.

“친구들이여! 누가 옳은 말을 하는데도 적대적인 말로

대들며 화낼 사람은 아무도 없을 것이오.

그러니 그대들은 저 나그네는 물론이고 신과 같은

오뒷세우스의 집안에 있는 다른 하인들도 학대하지 마시오.　　　325

나는 텔레마코스와 그의 어머니에게 좋은 뜻에서 한마디 하겠소,

혹시 내 말이 두 사람의 마음에 들까 해서 말이오.

그대들이 현명한 오뒷세우스가 집에 돌아온다는

희망을 마음속에 품을 수 있었던 동안에는

그대들이 기다리며 구혼자들을 집안에 붙들어두어도   330

아무도 그대들에게 분개할 수 없었소. 오뒷세우스가 귀향해

집에 돌아온다면 그것이 그대들에게는 더 낫기 때문이었소.

하지만 이제는 그가 돌아오지 않을 것이 분명하오. 자,

그대는 어머니 옆에 앉아 이렇게 설명드리시오. 그녀는 구혼자 중에서

가장 훌륭하고 가장 많은 선물을 주는 남자와 결혼해야 한다고 말이오.   335

그러면 그대는 아버지의 모든 유산으로 먹고 마시며 즐겁게 살아갈

것이고, 그대 어머니는 다른 남자의 살림을 돌보게 될 것이오."

　　슬기로운 텔레마코스가 그에게 대답했다.

"아겔라오스여! 제우스에 걸고, 또 이타케에서 멀리 떨어진 곳에서

돌아가셨거나 떠돌아다니실 내 아버지의 고통에 걸고 맹세하오.   340

나는 어머니의 결혼을 늦추는 것이 아니라 원하는 분과 결혼하라고

오히려 재촉하고 있으며 게다가 수많은 선물을 얹어줄 용의도 있소이다.

그러나 어머니 뜻을 어기면서까지 차마 강압적인 말로 집에서

내쫓지는 못하겠소. 신께서 부디 그런 일은 일어나지 않게 해주시기를!"

　　이렇게 그는 말했다. 그러자 팔라스 아테나는 구혼자들 사이에   345

그칠 줄 모르는 웃음이 일게 하고, 그들의 생각을 어지럽혔다.

그들은 느닷없이 일그러진 얼굴로 웃었다. 그들이 먹는 고깃덩어리에서는

핏방울이 떨어졌고 그들의 눈에는 갑자기 눈물이 가득 고였으며,

그들의 마음은 비탄하고 싶은 욕망으로 일렁였다.

좌중에서 신과 같은 테오클뤼메노스가 말했다.   350

"아아, 불쌍한 자들이여! 그대들은 어찌 이런 재앙을 당하고 있는가?

그대들의 머리와 얼굴과 무릎은 밤의 어둠에 싸여 있구나.

게다가 비명이 활활 타오르고 그대들 뺨은 눈물에 젖었으며

벽과 아름다운 대들보들이 피투성이가 되었구나.

현관과 안마당은 암흑을 향해 에레보스[6]로 달려가는   355
사자(死者)들의 그림자로 가득 찼도다. 해는 하늘에서
사라지고 고약한 안개가 세상을 뒤덮는구나."
    그가 이렇게 말하자 그들은 모두 그를 보고 한바탕 웃었다.
좌중에서 폴뤼보스의 아들 에우뤼마코스가 먼저 말문을 열었다.
"얼마 전 외지에서 흘러든 저 나그네가 제정신이 아니구려.   360
젊은이들이여! 그대들은 서둘러 그를 대문 밖으로 끄집어내
그가 회의장으로 가게 하라. 그에게는 이곳이 밤이라니 말이다."
    신과 같은 테오클뤼메노스가 그에게 말했다.
"에우뤼마코스! 나는 그대에게 호송자를 붙여달라고
부탁한 적이 없소. 내게는 눈과 귀와 두 발이 있고   365
가슴속에는 남부럽잖은 건전한 마음이 들어 있소.
그것들의 도움으로 나는 밖으로 나갈 수 있소. 보아하니,
그대들에게는 재앙이 닥쳐오고 있소. 신과 같은 오뒷세우스의 집에서
사람들을 학대하고 오만무도한 짓을 꾀한 그대들 구혼자들은
한 명도 그 재앙에서 벗어나거나 피하지 못할 것이오."   370
    그가 이렇게 말하고 살기 좋은 그 집을 떠나
페이라이오스에게 가자 페이라이오스는 그를 반가이 맞았다.
그러자 구혼자들은 서로를 쳐다보며
텔레마코스를 화나게 하려고 그의 손님들을 비웃었다.
거만한 젊은이들 중에는 이렇게 말하는 자들도 더러 있었다.   375
"텔레마코스여! 손님에 관한 한 그대보다 박복한 사람도 없지.
저런 너절한 부랑자를 그대가 이리로 데려왔으니 말이오.
그자는 빵과 포도주만 탐할 뿐 일에도 완력에도 쓸모가 없고
대지에 짐만 될 뿐이오. 또 다른 자도

예언을 한답시고 자리에서 일어나더군. 그대가 내 말을 듣겠다면   380
이렇게 하는 편이 훨씬 이득이오. 저 두 나그네를
노가 많이 달린 배에 실어 시켈리아인들[7]에게 보내버리는 거지.
거기서라면 저들이 그대에게 적당한 값을 받게 해줄 테니까."

　　구혼자들이 이렇게 말했지만 텔레마코스는 그들의 말에
아랑곳하지 않고 말없이 아버지 쪽을 바라보며 파렴치한   385
구혼자들에게 아버지가 주먹맛을 보여줄 때를 진득이 기다렸다.

　　한편 이카리오스의 딸 사려 깊은 페넬로페는
그들의 맞은편에 더없이 훌륭한 의자를 갖다놓고
홀에서 남자들이 하는 말을 빠짐없이 모두 들었다.
그들은 웃음꽃을 피우며 맛있고 풍성한 점심식사를   390
준비하고 있었으니 가축을 넉넉히 잡은 것이다.
하지만 여신과 강력한 사나이가 곧 그들 앞에 차려낼 만찬보다
더 달갑잖은 만찬은 도저히 있으려야 있을 수 없을 것이다.
그것은 다 그들이 먼저 사악한 짓을 꾀했기 때문이었다.

6　　여기서 에레보스는 저승이라는 뜻이다.
7　　시켈리아(Sikelia)는 시킬리아의 그리스어 이름이다.

활 XXI

이제 빛나는 눈의 여신 아테나는 이카리오스의 딸

사려 깊은 페넬로페가 시합과 살육의 시작을 위해

구혼자들에게 오뒷세우스의 홀에다 활과

잿빛 무쇠를 갖다놓을 생각을 심어주었다.

그래서 그녀가 집안의 높다란 계단을 올라가   5

보기 좋게 구부러진 튼튼한 열쇠를 손에 쥐니

아름다운 그 청동 열쇠는 상아 자루에 딸려 있었다.

그녀는 시중드는 여인들을 데리고 가장 외진

광으로 갔으니 그곳에는 통치자의 보물들이,

청동과 황금과 공들여 만든 무쇠가 보관되어 있었다.   10

그곳에는 되튀는 활과 화살들을 받는 화살통도 있었다.

그 안에는 한숨을 자아내는 화살들이 가득 들어 있었는데

그것들은 라케다이몬에서 만난 친구, 불사신과도 같은

에우뤼토스의 아들 이피토스[1]가 오뒷세우스에게 선물로 준 것이었다.

두 사람은 멧세네[2]에 있는 현명한 오르실로코스[3]의 집에서   15

만났는데, 오뒷세우스는 그곳으로 전(全) 백성이

---

1 8권 주 7과 '주요 인명' 중 헤라클레스 참조.

2 멧세네는 펠로폰네소스 반도 남서부 파라이(Pharai) 시 주변 지역이다. 멧세네는 호메로스
시대에는 라케다이몬의 일부였던 것으로 생각된다.

3 3권 488행 참조.

자기에게 진 빚을 받으러 갔던 것이다.

멧세네 남자들이 이타케의 양 삼백 마리를 그 목자들과 함께

노 젓는 자리가 많은 배들에 싣고 가버렸기 때문이다.

오뒷세우스는 아직 소년일 적에 그것들을 되찾기 위해 사절로서   20

먼 길을 갔는데 그의 아버지와 다른 원로들이 그를 보낸 것이다.

한편 이피토스도 잃어버린 암말 열두 필을 찾아 그곳에 갔는데

그 암말들에게는 끈기 있게 일하는 노새들이 딸려 있었다.

그러나 그 말들이 나중에 그에게 죽음의 운명을 안겨주었으니,

그가 제우스의 담대한 아들로 폭행의 공범자인   25

강력한 사나이 헤라클레스를 찾아갔을 때

헤라클레스는 신들의 응징도, 그의 앞에 갖다놓은 식탁도

두려워하지 않고 손님인 그를 무정하게도 자기 집에서 죽인 것이다.

같이 식사하고 나서 헤라클레스는 이피토스를 죽이고

발굽이 튼튼한 말들을 자신을 위해 홀에 붙들어 매두었다.   30

이피토스는 그 말들을 찾으러 갔다가 오뒷세우스를 만나 활을 주었으니

그 활은 전에 위대한 에우뤼토스가 갖고 다니다가

죽을 때 그의 높다란 집에서 자기 아들에게 물려준 것이었다.

오뒷세우스는 이피토스와 돈독한 우정을 맺고자

날카로운 칼과 단단한 창을 주었다. 그러나 두 사람은 식탁에서   35

서로 사귈 기회를 갖지 못했으니, 그러기 전에 제우스의 아들이

오뒷세우스에게 활을 준 불사신과도 같은 에우뤼토스의 아들

이피토스를 죽인 것이다. 그런데 그 활은 고귀한 오뒷세우스가

검은 배를 타고 전쟁터로 갈 때 지니고 가지 않아

사랑하는 친구의 기념품으로 거기 홀에 놓여 있었다.   40

그러나 그는 그 활을 자기 나라 안에서는 지니고 다녔다.

여인들 중에서도 고귀한 페넬로페가 광으로 가서
참나무 문턱에 다가서니, 그 문턱으로 말하면 전에 목수가
솜씨 좋게 깎아 먹줄을 치고 똑바르게 마르고 나서
그것에다 문설주를 세우고 번쩍이는 문짝들을 단 것이었다.　　　　　　　45
그녀는 재빨리 문고리에서 가죽끈을 풀고
열쇠를 꽂아 똑바로 겨누고서 문짝들의 빗장을 밀어젖혔다.
그러자 마치 풀밭에서 풀을 뜯는 황소가 울부짖듯,
아름다운 문짝들이 열쇠의 충격에 크게 울부짖으며
재빨리 그녀 앞에서 활짝 열렸다.　　　　　　　50
그녀가 높직한 마루에 올라서자 그곳에는 궤짝들이 놓여 있고,
궤짝 안에는 향기로운 옷들이 들어 있었다.
그곳에서 그녀는 손을 뻗어 활을 싸고 있는
활집과 함께 나무못에 걸려 있는 활을 내렸다.
그러고 나서 그녀는 그곳에 앉아 활집을 두 무릎에　　　　　　　55
올려놓고 목놓아 울며 통치자의 활을 꺼냈다.
그녀는 하염없이 눈물을 흘리며 실컷 비탄에 잠겨 있다가
당당한 구혼자들이 있는 홀로 갔는데
손에는 되튀는 활과 화살들을 받는 화살통을 들고 있었고,
화살통 안에는 한숨을 자아내는 화살들이 가득 들어 있었다.　　　　　　　60
시녀들이 상자 하나를 들고 그녀를 따라갔는데
그 안에는 통치자의 무기인 무쇠와 청동이 가득 들어 있었다.
여인들 중에서도 고귀한 그녀는 구혼자들이 있는 곳에 이르자
지붕을 튼튼하게 떠받치는 기둥 옆에 섰다.
그녀는 얼굴에 번쩍이는 베일을 쓰고　　　　　　　65
좌우에는 성실한 시녀가 한 명씩 서 있었다.

그녀는 구혼자들 사이에서 곧바로 이런 말을 했다.

"내 말을 들으시오, 당당한 구혼자들이여! 그대들은

주인이 떠나고 없는 긴긴 세월 동안 줄곧 이곳에서

먹고 마시며 이 집을 괴롭혀왔소. 그대들은   70

나와 결혼하여 나를 아내로 삼고 싶다는 것 말고는

다른 핑계는 댈 수 없었소.

자, 구혼자들이여! 여기 그대들 앞에 상품(賞品)이 나타났소.

내가 신과 같은 오뒷세우스의 큰 활을 내놓을 것이니

누구건 가장 쉽게 손바닥으로 활에 시위를 얹어   75

화살로 열두 개의 도끼를 모두 꿰뚫는다면 나는 그 사람을

따라갈 것이고 내가 시집온 더없이 아름답고

온갖 살림으로 가득 찬 이 집을,

꿈에도 잊지 못할 이 집을 떠날 것이오."

　　그녀는 이렇게 말하고 고귀한 돼지치기 에우마이오스를 시켜   80

구혼자들을 위해 활과 잿빛 무쇠를 갖다놓게 했다.

그래서 에우마이오스는 눈물을 흘리며 그것들을 받아 갖다놓았고

주인의 활을 보자 소치기도 다른 곳에서 울었다.

그러자 안티노오스가 그들을 꾸짖으며 이렇게 말했다.

"이 어리석은 시골뜨기들아! 너희는 그저 그날그날 하루 일밖에   85

생각하지 못하는구나. 가련한 것들 같으니라고. 너희 두 사람은

어쩌자고 이 순간 눈물을 쏟아 그러잖아도 사랑하는 남편을 잃어

마음이 괴로운 부인의 가슴속 마음을 뒤흔들어놓는단 말인가?

자, 너희는 잠자코 앉아 식사를 하든지 아니면

문밖으로 나가서 울되 활은 이곳에 남겨두어   90

구혼자들이 무해(無害)한 시합⁴을 할 수 있게 하라. 아마 이 반들반들

닦은 활에 시위를 얹는다는 것은 결코 쉽지 않을 것이다.

여기 있는 모든 사람들 중에 오뒷세우스 같은 사람은

한 명도 없으니까. 나는 몸소 그를 보았고, 물론 그때는

어린아이였지만 지금까지도 여전히 그를 기억하고 있지.” 95

　　　안티노오스는 이렇게 말했지만 그의 가슴속 마음은 자신이 활에

시위를 얹어 화살로 무쇠를 꿰뚫을 수 있으리라고 믿었다.

그러나 사실은 그가 나무랄 데 없는 오뒷세우스의 손에

맨 먼저 화살 맛을 보게 되어 있었으니, 그가 그때 홀에 앉아

오뒷세우스를 업신여기며 모든 구혼자들을 부추겼기 때문이다. 100

그들 사이에서 텔레마코스의 신성한 힘이 말했다.

“아아! 크로노스의 아드님께서 분명 나를 멍청한 바보로

만드셨나보오. 지혜로우신 내 어머니께서

다른 남자를 따라가고 이 집을 떠나겠다고 말씀하시는데도

나는 웃으며 어리석은 마음에 기뻐하고 있으니 말이오. 105

자, 구혼자들이여! 여기 상품이 그대들 앞에 나타났소.

이러한 여인은 지금 아카이오이족 땅 어느 곳에도 없소.

신성한 퓔로스에도 아르고스에도 뮈케네에도 없고

이타케 자체에도 그리고 검은 본토에도 없소. 그대들도

다 아는 일인데, 내 어머니를 칭찬할 필요가 어디 있겠소? 110

그러니 자, 그대들은 핑계를 대고 질질 끌며 더는

활에 시위 얹기를 회피하지 마시오. 누가 이기는지 모두

4　‘무해한 시합’에서 ‘무해한’의 원어 aaaton에 대해서는 주석가들 사이에 ‘유해한’과 ‘무해
한’으로 의견이 엇갈리고 있다. 안티노오스는 활이 구혼자들에게 얼마나 유해한 것이 될
지 모른다는 점에서 본의 아니게 이 말이 반어적인 의미를 갖는다고 보는 편이 더 설득력
이 있어 보인다.

볼 수 있도록 말이오. 나도 이 활을 시험해볼 것이오.
내가 시위를 얹어 화살로 무쇠를 꿰뚫게 된다면
존경스러운 어머니께서 이 집을 떠나 다른 사람을 따라가더라도   115
나는 슬퍼하지 않을 것이오. 나는 이제 아버지의 아름다운 무기를
들 수 있는 그런 사람으로 뒤에 남게 될 테니 말이오."

　　이렇게 말하고 그는 벌떡 일어서더니 어깨에서
자줏빛 외투를 벗고 날카로운 칼도 어깨에서 벗어놓았다.
그는 먼저 그들 모두를 위해 도랑을 길게 판 다음   120
도끼들을 세우더니 먹줄을 쳐 도랑을 똑바르게 하고는
주위의 흙을 밟아 다졌다. 그가 전에 그런 것을 본 적이 없는데도
도끼들을 질서정연하게 세우는 것을 보고 모두 눈이 휘둥그레졌다.
그리고 나서 그는 문턱에 가 서서 활을 시험해보았다.
그는 세 번이나 활을 구부리기를 열망하며 흔들어보았지만   125
세 번 다 힘이 달렸다. 시위를 얹어 화살로 무쇠를 꿰뚫기를
여전히 마음속으로 바랐지만. 네 번째에는 그가 힘껏 당겨
마침내 시위를 얹었을 것이나, 오뒷세우스가 그에게
신호를 보내 그의 열성에도 불구하고 그를 제지했다.
그러자 좌중에서 다시 텔레마코스의 신성한 힘이 말했다.   130
"아아, 앞으로도 나는 비겁한 약골로 남을 것 같소이다.
아니면 내가 너무 어려서 먼저 내게 행패 부리는 사람을
물리칠 만큼 아직은 내 완력에 자신이 없기 때문이겠지요.
그러니 자, 나보다 힘센 그대들이 활을
시험해보시오. 그래서 시합을 끝냅시다."   135

　　그는 이렇게 말하고 들고 있던 활을 땅에 내려놓더니
활은 튼튼하게 짜맞춘 반들반들 깎은 문짝에,

날랜 화살은 구부러진 활 끝에 기대놓았다.

그리고 그는 일어섰던 안락의자에 도로 가 앉았다.

그러자 좌중에서 에우페이테스의 아들 안티노오스가 말했다.　　　　140

"친구들이여! 그대들은 오른쪽으로 돌아가며 차례대로[5] 일어서되

술을 따라주는 곳에서부터 시작하시오."

　　안티노오스가 이렇게 말하자 그 말이 그들의 마음에 들었다.

그러자 맨 먼저 오이놉스의 아들 레오데스가 일어섰다.

그는 그들의 예언자로 늘 홀의 맨 끝에 있는 아름다운 희석용 동이　　145

옆에 앉곤 했다. 오직 그만이 그들의 못된 짓을

미워했고 모든 구혼자들에게 분개했다.

이제 그가 맨 먼저 활과 날랜 화살을 집어 들고 문턱에 가 서서

활을 시험해보았다. 그러나 그는 활에 시위를 얹을 수 없었으니

그러기 전에 단련되지 않은 연약한 그의 두 손이 활을 당기느라　　150

지치기 시작한 것이다. 구혼자들 사이에서 그는 말했다.

"친구들이여! 나는 이 활에 시위를 얹을 수 없으니 다른 사람이

활을 쥐게 하시오. 이 활은 많은 지도자들의 용기와 목숨을

다치게 할 것이오. 하긴 우리가 그 때문에 늘 여기 모여

날마다 기다리고 있는 상품(賞品)을 타지 못하고　　155

살아갈 바에는 차라리 죽는 편이 훨씬 더 낫겠지요.[6]

지금도 오뒷세우스의 아내 페넬로페와 결혼하기를 마음속으로

바라고 열망하는 사람이 더러 있을 것이오. 하지만 그런 사람은

5　'오른쪽으로 돌아간다' 함은 왼쪽에서 오른쪽으로 도는 것을 말하는데 고대 그리스인들은
　　새점을 볼 때도 새가 왼쪽에서 오른쪽으로 날면 길조로, 오른쪽에서 왼쪽으로 날면 흉조
　　로 여겼다.

6　레오데스의 이 말은 결국 그가 전혀 예상치 못한 방법으로 실현된다.

활을 시험하여 그 결과를 보고 나서 고운 옷을 입은
아카이오이족 여인 가운데 다른 여인을 선물을 주고 구혼하여   160
얻도록 하시오. 그러면 저 부인은 자기에게 가장 많은 선물을 주고
운명에 따라 남편으로 정해진 남자와 결혼하게 되겠지요."
      그는 이렇게 말하고 들고 있던 활을 내려놓더니
활은 튼튼하게 짜맞춘 반들반들 깎은 문짝에,
날랜 화살은 구부러진 활 끝에 기대놓았다.   165
그리고 그는 일어섰던 안락의자에 도로 가 앉았다.
안티노오스가 그를 꾸짖으며 이렇게 말했다.
"레오데스여! 그대는 무슨 말을 그렇게 함부로 하시오?
그런 끔찍하고도 고통스러운 말을 들으니 나는 화가 치미는구려.
그대가 그 활에 시위를 얹을 수 없다는 이유만으로 그 활이   170
지도자들의 용기와 목숨을 다치게 할 것이라고 말하다니.
사실은 그대의 존경스러운 어머니가 활에 시위를 얹어 화살들을 쏘아
보낼 수 있는 그런 사람으로 그대를 낳아주지 않았을 뿐이오.
다른 당당한 구혼자들은 곧 활에 시위를 얹을 수 있을 것이오."
      그는 이렇게 말하고 염소치기 멜란티오스에게 명령했다.   175
"자, 어서 홀에 불을 피우거라, 멜란티오스!
그리고 그 옆에 커다란 의자를 갖다놓고 그 위에 모피 한 장을
펴거라. 또 집안에서 큼직한 비계 덩어리 하나를 내오너라.
우리 젊은이들이 활을 데우고 활에 비계를 바른 다음
활을 시험하여 시합을 끝낼 수 있도록 말이다."   180
      그가 이렇게 지시하자 멜란티오스가 곧바로 지칠 줄 모르는
불을 피우더니, 그 옆에 의자를 갖다놓고 거기에 모피 한 장을 펴고
집안에서 큰 비계 덩어리를 하나 내왔다.

젊은이들이 그것으로 활을 데워 시험해보았지만

활에 시위를 얹지는 못했으니, 힘이 많이 달렸던 것이다. 185

안티노오스와 신과 같은 에우뤼마코스는 아직 시도하지 않았지만

구혼자들의 우두머리들인지라 용기와 힘이 월등히 뛰어났다.

　　한편 다른 두 사람은 함께 집 밖으로 나갔으니

다름 아닌 신과 같은 오뒷세우스의 소치기와 돼지치기였다.

고귀한 오뒷세우스도 그 뒤를 따라 집 밖으로 나갔다. 190

그들이 대문과 안마당 밖으로 나갔을 때

오뒷세우스가 그들에게 상냥하게 말을 건넸다.

"소치기여, 그리고 그대 돼지치기여! 내가 그대들에게 한마디 할까요,

나 혼자 간직할까요? 마음이 내게 말하라고 명령하는구려.

만약 오뒷세우스가 어디에선가 이렇게 갑자기 돌아오고 어떤 신이 195

그를 데려다주신다면 그대들은 어떻게 오뒷세우스를 도울 작정이오?

그대들은 구혼자들을 도울 거요, 오뒷세우스를 도울 거요?

그대들 마음이 그대들에게 명령하는 대로 말해보시오."

　　소치기가 그에게 대답했다.

"아버지 제우스여, 부디 내 소원을 이뤄주시어 그분께서 200

돌아오시고 어떤 신이 그분을 데려다주시기를! 그러면 그대는

내 힘과 내 두 손이 어떻게 내게 복종하는지 알게 될 것이오."

　　마찬가지로 에우마이오스도 현명한 오뒷세우스가

집에 돌아오게 해달라고 모든 신들께 기도했다.

그리하여 그들의 마음을 확실히 알았을 때 205

오뒷세우스는 이런 말로 그들에게 대답했다.

"그분은 벌써 집에 와 있다. 여기 있는 내가 바로 그 사람이다!

나는 천신만고 끝에 이십 년 만에 고향땅에 돌아왔다.

그리고 나는 내 하인들 중에 오직 자네들만이
내가 돌아오기를 바란 것을 안다. 나는 다른 하인들이 210
내가 다시 집에 돌아오도록 기도하는 것을 듣지 못했다.
자네들에게 앞으로 있을 일들을 사실대로 다 말하겠다.
신이 당당한 구혼자들을 내게 굴복시키시면
나는 자네들 두 사람에게 아내를 주고 재산을 주고
내 집 가까이에 집도 지어줄 것이며, 앞으로 자네들은 215
나에게 텔레마코스의 전우이자 형제가 될 것이다.
나는 자네들이 나를 똑똑히 알아보고 마음속으로 믿도록
확실한 증거를 보여주겠다. 자, 이 흉터를 보아라! 전에
내가 아우톨뤼코스의 아들들과 파르낫소스에 갔을 때
멧돼지의 흰 엄니에 부상당한 바로 그 흉터다." 220

　　그는 이렇게 말하고 큰 흉터를 가린 누더기를 걷었다.
그것을 보고 자초지종을 알게 된 두 사람은
현명한 오뒷세우스를 얼싸안고 눈물을 흘렸고 그의 머리와
두 어깨에 환영의 표시로 쉴 새 없이 입맞추었다.
마찬가지로 오뒷세우스도 그들의 머리와 어깨에 입맞추었다. 225
그리하여 그들은 해가 지도록 슬퍼했을 것이나
오뒷세우스가 이런 말로 그들을 제지했다.
"울음과 비탄을 멈추어라! 누가 홀에서 나오다가 우리를 보고
안에 일러바치지 않도록. 자네들은 차례대로 들어가고
함께 들어가지 마라. 내가 먼저 들어갈 테니 230
자네들은 그 뒤에 들어오너라. 그리고 이것을 우리 사이에
징표로 삼자꾸나. 말하자면 당당한 구혼자들은 모두
활과 화살통이 내게 오는 것을 용납하지 않을 것이다.

그러면 고귀한 에우마이오스여! 자네가 활을 들고 홀 안을 돌다가
그것을 내 손에 놓아라. 그러고 나서 자네는   235
여인들에게 튼튼하게 짜맞춘 방문들을 잠그라고 이르되,
혹시 이쪽에서 신음 소리나 남자들의 함성이 들리더라도
누구도 밖으로 나오지 말고 그곳에서 하던 일을
잠자코 계속하라고 일러라. 고귀한 필로이티오스여!
자네는 안마당의 바깥 대문에 빗장을 지르고 재빨리 그것을   240
줄로 묶어라. 이것이 내가 자네에게 내리는 명령이다.”

　　　그는 이렇게 말하고 살기 좋은 집안으로 들어가
일어섰던 의자에 가 앉았다. 그러자 신과 같은
오뒷세우스의 두 하인도 안으로 들어갔다.

　　　그때 에우뤼마코스는 활을 두 손으로 만지작거리며 불빛에   245
이쪽저쪽을 데우고 있었다. 그래도 그는 활에 시위를
얹을 수 없어 의기양양한 마음속으로 크게 한숨을 쉬었다.
그리고 그는 침통하게 이렇게 말했다.
“아아! 나는 나 자신과 그대들 모두를 위해 슬퍼하는 것이오.
결혼 때문에 이토록 비통해하는 것이 아니라오. 안타깝기는 하지만   250
아직도 다른 아카이오이족 여인들이 많이 있으니까요.
여기 바다로 둘러싸인 이타케에도 있고 다른 도시들에도 있어요.
내가 비통해하는 것은 우리가 이 활에 시위를 얹을 수 없을 만큼
힘에서 신과 같은 오뒷세우스만 못하다는 것 때문이오.
그것은 후세 사람들도 다 알게 될 우리의 치욕이란 말이오.”   255
　　　에우페이테스의 아들 안티노오스가 그에게 대답했다.
“에우뤼마코스여! 그렇게는 되지 않을 것이오, 그대도 알다시피.
오늘은 백성들 사이에서 신의 축제가, 신성한 축제가 벌어지고

있소. 그러니 누가 활에 시위를 얹으려 하겠소? 활은 가만히
놓아두시오. 도끼들도 있던 자리에 모두 그대로 두시오.   260
그래도 아마 라에르테스의 아들 오뒷세우스의 홀에 들어와
그것들을 가져갈 사람은 아무도 없을 것이오.
자, 술 따르는 시종은 헌주할 수 있게 각자의 잔에 차례대로
따르거라. 우리는 헌주하고 나서 구부러진 활을 치울 것이다.
그대들은 염소치기 멜란티오스를 시켜 내일 아침에는   265
그의 염소떼 중에서 가장 뛰어난 것들을 몰고 오게 하시오.
그러면 우리는 명궁 아폴론에게 그것들의 넓적다리뼈들을
태워올리고 나서 활을 시험해보고 시합을 끝낼 것이오.”
    안티노오스가 이렇게 말하자 그 말이 그들의 마음에 들었다.
그리하여 전령들은 그들의 손에 물을 부어주고, 젊은이들은   270
희석용 동이들에 술을 가득 담아 와서는 먼저 헌주하도록 차례대로
잔에 조금씩 부어준 다음, 각자에게 제 몫을 나눠주었다.
그들이 헌주하고 나서 마음껏 마셨을 때 좌중에서
지략이 뛰어난 오뒷세우스가 교활한 마음에서 이렇게 말했다.
“내 말을 들으시오, 명성도 자자하신 왕비님의 구혼자들이여!   275
나는 내 가슴속 마음이 명령하는 바를 말하고자 하오.
누구보다도 나는 에우뤼마코스와 신과 같은 안티노오스에게
간청하는 바이오. 지금은 활을 쉬게 하고 신들께 맡기자는
그분의 말이 도리에 맞기 때문이오. 내일 아침
신은 원하는 분에게 승리를 주실 것이오.   280
그러니 자, 반들반들 닦은 그 활은 내게 주십시오. 그대들 앞에서
나는 내 손과 힘을 시험해보고 싶소. 전에 내 나긋나긋한
사지에 들어 있던 것과 같은 힘이 아직도 내게 남아 있는지

아니면 방랑과 영양 부족으로 기력이 이미 쇠진했는지 말이오."

　　그가 이렇게 말하자 그들은 모두 격분했으니 그가 혹시　　　　285
반들반들 닦은 활에 시위를 얹지 않을까 두려웠던 것이다.
그래서 안티노오스가 그를 꾸짖으며 이렇게 말했다.
"가련한 나그네여! 너는 분별이라고는 눈곱만큼도
없구나. 너는 우리들 우월한 구혼자들 사이에서
제 몫을 빠짐없이 다 챙겨 조용히 잔치를 즐기면서도　　　　290
우리의 말과 대화를 듣는 것으로는 성에 차지 않는단 말이냐?
다른 나그네나 거지는 아무도 우리의 말을 듣지 못하는데도 말이다.
꿀처럼 달콤한 술이 너를 호린 게로구나. 술이란 녀석은 적당히
마시지 않고 꿀꺽꿀꺽 마시면 다른 사람들도 상하게 하는 법이니까.
라피타이족[7]을 찾아간 이름난 켄타우로스[8] 에우뤼티온을　　　　295
늠름한 페이리토오스의 홀에서 현혹시켰던 것도 술이었지.
그자는 술에 현혹되어 미쳐 날뛰며
페이리토오스의 집에서 못된 짓을 저질렀던 게다.
그러자 모든 영웅들이 분개하여 벌떡 일어서서는
그자를 대문 밖으로 끌고 나가 무자비한 청동으로　　　　300
두 귀와 코를 잘라버렸지. 그리하여 그자는 마음이 현혹된 나머지
그 미혹에 대한 벌을 어리석은 마음속에 간직한 채 그곳을 떠났지.

7　11권 주 40 참조.
8　켄타우로스는 반인반마(半人半馬)의 야만적 괴물로, 머리와 가슴과 팔은 사람이고 몸뚱이
　　와 다리는 말이다. 그들은 익시온(Ixion)과 네펠레(Nephele '구름'이라는 뜻)의 후손들로
　　텟살리아 지방의 펠리온 산에 살았는데, 이웃에 살던 라피타이족의 왕 페이리토오스의 결
　　혼식에 초대받아 갔다가 술에 취해 신부 힙포다메이아와 다른 여인들을 납치하려 텟살
　　리아 지방에서 펠로폰네소스 반도로 쫓겨난다.

그때부터 켄타우로스들과 인간들 사이에 반목이 시작된 것이다.

하지만 그자가 먼저 술에 취해 불행을 자초했지.

마찬가지로 네가 그 활에 시위를 얹으려 한다면 나는 네게도   305

큰 고통을 예고하겠다. 그러면 너는 우리 백성들 사이에서

융숭한 대접도 받지 못할 것이며, 우리는 너를 검은 배에 태워

모든 인간을 불구로 만드는 에케토스 왕에게 보내버릴 것이다.

너는 그곳에서 무사히 돌아오지 못할 것이다. 그러니 너는

조용히 술이나 마시고 너보다 젊은 사람과 다투려 하지 말란 말이야."   310

　　그러자 사려 깊은 페넬로페가 그에게 대답했다.

"안티노오스! 누가 이 집에 들어오든 텔레마코스의 손님을

모욕한다는 것은 아름답지도 옳지도 못한 짓이오.

그대는 저 나그네가 자신의 두 손과 힘을 믿고

오뒷세우스의 큰 활에 시위를 얹게 되면 나를 집으로 데려가   315

자기 아내로 삼을 것이라고 생각하오? 아마 그 자신도

가슴속에 그런 희망을 품고 있지는 않을 거요. 그러니 그대들은

여기서 회식하는 동안 그 때문이라면 아무도 마음속으로

염려하지 마시오. 그것은 정말로 어울리지 않는 일이니까요."

　　폴뤼보스의 아들 에우뤼마코스가 그녀에게 대답했다.   320

"이카리오스의 따님이여, 사려 깊은 페넬로페여! 우리도 저자가

그대를 데려가리라고는 생각지 않소. 그건 어울리지 않는 일이니까요.

우리는 남자든 여자든 사람들의 구설이 두려운 것이오, 혹시

우리만 못한 어떤 다른 아카이오이족이 이렇게 말하지 않을까 해서요.

'진실로 훨씬 못한 자들이 나무랄 데 없는 남자의 아내에게   325

구혼하지만 반들반들 닦은 활에 시위를 얹지 못했지.

그런데 어떤 떠돌이 거지가 오더니 힘들이지 않고

활에 시위를 얹어 화살로 무쇠를 꿰뚫었어.'

그들은 이렇게 말할 것이고 그것은 우리에게 치욕이 될 것이오."

　　사려 깊은 페넬로페가 그에게 대답했다.　　　　　　　　　　　　330

"에우뤼마코스여! 어떤 훌륭한 남자의 집을 업신여기며

살림을 먹어치우는 자들이 백성들 사이에서 훌륭한 명성을 얻는다는 것은

어차피 안 될 일이오. 그대들은 왜 그의 성공을 치욕으로 여기는 거죠?

저 나그네는 키가 아주 크고 체격이 탄탄할 뿐 아니라

훌륭한 아버지의 아들로 태어났다고 자랑하지 않소!　　　　　　　335

자, 누가 이기는지 우리가 볼 수 있도록 그대들은 그에게 반들반들

닦은 활을 주시오. 지금 내가 하는 말은 반드시 이뤄질 것인즉,

그가 활에 시위를 얹고 아폴론이 그에게 명성을 주신다면

나는 그에게 외투와 윗옷 같은 좋은 옷들을 입혀줄 것이고

개떼와 사람들을 막도록 날카로운 투창 한 자루와 쌍날칼 한 자루를　　340

줄 것이오. 나는 또 그에게 발밑에 매어 신도록 샌들을 주고

어디든 그의 마음이 명령하는 곳으로 그를 호송해줄 것이오."

　　슬기로운 텔레마코스가 그녀에게 대답했다.

"어머니! 이 활을 제가 원하는 사람에게 주든 아니면 거절하든

이 활에 대해 아카이오이족 중에 저보다 큰 권한을 가진 사람은　　　345

아무도 없어요. 바위투성이의 이타케를 다스리는 모든 통치자도

말을 먹이는 엘리스의 맞은편 섬들을 다스리는 모든 통치자도

마찬가지예요. 제가 이 활을 나그네에게 아주 주어 가져가게 한다 해도

그들 중 어느 누구도 제 뜻에 반해 저를 강요하지 못해요.

그러니 어머니께서는 집안으로 드시어 베틀이든 물레든　　　　　　350

어머니 자신의 일을 돌보시고 하녀들에게도 가서 맡은 일을 하도록

시키세요. 활은 남자들, 그중에서도 특히 제 소관이에요.

이 집에서는 제가 주인이니까요."

그러자 그녀는 놀라서 자기 방으로 돌아갔고
아들의 슬기로운 말을 마음속 깊이 간직했다.   355
그녀는 시중드는 여인들과 함께 자신의 이층 방으로 올라가서
사랑하는 남편 오뒷세우스를 생각하며 울었고, 빛나는 눈의
아테나가 마침내 그녀의 눈꺼풀에 달콤한 잠을 내려주었다.

그때 고귀한 돼지치기가 구부러진 활을 들고 가자
모든 구혼자들이 홀 안에서 동시에 그를 향해 소리쳤다.   360
거만한 젊은이들 중에는 이렇게 말하는 자들도 더러 있었다.
"너는 구부러진 활을 어디로 가져가려는 게냐? 구제할 길 없는
돼지치기여, 이 얼빠진 자여! 머지않아 네가 기른 날랜 개들이
돼지떼 옆에서 사람들과 떨어져 혼자 있는 너를 잡아먹게 되리라.
아폴론과 다른 불사신이 우리에게 자비를 베풀어주신다면."   365

그들이 이렇게 말하자 그는 주눅이 들어 들고 가던 활을 그 자리에
내려놓았으니, 많은 사람들이 그를 향해 일시에 소리쳤기 때문이다.
그러자 텔레마코스가 다른 쪽에서 큰 소리로 위협했다.
"아저씨! 계속 활을 들고 가시오. 모든 이들에게 복종한다는 것은
머지않아 그대에게 이롭지 못할 거요. 내 비록 젊지만 그대를   370
돌로 쳐서 들판으로 내쫓지 않도록 조심해요. 내가 그대보다
더 힘이 세니까요. 내가 홀에 있는 모든 구혼자들보다도
그만큼 더 완력과 힘이 세다면 좋으련만! 그러면 나는 곧바로
그들 중 몇 명을 혼내주고 우리집에서 자기들 집으로
돌려보낼 텐데. 그들이 못된 짓을 꾀하고 있으니까요."   375

그가 이렇게 말하자 구혼자들은 모두 그를 보고 유쾌하게 웃었고,
텔레마코스에게 심하게 화내기를 그만두었다.

그래서 돼지치기는 계속해서 활을 들고 홀을 지나

현명한 오뒷세우스에게 다가가서 그것을 그의 손에 놓았다.

그리고 돼지치기는 유모 에우뤼클레이아를 불러내 이렇게 말했다.　　　380

"텔레마코스의 명령이오, 사려 깊은 에우뤼클레이아여!

그대는 튼튼하게 짜맞춘 방문들을 잠그시오.

혹시 이쪽에서 신음 소리나 남자들의 함성이 들리더라도

여인들 중 누구도 밖으로 나오지 말고

그곳에서 하던 일을 잠자코 계속하게 하시오."　　　385

　　　그가 이렇게 말하자 그녀는 그의 말뜻을 알아듣고

두말없이 살기 좋은 집의 방문들을 잠갔다.

　　　필로이티오스도 말없이 집에서 문밖으로 뛰어나가

훌륭하게 울타리를 친 안마당의 바깥문들에 빗장을 질렀다.

주랑에는 양 끝이 휜 배의 밧줄이 놓여 있었는데　　　390

파피루스 속껍질로 만든 그 밧줄로 그는 문들을 묶고 나서

도로 안으로 들어가 일어섰던 의자에 가 앉더니

오뒷세우스를 쳐다보았다. 그는 벌써 활을 이리저리 돌리며

만지작거렸고, 주인이 떠나고 없는 동안 혹시 뿔에 벌레가

쏠지는 않았는지 여기저기 점검하고 있었다.　　　395

그러자 옆에 있는 사람을 보고 이렇게 말하는 자들도 더러 있었다.

"정말이지 저자는 활을 좋아하고 활에 정통한 사람 같구나!

그는 저런 활을 자기 집에 갖고 있거나 아니면 하나 만들

작정인 것 같군. 꼭 그처럼 활을 손 안에서 이리저리

만지작거리네, 불행에 정통한 저 떠돌이가."　　　400

　　　거만한 젊은이들 중에는 이렇게 말하는 사람도 있었다.

"저자는 앞으로 저 활에 시위를 얹을 수 있는 그 정도만큼만

인생에서 행운을 맛보게 되었으면 좋으련만!"⁹

　　구혼자들은 이렇게 말했다. 한편 지략이 뛰어난

오뒷세우스는 큰 활을 집어 들어 두루 살펴보고 나서　　　　　　　405

마치 포르밍크스와 노래에 능한 어떤 사람이

손쉽게 새 줄감개에다 현을 메우고는

잘 꾄 양의 내장의 양 끝을 고정할 때와 같이,

꼭 그처럼 힘들이지 않고 큰 활에다 시위를 얹었다.

오뒷세우스가 오른손으로 잡고 시위를 시험해보자　　　　　　　410

시위가 감미롭게 노래하니 마치 제비 소리와도 같았다.

그러자 구혼자들은 모두 대경실색했고

제우스는 크게 천둥을 쳐 전조를 보내주었다.

이에 참을성 많은 고귀한 오뒷세우스는 음흉한 크로노스의

아들이 자기에게 전조를 보내주는 것을 기뻐하며　　　　　　　415

화살통에서 꺼내 자기 옆 식탁 위에 놓아둔 날랜 화살을

집어 들었다. 다른 화살들은 속이 빈 화살통 안에 들어 있었는데

아카이오이족은 곧 이 화살들을 맛보게 되어 있었다.

그는 의자에 앉은 채로 그 화살을 줌통 위에

얹더니 시위와 오늬를 당기며 똑바로 겨누고 쏘아　　　　　　　420

도끼 자루 구멍들을 하나도 놓치지 않았으니,

청동이 달려 묵직한 화살이 그것들을 모두 꿰뚫고

지나간 것이다. 그러자 그는 텔레마코스에게 말했다.

"텔레마코스여! 홀에 앉아 있는 이 손님이 당신에게 치욕을

안겨주지는 않았군요. 나는 표적을 놓치지 않았고 활에 시위를　　　425

얹느라고 지치지도 않았으니까요. 아직도 기운이 팔팔하니

구혼자들이 나를 업신여기며 욕한 것과는 달라요!

아직 해가 있으니 아카이오이족을 위해 만찬을 준비할 시간입니다.

그리고 나서 나중에 춤과 포르밍크스로

다른 놀이를 즐겨보도록 하지요. 그것들이야말로 잔치의 절정이니까."   430

　　오뒷세우스는 이렇게 말하고 눈썹으로 신호를 보냈다.

그러자 신과 같은 오뒷세우스의 사랑하는 아들 고귀한 텔레마코스가

날카로운 칼을 메고 손에 창을 움켜쥐고는 번쩍이는 청동으로

무장한 채 그의 곁에 있던 안락의자 옆에 버티고 섰다.

9　'저자는 결코 활에 시위를 얹지 못할 것이다'라는 뜻이다.

XXII

오뒷세우스가 구혼자들을 죽이다

지략이 뛰어난 오뒷세우스는 입고 있던 누더기를 벗고
활과 화살이 가득 든 화살통을 든 채 큰 문턱 위로
뛰어올라가 바로 그곳에서 자기 발 앞에 날랜 화살들을
쏟더니 구혼자들 사이에서 말했다.
"이 무해한 시합은 이것으로 끝났다! 이제 나는 아직   5
어느 누구도 맞힌 적이 없는 다른 표적을 찾아낼까 한다.
혹시 내가 그것을 맞히면 아폴론이 내게 명성을 주실까 싶어서."
    그리고 오뒷세우스는 안티노오스에게 쓰라린 화살을 겨누었다.
그는 그때 막 손잡이가 둘 달린 아름다운 황금 잔을 들어올리려 했는데
실제로 두 손으로 그것을 들고 포도주를 마시려 했다.   10
그는 자기가 살해당하리라고는 꿈에도 생각지 않았던 것이다.
하긴 구혼자들 가운데 누가 생각이나 할 수 있었겠는가,
아무리 강력하기로 단 한 사람이 수많은 사람들 사이에서
그에게 사악한 죽음과 검은 죽음의 운명을 안겨주리라고.
그러나 오뒷세우스는 그의 식도를 겨누더니 화살로 그것을 맞혔다.   15
그리하여 화살촉이 그의 부드러운 목을 뚫고 나오자
안티노오스는 한쪽으로 쓰러졌고, 그가 맞는 순간 그의 손에서
잔이 떨어졌다. 그러자 당장 그의 콧구멍에서
사람의 피가 세차게 솟아오르며 그가 갑자기
식탁을 발로 걷어차 음식을 땅바닥에 쏟아버리니,   20

빵과 구운 고기가 피투성이가 되었다.

그가 쓰러지는 것을 보고 구혼자들은 홀에서 고함을 질렀고

안락의자에서 일어서서 홀 안을 우왕좌왕하며

잘 지은 벽들을 사방으로 살펴보았지만

그들이 손에 쥘 만한 방패나 창은 아무 데도 없었다.　　　　　　　25

그래서 그들은 화가 치밀어 오뒷세우스를 이런 말로 나무랐다.

"나그네여! 화살로 사람을 쏜다는 것은 몹쓸 짓이오.

그대는 이제 더는 다른 시합에 참가하지 못할 것이오.

가장 뛰어난 이타케 젊은이를 죽였으니 이제 갑작스러운 파멸을

면치 못할 것인즉, 그대는 이곳에서 독수리의 밥이 될 것이오."　　　30

　　이렇게 말했으니 구혼자들은 오뒷세우스가 본의 아니게 그를

죽였다고 생각한 것이다. 그들은 어리석게도 자신들 모두의

머리 위에 파멸의 밧줄이 매여 있다는 것을 아직도 몰랐다.

지략이 뛰어난 오뒷세우스가 그들을 노려보며 말했다.

"이 개 같은 자들아! 너희는 내가 트로이아인들의 나라에서　　　　35

다시는 집에 돌아오지 못할 줄 알고

내 살림을 탕진하고 강제로 하녀들과 동침하고

아직 내가 살아 있는데도 내 아내에게 구혼했다.

너희는 넓은 하늘에 사시는 신들도

후세에 태어날 인간들의 비난도 두려워하지 않았다.　　　　　　40

이제 너희 모두의 머리 위에 파멸의 밧줄이 매여 있도다."

　　그가 이렇게 말하자 그들은 모두 새파랗게 질려 어느 쪽으로 가야

갑작스러운 파멸을 피할 수 있을지 저마다 주위를 둘러보았다.

오직 에우뤼마코스만이 그에게 이런 말로 대답했다.

"그대가 진실로 이타케의 오뒷세우스로 돌아온 것이라면　　　　　45

아카이오이족이 더러는 이곳 궁전에서 더러는 시골에서 저지른

온갖 못된 짓에 대해 그렇게 말씀하시는 것도 당연하다 할 것이오.

그러나 이 모든 것에 책임이 있는 사람은 이미 죽어 누워 있소.

안티노오스 말이오. 그가 이 모든 일을 꾸몄던 것이오.

그는 결혼을 그다지 바라지도 원하지도 않고 다른 뜻을　　　　　　　50

품었는데, 크로노스의 아드님께서 이뤄주시지 않았소.

그러니까 그는 튼튼하게 지은 이타케 나라에서 스스로 왕이 되고

매복하여 기다렸다가 그대의 아들을 죽이려 했소.

이제 그가 응분의 죽음을 맞았으니 그대는 자신의 백성들을

살려주시오. 우리는 나중에 백성들 사이에서 거둬들여 우리가　　　　55

그대의 홀에서 먹고 마셔치운 것을 전부 보상할 것이오.

그러기 위해 각자 소 스무 마리 값어치를 그대에게 내놓을 것이고

청동과 황금을 얹어줄 것이오, 그대의 마음이 누그러질 때까지.

그러기 전에는 그대가 노여워하시더라도 아무도 나무라지 못하겠지요."

　　　지략이 뛰어난 오뒷세우스가 그를 노려보며 말했다.　　　　　　60

"에우뤼마코스! 너희가 내게 아버지의 유산을 전부 준다 해도,

너희가 지금 가진 것을 다 주고 거기에 다른 것을 얹어준다 해도,

그래도 나는 살육에서 내 손을 쉬게 하지 않을 것이다.

구혼자들이 자신들의 모든 법법 행위를 다 보상하기 전에는.

이제 맞서 싸우느냐, 도망치느냐 하는 것은 너희에게 달렸다.　　　　65

혹시 너희 중 누군가 죽음과 죽음의 운명을 피할 수 있다면 말이다.

하지만 갑작스러운 파멸을 면치 못하는 자들도 더러 있으리라."

　　　그가 이렇게 말하자 그들은 그 자리에서 무릎과 심장이 풀렸다.

그들 사이에서 에우뤼마코스가 이번에는 또 이렇게 말했다.

"친구들이여! 저자는 무적의 두 손을 멈추지 않을 것이며　　　　　70

반들반들 닦은 활과 화살통을 손에 넣었으니 우리 모두를

죽일 때까지 잘 깎은 문턱에서 화살을 쏘아댈 것이오.

그러니 자, 우리 전의(戰意)를 다집시다. 그대들은 칼을

빼어 들고 식탁을 집어 들어¹ 갑작스러운 죽음의 화살들을 막으시오.

그리고 우리 모두 한꺼번에 저자에게 덤벼듭시다.　　　　　　　　75

그러면 아마도 우리가 저자를 문턱과 문간에서 밀어내고 시내로

빠져나가 곧바로 구조를 요청하는 함성을 지를 수 있을 것이오.

그러면 저자가 활을 쏘는 것도 곧 마지막이 되겠지요."

　　　이렇게 말하고 그는 청동으로 된 날카로운 쌍날칼을 빼어 들고

무시무시한 함성을 지르며 오뒷세우스에게 덤벼들었다.　　　　　80

그러나 바로 그 순간 고귀한 오뒷세우스가 그에게 화살을

날려보내 가슴 위 젖꼭지 옆을 맞히며 날랜 화살을

그의 간으로 밀어넣었다. 그러자 그는 손에서 칼을

땅바닥으로 떨어뜨렸고 몸을 구부린 채 식탁 위에 고꾸라지며

음식과 손잡이가 둘 달린 잔을 바닥에 쏟아버렸다.　　　　　　85

그는 마음속으로 괴로워하며 이마로 땅바닥을 쳤고

안락의자를 두 발로 걷어차 넘어뜨렸다.

그러자 그의 두 눈에 어둠이 쏟아졌다.

　　　이번에는 암피노모스가 날카로운 칼을 빼어 들고

혹시 영광스러운 오뒷세우스가 문에서 물러설까 하여　　　　　90

오뒷세우스에게 마주 덤벼들었다.

그러나 한발 앞서 텔레마코스가 뒤에서 청동 날이 박힌

창으로 그의 어깨 한복판을 맞혀 가슴을 꿰뚫자

그는 쿵 하고 쓰러지며 온 이마로 땅바닥을 쳤다.

텔레마코스는 급히 뒤로 물러나고 그림자가 긴 창은 거기　　　　95

암피노모스의 몸속에 그대로 내버려두었으니, 아카이오이족 중에

혹시 누가 칼을 빼어 들고 그림자가 긴 창을 뽑는 자기를 찌르거나,

앞으로 머리를 숙인 자기를 칠까 심히 두려웠던 것이다.

그는 뛰어가 사랑하는 아버지의 곁에 이르자

가까이 다가서며 물 흐르듯 거침없이 말했다.　　　　　　　　　　　100

"아버지! 제가 얼른 방패와 창 두 자루와 관자놀이에

꼭 맞는 온통 청동으로 된 투구를 가져다드릴게요.

저도 돌아와 무장할 것이며 돼지치기와 소치기에게도

다른 무구를 줘야 해요. 무장하는 편이 좋겠어요."

　　지략이 뛰어난 오뒷세우스가 이런 말로 대답했다.　　　　　　105

"뛰어가 가져오너라. 내게 아직 방어할 화살들이 있는 동안.

저들이 혼자인 나를 문간에서 밀어낼 수 없으면 좋으련만!"

그가 이렇게 말하자 텔레마코스는 사랑하는 아버지의 말에

복종하여 아버지의 이름난 무구들이 있는 방으로 뛰어갔다.

그곳에서 그는 방패 네 벌과 창 여덟 자루와　　　　　　　　　110

말총 장식이 많이 달린 청동 투구 네 개를 꺼내들고

사랑하는 아버지의 곁으로 부리나케 달려왔다.

그리고 그 자신이 맨 먼저 청동을 입었다.

마찬가지로 두 하인도 아름다운 무구를 입고

지략이 뛰어난 현명한 오뒷세우스의 좌우에 섰다.　　　　　　　115

　　한편 오뒷세우스는 방어할 화살들이 남아 있는 동안

자기 집에서 계속해서 구혼자들을 한 명씩 겨누어 쏘아

쓰러뜨렸고 구혼자들은 무더기로 쓰러졌다.

1　당시의 식탁에 관해서는 1권 주 29 참조.

그러나 활을 쏘는 주인에게 화살이 다 떨어지자

그는 잘 지은 홀의 문설주의 환히 빛나는 측벽에　　　　　　　120

활을 기대놓고, 자신은 네 겹으로 된 방패를

어깨에 메고 강력한 머리에 말총 장식이 달린

잘 만든 투구를 쓰니 투구 장식이 위에서 아래로

무시무시하게 흔들렸다. 그러고 나서 그는

청동으로 무장한 두 자루의 강한 창을 집어 들었다.　　　　　125

　　거기 튼튼하게 지은 벽에는 잘 지은 홀의 문턱과 같은 높이에

바닥보다 약간 높은 샛문이 하나 있었는데, 그곳으로부터

옥외 복도로 통로가 나 있고 그것은 잘 짜맞춘 문짝들로 닫혀 있었다.

오뒷세우스는 고귀한 돼지치기에게 명하여 그 통로를 가까이에서

잘 지키게 했으니, 그리로 접근하는 길은 하나밖에 없기 때문이다.　　130

그들 사이에서 아겔레오스가 모두를 향해 이렇게 말했다.

"친구들이여! 누가 샛문으로 올라가서 백성들에게 알려요.

곧바로 구조를 요청하는 함성이 일게 해야 하지 않겠소?

그러면 저자가 활을 쏘는 것도 곧 마지막이 되겠지요."

　　염소치기 멜란티오스가 그에게 대답했다.　　　　　　　135

"불가능합니다, 제우스께서 양육하신 아겔레오스여! 안마당으로 통하는

아름다운 문들은 너무 가깝고[2] 복도의 입구는 통과하기 어려워요.

용감한 사람이라면 혼자서 모든 사람들을 제지할 수 있을 테니까요.

자, 나리들이 무장하시도록 제가 안쪽에 있는 방에서 무구들을

가져다드릴게요. 아마 오뒷세우스와 그의 영광스러운 아들은　　　140

그곳이 아닌 다른 곳에는 무구들을 갖다놓지 않았을 테니까요."

　　염소치기 멜란티오스는 이렇게 말하고 홀의 좁은 틈새들[3]을

지나 안쪽에 있는 오뒷세우스의 방으로 올라갔다.

그곳에서 그는 방패 열두 벌과 같은 수의 창과

같은 수의 말총 장식이 많이 달린 청동 투구를 꺼내더니   145

재빨리 들고 가서 구혼자들에게 건네주었다.

그리하여 그들이 무구를 입고 손에 긴 창을 휘두르는 것을

보았을 때, 오뒷세우스는 무릎과 심장이 풀렸으니

그에게 큰 일거리가 모습을 드러냈던 것이다.

그래서 그는 텔레마코스에게 물 흐르듯 거침없이 말했다.   150

"텔레마코스야! 분명 홀 안에서 누군가 우리 두 사람을 향해 사악한

전쟁을 부추기는데, 어떤 여인 아니면 멜란티오스의 소행 같구나."

　　슬기로운 텔레마코스가 그에게 대답했다.

"아버지! 그것은 제 실수이지 다른 사람 잘못이 아니에요.

제가 튼튼하게 짜맞춘 방문을 그대로 열어두었어요.   155

저자들의 정탐꾼이 더 훌륭했던 거예요. 그러니 자,

고귀한 에우마이오스여! 그대는 가서 방문을 잠그되

무구들을 가져가는 것이 어떤 여인의 소행인지 내 생각처럼

돌리오스의 아들 멜란티오스의 소행인지 지켜보시오."

　　그들이 이렇게 서로 이야기를 주고받는 사이에   160

염소치기 멜란티오스가 다시 아름다운 무구를 가지러

그 방으로 갔다. 고귀한 돼지치기가 그를 보고

지체 없이 오뒷세우스에게 다가가며 말했다.

"제우스의 후손 라에르테스의 아들이여, 지략이 뛰어난

2　오뒷세우스가 자리 잡고 있는 문턱과 가깝다는 뜻이다.

3　여기 나오는 '틈새들'이란 사람이 다니는 통로가 아니라 환기용일 것으로 생각된다. 당시
　　남자들의 공간인 홀은 바닥이 흙으로 되어 있고 햇빛도 잘 안 들고 음식도 그곳에서 조리
　　했던 까닭에 이러한 환기용 틈새들이 필요했을 것이다.

오뒷세우스여! 우리가 의심한 바로 그 악당이 또다시   165
방으로 가고 있습니다. 내게 솔직히 말씀해주십시오.
내가 그자보다 우세할 경우 그자를 죽여버릴까요,
아니면 그자가 그대의 집에서 꾀한 수많은 범법 행위를
보상하도록 그자를 이리로 그대에게로 끌고 올까요?"

　　지략이 뛰어난 오뒷세우스가 그에게 이런 말로 대답했다.   170
"좋다! 나와 텔레마코스는 당당한 구혼자들이 아무리
덤벼들어도 그들을 홀 안에 꼭 붙들어둘 것이다.
그러니 자네들 두 사람은 그자의 손발을 뒤로 묶어
방 안에다 던져 넣되, 등 뒤에 널빤지를 대고
꼰 밧줄로 그자를 묶어 높다란 기둥을 따라   175
서까래 가까이까지 달아 올려
살아서 오랫동안 심한 고통을 당하게 하게."

　　그가 이렇게 말하자 그들은 귀담아듣고 있다가
그가 시키는 대로 방으로 갔고, 안에 있던 그자는 그들이
오는 줄도 몰랐다. 그자는 방의 맨 안쪽에서 무구들을 찾았고,   180
두 사람은 문설주의 양쪽에 서서 기다렸다.
그러다가 염소치기 멜란티오스가 한 손에는 아름다운 무구를 들고
다른 한 손에는 오래되어 벌써 녹이 슨 널찍한 방패를 들고
─영웅 라에르테스가 젊어서 늘 들고 다니던 그 방패는
지금은 멜빵의 솔기가 풀린 채 그곳에 놓여 있었다─   185
문턱을 넘었을 때, 두 사람이 덤벼들어
그자를 붙잡았다. 그들은 그의 머리채를 잡아끌어
괴로워 몸부림치는 그를 바닥에 내동댕이쳐놓고
고통스러운 노끈으로 그의 손발을 등 뒤로 하여

빈틈없이 꽁꽁 묶으니, 라에르테스의 아들 190

참을성 많은 오뒷세우스가 그들에게 시킨 대로 했다.

그러고 나서 그들은 꼰 밧줄로 그자를 묶어 높다란

기둥을 따라 서까래 가까이까지 달아 올렸다. 그러고는

돼지치기 에우마이오스여! 그대는 빈정대며 그자에게 말했도다.

"멜란티오스! 이제야말로 너는 네게 어울리는 부드러운 195

침상에 기대 누워 밤새도록 파수를 볼 수 있게 되었구나.

그러니 이른 아침에 태어난 황금 옥좌의 여신도 구혼자들이 홀에서

아침식사를 마련하도록 네가 염소들을 몰아다주곤 하던 시간에

너 몰래 오케아노스의 흐름에서 떠오르지 못하겠구나."

　　　그리하여 그자는 죽음의 끈에 꽁꽁 묶인 채 그곳에 남게 되고 200

두 사람은 무구를 입고 나서 번쩍이는 문을 잠그고

지략이 뛰어난 고귀한 오뒷세우스에게 돌아갔다.

그리하여 그들 네 사람은 노여움을 몰아쉬며 문턱 위에

버티고 섰고, 더 수가 많고 더 강한 자들은 홀 안에 버티고 섰다.

그때 제우스의 딸 아테나가 그들에게 다가가니 205

그녀는 생김새와 목소리가 멘토르와 같았다.

그러자 오뒷세우스가 그녀를 보고 기뻐하며 이렇게 말했다.

"멘토르! 사랑하는 전우를 잊지 말고 우리를 파멸에서 구해주오.

나는 자네에게 늘 좋은 일로 대했으며 우리는 또 같은 또래였지."

말은 그렇게 했으나 그것이 백성들을 부추기는 아테나일 것이라고 210

그는 생각했다. 구혼자들은 홀의 다른 쪽에서 그녀를 향해 고함을 질렀는데,

맨 먼저 다마스토르의 아들 아겔라오스가 그녀를 꾸짖었다.

"멘토르! 그대는 오뒷세우스의 감언이설에 속아 넘어가

그와 한편이 되어 우리 구혼자들과 맞서 싸우지 마시오.

생각건대, 우리의 뜻은 반드시 이뤄질 것인즉 우리가   215
저기 저 부자(父子)를 죽이고 나면 그때는 그대 역시 지금
이 홀에서 행하려는 짓 때문에 그들과 함께 죽게 될 것이오.
그대는 자신의 머리로 그 대가를 치를 것이란 말이오.
우리가 청동으로 그대들의 힘을 빼앗고 나면 그때는
집안에 있는 것이든 집 밖에 있는 것이든 그대의 전 재산을   220
오뒷세우스의 재산과 모조리 섞을 것이오. 그대의 아들들이
홀 안에서 목숨을 이어가는 것도 그대의 딸들과 소중한 아내가
이타케의 도성을 돌아다니는 것도 용납하지 않을 것이오."
    그가 이렇게 말하자 아테나는 마음속으로 더욱더
화가 나 성난 말로 오뒷세우스를 꾸짖었다.   225
"오뒷세우스! 그대에게는 더 이상 예전 같은 굳건한 힘과
용맹이 없구려. 그때 그대는 고귀한 아버지에게서 태어난 흰 팔의
헬레네를 위해 만 구 년 동안 쉬지 않고 끊임없이 트로이아인들과
싸우며 무시무시한 전투에서 수많은 전사들을 죽였고,
프리아모스의 길 넓은 도시도 그대의 계략에 의해 함락되었소.   230
하거늘 그대의 재산이 있는 집에 돌아온 지금 그대는 어째서
구혼자들에게 용감하게 맞서는 대신 한탄만 하고 있단 말이오?
자, 친구여! 여기 내 곁으로 와서 내가 하는 일을 보시오.
그러면 적대적인 전사들 사이에서 알키모스의 아들 멘토르가
자신이 받은 선행에 대해 그대에게 어떻게 보답하는지 보게 될 것이오."   235
    그녀는 이렇게 말했지만 아직은 그에게 결정적 승리를
안겨주지 않고, 오뒷세우스와 그의 영광스러운 아들의
힘과 용맹을 더 시험해볼 참이었다.
그래서 그녀는 제비와 같은 모습을 하고는

연기에 그을린 홀의 천장으로 날아올라가 거기 앉았다. 240

　한편 다마스토르의 아들 아겔라오스는 구혼자들을 부추겼고,
에우뤼노모스, 암피메돈, 데모프톨레모스, 폴뤽토르의 아들
페이산드로스 그리고 현명한 폴뤼보스도 그렇게 했다.
이들이야말로 아직도 살아서 자신의 목숨을 위해 싸우는
모든 구혼자들 중에서 용기가 월등히 뛰어난 자들이었으니, 245
나머지는 이미 활과 빗발치는 화살들 속에 모두 쓰러졌던 것이다.
그들 사이에서 아겔레오스가 남은 구혼자들을 향해 이렇게 말했다.
"친구들이여! 이제 곧 저자는 무적의 두 손을 떨굴 것이오.
멘토르는 공연한 허풍만 떨다가 그의 곁을 떠났고
저들만이 문 앞에 남아 있으니 말이오. 250
그러니 그대들은 지금 긴 창을 모두 한꺼번에 던지지 말고
자, 그대들 여섯 명이 먼저 던지시오! 혹시 제우스께서
우리가 오뒷세우스를 맞혀 명성을 얻게 해주실는지.
저자만 쓰러뜨리면 나머지 다른 자들은 염려할 필요가 없소."
　그가 이렇게 말하자 그들은 모두 맞히기를 열망하며 255
그가 시킨 대로 창을 던졌으나 아테나가 창들이 다 빗나가게 했다.
그들 중에 어떤 자는 잘 지은 홀의 문설주를 맞히는가 하면
어떤 자는 튼튼하게 짜맞춘 문을 맞혔다. 또 어떤 자의
청동이 달려 묵직한 물푸레나무 창은 벽에 가 꽂혔다.
그리하여 네 사람이 구혼자들의 창을 피했을 때 그들 사이에서 260
참을성 많은 고귀한 오뒷세우스가 먼저 말문을 열었다.
"이보게들! 이제 나는 우리도 구혼자들의 무리 속으로 창을
던지자고 말하고 싶구나. 저들은 이전의 악행들에 덧붙여
우리를 죽이려고 미쳐 날뛰니 말이다."

그가 이렇게 말하자 그들은 모두 날카로운 창을 똑바로 265
겨누고 던졌다. 그리하여 오뒷세우스는 데모프톨레모스를,
텔레마코스는 에우뤼아데스를, 돼지치기는 엘라토스를,
그리고 소떼를 보살피는 이는 페이산드로스를 죽였다.
그리하여 이들이 모두 한꺼번에 이빨로 넓디넓은 바닥을 깨물자
남은 구혼자들은 홀의 맨 안쪽으로 물러났다. 270
그러자 네 사람은 앞으로 내달아 시신들에서 창을 뽑았다.

이때 구혼자들이 맞히기를 열망하며 다시 날카로운 창을
던졌으나 아테나가 대부분 빗나가게 했다. 그들 중
어떤 자는 잘 지은 홀의 문설주를 맞히는가 하면,
어떤 자는 튼튼하게 짜맞춘 문을 맞혔다. 또 어떤 자의 275
청동이 달려 묵직한 물푸레나무 창은 벽에 가 꽂혔다.
그러나 암피메돈은 텔레마코스의 손목을 가볍게 맞혀
청동이 살갗의 거죽에 생채기를 냈다. 그리고 크테십포스는
긴 창을 던져 방패 위로 드러난 에우마이오스의 어깨를
스쳤으나 창은 그 위로 날아가 바닥에 떨어졌다. 280
그러자 지략이 뛰어난 현명한 오뒷세우스와 함께하는 자들이
다시 구혼자들의 무리 속으로 날카로운 창을 던졌다.
이때 도시의 파괴자 오뒷세우스는 에우뤼다마스를,
텔레마코스는 암피메돈을, 돼지치기는 폴뤼보스를 맞혔다.
그리고 소떼를 보살피는 이는 크테십포스의 가슴을 285
맞히고 그를 향해 자랑삼아 말했다.
"폴뤼테르세스의 아들이여, 조롱하기 좋아하는 자여! 이제 그대는
두 번 다시 어리석음에 양보하여 큰소리치지 말고
판결은 신들께 맡겨라. 그분들이야말로 훨씬 강력하시니까.

이것은 신과 같은 오뒷세우스께서 전에 홀에서 구걸하실 때   290
그대가 그분께 드린 소 다리에 대한 보답이다."

　　뿔 굽은 소떼를 보살피는 이가 이렇게 말했다.

오뒷세우스는 근접전에서 긴 창으로 다마스토르의 아들을 찔렀고,
텔레마코스는 에우에노르의 아들 레오크리토스의 옆구리
한복판을 창으로 찔러 청동으로 그것을 꿰뚫었다.   295
그러자 그자는 앞으로 고꾸라지며 온 이마로 땅바닥을 쳤다.

이때 아테나가 지붕에서 사람 잡는 아이기스를 높이 쳐들자
구혼자들은 마음이 산란해져서 홀 안에
이리저리 흩어지니, 그 모습은 마치 해가 길어지기 시작하는 봄날
윙윙대며 날아다니는 쇠파리가 덤벼들면 떼 지어 사는   300
암소떼가 이리저리 흩어지는 것과도 같았다.

그러나 네 사람은 마치 발톱이 구부러지고 부리가 구부정한
독수리가 산에서 나와 작은 새들을 내리덮치듯이
—작은 새들은 구름에서 내려와 들판 위를 낮게 날지만
독수리가 그것들을 덮쳐 죽이니 방어도 도주도 불가능하고   305
사람들은 그 사냥하는 모습을 보고 즐거워한다—
꼭 그처럼 네 사람은 구혼자들에게 덤벼들어 온 홀 안을 이리저리
돌며 닥치는 대로 쳤다. 그리하여 그들의 머리가 깨어졌을 때
끔찍한 신음 소리가 일고 바닥은 온통 피가 내를 이루었다.

　　이때 레오데스가 달려와서 오뒷세우스의 두 무릎을 잡고   310
애원하며 물 흐르듯 거침없이 말했다.
"오뒷세우스여! 그대의 무릎을 잡고 비나이다. 나를 두려워하시고[4]

4　탄원자를 해쳐서는 안 되므로.

불쌍히 여기십시오. 단언컨대, 나는 홀에서 아직 어떤 여인에게도
못된 말이나 못된 짓을 한 적이 없습니다. 오히려 나는
다른 구혼자들이 그렇게 하면 말렸습니다. 그러나 그들은   315
내가 시키는 대로 악행에서 손을 떼지 않았습니다. 그래서 그들은
자신들의 못된 짓으로 인해 비참한 운명을 맞은 것입니다.
나는 예언자로 아무 잘못도 없이 그들 사이에 죽어 눕게 되는
것입니다. 선행에는 보답이 따르지 않는 법이니까요."
        지략이 뛰어난 오뒷세우스가 그를 노려보며 말했다.   320
"그대가 정말로 그들 사이에서 예언자였다고 자랑한다면
그대는 달콤한 귀향의 실현이 내게서 멀어져
내 아내가 그대를 따라가 그대의 아이들을 낳게
해달라고 홀에서 가끔 기도했겠구나. 그러니 그대는
고통스러운 죽음을 피할 수 없으리라!"   325
        그가 이렇게 말하고 억센 손으로 그곳에 놓여 있던 칼을 집어 드니
그것은 아겔라오스가 살해될 때 바닥에 내던진 것이었다.
그가 이 칼로 그자의 목덜미 한복판을 내리치자 아직도
무슨 말을 하던 그자의 머리가 먼지 속에 나뒹굴었다.
        아직도 검은 죽음의 운명을 피하려는 자가 있었으니,   330
테르피스의 아들 페미오스였다. 그는 가인으로
강요에 못 이겨 구혼자들 사이에서 노래했다. 그는 두 손에
낭랑한 음색의 포르밍크스를 든 채 샛문 바로 옆에 서서 마음속으로
망설였다. 홀에서 빠져나가 전에 라에르테스와 오뒷세우스가
그 위에 황소의 넓적다리뼈들을 수없이 태워올린 적이 있는,   335
가정의 보호자 위대한 제우스의 잘 만든 제단 옆에 가 앉을까,
아니면 앞으로 내달아 오뒷세우스의 무릎을 잡고 빌까 하고.

아무리 생각해보아도 그에게는 역시 라에르테스의 아들
오뒷세우스의 무릎을 잡는 것이 가장 좋을 것 같았다.
그래서 그는 희석용 동이와 은못으로 장식된   340
안락의자 사이의 바닥에 속이 빈 포르밍크스를
내려놓고는 앞으로 내달아 오뒷세우스의 무릎을 잡고
빌며 물 흐르듯 거침없이 말했다.
"오뒷세우스여! 그대의 무릎을 잡고 비나이다. 나를 두려워하시고
불쌍히 여기십시오. 신들과 인간들을 위해 노래하는 가인인   345
나를 죽이신다면 그대는 나중에 후회하실 것입니다.
나는 독학했지만, 어떤 신이 내 마음속에 온갖 노래를 심어주셨으니
나는 신 앞에서처럼 그대 앞에서 노래하기에 적합할 것입니다.
그러니 살기(殺氣)를 억제하시고 내 목을 베지 마십시오.
그대의 사랑하는 아들 텔레마코스도 증언해줄 수 있을 것입니다만   350
나는 자진하여 또는 원하여 그대의 집에 와 잔치 자리에서
구혼자들에게 노래한 것이 아니라 나보다 훨씬
더 많고 더 강한 그자들이 억지로 나를 데려왔던 것입니다."
    그가 이렇게 말하자 텔레마코스의 신성한 힘이
그의 말을 듣고 곧바로 가까이 있던 아버지에게 말했다.   355
"멈추세요! 이 사람은 잘못이 없으니 청동으로 치지 마세요.
전령 메돈도 살려주세요. 내가 어렸을 때 그는 우리집에서
늘 나를 보살피곤 했지요. 필로이티오스나 돼지치기가
그를 죽여버리지 않았거나, 그가 집안에서
좌충우돌하시던 아버지를 만나지 않았다면 말예요."   360
    그가 이렇게 말하자 사리가 밝은 메돈이 그의 말을
들었으니, 그는 갓 벗긴 소가죽을 몸에 두르고 안락의자 밑에

웅크리고 앉아 검은 죽음의 운명을 피한 것이다.

그래서 그는 곧장 안락의자 밑에서 뛰어나오더니

소가죽을 벗고 앞으로 내달아 텔레마코스의 무릎을 잡고   365

빌며 물 흐르듯 거침없이 말했다.

"친구여! 나 여기 있소. 그대는 멈추고 그대의 아버지께

말씀해주시오! 월등히 힘이 센 그분께서 홀에서 그분의 재산을

탕진하고 어리석게도 그대를 전혀 존중하지 않던 구혼자들에게

노하시어 날카로운 청동으로 나를 죽이지 마시라고 말이오."   370

    지략이 뛰어난 오뒷세우스가 그에게 웃음 지으며 말했다.

"힘내게나! 이 애가 자네를 구해주고 살려주었네.

그러니 자네는 명심했다가 다른 사람에게도 말해주게나.

선행이 악행보다 얼마나 더 나은지를.

그대와 노랫거리가 많은 가인은 홀에서 나가   375

살육을 피해 안마당에 가 앉아 있게,

내가 집안에서 해야 할 일을 완수할 때까지 말일세."

    그가 이렇게 말하자 두 사람은 홀에서 걸어나가

위대한 제우스의 제단 옆에 가 앉아서는

언제 죽을지 몰라 사방을 두리번거렸다.   380

    오뒷세우스는 혹시 아직도 어떤 사내가 검은 죽음의 운명을

피하려고 살아 숨어 있는지 보려고 온 집안을 샅샅이 뒤졌다.

그러나 그는 그 많은 구혼자들이 모두 피와 먼지 속에

누워 있는 것을 보았다. 어부들이 코가 촘촘한 그물로

잿빛 바다에서 만(灣)을 이룬 바닷가로 끌어내놓은   385

물고기들처럼. 물고기들은 모두 바다의 짠 파도를

그리워하며 모래 위에 쏟아져 쌓여 있고

태양은 빛을 비추어 그것들의 목숨을 빼앗는다.

꼭 그처럼 구혼자들은 겹겹이 쌓여 있었다.

그때 지략이 뛰어난 오뒷세우스가 텔레마코스에게 말했다. 390

"텔레마코스야! 자, 유모 에우뤼클레이아를 이리로 불러다오.

내가 그녀에게 내 심중에 있는 말을 하고자 하노라."

　　그가 이렇게 말하자 텔레마코스는 사랑하는 아버지가

시키는 대로 문을 흔들며 유모 에우뤼클레이아에게 말했다.

"일어나 이리 오세요. 우리집에서 하녀들을 395

감독하는 오래전에 태어난 할멈! 내 아버지께서

하실 말씀이 있어 할멈을 부르신단 말이오."

　　그가 이렇게 말하자 그녀는 그의 말뜻을 알아듣고

두말없이 살기등등한 홀의 문을 열고 걸어갔고

텔레마코스가 그녀 앞에서 길을 인도했다. 400

그리하여 그녀는 오뒷세우스가 죽은 시신들 사이에서

온통 피투성이가 되어 서 있는 것을 보았다,

들판에서 소를 잡아먹고 돌아가는 사자처럼.

사자는 온 가슴과 양 볼이 피투성이가 되어

보기에도 무시무시하다! 꼭 그처럼 오뒷세우스의 405

두 발과 두 손도 피투성이가 되어 있었다.

그녀는 시신들과 거대한 피 웅덩이를 보자 환성을 올리려 했으니

그만큼 엄청난 일을 눈앞에서 보았기 때문이다.

그러나 오뒷세우스는 그녀의 열성에도 불구하고

그녀를 말리고 제지하며 물 흐르듯 거침없이 말했다. 410

"할멈, 마음속으로만 기뻐하시오. 자제하고 환성은 올리지 마시오.

죽은 자들 앞에서 뽐내는 것은 불경한 짓이오. 여기 이자들은

신들의 운명과 자신들의 못된 짓에 의해 제압된 것인즉,
자기들을 찾아오는 사람이 나쁜 사람이든 착한 사람이든
지상의 인간들을 어느 누구도 존중하지 않았던 것이오. 415
자신들의 못된 짓 때문에 이자들은 비참한 운명을 맞은 것이오.
자, 그대는 내게 여기 나의 홀에 있는 여인들에 관해 말해주시오.
그들 중 누가 나를 업신여겼고 누가 잘못이 없는지 말이오."

사랑하는 유모 에우뤼클레이아가 그에게 대답했다.
"내 아들이여! 그대에게 사실대로 다 말씀드릴게요. 420
그대의 홀에는 하녀가 쉰 명이나 있는데,
우리는 그들에게 양모를 빗질하고 시중드는 것과 같은
가사를 처리하는 법을 가르쳐주었지요.
그런데 그중에서 모두 열두 명이 파렴치의 길로 들어서서
나는 물론이고 페넬로페조차도 존중하지 않았어요. 425
그리고 텔레마코스는 얼마 전에야 비로소 성년이 되고
어머니는 그가 하녀인 여인들을 통솔하는 것을 허용치
않았지요. 자, 나는 번쩍이는 이층 방에 올라가서 마님께
자초지종을 알리겠어요. 어떤 신이 마님께 잠을 보내주셨어요."

지략이 뛰어난 오뒷세우스가 그녀에게 이런 말로 대답했다. 430
"아직은 그녀를 깨우지 마시오! 그대는 전에 우리에게 치욕을
안겨주려 했던 여인들[5]에게 어서 이리 오란다고 전하시오."

그가 이렇게 말하자 노파는 이 말을 여인들에게 전하고
이리 오라고 재촉하려고 홀을 지나 밖으로 나갔다.
그러자 오뒷세우스는 텔레마코스와 소치기와 435
돼지치기를 불러놓고 물 흐르듯 거침없이 말했다.
"자네들은 이제 시신들을 밖으로 나르고

여인들에게도 그리 하라고 시켜라. 그러고 나서 더없이
아름다운 안락의자들과 식탁들을 물과 구멍이 송송 뚫린
해면으로 깨끗이 닦아라. 그리고 집안을 말끔히 정돈한 다음   440
하녀들을 잘 지은 홀에서 밖으로 데리고 나가
원형 건물[6]과 안마당의 나무랄 데 없는 울타리 사이에서
날이 긴 칼로 죽여 그들 모두에게서 목숨을 빼앗아라.
그러면 그들은 마침내 구혼자들의 요구에 따라 몰래
살을 섞으며 느꼈던 사랑도 완전히 잊게 될 것이다."   445
      그가 이렇게 말했을 때 여인들이 모두 한꺼번에
몰려와서 대성통곡하며 눈물을 뚝뚝 흘렸다.
먼저 그들은 죽은 자들의 시신을 밖으로 날라
훌륭하게 울타리를 친 안마당의 주랑 밑에
겹겹이 포개놓았다. 오뒷세우스가 몸소 와서 명령하니   450
그들은 마지못해 시신들을 밖으로 날랐던 것이다.
그러고 나서 그들은 더없이 아름다운 안락의자들과
식탁들을 물과 구멍이 송송 뚫린 해면으로 깨끗이 닦았다.
한편 텔레마코스와 소치기와 돼지치기가
튼튼하게 지은 홀의 바닥을 삽으로 긁어내자   455
긁어낸 것들을 하녀들이 밖으로 날라 문밖에 내다놓았다.
그러나 하녀들이 집안을 말끔히 정돈했을 때 그들은
하녀들을 잘 지은 홀에서 밖으로 데리고 나가 원형 건물과

---

5   50명의 하녀들 중 구혼자들과 놀아난 12명을 말한다.

6   원형 건물의 용도에 관해서는 특별한 언급이 없는데, 일종의 곡식 저장고가 아닌가 생각
      된다.

안마당의 나무랄 데 없는 울타리 사이의 좁은 공간으로
몰아넣었다. 그곳에서는 어느 누구도 벗어날 수 없었다.   460
그들 사이에서 슬기로운 텔레마코스가 먼저 말문을 열었다.
"나는 우리 어머니와 내 머리 위에 치욕을 쏟아붓고
구혼자들과 잠자리를 같이한 그런 여인들에게서
결코 깨끗한 죽음으로 목숨을 빼앗고 싶지 않다."

　　이렇게 말하고 그는 이물이 검은 배의 밧줄을 한쪽 끝은   465
주랑의 큰 기둥에 매고 다른 쪽 끝은 원형 건물의 꼭대기에 감아
팽팽히 잡아당겼다, 어떤 여인도 발이 땅에 닿지 않도록.
마치 날개가 긴 지빠귀나 비둘기들이 보금자리로 돌아가다가
덤불 속에 쳐놓은 그물에 걸려 가증스러운 잠자리가
그들을 맞을 때와 같이, 꼭 그처럼 그 여인들도   470
모두 한 줄로 머리를 들고 있고, 가장 비참하게 죽도록
그들 모두의 목에는 올가미가 씌워져 있었다.
그들이 발을 버둥대는 것도 잠시뿐, 오래가지는 않았다.

　　이제 그들은 문간과 안마당을 지나 멜란티오스를 데려오더니
무자비한 청동으로 그자의 코와 두 귀를 베고   475
개들이 날로 먹도록 그자의 남근을 떼어냈으며
성난 마음에서 그자의 두 손과 두 발을 잘라버렸다.

　　그들이 손발을 씻고 오뒷세우스가 있는 집안으로 들어가니,
이제야 그들이 맡았던 일이 다 끝났던 것이다.
오뒷세우스가 유모 에우뤼클레이아에게 말했다.   480
"할멈! 재앙의 치유자인 유황을 가져오고 불도 가져오시오,
내가 홀 안을 유황으로 정화할 수 있도록. 그리고 그대는
페넬로페에게 시중드는 여인들을 이리로 오라고 이르고,

집안의 다른 하녀들도 모두 이리로 오라고 하시오."

사랑하는 유모 에우뤼클레이아가 그에게 대답했다.　　　485

"그래요, 내 아들이여! 그대의 말씀은 도리에 맞아요.

그러나 자, 내가 그대에게 외투와 윗옷 같은 옷가지를 갖다드릴게요.

이렇게 누더기로 넓은 어깨를 감싸고 홀에 서 계시지 마세요.

그러시다가는 비난받게 될 테니까요."

지략이 뛰어난 오뒷세우스가 그녀에게 이런 말로 대답했다.　　　490

"지금은 내가 홀을 정화할 수 있도록 먼저 불이 있어야겠소!"

그가 이렇게 말하자 사랑하는 유모 에우뤼클레이아는

거역하지 않고 불과 유황을 가져왔다. 그러자 오뒷세우스가

홀과 다른 궁전과 안마당을 유황으로 구석구석 정화했다.

한편 노파는 여인들에게 알리고 이리 나오도록 재촉하려고　　　495

다시 오뒷세우스의 아름다운 궁전을 지나갔다.

그러자 여인들이 손에 횃불을 들고 그들의 방에서

나오더니 오뒷세우스를 에워싸며 반가이 맞았고

그의 머리와 두 어깨와 두 손을 잡으며 그에게 입맞추었다.

그리하여 울고 탄식하고 싶은 욕망이 그를 사로잡았으니　　　500

그가 마음속으로 그들 모두를 알아보았기 때문이다.

XXIII

페넬로페가 오뒷세우스를 알아보다

노파는 안주인에게 남편이 도착해 있다는 말을
전하러 환호성을 지르며 이층 방으로 올라갔다.
노파의 두 무릎은 재빠르게 움직였고, 두 발은 서로 걸려 비틀거렸다.
그리하여 안주인의 머리맡에 다다른 노파가 그녀에게 이렇게 말했다.
"잠을 깨세요, 페넬로페 마님! 마님께서 날마다 바라시던 것을   5
직접 두 눈으로 보세요. 비록 늦게 돌아오시기는 했어도
오뒷세우스께서 돌아오시어 집에 도착하셨어요.
그리고 그분께서는 자기 집을 망치고 자기 재산을
먹어치우고 자기 아들을 핍박한 구혼자들을 죽이셨어요."
　　사려 깊은 페넬로페가 그녀에게 대답했다.   10
"아주머니! 아마도 신들이 그대를 실성케 하셨군요.
신들은 아주 지혜로운 자도 어리석게 만드실 수 있고
좀 모자라는 자도 건전한 마음을 갖게 하실 수 있으니까요.
신들이 그대를 넘어뜨린 거예요. 지금까지 정상이던 그대가
어째서 마음에 슬픔이 가득한 나를 놀리려고   15
그런 허튼소리를 하며, 나를 꽁꽁 묶고 내 눈꺼풀을
에워쌌던 달콤한 잠에서 나를 깨우는 것이오?
오뒷세우스가 이름조차 입에 담기 싫은 재앙의 일리오스를
보려고 떠나가신 뒤로 한 번도 이렇게 깊이 자본 적이 없어요.
그러니 자, 그대는 어서 내려가서 여인들의 방으로 돌아가세요.   20

우리집의 다른 여인이 와서 그런 소식을 전하며
나를 잠에서 깨웠다면 나는 당장 야단치며
그녀를 여인들의 방으로 쫓아냈을 것이오.
그 점에서 그대는 늙은 덕을 본 셈이오."

　　사랑하는 유모 에우뤼클레이아가 그녀에게 대답했다.　　　　　　25
"마님! 결코 마님을 놀리려는 게 아니에요. 내가 말한 대로
정말로 오뒷세우스께서 돌아오시어 집에 도착하셨다니까요.
모든 이들이 업신여기던 홀의 나그네가 바로 그분이라고요.
텔레마코스는 그분께서 집안에 와 계신다는 것을 진작 알았지만,
신중하게도 그분께서 거만한 자들의 폭행을 응징하실 때까지　　　30
아버님의 계획을 숨기고 있었던 거예요."

　　노파가 이렇게 말하자 페넬로페는 그제야 기뻐서 침상에서
벌떡 일어나더니 노파를 얼싸안고 눈물을 비 오듯 흘렸다.
그러고 나서 그녀는 노파를 향해 물 흐르듯 거침없이 말했다.
"아주머니! 내게 거짓 없이 사실대로 말해보세요.　　　　　　　35
그이가 그대의 말처럼 정말로 집에 도착하셨다면
늘 집안에 떼 지어 모여 있는 파렴치한 구혼자들에게
어떻게 그이 혼자서 주먹맛을 보여주었나요?"

　　사랑하는 유모 에우뤼클레이아가 그녀에게 대답했다.
"나는 보도 듣도 못하고, 죽어 나가는 자들의 신음 소리만 들었을 뿐예요.　40
우리는 겁이 나서 잘 지은 방 안쪽 구석에 앉아 있었고
훌륭하게 짜맞춘 문짝들은 꽁꽁 잠겨 있었어요.
이윽고 그대의 아들 텔레마코스가 방에서 나를 불러냈는데
그의 아버지께서 나를 불러오도록 보낸 거예요.
내가 가서 보니 오뒷세우스께서는 죽은 자들 사이에 서 계시고　　45

그분 주위에는 시신들이 바닥을 차지하고 겹겹이 누워 있었어요.
사자처럼 피투성이가 된 그 모습을 보셨다면 그대는
마음이 따뜻해지셨을 거예요. 그자들은 지금 안마당으로 통하는
문간에 무더기로 쌓여 있고 그분께서는 더없이 아름다운
궁전을 유황으로 정화하고 계세요. 그리고 그분께서는   50
큰 불을 피어놓고는 마님을 불러오도록 나를 보내셨어요.
자, 나를 따라오세요! 두 분께서 마음의 행복을 향해
나아가실 수 있도록. 그대들은 고생을 많이도 하셨으니까요.
하지만 이제는 그대의 오랜 소망도 모두 이루어져
그분께서 자기 집 화로로 살아 돌아오셨고   55
그대와 아들을 홀에서 만나보셨어요. 그리고 그분께서는
악행을 저지른 구혼자들을 자기 집에서 모조리 응징하셨어요.”

　　사려 깊은 페넬로페가 그녀에게 대답했다.
“아주머니! 아직은 크게 환성을 울리며 의기양양해하지 마세요.
그이의 모습이 홀에서 모든 사람들에게, 특히 나와 우리가 낳은   60
아들에게 얼마나 반가울지는 물론 그대도 알고 있겠지요.
하지만 그대가 들려준 그 이야기는 사실이 아니오.
아니, 어떤 불사신이 마음 아프게 하는 그자들의 교만과 악행에
진노해 당당한 구혼자들을 죽이셨겠지요. 그자들은 자기들을
찾아오는 사람이 악한 사람이든 착한 사람이든 지상의 인간들을   65
어느 누구도 존중하지 않았으니까요. 그래서 그자들은 자신들의
못된 짓 때문에 불행을 당했겠지요. 그리고 오뒷세우스는 아카이오이족
땅에서 멀리 떨어진 곳에서 귀향을, 아니 목숨을 잃으셨어요.”

　　사랑하는 유모 에우뤼클레이아가 그녀에게 대답했다.
“마님! 무슨 말씀을 그렇게 하세요? 지금 집안의   70

화롯가에 와 계신 남편을 두고 다시는 돌아오시지 못할 거라
하시다니! 그대의 마음은 언제나 쉬이 믿으려 하지 않아요.
자, 그럼 그대에게 다른 명백한 증거를 말씀드리지요.
그 흉터 말입니다. 그분께서 예전에 멧돼지의 흰 엄니에
부상당한 흉터 말예요. 그분의 발을 씻다가 그것을 알아보았지요.   75
그래서 그대에게 말씀드리려 했지만, 그분께서는 매우 영리하신
분이라 손으로 내 입을 막으시며 입단속을 하셨어요.
자, 나를 따라오세요! 내 목숨을 걸게요. 내가 그대를 속인다면
그대는 나를 가장 비참하게 죽이셔도 좋아요."

　　사려 깊은 페넬로페가 그녀에게 대답했다.   80
"아주머니! 그대가 아무리 아는 게 많아도
영생하시는 신들의 뜻을 다 헤아리기는 어렵잖아요.
아무튼 내 아들한테 갑시다. 죽은 구혼자들과
그들을 죽인 사람을 내가 봐야겠어요."

　　그녀는 이렇게 말하고 이층 방에서 내려가며 마음속으로 거듭해서   85
생각했다. 서로 떨어져 선 채로 사랑하는 남편에게 물어보아야 할지,
가까이 다가가서 머리와 손을 잡으며 입맞추어야 할지.

　　그러나 그녀는 돌 문턱을 넘어 안으로 들어가자마자
오뒷세우스의 맞은편 벽쪽에 불빛을 받으며 앉았다.
한편 오뒷세우스는 눈을 내리깔고 높다란 기둥 옆에 앉아   90
착한 아내가 두 눈으로 자기를 보고 무슨 말이든 건네기를
기다리고 있었다. 하지만 너무 얼떨떨한 그녀는
아무 말 없이 앉아 있을 뿐이었다. 그녀는 줄곧 두 눈으로
그의 얼굴을 빤히 쳐다볼 뿐 여전히 남편을 알아보지 못했으니
그가 몸에 누더기옷을 걸치고 있었기 때문이다.   95

그러자 텔레마코스가 그녀를 나무라듯이 이렇게 말했다.

"어머니, 마음씨 냉담한 무정하신 어머니!

어째서 아버지 곁에 앉아 말로 물어보시지 않고

이렇게 아버지에게서 멀리 떨어져 계세요?

천신만고 끝에 이십 년 만에 고향땅에 돌아온 남편에게서   100

이렇듯 굳건한 마음으로 멀찌감치 떨어져 있는 여인은

정말이지 이 세상에 달리 또 없을 거예요.

어머니께서는 언제나 마음이 돌보다 더 단단하시지요."

　　　사려 깊은 페넬로페가 그에게 대답했다.

"내 아들아! 하도 얼떨떨해서 무슨 말을 할 수도 없고   105

물어볼 수도 없고 얼굴을 마주 쳐다볼 수도 없구나.

하지만 이분이 진실로 오뒷세우스이고

자기 집에 돌아온 것이라면, 우리 두 사람은 더 확실히

서로를 알아볼 수 있겠지. 우리에게는 다른 사람들은

모르고 우리 둘만이 알고 있는 증거가 있으니까."   110

　　　그녀가 이렇게 말하자 참을성 많은 고귀한 오뒷세우스가

웃음 지으며 곧바로 텔레마코스에게 물 흐르듯 거침없이 말했다.

"텔레마코스야! 네 어머니께 여기 홀에서 나를 시험하게 해드려라.

이제 곧 더 잘 아시게 될 테니까. 지금은 내가 남루한

누더기옷을 입고 있으니 네 어머니께서 나를 하찮게 여기고   115

내가 남편이라고 믿으려 하지 않는 것이다. 그보다도 우리는

앞으로 어떻게 하는 것이 가장 좋을지 생각해보자꾸나.

자기를 위해 복수해줄 사람을 많이 남겨놓지 않은 그런 사람을

백성들 중에서 단 한 명밖에 죽이지 않은 사람도

도망자가 되어 친족과 고향땅을 떠나거늘 우리는   120

이 도시의 버팀목을, 이타케의 젊은이들 중에서도 가장 훌륭한
자들을 모조리 죽였으니. 너는 이 일에 대해 궁리해보아라."
    슬기로운 텔레마코스가 그에게 대답했다.
"아버지! 그 일이라면 아버지께서 몸소 살펴보세요.
사람들이 말하기를, 지략이라면 인간들 중에서 아버지께서   125
가장 뛰어나다고 말합니다. 실제로 필멸의 인간들 가운데
아버지와 겨룰 자가 없으니 말예요. 우리는 열의를 다해 아버지를
따를게요. 우리에게 힘이 있는 한 용맹이 부족한 일은 아마 없을 거예요."
    지략이 뛰어난 오뒷세우스가 그에게 이런 말로 대답했다.
"그러면 어떻게 하는 것이 가장 좋을지 내 생각을   130
네게 말해주마. 너희는 먼저 목욕부터 한 다음 윗옷을 입고
방 안의 하녀들에게도 의상을 차려입도록 지시해라.
그러고는 신과 같은 가인이 낭랑한 음색의 포르밍크스를 들고
즐거운 무도에서 우리를 인도하게 해라.
그러면 지나가는 행인이든 인근 주민이든 밖에서 그 소리를   135
듣는 사람은 결혼 잔치가 벌어졌다고 생각할 것이다.
우리가 수목이 울창한 우리 농원(農園)에 닿기 전에는
구혼자들이 살해되었다는 소문이 시내에 퍼져서는
안 될 터이다. 일단 그곳으로 가서 올륌포스의 주인께서
우리에게 어떤 계책을 주실지 궁리해보자."   140
    그가 이렇게 말하자 그들은 귀담아듣고 있다가
그가 시킨 대로 먼저 목욕부터 한 다음 윗옷을 입었고
여인들도 의상을 차려입었다. 그러자 신과 같은 가인이
낭랑한 음색의 포르밍크스를 집어 들고 그들의 마음속에
달콤한 노래와 나무랄 데 없는 춤에 대한 욕구를 불러일으켰다.   145

그래서 넓은 궁전이 춤추는 남자들과 고운 허리띠를 맨
여인들의 발소리로 부산스러워졌다. 그러자 집 밖에서
그 소리를 듣고 이렇게 말하는 자들도 더러 있었다.
"왕비님이 많은 구혼자 중 누군가와 정말로 결혼식을
올리는가봐. 무정한지고! 결혼한 남편이 돌아올 때까지   150
그분의 큰 궁전을 지켜내지 못했구나!"
　　영문도 모른 채 그렇게 말하는 사람들도 있었다.
한편 가정부 에우뤼노메는 마음이 너그러운 오뒷세우스를
집에서 목욕시키고 나서 올리브유를 발라주고
훌륭한 겉옷과 윗옷을 입혀주었다.   155
아테나는 그의 머리에서 아래로 아름다움을 듬뿍 쏟아부어
그를 더 크고 우람해 보이게 했고, 그의 두상에서는
고수머리가 마치 히아신스 꽃처럼 흘러내리게 했다.
어떤 솜씨 좋은 사람이 은 위에 황금을 입힐 때와 같이
―헤파이스토스와 팔라스 아테나가 온갖 기술을   160
가르쳐주어 그는 우아한 수공예품들을 만들어낸다―
꼭 그처럼 여신은 그의 머리와 어깨 위로 우아함을 쏟아부었다.
그리하여 그는 불사신과도 같은 모습으로 욕조에서 나와
아내의 맞은편에 있는, 그가 일어섰던 안락의자에
도로 가 앉더니 그녀를 향해 이렇게 말했다.   165
"이상한 여인이여! 올륌포스에 사시는 분들께서는 분명
다른 어떤 여성들보다도 그대에게 더 모진 마음을 주셨구려.
천신만고 끝에 이십 년 만에 고향땅에 돌아온 남편에게서
이렇듯 굳건한 마음으로 멀찌감치 떨어져 있는 여인은 정말이지
이 세상에 달리 아무도 없을 것이오. 자, 아주머니!   170

나를 위해 침상을 펴주시오. 혼자서라도 잠들게 말이오.

저 여인의 가슴속에는 무쇠 같은 마음이 들어 있으니까요."

　　사려 깊은 페넬로페가 그에게 대답했다.

"이상한 분이여! 나는 잘난체하지도 않고 남을 업신여기지도 않으며

크게 놀라지도 않지요. 노가 긴 배를 타고 그대가 이타케를　　　　　　　175

떠나실 때 모습을 나는 아직도 생생히 기억해요.

에우뤼클레이아! 그이가 손수 지으신 우리의 훌륭한

신방(新房) 밖으로 튼튼한 침상을 내다놓으시오.

그대들은 튼튼한 침상을 내다놓고 그 위에

모피와 외투와 번쩍이는 담요 같은 침구를 펴드리세요."　　　　　　　180

　　이런 말로 그녀가 남편을 시험하자 오뒷세우스는

역정을 내며 알뜰히 보살피는 아내에게 말했다.

"여보! 당신이 하는 말은 정말로 내 마음을 아프게 하는구려.

누가 내 침상을 다른 데로 옮긴단 말이오? 아무리 요령 좋은 자라도

그렇게 하기는 어려울 것이오, 신이 친히 오신다면 몰라도.　　　　　　　185

신은 원하신다면 무엇이든 쉽게 다른 데로 옮기시겠지만.

그러나 살아 있는 인간들 중에는 아무리 젊고 힘이 세다 해도 그 침상을

쉽게 들어올릴 자는 없소. 정교하게 만든 그 침상의 구조에는

남모를 비밀이 있소. 다른 누구의 손도 빌리지 않고 나 자신이 그것을 애써

만들었으니 하는 말이오. 우리 안마당에는 잎이 긴 올리브나무　　　　　　　190

한 그루가 무럭무럭 자라고 있었는데 그 줄기가 기둥처럼

굵었소. 그 나무 둘레둘레로 나는 돌들을 촘촘히 쌓아올려 방을

들이기 시작했소. 드디어 그것이 완성되자 그 위에 훌륭하게

지붕을 씌우고 튼튼하게 짜맞춘 단단한 문짝들을 달았소.

그러고 나서 잎이 긴 올리브의 우듬지를 자르고　　　　　　　195

밑동을 뿌리 쪽부터 위로 대충 다듬은 뒤 청동으로

훌륭하고 솜씨 좋게 두루 깎고 먹줄을 치고 똑바르게 말라

침대 기둥으로 만들었지요. 이어서 나는 송곳으로 필요한 만큼

구멍을 뚫었소. 그 침대 기둥에서부터 시작하여 나는 침상을

만들기 시작했고, 드디어 그것이 다 완성되자 금과 은과 상아로   200

정교하게 장식하고 그 안에 자줏빛 찬란한 소가죽끈을

졸라맸지요. 이것이 내가 그대에게 제시하는 우리 침상의 비밀이오.

그러나 여보! 그 침상이 아직도 그대로인지 아니면 벌써

누군가 올리브나무 밑동을 베어 다른 데로 옮겼는지는 모르겠소."

     그가 이렇게 말하자 그녀는 그 자리에서 무릎과 심장이 풀렸다.   205

오뒷세우스가 말한 확실한 증거는 그녀가 알고 있는 대로였다.

그녀는 울면서 오뒷세우스에게 곧장 달려가

두 팔로 그의 목을 끌어안고는 머리에 입맞추며 말했다.

"오뒷세우스! 내게 화내지 마세요. 당신은 다른 일에도

인간들 중에서 가장 슬기로우시니까요. 우리에게 아픔을 주신 것은   210

신들이에요. 우리가 함께 지내며 청춘을 즐기다가

노년의 문턱에 이르는 것을 신들께서 시기하신 거예요.

그러니 이제 당신은 내가 당신을 처음 본 순간

이렇게 반기지 않았다고 화내거나 노여워하지 마세요.

어떤 사람이 와서 거짓말로 나를 속이지 않을까   215

내 가슴속 마음은 언제나 부들부들 떨고 있었어요.

사악한 이득을 꾀하는 자들이 어디 한둘이어야지요.

제우스의 딸인 아르고스의 헬레네[1]도 아카이오이족의

용맹스러운 아들들이 자기를 그리운 고향땅으로

도로 데려올 줄 알았다면, 낯선 남자와 사랑의 잠자리에서   220

동침하지 않았을 거예요. 분명 어떤 신이 그런 수치스러운 짓을
하도록 그녀를 부추긴 거예요. 그때까지 그녀는 결코
그런 비참하고 어리석은 생각을 마음속에 품지 않았을 거예요.
우리의 아픔도 처음에 바로 그런 어리석은 생각에서 비롯되었던
거예요. 그러나 이제 당신과 나 그리고 단 한 명의 하녀,   225
말하자면 내가 이리로 올 때 아버지께서 내게 주셨고
우리 두 사람을 위해 튼튼하게 지은 신방의 문을 지켜주던
악토르의 딸[2] 말고는 어떤 다른 인간도 본 적 없는
우리의 잠자리라는 확실한 증거를 당신이 말씀하시니
마음이 완고한 나도 당신 말에 설득당할 수밖에 없네요."   230
   그녀는 이런 말로 그의 마음속에 울고 싶은 욕망을 더욱더
불러일으켰다. 그리하여 그는 마음에 맞고 알뜰히 보살피는
아내를 울며 끌어안았다. 바람과 부푼 파도에 떠밀리던
잘 만든 배가 포세이돈에 의해 박살난 탓에 바다 위를
헤엄치던 자들에게 육지가 반가워 보일 때와 같이   235
―몇 사람만이 잿빛 바다에서 뭍으로 헤엄쳐 나오고
그들의 몸은 온통 소금이 두껍게 눌러붙어 있다.
그들은 재앙에서 벗어나 반가이 육지에 발을 올려놓는다―
꼭 그처럼 그녀에게는 남편이 반가웠다. 그녀는 흰 팔로
그의 목을 끌어안고는 잠시도 놓아주려 하지 않았다.   240
그리하여 그들이 우는 사이 장밋빛 손가락을 가진 새벽의 여신이
나타났을 것이나, 빛나는 눈의 여신 아테나가 다른 것을 생각해내어
밤을 서쪽 끝에다 오랫동안 붙들어두는 한편, 황금 옥좌의
새벽의 여신을 오케아노스에다 붙들어두어 인간들에게 빛을
안겨주는 걸음 잰 말들에게, 새벽의 여신을 실어다주는   245

망아지들인 람포스와 파에톤에게 멍에를 얹지 못하게 했다.

마침내 지략이 뛰어난 오뒷세우스가 아내에게 말했다.

"여보! 아직 우리의 고난이 끝난 것이 아니라오.

앞으로도 헤아릴 수 없이 많은 노고가 닥칠 것이고

아무리 버겁고 힘들더라도 나는 그것을 모두 완수해야 하오.　　　　　250

내가 전우들과 나 자신을 위해 귀향을 구하려고

하데스의 집으로 내려가던 날

예언자 테이레시아스의 혼백이 내게 그렇게 예언했소.

그러니 여보! 이제는 우리 함께 침상에 가서

달콤한 잠으로 휴식을 즐기도록 해요."　　　　　255

　　　사려 깊은 페넬로페가 그에게 대답했다.

"잠자리는 당신이 마음속으로 원하기만 하면 언제든 당신을 위해

마련되어 있을 거예요. 신들께서 당신을 잘 지은 당신의 집과

고향땅에 돌아오게 해주셨으니까요. 그런데 방금 당신이

마음에 떠올렸고 신이 당신 마음속에 일깨워주셨으니,　　　　　260

내게 그 고난에 관해 말씀해주세요. 나중에 어차피

알게 될 거라면 지금 안다고 해서 더 나쁠 건 없을 테니까요."

　　　지략이 뛰어난 오뒷세우스가 그녀에게 이런 말로 대답했다.

"참 이상하구려. 왜 당신은 나더러 자꾸 말해달라 재촉하시오?

좋아요, 이야기하지요. 당신에게 나는 아무것도 숨기지 않겠소.　　　　　265

1　페넬로페를 헬레네의 경우와 비교한다는 것은 적절치 못하다는 이유로, 이 구절은 고대부
　터 지금까지 나중에 가필(加筆)된 것으로 간주되고 있다.

2　원어 악토리스(Aktoris)는 '악토르의 딸' 또는 '악토리스'라는 이름으로 번역되는데, 두 경
　우 모두 에우뤼노메를 가리키며 후자의 경우에는 그녀의 다른 이름을 뜻한다. 그 밖에 악
　토리스는 이미 죽고 에우뤼노메가 그 후임자가 되었다고 보는 견해도 있다.

하지만 듣고 난 뒤 당신 마음이 기쁘지만은 않을 것이오.
나도 기쁘지 않으니까. 왜냐하면 테이레시아스는 나더러
손에 맞는 노 하나를 들고 바다를 전혀 모를뿐더러
소금 든 음식을 먹지 않는 사람들에게 이를 때까지
인간들의 수많은 도시로 떠나라고 명령했기 때문이오.   270
그들은 또한 이물을 붉게 칠한 배도 모를뿐더러
배를 위해 날개가 되어주는 손에 맞는 노도 모른다고 했소.
그는 내게 명백한 징표를 말해주었는데 나는 당신에게 숨기지
않겠소. 마침내 어떤 길손이 나와 마주쳐 나더러
탄탄한 어깨 위에 곡식을 까부르는 키를 메고 있다고 말하거든   275
그때는 손에 맞는 노를 땅에다 박고 포세이돈 왕에게
훌륭한 제물, 숫양 한 마리와 수소 한 마리와
암퇘지를 올라타는 수퇘지 한 마리를 제물로 바치라 했소.
그러고 집에 돌아가 넓은 하늘에 사시는 모든 불사신들께
순서대로 신성한 헤카톰베를 바치라고 예언자는 내게 명령했소.   280
그리고 나에게는 더없이 부드러운 죽음이 바다 밖으로부터
와서 안락한 노령에 제압된 나를 데려갈 것이고
백성들은 나를 둘러싸고 행복하게 살 것이라고 했소.
이 모든 일이 내게 이뤄질 것이라고 그는 말했소."

　　사려 깊은 페넬로페가 그에게 대답했다.   285
"신들께서 정말로 당신에게 더 행복한 노년을 베풀어주신다면
드디어 당신이 불행에서 벗어날 희망이 있는 셈이네요."

　　이렇게 그들은 이야기를 주고받았다.
그동안 에우뤼노메와 유모는 타오르는 횃불 아래서
부드러운 천으로 된 잠자리를 폈다.   290

그들이 부지런히 움직여 튼튼한 침상에 침구를 다 폈을 때

노파는 자려고 자기 방으로 도로 돌아갔으나

안방 시녀인 에우뤼노메는 손에 횃불을 들고

침상으로 걸어가는 두 사람을 앞에서 인도했고

두 사람을 방으로 인도한 뒤 돌아갔다. 그리고 두 사람은   295

즐거운 마음으로 예전 그대로 놓여 있는 침상에 이르렀다.

한편 텔레마코스와 소치기와 돼지치기는

춤에서 발을 쉬고 여인들도 쉬게 했다.

그러고 나서 그들 자신도 쉬려고 그늘진 홀에 누웠다.

　　두 사람은 달콤한 사랑을 실컷 즐기고 나서 각자가 겪은   300

일을 들려줌으로써 이야기로 상대방을 즐겁게 해주었다.

여인들 중에서도 고귀한 페넬로페는 자기에게 구혼하며

소떼와 힘센 작은 가축들을 죽이고 술통에서 포도주를

마구 퍼내던, 파멸을 안겨주는 구혼자들의 무리를 보면서

자기가 홀에서 견뎌야 했던 일들을 빠짐없이 이야기했다.   305

제우스의 후손인 오뒷세우스는 자신이 인간들에게 가져다준

온갖 고통과 자신이 겪어야 했던 고난을 빠짐없이 이야기했다.

그녀는 듣고 좋아했고 이야기가 다 끝날 때까지

그녀의 눈꺼풀 위로 잠이 내려앉지 않았다.

　　그는 먼저 자신이 어떻게 키코네스족을 제압했고, 그 뒤 어떻게   310

로토파고이족의 기름진 나라에 닿았는지 이야기했다. 그는 또

퀴클롭스의 모든 짓거리와 그 괴물이 인정사정없이 잡아먹은

강력한 전우들에 대해 자신이 어떻게 앙갚음했는지 이야기했다.

또 어떻게 아이올로스를 찾아갔는지도 이야기했다.

아이올로스는 그를 반가이 맞아주고 호송해주었으나 아직은 그가   315

그리운 고향에 돌아갈 운명이 아닌지라 다시 폭풍이 낚아채
크게 신음하는 그를 물고기가 많은 바다 위로 날렸던 것이다.
그는 또 어떻게 라이스트뤼고네스족의 땅 텔레퓔로스에 닿았는지
이야기했다. 그들이 함선들을 부수고 훌륭한 정강이받이를 댄 전우를
모조리 죽인 까닭에 오뒷세우스는 혼자 배를 타고 도망쳤던 것이다.   320
이어서 그는 키르케의 계략과 다양한 책략을 이야기했고
또 테바이의 테이레시아스에게 묻고자 자신이 어떻게
노가 많은 배를 타고 하데스의 곰팡내 나는 집으로 내려가서
전우들과, 그리고 자기를 낳아서 어릴 적에 길러주던
자기 어머니를 만나보았는지 이야기했다.   325
그는 또 자신이 어떻게 쉴 새 없이 노래하는 세이렌 자매의
목소리를 들었으며, 어떻게 플랑크타이 바위들과 무서운 카륍디스와
누구도 무사히 벗어난 적 없는 스퀼라에게 가게 되었는지
이야기했다. 어떻게 자기 전우들이 헬리오스의 소들을
죽였으며, 어떻게 높은 데서 천둥 치는 제우스가 연기를 내뿜는   330
번개로 날랜 배를 쳐서 훌륭한 전우들을 한번에 모조리 죽이고
자신만이 사악한 죽음의 운명에서 벗어났는지 이야기했다.
이어서 그는 자신이 어떻게 오귀기에 섬과 요정 칼륍소에게 가게
되었는지 이야기했는데, 칼륍소는 그를 남편으로 삼으려는
속셈으로 속이 빈 동굴에다 그를 붙들어두고 부양하며   335
그에게 영원히 죽음도 늙음도 모르게 해주겠다고 말했다.
그러나 그녀는 결코 그의 가슴속 마음을 설득하지 못했다.
그는 또 어떻게 자신이 천신만고 끝에 파이아케스족의 나라에
가게 되었고, 어떻게 그들이 자기를 진심으로 신처럼 존경했으며
청동과 황금과 옷가지를 충분히 준 뒤 배에 태워 그리운 고향땅으로   340

호송해주었는지 이야기했다. 이것이 그가 들려준 마지막
이야기였다. 그때 갑자기 사지를 풀어주는 달콤한 잠이
그를 엄습해 마음의 근심을 풀어주었기 때문이다.

　　빛나는 눈의 여신 아테나는 또다시 다른 것을 생각해내어
오뒷세우스가 아내와의 동침과 잠을 마음껏 즐겼다고　　　345
생각되었을 때, 인간들에게 빛을 가져다주도록
이른 아침에 태어난 황금 옥좌의 여신이 지체 없이
오케아노스에서 일어나게 했다. 그러자 오뒷세우스가
부드러운 잠자리에서 일어나 아내에게 이런 지시를 내렸다.
"여보! 고난이라면 우리 두 사람 다 원도 한도 없이 많이 겪었소.　　350
당신은 여기서 내 귀향이 몹시 염려되어 눈물 흘리느라 그랬고,
나는 제우스와 다른 신들께서 귀향에 대한 나의 열망에도 불구하고
고향땅에서 멀리 떨어진 곳에 고통으로 나를 꽁꽁 묶으셨기에
그랬지요. 그러나 이제는 우리 두 사람 다 고대하던 잠자리에
이르렀으니 당신은 집안에 있는 재산을 돌보시오.　　　355
오만불손한 구혼자들이 먹어치운 작은 가축들은
내가 몸소 나서서 상당수 약탈해올 것이고, 나머지는
내 우리들이 다시 찰 때까지 아카이오이족이 돌려줄 것이오.
이제 나 때문에 마냥 괴로워하셨던 훌륭하신 아버지를
뵈러 수목이 우거진 시골로 나가볼까 하오.　　　360
그리고 여보! 당신이 비록 지혜롭기는 하나 내가 당신에게
이런 지시를 내리겠소. 해가 뜨면 곧 구혼자에 관한 소문이,
내가 홀에서 그들을 죽였다는 소문이 퍼질 것이오.
그러니 당신은 시중드는 여인들을 데리고 이층 방에 올라가서
그곳에 앉아 있되 아무도 보지 말고 아무에게도 묻지 마시오."　　365

그는 이렇게 말하고 어깨에 아름다운 무구들을 입고
텔레마코스와 소치기와 돼지치기를 깨우더니
그들 모두에게 전쟁 무기를 손에 들라고 명령했다.
그러자 그들은 그의 말을 거역하지 않고 청동으로 무장한 뒤
문을 열고 밖으로 나갔고 오뒷세우스가 앞장섰다.   370
대지 위에는 벌써 빛이 비추었으나 아테나는 그들을
밤의 어둠으로 싸서 도시 밖으로 서둘러 데리고 나갔다.

XXIV

저승 속편 │ 맹약

한편 퀼레네[1]의 헤르메스는 구혼자들의 혼백을 불러냈다.

그는 아름다운 황금 지팡이를 손에 쥐고 있는데

바로 이 지팡이로 자기가 원하는 사람들의 눈을

감기기도 하고 자는 이들을 도로 깨우기도 했다. 이 지팡이로

그는 혼백들을 깨워 데려갔고 혼백들은 찍찍거리며 따라갔다.　　　　5

마치 동굴 안 바위에 무리 지어 매달려 있던 박쥐떼가

그중 한 마리가 아래로 떨어지면 불가사의한 동굴 맨 안쪽에서

찍찍거리며 이리저리 날아다닐 때와 같이, 꼭 그처럼

혼백들은 찍찍거리며 그와 동행했고 구원자 헤르메스는

앞장서서 곰팡내 나는 길을 따라 그들을 아래로 인도했다.　　　　10

그들이 오케아노스의 흐름들과 레우카스 바위[2] 옆을

지나고 헬리오스의 문들과 꿈들의 나라 옆을 지나

곧장 수선화 피는 풀밭에 당도하니 그곳은 바로 혼백들이,

죽은 사람들의 환영(幻影)이 사는 곳이다.

　　　그곳에서 그들은 펠레우스의 아들 아킬레우스의 혼백과　　　　15

파트로클로스, 나무랄 데 없는 안틸로코스, 아이아스의 혼백을

1　퀼레네는 아르카디아의 북동쪽 아카이아 지방과 경계에 있는 고산(2,376미터)으로 펠로
　　폰네소스 반도에서 라케다이몬과 멧세네 지방의 경계를 이루는 타위게톤(Taygeton 2,407
　　미터) 다음으로 높다. 퀼레네 산에 있는 어느 동굴에서 헤르메스가 태어났다고 한다.

2　'흰 바위'라는 뜻이다.

발견했는데, 아이아스는 용모와 체격이 모든 다나오스 백성 중

펠레우스의 나무랄 데 없는 아들 다음으로 가장 뛰어났다.

이들은 아킬레우스 주위에 모여 있었다. 그때 아트레우스의 아들

아가멤논의 혼백이 수심에 차 다가왔는데,   20

그의 주위에는 그와 함께 아이기스토스의 집에서 죽어

운명을 맞은 혼백들이 모두 모여 있었다.

그를 향해 펠레우스의 아들의 혼백이 먼저 말했다.

"아트레우스의 아들이여! 우리는 그대가 모든 영웅들 중에서

천둥을 좋아하시는 제우스께 언제나 가장 사랑받는 줄 알았소.   25

우리 아카이오이족이 고통받던 트로이아인들의 나라에서

그대는 그 많은 강력한 자들을 통치했으니 말이오. 하거늘

일단 세상에 태어난 이상 그대에게도 어느 누구도 피할 수 없는

죽음의 운명이 그것도 일찌감치 찾아왔구려.

아아, 그대가 통치자로 명예를 누리다가 트로이아인들의   30

나라에서 죽음과 운명을 맞았다면 얼마나 좋았을까!

그랬다면 전(全) 아카이오이족이 그대를 위해 무덤을

지어주고 그대는 또 아들에게 도움되는 큰 명성을 얻었을 텐데!

하지만 그대는 가장 비참하게 죽을 운명이었구려."

아트레우스의 아들의 혼백이 그에게 대답했다.   35

"펠레우스의 아들이여, 신과 같은 아킬레우스여! 그대야말로

행복하도다. 그대는 아르고스에서 멀리 떨어진 트로이아에서

죽었으니 말이오. 그대 주위의 다른 사람들도, 트로이아인들과

아카이오이족의 가장 훌륭한 아들들도 그대를 위해 싸우다 죽어갔소.[3]

하지만 그대는 전차 모는 재주도 잊은 채 소용돌이치는 먼지 속에   40

큰대자로 누워 있었다오. 우리는 온종일 싸웠고, 제우스께서 폭풍으로

싸움을 중단하지 않았다면 우리는 결코 싸움을 그만두지 않았을
것이오. 우리는 싸움터에서 함선들이 있는 곳으로 그대를
옮겨 침상에 뉘고 더운물과 연고(軟膏)로 그대의
고운 살갗을 닦아냈소. 다나오스 백성들은 그대를 둘러싸고   45
뜨거운 눈물을 하염없이 흘리며 자신들의 머리털을 잘라 바쳤소.[4]
그리고 소식을 들은 그대의 어머니는 불사의 바다 처녀들[5]을
데리고 바다에서 나왔소. 그리하여 바다 위로 불가사의한 울음소리가
들리자 전 아카이오이족이 부들부들 떨었지요. 그리하여
그들은 벌떡 일어서서 속이 빈 함선들이 있는 곳으로 갔을 것이나   50
옛일을 꿰고 있는 사람이 그들을 만류했으니,
네스토르의 조언은 전부터 가장 훌륭한 것으로 정평이 났지 않소.
그들 사이에서 그는 좋은 뜻에서 열변을 토했소.
'멈추시오, 아르고스인들이여! 도망치지 마시오, 아카이오이족의
젊은이들이여! 저기 저것은 그의 어머니가 죽은 아들을 만나려고   55
불사의 바다 처녀들을 데리고 바다에서 나오는 것이라오.'
그가 이렇게 말하자 늠름한 아카이오이족은 도주를 멈추었소.
그러자 바다 노인의 딸들이 그대를 둘러서서 애처로이 울었고
그대에게 불멸의 옷들을 입혀주었소. 그리고 모두 아홉 명의

---

3 당시 전쟁터에서 장수가 전사하면 적군은 그의 무구들을 빼앗고 몸값을 받기 위해, 아군
은 그의 시신을 보호하기 위해 치열한 전투를 벌였다.

4 4권 주 15 참조.

5 '바다 처녀들'이란 바다 노인 네레우스의 딸들을 말한다. 네레우스의 딸들 중에서는 아킬
레우스의 어머니인 테티스와 갈라테이아(Galateia '젖빛의' '유백색의'라는 뜻)가 유명하
다. 헤시오도스에 따르면 네레우스는 폰토스(Pontos)의 아들로 오케아노스의 딸 도리스
(Doris)와 결혼하여 50명의 딸들(Nereides 단수형 Nereis)을 두었으며 바닷속 깊숙한 곳에
서 평온한 생활을 하고 있다고 한다(『신들의 계보』 233행 이하 참조).

무사 여신들이 서로 화답하며 고운 목소리로 만가를 부르기 시작했소.   60
그곳에서 그대는 눈물을 흘리지 않는 아르고스인은 한 사람도
보지 못했을 것이오. 낭랑한 무사 여신의 노랫소리가 그만큼
장엄하게 울렸소. 그리하여 열흘하고도 이레 동안 밤낮으로
불사신들과 필멸의 인간들이 그대를 위해 울었소.
열여드레째 되는 날, 우리는 그대를 불에 넘겨주고   65
그대 주위에서 살진 양들과 뿔 굽은 소들을 많이 잡았소.
그대는 신들의 옷을 입은 채 아낌없는 연고와 달콤한 꿀 속에서
타고 있고, 수많은 아카이오이족 영웅들이 무장한 채
불타는 그대의 화장용 장작더미 주위를 더러는 걸어서
더러는 전차를 타고 행진하니 굉장한 소란에 휩싸였다오.   70
그렇게 헤파이스토스의 불길이 그대를 완전히 없애버리자
우리는 이른 아침에, 아킬레우스여! 그대의 백골을
주워 모아 물 타지 않은 포도주와 연고 속에 집어넣었소.
그러자 그대의 어머니가 손잡이가 둘 달린 황금 단지를 주었소.
디오뉘소스의 선물인데 이름난 헤파이스토스의 작품이라며.   75
그 안에, 영광스러운 아킬레우스여! 그대의 백골이 들어 있소.
메노이티오스의 아들 죽은 파트로클로스의 백골도 그 안에
함께 있소. 하지만 많은 전우들 중 죽은 파트로클로스 다음으로
그대가 가장 존중한 안틸로코스의 백골은 따로 떨어져 있소.
그러고 나서 그대의 뼈 위에다 우리들 아르고스인 창수들의   80
강력한 군대는 지금 태어나는 자들에게도 나중에 태어날
자들에게도 바다 먼 곳에서도 또렷이 잘 보이도록
넓은 헬레스폰토스[6]의 툭 튀어나온 곳[岬]에다
나무랄 데 없는 무덤을 높다랗게 쌓아올렸소.

그러자 그대의 어머니가 아카이오이족 장수들을 위해 신들께   85

더없이 훌륭한 상품들을 부탁하여 경기장 한가운데에 갖다놓았소.

왕이 죽은 뒤 젊은이들이 혁대를 매고 경기를 하기 위해 준비하는,

그런 영웅들의 장례식에 그대도 여러 번 참석해보았겠지만

그 상품들을 보았다면 그 어느 때보다 마음속으로

감탄했을 것이오. 그만큼 더없이 아름다운 상품들을   90

여신이, 은빛 발의 테티스가 그대를 위해 내놓았소.

그대가 신들에게 그만큼 사랑을 받았던 거요. 그러니 그대는

죽어서도 이름을 잃지 아니하고 모든 인간들 사이에서

언제까지나 훌륭한 명성을 누릴 것이오, 아킬레우스여!

나는 전쟁을 이겨냈지만 그것이 내게 무슨 즐거움이란 말이오?   95

귀향하자마자 아이기스토스와 나의 잔혹한 아내 손에 죽는

끔찍한 파멸을 제우스께서 나를 위해 생각해내셨으니 말이오.”

그들이 이렇게 서로 이야기를 주고받고 있는데,

아르고스의 살해자인 신들의 사자가 오뒷세우스에게 살해된

구혼자들의 혼백을 이끌고 내려와 그들 가까이로 왔다.   100

그들을 보자 두 사람은 놀라며 곧장 그들에게 다가갔다.

6   헬레스폰토스는 에게 해의 북동부와 마르마라(Marmara) 해를 잇는 지금의 다르다넬스
해협이다. 그리스 신화에 따르면 테바이 왕 아타마스(Athamas)와 구름의 여신 네펠레
(Nephele)의 소생인 프릭소스(Phrixos)와 헬레(Helle) 남매는 계모인 카드모스의 딸 이노
가 몹시 미워하자 날개가 달리고 황금 털을 가진 숫양을 타고 바다를 건너 도망치다가, 헬
레는 어지러워 바다에 떨어져 죽는데 그 뒤로 그녀가 빠져 죽은 바다는 헬레스폰토스(‘헬
레의 바다’라는 뜻)라고 불리게 되었다고 한다. 프릭소스는 아이에테스 왕이 통치하는 콜
키스(Kolchis)에 무사히 도착해 숫양은 제우스에게 제물로 바치고 그 황금 양모피는 나무
에 걸어두고 용이 지키게 했는데 훗날 이아손이 ‘아르고호 원정대’를 이끌고 와 온갖 시련
끝에 메데이아(Medeia)의 도움으로 그 황금 양모피를 가지고 돌아간다.

그리고 아트레우스의 아들 아가멤논의 혼백은 멜라네우스의
사랑하는 아들, 명성도 자자한 암피메돈을 알아보았으니
암피메돈은 이타케에 있는 집에서 살던 그의 친구였다.
아트레우스의 아들의 혼백이 먼저 말했다. 105
"암피메돈이여! 그대들은 무슨 변고를 당했기에 대지의 어둠
아래로 내려오는 것이오? 그대들은 모두 같은 또래의, 가려 뽑은
자들 같구려. 꼭 누가 어느 도시에서 가장 뛰어난 남자들을
선발해놓은 것 같단 말이오. 포세이돈이 역풍과 긴 파도를
일으켜 함선들 안에서 그대들을 제압한 것이오, 아니면 혹시 110
그대들이 그들의 소떼나 아름다운 양떼를 약탈하려 했거나
그들의 도시와 여인들을 차지하고자 싸우려 하다가
적군이 육지에서 그대들을 해친 것이오? 내 물음에 대답하시오!
나는 그대 집의 빈객임을 자랑으로 여기고 있소. 혹시 그대는
내가 이타케에 있는 그대 집을 방문한 일이 생각나지 않으시오?
훌륭한 갑판이 덮인 함선들을 타고 일리오스로 나를 따라오도록 115
오뒷세우스를 재촉하려고 신과 같은 메넬라오스와 함께 갔었는데.
우리는 넓은 바다 위에서 항해를 마치는 데 만 한 달이 걸렸소.
도시의 파괴자 오뒷세우스를 간신히 설득할 수 있었으니까."
    암피메돈의 혼백이 그에게 대답했다. 120
"가장 영광스러운 아트레우스의 아들이여, 인간들의 왕 아가멤논이여!
나는 그 모든 것을 그대가 말한 그대로 기억하고 있소, 제우스의 양자여!
죽음의 사악한 종말이 우리에게 어떻게 닥쳤는지
내 그대에게 모든 것을 솔직히 다 털어놓겠소.
우리는 오랫동안 떠나고 없던 오뒷세우스의 아내에게 구혼했소. 125
그러나 그녀는 우리에게 죽음과 검은 죽음의 운명을 궁리하면서

그 가증스러운 구혼을 거절하지도 않고 끝장내려고도 하지 않았소.

그녀는 마음속으로 한 가지 계략을 궁리해내 자기 방에다

큼직한 베틀 하나를 차려놓고 넓고 고운 베를 짜기 시작하더니,

느닷없이 우리들 사이에서 이렇게 말했소.　　　　　　　　　　　130

'젊은이들이여, 나의 구혼자들이여! 고귀한 오뒷세우스가 돌아가셨으니

그대들은 내가 옷 한 벌을 완성할 때까지 나와의 결혼을

재촉하지 말고 기다려주시오. 쓸데없이 실을 망치고 싶지 않으니까요.

나는 사람을 길게 뉘는 죽음의 파멸을 안겨주는 운명이 그분께

닥칠 때를 대비해 영웅 라에르테스를 위해 수의를 짜두려 하오.　　　135

그러면 그토록 많은 재산을 모은 그분께서 덮개도 없이 누워 계신다고

아카이오이족 여인들 중 아무도 백성들 사이에서 나를 비난하지 못할 것이오.'

그녀가 말하자 우리의 당당한 마음은 그 말에 동의했소.

그리고 실제로 그녀는 낮이면 큼직한 베틀에서 베를 짜고

밤이면 횃불꽂이에 횃불을 꽂아두고 그것을 풀곤 했소. 이렇게　　　140

삼 년 동안 그녀는 계략을 써서 들키지 않고 아카이오이족을

믿게 만들었소. 그러나 달들이 가고 수많은 날들이 지나

사 년째가 되고 계절이 바뀌었을 때 마침내 모든 것을

잘 아는 여인들 중 한 명이 그것을 발설했고 아니나 다를까

우리는 그녀가 번쩍이는 천을 푸는 장면을 목격했소.　　　　　　　145

이제 그녀는 자신의 의지와 상관없이 그것을 완성하지 않을 수 없었소.

그러나 그녀가 해 또는 달과도 같은 큼직한 천을 다 짠 뒤

그것을 빨아서 그 겉옷을 우리에게 내보였을 때,

바로 그때 어떤 사악한 신이 어디에선가 오뒷세우스를

돼지치기가 살고 있는 가장 멀리 떨어진 시골로 인도하셨소.　　　　150

그리고 신과 같은 오뒷세우스의 사랑하는 아들도

모래가 많은 필로스에서 검은 배를 타고 오다가 그리로 갔소.
두 사람은 구혼자들에게 사악한 죽음을 궁리한 뒤
명성도 자자한 도시로 들어왔는데, 오뒷세우스는 나중에 오고
텔레마코스가 먼저 와서 길을 인도했소. 몸에 누추한 옷을   155
입은 오뒷세우스를 돼지치기가 데려왔는데
오뒷세우스는 불쌍한 거지 노인의 행색을 하고는
지팡이를 짚고 몸에 누더기를 걸치고 있었소.
이렇게 갑자기 나타나니 그가 왔다는 것을 우리는
아무도 알지 못했고 우리 가운데 연장자들도 그건 마찬가지였소.   160
오히려 우리는 욕설로 그를 윽박지르고 물건을 던졌으며,
우리가 욕설하고 물건을 던져도 자신의 홀에서
그는 굳건한 마음으로 참고 견뎠소. 그러다가 마침내
아이기스를 가진 제우스의 마음이 그를 분기시키자
그는 텔레마코스와 함께 더없이 아름다운 무구들을   165
집어 들어 방에 숨겨놓고는 문에 빗장을 질렀소.
그러고 나서 그는 교활하게도 아내를 시켜
구혼자들 앞에 활과 잿빛 무쇠를 갖다놓게 했소,
불운한 우리의 시합을 위해, 그리고 살육의 시작을 위해.
우리는 아무도 그 강력한 활에 시위를 얹을 수 없었으니   170
우리의 힘은 그에 훨씬 못 미쳤던 것이오.
그 큰 활이 오뒷세우스의 손에 이르렀을 때,
우리는 모두 그가 아무리 간청해도
그에게 활을 주지 말라고 고함을 질렀건만,
텔레마코스만은 그리 하라고 재촉하고 명령했소.   175
그리하여 참을성 많은 고귀한 오뒷세우스는 손에 활을 받아

힘들이지 않고 시위를 얹더니 화살로 무쇠들을 꿰뚫었소.

그러고 나서 그는 문턱으로 가 자리 잡고 서서는 날랜 화살들을

쏟아놓고 무섭게 주위를 노려보더니 안티노오스 왕을 쏘아 맞혔소.

이어서 그가 똑바로 겨누며 한숨을 자아내는 화살들을   180

사람들에게 날려보내자 우리는 무더기로 쓰러졌소.

분명 신들 중에 어떤 분이 그들을 돕고 있었소.

그들은 자신들의 용기에 이끌려 온 홀 안을 이리저리 돌며

닥치는 대로 죽였고, 그리하여 머리가 깨어지며 끔찍한

신음 소리가 일고 바닥은 온통 피가 내를 이루었으니 말이오.   185

우리는 이렇게 죽었소, 아가멤논이여! 우리의 시신은

지금도 돌보는 이 없이 오뒷세우스의 홀에 누워 있소.

집에 있는 가족들은 아직 아무것도 모르오. 그들이야말로

우리의 상처에서 검은 피를 씻어낸 뒤 시신을 안치하고 호곡해야 하는데도

말이오. 그것이 사자(死者)들이 누릴 당연한 권리니까요.”   190

　　　이번에는 아트레우스의 아들의 혼백이 말했다.

“행복한 이여, 라에르테스의 아들 지략이 뛰어난 오뒷세우스여!

그대야말로 부덕(婦德)이 뛰어난 아내를 얻었구려!

이카리오스의 딸, 나무랄 데 없는 페넬로페는 얼마나 착한

심성을 지녔는가! 그녀는 결혼한 남편 오뒷세우스를 얼마나   195

진심으로 사모했던가! 그러니 그녀의 미덕의 명성은 결코

사라지지 않을 것이고 불사신들은 사려 깊은 페넬로페를 위해

지상의 인간들에게 사랑스러운 노래를 지어주실 것이오.

그와는 달리 뛴다레오스의 딸[7]은 악행을 궁리해내어

7　　클뤼타임네스트라.

결혼한 남편을 죽였으니 그것은 인간들 사이에서 가증스러운   200
노랫거리가 될 것이오. 그러니 그녀 때문에 모든 여인들이,
설령 행실이 바른 여인이라도, 나쁜 평판을 듣게 될 것이오."
　　그들은 대지의 깊숙한 곳에 있는 하데스의 집안에 서서
서로 이런 이야기를 주고받았다.
한편 오뒷세우스 일행은 도시에서 내려와 곧 라에르테스의   205
잘 정돈된 아름다운 농원에 도착했는데, 그것은 전에
라에르테스가 많은 노력 끝에 자력으로 일군 것이었다.
그곳에는 그의 집이 있고 집 주위에는
빙 돌아가며 오두막들이 있었는데, 그곳에서는
그의 뜻에 따라 일하는 하인들이 생활했다.   210
그곳에는 또 시켈리아 출신 노파가 한 명 있었는데 그녀는
도시에서 멀리 떨어진 시골에서 노인을 정성껏 돌보았다.
그곳에서 오뒷세우스는 자신의 하인들과 아들에게 이렇게 말했다.
"너희는 이제 잘 지은 집안으로 들어가서 식사를 위해
가장 훌륭한 것으로 돼지 한 마리를 바로 잡거라.   215
나는 내 아버지께서 나를 보시고 단박에 알아보시는지
아니면 오랫동안 떨어져 있던 까닭에
나를 알아보지 못하시는지 시험해볼 참이다."
　　그는 이렇게 말하고 가지고 있던 전쟁 무기들을 하인들에게
주었다. 하인들은 서둘러 집안으로 들어갔고, 오뒷세우스는   220
아버지를 시험해보려고 열매가 많이 열리는 동산으로 갔다.
그가 큰 과수원으로 내려가서 보니, 돌리오스[8]는 보이지 않고
하인들과 그들의 아들들 역시 아무도 보이지 않았다.
그들은 모두 과수원의 울이 되게 하려고 돌을 모으러 나갔고

돌리오스 노인이 그들을 인도하겠다고 앞장서 나간 참이었다. 225

오뒷세우스가 잘 가꾸어진 과수원에 가보니, 그의 아버지는 혼자

나무 주변의 흙을 파고 있었다. 그의 아버지는 헝겊을

덧대어 기운 볼품없는 남루한 옷을 입고 정강이에는 생채기를

막기 위해 가죽 조각을 덧대어 기운 소가죽 각반을 감고 있었다.

손에는 가시 때문에 장갑을 끼고 머리에는 염소가죽 모자를 230

썼는데, 마음속에 키우는 슬픔이 엿보였다.

참을성 많은 고귀한 오뒷세우스는 노년에 찌들고

마음속에 큰 슬픔을 품고 있는 아버지를 보고

키 큰 배나무 밑에 가서 눈물을 흘렸다.

그리고 나서 그는 마음속으로 심사숙고했다. 235

아버지를 끌어안고 입맞추며 자신이 어떻게 살아 돌아와서

고향땅에 도착하게 되었는지 일일이 이야기할 것인지,

아니면 먼저 아버지에게 이것저것 물어보고 시험해볼 것인지.

아무리 생각해도 그에게는 역시 먼저 빈정대는 말로

아버지를 시험해보는 것이 가장 좋을 것 같았다. 240

고귀한 오뒷세우스는 이런 의도를 품자마자 아버지에게 갔고

노인은 머리를 숙인 채 여전히 나무 주변의 흙을 파고 있었다.

영광스러운 아들이 아버지에게 다가서며 이렇게 말했다.

"노인장! 농장을 가꾸는 솜씨가 뭐 하나 빠지지 않으십니다.

정원은 잘 가꾸어져 있고, 초목이든 무화과나무든 245

포도나무든 또 올리브나무든 배든 채소든 그대의 농장에는

잘 가꾸어져 있지 않은 것이 한 가지도 없으니 말이오.

---

8   여기 나오는 돌리오스는 염소치기 멜란티오스의 아버지인 돌리오스와는 다른 사람이다.

내가 이런 말을 한다고 그대는 마음속으로 노여워하지 마시오.
그런데 그대 자신은 잘 가꾸어져 있지 않구려. 비참한 노년에
짓눌린 데다 몹시 텁수룩하고 입은 옷도 볼품없으니 말이오.　　　　　250
그대가 게을러 그대의 주인이 그대를 돌보지 않는 것은
아닌 것 같소만, 그대는 용모와 체격에서 노예다운 데가 전혀
눈에 띄지 않으니까. 오히려 그대는 왕 같소이다.
목욕도 하고 잘 먹고 나서 부드러운 침상에서 잠자는 그런 사람처럼
보인단 말이오. 사실 그것은 노인들의 당연한 권리이기도 하지요.　　　255
그러니 자, 그대는 이 점에 대해 내게 솔직히 말해주시오!
그대는 인간들 중에 누구의 하인이며 누구의 농장을 돌보고 있소?
그리고 내가 잘 알 수 있게 그대는 이 점에 대해서도 사실대로
말해주시오! 지금 우리가 도착한 이곳이 과연 이타케인지 말이오.
내가 방금 이리로 오다가 어떤 사람을 만났는데 그가 그렇게　　　　260
말하더군요. 그러나 그는 그다지 이해가 빠른 사람 같지는 않았소.
내가 내 친구에 관해 아직도 살아 있는지 아니면 이미 죽어서
하데스의 집에 가 있는지 물었을 때, 그는 내 말을 귀담아듣고
모든 것을 자세히 이야기해주려고 하지 않았으니까요.
자, 내가 말할 테니 그대는 명심해서 내 말을 들으시오.　　　　　　265
나는 전에 내 집을 찾아온 어떤 사람을 내 그리운 고향땅에서
환대한 적이 있는데, 멀리서 내 집을 찾아온 손님들 중에
그보다 반가웠던 사람은 일찍이 아무도 없었소.
그는 자기가 이타케 출신이라고 자랑했고
아르케이시오스의 아들 라에르테스가 자기 아버지라고 했소.　　　　270
그래서 나는 그를 집으로 데려가 잘 대접했고 정성껏
환대했소. 내 집에는 무엇이든 다 넉넉했으니까요.

나는 또 손님에게 어울리는 접대 선물들을

그에게 주었는데 잘 다듬은 황금 일곱 탈란톤과

전체가 모두 은으로 만들어지고 꽃으로 새겨진 희석용 동이 하나와　　　　275

외폭짜리 외투 열두 벌과 같은 수의 깔개와

같은 수의 아름다운 겉옷과 같은 수의 윗옷을 주었지요.

그 밖에도 나는 나무랄 데 없는 수공예에 능하고 자색이 뛰어난

여인 네 명을 그가 마음대로 손수 골라 가게 했지요."

　　　그러자 노인이 눈물을 흘리며 그에게 대답했다.　　　　280

"나그네여! 그대는 분명 그대가 묻고 있는 나라에 도착했소만

그 나라는 오만불손한 자들의 수중에 들어갔소.

그리고 아낌없는 선물도 그대는 공연히 주었소.

그대가 이곳 이타케 나라에서 아직 살아 있는 그를 보았다면

그는 그대의 선물에 훌륭히 보답하고 극진히 접대한 후 그대를　　　　285

호송해주었겠지요. 그것은 먼저 접대한 사람의 당연한 권리니까요.

자, 그대는 이 점에 대해 솔직히 내게 말해주시오!

그대가 그 사람을, 그대의 그 불운한 손님을 접대한 지가 몇 년이나

되었소? 그는 내 아들이오, 만약 그가 그런 적이 있다면 말이오.

그는 불운하게도 가족과 고향땅에서 멀리 떨어져 바닷속　　　　290

어느 곳에서 물고기의 밥이 되었거나, 아니면 육지에서 짐승과

새들에게 잡아먹혔소. 그를 낳은 어미와 아비인 우리조차

그에게 수의를 입혀주지 못했고 그를 위해 울어주지 못했소.

많은 선물을 주고 얻은 그의 아내인 사려 깊은 페넬로페 역시

당연한 도리에 따라 침상 위에서 남편을 위해 울지 못했고　　　　295

눈을 감겨주지 못했소. 그것은 사자들의 당연한 권리인데도 말이오.

그대는 내가 잘 알 수 있게 이 점에 대해서도 사실대로 말해주시오!

그대는 인간들 중에 뉘시며 어디서 오셨소? 그대의 도시는 어디며
부모님은 어디 계시오? 그대와 그대의 신과 같은 전우들을 이리로
데려다준 그대의 날랜 배는 어디에 정박해 있소? 아니면 그대가   300
손님으로 남의 배를 타고 왔다면 그들은 그대를 내려놓고 떠나갔나요?"
　　지략이 뛰어난 오뒷세우스가 이렇게 대답했다.
"그렇다면 내 그대에게 모든 것을 솔직히 다 털어놓겠소.
나는 알뤼바스 출신으로 그곳에 있는 이름난 집에 살고 있소.
나는 폴뤼페몬의 아들 아페이다스 왕의 아들로 내 이름은   305
에페리토스요. 그런데 어떤 신이 나를 시카니아⁹에서
표류시키신 까닭에 나는 본의 아니게 이리로 오게 되었소.
내 배는 도시에서 멀리 떨어진 시골에 정박해 있소.
오뒷세우스에 관해 말하자면, 그가 나와 작별하고 내 고향을
떠난 지도 어느덧 오 년이 되었지요. 불운한 사람!   310
그가 떠날 때도 길조의 새들이 오른쪽으로 날아왔는데 말이오.
그래서 나는 기뻐하며 떠나보냈고 그도 기쁘게 떠났지요.
그리고 우리 두 사람은 언젠가는 주객(主客)으로 다시 만나
빼어난 선물들을 주고받을 수 있으리라 마음속에 희망을 품었지요."
　　그가 이렇게 말하자 슬픔의 먹구름이 노인을 덮쳤다.   315
노인은 두 손으로 시커먼 먼지를 움켜쥐더니
크게 신음하며 자신의 백발 위에 그것을 쏟아부었다.
그러자 오뒷세우스의 마음은 감동받았고, 사랑하는 아버지를
보고 있자니 가슴이 찡하고 코허리가 저리고 시었다.
그래서 그는 노인에게 달려가 얼싸안고 입맞추며 이렇게 말했다.   320
"아버지! 여기 있는 제가 아버지께서 궁금해하시는 바로
그 사람이에요. 이십 년 만에 저는 고향땅에 돌아왔어요.

자, 울음과 눈물겨운 비탄일랑 이제 거두세요.

우리는 급하게 서둘 필요가 있긴 하지만 제가 다 말씀드리지요.

저는 궁전에서 구혼자들을 다 죽여버렸어요. 우리를   325

가슴 아프게 한 그자들의 욕설과 악행을 응징했어요."

　　라에르테스가 그에게 대답했다.

"그대가 정말로 내 아들 오뒷세우스로서 이리로 왔다면

내가 믿을 수 있도록 지금 내게 확실한 증거를 보이시오."

　　지략이 뛰어난 오뒷세우스가 그에게 이런 말로 대답했다.   330

"먼저 이 흉터를 두 눈으로 잘 살펴보세요. 파르낫소스에서

제가 멧돼지의 흰 엄니에 부상당한 흉터예요. 제가 거기 간 것은

어머니의 사랑하는 아버지이신 아우톨뤼코스께서

이곳에 오셨을 때 머리 끄덕여 약속하신 선물들을 가져오라고

아버지와 존경스러운 어머니께서 저를 그분께 보내셨기 때문이지요.   335

자, 저는 또 잘 가꾸어진 동산에서 전에 아버지께서 제 몫으로 주신

나무들을 얘기할게요. 아직 어린아이로 아버지를 따라 농장을

거닐던 저는 아버지께 무슨 나무든 다 달라고 간청했지요. 우리가

나무 사이를 지나갈 때, 아버지께서 나무 이름을 일일이 말씀해주셨지요.

아버지께서는 제게 배나무 열세 그루와 사과나무 열 그루와   340

무화과나무 마흔 그루를 주셨지요. 그리고 포도나무 쉰 줄도

주겠다고 약속하셨는데, 그것들은 저마다 수확하는 시기가 다른

것이었어요. 제우스의 계절들이 위에서 묵직하게 내리누르면

거기에는 온갖 종류의 포도송이들이 주렁주렁 매달렸지요."

9　　시카니아라는 지명은 호메로스에서 여기에만 나온다. 전설상의 지명이라는 견해도 있고
　　시킬리아 섬의 옛 이름이라는 견해도 있다.

그가 이렇게 말하자 노인은 그 자리에서 무릎과 심장이 풀렸다.   345
오뒷세우스가 말한 확실한 증거가 다 맞았기 때문이다.
노인은 두 팔로 사랑하는 아들을 안았고, 참을성 많은 고귀한
오뒷세우스는 숨이 끊어지려는 노인을 자기 쪽으로 끌어당겼다.
그러자 노인은 다시 숨을 쉬게 되고
의식이 돌아오자 이번에는 이런 말로 대답했다.   350
"아버지 제우스시여, 올륌포스의 신들이시여! 그대들은 여전히
높은 곳에서 다스리고 계시나이다. 구혼자들이 오만불손함의
대가를 치른 것이 사실이라면! 하지만 혹시 전(全) 이타케인들이
우리를 향해 이리로 우루루 몰려오고 또 사방에 있는 케팔렌인들의
여러 도시로 서둘러 기별을 넣지 않을까 진저리나게 두렵구나."   355
지략이 뛰어난 오뒷세우스가 그에게 이런 말로 대답했다.
"안심하세요! 그 일이라면 염려하지 마세요.
자, 농장 가까이 있는 집으로 가시지요!
서둘러 식사 준비를 하라고 벌써 텔레마코스와
소치기 돼지치기를 그리로 보내놓았어요."   360
이렇게 말하고 두 사람은 아름다운 집을 향해 걸어갔다.
그들이 살기 좋은 집에 가서 보니 텔레마코스와
소치기 돼지치기가 고기를 푸짐하게 썰고
반짝이는 포도주에 물을 타고 있었다.
그동안 시켈리아 출신 시녀는 고매한 라에르테스를   365
집안에서 목욕시키고 나서 올리브유를 발라주었다.
그녀가 아름다운 외투를 걸쳐주자 아테나가 가까이 다가서더니
백성들의 목자인 그의 사지에 힘이 들어가게 하고
그를 전보다 크고 우람해 보이게 해주었다.

그가 욕조에서 나오자 그의 사랑하는 아들은 불사신들과 똑같은　　370

아버지의 모습을 보고 놀라움을 금치 못했다.

그래서 그는 물 흐르듯 거침없이 말했다.

"아버지! 분명 영생하는 신들 중에 어떤 분이 아버지를

용모와 체격에서 더 당당해 보이게 해주신 것 같아요."

　　　슬기로운 라에르테스가 그에게 대답했다.　　375

"아버지 제우스시여! 아테나와 아폴론이시여!

내가 케팔렌인들의 통치자로서 본토의 해안에

튼튼하게 세워진 도시 네리코스를 함락했을 때와 같은

그런 사람이 되어 어깨에 무구들을 메고 너를 도와

우리집에서 어제 구혼자들을 물리쳤다면 얼마나 좋았을까!　　380

그랬다면 나는 그들 중에 많은 자들의 무릎을

풀어버렸을 것이고 너는 마음이 흐뭇하였을 텐데!"

　　　그들은 이렇게 서로 이야기를 주고받았다.

한편 다른 사람들[10]이 일을 끝내고 식사 준비를 마쳤을 때

그들은 모두 순서대로 등받이의자와 안락의자에 앉았다.　　385

그리하여 그들이 막 음식에 손을 내밀었을 때 돌리오스 노인이

다가왔고 노인의 아들들도 들판에서 일하다가 지친 몸으로

함께 왔다. 그들의 어머니가, 그들을 부양하고

노령에 짓눌린 노인[11]을 세심하게 돌봐주는

저 시켈리아 출신 노파가 밖에 나가 그들을 불렀던 것이다.　　390

10　　텔레마코스와 돼지치기와 소치기.

11　　여기서 '노인'은 돌리오스라는 견해도 있고 라에르테스라는 견해도 있다. 전체적인 상황
　　을 고려할 때 라에르테스로 보는 것이 더 타당해 보인다.

그들은 오뒷세우스를 보자 금세 마음속으로 알아보고는

흠칫 놀라 홀에 그대로 서 있었다.

그러자 오뒷세우스가 그들에게 상냥하게 말을 건넸다.

"노인장! 식사하게 앉으시오. 놀라실 것 없어요.

우리는 아까부터 음식에 손 내밀기를 간절히 바라며   395

홀에 머문 채 줄곧 그대들을 기다리고 있었소."

    그가 이렇게 말하자 돌리오스는 두 팔을 벌리고

곧장 오뒷세우스에게 달려가 그의 손을 잡고

손목에 입맞추며 물 흐르듯 거침없이 말했다.

"나리! 이제야 돌아오셨군요. 나리께서 돌아오시기를 그토록   400

바랐지만 더는 기대할 수 없었는데 신들이 나리를 인도하셨군요.

건강과 기쁨의 나날 되시고, 신들이 나리께 복을 내려주시기를!

저도 잘 알 수 있게 이 점에 대해 사실대로 말씀해주십시오.

사려 깊은 페넬로페 마님도 나리께서 이리로 귀향하셨다는 것을

벌써 알고 계십니까, 아니면 우리가 사자를 보내야 합니까?"   405

    지략이 뛰어난 오뒷세우스가 그에게 이런 말로 대답했다.

"노인장! 그녀도 이미 알고 있으니 그 일이라면 수고할 필요 없소."

    그는 이렇게 말하고 반들반들 깎은 의자에 도로 앉았다.

그러자 돌리오스의 아들들도 마찬가지로 소문이 자자한

오뒷세우스 주위로 몰려와서 그에게 인사하고 손을 잡더니   410

순서대로 그들의 아버지 옆에 앉았다.

    그들이 이렇게 홀에서 식사에 한창인 동안,

사자(使者)인 소문이 재빨리 온 도시를 구석구석 돌아다니며

구혼자들의 가증스러운 죽음과 죽음의 운명을 알려주었다.

그러자 사람들이 듣고 신음하고 탄식하며 사방에서   415

한꺼번에 오뒷세우스의 집 앞으로 모여들더니,

저마다 자기 가족들의 시신을 집밖으로 날라 묻어주었다.

다른 도시에서 온 구혼자들은 그들이 날랜 배에 실어

어부들로 하여금 각자 자기 집으로 날라다주게 했다.

그리고 그들은 비통한 마음으로 함께 회의장으로 몰려갔다.　　　　　420

그리하여 그들이 한 명도 빠짐없이 다 모였을 때

에우페이테스가 일어서서 좌중에서 말했으니,

고귀한 오뒷세우스가 맨 먼저 죽인 그의 아들 안티노오스 때문에

참을 수 없는 슬픔이 그의 마음을 무겁게 짓눌렀던 것이다.

아들을 위해 눈물을 흘리면서 그는 열변을 토하며 말했다.　　　　　425

"친구들이여! 그자는 아카이오이족에게 실로 엄청난 재앙을

생각해냈소이다. 그자는 전에 수많은 용사들을 함선에 태워

데려가더니 속이 빈 함선들을 잃고 용사들도 모두 잃었소.

이번에는 집에 돌아오자마자 케팔렌인들 중 월등히 뛰어난 자들을

모두 죽였소. 자, 그자가 서둘러 퓔로스나 또는 에페이오이족이　　　　　430

다스리는 신성한 엘리스로 가기 전에 우리가 그자에게 갑시다!

그러지 않으면 우리는 앞으로 두고두고 굴욕을 당할 것이오.

우리가 우리의 아들들과 형제들의 살해자들에게 복수하지

않는다면 후세 사람들이 듣기에도 창피한 일이니까요.

아무튼 나는 살맛이 나지 않소이다. 차라리 나는 당장 죽어　　　　　435

사자(死者)들과 함께하고 싶소. 자, 갑시다! 그자들이

우리보다 한발 앞서 바다를 건너지 못하도록 말이오."

　　　그가 눈물을 흘리며 이렇게 말하자 전(全) 아카이오이족이

그를 동정했다. 그때 메돈과 신성한 가인이 잠에서 풀려나

오뒷세우스의 홀에서 그들에게 가까이 다가가서　　　　　440

그들 한가운데 서니 그들은 모두 어안이 벙벙했다.

사리가 밝은 메돈이 그들 사이에서 말했다.

"그대들은 지금 내 말을 들으시오, 이타케인들이여!

오뒷세우스는 분명 불사신들의 뜻을 거슬러 이런 일들을

궁리해낸 것이 아니오. 내 눈으로 어떤 불사신을 보았는데 그분은   445

오뒷세우스 바로 옆에 서 있었고, 모든 점에서 멘토르와 같았소.

불사신으로 오뒷세우스 앞에 나타난 그분은 때로는 그를

격려하는가 하면 또 때로는 홀 안을 돌진하며 구혼자들을

쫓아버렸소. 그래서 구혼자들은 무더기로 쓰러진 것이오."

　　　그가 이렇게 말하자 그들은 모두 파랗게 겁에 질렸다.   450

그러자 마스토르의 아들 노(老) 영웅 할리테르세스가

좌중에서 말했으니, 그만이 앞뒷일 돌아보는 자였다.

그는 좋은 뜻으로 좌중에서 열변을 토하며 말했다.

"내가 할 말이 있으니 그대들은 지금 내 말을 들으시오, 이타케인들이여!

친구들이여! 이런 일이 일어난 것은 그대들이 비겁했기 때문이오.   455

그대들은 내 말도 백성들의 목자인 멘토르의 말도 듣지 않았소.

그대들은 그대들의 아들들이 어리석은 짓을 하지 못하게 막지 않았소.

그래서 그들은 가장 훌륭한 사람이 이제 더는 돌아오지 못하리라 믿고

그분의 재산을 탕진하고 그분의 아내를 업신여김으로써

사악한 미망 속에서 엄청난 짓을 저지른 것이오. 그러니 이제   460

그대들은 내 말에 따라 일을 이렇게 처리하시오. 우리 그에게 가지

맙시다! 그러지 않으면 화를 자초하는 경우가 더러 있게 되오."

　　　그의 말에 몇몇은 그곳에 그대로 머물렀으나

그들 중 다수는 그의 충고가 마음에 들지 않아

고함을 지르며 벌떡 일어서더니 에우페이테스가 시키는 대로   465

무구를 가지러 곧바로 달려갔다.

그리하여 그들이 번쩍이는 청동을 몸에 입고

넓은 무도장이 있는 도성 앞에 집결하자

에우페이테스가 어리석은 생각에서 그들을 인솔했다.

그는 아들의 죽음을 복수하게 되리라 생각했지만, 다시는   470

돌아오지 못하고 그곳에서 자신의 운명을 맞게 되어 있었다.

이때 아테나가 크로노스의 아들 제우스에게 말했다.

"오오! 우리의 아버지시여, 크로노스의 아드님이시여, 최고의 통치자시여!

내 물음에 대답해주소서. 그대는 심중에 무슨 생각을 품고 계시나요?

앞으로도 사악한 전쟁과 무시무시한 전투의 소음을   475

불러일으키자는 거예요, 아니면 양편을 화해시키자는 거예요?"

　　　구름을 모으는 제우스가 그녀에게 이런 말로 대답했다.

"내 딸아! 그 문제를 왜 내게 따지고 묻는 것이냐?

오뒷세우스가 돌아와서 그자들에게 복수한다는 계획은

네가 생각해내지 않았더냐? 네 뜻대로 하려무나.   480

하지만 나는 너에게 어떻게 하는 것이 옳은지 말하겠다.

고귀한 오뒷세우스가 구혼자들에게 복수한 뒤에는

양편이 굳은 맹약을 맺게 하고, 그가 언제까지나 왕이 되게 하라.

우리는 그들이 아들들과 형제들의 살육을 잊게 해주자꾸나.

그리하여 그들이 이전처럼 서로 사랑하게 되어   485

그들에게 부와 평화가 충만하게 해주어라!"

　　　그러잖아도 그러기를 열망하던 아테나를 제우스가 이렇게

격려하자 그녀는 올륌포스의 꼭대기에서 훌쩍 뛰어내렸다.

　　　한편 마음을 즐겁게 해주는 음식을 일행이 배불리 먹었을 때

참을성 많은 고귀한 오뒷세우스가 좌중에서 먼저 말문을 열었다.   490

"누가 나가서 혹시 그들이 벌써 가까이 오는지 보아라."
그가 이렇게 말하자 돌리오스의 한 아들이 그의 명령에 따라
밖으로 나가 문턱 위에 서니 사람들이 모두 가까이 온 것이 보였다.
그래서 그는 얼른 오뒷세우스에게 다가가 물 흐르듯 거침없이 말했다.
"그들이 가까이 오고 있습니다. 자, 서둘러 무장합시다!"   495
그가 이렇게 말하자 그들이 일어나 무장을 하니
오뒷세우스 일행이 넷이요, 돌리오스의 아들이 여섯이었다.
라에르테스와 돌리오스 역시 백발이 성성한데도 무장을 입으니
두 사람은 어쩔 수 없이 전사(戰士)가 되었던 것이다.
그들이 번쩍이는 청동을 몸에 입고는 문을 열고   500
밖으로 나가자 오뒷세우스가 앞장섰다.

　　그때 제우스의 딸 아테나가 그들에게 가까이 다가가니
그녀는 생김새와 목소리가 멘토르와 같았다.
참을성 많은 고귀한 오뒷세우스는 그녀를 보자 기뻐하며
곧바로 사랑하는 아들을 향해 말했다.   505
"텔레마코스야! 너는 지금 전사들의 우열이 가려지는
싸움터에 들어가고 있거늘, 전부터 지상 어디에서나
용기와 남자다움으로 존경받아온 우리 선조들의 가문을
욕되게 하지 말라고 내가 굳이 말할 필요는 없겠지!"

　　슬기로운 텔레마코스가 그에게 대답했다.   510
"아버지! 제게 이런 기개가 있으니 원하신다면 아버지 말씀대로
제가 가문을 욕되게 하지 않는다는 것을 보여드리겠어요."

　　그가 이렇게 말하자 라에르테스가 기뻐하며 말했다.
"상냥하신 신들이여! 아들과 손자가 서로
용맹을 다투니 이 얼마나 기쁜 날입니까?"   515

빛나는 눈의 아테나가 그에게 다가서며 말했다.

"아르케이시오스의 아들이여, 모든 전사들 중에서 내가 가장

아끼는 자여! 그대는 빛나는 눈의 처녀와 아버지 제우스께

기도한 뒤 그림자가 긴 창을 번쩍 쳐들어 곧바로 던져라."

팔라스 아테나는 이렇게 말하고 그에게 큰 용기를 불어넣었다.　　　520

그러자 그는 위대한 제우스의 딸에게 기도한 뒤

그림자가 긴 창을 번쩍 쳐들어 곧바로 던졌고, 그의 창은

에우페이테스를 맞혀 청동 면갑이 달린 투구를 꿰뚫었다.

투구가 창을 막지 못하자 청동이 그것을 그대로 꿰뚫었던 것이다.

에우페이테스는 쿵 하고 쓰러졌고 그의 위에서 무구들이　　　525

요란하게 울렸다. 이어서 오뒷세우스와 그의 영광스러운 아들이

선두대열에 뛰어들어 칼과 양날창으로 그들을 쳤다.

그리하여 두 사람이 그들 모두를 죽여 귀가하지 못하게

했을 것이나, 아이기스를 가진 제우스의 딸 아테나가

목청껏 소리쳐 전(全) 백성을 제지했다.　　　530

"이타케인들이여! 그대들은 무시무시한 전투를 멈추고

더는 피를 보지 말고 당장 갈라서라."

아테나가 이렇게 말하자 그들은 파랗게 겁에 질렸다.

여신이 자신의 목소리를 들려주자 모두 깜짝 놀랐다.

그리하여 무구들이 그들의 손에서 날아 모두 땅에 떨어졌다.　　　535

그들은 살기를 바라며 도시로 발걸음을 돌렸고,

참을성 많은 고귀한 오뒷세우스는 무시무시하게 고함을 지르며

높이 나는 독수리처럼 몸을 옴치고 그들에게 덤벼들었다.

그때 크로노스의 아들이 연기를 내뿜는 번개를 던지자

그것이 강력한 아버지의 딸인 빛나는 눈의 여신 앞에 떨어졌다.　　　540

그러자 빛나는 눈의 아테나가 오뒷세우스에게 말했다.

"제우스의 후손 라에르테스의 아들이여, 지략이 뛰어난 오뒷세우스여!

목소리가 멀리 들리는 크로노스의 아드님 제우스께서 그대에게 노하시지

않도록 이제 그만두고 만인에게 공통된 전쟁의 다툼을 멈추어라."

   아테나가 이렇게 말하자 그는 흔쾌히 복종했다.   545

그러자 아이기스를 가진 제우스의 딸 팔라스 아테나가

마침내 양편이 서로 맹약을 맺게 하니

그녀는 생김새와 목소리는 멘토르와 같았다.

부록

주요 인명

주요 신명

주요 지명

주요 신들과 영웅들의 가계도

해설 / 호메로스의 작품과 세계

참고문헌

찾아보기

오뒷세우스(Odysseus 또는 Odyseus, 앗티케 방언 Olytteus, 코린토스 방언 Olyseus, 라/ Ulixes)

오뒷세우스는 이타케 왕 라에르테스와 아우톨뤼코스의 딸 안티클레이아의 아들로, 페넬로페의 남편이자 텔레마코스의 아버지이다. 그리스의 많은 영웅들이 헬레네에게 구혼했을 때 그 역시 구혼자 중 한 사람이었지만, 헬레네의 아버지 튄다레오스에게 구혼자들 중에서 누가 헬레네의 남편이 되든 나머지 사람은 모두 남편으로서 그의 권리를 지켜주겠다는 맹세를 받아두라고 조언한다. 그 공로로 오뒷세우스는 튄다레오스의 아우인 이카리오스의 딸 페넬로페와 결혼한다. 그 뒤 헬레네가 트로이아의 왕자 파리스와 함께 도주하자, 그녀의 남편 메넬라오스는 구혼자들의 맹세를 내세우며 트로이아 원정에 동참할 것을 요구한다. 오뒷세우스는 사랑하는 아내와 어린 아들을 두고 떠나는 것이 내키지 않아 미친 사람 행세를 하지만 팔라메데스에게 들통이 난다. 가장 널리 알려진 이야기에 따르면, 사절단이 이타케로 찾아와 맹세를 지켜달라고 요구했을 때 오뒷세우스는 소를 말 또는 당나귀와 함께 쟁기에 매고 밭을 갈며 씨앗 대신 소금을 뿌리고 있었는데, 팔라메데스가 그의 속임수를 간파하고 그의 어린 아들 텔레마코스를 쟁기 앞쪽에 갖다놓자 쟁기질을 멈춤으로써 거짓 광증이 탄로났다. 오뒷세우스는 이에 앙심을 품고 팔라메데스가 황금을 받고 적과 내통한다고 모함해서 돌에 맞아 죽게 만든다. 『일리아스』에서 오뒷세우스의 뛰어난 활약상으로는 아가멤논에게 원한을 품고 막사에 틀어박힌 아킬레우스를 다시 전투에 참가하도록 설득하기 위해 아킬레우스를 찾아간 일(9권)과 디오메데스와 단둘이 트로이아 진영을 정탐하러 간 일(10권)을 들 수 있다. 아킬레우스가 죽은 뒤 그의 이름난 무구들을 누가 가져야 옳은지를 놓고 아이아스와 오뒷세우스가 경합을 벌일 때 뛰어난 언변가인 오뒷세우스는 자기가 그리스군에게 가장 많이 공헌했다며 장수들을 설득해 이들이 오뒷세우스에게 투표하자, 아이아스는 자신의 공로가 무시당한 것에 심한 모욕감을 느끼고 정신착란을 일으켜 자살한다. 오뒷세우스는 나중에 아킬레우스의 아들 네옵톨레모스와 함께 렘노스 섬으로 가서 명궁 필록테테스를 트로이아로 데려간다. 트로이아를 함락하는 데 결정적인 역할을 한 목마(木馬)도 그가 고안해냈다고 한다.

『오뒷세이아』에서 그는 현명하고 지혜롭고 참을성 많고 언변에 능한 탁월한 인물로 그려지고, 그에 관한 비판적인 이야기는 의도적으로 빠져 있다. 그러나 이른바 '서사시권 서사시들'이나 에우리피데스의 비극 『헤카베』(Hekabe), 『오레스테스』(Orestes), 『트로이아의 여인들』(Troiades)과 소포클레스(Sophokles)의 비극 『필록테테스』(Philoktetes) 등에서는 목적을 위해서는 수단과 방법을 가리지 않는 비정하고 약삭빠른 인물로 그려진다.

페넬로페(Penelope 원전 Penelopeia)

페넬로페는 이카리오스의 딸로 오뒷세우스의 아내이며 텔레마코스의 어머니다. 오뒷세우스가 페넬로페와 결혼하게 된 것은, 이카리오스가 여러 구혼자들 중에서 경주(競走)의 승리자를 위해 페넬로페를 상(賞)으로 내놓았는데 오뒷세우스가 이겼기 때문이라고도 하고, 또 그리스의 수많은 영웅들이 헬레네에게 구혼했을 때 오뒷세우스가 자신은 재산이 많지 않아 헬레네의 남편이 될 가망이 없다고 보고 헬레네의 아버지 튄다레오스에게 구혼자들로부터 어떤 경우에도 헬레네의 선택을 존중하고 그녀의 남편이 곤경에 처하면 힘을 모아 그를 돕는다는 맹세를 받아두라고 조언한 까닭에 그 대가로 튄다레오스의 질녀인 이카리오스의 딸 페넬로페와 결혼하게 되었다고도 한다. 결혼한 뒤에 이카리오스는 오뒷세우스 부부를 곁에 두려 했으나 오뒷세우스가 거절한다. 이카리오스가 그래도 뜻을 굽히지 않자 오뒷세우스는 페넬로페더러 아버지와 남편 중 양자택일 할 것을 요구한다. 페넬로페가 말없이 얼굴만 붉히다가 베일로 얼굴을 가리자 이카리오스는 이들 부부가 이타케로 떠나는 것을 허락했다고 한다. 그 뒤 트로이아 전쟁에 참가한 그리스의 다른 영웅들의 아내들이 대부분 남자의 유혹을 이기지 못한 반면 그녀는 20년 동안이나 남편이 돌아오기를 기다림으로써 서양에서 열녀의 본보기가 된다. 오뒷세우스가 죽었다는 유언비어에 시어머니 안티클레이아가 죽고 시아버지 라에르테스마저 시골 농원에 칩거하자 그녀는 혼자서 살림을 도맡게 된다. 자그마치 108명이나 되는 구혼자들이 급기야 오뒷세우스의 재산을 결딴냄으로써 경제적 압박을 가하자 시아버지 라에르테스의 수의를 짠 뒤 구혼자들 중 한 명과 결혼하겠다고 약속하고 낮에는 베를 짜고 밤에는 짠 것을 도로 풀어 3년을 버티지만 결국 하녀의 고자질로 계략이 드러나게 되자 어쩔 수 없이 수의를 완성한다. 그러고 나서 그녀는 누구든 남편 오뒷세우스의 활에 시위를 얹어 12개의 도끼 구멍을 뚫고 과녁을 맞히는 자와 결혼하겠다고 선언한다. 구혼자들이 그 활에 시위를 얹지 못하자 거지로 변장하고 집에 돌아와 있던 오뒷세우스가 그 활로 과녁을 맞히고 나서 아들 텔레마코스와 돼지치기 에우마이오스, 소치기 필로이티오스와 힘을 모아 아테나 여신의 도움으로 구혼자들을 모두 죽인다. 페넬로페는 감격적인 상봉 앞에서도 오뒷세우스가 그들 부부가 쓰던 침대의 특이한 구조를 설명하고 난 뒤에야 그를 남편으로 받아들인다.

그러나 호메로스 이후의 신화에 따르면 페넬로페는 수절하지 못하고 오뒷세우스에게 쫓겨난 뒤 헤르메스 신과 교합하여 또는 그전에 구혼자들과 차례차례 교합하여 판(Pan) 신을 낳았다고 하니 『오뒷세이아』에서의 모습과는 너무나 거리가 먼 이야기다.

텔레마코스(Telemachos 라/Telemachus)

텔레마코스는 오뒷세우스와 페넬로페의 외아들이다. 트로이아의 왕자 파리스가 스파르테의 왕비로 절세미인인 헬레네를 트로이아로 데려간 뒤 그녀의 남편 메넬라오스가 구혼자들의 맹세를 내세우며 트로이아 원정에 동참할 것을 요구하자, 오뒷세우스는 사랑하는 아내 페넬로페와 갓 태어난 텔레마코스를 두고 떠나기가 싫어 소를 말 또는 당나귀와 한 쟁기에 매고 밭을 갈며 씨앗 대신 소금을 뿌리며 미친 척했으나 메넬라오스와 동행한 팔라메데스가 갓 태어난 텔레마코스를 쟁기 앞에 갖다놓자 쟁기질을 멈추고 마지못해 트로이아로 떠난다. 텔레마코스는 아버지의 오래된 친구 멘토르의 보호 아래 이타케의 궁전에서 성장하지만 17세가 되었을 때 수많은 구혼자들이 어머니를 괴롭히며 날마다 오뒷세우스의 가축들을 잡아 잔치를 벌이자 아테나 여신의 조언에 따라 아버지의 행방을 찾아 배를 타고 퓔로스의 네스토르와 스파르테의 메넬라오스를 찾아간다. 『오뒷세이아』의 4권까지는 그래서 흔히 '텔레마코스 이야기'(Telemachia)라고 불린다. 텔레마코스는 이타케로 돌아오자마자 그사이 거지로 변장하고 돼지치기 에우마이오스의 오두막에 와 있던 아버지와 상봉하고 구혼자들을 죽이기 위해 힘을 모으게 된다. 텔레마코스는 처음에는 자신감이 없고 아버지 같은 용기와 활력을 보여주지 못하지만 갈수록 성숙하고 단호한 모습으로 어머니를 놀라게 하는데 그의 이러한 변화는 성장소설의 전형적인 특징이라 할 수 있다.

호메로스 이후의 신화에 따르면, 오뒷세우스와 키르케 사이에서 태어난 아들 텔레고노스(Tēlegonos)가 아버지를 찾아 이타케에 왔다가 본의 아니게 오뒷세우스를 죽인 뒤 페넬로페와 결혼하고 텔레마코스는 키르케와 결혼하여 라티노스(Latinos)라는 아들을 낳았으나 키르케를 죽이고 이탈리아로 도주했다고 한다. 또 일설에 따르면, 텔레마코스는 알키노오스 왕의 딸 나우시카아와 결혼하여 페르세폴리스(Persepolis) 또는 프톨리포르토스(Ptoliporthos)라는 아들을 낳았다고 한다.

라에르테스(Laertes)

라에르테스는 아르케이시오스의 아들로 오뒷세우스의 아버지다. 그는 아우톨뤼코스의 딸 안티클레이아와 결혼하지만 그녀는 그전에 시쉬포스에게 몸을 허락한 까닭에 오뒷세우스는 흔히 시쉬포스의 아들이라고도 불린다. 오뒷세우스가 떠나고 없는 사이 라에르테스는 절망한 나머지 시골 농원에 칩거하여 늙은 하녀와 그녀의 남편 및 그 아들들과 함께 조용한 생활을 한다. 오뒷세우스는 귀향해 구혼자들을 모두 죽인 뒤 아버지를 찾아가 부자가 감동적인 상봉을 하게 된다. 잠시 뒤 죽은 구혼자들의 친척들이 복수하려고 몰려오자 라에르테스는 가장 악랄한 구혼자였던 안티노오스의 아버지 에우페이테스에게 창을 던져 죽인다. 일설에 따르면 라에르테스와 안티클레이아 사이에는 크티메네(Ktimene)라는 딸도 있었다고 한다.

에우뤼클레이아(Eurykleia)

오뒷세우스의 노(老)유모로 오뒷세우스가 20년 만에 거지로 변장하고 귀향했을 때 그의 발을 씻겨주다가 파르낫소스 산에서 멧돼지에게 부상당한 흉터를 보고 오뒷세우스임을 알아차린다.

에우마이오스(Eumaios)

오뒷세우스의 충직한 돼지치기로 오뒷세우스가 20년 만에 몰래 귀향했을 때 자신의 오두막에서 그를 접대한 뒤 오뒷세우스가 구혼자들을 죽이는 데 힘을 보탠다. 에우마이오스의 과거에 관한 자세한 이야기는 『오뒷세이아』 15권에 나온다.

멘토르(Mentor)

오뒷세우스와 같은 또래의 충직한 친구로 오뒷세우스는 트로이아로 떠나며 그에게 자신의 재산을 관리해줄 것을 부탁한다. 그는 또 오뒷세우스의 아들 텔레마코스에게 훌륭한 조언을 해준다. 그래서 멘토르라는 이름은 성실한 조언자의 대명사가 되었다.

에우륄로코스(Eurylochos)

오뒷세우스의 전우로 키르케의 섬에서 정탐을 나갔다가 그녀의 궁전에 들어가지 않고 돌아와 동행했던 전우들이 모두 동물로 변했음을 알린다. 그 뒤 그는 태양신 헬리오스의 소떼를 풀을 뜯고 있던 트리나키에 섬에 상륙하자고 제의하는데 오뒷세우스의 전우들은 절대로 해쳐서는 안 된다는 그 소떼를 잡아먹은 탓에 난파하여 모두 익사하고 오뒷세우스만 살아남는다.

안티노오스(Antinoos)

페넬로페의 구혼자들 가운데 가장 난폭하고 오만하고 악랄한 자이다. 텔레마코스를 죽이려 모의하고 거지로 변장한 오뒷세우스를 궁전에 데려온 에우마이오스를 모욕한 다음 거지 이로스를 부추겨 오뒷세우스에게 덤벼들게 하는 등 못된 짓을 주도한다. 그러나 술잔을 입에 대려는 순간 오뒷세우스의 화살에 맞아 구혼자들 가운데 맨 먼저 죽는다. 바로 여기서 "술잔을 입술에 가져가는 사이에도 실수는 얼마든지 일어날 수 있다"는 속담이 생겨났다고 한다.

에우뤼마코스(Eurymachos)

페넬로페의 구혼자들의 우두머리 중 한 명으로 거지로 변장하고 나타난 오뒷세우스에게 발을 얹는 발판을 집어던지고 모욕적인 언사를 내뱉는다. 역시 오뒷세우스의 활에 시위를 얹는 데 실패한다. 안티노오스가 죽는 것을 보고 오뒷세우스를 달래보지만 소용없자 칼을 빼들고 덤비다가 오뒷세우스의 화살을 맞고 죽는다.

알키노오스(Alkinoos)

스케리아(케르퀴라 또는 코르퀴라, 지금의 코르푸로 추정됨) 섬에 살던 파이아케스족의 왕으로 아레테의 남편이자 나우시카아의 아버지이다. 오뒷세우스가 칼륍소의 섬을 떠나 귀향 도중 난파하여 표류해왔을 때 그를 환대하고 그의 긴 모험담을 듣는다. 그 후 오뒷세우스에게 많은 선물과 함께 그곳에서 그다지 멀지 않은 이타케로 그를 실어다줄 쾌속선을 내준다.

나우시카아(Nausikaa)

나우시카아는 파이아케스족의 왕 알키노오스와 아레테의 딸이다. 오뒷세우스가 칼륍소의 섬을 떠나 귀향하다가 난파하던 날 아테나 여신이 그녀의 꿈속에 나타나 다음날 아침 강어귀로 빨래하러 가라고 일러준다. 실제로 다음날 강으로 간 그녀가 하녀들과 함께 빨래를 마치고 공놀이를 하는데 오뒷세우스는 그들의 고함 소리에 잠을 깬다. 그가 숨어 있던 덤불에서 나오자 하녀들은 질겁을 하고 달아나지만 그녀는 품위 있게 그를 맞아 시내(市內)로 안내한다. 그리하여 오뒷세우스는 환대받고 파이아케스족의 도움으로 무사히 귀향한다. 나우시카아는 오뒷세우스에게 연정을 느끼고 알키노오스도 오뒷세우스 같은 사위를 바라지만 오뒷세우스는 세상의 무엇과도 바꿀 수 없는 아내가 있는 몸인지라 그것은 실현될 수 없는 소망으로 끝난다. 일설에 따르면 나우시카아는 훗날 오뒷세우스의 아들 텔레마코스와 결혼했다고 한다.

파이아케스족(Phaiakes)

파이아케스족은 스케리아 섬에 살던 전설상의 해양부족으로 처음에는 휘페레이아에 살았으나 퀴클롭스들에게 핍박받자 포세이돈의 아들로 그들의 선조인 파이악스(Phaiax)의 인도 하에 스케리아로 이주한다. 그의 아들 알키노오스는 이 섬에 표류해온 오뒷세우스를 환대한 후 긴 모험담을 듣고 이타케로 그를 실어다주게 한다. 그러자 포세이돈이 노하여 오뒷세우스를 실어 나른 배를 바위로 변하게 하고 그들의 도시를 산으로 에워싼다. 아르고호 선원들도 이 섬에 상륙하는데 이곳은 이아손과 메데이아(Medeia)가 결혼식을 올린 곳이기도 하다.

아킬레우스(Achilleus 라/Achilles)

펠레우스와 바다의 여신 테티스의 아들로 아이아코스의 손자이다. 트로이아 전쟁에서 가장 용감했던 그리스군 장수로, 50척의 함선과 수많은 뮈르미도네스족을 이끌고 전쟁에 참가해 용맹을 떨치다가 마지막 10년째 되는 해에 총사령관 아가멤논과 말다툼 끝에 화가 나 막사에 틀어박힌 채 전투를 거부한다. 그리하여 그때까지 수세에 몰리던 트로이아인들이 용장 헥토르를 앞세우고 그리스군이 쌓아놓은 방벽 안으로 쇄도해 그리스군 함선들을 불사르려 하자, 아킬레우스는 친구 파트로클로스에게 자신의 무구들을 입혀 출전시킨다. 아킬레우스는 트로이아인들을 방벽 밖으로 몰아내고 트로이아까지는 추격하지 말라고 신신당부하지만, 파트로클로스는 전투에 열중한 나머지 그 말을 잊고 트로이아의 성문 밑까지 추격하다 헥토르의 손에 죽는다. 아킬레우스는 친구를 위해 복수하겠다는 일념으로 아가멤논과 화해한 뒤, 테티스의 부탁을 받고 헤파이스토스가 만들어준 무구들로 무장하고 출전해 수많은 트로이아인들과 헥토르를 죽이고 그의 시신을 전차에 매달아 끌고 온다. 아킬레우스의 분노로 시작하는 『일리아스』는 아킬레우스가 원한과 슬픔을 잊고 프리아모스에게 아들 헥토르의 시신을 내주는 장면으로 끝난다. '서사시권 서사시들'의 하나인 『아이티오피스』(Aithiopis)에서는 아킬레우스가 트로이아에 원군으로 온 여인족 아마조네스의 여왕 펜테실레이아(Penthesileia)와 에오스(Eos 새벽의 여신)의 아들이자 아이티오페스족의 왕인 멤논을 죽이고, 자신은 파리스 또는 아폴론의 화살을 맞고 죽는 장면이 그려져 있다. 서사시권 서사시인들과 후기 작가들에 따르면, 아킬레우스의 어머니 테티스가 유아 때 그를 저승을 흐르는 스튁스 강물에 담그다가 남편 펠레우스의 방해로 그를 쥐었던 발뒤꿈치는 강물에 닿지 않아, 다른 신체 부위는 부상당하지 않지만 발뒤꿈치는 유일한 약점으로 남은 탓에 결국 파리스의 화살이 그곳을 맞추어 죽었다고 한다. 아킬레우스는 이아손과 아스클레피오스와 헤라클레스 같은 뛰어난 영웅들을 길러낸, 음악과 예언과 의술에 능한 켄타우로스 케이론에게 사사한다(『일리아스』 11권 832행 참조). 오뒷세우스는 귀향 도중 저승에 가서 그와 만나는데(『오뒷세이아』 11권 467행 이하 참조), 후기 신화에 따르면 그는 불사의 몸으로 흑해의 한 섬에서 살고 있다고 한다. 트로이아가 함락된 뒤 아킬레우스는 프리아모스의 딸 폴뤽세네(Polyxene)를 전리품으로 요구해서 그녀는 그의 무덤에 제물로 바쳐졌다고 한다. 신들의 결정에 따라 장수하지만 명성 없는 삶과, 단명하지만 명성을 얻는 삶 가운데 하나를 선택할 수 있었던(『일리아스』 9권 410행 참조) 아킬레우스는 후자를 선택한다. 그의 부모는 그것을 알고 전쟁에 나가지 못하도록 그를 소녀로 변장시켜 스퀴로스 섬에 있는 뤼코메데스(Lykomedes) 왕의 궁전에 숨겨두고 퓌르라(Pyrrha '빨간 머리 여자'라는 뜻)라고 부르게 했다고 한다. 이때 왕의 딸 데이다메이아(Deidameia)가 그에게 아들 네옵톨레모스(Neoptolemos, 일명 퓌르로스Pyrrhos '빨간 머리 남자'라는 뜻)를 낳아준다. 그러나 그리스군의 예언자 칼카스가 아킬레우스 없이는 트로이아가 함락되지 않는다고 말하자, 오뒷세우스가 그를 찾아내기 위하여 뤼코메데스의 궁전에 가서 여자들의 장식품들 속에 창과 방패를 섞어두고 나팔을 불며 고함을 지르게 하자 아킬레우스는 적군이 쳐들어온 줄 알고 입고 있던 여복(女服)을 벗어던지고 창과 방패를 집어 들었다고도 하고, 여자들의 장식품들을 창과 방패와 섞어 아킬레우스와 그의 여자친구들 앞에 내놓자 아킬레우스가 본능적으로 무구들을 집어 들었다고도 한다. 그러나 호메로스에서 아킬레우스는 아버지 펠레우스의 집에 머물러 있었고 네스토르와 오뒷세우스가 그와 파트로클로스를 데리러 왔을 때 자진하여 트로이아 전쟁에 참가하고 싶어 한다(『일리아스』 11권 769행 이하 참조). 아킬레우스는 헬레네에게 구혼하기에는 너무 어렸기에 그리스의 다른 장수들처럼 헬레네의 남편 된 자의 권리를 지켜주겠다고 맹세한 적이 없었다. 그래서 그는 아가멤논에게 모욕당하자 귀향하겠다고 위협할 수 있었던 것이다(『일리아스』 1권 169행 이하 참조).

파트로클로스(Patroklos)

메노이티오스의 아들로, 아킬레우스의 죽마고우이자 시종이다. 아킬레우스가 말다툼 끝에 아가멤논에게 원한을 품고 막사에 누워 있는 동안 헥토르를 앞세운 트로이아인들이 그리스군을 무찌르고 함선들을 불사르려 하자, 그는 아킬레우스의 무구들로 무장하고 전투에 참가해 트로이아군을 성벽 밑까지 추격하다가 헥토르의 손에 죽는다. 그리하여 아킬레우스는 친구의 원수를 갚기 위해 아가멤논과 화해하고 다시 전투에 참가해 헥토르를 죽인다.

네옵톨레모스(Neoptolemos)

네옵톨레모스는 아킬레우스와 데이다메이아의 아들로 별명은 퓌로스('빨간 머리 남자')이다. 아킬레우스의 사후 그가 참전하지 않고는 트로이아가 함락될 수 없음이 밝혀지자 오뒷세우스가 그를 스퀴로스에서 데려간다. 그 뒤 네옵톨레모스는 오뒷세우스와 함께 렘노스 섬으로 가서 트로이아의 함락을 위해 꼭 필요하다고 밝혀진 명궁 필록테테스를 트로이아로 데려가는데, 필록테테스는 자신이 갖고 있던 헤라클레스의 활과 화살들로 파리스를 쏘아 죽인다. 네옵톨레모스는 다른 장수들과 함께 트로이아의 목마 안에 숨어 있다가 트로이아가 함락될 때 프리아모스를 죽이고 나중에 아킬레우스의 무덤에서 프리아모스의 딸 폴뤽세네를 제물로 바친다. 그는 트로이아가 함락된 뒤 헥토르의 아내 안드로마케(Andromache)를 전리품으로 받는다. 호메로스에 따르면 그는 무사히 귀향해 메넬라오스의 딸 헤르미오네(Hermione)와 결혼한다. 다른 전설에 따르면 그는 안드로마케와 함께 에페이로스 지방으로 가서 그곳의 몰로시아(Molossia)인들을 통치한다. 그래서 에페이로스 왕들은 자신들이 네옵톨레모스의 후손이라고 주장하며 그의 별명인 퓌로스라는 이름을 쓰곤 했다.

필록테테스(Philoktetes)

트로이아 전쟁 때 그리스군 제일의 명궁이었던 필록테테스는 포이아스(Poias)의 아들이다. 남편의 사랑을 되찾기 위해 헤라클레스의 아내 데이아네이라(Deianeira)가 켄타우로스인 넷소스(Nessos)의 피가 묻은 겉옷을 보내주었고 그것이 살에 엉겨붙으며 극심한 고통을 가져다주자 헤라클레스는 참다 못해 자신의 활과 화살을 주는 대가로 포이아스 또는 그의 아들 필록테테스로 하여금 자신이 누운 장작더미에 불을 붙여 산 채로 화장하게 한다. 필록테테스는 7척의 함선을 이끌고 트로이아 전쟁에 참가하는데 트로이아로 가던 도중 테네도스 섬에서 제물을 바치다가 독사에게 발을 물린다. 상처는 아물지 않고 심한 악취마저 나는데 그가 괴로워 비명을 지르며 욕설을 해대자 오뒷세우스의 권고에 따라 렘노스 섬의 외딴 해안에 버려진다. 그는 그곳에서 활과 화살들로 사냥을 하며 비참하게 살아간다. 그러나 트로이아 전쟁이 일어난 지 10년째 되는 해에 오뒷세우스가 포로로 잡은 프리아모스의 아들 헬레노스(Helenos)가 이르기를, 필록테테스가 와서 그의 활과 화살들로 싸우지 않는 한 트로이아는 함락되지 않을 것이라고 예언하자 오뒷세우스와 네옵톨레모스는 그를 찾아와 트로이아로 데려간다. 그리스군의 의사 마카온(Machaon)이 그의 상처를 치료해주자 그는 파리스를 쏘아 죽여 트로이아의 함락을 앞당긴다. 호메로스에 따르면 그는 무사히 귀향한다(『일리아스』 2권 718행 이하; 『오뒷세이아』 3권 190행, 8행 219행 참조).

아트레우스(Atreus)

아트레우스는 펠롭스의 아들로 튀에스테스와 형제간이며 아가멤논과 메넬라오스의 아버지이다. 훗날 수많은 문학작품의 소재가 된 저주받은 아트레우스가(家)의 이야기는 다음과 같다. 제우스의 아들로 황금이 많은 뤼디아를 통치한 탄탈로스는 신들의 전지(全知)를 시험해보려고 아들 펠롭스를 죽여 그 살점으로 음식을 장만해서 자기 집에 손님으로 온 신들 앞에 내놓는다. 마침 딸 페르세포네를 찾지 못해 큰 슬픔에 잠긴 데메테르 여신만이 어깨 일부분을 먹었을 뿐, 다른 신들은 내막을 알고는 펠롭스를 다시 살려주고 없어진 어깨 부분은 상아(象牙)로 대치해준다. 그 죗값으로 탄탈로스는 지하의 가장 깊은 곳인 타르타로스에서 영원한 허기와 갈증으로 고통받게 된다. 탄탈로스의 딸 니오베는 테바이 왕 암피온과 결혼해 슬하에 아들딸 각각 일곱(또는 여섯) 명씩을 두고 행복하게 살았는데, 어느 날 쌍둥이 남매밖에 낳지 못한 레토 여신보다 자기가 자식을 더 많이 낳았다고 자랑하다가 아폴론이 일곱 아들을, 아르테미스가 일곱 딸을 쏘아 죽이자 슬픔을 견디지 못해 돌기둥으로 변했다고 한다.

한편 펠롭스는 펠로폰네소스('펠롭스의 섬'이라는 뜻의 이 지명은 펠롭스에게서 유래했다) 반도로 가서 힙포다메이아와 결혼하게 되는데, 그녀와 결혼하려면 그녀의 아버지인 엘리스 왕 오이노마오스(Oinomaos)와의 전차경주에서 반드시 이겨야만 했다. 그는 오이노마오스의 마부 뮈르틸로스(Myrtilos)를 매수해 경주 때 바퀴가 빠져 왕이 전차에서 떨어져 죽게 만든다. 그러나 펠롭스는 약속한 보수를 주기는커녕 마부를 바다에 던져 죽인다. 그리하여 펠롭스 가문에 저주가 시작된다. 저주는 먼저 펠롭스의 두 아들에게서 실현되는데, 아트레우스가 뮈케네의 왕이 됐을 때 튀에스테스는 아트레우스의 아내 아에로페(Aerope)를 유혹하다 발각되어 추방된다. 나중에 아트레우스는 서로 화해하자며 튀에스테스를 불러놓고는 그의 두 아들을 죽여 그 살점으로 음식을 장만해 잔치를 벌인다. 그러나 내막을 알게 된 튀에스테스가 질겁을 하고 달아나며 아트레우스 가문을 저주한다. 튀에스테스는 모르고 자신의 친딸 펠로피아(Pelopia)와 교합해 아이기스토스를 낳는데, 바로 이 아이기스토스가 아트레우스의 두 아들 아가멤논과 메넬라오스가 트로이아로 원정 가고 없는 사이 아가멤논의 아내 클뤼타임네스트라를 유혹해 교합하고, 아가멤논이 트로이아를 함락하고 귀향하는 날 그녀의 손을 빌려 아가멤논을 죽인다. 이들 남녀는 그 뒤 7년 동안 '황금이 많은' 뮈케네를 통치하는데, 8년째 되는 해 아가멤논의 아들 오레스테스(Orestes)가 돌아와 누이 엘렉트라(Elektra)의 도움으로 이들을 죽여 아버지의 원수를 갚는다. 그 뒤 오레스테스는 모친 살해죄를 씻고 가문의 저주에서 벗어나기 위해 친구 퓔라데스(Pylades)와 함께 아폴론의 명령에 따라 타우로이족(Tauroi)의 나라(지금의 크림 반도)로 아르테미스 여신상을 가지러 간다. 그곳에서 오레스테스는 순풍을 빌기 위해 아울리스 항에서 그리스군에 의해 제물로 바쳐져 죽었다고 믿은 누이 이피게네이아를 만나 그녀의 도움으로 여신상을 가지고 앗티케(Attike 라/Attica)로 무사히 돌아온다. 여신상은 앗티케에 있는 신전에 세워지고, 이피게네이아는 그곳에서 아르테미스의 영원한 여사제가 되었다고 한다. 다른 전설에 따르면 이피게네이아는 낙원인 엘뤼시온 들판에서 아킬레우스와 결혼했다고 한다. 한편 엘렉트라는 퓔라데스와 결혼한다.

그러나 호메로스는 뮈케네의 왕권이 펠롭스 → 아트레우스 → 튀에스테스 → 아가멤논으로 순조롭게 이어진 것으로 그리고 있어 이러한 이야기들을 다 알고 있지는 않았던 듯하다.

헬레네(Helene 라/Helena)

스파르테 왕 튄다레오스와 그의 아내 레다 사이에는 클뤼타임네스트라와 헬레네와 이른바 디오스쿠로이들('제우스의 아들들'이라는 뜻)인 카스토르와 폴뤼데우케스가 태어난다. 클뤼타임네스트라는 아가멤논과 결혼하는데, 10년 만에 트로이아에서 개선하는 아가멤논을 간부(姦夫) 아이기스토스와 공모해 무자비하게 살해한다. 헬레네는 아가멤논의 아우 메넬라오스와 결혼하는데, 트로이아 왕자 파리스와 도주해 결국 트로이아 전쟁의 불씨가 된다. 그런데 제우스가 백조의 모습을 하고 레다에게 접근한 까닭에 이들 중 누가 제우스의 자식이냐를 둘러싸고 의견이 분분하다. 클뤼타임네스트라는 튄다레오스의 딸이고 헬레네는 제우스의 딸이라는 데는 의견이 일치하지만, 디오스쿠로이들에 관해서는 둘 다 제우스의 아들이 아니라는 주장과 둘 다 또는 둘 중 폴뤼데우케스만이 제우스의 아들이라는 주장이 엇갈리고 있다. 호메로스는 디오스쿠로이들은 튄다레오스의 아들들이고(『오뒷세이아』 11권 298행 이하), 헬레네는 제우스의 딸이라고 말하고 있다(『일리아스』 3권 426행; 『오뒷세이아』 4권 184행 참조). 오뒷세우스의 아내 페넬로페는 튄다레오스 왕의 동생 이카리오스의 딸이니 헬레네와는 사촌 간이다.

네스토르(Nestor)

네스토르는 넬레우스와 클로리스의 아들로 펠로폰네소스 반도 서남부 멧세네 지방에 있던 퓔로스의 왕이다. 그는 노령에도 트로이아 전쟁에 참가했다가 무사히 귀향하는데 뛰어난 지혜와 언변으로 언제나 친구들에게 존경받는다. 그의 가계(家系)는 다음과 같다. 텟살리아 지방의 이올코스 시를 통치하던 크레테우스에게는 다섯 아들이 있었는데 그중 아이손과 아뮈타온과 페레스는 그의 아들들이고 펠리아스(Pelias)와 넬레우스는 그의 아내 튀로가 하신(河神) 에니페우스의 모습을 하고 접근한 포세이돈에게서 잉태한 아들들이다. 크레테우스가 죽자 펠리아스는 이복형인 아이손의 왕권을 찬탈하고 친아우인 넬레우스를 추방한 다음 스스로 이올코스의 왕이 된다. 그 뒤 아이손의 아들 이아손이 돌아와 왕권을 돌려줄 것을 요구하자 펠리아스는 흑해 동안(東岸)의 콜키스에 가서 황금 양모피를 가져오면 왕권을 돌려주겠다고 한다. 그래서 이아손은 원정대를 모집하여 아르고(Argō '쾌속선'이라는 뜻)호를 타고 당시로서는 위험하기 짝이 없는 항해 끝에 콜키스에 가서 그곳의 왕인 아이에테스의 딸 메데이아의 도움으로 온갖 시련을 이기고 황금 양모피를 가지고 돌아온다. 그 뒤 메데이아는 마술로 펠리아스를 젊게 해주겠다고 그의 딸들을 속여 그들 손으로 아버지를 토막 내게 만든다. 그러나 남편으로 삼았던 이아손에게 배신당한 메데이아는 그와의 사이에서 태어난 자식들을 손수 살해하고 아테나이 왕 아이게우스(Aigeus)에게 몸을 의탁한다. 한편 유명한 아드메토스의 아버지인 페레스는 텟살리아에 페라이라는 도시를 세우고 아뮈타온은 넬레우스와 함께 멧세네 지방으로 가서 퓔로스를 세우고 에이도메네(Eidomene)와 결혼하여 비아스(Bias)와 예언자 멜람푸스의 아버지가 된다.

안틸로코스(Antilochos)

아킬레우스의 친구 안틸로코스는 네스토르와 에우뤼디케(Eurydike)의 장남이다. 그는 파트로클로스가 전사했다는 소식을 아킬레우스에게 맨 먼저 전한다. 그는 뛰어난 전사였으며 파트로클로스의 장례 경기 때는 전차경주에서 2등으로 들어온다. 헥토르가 아킬레우스에게 죽은 뒤 아이티오페스족을 이끌고 트로이아에 원군으로 와 있던 새벽의 여신 에오스의 아들 멤논의 손에 죽는다.

아이아스(Aias 라/Aiax)

아이아스라는 이름을 가진 그리스 장수는 두 명이다.

그중 이른바 '큰 아이아스'는 그리스군 장수 중 아킬레우스 다음으로 용감하고 당당한 장수이다. 텔라몬과 에리보이아(Eriboia) 또는 페리보이아(Periboia)의 아들로 살라미스(Salamis)인들을 이끌고 트로이아 전쟁에 참가한다. 아킬레우스가 말다툼 끝에 아가멤논에게 원한을 품고 전투에 참가하지 않은 채 막사에 틀어박혀 있는 동안 디오메데스가 그리스군의 공격을 주도했다면, 아이아스는 헥토르를 앞세우고 노도처럼 몰려오는 트로이아군에 밀려 그리스군이 퇴각할 때 뒤에서 엄호해 이들의 궤멸을 막는다. 또 헥토르가 누구든 좋으니 일대일로 싸워 전쟁을 끝내자며 결투를 신청하자 그리스군은 모두 아이아스가 결투 상대로 뽑히게 해달라고 기도한다. 과연 그는 기대에 어긋나지 않게 헥토르를 압도하지만, 두 사람은 결투를 중단하고 선물을 교환한다. 아킬레우스가 죽은 뒤 그의 유명한 무구들을 놓고 아이아스와 오뒷세우스 사이에 경합이 벌어졌을 때 오뒷세우스가 언변으로 장수들을 설득해 이들이 오뒷세우스에게 투표하자, 아이아스는 자신의 공적이 무시당한 것에 심한 모욕감을 느끼고 정신착란을 일으켜 자살한다. 오뒷세우스는 저승에 가서 그를 보고 말을 걸지만 그는 대꾸하지 않고 피해버린다(『오뒷세이아』 11권 544행 이하 참조).

이른바 '작은 아이아스'는 오일레우스(Oileus)의 아들로, 로크리스인들을 이끌고 트로이아 전쟁에 참가한다. 체구가 작아 '작은 아이아스'라고 불린 그는 훌륭한 창수(槍手)이자 뛰어난 달리기 선수이다. 용감하긴 하지만 오만하여 신들, 특히 아테나 여신의 미움을 샀는데, 트로이아가 함락됐을 때 그가 팔라스 아테나의 여신상인 팔라디온(Palladion 라/Palladium)으로 피신해 그것을 붙잡고 있던 캇산드라의 머리채를 잡고 아테나의 제단에서 그녀를 끌어냈기 때문이라고 한다(『일리오스의 함락』(Iliou persis 라/Iliupersis) 참조). 결국 그는 귀향 도중 신의 도움 없이 자력으로 난파선에서 살아남았다고 큰소리치다가 해신 포세이돈의 미움을 사 익사한다(『오뒷세이아』 4권 499행 이하 참조).

디오메데스(Diomedes)

튀데우스와 데이퓔레(Deiphyle)의 아들로, 트로이아 전쟁에서 혁혁한 무공을 세운다. 오이디푸스가 왕위에서 물러난 뒤 그의 두 아들 에테오클레스와 폴뤼네이케스가 테바이의 왕권을 놓고 다투자, 아르고스 왕 아드라스토스(Adrastos)는 자기 딸 아르게이아(Argeia)와 결혼한 사위 폴뤼네이케스를 왕위에 앉히기 위해 일곱 장수를 모아 일곱 성문의 테바이를 공격한다. 그러나 오이디푸스의 두 아들은 동시에 서로 찔러 죽이고 아드라스토스를 제외한 나머지 장수들도 모두 전사하는데, 아드라스토스의 사위로 '테바이를 공격한 일곱 사람' 중 한 명인 튀데우스도 이때 죽는다. 그 뒤 아드라스토스는 죽은 장수들의 아들들, 이른바 '후계자들'(Epigonoi)과 또다시 공격해 테바이를 함락시킬 때 디오메데스도 바로 이 원정에 참가한다. 이 사건은 트로이아 전쟁이 일어나기 직전의 일로 보인다. 아드라스토스의 딸 아이기알레이아(Aigialeia)와 결혼한 디오메데스는 아드라스토스가 죽자 아르고스 시와 이나코스 평야를 통치하게 된다. 디오메데스는 80척의 함선과 수많은 아르고스인들을 이끌고 트로이아 전쟁에 참가해 큰 공을 세우고 무사히 귀향한다. 그의 무훈담으로는 그가 아테나의 도움으로 아프로디테와 전쟁의 신 아레스에게 부상을 입히며 트로이아인들을 유린한 이야기(『일리아스』 5권)와, 트로이아 편에서 싸우던 뤼키아의 글라우코스와 서로 선물을 교환하며 기사도적 우정을 다짐하는 이야기(『일리아스』 6권 230행 이하 참조), 밤에 오뒷세우스와 단둘이 트로이아 진영을 정탐하러 갔다가 트로이아 정탐꾼 돌론을 죽이고 원군으로 트로이아에 막 도착한 트라케 왕 레소스의 훌륭한 말들을 빼앗은 이야기(『일리아스』 10권 241행 이하) 등이 특히 유명하다.

호메로스 이후의 신화에 따르면 디오메데스는 무사히 귀향했으나 아내의 불륜으로 궁지에 몰리게 되자 남부 이탈리아로 건너가 정착했다고 한다.

이도메네우스(Idomeneus)

이도메네우스는 크레테 왕으로, 데우칼리온의 아들이자 미노스의 손자이다. 그는 헬레네의 구혼자 중 한 명으로, 노장(老將)임에도 트로이아 전쟁에 참가해 혁혁한 무공을 세우고 무사히 귀향한다. 그러나 호메로스 이후의 신화에 따르면 이도메네우스는 트로이아에서 귀향하다가 심한 풍랑을 만나자 만약 무사히 크레테로 돌아가면 맨 먼저 만나는 생물(生物)을 제물로 바치겠다고 포세이돈에게 서약했는데, 그가 맨 먼저 만난 것은 다름 아니라 그를 맨 먼저 마중 나온 그의 아들이었다. 그가 서약에 따라 아들을 제물로 바치자 온 크레테 섬에 역병(疫病)이 퍼졌다. 그래서 크레테인들이 신들을 달래기 위해 이도메네우스를 크레테에서 추방하자 그는 남부 이탈리아로 건너가 정착했다고 한다.

테이레시아스(Teiresias)

테이레시아스는 에우에레스(Eueres)와 요정 카리클로(Chariklo)의 아들로 테바이의 눈먼 예언자다. 그가 눈먼 경위는 다음과 같다. ① 『멜람푸스 이야기』(Melampodia)에 따르면 그는 뱀이 홀레하는 것을 보고 있다가 한번은 암컷을 죽여 여자로 바뀌었고 한번은 수컷을 죽여 남자로 바뀌었다고 한다. 이러한 경험 때문에 제우스와 헤라가 내기 끝에 남자와 여자 중 어느 쪽이 성적 쾌감을 더 느끼냐고 묻자 그는 여자가 남자보다 9배나 더 쾌감을 느낀다고 대답한 까닭에 화가 난 헤라가 그를 눈멀게 했다고 한다. 이에 제우스는 그에게 예언력과 7배의 수명을 주었다(오비디우스, 『변신 이야기』(Metamorphoses) 3권 316행 이하 참조). ② 그는 아테나 여신이 발가벗고 목욕하는 것을 본 까닭에 여신이 그를 눈멀게 했으나 여신의 친구였던 그의 어머니의 부탁을 받고 그에게 새들의 말을 알아들을 수 있는 능력을 주었다. ③ 일설에 따르면 그는 예언자로서 신들의 비밀을 누설한 까닭에 눈이 멀었다. 테이레시아스는 『오뒷세이아』 외에 소포클레스의 『안티고네』(Antigone), 『오이디푸스왕』(Oidipous Tyrannos), 에우리피데스의 『박코스의 여신도들』(Bakchai), 『포이니케 여인들』(Phoinissai)에도 예언자로 나온다.

헤라클레스(Herakles 라/Hercules)

헤라클레스는 테바이의 암피트뤼온이 원정 가고 집을 비운 사이 제우스가 그의 모습을 하고 그의 아내 알크메네에게 접근해서 낳은 아들로, 그리스의 영웅들 중에서도 힘과 용기와 인내력과 동정심으로 특히 명망이 높다. 헤라클레스는 아폴론의 손자 에우뤼토스에게 궁술을, 아우톨뤼코스에게 레슬링을, 폴뤼데우케스에게 무기 사용법을, 리노스(Linos)에게 음악을 배웠다고 한다. 헤라클레스와 관련해서는 그의 '12고역'이 유명한데, 호메로스는 그중 하데스의 개를 언급하고 있다(『일리아스』 8권 362행 이하; 『오뒷세이아』 11권 623행 참조). 헤라클레스가 태어나 요람에 누워 있을 때 제우스의 질투심 많은 아내 헤라가 뱀 두 마리를 보내 그를 감아 죽이게 했지만 오히려 그가 뱀들을 죽였다고 한다. 그가 장성해 키타이론(Kithairon) 산에서 양떼를 치며 장차 어떤 삶을 살지 고민하고 있을 때, 쾌락과 미덕의 두 여자가 나타나 저마다 즐거운 삶과 힘들지만 영광스러운 삶을 제의하자 그는 후자의 길을 선택했다는 이른바 '헤라클레스의 선택'도 유명한 일화 중 하나이다. 그 뒤 그는 테바이로 돌아가는 길에 테바이시가 당시 보이오티아 지방에서 가장 부강한 도시인 오르코메노스에 바치던 공물을 면제토록 해준 까닭에 테바이 왕 크레온이 딸 메가라를 아내로 준다. 그러나 여전히 앙심을 품고 있던 헤라가 그를 미치게 하는 바람에 그는 처자를 모두 죽인다. 그래서 테바이에서 추방당한 그는 죄를 정화하기 위해 티륀스 왕 에우뤼스테우스(Eurystheus) 밑에서 12년 동안 '12고역'을 치른다. 그러나 호메로스에 따르면, 제우스와 헤라는 같은 날 태어날 영웅 페르세우스의 후손들 중 먼저 태어난 아이가 장차 인근 백성을 다스리게 하기로 서로 맹세했는데, 헤라가 질투심에서 출산의 여신 에일레이튀이아를 보내주지 않아 헤라클레스가 예정보다 늦게 태어난 까닭에 예정일보다 일찍 태어난 칠삭둥이 에우뤼스테우스 밑에서 고역을 치르게 되었다고 한다(『일리아스』 19권 103행 이하 참조). 헤라클레스는 나중에 칼뤼돈 왕 오이네우스의 딸 데이아네이라와 재혼하는데, 중년이 된 데이아네이라는 그가 훗날 오이칼리아를 함락하고 젊은 공주 이올레를 포로로 데려온다는 말을 듣고 그의 사랑을 잃을까봐 켄타우로스인 넷소스의 피를 묻힌 옷을 그에게 보낸다. 넷소스는 데이아네이라를 등에 업고 강을 건네주던 중 그녀를 겁탈하려다가 헤라클레스의 화살을 맞고 죽어가면서, 언젠가 남편의 사랑이 식을 때 자기 피를 묻힌 옷을 남편에게 입히면 남편의 사랑이 돌아올 것이라고 그녀에게 말했던 것이다. 그러나 그 옷이 살에 엉겨붙으며 심한 고통을 안겨주자 헤라클레스는 참다 못해 오이테(Oite) 산에 가서 화장용 장작더미 위에 눕는다. 그는 마침 가축 떼를 찾아 그곳에 온 포이아스 또는 포이아스의 아들 필록테테스를 설득해 장작더미에 불을 붙이게 하고 그 보답으로 자기 활과 화살들을 주는데, 헤라클레스의 활과 화살들은 훗날 트로이아를 함락하는 데 중요한 역할을 한다. 헤라클레스는 사후에 신들의 반열에 올라 그토록 그를 미워하던 헤라와도 화해하고 제우스와 헤라의 딸 헤베(Hebe 청춘의 여신)와 결혼해 행복한 삶을 누린다.

호메로스에서 그는 트로이아 왕 라오메돈이 딸을 구해주면 자기의 명마(名馬)들을 주겠다고 해놓고 약속을 지키지 않자(『일리아스』 20권 145행 이하 참조) 약간의 군사를 이끌고 가서 트로이아를 함락한다. 이때 그는 라오메돈과, 프리아모스를 제외한 그의 아들들을 모조리 죽이고(『일리아스』 5권 642행 참조) 라오메돈의 딸 헤시오네를 동행한 텔라몬에게 준다. 그녀는 그 뒤 그리스군의 명궁으로 '큰 아이아스'의 이복동생인 테우크로스의 어머니가 된다. 헤라클레스는 트로이아에서 돌아오는 도중 헤라가 보낸 폭풍 때문에 소아시아 앞바다의 코스 섬에 표류해 심한 고생을 하는데, 이 일로 제우스가 크게 화가 나 헤라를 허공에 매단다(『일리아스』 15권 18~30행 참조). 헤라클레스는 또 오이칼리아 왕 에우뤼토스의 아들 이피토스가 아버지의 잃어버린 가축들을 찾아 티륀스에 오자 광기가 발작해 그를 성벽에서 떨어뜨려 죽인다. 넬레우스가 이 죄과에 대해 정화해주기를 거절하자, 그는 퓔로스를 함락하고 넬레우스와 그의 아들 열한 명을 모두 죽이고 네스토르만 살려둔다. 그는 이때 헤라(『일리아스』 5권 392행 참조)와 하데스에게도 부상을 입힌다(『일리아스』 5권 396행 이하, 11권 689행 이하 참조). 오뒷세우스는 저승에 가서 그와 만나게 되지만 그것은 그의 환영(幻影)일 뿐이고, 그 자신은 올륌포스에서 행복한 삶을 누리고 있다고 한다(『오뒷세이아』 11권 601행 이하 참조). 호메로스에서는 그의 아내로 크레온의 딸 메가라(『오뒷세이아』 11권 269행 참조)와 아스튀오케이아(Astyocheia 『일리아스』 2권 658행 참조)가, 그의 아들로는 텟살로스(Thessalos 『일리아스』 2권 679행 참조)와 틀레폴레모스(Tlepolemos 『일리아스』 2권 658행 이하, 5권 628행 참조)가 언급되고 있다.

테세우스(Theseus)

아테나이 왕 아이게우스와 아이트라(Aithra)의 아들 테세우스는 아테나이의 국민적 영웅이자 헤라클레스의 친구다. 그는 트로이젠(Troizen)의 외가를 뒤로하고 아버지를 찾아 아테나이로 가던 도중에 손님을 침대에 묶어놓고 길면 자르고 짧으면 늘어뜨려 침대에 맞추는 노상강도 프로크루스테스(Prokroustes)를 같은 방법으로 머리를 잘라 죽이는가 하면, 크레테 왕 미노스가 아테나이에 매년 또는 9년마다 미노타우로스('미노스의 황소'라는 뜻으로 미노스의 아내 파시파에가 포세이돈의 황소에 반해 낳은 우두인신牛頭人身의 괴물)에게 먹일 처녀총각 7명씩을 공물로 바칠 것을 요구하자 세 번째 공물 진상 때 그중 한 명으로 자원하여 크레테에 갔다가 미노타우로스를 죽이고 아리아드네 공주가 준 실꾸리로 미궁(迷宮)에서 무사히 탈출하는 등 많은 무공을 세운다. 테세우스는 앗티케의 여러 지역을 아테나이를 수도로 하는 하나의 국가 공동체로 만들어 아테나이가 훗날 그리스의 수도가 되는 기초를 다졌다. 기원전 490년의 마라톤 전투 때에는 그리스군을 위해 싸우는 그의 거대한 모습이 보였다고 한다.

프리아모스(Priamos)

트로이아의 마지막 왕으로, 트로이아 왕가의 가계는 다음과 같다. 먼저 제우스의 아들 다르다노스는 사모트라케 섬에 살다가 소아시아의 프뤼기아(Phrygia)로 건너가 그 지역을 다스리던

테우크로스의 딸과 결혼하고 영토 일부를 받아 이데 산 기슭에다 도시를 세우고 다르다니에라고 불렸는데, 이것이 트로이아의 전신이다. 다르다노스는 에릭토니오스(Erichthonios)를 낳고, 에릭토니오스는 트로스(Tros 그에게서 트로이아라는 이름이 유래했다)를 낳고, 트로스는 일로스(Ilos 그에게서 트로이아의 다른 이름인 일리오스와 일리온이 유래했다)와 가뉘메데스(그는 나중에 미모 때문에 제우스 또는 그의 독수리에게 납치되어 그의 술 따르는 시종이 되었다)를 낳고, 일로스는 라오메돈을 낳고, 라오메돈은 티토노스(새벽의 여신 에오스의 남편)와 프리아모스를 낳는다. 그리하여 트로이아의 왕이 된 프리아모스는 헤카베와 결혼해 슬하에 많은 아들딸을 두고 부귀영화를 누렸지만, 아들 파리스가 스파르테 왕비 헬레네를 데려와 트로이아 전쟁이 일어나면서 그 많던 아들들이 죽고 백성들이 말할 수 없는 고통을 당하는 참상을 겪는다. 그러나 그는 모든 재앙의 원인이라고도 할 수 있는 헬레네를 원망하지 않고 상냥하게 대해줄 만큼 언제나 다정하고 자상하다. 혼자서 트로이아를 지탱하다시피 하던 장남 헥토르가 아킬레우스의 손에 죽자, 그는 아들의 시신을 찾으러 거액의 몸값을 가지고 죽음을 무릅쓰고 몸소 적진으로 아킬레우스를 찾아간다. '서사시권 서사시들'에 속하는 『일리오스의 함락』에 따르면 프리아모스는 트로이아가 함락될 때 제우스 헤르케이오스(Herkeios '가정의 보호자'라는 뜻)의 제단으로 피신했지만 네옵톨레모스의 손에 죽었다고 한다. 프리아모스는 인간이 맛볼 수 있는 최고의 행복과 최대의 불행을 다 겪은 인간의 대명사가 되었다.

시쉬포스(Sisyphos)

시쉬포스는 그리스인들의 시조라는 헬렌(Hellen)의 아들 아이올로스(Aiolos)와 에나레테(Enarete)의 아들로, 메로페(Merope)의 남편이자 글라우코스(Glaukos)의 아버지다. 코린토스(Korinthos 호메로스의 Ephyrē) 시의 건설자인 그는 후기로 갈수록 점점 더 교활하고 거리낌 없는 악당으로 이름을 날리게 된다. 예컨대 대도(大盜) 아우톨뤼코스가 그의 가축 떼를 훔쳐가자 발굽에 표시를 해놓았던 까닭에 되찾을 수 있었는데 그 보복으로 그는 아우톨뤼코스의 딸 안티클레이아가 라에르테스에게 시집가기 전에 그녀를 범한다. 그래서 그가 오뒷세우스의 실부(實父)라는 주장도 있다. 그는 또 제우스가 요정 아이기나(Aigina)를 유혹하는 것을 엿보고 있다가 코린토스 성채에 맑은 샘물이 솟아나게 해주는 조건으로 그녀의 아버지 하신 아소포스에게 그 비밀을 누설한다. 그래서 제우스가 화가 나서 그에게 죽음의 신(Thanatos)을 보냈으나 죽음의 신을 그가 가둬버려 한때 죽는 이가 없었다고 한다. 죽음의 신이 다시 찾아오자 그는 아내 메로페에게 자기 시신을 묻지도 말고 장례도 치르지 말라고 일러놓고 저승에 가서는 아내를 벌주고 자기 시신을 매장하게 한 뒤 다시 돌아오겠다고 저승의 신 하데스와 페르세포네를 속이고 지상으로 나와 인생을 다시 시작했다고 한다. 마침내 헤르메스가 그를 저승으로 데려가자 그는 돌덩이를 산꼭대기로 굴려 올리는 벌을 받게 되는데, 그가 있는 힘을 다해 돌덩이를 산 위로 굴려 올리면 돌덩이가 산꼭대기에 닿으려는 순간 도로 아래로 굴러 떨어져서 이런 고역을 기약 없이 반복하고 있다고 한다.

티탄(Titan 원전 Titēn 복수형 Titanes 원전 Titēnes) 신족

그리스 신화에서 우라노스(Ouranos 라/Uranus 하늘)와 가이아(Gaia 대지) 사이에는 모두 12 명의 자녀가 태어난다. 그중 오케아노스는 테튀스(Tethys)와, 휘페리온(Hyperion)은 테이아 (Theia)와, 크로노스(Kronos)는 레아(Rhea)와, 코이오스(Koios)는 포이베(Phoibe)와, 각 오누 이끼리 결혼하고, 크레이오스(Kreios)와 이아페토스(Iapetos)는 각각 티탄 신족(神族)에 속하지 않는 에우뤼비에(Eurybie)와 클뤼메네(Klymene)와 결혼하며, 나머지 두 자매 테미스(Themis) 와 므네모쉬네(Mnemosyne)는 제우스의 아내가 된다. 원래 티탄 신족에는 이들 여섯 형제만 포 함되었지만, 나중에는 여섯 자매(이들은 Titanides 단수형 Titanis라고 불리기도 한다) 말고도 이들의 자녀들, 예컨대 휘페리온과 테이아 사이에서 태어난 헬리오스(Helios 태양신), 에오스 (Ēōs 라/Aurora 새벽의 여신), 코이오스와 포이베의 딸들인 레토(Leto 라/Latona)와 아스테리아 (Asteria), 이아페토스와 클뤼메네의 아들들인 아틀라스(Atlas '지탱하는 자' '참고 견디는 자') 와 프로메테우스(Prometheus '사전에 생각하는 자' 프로메테우스는 이아페토스와 테미스의 아 들이라는 설도 있다)도 포함되었다. 이들 12남매 가운데 막내인 크로노스가 어머니 가이아의 권고에 따라 지하의 가장 깊은 곳인 타르타로스에 갇혀 있던 가이아와 우라노스의 또 다른 자 식들인 헤카톤케이레스들(Hekatoncheires '백 개의 손을 가진 자들')과 퀴클롭스(Kyklops 복수 형 Kyklopes '눈이 둥근 자')들을 풀어주고 이들과 합세해 아버지 우라노스를 거세한 뒤 우주의 지배자가 된다. 그 뒤 크로노스와 레아 사이에서 제우스·포세이돈·하데스 삼형제와 헤라·데메 테르·헤스티아 세 자매가 태어나는데, 크로노스는 자신이 자식들 중 한 명에게 축출당할 운명 임을 알고 자식이 태어나는 족족 삼켜버린다. 제우스가 태어났을 때 레아는 아기 대신 돌멩이 를 포대기에 싸서 건네주고, 아기는 크레테(Krete 라/Creta) 섬의 동굴에 감춘다. 장성한 제우스 는 오케아노스의 딸로 자신의 첫째 아내가 된 메티스(Metis '지혜' '사려')를 설득해 크로노스 에게 구토제를 타먹이게 해 그가 삼킨 돌멩이와 자식들을 토하게 하고, 이들과 합세해 '티탄 신 족과의 전쟁'(Titanomachia)을 일으킨다. 이때 티탄 신족은 가이아의 또 다른 아들들로 괴물들 인 기가스(Gigas 복수형 Gigantes)들과 거대한 괴물 튀폰(Typhon 또는 Typhoeus)의 도움을 받고, 제우스를 우두머리로 하는 젊은 신들은 퀴클롭스들(이들은 호메로스에서는 외눈박이 거한 들이지만 헤시오도스에 따르면 삼형제인데, 제우스에게는 번개를, 포세이돈에게는 삼지창을, 하데스에게는 쓰면 남의 눈에 보이지 않게 해주는 모자를 만들어준다)과 헤카톤케이레스들의 도움을 받는다. 티탄 신족의 자식들 가운데 아틀라스는 티탄 신족 편을, 프로메테우스는 젊은 신들 편을 든다. 그러나 10년간의 치열한 전쟁 끝에 제우스 형제들이 제우스의 번개에 힘입어 티탄 신족을 제압해 타르타로스에 가두고 아틀라스에게는 어깨에 하늘을 떠메고 있게 하는 벌을 내린 다음 셋이서 제비를 던져 우주를 삼분(三分)한다. 이때 제우스는 하늘을, 포세이돈은 바다를, 하데스는 저승을 차지하고 대지는 공유하게 됨으로써 올림포스 신족의 시대가 열린다.

제우스(Zeus 라/Iuppiter)

그리스 신화에서 최고신인 제우스(Zeus 이오니아-앗티케 방언, Deus 라케다이몬·보이오티아·로도스·코린토스 방언, Zdeus 레스보스 방언)라는 이름은 다른 신들의 이름이 대부분 어원이 분명하지 않은 것과는 달리 '빛나는 자' '번쩍이는 자' '번개 치는 자'라는 뜻의 인구어(印歐語) Djeus에서 유래한 것으로 의견이 모아진다. 그래서 Zeus의 호격은 Zeu이지만 사격(斜格)은 어간 Di-에서 유래한 Dios(속격), Dii(여격), Dia(대격)와 어간 Zen-에서 유래한 Zenos(속격), Zeni(여격), Zena(대격)의 두 가지가 있다. Djeus라는 인구어는 그리스어 eudia('좋은 날씨')와 라틴어 Iuppiter(← Diespiter ← Dieupater '아버지 제우스'), deus(신), dies(낮, 날)에 흔적을 남기고 있다. 제우스는 티탄 신족에 속하는 크로노스와 레아의 막내아들(호메로스에서는 맏아들)이다. 크로노스는 자신이 자식들 중 한 명에게 축출당할 운명임을 알고 자식이 태어나는 족족 삼켜버리지만, 제우스가 크레테 섬에서 태어났을 때 또는 아르카디아에서 태어나 크레테로 옮겨졌을 때 레아는 크로노스에게 아기 대신 돌멩이를 포대기에 싸서 건네주고, 아기는 딕테(Dikte 539미터) 산 또는 이데(Ide 2,456미터) 산에 있는 동굴에 감춰두고는 자신의 시종들인 쿠레테스들(Kouretes)로 하여금 돌보게 한다. 쿠레테스들은 아기의 우렁찬 울음소리가 들리지 않도록 아기 주위에서 춤추며 창으로 방패를 요란하게 쳤다고 한다. 아말테이아(Amaltheia)라는 염소 또는 요정의 젖을 먹고 자란 제우스는 오케아노스의 딸로 자신의 첫째 아내가 된 메티스를 설득해 크로노스에게 구토제를 타먹이게 해 그가 삼킨 돌멩이와 자식들을 토하게 한다. 그리고 크로노스가 아버지 우라노스를 거세하고 우주의 지배자가 되었듯이, 제우스는 이들과 합세해 '티탄 신족과의 전쟁'을 일으켜 자신의 강력한 무기인 천둥 번개에 힘입어 10년 만에 힘겨운 승리를 거둔다. 제우스 삼형제는 제비를 던져 우주를 삼분하는데 이때 제우스는 하늘을, 포세이돈은 바다를, 하데스는 저승을 차지하고 대지는 공유한다. 그리하여 천둥, 번개,

바람, 구름 같은 모든 기상 현상을 주관하는 하늘의 신으로서 제우스는 구름이 모여드는 높은 산들, 즉 아르카디아의 뤼카이온(Lykaion 1,420미터) 산이나 텟살리아(Thessalia)의 올륌포스 (Olympos 2,917미터) 산에 머물고 천둥 번개는 아무도 감히 대항할 수 없는 그의 막강한 힘의 징표가 된다. 제우스는 아폴론·아르테미스·헤르메스·아테나·디오뉘소스·페르세포네 같은 강력한 신들의 아버지이지만, 그의 누이이자 아내인 헤라에 의해서는 아레스·헤파이스토스·헤베·에일레이튀이아의 아버지가 되었을 뿐이다. 그 밖에 죽을 운명을 타고난 제우스의 자식들로는 헤라클레스, 헬레네, 페르세우스, 미노스, 암피온과 제토스 형제가 유명하다. 그리고 디오스쿠로이들(Dioskouroi '제우스의 아들들')은 둘 다 제우스의 아들이라는 주장과 둘 다 아니라는 주장과 둘 중 폴뤼데우케스(Polydeukes 라/Pollux)만 제우스의 아들이고 카스토르(Kastor 라/Castor)는 아니라는 주장이 있다. 흔히 '신들과 인간들의 아버지'라고 불리지만 모든 신들의 아버지는 아니며, 인간을 만든 것도 그가 아니라 데우칼리온 또는 프로메테우스라고 한다. 그의 이름에 붙은 별명들은 그의 역할을 말해주는데, 그는 통치자와 보호자라는 의미에서 아버지(Pater)이며, 그런 의미에서 또 가정의 보호자(herkeios)이자 재산의 보호자(ktesios)이기도 하다. 그는 또 손님들의 보호자(xenios)이자 탄원자들의 보호자(hikesios)이며, 그런 의미에서 '구원자'(soter)라고 불리기도 한다. 제우스는 전쟁, 농사, 공예 같은 인간들의 일상사에는 깊이 관여하지 않지만 생활 전반에 걸친 그의 광범위한 역할에 힘입어 전(全) 그리스인들에게 가장 중요하고도 가장 보편적인 신이다. 그래서 올륌피아(Olympia)에서 열리던 제우스의 제전은 고대 그리스의 4대 제전 중 가장 규모가 큰 범그리스적 제전이 되었고, 이 제전에 참가하는 것은 곧 그리스인이 되는 것을 의미했다.

포세이돈(Poseidon 원전 Poseidaon 라/Neptunus)

크로노스와 레아의 아들로 제우스와 하데스와는 형제간이며 암피트리테의 남편이다. 제우스 형제들이 티탄 신족을 제압하고 우주를 삼분할 때 바다를 몫으로 받는다. 포세이돈은 호메로스에서는 제우스의 아우이지만 헤시오도스에서는 형이다. 포세이돈의 거처는 아이가이(Aigai) 근처의 바닷속에 있지만, 신들의 회의가 열릴 때는 올륌포스에도 올라간다(『일리아스』 8권 440행, 15권 161행 참조). 그는 바다의 지배자로서 폭풍이나 순풍을 보내주며 지진의 신으로서 '대지를 흔드는 이'(enosichthon 또는 enosigaios)라고 불리는가 하면 바닷물로 대지를 감싸고 있다고 해서 '대지를 떠받치는 이'(gaieochos)라고도 불린다. 포세이돈은 또 말[馬]의 신으로서 말을 사용하는 각종 경기의 창안자이자 감독자이다(『일리아스』 23권 307, 584행 참조). 포세이돈은 트로이아 왕 라오메돈이 성벽을 쌓아준 보수를 주지 않았다 하여(『일리아스』 21권 441행 이하 참조) 트로이아인들을 적대시하지만, 그렇다고 늘 그리스인들 편은 아니다. 『오뒷세이아』에서는 아들 폴뤼페모스를 눈멀게 한 오뒷세우스를 몹시 괴롭힌다. 포세이돈의 힘과 권위의 상징은 삼지창인데, 이것으로 파도를 일으키기도 하고 잠재우기도 한다. 그에게 제물을 바칠 때는 검은 황소나 검은 숫양, 검은 수돼지를 쓴다. 그의 신전은 호메로스에서는 헬리케(Helike)에 있는 것이 언급되지만, 후기의 것들로는 소아시아의 뮈칼레(Mykale) 산에 세워져 소아시아에 거주하는 이오니아인들의 종교적 구심점이 되었던 범이오니아 신전(Panionion)과 기원전 444년경 앗티케 지방의 최남단 수니온(Sounion 라/Sunium) 곶에 세워진 것이 유명한데, 이 신전은 폐허가 되어 도리스식 기둥 11개만 남았지만(1958~59년에 네 개가 다시 세워져 지금은 15개) 선원들에게는 항해의 길라잡이가 되어주고 있다. 포세이돈과 아테나가 앗티케 지방의 영유권을 두고 다툴 때, 그는 아크로폴리스에서 짠물이 솟아나게 했지만 아테나는 올리브나무를 주어 아테나이인들에 의해 승리자로 판정되었다고 한다. 그는 또 헤라와 아르고스에 대한 영유권을 두고 다투다가 헤라가 원래부터 그 도시의 보호자라는 이유에서 더 높은 평가를 받자 화가 나서 그곳의 강들을 모두 말리고 나라에 해일이 일어나게 했다고 한다. 그러나 고대 그리스의 4대 제전 중 하나인 코린토스의 이스트모스(Isthmos '지협') 제전은 그를 위해 그의 신전 앞에서 개최되었는데, 그것은 코린토스가 양쪽에 바다를 끼고 있는 해상무역의 중심지였기 때문이다.

하데스(Haides 원전 Aides 또는 Aidoneus 라/Pluto '보이지 않는자')

하데스는 크로노스와 레아의 세 아들 중 하나로, 제우스와 포세이돈과는 형제간이다. 삼형제가 아버지 크로노스를 권좌에서 축출하고 제비를 던져 우주를 삼분할 때 하데스는 저승을 차지한다. 그리하여 아내 페르세포네와 함께 저승의 사자(死者)들을 지배한다. 하데스는 가혹하고 무서운 신이기는 하지만 인간들과 다른 신들에게 적대감을 드러내지는 않는다. 사람들은 그를 두려워하여 흔히 완곡하게 플루톤(Plouton 라/Pluto 또는 Dis '부를 가져다주는 이')이라 부르는데, 각종 귀금속을 비롯한 부(富)의 원천이 지하에 있기 때문이다. 하데스라는 이름은 어원이 확실하지 않지만 대체로 '보이지 않는 자'라는 뜻으로 받아들여지며, 호메로스에서는 언제나 신 자신을 가리키지만 다만 『일리아스』 23권 244행에서는 그가 다스리는 영역, 즉 저승을 가리킨다. 고대 그리스인들은 대개 하데스가 다스리는 사자(死者)들의 나라, 즉 저승이 서쪽에 있다고 생각했지만 호메로스에서는 지하에 있는 것으로 그려진다(『일리아스』 9권 568행, 20권 61행, 22권 482행; 『오뒷세이아』 20권 81행 참조). 『오뒷세이아』에서는 또 저승이 대지를 빙둘러싸고 흐르는 오케아노스 흐름 저편에 있는 것으로 그려진다(『오뒷세이아』 10권 509행 이하, 11권 156행 참조). 그 입구에는 한번 들어온 사자가 밖으로 도망치지 못하도록 케르베로스라는 개(호메로스는 '개'라고만 부르고 있다.『오뒷세이아』11권 623행;『일리아스』8권 368행 참조)가 지킨다. 또 그곳에는 아케론·퓌리플레게톤·코퀴토스·스튁스라는 네 개의 강이 흐르고 있는데(『오뒷세이아』10권 513, 514행 참조), 그중 아케론과 코퀴토스는 그리스 북서부 에페이로스 지방에 실재하는 강이고 코퀴토스는 아케론의 지류이다. 망각의 강 레테(Lethe)는 라틴 문학에서 처음으로 저승을 흐르는 다섯 강의 하나가 되었다.

헤라(Hera 원전 Herē 라/Iuno)

헤라는 크로노스와 레아의 딸로, 제우스의 누이이자 아내이다. 그러한 지위에 힘입어 헤라는 신들의 여왕과도 같은 권위를 누린다. 헤라는 제우스에 의해 아레스, 헤파이스토스, 헤베, 에일레이튀이아(출산의 여신)의 어머니가 된다. 헤라는 결혼과 출산의 여신이면서도 아이들과 함께하는 어머니가 아니라 남편의 끊임없는 외도에 분개하여, 이를테면 이오나 세멜레처럼 남편이 사랑하는 여인들과 헤라클레스나 디오뉘소스처럼 다른 여인들에게서 태어난 남편의 자식들을 미워하고 못살게 구는 질투심 많은 아내로 그려진다. 헤라의 신전들로는 아르고스 지방에 있는 것들과 소아시아 사모스 섬에 있는 것이 특히 유명하다. 이른바 '파리스의 심판'에서 트로이아의 왕자 파리스가 불화의 여신 에리스의 황금 사과를 아프로디테에게 주라고 판정한 뒤로 헤라는 아테나와 함께 트로이아를 미워한다.

아테나(Athēnē, Athēnaie 또는 Athēnaia 라/Minerva)

호메로스에서는 아테나 또는 아테나이에(Athēnaie)라는 이름으로 쓰이고 비극에서는 아테나이아(Athēnaia)라는 이름이 쓰이며, 기원전 4세기에는 아테나이아의 축약형인 아테나(Athēnā)가 통용되었다. 아테나와 포세이돈이 앗티케 지방의 영유권을 두고 다툴 때 포세이돈은 아테나이 시의 아크로폴리스에서 짠물이 솟아나게 했지만 아테나는 올리브나무를 주어 아테나이인들에 의해 승리자로 판정되었다고 하는데, 도시의 이름에서 여신의 이름이 유래했는지 아니면 도시의 수호여신 이름에서 도시의 이름이 유래했는지는 확실하지 않다. 아테나는 그리스 본토와 여러 섬들과 식민시(植民市)들을 포함한 전 그리스에서 숭배의 대상이 되었으며 그녀에게 바쳐진 신전 중에서는 처녀신 아테나(Athēna Parthenos)를 위해 아테나이의 아크로폴리스에 세워진 파르테논(Parthenon '처녀신의 신전')이 가장 유명하다. 아테나는 전쟁의 여신으로 미술품에서는 무장한 모습으로 그려진다. 또한 모든 세련된 공예와 직조의 보호자이자 지혜의 여신이며, 피리도 그녀가 만들어냈다고 한다. 아테나는 제우스와 메티스의 딸이지만 신들 중에서 가장 지혜로운 메티스가 아버지보다 강한 자식을 낳게 되어 있다는 것을 알고 제우스가 그녀를 삼켜버린다. 그리하여 제우스는 힘과 지혜를 겸비하게 된다. 그 뒤 때가 되어 헤파이스토스 또는 프로메테우스가 도끼로 제우스의 머리를 열자 아테나가 완전무장한 채 함성을 지르며 뛰쳐나왔다고 한다. 아테나는 결혼하지 않고 처녀신으로 남는다. '파리스의 심판'에서 파리스가 불화의 여신 에리스의 황금 사과를 아프로디테에게 주라고 판정한 뒤로 아테나는 헤라와 함께 트로이아를 미워하지만, 그녀는 팔라스 아테나의 여신상인 팔라디온(Palladion 라/Palladium)에 의해 트로이아 성(城)의 수호여신이기도 하다. 이 팔라디온은 하늘에서 제우스가 트로이아의 창건자인 다르다노스에게 내려보낸 것으로 트로이아는 그것을 모시는 한 함락되지 않게 되어 있었는데, 그리스의 영웅들인 오뒷세우스와 디오메데스가 그것을 가져가버렸기 때문에 트로이아가 함락되었다고 한다. 이것은 나중에 아테나이, 아르고스, 스파르테로 옮겨졌다고 한다. 로마인들은 기원전 390년 갈리아인들의 공격에서 로마를 지켜준 것으로 믿어졌던 베스타(Vesta) 신전에 모셔놓은 여신상이 다름 아닌 팔라디온으로, 트로이아가 함락될 때 트로이아에서 도망쳐 이탈리아로 건너온 트로이아의 장수 아이네이아스가 가져온 것이라고 주장한다. 기원전 5세기의 미술품에서 아테나의 어깨 위에 부엉이가 앉아 있는 모습을 종종 볼 수 있는데, 그것은 글라우코피스(glaukopis)라는 그녀의 별명이 glaux(올빼미)에서 유래했다고 보고 이 말을 '올빼미의 얼굴을 가진' 또는 '올빼미의 눈을 가진'이라고 해석한 데서 기인한다. 그리하여 올빼미는 아테나 여신의, 나아가 서양적 지혜와 창안력을 상징하는 동물이 되었다. 그러나 이 말은 지금은 대개 glaukos('번쩍이는' '빛나는'이라는 뜻)에서 유래한 것으로 여겨 '빛나는 눈의'라고 번역된다.

아폴론(Apollon 라/Apollo)

아폴론은 제우스와 레토의 아들로, 쌍둥이 누이 아르테미스와 함께 델로스(Delos) 섬에서 태어났다. 그는 역병(疫病)의 신이면서 치유(治癒)의 신이며, 궁술(弓術)과 예언과 음악과 광명(光明)의 신이자 가축 떼의 보호자이기도 하다. 원숙한 남성미와 탁월한 도덕성의 화신이며 문명의 시혜자이기도 한 아폴론은 가장 그리스적인 신으로 남신(男神)들 가운데 가장 많은 조각품의 대상이 되었지만, 염복(艷福)은 별로 없었던 것 같다. 아폴론에 얽힌 수많은 불운한 사랑 이야기 중에는 의신(醫神) 아스클레피오스(Asklepios 라/Aesculapius)의 어머니 코로니스(Koronis), 트로이아 왕 프리아모스의 딸로 아폴론의 구애를 거절한 캇산드라(Kassandra), 북아프리카에 그리스 식민시 퀴레네(Kyrene)를 세운 요정 퀴레네, 아폴론에게 쫓기다가 월계수로 변한 요정 다프네(Daphne), 미소년 휘아킨토스(Hyakinthos), 제우스가 둘 중 한 명을 고르라고 하자 둘이 같이 늙어갈 수 있다고 하여 신인 아폴론 대신 인간인 이다스를 선택한 마르펫사, 아폴론에게 천 년의 수명을 얻었지만 영원한 젊음을 요구하기를 잊은 까닭에 나중에는 어서 죽기를 바랐던 퀴메(Kyme 라/Cumae 지금의 나폴리 만 근처에 있던 그리스 식민시)의 무녀(巫女) 시뷜라 (Sibylla)와의 사랑 이야기가 유명하다. 아폴론이 델포이에서 숭배받기 시작한 것은 기원전 8세 기 이후의 일이며, 그에 대한 숭배는 그리스 북부 지방이나 소아시아에서 유래했다는 주장도 있다. 아폴론이 왜, 어떻게 예언의 신이 되었는지는 알 수 없지만, 그는 현존하는 최고(最古)의 문헌에서도 예언의 신이다. 그의 신탁소는 델포이에 있는 것이 가장 유명하며, 그 밖에 델로스 에 있는 것과 소아시아 이오니아 지방의 브랑키다이(Branchidai)와 클라로스(Klaros)에 있는 것 도 유명했다. 아폴론은 전 그리스인들에게 숭배의 대상이었다.

아르테미스(Artemis 라/Diana)

아르테미스는 제우스와 레토의 딸로, 쌍둥이 오라비 아폴론과 함께 델로스 섬에서 태어났다. 아르테미스라는 이름의 어원은 아직도 밝혀지지 않고 있다. 그녀는 사냥과 순결의 여신이자 야생 동물의 보호자이며 여인들에게 화살을 쏘아 갑작스러운 죽음을 안겨주는 무서운 처녀 신이다. 아르테미스는 가끔 달의 여신과 혼동되는가 하면 외국의 여러 여신들, 특히 에페소스 (Ephesos)의 위대한 지모신(地母神)과 동일시되기도 한다. 아르테미스 숭배는 에페소스에서 맛 살리아(Massalia 라/Massilia 지금의 프랑스 마르세유Marseilles)를 거쳐 로마로 전파된 것으로 추정된다.

아프로디테(Aphrodite 라/Venus)

아프로디테는 여성미와 성애(性愛)와 다산의 여신으로, 헤시오도스에 따르면 크로노스가 아버 지 우라노스를 거세하고 그 남근을 바다에 던졌을 때 그 주위에 일기 시작한 바다 거품(그리스 어로 aphros)에서 태어난 까닭에 아프로디테라는 이름을 갖게 되었다고 한다. 그리고 아프로디 테는 태어나서 맨 먼저 퀴프로스 섬의 파포스 또는 라케다이몬 지방 동남 해안 앞의 퀴테라 섬 에 상륙한 까닭에 퀴프리스(Kypris)와 퀴테레이아라는 별명을 갖게 되었다고 한다(『신들의 계 보』 188행 이하 참조). 그러나 호메로스에서 아프로디테는 제우스와 디오네(Dione, Zeus의 여 성형)의 딸로 헤파이스토스의 아내이다. 그녀는 전쟁의 신 아레스와 밀애를 즐기다가 헤파이 스토스가 만든 교묘한 그물에 갇혀 신들의 웃음거리가 된다(『오뒷세이아』 8권 274행 이하 참 조). 아프로디테에 얽힌 이야기로는 미소년 아도니스(Adonis)에 대한 사랑 이야기와 '파리스의 심판'에 대한 대가로 파리스가 절세미인 헬레네를 데려가도록 도와준 이야기가 유명하다. 그 밖에 그녀는 트로이아인 앙키세스를 사랑해 아이네이아스의 어머니가 된다. 아이네이아스는 트로이아 전쟁 때 헥토르 다음으로 가장 용감한 트로이아군 장수로, 베르길리우스의 로마 건국 서사시 『아이네이스』에 따르면 트로이아가 함락된 뒤 가족과 전우들을 데리고 트로이아를 떠나 이탈리아 반도로 건너가서 로마의 전신인 알바 롱가(Alba Longa)를 건설한다. 후기 문학에서 아프로디테는 사랑의 신 에로스(Eros)의 어머니이기도 하다. 시칠리아 섬 북서부 에뤽스(Eryx) 산에는 아프로디테의 이름난 신전이 있는데, 로마인들은 아이네이아스의 어머니인 아프로디테를 자신들의 시조 할머니로 여긴 까닭에 이 신전을 매우 중시했다고 한다.

헤르메스(**Hermēs** 원전 **Hermeias** 라/**Mercurius**)

헤르메스는 제우스와 마이아(Maia)의 아들로, 아르카디아의 퀼레네 산에서 태어났다. 그는 태어나던 날 정오에 요람을 떠나 거북을 죽여 그 껍질로 뤼라(lyra)라는 악기를 만들고 같은 날 아폴론의 소떼를 훔쳤다고 한다. 헤르메스는 여신 이리스와 더불어 신들의 사자(使者)이며, 또한 사자(死者)들의 혼백을 저승으로 데려가는 혼백 인도자이기도 하다. 그는 또 복(福)을 가져다주는 신으로서 상인과 도둑의 보호자이기도 하다. 그의 권능의 상징은 황금 샌들과 사람을 마음대로 재우기도 하고 깨우기도 하는 지팡이이다. 적군 또는 이방인들과의 성공적인 교섭도 헤르메스의 소관으로, 해석학(解釋學 hermeneutics)이라는 말도 그의 이름에서 유래했다.

헤파이스토스(**Hephaistos** 라/**Vulcanus**)

헤파이스토스는 제우스와 헤라의 아들이라고도 하고 헤라가 혼자서 낳은 아들이라고도 한다. 헤파이스토스는 불과 불을 사용하는 모든 공예, 특히 금속공예의 신이다. 그는 날 때부터 절름발이여서 어머니 헤라가 올륌포스에서 내던졌는데, 바다의 여신들인 테티스(Thetis 아킬레우스의 어머니)와 에우뤼노메(Eurynome)가 받아서 9년 동안 돌봐주었다(『일리아스』 18권 395행 이하 참조). 또 한번은 제우스와 헤라가 부부싸움을 할 때 어머니 편을 든다고 하여 제우스가 그를 올륌포스에서 렘노스 섬으로 내던졌는데, 그곳에 사는 신티에스족이 그를 받아주었다고 한다. 그는 뛰어난 솜씨로 숱한 걸작품을 만들었는데, 그중에서도 ①테티스의 부탁으로 만든 아킬레우스의 무구들, 특히 방패(『일리아스』 18권 478행 이하 참조), ②아프로디테와 아레스가 밀애를 즐기다가 갇힌 그물(『오뒷세이아』 8권 274행 이하 참조), ③신들의 청동 저택들(『일리아스』 1권 606행, 14권 166, 388행 참조), ④황금으로 만든 소녀들(『일리아스』 18행 417행 이하 참조), ⑤알키노오스 왕의 궁전을 수호하는 개들(『오뒷세이아』 7권 92행 이하 참조), ⑥제우스의 아이기스(『일리아스』 15권 309행 참조) 등이 특히 유명하다. 헤시오도스에 따르면 그가 제우스의 명령에 따라 최초의 여인 판도라(Pandora)를 만들었다고 한다(『신들의 계보』 571행 이하;『일과 날』 60행 이하 참조).

아레스(Arēs 라/Mars)

아레스는 제우스와 헤라의 아들로 전쟁의 신이다. 같은 전쟁의 여신인 아테나와 달리 계획도 절제도 없이 맹목적으로 불화와 유혈과 살육을 조장하고 이를 즐긴다. 키가 크고 잘생기고 동작이 민첩할 뿐 아니라 올륌포스 12신에도 포함되지만, 이러한 만용 때문에 신들 사이에서 존경받지 못하며 인간들을 상대해서도 화려한 성공만 거두는 것은 아니다. 그는 그리스군 장수 디오메데스의 창에 부상당하는가 하면(『일리아스』 5권 860행 참조), 오토스와 에피알테스 형제에게 13개월 동안 포로로 잡혀 있기도 한다(『일리아스』 5권 385행 참조). 아레스는 헤파이스토스의 아내인 아프로디테와 밀애를 즐기다 교묘한 그물에 갇혀 신들의 웃음거리가 되기도 한다(『오뒷세이아』 8권 267행 이하 참조). 아레스에게서는 로마의 군신 마르스의 위엄 같은 것은 찾아볼 수 없다.

디오뉘소스(Dionysos, 일명 Bakchos 라/Bacchus)

디오뉘소스는 테바이 왕 카드모스의 딸인 세멜레(Semele)에게서 얻은 제우스의 아들이다. 세멜레가 임신했을 때 질투심 많은 헤라는 그녀의 유모로 변장하여, 제우스에게 본래의 모습으로 찾아와달라고 조르라며 세멜레를 설득한다. 그동안 제우스는 크레테 왕 미노스의 어머니 에우로페에게는 황소의 모습으로, 헬레네의 어머니 레다(Leda)에게는 백조의 모습으로, 헤라클레스의 어머니 알크메네(Alkmene)에게는 그녀의 남편 모습으로 다가갔던 것이다. 제우스가 어떤 청이라도 들어주겠다고 먼저 맹세한 까닭에 어쩔 수 없이 세멜레의 간청대로 하자, 세멜레는 그의 번개에 타 죽는다. 그러나 제우스는 아직 태어나지 않은 그녀의 아이를 재 속에서 구해내 자신의 넓적다리 속에 집어넣는다. 때가 되어 그곳에서 아이가 태어나자 제우스는 세멜레의 언니이자 아타마스의 아내인 이노에게 아이를 맡긴다. 그러자 분이 풀리지 않은 헤라는 이들 부부를 미치게 하여, 아타마스는 아들 레아르코스(Learchos)를 죽이고 이노는 다른 아들 멜리케르테스(Melikertes)를 안고 바닷속으로 뛰어든다. 결국 이노는 레우코테아(Leukothea '하얀 여신'이라는 뜻)라는 이름의 바다 여신이 된다. 그 뒤 디오뉘소스는 뉘사(Nysa) 산의 요정들에게 양육되는데, 그의 이름은 이 산에서 유래했다고 하며 그가 처음으로 포도 재배법을 가르쳐준 곳도 이곳이라고 한다. 포도주와 도취의 신인 디오뉘소스는 처음에는 그의 신성을 부인하는 수많은 박해자들의 저항에 부딪혔지만 결국에는 이를 모두 극복한다. 그의 행렬에는 사튀로스(Satyros 사람의 생김새에 말 꼬리 또는 염소 다리를 가진 괴물)들과 마이나스(Mainas 복수형 Mainades '광란하는 여인')라 불리는 수많은 여신도들이 따라다니는데, 이들은 취해서 또는 씌어서 주위에서 춤추며 그를 수행한다. 주신 디오뉘소스는 훗날 연극 공연이 포함된 디오뉘소스 제전(Dionysia)들을 통해 고대 그리스인들의 정신 생활에 지대한 영향을 주지만, 호메로스에서는 모두 다섯 번(『일리아스』에서 세 번, 『오뒷세이아』에서 두 번), 그것도 부차적으로만 언급된 것으로 미루어 디오뉘소스 숭배가 그리스에 뿌리내린 것은 호메로스 이후로 추정된다.

오케아노스(Okeanos)

오케아노스는 우라노스와 가이아의 아들로, 누이인 테튀스와 결혼해 수많은 자녀들의 아버지가 된다. 그는 '모든 신들의 아버지'라고도 불린다(『일리아스』 21권 196행, 14권 201행 참조). 오케아노스는 바다가 아니라 대지를 감돌아 흐르는 일종의 강(江)으로, 지상의 모든 강은 그에게서 발원하며 해와 별들도 오케아노스에서 뜨고 지는 것으로 생각되었다. 아이티오페스족, 킴메리오이족, 퓌그마이오이족(Pygmaioi 난장이족), 삼두삼신(三頭三身)의 거한 게리오네우스(Geryoneus), 너무 무서워 보는 이를 돌로 변하게 한다는 고르고 자매들(Gorgones 단수형 Gorgo), 헤스페리데스 자매들(Hesperides)이 지키고 있는 황금 사과나무 등 세상의 온갖 신기하고 불가사의한 것은 오케아노스의 강가에 자리 잡고 있다.

레토(Lēto 라/Latōna)

레토는 티탄 신족으로 코이오스와 포이베의 딸이다. 그녀는 제우스에 의해 쌍둥이 남매인 아폴론과 아르테미스의 어머니가 된다. 질투심 많은 헤라는 레토가 자기보다 더 훌륭한 자식들을 낳게 될 것을 알고 햇빛이 비치는 육지에서 레토가 출산하지 못하게 한다. 그러나 포세이돈이 나중에는 해저(海底)에 고정되지만 당시에는 떠 있는 섬이었던 오르튀기아(Ortygia)로 그녀를 데려가 그 위에 바닷물로 얇은 물막을 쳐 햇빛이 들지 않게 해놓고 그 아래에서 출산하게 해준다. 일설에 따르면, 레토는 당시에 역시 떠 있는 섬이었고 오르튀기아라고도 불렸던 델로스 섬에 가서 아폴론이 훗날 큰 신전을 지어줄 것이라고 약속하고는 그곳에서 출산했는데, 이때 헤라가 출산의 여신 에일레이튀이아를 보내주지 않은 탓에 레토는 예정보다 늦게 출산하며 그곳의 퀸토스(Kynthos) 산 또는 종려나무에 몸을 기댔다고 한다. 레토와 자식들 사이의 정(情)이 각별하여, 임신 중인 어머니를 박해했다고 해서 아폴론은 태어나자마자 델포이를 지키고 있던 거대한 뱀 퓌톤(Python)을 죽이는가 하면, 어머니를 겁탈하려 했던 에우보이아(Euboia)의 거한 티튀오스(Tityos)를 죽여 타르타로스에서 영원한 고통에 시달리게 한다. 또한 테바이의 왕비 니오베(Niobe)가 자기는 아들과 딸을 일곱(또는 여섯) 명씩 낳았으니 하나씩밖에 낳지 못한 레토보다 더 훌륭한 어머니라고 큰소리치자, 아폴론과 아르테미스는 각각 그녀의 아들들과 딸들을 한 명씩만 남겨두고 모조리 활을 쏘아 죽인다.

데메테르(Dēmētēr 라/Ceres)

데메테르는 크로노스와 레아의 딸로 제우스의 누이이다. 그녀는 농업과 곡식의 여신이자 엘레우시스(Eleusis) 비의(秘儀)의 여신이다. 그녀는 제우스에 의해 나중에 하데스의 아내가 된 페르세포네의 어머니, 그리고 이아시온(Iasion)에 의해 부(富)를 신격화한 존재인 플루토스(Ploutos 라/Plutus)의 어머니가 된다.

페르세포네(Persephone 원전 Persephoneia 라/Proserpina)

페르세포네, 일명 코레(Kore '처녀')는 제우스와 데메테르의 딸로, 시칠리아 섬의 헨나(Henna) 고원에서 친구들과 함께 꽃을 따다가 검푸른 말들이 끄는 전차를 타고 갑자기 땅 밑에서 나타난 하데스에 의해 저승으로 납치된다. 이 소식을 듣고 곡식과 농업의 여신 데메테르가 올륌포스를 떠나 실종된 딸을 찾아 지상을 떠돌아다니느라 농사를 돌보지 않자 대지에 곡식이 자라지 않는다. 데메테르를 달래지 않으면 인간들이 다 죽고 신들도 제물을 받지 못할 처지가 되자 제우스는 이리스를 엘레우시스로 보내 데메테르를 올륌포스로 불러오게 하지만, 데메테르는 페르세포네를 돌려주지 않으면 돌아가지 않겠다고 한다. 그러자 제우스는 페르세포네가 저승에 가 있는 동안 아무것도 먹지 않았다면 그렇게 해주겠다고 약속한다. 제우스가 헤르메스를 보내 페르세포네를 데려오게 하자 하데스도 이에 동의하고 그녀가 떠날 때 석류 열매를 하나 준다. 로마 시인 오비디우스에 따르면, 페르세포네는 그 석류 열매를 하데스의 정원을 거닐다가 땄다고 한다. 페르세포네가 엘레우시스에 도착하자 데메테르는 저승에서 무엇을 먹은 적이 있느냐고 묻는다. 처음에 페르세포네는 아무것도 먹지 않았다고 부인하지만, 아케론(Acheron) 강의 아들 아스칼라포스(Askalaphos)가 그녀가 석류 열매 씨를 몇 개 먹는 것을 보았다고 증언하자 그녀도 시인한다. 그녀는 대여섯 개의 씨를 먹은 것이다. 그 보복으로 페르세포네는 아스칼라포스를 올빼미로 변신시킨다. 일설에 따르면 데메테르는 그를 큰 바위로 눌러놓았는데, 헤라클레스가 케르베로스 개를 끌고 가려고 저승에 갔을 때 그 바위를 밀어내자 데메테르가 다시 그를 올빼미로 변하게 했다고도 한다. 일단 저승에서 무엇을 먹고 마신 자는 하데스의 것이므로 제우스는 페르세포네에게 일 년 중 8개월 또는 6개월은 지상의 어머니 곁에 머무르고 나머지 기간은 지하로 내려가서 하데스 곁에 머물라고 하자 데메테르와 페르세포네도 이를 받아들인다. 그래서 데메테르는 페르세포네가 곁에 머무르는 동안(그리스에서는 우기에 해당하는 11월부터 이듬해 5월까지) 대지에 축복을 내려 온갖 곡식이 잘 자라게 해주지만, 페르세포네가 떠나고 없는 동안(그리스에서는 고온 건조하여 농사를 지을 수 없는 여름)에는 대지에 축복을 내려주지 않아 곡식이 자라지 못한다고 한다. 그러나 근대판 그리스 신화에서는 페르세포네가 봄에 지상에 돌아왔다가 겨울에 하데스로 돌아가는 것으로 되어 있다. 페르세포네가 지하에 내려가는 것은 씨앗에서 싹이 터서 새 곡식이 자라나려면 반드시 씨앗이 땅속에 묻혀야 하는 자연현상의 알레고리로 볼 수도 있다.

무사(Mousa 라/Musa 복수형 Mousai 라/Musae)

무사는 제우스와 므네모쉬네('기억'이라는 뜻)의 딸로 시가(詩歌)의 여신이다. 호메로스에서도 이미 복수형이 보이고 그 수가 9명이라는 말도 나오지만(『오뒷세이아』 24권 60행 참조), 그들의 이름은 언급되지 않고 있다. 그들의 이름을 처음 언급한 것은 헤시오도스이다(『신들의 계보』 915행 참조). 여신 또는 여신들은 서사시인에게 시적 영감을 불어넣어주고 그가 이야기하고자 하는 사건들에 대한 기억을 일깨워준다고 믿어졌으므로 서사시인은 으레 서사시의 첫 행에서 여신의 도움을 청한다. 무사 여신들의 수와 이름과 역할에 관해서는 시대와 장소에 따라 견해가 다르지만 로마 시대 후기에는 그들이 각각 한 가지 기능을 맡게 되는데 대개 칼리오페(Kalliope 라/Calliope)는 서사시를, 클레이오(Kleio 라/Clio)는 역사를, 에우테르페(Euterpe)는 피리와 피리가 반주하는 서정시를, 멜포메네(Melpomene)는 비극을, 테릅시코레(Terpsichore)는 뤼라와 뤼라가 반주하는 서정시를, 폴륌니아(Polymnia 라/Polyhymnia)는 찬신가를 그리고 나중에는 무언극을, 우라니아(Ourania 라/Urania)는 천문학을, 탈레이아(Thaleia 라/Thalia)는 희극 및 목가를 관장하는 것으로 받아들여졌다.

키르케(Kirke 라/Circe)

키르케는 헬리오스와 페르세(Perse)의 딸로 훗날 이아손이 아르고호를 타고 황금 양모피를 찾으러 가는 콜키스(Kolchis)의 왕 아이에테스의 누이다. 키르케는 마술에 능한 요정으로 오뒷세우스가 그녀가 살고 있던 아이아이에 섬에 닿았을 때 그의 전우들을 모두 돼지로 변하게 한다(『오뒷세이아』 10권 참조). 키르케의 권고에 따라 오뒷세우스는 자신과 전우들의 귀향에 관해 알아보기 위해 저승으로 예언자 테이레시아스를 찾아간다(『오뒷세이아』 11권 참조). 호메로스 이후의 신화에 따르면, 오뒷세우스와 키르케 사이에서 텔레고노스('멀리서 태어난 자'라는 뜻)라는 아들이 태어나는데 그는 아버지를 찾아갔다가 본의 아니게 아버지를 죽이게 된다.

칼륍소(Kalypso)

칼륍소는 '감추는 여자'라는 뜻의 요정으로 아틀라스와 플레이오네(Pleione)의 딸이라고도 하고 헬리오스와 페르세이스(Perseis)의 딸이라고도 하는데 이 경우 그녀는 콜키스 왕 아이에테스 및 키르케와 동기간이다. 그녀는 지금의 지브롤터 항 맞은편에 있는 서지중해의 한 반도로 추정되고 있는 오귀기에 섬에 살며 그곳에 표류해온 오뒷세우스를 7년 또는 10년 또는 1년 동안 억류한다. 그러나 오뒷세우스는 남편이 되어주면 자신을 늙지도 죽지도 않게 해주겠다는 그녀의 제의를 뿌리치고 결국 신들의 도움으로 귀향길에 오른다. 호메로스 이후의 신화에 따르면, 오뒷세우스와 칼립소 사이에는 라티노스라는 아들이 태어났다고 하는데 라티노스는 오뒷세우스와 키르케의 아들이라고도 한다.

퀴클롭스(Kyklops)

호메로스에서 퀴클롭스('눈이 둥근 자'라는 뜻)들은 법도 도시도 없이 흩어져 유목 생활을 하는 야만적인 거인족이다. 오뒷세우스는 귀향 도중 그들 중 한 명인 폴뤼페모스를 찾아가는데 그들 중에서도 그가 특히 퀴클롭스라고 불리는 것은 힘이 가장 센 데다 그가 포세이돈의 아들이기 때문이다. 그들의 눈이 하나라는 것은 오뒷세우스가 폴뤼페모스의 눈 하나를 멀게 하자 그가 아무것도 보지 못하는 데서 추정할 수 있다(『오뒷세이아』 9권 참조). 그들의 거주지는 시킬리아 섬의 동해안에 있는 아이트네(Aitne 라/Aetna) 산 근처라는 견해도 있다. 그러나 헤시오도스에 따르면 퀴클롭스들은 우라노스와 가이아의 아들들로 모두 세 명인데 그 이름은 브론테스(Brontes '천둥장이'), 스테로페스(Steropes '번개장이'), 아르게스(Arges '빛살을 던지는 자')이며 제우스가 티탄 신족과 싸울 때 그를 위해 번개를 만들어주었다고 한다(『신들의 계보』 139행 이하, 501행 이하 참조). 후기 신화에서 이들은 주로 헤파이스토스의 일꾼으로 등장하며 티륀스와 뮈케네의 거석으로 쌓은 성벽들도 이들이 축조한 것으로 간주된다.

세이렌 자매(Seirenes 단수형 Seiren)

스퀼라와 카립디스(Charybdis)에 가까운 섬에 살며 아름다운 노래로 지나가는 뱃사람들을 유혹하여 익사케 하는 요정들로 호메로스에서는 그 수가 두 명이며 생김새에 관해서는 아무런 언급이 없다. 그러나 미술품에서 흔히 반인반조(半人半鳥)로 그려지곤 했다.

스퀼라(Skylla)

후기 신화에 따르면 스퀼라는 아름다운 소녀였으나 해신 글라우코스가 그녀에게 구혼하자 그를 사랑하던 키르케가 질투심에서 그녀를 머리 여섯에 발 열둘인 괴물로 변하게 했다고 한다(오비디우스, 『변신 이야기』 13권 730행 이하 참조). 호메로스에서는 크라타이이스(Krataiis)가 그녀의 어머니로 되어 있으나 후기 신화에서 그녀는 포르퀴스와 헤카테(Hekate)의 딸이다. 그녀와 거대한 바다 소용돌이 카립디스가 자리 잡고 있는 곳은 이탈리아 반도의 발가락 부분과 시킬리아 섬 사이에 있는 메시나(Messina) 해협이라고 보는 견해도 있다.

카립디스(Charybdis)

카립디스는 거대한 바다 소용돌이의 신격화다. 그녀는 가이아와 포세이돈의 딸로 원래는 메시나 해협 근처의 바위에 살았는데, 엄청난 대식가인지라 헤라클레스가 게뤼오네우스의 소떼를 몰고 이곳을 지나갈 때 그중 몇 마리를 잡아먹은 까닭에 제우스가 벼락으로 쳐서 바다에 내던지자 괴물이 되었다고 한다. 카립디스는 하루 세 번씩 엄청난 양의 바닷물을 그 주위에 있는 모든 것과 함께 삼켰다가 토해낸다. 오뒷세우스는 처음 이 해협을 통과할 때는 스퀼라의 동굴 옆으로 항해함으로써 그녀를 피할 수 있었으나, 나중에 전우들이 태양신 헬리오스의 소떼를 잡아먹은 탓에 난파하여 혼자 살아남았을 때는 그녀에게 붙잡힌다. 그러나 그녀가 숨어 있는 동굴 입구에 있던 무화과나무를 붙잡고 있다가 타고 온 돛대가 다시 떠오르자 그 위로 뛰어내려 항해를 계속한다.

고르고(Gorgo 또는 Gorgon)

호메로스는 한 명의 고르고만 알았으며 그녀의 머리는 아이기스에 새겨져 공포를 불러일으킨다(『일리아스』 5권 741행, 11권 36행 참조). 헤시오도스에 따르면 (『신들의 계보』 274행 이하 참조) 고르고 자매는 스텐노(Sthenno '힘센 여자'), 에우뤼알레(Euryale '두루 떠돌아다니는 여자'), 메두사(Medousa 라/Medusa '여왕'), 이렇게 세 명인데 이들은 바다 노인 포르퀴스와 그의 누이인 케토의 딸들로 날 때부터 백발이며 셋이서 눈 하나와 이빨 하나를 함께 쓰는 그라이아이 자매들(Graiai)의 아우들로 오케아노스 강물 옆 대지의 서쪽 끝에 산다. 흔히 머리털이 뱀이고 무섭게 노려보는 눈을 가진 괴물들로 그려진다. 셋 가운데 유일하게 죽게 되어 있고 그 머리가 하도 무서워 보는 이를 돌로 변하게 한다는 메두사는, 제우스와 다나에(Danae)의 아들 페르세우스가 아테나 여신이 준 거울을 사용하여 직접 보지 않고 그녀의 목을 쳤을 때 포세이돈의 사랑을 받아 임신 중이었는데 그녀가 죽는 순간 날개 달린 천마(天馬) 페가소스(Pegasos)와 크뤼사오르(Chrysaor '황금 칼'이라는 뜻)가 태어난다. 고르고의 머리는 일종의 액막이로 방패, 흉갑, 성문, 대문 등에 새겨졌다. 후기로 갈수록 무섭고 혐오스런 얼굴 등이 점점 부드러워지며 아름답고 우수에 찬 모습으로 바뀌더니 헬레니즘 시대에는 고통을 주는 존재가 아니라 고통을 받는 존재로 그려지곤 했다.

올륌포스(Olympos)

올륌포스는 그리스 본토 북쪽의 텟살리아 지방과 마케도니아(Makedonia) 지방의 경계를 이루는 산맥의 동쪽 끝에 위치해 남쪽으로 템페(Tempe) 계곡을 굽어보는 그리스에서 가장 높은 산이다(2,917미터). 고대 그리스인들은 눈 덮인 올륌포스 산의 가파른 봉우리들에 자신들의 가장 중요한 열두 신들이 산다고 믿었다. 12라는 숫자는 일찍이 확정되었지만, 이에 속하는 신들의 이름에는 다소 변화가 있었던 듯하다. 아테나이의 아크로폴리스에 세워진 파르테논 신전의 동쪽 프리즈의 중앙에 보이는 신들은 제우스, 헤라, 포세이돈, 아테나, 아폴론, 아르테미스, 아프로디테, 헤르메스, 데메테르, 디오뉘소스, 헤파이스토스, 아레스이다. 그러나 참주(僭主) 페이시스트라토스(Peisistratos 기원전 600년경~527년) 일족이 아테나이의 아고라에 세운 열두 신들의 제단에는 헤스티아(Hestia) 여신이 포함된 것으로 미루어, 헤스티아가 열두 신의 하나였다가 나중에 디오뉘소스로 대치된 것 같다.

올륌포스는 기원전 776년경부터 각종 경기가 열리던 펠로폰네소스 반도 서북부 엘리스 지방의 올륌피아와는 다른 곳으로, 올륌피아는 올륌포스에서 남쪽으로 275킬로미터쯤 떨어져 있다.

이타케(Ithake 라/Ithaca)

이타케는 그리스 본토의 중서부에 있는 아카르나니아 지방의 서쪽, 케팔레니아 섬의 동쪽에 자리 잡고 있는 이오니아 해(海)의 작은 섬으로 오뒷세우스의 고향이다.

둘리키온(Doulichion), 사메(Same 또는 Samos), 자퀸토스(Zakynthos)

둘리키온은 이타케의 동남쪽에 있는 지금의 마크리(Makri) 섬을, 사메 또는 사모스는 이타케의 서남쪽에 있는 케팔레니아(Kephallenia) 섬을, 자퀸토스는 사메의 남쪽에 있는 지금의 잔테(Zante) 섬을 가리키는 것으로 추정된다.

아르고스(Argos)

아르고스는 펠로폰네소스 반도의 북동부, 바다에서 5킬로미터쯤 떨어진 곳에 있는 도시이다. 아르고스라는 이름은 또한 이 도시에 속한 영토인 아르골리스(Argolis) 지방을 가리키기도 한다. 그러나 호메로스에서 이 이름은 때로는 트로이아 전쟁 때 디오메데스가 통치하던 아르골리스 지방의 수도를, 때로는 뮈케네에 왕궁을 갖고 있던 아가멤논의 통치 지역을, 또 때로는 아르고스가 아카이오이족의 주요 거주지의 하나이고 펠로폰네소스에서 가장 강력한 왕국인 까닭에 펠로폰네소스 반도 전체를 가리킨다. 그런 맥락에서 '아르고스인들'이라는 말은 호메로스에서는 대개 넓은 의미로 쓰여 그리스인들 전체를 가리킨다. 아르고스라는 이름은 헬라스라는 이름과 결합하면 그리스 전체를 가리킨다. 펠로폰네소스 반도에 있는 아르고스는 텟살리아 지방의 페네이오스 강변의 평야 지대를 가리키는 '펠라스기콘 아르고스'(Pelasgikon Argos)와 구별하기 위해 흔히 '아카이오이족의 아르고스'(Achaiikon Argos)라고도 한다.

뮈케네(Mykene 복수형 Mykenai도 자주 쓰인다)

뮈케네는 아르골리스 지방에 있는 도시로 아가멤논의 왕궁이 있던 곳이다(아르고스 참조).

필로스(Pylos)

펠로폰네소스 반도의 서남부 멧세네 지방의 도시로 넬레우스와 네스토르가 통치하던 왕국의 수도이다.

스파르테(Sparte 라/Sparta)

스파르테, 일명 라케다이몬은 펠로폰네소스 반도의 남부 타위게톤 산맥(2,407미터)과 파르논 산맥(1,935미터) 사이에 있는 분지 라코니케(Lakonike) 지방의 수도이다. 라케다이몬이라는 이름은 대개 스파르테를 가리키지만 라코니케 지방을 가리키기도 한다. 그곳 에우로타스(Eurotas) 강변에 메넬라오스의 궁전이 있었다.

테바이(Thebai 단수형 Thebe도 쓰인다)

호메로스에서 테바이라는 이름을 가진 도시는 셋이다. ①카드모스가 이스메노스(Ismenos) 강변에 세운 보이오티아 지방의 가장 크고 중요한 도시로, 그 성채는 카드모스의 이름에서 따와 카드메이아(Kadmeia)라고 불린다. 호메로스에 따르면 이 도시에는 일곱 성문이 있다고 한다(『일리아스』 4권 406행; 『오뒷세이아』 11권 263행 참조). 복수형과 단수형이 둘 다 쓰인다. ②나일 강변에 있던 상부 이집트의 옛 수도로, 그리스로마시대에는 디오스폴리스 메갈레(Diospolis megale 라/Diospolis magna '제우스의 큰 도시')라고 불렸으며 지금의 룩소르(Luxor)와 카르나크(Karnak)이다. 호메로스는 이 도시를 '일백 개의 성문이 있는' 부유한 도시라고 말하고 있다(『일리아스』 9권 381행 참조). 복수형만 쓰인다. ③뮈시아 지방에 인접한 트로아스 지방의 플라코스(Plakos) 산기슭에 있던 도시이다. 그곳에 헥토르의 아내 안드로마케의 아버지 에에티온(Eetion)의 궁전이 있었는데, 아킬레우스에 의해 파괴된다. 『일리아스』 22권 479행을 제외하고는 단수로만 쓰인다.

헬라스(Hellas)

헬라스와 헬레네스(Hellenes)는 기원전 7세기쯤부터 고전시대(기원전 480~323년)에 걸쳐 그리스인들이 자신들의 나라와 자신들을 가리킬 때 사용하던 이름이다. 그러나 아직 그리스인들 전체를 가리키는 포괄적인 명칭이 없어 그리스인들을 '아카이오이족' '아르고스인들' '다나오스 백성들'이라고 부르는 호메로스에서는, 헬라스와 헬레네스는 각각 펠레우스와 아킬레우스 부자가 통치하던 남(南)텟살리아의 한 지역과 그곳 주민들을 가리킨다. 헬라스라는 이름은 아르고스라는 이름과 결합하면 그리스 전체를 가리킨다.

크레테(Krētē 라/Crēta)

크레테는 그리스의 남동쪽 소아시아의 서남쪽 지중해 한가운데에 있는 그리스의 가장 큰 섬으로 그 위치상 유럽과 이집트, 퀴프로스, 아시아를 잇는 징검돌 역할을 해왔다. 크레테에는 기원전 3000~1000년까지 미노스 문명이라 불리는 고도로 발달한 해양 문화가 꽃피었으며, 호메로스에 따르면 100개의 도시가 있었다고 하는데(『일리아스』 2권 649행 참조) 그중 반수 이상이 확인되고 있다. 주요 도시는 크노소스, 파이스토스, 고르튀스, 뤽토스(Lyktos) 등이다.

트로이아(Troia 원전 Troie)

트로이아는 일리오스(서사시에서 쓰인다) 또는 일리온(비극 등에서 쓰인다)이라고도 불리는데, 소아시아의 북서쪽 헬레스폰토스 해협, 즉 지금의 다르다넬스 해협에서 남쪽으로 6킬로미터쯤 떨어진 곳에 있다. 트로이아 전쟁, 트로이아 목마 등으로 유명한 이 도시는 하인리히 슐리만(Heinrich Schliemann)이 발굴하면서 그 존재가 확인되었다. 트로이아에서는 여러 층의 주거지 흔적이 발굴되었는데, 그중에서도 주거지 VIIa가 기원전 1250년경 자연의 힘이 아니라 인위적인 힘에 의해 파괴되었음이 확인되어 바로 이 시기에 트로이아 전쟁이 일어난 것으로 추정된다.

아이귑토스(**Aigyptos** 라/**Aegyptus**)

아이귑토스는 여성 명사일 경우 아이귑토스 나라 즉 지금의 이집트를, 남성 명사일 경우 아이귑토스 강 즉 지금의 나일 강을 가리킨다.

스케리아(**Scheria** 원전 **Scherie**)

오뒷세우스가 칼륍소의 섬을 떠나 귀향하다가 표류해왔을 때 그를 환대한 뒤 쾌속선으로 고향에 실어준 파이아케스족이 살던 섬이다. 이타케 북쪽 에페이로스 앞바다에 있는 코르퀴라(Korkyra 또는 Kerkyra 지금의 Corfu) 섬으로 보는 견해도 있다.

오귀기에(**Ogygie**) 섬

오귀기에는 요정 칼륍소가 산다는 전설상의 섬이다.

아이아이에(**Aiaie**) 섬

전설상의 섬으로 호메로스는 멀리 북서쪽에 있는 것으로 생각했으나 훗날 로마인들은 이 섬을 이탈리아 라티움(Latium) 지방의 키르케이이(Circeii) 곶으로 보았다.

퓌토(**Pytho**)

퓌토는 파르낫소스 산 남쪽 사면에 자리 잡고 있는 델포이의 옛 이름으로 호메로스에서는 델포이라는 이름은 나오지 않는다. 아폴론의 신탁소와 퓌토 경기로 이름난 이곳이 퓌토라는 이름을 갖게 된 것은, 아폴론이 그곳의 샘을 지키고 있던 퓌톤이라는 용을 죽인 데서 유래했다고 한다. 호메로스에서는 퓌토의 신탁소 외에 그리스의 북서부 에페이로스의 도도네에 있는 제우스의 신탁소가 언급되고 있다(『일리아스』 2권 750행, 16권 234행; 『오뒷세이아』 14권 327행, 19권 296행 참조).

파르낫소스(**Parnassos** 또는 **Parnasos** 원전 **Parnessos**) 산

신탁으로 유명한 델포이 바로 북쪽에 있는 봉우리가 많고 자락이 넓은 큰 산으로(최고봉 2457미터) 그 동쪽에 포키스(Phokis) 지방의 여러 도시가 있다.

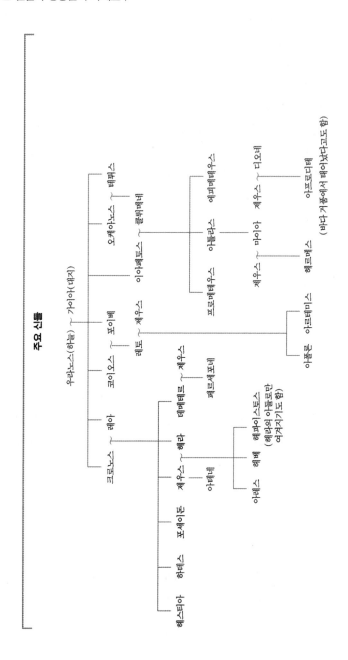

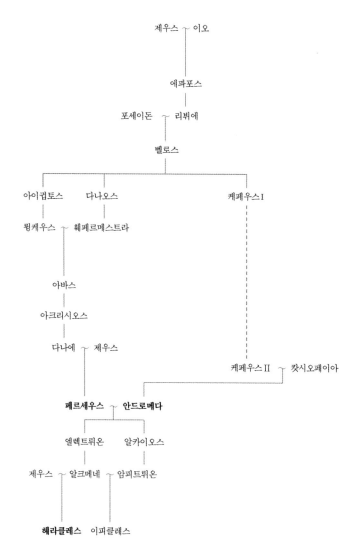

페르세우스와 헤라클레스의 가계도

제우스 ⌢ 이오

에파포스

포세이돈 ⌢ 리뷔에

벨로스

아이귑토스   다나오스   케페우스 I

륑케우스 ⌢ 휘페르메스트라

아바스

아크리시오스

다나에 ⌢ 제우스

케페우스 II ⌢ 캇시오페이아

페르세우스 ⌢ **안드로메다**

엘렉트뤼온   알카이오스

제우스 ⌢ 알크메네 ⌢ 암피트뤼온

헤라클레스   이피클레스

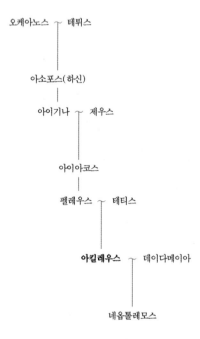

아킬레우스의 가계도

오케아노스 ⌐ 태튀스

아소포스(하신)

아이기나 ⌐ 제우스

아이아코스

펠레우스 ⌐ 테티스

아킬레우스 ⌐ 데이다메이아

네옵톨레모스

테바이 왕가의 가계도

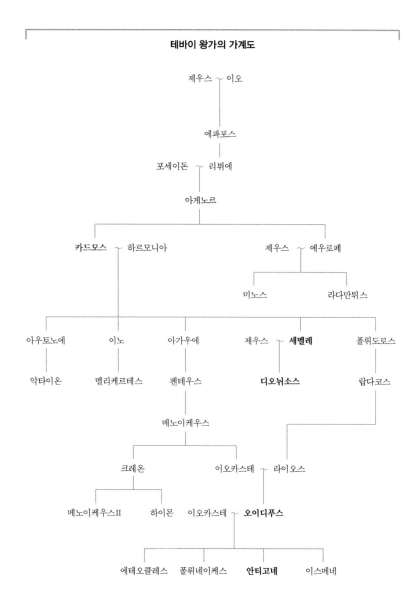

아트레우스가(家)의 가계도

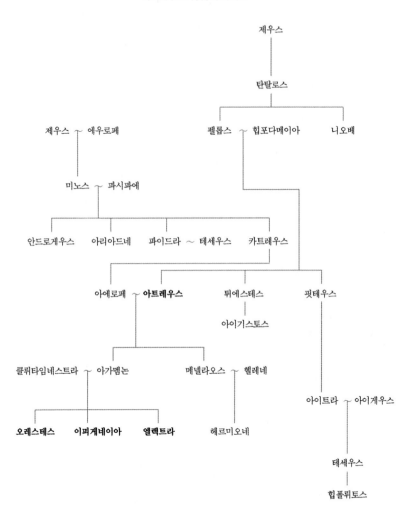

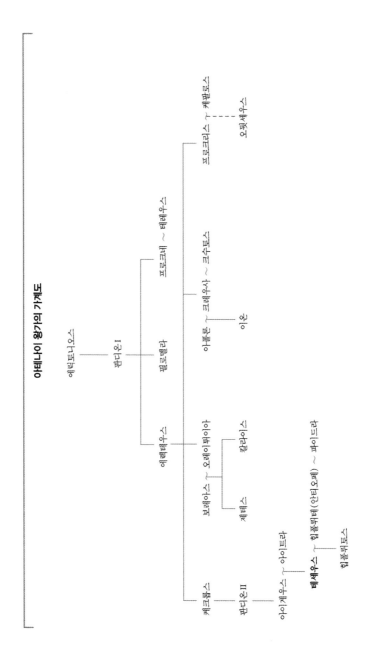

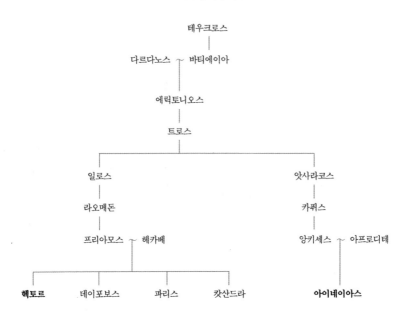

트로이아 왕가의 가계도

테우크로스

다르다노스 ⌒ 바티에이아

에릭토니오스

트로스

일로스

라오메돈

프리아모스 ⌒ 헤카베

헥토르　　데이포보스　　파리스　　캇산드라

앗사라코스

카퓌스

앙키세스 ⌒ 아프로디테

아이네이아스

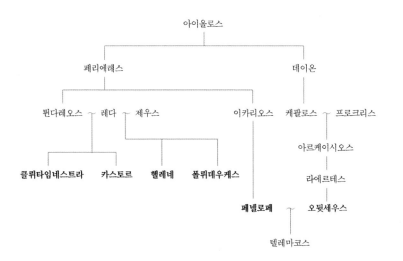

헬레네의 가계도

아이올로스

페리에래스 · 데이온

뷘다레오스 · 레다 · 제우스 · 이카리오스 · 케팔로스 · 프로크리스

아르케이시오스

라에르테스

클뤼타임네스트라 · **카스토르** · **헬레네** · **폴뤼데우케스** · **페넬로페** · 오뒷세우스

텔레마코스

프로메테우스의 자손들

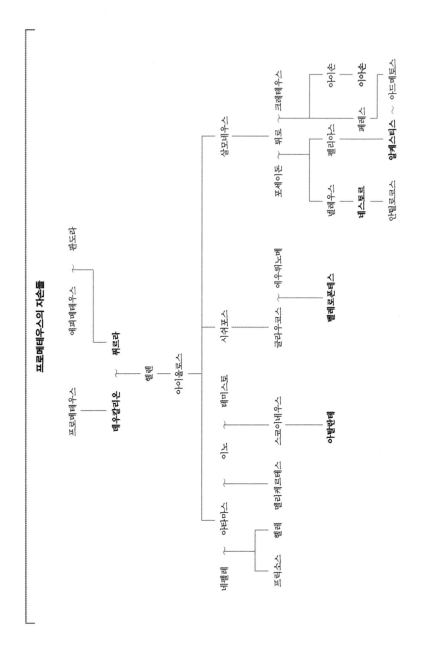

호메로스의 작품과 세계

1. 그리스 문학의 전승과 호메로스

그리스 문학은 호메로스의 『일리아스』와 『오뒷세이아』로 더불어 시작된다. 그렇다면 그리스 문학이 다른 민족들의 문학처럼 어둠에 싸인 먼 옛날부터 시작해 점차적으로 확고한 형식과 선명한 내용을 갖추게 된 것이 아니라 이토록 밝고 원숙한 문학작품으로 시작된 까닭은 무엇일까? 그리고 고대 그리스 문학이 호메로스의 세련된 서사시들에 이르기까지 반드시 거쳤어야 할 거칠고 투박한 전 단계(前段階)들이 알려지지도 보존되지도 않은 까닭은 또 무엇일까?

고대의 문학작품들 가운데 지금까지 남아 있는 것은 크게 두 가지로 나눌 수 있다. 첫째는 결코 멸실된 적이 없는 작품들이고, 둘째는 일단 잊히거나 없어졌다가 다시 발견된 작품들이다. 고대 바빌로니아 문학과 고대 이집트 문학 등이 후자에 속한다. 이 경우 어떤 작품이 살아남을지를 결정하는 것은 전적으로 우연에 달렸으며 작품의 내적 가치에 따른 선택의 여지는 없다. 그러나 이와는 달리 그리스 문학은 처음부터 현재까지 꾸준히 많은 작품들이 독자와 필사자(筆寫者)와 출판업자를 거느리고 있었던 점으로 미루어, 한 작품의 생존 여부를 결정하는 것은 물리적 보존이라는 우연에 달린 것이 아니라 그 작품에 대한 독자들의 지속적인 관심이라고 할 수 있다.

이런 과정을 거쳐 호메로스의 두 서사시를 비롯해 현존하는 그리스 문학의 작품들이 오늘날까지 전해 내려온 것이며, 그 밖의 다른 작품들은 고대 또는 중세의 어느 시기에 독자의 관심 밖으로 완전히 밀려남으로써 없어지고 말았다. 그러나 없어진 작품이라도 그 일부가 현존하는 작품에 단편적으로 인용되어 그리스 문학의 모습을 아는 데 중요한 자료가 되고 있다. 그래서 이런 단편들은 오늘날 아주 조심스럽게 수집, 정리되고 있지만 자료를 수집하는 데에는 역시 한계가 있다.

그런데 약 100년 전부터 그리스 문학의 새로운 보고가 발견되었으니, 이집트에서 파피루스 텍스트가 대량으로 출토되어 그 정리 작업이 출토 작업을 따라가지 못할 정도이다. 그중 대부분은 계산서나 편지 따위의 비문학적인 것이지만 일부는 서적의 필사본이며, 또 그중 일부는 고대 그리스 문학 텍스트들이다. 그리하여 인류는 삽포(Sappho), 알카이오스(Alkaios), 알크만(Alkman), 박퀼리데스(Bakchylides), 핀다로스(Pindaros)의 서정시 단편들을 그리스 문학의 목록에 새로 추가할 수 있게 되었다. 그러나 이집트에서 출토되고 있는 그리스 문학에 관한 파피루스 단편들은 일러야 기원전 4세기 말에 쓰인 것들이다. 바로 이 시기에 이집트의 헬레니즘화가 시작되었기 때문이다. 그러므로 그때까지 그리스인들 자신에 의해 보존되고 전승되지 않은 그 이전의 문학작품들은 완전히 멸실되었다.

어떤 작품이 살아남을지를 처음으로 결정한 것은 그리스인들 자신인데, 그들의 검열 기준은 다른 민족의 검열 기준과는 판이하다. 다른 민족들은 먼 옛날부터 내려오는 훌륭한 기록들을 첨삭하지 않고 본래대로 충실히 보존한 반면, 그리스인들은 문자의 마력에 대한 신앙을 거부했으므로 언제 어디서나 필요에 따라 새로운 표현 형식을 발견했기 때문에 전승되어온 것에 새로운 의미 해석을 더했다. 그러므로 그들에게는 모든 것이 언제나 유동적인 상태였다. 더구나 호메로스 이전 시기에는 한 예술가의 독창적인 문체가 아니라 오직 작품의 질(質)에만 가치를 부여한 까닭에 어떤 텍스트든 자구를 고치지 않은 채 그대로 보존하는 일은 없었다. 한 가지 예외가 있다면, 어떤 예술 장르가 자연적 종말에 가까워졌을 때였다. 더 이상 창조적인 진화를 기대할 수 없는 쇠퇴기에 접어들었을 때에만 역사적인 변화에 제동을 걸고 문학작품들을 현재 당시 그대로 후세에 전하는 것이 의미 있는 일이기 때문이다. 이런 이유에서 그리스인들은 근원적이고 원시적인 것은 아무것도 보존하지 않았다. 이를테면 그들에게는 주술문학이나 원시적인 서정시가 전혀 없다. 그 대신 그들의 국민문학은 초창기의 주도적인 문학 장르였던 서사시가 절정기를 지나 쇠퇴기에 접어든 시점에서 시작된다. 바로 여기에 그리스 문학이 호메로스로 더불어 시작되는 까닭이 있으며, 그런 의미에서 호메로스는 그리스 문학의 창시자인 동시에 완성자라고 할 수 있다.

2. 서사시권 서사시와 호메로스

고대 그리스의 수많은 영웅 서사시 가운데 지금까지 온전히 남아 있는 것은 『일리아스』와 『오뒷세이아』 두 편뿐이다. 이 두 편의 서사시는 각각 1만 5,000행과 1만 2,000행 정도의 방대한 분량이지만, 이른바 서사시권(敍事詩圈 epikos kyklos)이라는 큰 전체 중에서 '트로이아 서사시권'이라는 한 부분의 일부이다.

'트로이아 서사시권'은 하나의 통일된 전체를 이루는 8편의 서사시들로 구성되어 있는데, 그중 첫 번째인 『퀴프리아』(*Kypria*)는 이른바 '파리스의 심판' 부터 그리스군의 트로이아 도착까지를 다루고, 그 두 번째가 『일리아스』이다. 세 번째인 『아이티오피스』(*Aithiopis*)는 아킬레우스가 여인족 아마조네스의 여왕 펜테실레이아(Penthesileia)와 아이티오페스족(Aithiopes)의 왕 멤논을 죽이고 나서 자신도 아폴론 또는 파리스가 쏜 화살에 죽는 장면을 노래한다. 네 번째인 『소(小) 일리아스』(*Ilias mikra* 라/*Ilias parva*)와 다섯 번째인 『일리오스의 함락』(*Iliou persis* 라/*Iliupersis*)은 아킬레우스의 사후 그의 무구(武具)들을 두고 오뒷세우스와 아이아스가 서로 경합한 이른바 '무구 재판'과 목마의 계략에 트로이아가 함락되는 과정을 노래한다. 이상 5편이 전쟁을 노래하는 데 반해 여섯 번째인 『귀향』(*Nostoi*)은 오뒷세우스를 제외한 다른 그리스군 장수들의 귀국을 노래하고, 그 일곱 번째가 『오뒷세이아』이다. 여덟 번째인 『텔레고노스 이야기』(*Telegoneia*)는 『오뒷세이아』 이후 예언자 테이레시아스가 지시한 대로 오뒷세우스가 여행한 일과 그가 아들 텔레고노스에게 살해당하는 이야기를 노래한다.

'트로이아 서사시권' 외에 '테바이 서사시권'이 있다. 이것은 오이디푸스 (Oidipous)의 운명을 노래한 『오이디푸스 이야기』(*Oidipodeia*)와 오이디푸스의 추방된 아들 폴뤼네이케스(Polyneikes)를 포함해 모두 일곱 장수가 일곱 성문의 테바이를 공격한 전설을 노래한 『테바이 이야기』(*Thebais*), 그리고 일곱 장수가 테바이 공략에 실패한 뒤 그들의 아들들이 결국 테바이 공략에 성공한 이야기를 노래한 『후예들』(*Epigonoi*)로 구성되어 있다.

'트로이아 권'에 속하는 것이든 '테바이 권'에 속하는 것이든 이들 서사시는 『일리아스』와 『오뒷세이아』보다 후기에 최종적인 문학적 형태를 갖춘 것으로 판단되며, 지금은 단편밖에 남지 않아 그 문학적 가치를 평가하기 또한 쉽지 않다. 그러나 이들 서사시에 관해 아리스토텔레스는 자신의 『시학』(詩學) 제8장에서 이렇게 말하고 있다.

"『일리아스』와 『오뒷세이아』로부터는 각각 한 편 또는 많아야 두 편의 비극이 만들어질 수 있는 데 견주어 『퀴프리아』로부터는 다수의 비극이, 그리고 『소 일리아스』로부터는 8편 이상의 비극이 만들어질 수 있다."

말하자면 『일리아스』나 『오뒷세이아』는 다른 서사시들보다 그 내용의 통일성이 뛰어나 작품으로서 그 체계가 더욱 견고하고 성공적이라는 것이다. 그렇게 볼 때 『일리아스』와 『오뒷세이아』는 질적인 면에서뿐 아니라 양적인 면에서도 '트로이아 권'에 속하는 서사시들 중 가장 뛰어난 대표작임이 분명하다. 모두 24권으로 구성된 『일리아스』 하나만 해도 4개의 전쟁 서사시를 다 합친 것(22권)보다 길며, 역시 24권으로 구성된 『오뒷세이아』는 다른 영웅들의 귀국을 노래한 것(5권)보다 5배나 더 길기 때문이다.

3. '호메로스 문제'

호메로스에 관한 최초의 문헌이 전하는 바에 따르면, 『일리아스』와 『오뒷세이아』는 소아시아의 이오니아 지방에서 태어난 호메로스라는 음유시인의 작품이라고 한다. 그러나 호메로스에 관한 다른 역사적인 증거가 발견되지 않는다는 점에서 우리의 궁금증은 증폭된다. 대체 호메로스는 실재한 인물인가 아니면 서사시인들 전체를 일컫는 총칭인가? 실재한 인물이라면 활동 시기는 언제인가? 과연 이 두 서사시를 한 작가의 작품으로 볼 수 있는가?

이러한 '호메로스 문제'들은 끝없는 논쟁거리가 되어왔으며, 아직도 만족스러운 해답이 제시되지 못하고 있다. 그러나 '호메로스 문제'들은 호메로스의 작품을 올바르게 이해하는 것과 직결되어 있는 만큼 마땅히 지금까지의 연구 성과를 토대로 가능한 한 해답을 도출하지 않으면 안 된다.

먼저 호메로스라는 이름을 굳이 조작된 총칭으로 볼 만한 근거가 없다. 방대한 분량에도 불구하고 작품의 통일성과 체계가 잘 잡혀져 있기 때문에 한 사람이 기록했다고 보는 것이 타당할 것이다. 그리고 다른 문헌은 덮어두더라도 『일리아스』와 『오뒷세이아』가 대체로 이오니아 방언으로 쓰인 점으로 미루어 그 작가를 소아시아 이오니아 지방 출신으로 보는 데는 별다른 이의가 없을 것이다.

그러나 그 연대에 관해서는 의견이 분분하다. 트로이아와 뮈케네의 발굴로 유명해진 슐리만의 동료이자 올륌피아와 일리온과 퓔로스의 발굴자이기도 한 되르펠트(A. Döpfeld)는 이 두 서사시의 작가인 호메로스를 뮈케네 시대, 즉 기원전 1200년경에 실재한 인물로 본다. 빌라모비츠(U. von Wilamowitz-Moellendorf)는 호메로스(그에게는 『일리아스』의 작가를 의미한다)는 기원전 700년경에, 그리고 『오뒷세이아』의 작가는 그보다 한 세대 뒤에 활동한 것으로 본다. 또 빌라모비츠의 제자인 베테(E. Bethe)는 『일리아스』를 기원전 600년 이전에는 쓰여지지 않은 것으로 본다. 한편 헤로도토스(Herodotos)는(『역사』 2

권 53장 참조) 호메로스와 헤시오도스(Hesiodos)가 동시대인으로서 자기보다 400년 전에, 그러니까 기원전 9세기에 살았다고 말한다. 그러나 오늘날의 호메로스 학자들은 다각적인 문화사적·언어사적 연구를 토대로 호메로스가 활동한 시기를 대개 기원전 8세기 말로 보고 있다.

다음으로 과연 『일리아스』와 『오뒷세이아』를 한 작가의 작품으로 볼 수 있을 것인가, 그리고 한 작가의 작품이라 해도 처음부터 지금과 같은 형태를 갖추고 있었는가 하는 문제가 있다.

이것이 이른바 '호메로스 문제'의 핵심으로, 지금까지 끝없는 논쟁거리가 되어왔으며 오늘날에도 논쟁은 계속되고 있다. 이른바 '분리론자'들은 이 두 서사시는 언어, 문체, 가치관, 사고방식 등에서 현격한 차이가 나기 때문에 도저히 한 작가의 작품으로 볼 수 없다고 주장한다. 특히 『일리아스』는 작품 내의 여러 부분들이 상당한 시간 간격을 느끼게 하는 점으로 미루어 처음부터 지금과 같은 형태를 갖춘 것이 아니라 이른바 '원(原) 일리아스'에 후세 사람들이 조금씩 다른 이야기들을 덧붙여 지금과 같은 형태로 불어나게 되었다는 것이다. 이미 알렉산드레이아(Alexandreia) 시대부터 제시된 이러한 가설은 근대에 이르러 볼프(F. A. Wolf)의 『호메로스 서설』(*Prolegomena ad Homerum*, 1795)에 의해 비로소 이론적으로 뒷받침된다.

그 뒤 이 가설은 헤르만(G. Hermann, 1772~1848)에 의해 계승되었으며, 그와 동시대인인 라흐만(K. Lachmann)은 『니벨룽의 노래』(*Nibelungenlied*)에서 암시를 받아 『일리아스』를 16개의 개별적인 리트(Lied)로 분해하기에 이른다. 그러나 리트와 서사시는 양의 문제는 차치하고라도 그 본질에서 상이한 장르라는 점이 다름 아닌 독일 문학계 내에서 강조됨에 따라 그의 이론은 심각한 타격을 입는다. 그러자 이번에는 『일리아스』는 리트가 아니라 서로 다른 크기와 가치를 가진 소(小)서사시들로 구성되어 있다는 가설이 이를 대신하게 된다. 이 가설은 처음에 키르히호프(A. Kirchhoff)의 『오뒷세이아』 분석에서 나왔지만, 곧 『일리아스』에 대해서도 지배적인 견해가 되었다.

그러나 이러한 가설들이 납득할 만한 증거를 바탕으로 체계적인 이론을 정립하지 못하자, 이러한 분석적인 실험에 염증을 느낀 나머지 『일리아스』와 『오뒷세이아』를 호메로스라는 한 시인의 작품으로 보려는 경향이 다시 고개를 들었다. 이러한 가설에 처음으로 본격적인 이론적 토대를 제공한 사람은 바우러(C. M. Bowra)이다. 그 뒤 이 가설은 샤데발트(W. Schadewaldt)에 의해 계승, 발전된다.

이른바 이들 '통합론자'의 논지는 『일리아스』와 『오뒷세이아』처럼 몇백 년 동안 구전되어 내려온 수많은 이야기들을 한 그릇에 담으려면 그 방대한 분량과 거창한 구상 때문에라도 짤막한 작품처럼 이음새 없이 매끈하게 이어 붙이기는 사실상 불가능하다는 것이다. 또한 서사시는 그 특성상 항상 바깥 세상에 대해 개방적이고 다른 영역에 속하는 이야기들까지 자신 속으로 끌어들이려는 경향이 강하기 때문에, 그 공학이 여느 장르와는 다르다는 점을 감안해야 한다는 것이다.

샤데발트 이후 한동안 '분리론'은 완전히 자취를 감추는 듯하더니 그것도 잠시, 최근 수십 년간 '분리론'은 종전과 같은 논지를 다시 주장하고 있다. 이처럼 서로 납득할 만한 결정적인 증거를 제시하지 못하는 한, 양자 간의 논쟁은 앞으로도 끝없이 이어질 것이다. 호메로스는 영원을 향해 자신의 작품을 던져놓고는 아무 말이 없기 때문이다.

4. 서사시의 기원과 발전

앞서 말했듯이 호메로스는 후대의 문학에 창조적인 활력을 불어넣었다는 점에서 그리스 문학의 창시자라고 할 수 있지만, 또한 한 시대, 이른바 서사시 시대를 마무리한 완성자이기도 하다.

호메로스의 양대 서사시는 소재 측면에서 창작이 아니라, 구전되어 내려오던 여러 가지 전설들에 최종적인 형태를 부여한 것에 지나지 않는다. 그래서 우리는 호메로스의 독창성을 논할 때 작품의 소재가 아니라 그것을 다루는 솜씨, 이를테면 플롯, 문체, 오묘한 표현, 인생의 깊이를 꿰뚫어보는 통찰력 따위를 논의의 대상으로 삼는다. 그러나 호메로스는 이 분야에서도 전통적인 유산을 많이 활용하고 있다. 호메로스의 작품이 고대 그리스의 서사시라는 문학 장르가 절정기를 지나 쇠퇴기에 접어들었을 때 완성되었다고 보는 이유는 바로 이러한 점 때문이다.

그렇다면 호메로스 이전의 서사시들은 어떤 형태를 띠고 있었으며, 어떻게 생겨난 것일까? 이 문제에 대해서는 비교문학에 의한 접근도 가능하겠지만 역시 호메로스의 작품 자체에서 해답을 구하는 것이 최선일 것이다. 이 문제와 관련해서라면 극히 제한되어 있기는 하지만 호메로스의 작품이 가장 신빙성이 높기 때문이다.

호메로스의 양대 서사시는 모두 '영웅들의 행적'을 노래하는 장면을 보여주지만 그 양상은 서로 다르다. 『일리아스』에서는 아킬레우스가 전우 파트로클로스와 단둘이 있는 자리에서 자신의 울적한 마음을 달래기 위해 손수 포르밍크스라는 발현악기를 연주하며 '전사(戰士)들의 행적'을 노래하는데(『일리아스』 9권 186행 이하 참조), 『오뒷세이아』에서는 가인(歌人 aoidos)들이 등장해 청중을 위해 '인간들과 신들의 업적'(『오뒷세이아』 1권 388행 참조)을 노래한다. 파이아케스족의 궁전에서 노래하는 데모도코스와 구혼자들의 취흥을 돋우기 위해 노래하는 페미오스는 이미 자신을 위해 노래하는 것이 아니라 청중을 위해 청중의 요구에 따라 노래하는 전문적인 직업 가인이다.

이처럼 옛 시대를 그리고 있는 『일리아스』에서는 아킬레우스가 자신을 위해 노래를 부르는 데 반해, 그보다 나중 시대를 그리고 있는 『오뒷세이아』에서는 직업 가인이 청중을 위해 노래하고 있다는 점을 고려할 때, 옛날에는 회중 가운데 누구든 재능 있는 사람이 노래를 불러 한자리에 모인 사람들을 즐겁게 했지만 세월이 흐르면서 노래에 필요한 여러 가지 기술을 몸에 익히고 뛰어난 기억력을 겸비한 직업 가인이 등장해 궁전 같은 곳에서 연회의 흥을 돋우기 위해 노래하게 된 것으로 생각된다. 무엇보다도 『일리아스』에서는 직업 가인에 관한 언급이 나오지 않는다는 사실이 이를 뒷받침한다. 그러나 이 직업 가인은 그 후 언제인지는 확실하지 않지만 음송자(吟誦者 rhapsodos)에 의해 대치된다. 음송자는 직업 가인이 손에 악기를 들고 노래한 것과는 달리 손에 지팡이를 들고 서창조(敍唱調)로 낭송하는 것이 특징이다. 비록 후기 고전주의 시대의 작품이긴 하지만 플라톤의 『이온』(Ion)에서 이들의 생생한 모습을 엿볼 수 있다. 그리하여 노래는 낭송이 되고, 노래에 적합한 간단한 운율은 서사시에 적합한 복잡하고 긴 헥사메터(hexameter)가 되고, 짤막한 영웅 찬가는 대하처럼 도도히 흐르는 영웅 서사시로 변모하기 시작했던 것이다.

그러나 음송자들이 심어놓은 어린 묘목이 『일리아스』와 『오뒷세이아』라는 거대한 교목이 될 때까지는 여러 세대에 걸쳐 수많은 변화, 즉 내용의 심화, 양의 확대, 언어의 조탁(彫琢) 등이 요구되었을 것으로 생각한다.

5. 언어와 문체

그리스의 다른 문학 장르들, 예컨대 합창서정시에서는 도리에이스족 방언이, 비극과 희극의 대사에서는 앗티케 방언이, 역사서에서는 이오니아 방언이 주로 많이 쓰이듯, 호메로스의 서사시들에서도 독특한 방언이 사용되고 있다. 그것은 이오니아적 요소들과 아이올리스적 요소들이 혼합된 방언으로, 실생활에서는 사용된 적이 없고 오직 서사시에서만 사용된 독특한 문어(文語)이다. 이러한 서사시적 방언이 형성된 데에는 예술의 내면적인 법칙 이외에도 역사의 우연이 중요한 역할을 한 것으로 보인다.

서사시는 앞서 말했듯이 그리스 본토에서 싹텄지만, 본격적으로 개발되어 완숙한 경지에 이른 곳은 소아시아 서해안과 그 앞바다에 있는 섬들이다. 기원전 12세기경 그곳에는 그리스의 여러 종족들이 이주해 살고 있었는데 북쪽에는 아이올레이스족이, 그 남쪽에는 이오네스족이, 그리고 그 남쪽에는 도리에이스족이 자리 잡았다. 그런데 서사시적 방언의 밑바탕을 이루는 것은 아이올리스 방언이므로, 서사시는 먼저 소아시아의 북부 지방에서 계승, 발전되다가 그 뒤 이오니아인들에 의해 더욱 개발된 것으로 생각된다. 호메로스 역시 이오니아인으로 알려져 있다. 그리하여 서사시적 언어에 이오니아 방언이 유입되어 독특한 혼합어가 생겨난 것이다. 시간이 흐르면서 이오니아적 요소가 우위를 차지하게 되었지만 그렇다고 해서 아이올리스적 요소가 완전히 배제된 것은 아니다. 그 까닭은 모두 이오니아 방언으로 옮길 경우 옛것만이 가질 수 있는 위엄과 품위가 손상될 우려가 있고, 또 운율의 법칙에 따라 이미 만들어진 문구들을 이오니아 방언으로 대치하기가 쉽지 않은 때문이 아닌가 생각된다.

서사시적 문체의 여러 가지 특징 가운데 하나는 엄숙한 옛것과 발랄한 새것이 필요에 따라 적절하게 혼용되고 있다는 점이다. 예컨대 『일리아스』 1권에서 아폴론이 그리스인들을 응징하는 것과 같은 어둡고 무거운 장면에서는 엄숙한 옛말이 사용되고, 같은 『일리아스』 1권에서 아가멤논과 아킬레우스가 서로 상대방을 비난하는 장면에서는 구어에 가까운 표현이 사용되고 있다. 그럼으로써 서사시는 위엄과 생동감을 두루 갖출 수 있었던 것이다.

서사시적 문체의 두 번째 특징은 상투문구와 형용사구가 빈번히 사용된다는 점이다. 특히 시행(詩行)의 첫 부분이나 끝 부분에서 그런 상투문구들이 반복적으로 사용되며, 음식을 나눠 먹는 절차라든가 제물을 바치는 순서, 무장을 갖추는 장면 등에서는 시행 전체 때로는 여러 행의 시구가 글자 하나 다르지 않게 그대로 반복 사용된다. 싸우지 않고 막사에 앉아 있는 아킬레우스에게도 '준족'(駿足)이라는 형용사구가 사용되고, 육지에 끌어 올려져 있는 함선들도 여전히 '빨리 달리는' 함선들이라 표현된다. 또 어떤 형용사구는 하나의 격(格)으로만 사용된다. 형용사구와 시행의 첫 부분이나 끝 부분에서 볼 수 있는 이러한 짧은 상투문구들은 운율의 규칙을 맞추는 일종의 규격품으로 빈번히 사용했을 것이다. 이러한 반복과 규칙은 필경 서사시의 낭송에도 큰 도움을 주었을 것이다. 그러나 무엇보다도 중요한 것은 같은 것을 반복하는 행위가 불안정하고 유동적이며 일시적인 것에 안정성과 항구성과 본격적인 의미를 부여한다는 점이다.

서사시적 문체의 세 번째 특징은 추상적인 표현이 전혀 사용되지 않고 모든 표현이 생생한 감각적 인상을 반영한다는 점이다. 예컨대 호메로스의 서사시는 시각(視覺) 행위에 대해 아홉 가지 동사를 사용하는데, 거기에는 거리낌없이 보는 것부터 조심스럽게 살피는 것까지 온갖 뉘앙스가 다 내포되어 있다. 또한 바다에 대해서도 '추수할 수 없는 바다' '습한 바닷길' '짠 바닷물' 등 다양한 표현을 보여준다. 이러한 표현들은 사물을 그것이 활동하는 모든 국면에서 포착함으로써 우리의 의식 세계를 확대하고 심화해준다.

다음 특징은 호메로스의 서사시들이 진부하고 저속한 것을 되도록 피하고 등장인물들과 그들의 행위를 의도적으로 이상화하고 있다는 것이다. 이러한 경향은 특히 『일리아스』에서 두드러지는데, 먼 옛날을 배경으로 하는 『일리아스』에서는 작가와 대상 사이에 거리를 유지하기가 한결 쉽기 때문이다. 『일리아스』의 영웅들은 언제나 고기를 구워 먹고, 이미 철기 시대를 살던 청중과는 달리 청동제 무장을 갖추고는 말등이 아니라 전차(戰車)를 타고 싸운다. 그들은 '요즘 사람들' 같으면 도저히 해내지 못할 힘든 일들을 손쉽게 해치운다. 또한 서사시는 이오니아 지방에서 오랜 원숙기를 거쳤음에도 그리스인들이 소아시아로 이주한 역사적인 사실은 전혀 언급하지 않고 이주하기 이전의 그리스 본토와 그 도시들에 관해서만 이야기한다.

『일리아스』에서는 자연도 이상화되어 있다. 그곳에는 여름도 겨울도 없고, 궂은 날씨와 폭풍도 없다. 트로이아 들판은 일상생활의 무대가 아니라 영웅들의 전쟁 무대에 지나지 않으며, 영웅들이 돌을 던지고 싶다면 그 곁에는 언제든 던질 만한 돌이 놓여 있다. 그들은 전쟁터에서 가벼운 부상을 입거나 그 자리에서 죽을 뿐, 큰 부상을 입고 서서히 죽어가는 일은 결코 없다. 이러한 이상화 및 상고적(尙古的) 경향은 서사시인들이 몰락해가는 귀족계급의 요구에 따라 이들의 영광스러운 과거를 미화한 데도 까닭이 있겠으나 그보다는 서사시 자체가 본질적으로 위대한 인물들을 노래한 영웅시이며, 따라서 일상의 지평 위에서는 존립할 수 없기 때문이다. 『일리아스』보다 일상에 가까운 『오뒷세이아』와 더불어 그리스의 서사시가 서서히 막을 내린 까닭도 바로 여기에 있다.

끝으로 호메로스의 비유들에 관해 말하자면, 호메로스의 비유들은 영웅 세계의 테두리를 벗어나 일상 세계로 내려오는 일종의 통로이다. 호메로스는 서술자의 시각에서 이야기를 엮어나가면서도 비유에서는 자신의 경험 세계에서 자신의 목소리로 이야기함으로써 다양성과 생동감을 얻는다. 여기에는 서민들의 애환과 마음껏 제 기능을 발휘하는 동물들과 꽃이 만발했다 사나운 폭풍에 꺾이고 마는 나무들이 있다. 여기에는 자연도 권리가 회복되어 기후와 계절의 변화가 있고, 젊은이들이 애써 일구어놓은 밭들을 마구 휩쓸어가는 홍수도 있다.

호메로스의 서사시에서는 영웅 세계와 일상 세계가 비유를 통해 일종의 대위법적 구성을 이룸으로써 그에 관련된 사상(事象)들이 혼자서는 가질 수 없는 다양하고 심오한 의미를 지니게 된다. 이와 같이 호메로스의 비유들은 이야기의 단조로움을 덜어주고 시야를 넓혀주고 옛것에 생동감을 불어넣어줄 뿐 아니라 청중으로 하여금 상이한 사상들 사이의 연관성을 찾아내게 함으로써 청중 또는 독자로 하여금 생각하게 만든다. 이러한 호메로스의 비유들은 전체적으로 꽤 유형화되어 있으며, 청중에게도 상당히 귀에 익었던 것으로 생각된다.

호메로스의 비유들은 크게 두 가지 체계로 나눌 수 있다. 첫 번째 체계는 동물에 관계된 것으로, 목자와 맹수, 사냥의 비유 등이 이에 속한다. 호메로스의 서사시에서 영웅들은 흔히 '백성들의 목자'라고 불린다. 그것은 마치 목자가 맹수로부터 가축을 보호하듯이 영웅이 군사들을 적으로부터 보호하기 때문이다.

맹수와 사냥의 비유와 관련해, 적진에 뛰어들어 적군을 도륙하는 장수는 양떼나 소떼를 습격하는 사자로, 저돌적인 용기는 멧돼지로 비유되고 있다. 그리고 전사들의 대열은 이리떼나 사냥개 무리에 비유된다. 싸움터에서 적에게 격퇴되거나 포위된 장수는 사냥꾼과 개떼에게 둘러싸이거나 쫓겨 달아나는 맹수에 비유된다. 그 밖에 비겁함과 대담성은 각각 사슴과 파리에 비유된다.

두 번째 체계는 자연의 근원적인 힘에 관계되는 것으로, 적진을 종횡무진으로 누비는 장수의 용맹은 젊은이들이 애써 일구어놓은 밭을 마구 유린하는 홍수의 힘에 비유되고, 한군데로 몰려가는 전사들의 무리는 쉴 새 없이 밀려드는 파도나 폭풍에 비유되며, 적군이 몰려와도 버티고 서서 막는 장수는 파도나 폭풍에도 끄떡없이 버티고 서 있는 바닷가 암벽에 비유된다.

『오뒷세이아』에서는 비유가 훨씬 적게 사용된다. 『오뒷세이아』에서는 이미 사건 자체가 전체적으로 일상의 지평에서 전개되고 있기 때문이다. 그 대신 『오뒷세이아』의 비유들은 덜 유형화되어 있고 그만큼 독창적이다. 예를 들어 『오뒷세이아』 20권 25행 이하에는 거지로 변장하고 자기 집 문간에 누워 잠을 청하던 오뒷세우스가 집안에서 일어나는 여러 가지 불쾌한 일을 목격하고는 당장 복수할 것인지 아니면 참고 때가 오기를 기다릴 것인지 마음을 정하지 못하고 전전불매하는 장면이 그려지는데, 오뒷세우스의 이러한 태도는 어떤 사람이 활활 타는 불가에 앉아 비계와 피를 가득 채운 짐승의 내장을 구우며 빨리 익도록 이리저리 굴리는 것에 비유되고 있다.

이런 종류의 비유는 독창적이고 돋보이는 표현이면서도 『일리아스』를 통해 알고 있는 호메로스의 문체와는 다소 이질적이기도 하다. 『일리아스』의 비유들이 영웅 세계에서 넓고 밝은 일상 세계로 내려온다면, 『오뒷세이아』의 비유들은 오뒷세우스 자신의 비영웅적인 세계에서 더 좁고 더 어두운 소세계(小世界)로 내려간다고 할 수 있기 때문이다.

6. 소재와 구성

『일리아스』의 이야기는 과연 역사적 사실인가 아니면 문학적 허구인가? 기원전 6세기 이래로 많은 논자들이 트로이아 전쟁은 아무 역사적 근거도 없는 문학적 허구에 지나지 않는다고 믿었다. 그러나 19세기 말에 슐리만이 트로이아와 뮈케네의 옛 성터를 발굴한 뒤부터 트로이아 전쟁은 역사적 사실에 틀림없다는 견해가 강력해졌다. 실제로 다른 민족들의 영웅 서사시들도 비록 시간과 인물과 사건의 줄거리는 다소 변형되어 있지만 그 뒤에는 반드시 역사적 사건이 숨어 있다.

『일리아스』의 이야기도 기원전 1500~1200년경 뮈케네를 중심으로 고도의 청동기 문화를 일군 아카이오이족(Achaioi)이 서북방에서 남하하기 시작한 미개한 도리에이스족에 의해 자신들의 문화를 파괴당하기 직전 트로이아를 정복한 역사적인 사실을 배경으로 하는 것으로 추정된다. 그리고 고고학계의 연구 결과 트로이아에서 발굴된 여러 층의 주거지 가운데 주거지 VIIa는 기원전 1250년경 외부 침입자들에 의해 파괴되었음이 입증되었는데, 이것은 그리스의 여러 기록들이 트로이아 전쟁이 일어났다고 한 연대와 정확히 일치한다. 따라서 아카이오이족이 그 뒤 도리에이스족에게 밀려 에게 해의 여러 섬들과 소아시아의 해안 지방으로 이주하게 됐을 때 자신들의 토착적인 구전문학도 함께 가져가 그것을 바탕으로 서사시를 만들어낸 것으로 봐야 할 것이다.

『일리아스』의 배경을 이루는 트로이아 전쟁이 역사적 사실이라 해도 거기에 등장하는 개개의 인물들과 사건들이 과연 어디까지 역사적 사실인지는 알 수 없다. 지금까지의 연구 결과에 따르면, 『일리아스』는 트로이아 전쟁이라는 핵심적인 사건에 문학적 허구와 시대와 장소를 달리하는 여러 전설들이 상당수 첨가됨으로써 세월이 흐르면서 그 규모와 분량이 점점 방대해진 것만은 확실해 보인다. 한 예로 『일리아스』 5권 627행 이하에 로도스인들의 장수 틀레폴레모스와 뤼키아인들의 장수 사르페돈이 결투하는 장면이 나오는데, 뤼키아는 로도스 섬 맞은편의 육지이고, 그리스의 전설에 따르면 틀레폴레모스는 로도스에 이주한 그리스인들의 지도자였다고 한다. 따라서 이들의 결투는 그리스인들이 로도스로 이주하는 과정에서 소아시아의 주민들과 싸워야 했던 역사적 전쟁을 말해주는 것으로, 트로이아 전쟁보다 훨씬 뒤에 일어난 일임에도 『일리아스』에 포함되어 있다. 그 밖에도 『일리아스』에는 트로이아 전쟁과는 무관한 많은 전설들이 포함되어 있는데, 서사시는 이질적인 것을 수용하고 동화하는 포용력이 어떤 문학 장르보다 강하기 때문이다.

　『일리아스』와 달리 『오뒷세이아』에서는 역사적 신빙성이 문제 되지 않는다. 이 두 서사시의 이야기는 서로 성질이 다르기 때문이다. 『오뒷세이아』의 이야기가 모두 사실이라 해도 역사에 대해서는 아무 의미가 없다. 『오뒷세이아』의 갈등은 여러 민족의 운명과 무관한 개인적인 것이기 때문이다. 『오뒷세이아』의 소재는 본질적으로 기담적(奇譚的)이다. 기담은 그 성격상 역사적인 사건을 배경으로 하는 전설과는 달리 일정한 장소에 매이지 않는다. 따라서 고고학자들이 아가멤논과 프리아모스의 성채를 발굴한 것과는 대조적으로 이타케에서 오뒷세우스의 궁전을 발견할 수 없었던 것은 놀랄 일이 못 된다.

　『일리아스』에는 분노의 모티프 하나밖에 없는 데 견주어 『오뒷세이아』의 모티프는 여러 가지이며 그중에서도 특히 두 가지가 두드러진다.

　그중 하나는 귀향자 모티프이다. 어떤 사내가 젊어서 고향을 떠나 오랫동안 객지에서 떠돌다가 천신만고 끝에 고향에 돌아와서 아내의 구혼자들을 죽이고 다시 옛 권리를 회복한다는 모티프가 그것이다. 다음은 선원 모티프로, 어떤 선원이 바다 위를 항해하던 중 풍랑을 만나 죽을 뻔하다가 구사일생으로 혼자 살아남아 온갖 신기한 경험을 하게 된다는 모티프는 해양민족에게서는 흔히 볼 수 있는 것이다. 특히 해양민족의 경우 이 두 모티프는 쉽게 하나로 결합된다. 그러나 『오뒷세이아』가 오늘날 우리가 알고 있는 형태를 갖추게 된 것은 이 두 모티프가 오뒷세우스라는 인물을 통해 '트로이아 전설'권과 결합됨으로써 비로소 가능해졌다.

그 밖에 『일리아스』에서는 사납고 자제력 없고 굽힐 줄 모르고 오직 불멸의 명성만을 추구하는 아킬레우스가 이상적인 인물로 그려져 있는 데 반해 『오뒷세이아』에서는 참을성 많고 임기응변에 능하고 유연하게 어려움에 대처해나가는 오뒷세우스가 이상적인 인물로 그려져 있다. 이 점으로 미루어 『오뒷세이아』에서는 호메로스 당시에 해상 무역의 강자로 등장하기 시작한 이오니아인들의 가치관이 어느 정도 반영된 것으로 보인다.

호메로스의 양대 서사시의 구성을 아리스토텔레스만큼 적절하게 평한 사람은 없을 것이다. 그는 『시학』 23장에서 이렇게 말하고 있다. "호메로스는 트로이아 전쟁을 전부 다 취급하려 하지 않았다. (……) 그는 전체에서 한 부분만 취했으며, 그 밖의 많은 사건들은 삽화로 이용되고 있다." 아닌 게 아니라 『일리아스』는 9년 동안 일어난 일들을 단 50일 동안의 사건을 통해 생생하게 그리고 있다. 그러나 역병이 만연하던 9일, 올륌포스의 신들이 아이티오페스족의 잔치에 가 있던 12일, 아킬레우스가 헥토르의 시신을 욕보인 12일, 헥토르의 화장을 위해 장작을 준비한 9일을 빼고 나면 실제로 사건이 일어난 기간은 단 며칠로 압축된다.

이토록 짧은 기간의 사건을 통해 트로이아 전쟁의 전말을 생생하게 그리기 위해 호메로스는 두 가지 방법을 사용하고 있다. 호메로스는 아킬레우스가 아가멤논과 다투고 원한을 품게 된 경위를 이야기하고는 곧장 양군(兩軍)을 싸움터로 나가게 한 뒤 '함선 목록'과 '성벽 위에서의 관전'(teichoskopia)을 통해 양군의 군세와 지난 9년 동안 일어난 사건을 이야기한다. 그는 또 등장인물의 입을 통해 트로이아의 비극적인 종말과 아킬레우스의 죽음을 군데군데 암시함으로써 『일리아스』에는 포함되지 않은 전쟁의 종말을 알게 해준다. 『오뒷세이아』역시 20년에 걸쳐 일어난 일을 단 40일로 압축하고 있는데, 여기서는 1인칭 소설의 기법으로 사건이 압축되고 있다.

아리스토텔레스는 또한 『시학』 24장에서 『일리아스』는 구성이 단순하지만 『오뒷세이아』는 복잡하다고 말하는데, 이 역시 적절한 지적이라 하겠다. 『일리아스』에서는 모든 사건이 분노의 모티프를 중심으로 전개되지만 『오뒷세이아』에서는 여러 모티프들이 복잡하게 얽혀 있기 때문이다.

7. 호메로스의 신(神)들

서사시의 주제는 '인간들과 신들의 행적'이다(『오뒷세이아』 1권 338행). 그러므로 서사시의 세계는 인간들만의 장(場)이 아니라 신들의 장이기도 하다. 말하자면 서사시는 인간들과 신들의 상호관계 속에서 전개되는 것이다. 그러나 호메로스의 경우 인간들과 신들의 상호관계는 매우 복잡한 양상을 띠기 때문에, 우리는 이를 단순화하는 위험을 피하기 위해 세 가지 반대개념을 통해 그 특징들을 고찰하는 것이 좋을 듯하다.

첫 번째 반대개념은 친근과 소원이다. 신들은 여러 가지 방법으로 인간들과 관계를 맺는데, 제우스는 인간들에게 사자(使者)와 전조를 보내며 다른 신들은 사람의 모습을 하거나 때로는 본래 모습 그대로 인간들에게 접근한다. 예컨대 『일리아스』 5권에서 디오메데스가 용전분투하다가 부상당하고 지쳐 앉아 있자 그를 총애하는 아테나 여신이 다가가 먼저 그를 나무란 다음 도움을 약속하면서 분발케 한다. 또 『오뒷세이아』 13권에서는 아테나 여신과 오뒷세우스가 올리브나무 밑에 나란히 앉아 앞일을 의논한다. 그런가 하면 『일리아스』 5권에서는 디오메데스가 아이네이아스에게 덤벼들자 아이네이아스를 보호하고 있던 아폴론이 이렇게 꾸짖는다. "조심하고 물러가라! 불사신들과 인간들은 결코 같은 종족이 아니니라." 이와 같이 신들은 인간들에게 멀면서도 가깝고 가까우면서도 먼 존재들이다.

두 번째 반대개념은 총애와 무자비이다. 신들은 자기가 좋아하는 인간들에게 거리낌없이 호의를 베푼다. 이러한 경향은 특히 『일리아스』에서 두드러지는데, 예컨대 4권에서 아테나 여신은 마치 어머니가 어린아이한테서 파리를 쫓아버리듯 판다로스(Pandaros)의 화살이 빗나가게 하여 메넬라오스가 큰 부상을 입지 않게 해준다. 그런가 하면 아테나 여신은 헥토르를 싸우도록 유인해 아킬레우스의 창에 죽게 만든다. 이 경우 한쪽에 대한 총애가 다른 쪽에 대해서는 무자비가 된다.

세 번째 반대개념은 자의(恣意)와 정의이다. 여기서 우리는 옛날부터 많은 논란거리가 되어온 호메로스 신들의 도덕성 문제와 맞닥뜨린다. 양대 서사시 가운데 후기 작품인 『오뒷세이아』의 신들은 어느 정도 세계의 정의로운 조종자로서의 윤리적인 면모를 보여준다. 그러나 『일리아스』의 신들은 사소한 이해관계 때문에 편을 갈라 인간사에 개입하는가 하면, 신들끼리도 서로 속이고 싸우다 때로는 다치기까지 한다. 적어도 도덕적인 측면에서 그들은 인간보다 별로 나을 게 없다. 신들의 이러한 부도덕한 행위는 기원전 6세기의 철학자 크세노파네스(Xenophanes)를 비롯해 많은 경건한 사람들의 불쾌감을 자아내기도 했다. 호메로스 신들의 그러한 부도덕성은 과연 어떻게 설명할 수 있을까?

이 문제는 사회학적인 측면에서 고찰해야 웬만큼 해답을 얻을 수 있다. 역사적으로 볼 때 서사시는 귀족계급을 위한 문학이다. 그러므로 서사시는 귀족계급의 보편적인 모럴 수준을 넘어설 수도 없고 넘어서도 안 된다. 이 점에서는 신들도 마찬가지다. 서사시의 신들은 윤리적인 신들이 아니라 아무런 도덕적 제약도 받지 않는 자유롭고 충만한 삶을 누리는 '좀더 위대한 인간들'에 지나지 않기 때문이다. 『일리아스』에서 볼 수 있는 신들의 부도덕성은 마치 신들이 인간들보다 우월한 존재이듯 귀족계급은 평민계급보다 우월한 존재라는 것을 보여주기 위해, 귀족계급이 자신들의 생활 태도를 의도적으로 이상화한 데서 비롯된 결과로 봐야 한다. 이 경우 평민계급에 대한 귀족계급의 우월성이 그러하듯 인간들에 대한 신들의 우월성도 도덕성에 근거하지 않는다.

그러나 호메로스의 신들이 전적으로 부도덕한 것만은 아니다. 『일리아스』

16권 386행 이하에서 신들을 두려워하지 않고 법을 왜곡하여 재판하는 인간들을 응징하려고 제우스가 폭우를 내리는 장면이 나오는데, 이는 헤시오도스의 디케(Dike 正義)를 떠올리게 한다. 그 밖에도 트로이아가 파리스의 죄과로 멸망하게 된다는 것이 군데군데 암시되어 있다. 그리고 앞에서도 말했듯이 『오뒷세이아』에서는 세계의 정의로운 조종자로서의 윤리적인 면모를 도처에서 발견할 수 있다.

호메로스 신들의 또 한 가지 특징은 그들의 성격이 추상적이지 않고 매우 개성이 넘친다는 점이다. 위대한 신일수록 그 기능에서 해방된 자유로운 개성이며, 저급한 신일수록 자연의 근원적인 힘의 단순한 신격화에 지나지 않는다.

올림포스의 신들은 오랜 역사를 가지고 있다. 그러나 시대적·사회적 변천에 따라 신들과 인간들의 관계도 변화해왔다. 귀족계급의 사회적 기반이 확고한 시대와 귀족계급이 몰락하고 새로운 평등사회가 등장하기 시작한 시대의 신관(神觀)은 서로 달라야 했다. 말하자면 호메로스보다 약 1세대 뒤에 활동한 것으로 추정되는 헤시오도스와 그 후의 비극작가들은 호메로스의 신들을 비판적으로 볼 수밖에 없었고, 더욱 윤리적인 신들을 그려냈다. 이러한 차이는 호메로스의 두 서사시에서도 보인다. 『오뒷세이아』의 신들이 『일리아스』의 신들보다 윤리적인 것은 평민계급에 대해 좀더 개방적인 『오뒷세이아』에서는 다가오는 새 시대의 가치관이 유입될 여지가 있지만, 전적으로 귀족계급의 장(場)인 『일리아스』에서는 귀족계급의 낡은 가치관이 의도적으로 이상화되어 있기 때문이다.

8. 호메로스적 인간

서사시의 등장인물들은 저마다 어떤 특징을 갖고 있으며, 그러한 특징들은 그들의 행위를 통해 나타난다. 그러나 그러한 개별적인 특징에도 불구하고 그들은 마치 한 가족의 구성원들처럼 어떤 공통점이 있다.

호메로스적 인간의 특징은 과연 무엇인가? 흔히들 호메로스적 인간은 소박하다고 한다. 그러나 어떤 종류건 인간의 본질을 그러한 형용사로 표현한다는 것은 그 낱말에 담겨 있게 마련인 모호성과 다의성 때문에 오히려 혼란만 안겨줄 우려가 있다. 따라서 최선의 방법은 가능한 범위 내에서 호메로스적 인간의 구조를 고찰하는 것이 아닐까 한다.

호메로스의 언어에는 살아 있는 영혼에 해당하는 낱말이 없다. 당연한 일이지만 그것은 육체의 경우도 마찬가지이다. 프쉬케(psyche)라는 낱말이 있긴 하지만 그것은 죽은 사람의 혼백에 대해서만 사용된다. 그리고 호메로스 이후 그리스어에서 육체를 뜻하는 소마(soma)라는 낱말도 호메로스에서는 시신을 의미할 뿐이다. 그러므로 호메로스적 인간은 살아 있을 때가 아니라 죽고 나서야 비로소 영혼과 육체로 나뉘는 것이다. 호메로스적 인간은 살아 있는 동안에는 하나의 전체이다. 이 전체는 여러 가지 부분 또는 기관(器官)으로 이루어져 있지만 그것은 어디까지나 전체로서의 인간에 속하는 기관들이다. 예컨대 팔이 육체의 부분이 아니라 전체로서의 인간의 부분이듯, 감정의 기관인 튀모스(thymos) 또한 영혼의 기관이 아니라 전체로서의 인간에 속하는 기관이다. 그러므로 호메로스적 인간은 행동할 때는 '나'라는 말 대신 흔히 '나의 팔'이라 하고, 생각할 때는 '나'라는 말 대신 흔히 '나의 튀모스'(thymos)라 한다. 이것은 곧 호메로스가 인간을 존재로서가 아니라 행동 속에서 포착한다는 것을 의미한다.

호메로스의 언어는 감정과 사고의 여러 가지 기관들을 구분하는데, 튀모스(thymos)는 감정과 기분을, 프렌(phren)은 분별력과 사고를, 노오스(noos)는 지혜와 계획을 관장한다.

호메로스적 인간은 우리 시각에서 볼 때 그 구조가 놀랄 만큼 단순하다. 어떤 부분 또는 기관이 행동하거나 고통받으면 인간 전체가 행동하거나 고통받는다. 그러므로 감정과 행동 사이에 갈등이 있을 수 없다. 예컨대 포보스

(phobos)라는 낱말은 공포와 패주를 동시에 의미하며, 트레오(treo)라는 낱말은 동시에 '두려워하다'와 '달아나다'라는 의미로 쓰인다. 그리고 누구든 슬픈 일을 당하면 눈물을 흘린다. 말하자면 호메로스적 인간은 햄릿(Hamlet)처럼 의지와 행동 사이에서 갈등을 느끼지 않는다. 그의 의지에는 이미 행동이 포함되어 있기 때문이다.

이처럼 의지가 지체 없이 행동으로 옮겨질 경우, 인간은 그의 행동과 일치하며 그의 행동에 의해 완전히 파악될 수 있다. 그에게는 어떤 숨겨진 내면성 같은 것이 있을 수 없기 때문이다. 호메로스적 인간은 바깥 세계를 향해 활짝 열려 있다. 따라서 그는 말과 행동을 통해 아무 유보 없이 자아를 실현하듯 자기에게 주어진 몫, 즉 운명(運命)이라면 죽음조차도 흔연히 받아들인다. 예컨대 아킬레우스는 "내 운명은 신들이 이루기를 원하시는 때에 언제든지 받아들이겠다"(『일리아스』17권 118행, 22권 365행 참조)고 말한다. 그는 자신이 얻게 될 불멸의 명성의 대가가 죽음임을 분명히 알고 기꺼이 죽음을 받아들일 마음의 준비가 되어 있는 것이다.

이와 같이 호메로스적 인간은 주어진 가능성 안에서 자신이 원할 수 있는 최선의 것이 무엇이며 그것을 얻기 위해 어떤 대가를 치러야 하는지 명확히 알고 행동할 뿐, 어두운 충동에 사로잡혀 맹목적으로 행동하다가 파멸의 심연 속으로 굴러떨어지는 일은 결코 없다.

또한 호메로스적 인간들은 철저한 현세주의자들이다. 그들은 술과 고기와 '달콤한 잠의 선물'과 잔치와 무도회와 사랑을 마음껏 즐기며, 이러한 물질적 향락에 대한 자신들의 쾌감을 숨기지 않는다. 그들은 내세에 대한 어떤 기대도 품지 않는다. 예컨대 죽은 아킬레우스의 혼백은 오뒷세우스에게 저승에서 사자(死者)들을 통치하느니 차라리 지상에서 머슴이 되어 농토도 없고 재산도 많지 않은 가난한 사람 밑에서 품이라도 팔고 싶다고 말한다(『오뒷세이아』11권 489행 이하 참조).

호메로스적 인간은 주어진 시간과 공간의 제약 속에서 무한히 뻗으려는 하나의 힘이기 때문에 어쩔 수 없이 외부적인 힘과 충돌하게 된다. 신이라는 형태로 나타나는 이러한 외부적인 힘들은 인간사에 깊이 개입해, 때로는 인간의 자아실현을 방해하기도 하고 때로는 도와주기도 한다. 그러나 호메로스적 인간에게 그의 행동이 자의적이냐 타의적이냐 하는 것은 문제가 되지 않는다. 다만 그것이 그를 나쁜 인간 즉 비겁한 인간으로 만드는가 아니면 훌륭한 인간, 즉 용감한 인간으로 만드는가 하는 것만이 문제 될 뿐이다. 그가 온갖 고난과 죽음을 무릅쓰고 최선을 다해 추구하는 것은 오직 명성뿐이다. 명성만이 모든 것을 보상해주기 때문이다. 인간에게 자신의 참모습을 비추어볼 수 있는 양심이라는 개념이 아직 없던 상황에서 동시대인들과 후세 사람들의 평판이야말로 유일한 가치 척도였던 것이다.

서사시는 영웅들의 명성을 영원한 것으로 해주지만 그들의 모든 면모가 아니라 가장 본질적인 특성만을 보여준다. 다시 말해 서사시는 인간의 보편적인 가능성을 구체화한 원형들을 만들어내는 것이다. 네스토르는 훌륭한 노인의 원형이고 아킬레우스는 훌륭한 젊은이의 원형이다. 또 개개의 인물들은 나름대로 통일성을 가지고 있어 한 가지 특성은 곧 그들의 다른 면모까지 유추하도록 도와준다. 그리스군의 총수 아가멤논은 왕자(王者)다운 태도를 보일 뿐 아니라 용모도 뛰어나게 수려하고(『일리아스』 3권 169행 참조), 테르시테스는 생김새도 못났을 뿐 아니라 행동도 비열하다. 이러한 통일성은 서술을 단순화하면서도 등장인물들에게 기념비적인 면모를 부여해준다.

9. 『오뒷세이아』의 새로운 가치관과 서사시의 종말

호메로스적 인간의 이러한 특징은 『일리아스』에서 특히 두드러진다. 『오뒷세이아』에서는 이미 그러한 인간상이 결정적인 변화를 보이기 때문이다. 『일리아스』의 주인공 아킬레우스는 자신의 분노 때문에 수많은 영웅들을 희생시킴으로써 자신의 가치를 입증하는 데 반해,『오뒷세이아』의 주인공 오뒷세우스는 온갖 어려움 속에서도 지혜와 끈기로 운명을 개척해나감으로써 자신의 가치를 입증한다. 그러므로『일리아스』가 오직 용기와 명성만을 추구하던 옛 가치관을 이상화했다면『오뒷세이아』는 현실에 유연하게 대처해나가는 새 시대의 가치관을 이상화한다고 할 수 있다. 한마디로 아킬레우스가 이상주의자라면 오뒷세우스는 철저한 현실주의자이다. 따라서『오뒷세이아』의 세계는 현실에 더 가까우며, 이러한 리얼리즘은 어쩔 수 없이 작품 전체에 다른 성격을 부여하게 된다.

『오뒷세이아』에서는『일리아스』에서와 달리 작가와 대상 간에 거리를 엄격하게 유지하기가 어려운 까닭에 지나친 양식화 또는 이상화의 경향도 줄어들 수밖에 없다. 그래서『오뒷세이아』에서는 자연도 권리가 회복되어 오뒷세우스는 겨울과 폭풍에 시달려야 하고(5권 465행 이하, 14권 1,457행 이하 참조), 거지와 서민들과 개도 등장한다. 거지로 변장한 옛 주인 오뒷세우스를 유일하게 알아본 것은 바로 그의 개 아르고스였다. 오뒷세우스가 변장한 늙은 거지는 축적된 지혜의 상징이 아니라 도움을 필요로 하는 허약한 인간에 불과하다(17권 195행 이하 참조).

앞서도 지적했듯『오뒷세이아』에서는 비유도 훨씬 적게 사용된다.『일리아스』에서는 비유가 영웅 세계와 일상 세계를 이어주는 유일한 통로인 데 반해『오뒷세이아』의 세계는 그 자체가 이미 일상 세계에 가깝기 때문이다.

『일리아스』의 이상화한 세계는 영웅들의 자아실현을 위한 장(場)이다. 따라서 등장인물은 바깥 세계를 향해 활짝 열려 있다. 그러나 다양하고 복잡한『오뒷세이아』의 세계는 언제든 인간의 자기보존이 위협받는 예측하기 어려운 현실 세계이다. 따라서 인간들은 바깥 세계에 대해 폐쇄적이다. 이렇게 자아실현이 아니라 자기보존이 우선하는 폐쇄적인 세계에서는 불신과 변장과 거짓말도 생존을 위한 합법적인 수단이 되며, 어떤 수단을 쓰건 끝까지 살아남는 강인

한 자만이 위대한 인간이 되는 것이다.

그러나 『오뒷세이아』에서 볼 수 있는 이러한 가치관은 서사시와는 결코 양립할 수 없다. 서사시는 본질적으로 영웅시이며, 그 장중한 문체와 박력 넘치는 운율도 평범한 일상 세계를 노래하기에는 적합하지 않기 때문이다. 그러므로 문학작품을 통해 일상생활의 여러 가지 지혜와 교훈을 얻고자 한다면 굳이 서사시를 고집할 것이 아니라 그에 적합한 다른 장르에 의존하는 것이 훨씬 효과적이다.

이러한 상황에서 등장한 것이 헤시오도스의 교훈시와 그리스의 서정시이다. 일상 생활에서의 지혜와 규범을 말해주는 헤시오도스의 교훈시에는 여전히 서사시의 운율이 사용되지만, 개인의 내면 세계를 조명하려는 서정시에서는 서사시적 문체가 완전히 사라지고 만다. 그리하여 『일리아스』에서 서로 나뉘지 않는 하나의 전체이던 인간은 『오뒷세이아』를 거쳐 헤시오도스의 교훈시와 서정시에 이르러 외면과 내면으로 완전히 양분되는 것이다.

10. 호메로스 텍스트의 전승

호메로스의 양대 서사시는 어떻게 오늘날까지 전해진 것일까? 호메로스의 양대 서사시가 어떤 형식으로든 문자에 의한 고정을 필요로 했으리라는 점에 대해서는 대부분의 학자들이 견해를 같이한다. 그러나 고대 그리스에 새로운 알파벳이 도입된 것이 기원전 8세기 초이므로, 설사 호메로스가 고대 그리스에서 문자에 의해 작품이 고정된 최초의 시인은 아니라 해도 호메로스 당시 그러한 성문화는 아직 초보적인 단계를 벗어나지 못했을 것으로 짐작된다. 문자의 사용이 아직 생활화하지 못한 상황에서는 문학작품이든 역사 이야기든 어디까지나 구송(口誦)을 위해 쓰인 것이지 독자에게 읽히기 위해 씌어졌다고 볼 수 없다. 따라서 호메로스 당시의 텍스트는 시인 또는 음송자(rhapsodos)들이 시를 낭송할 때 참고하기 위해 요지만 기록해두는 식의 간단한 것에 불과했으며, 전승의 주체는 어디까지나 구전이었던 것으로 생각된다. 이렇게 텍스트가 완전히 고정되지 않고 유동적일 때는 후기의 음송자들에 의해 새로운 내용이 첨가될 여지는 얼마든지 있으며, 실제로 호메로스의 텍스트에서는 그런 부분을 쉽게 찾아낼 수 있다.

그렇다면 호메로스의 텍스트는 언제 본격적으로 쓰인 것일까? 확실한 것은 알 수 없지만, 현존하는 호메로스 텍스트가 본격적으로 쓰인 것은 그 속에 앗티케 방언이 섞여 있는 점으로 미루어 기원전 6세기 후반 참주 페이시스트라토스와 그의 아들들이 통치하던 아테나이에서 호메로스의 낭송이 국가적 제전인 판아테나이아 제(Panathenaia)의 일부가 되면서 텍스트의 검정이 요구되었을 때가 아닌가 생각된다.

물론 그 밖에도 각 지방마다 자구를 달리 읽는 여러 가지 텍스트들이 다수 전해졌다고 하는데, 이를 통일한 사람은 알렉산드레이아의 학자 아리스타르코스(Aristarchos 기원전 217~145년)이다. 그는 알렉산드레이아의 도서관에 소장되어 있던 여러 가지 텍스트들을 아테나이의 텍스트와 비교, 검토한 뒤 바르다고 믿어지는 교열본을 만들었는데, 바로 이것이 현존하는 호메로스 필사본들의 원형인 것으로 추정된다.

그 이후로 로마 시대와 비잔틴 시대를 거쳐 르네상스 시대에 이르기까지 수많은 필사본들과 주석본들이 쓰여졌는데 『일리아스』의 필사본은 모두 188종이나 되고 『오뒷세이아』의 필사본은 그 절반에 조금 못 미친다. 『일리아스』의 필사본들 중에서는 10세기에 비잔티움에서 쓰여지고 현재 베네치아(Venezia)에 소장되어 있는 Venetus 454(A)가 가장 무난한 것으로 알려져 있다. 현존하는 필사본들은 근래에 출토되기 시작한 파피루스 단편들과 놀라울 만큼 내용이 일치해서, 우리는 현존하는 필사본들이 고대 그리스인들의 필사본과 사실상 같은 것이라고 믿어도 좋을 것이다.

호메로스 텍스트는 1488년 피렌체(Firenze)에서 칼콘뒬레스(Demetrios

Chalkondyles)에 의해 초판(editio princeps)이 나온 이후 오늘날까지 꾸준히 여러 종류가 나오고 있다. 그중에서 『일리아스』는 먼로(D.B Monro)와 앨런(T.W. Allen)의 교열본이 그리고 『오뒷세이아』는 앨런의 교열본이 가장 무난하며, 둘 다 옥스퍼드 대학 출판부에서 간행하고 있다.

| 참고문헌 |

1. 텍스트

Monro. D.B./T.W. Allen: *Homeri Opera* I/II, *Ilias*, Oxford ²1920 (Oxford Classical Texts).

Allen, T.W.: *Homeri Opera* III/IV, *Odysseia*, Oxford ²1917 (Oxford Classical Texts).

2. 주석(註釋)

『일리아스』

Faesi, J. U.: *Homers Ilias*, erklärt von J. U. Faesi, Berlin ⁴1864.

Ameis, F./C. Hentze: *Homers Ilias*, Für den Schulgebrauch erklät, 2 Bde., Leipzig/Berlin 1894/1907, ⁷1913/⁴1905.

Leaf, W.: *The Iliad*, 2 vols., London ²1902.

Willcock, M.M.: *The Iliad of Homer*, 2 vols., London 1978~84.

Macleod, C.W.: *Homer, Iliad Book 24*, Cambridge 1982.

Kirk, G.S. et al.: *A Commentary on Homer's Iliad*, 6 vols., Cambridge 1985~93.

Griffin, J.: *Homer, Iliad IX*, Oxford 1995.

Pulleyn, S: *Homer, Iliad I*, Oxford 2000.

『오뒷세이아』

Merry, W.W./J. Riddell: *Homer's Odyssey, Books I-XII*, Oxford ²1886.

Monro, D.B.: *Homer's Odyssey, Books XIII-XXIV*, Oxford 1901.

Ameis, F./C. Hentze/P. Cauer: *Homers Odyssee. Für den Schulgebrauch erklärt*, 2 Bde., Leipzig/Berlin ¹²1908/⁹1910.

Stanford, W.B.: *The Odyssey of Homer*, 2 vols., London ²1958~59.

Heubeck, A., et al.: *A Commentary on Homer's Odyssey*, 3 vols., Oxford 1988~92.

Rutherford, R.B.: *Homer, Odyssey Books XIX-XX*, Cambridge 1992.

Garvie, A. F.: *Homer, Odyssey Books VI-VIII*, Cambridge 1994.

3. 사전 및 문법

Seiler, E.E.: *Griechisch-deutsches Wörterbuch über die Gedichte des Homeros und der Homeriden*, neu bearbeitet von C. Capelle, Leipzig [8]1878.

Autenrieth. G.: *A Homeric Dictionary*, tr. R.P. Keep, revised by I. Flagg, University of Oklahoma Press, Norman 1958.

Cunliffe, R.J.: *A Lexicon of the Homeric Dialect*, London 1924.

Dunbar, H.: *A Concordance to the Odyssey and Hymns*, revised by B. Marzullo, Hildesheim 1971.

Prendergast, G.L.: *A Concordance to the Iliad*, revised by B. Marzullo, Darmstadt 1983.

Monro, D.B.: *A Grammar of the Homeric Dialect*, Oxford [2]1891.

Chantraine, P.: *Grammaire homerique I-II*, Paris 1948~53.

Pharr, C.: *Homeric Greek*, revised by J. Wright, University of Oklahoma Press, Norman 1985.

Wilamowitz-Moellendorff, U. von: *Griechische Verskunst*, repr. Darmstadt 1958.

West, M.L.: *Greek metre*, Oxford 1982.

4. 연구서

Arend, W.: *Die typischen Scenen bei Homer*, Berlin 1933(=Problemata7).

Bethe, E.: *Homer, Dichtung und Sage*, 2 Bde. (*Illias, Odyssee*), Belin/Leipzig 1914/1922, [2]1929 (Sonderausgabe 〈Der Troische Epenkreis〉, Livelli, Bd. 157, Darmstadt 1966).

Bowra, C.M.: *Tradition and Design in the Iliad*, Oxford 1930.

_____: *Heldendichtung. Eine vergleichende Phänomenologie der heroischen Poesie aller Völker und Zeiten*, Stuttgart 1964.

Calhoun, G.M.: *Homeric Repetitions*, In: Univ. of California Publications 12 (1914).

Dodds, E.R.: *Homer*, In: *Fifty Years (and Twelve) of Classical Scholarship*, ed. by M. Platnauer (Oxford 1954), revised with Appendices, Oxford 1968, 1~17, 31~35, Appendix 38~42 (also in: G.S. Kirk. *The Language and Background of Homer*, Cambridge 1964, 1~21).

Erbse. H.: *Beitrge zum Verständnis der Odyssee*, Berlin 1972 (=*Untersuchungen zur antiken Literatur und Geschichte*, 13).

Fenik, B.: *Typical Battle Scenes in the Iliad, Studies in the narrative Techniques of Homeric Battle Scenes in the Iliad*, Wiesbaden 1974 (=Hermes Einzelschr. 21).

_____: *Studies in the Odyssey*, Wiesbaden 1974 (=Hermes Einzelschr. 30).

Finley, M.I.: *The World of Odysseus*, London ²1977.

_____ : *Die Griechen*, In: Fischer Weltgeschichte Bd. 4, Frankfurt a. M. ¹1967, ²1984.

Foley, M.: *Oral-Formulaic Theory and Research*, An Introduction and Annotated Bibliography, New York/London 1985 (repr. 1986).

Fränkel, H.: *Die Homerischen Gleichnisse*, Göttingen 1921.

_____ : *Dichtung und Philosophie des frühen Griechentums*, München 1962.

Gärtner, H.A.: *Beobachtungen zum Schild des Achilleus*, In: *Studien zum aniken Epos, Festschrift U. Dirlmeier/V. Pöschl*, Meisenheim 1976, 46~65.

Hainsworth. J.B.: *The Flexbility of the Homeric Formula*, Oxford 1968.

Heubeck, A.: *Der Odyssee-Dichter und die Ilias*, Erlangen 1954.

_____ : *Die homerische Frage, Ein Bericht über die Forschung der letzten Jahrzehnte*, Darmstadt 1974 (=Erträge der Forschung 27).

Heyne, C.G.: Rezension von F.A. Wolf, *Prolegomena ad Homerum* etc., Halle 1795, In: *Göttingische Anzeigen von gelehrten Sachen* 186 (21 Nov. 1795), 1861.

Holoka, J.P.: *Homeric Originality: A Survey. Classical World* 66: 257~93. Reprinted in *The Classical World Bibliography of Greek Drama and Poetry*, ed. W. Donlan, 37~75, New York and London 1978.

_____ : *Homer Studies* 1978~1983, In: *Classical World* 83 (1990), 383~461: 84(1990), 89~156.

Hölscher, U.: *Untersuchungen zur Form der Odyssee-Szenenwechsel und gleichzeitige Handlungen*, Wiesbaden 1939 (=Hermes Einzelschr. 6).

_____ : *The Transformation from Folk-Tale to Epic*, In: *Homer, Tradition and Invention*, ed. B.C. Fenik, 56~67, Leiden 1978.

Hunger, H.: *Lexikon der griechischen und römischen Mythologie, mit Hinweisen auf das Fortwirken antiker Stoffe und Motive in der bildenden kunst, Literatur und Musik des Abendlandes bis zur Gegenwart*, Wien 1988.

Jong, I.J.F. de: *Narrators and Focalizers, The presentation of the story in the Iliad*, Amsterdam 1987.

Jordan, H.: *Der Erzählungsstil in den Kampfszenen der Ilias*, Breslau 1905.

Kakridis, J. Th.: *Homeric Researches*, Lund 1949.

Kirk, G.S.: *The Songs of Homer*, Cambridge 1962.

_____ : *Homer and Oral Tradition*, Cambridge 1976.

Latacz, J.: *Kampfparänese, Kampfdarstellung und Kampfwirklichkeit in der Ilias, bei Kallinos und Tyrtaios*, München 1977 (=Zetemata 66).

_____ : *Homer*, In: *Der Deutschunterricht* 31 (1979), 5~23.

_____(Hrsg.) : *Homer, Tradition und Neuerung*. Darmstadt 1979 (Wege der Forschung, Bd. 463) [=WdFH].

_____ : *Tradition und Neuerung in der Homerforschung, Zur Geschichte der Oral Poetry-Theorie*, In : WdFH, 25~44.

_____ : *Homer, Der erste Dichter des Abendlands*, München/Zürich 1989.

_____(Hrsg.): *Zweihundert Jahre Homerforschung-Rückblick und Ausblick*, hrsg. v. J. Latacz, Stuttgart(Teubner) 1991.

Lesky, A.: *Homeros*, In: *Paulys Real-Encyclopädie der Klassischen Altertumswissenschaft* Suppl.-Bd. XI, 1968, 687~846.

_____ : *Geschichte der griechischen Literatur*, Bern 31971.

Lord, A.B.: *The Singer of Tales*, Cambridge 1960.

Marg, W. : *Kampf und Tod in der Ilias*, In: Antike 18 (1942), 167~179.

_____ : *Homer über die Dichtung, Der Schild des Achilleus*, Münster 1957 (=*Orbis Antiquus* 11), 21971.

Merkelbach, R.: *Untersuchungen zur Odyssee*, München 1951, 21969.

Murray, G.: *The Rise of the Greek Epic*, Oxford 1907, 41934.

Nilsson, M.P.: *Homer and Mycenae*, London 1933.

_____ : *Der Homerische Dichter in der homerischen Welt*, In: Anitike 14(1938), 22~35.

Otto, W.F.: *Die Götter Griechenlands*, Bonn 1929, Frankfurt a. M. 21934.

Parry, A.: *The Making of Homeric Verse, The Collected Papers of Milman Parry*, ed. by A. Parry, Oxford 1971.

Patzer, H.: *Dichterische Kunst und poetisches Handwerk im homerischen Epos*, Wiesbaden 1972.

Pestalozzi, H.: *Die Achilleis als Quelle der Ilias*, Zürich 1945.

Reinhardt, K.: *Der Schild des Achilleus*, In: *Festschrift E. R. Curtius*, Bern 1956, 67~78.

_____ : *Tradition und Geist, Gesammelte Essays zur Dichtung*, hrsg. v. C. Becker, Göttingen 1960.

_____ : *Die Abenteuer der Odyssee*, In: *Tradition und Geist*, 47~124.

_____ : *Die Ilias und ihr Dichter*, hrsg. v. U. Hölscher, Göttingen 1961.

_____ : *Ilias und Aphroditehymnus*, In: *Die Ilias und ihr Dichter*, 507~521.

Russo, J.: *Homer against his tradition*, In: *Arion* 7 (1968), 275~295 (dt. in : WdFH, 403~426).

Schadewaldt, W.: *Iliasstudien*, Leipzig [1]1938, Darmstadt [3]1966.

_____ : *Von Homers Welt und Werk, Aufsätze und Auslegungen zur homerischen Frage*, Stuttgart (1944), [4]1965.

_____ : *Der Aufbau der Ilias, Strukturen und Konzeptionen*, Frankfurt a. M. 1975.

Taplin, O.: *The Shield of Achilles within the 〈Iliad〉*, In: *Greece and Rome* 27(1980).

Visser, E.: *Homerische Versifikationstechnik, Versuch einer Rekonstruktion*, Diss. Frankfurt/ Bern/New York 1987.

Wade-Gery, H.T.: *The Poet of the Iliad*, Cambridge 1952.

WdFH=J. Latacz (Hrsg.): *Homer, Tradition und Neuerung*, Darmstadt 1979 (Wege der Forschung, Bd. 463).

Whitman, C.W.: *Homer and the Heoric Tradition*, Cambridge 1958, New York 1965.

Wilamowitz-Moellendroff, U. von: *Die Heimkehr des Odysseus*, Berlin 1927.

Wolf, F.A.: *Prolegomena ad Homerum* etc., Halle [1]1795 u. ö engl. Übers. A. Grafton, Princeton 1985.

Wood, R.: *Essay on the Original Genius of Homer*, London 1769, [2]1775 (um Zusätze erweitert), (deutsch von C. F. Michaelis, Frankfurt a. M. 1773, [2]1778): 477 f.

Woodhouse, W.J.: *The Composition of Homer's Odyssey*, Oxford 1930.

| 찾아보기 |

(행수는 원전 기준임)

ㄱ

게라이스토스(Geraistos 에우보이아 섬의 남단에 있는 곶 및 항구) 3 177

게레니아의(Gerēnia 멧세네 만의 도시) 3 68, 102, 210, 253, 386, 397, 405, 411, 474; 4 161

'고공의 아들'(Hyperionidēs 헬리오스의 별명) 12 176

고르고의(Gorgeiē 고르고는 무섭게 생겨 보는 이를 돌로 변하게 한다는 괴물) 11 634

고르튀스(Gortys 또는 Gortyn 크레테 섬의 도시) 3 294

귀라이(Gyrai 에우보이아 섬 남부에 있는 암초) 4 500

귀라이의(Gyraie 'Gyraie petrē 귀라이 암초') 4 507

기가스(Gigas 복수형 Gigantes 거대한 괴물들) 7 59, 206; 10 120

ㄴ

나우볼로스(Naubolos)의 아들(Naubolidēs 파이아케스족의 한 사람) 8 116

나우시카아(Nausikaa 파이아케스족의 왕 알키노오스의 딸) 6 17, 25, 49, 101, 186, 213, 251, 276; 7 12; 8 457, 464

나우시토오스(Nausithoos 포세이돈의 아들로 알키노오스의 아버지) 6 7; 7 56, 62, 63; 8 565

나우테우스(Nauteus 파이아케스족의 한 사람) 8 112

남풍(南風) 1 Notos(정확히는 남서풍) 3 295; 5 295, 331; 12 289, 325, 326, 427; 13 111 2 Euros(정확히는 남동풍) 5 295, 332; 12 326; 19 206

네리코스(Nērikos 이오니아 해 레우카스 섬의 도시) 24 377

네리토스(Nēritos 이타케인) 17 207

네리톤(Nēriton 이타케의 산) 9 22; 13 351

네스토르(Nestōr 넬레우스의 아들로 퓔로스의 왕) 1 284; 3 17, 32, 57, 68, 79, 102, 202, 210, 244, 247, 253, 345, 386, 397, 405, 411, 417, 436, 444, 448, 452, 465, 469, 474; 4 21, 69, 161, 186, 191, 209, 303, 488; 11 286, 512; 15 4, 144, 151, 194; 17 109; 24 52

네스토르의 아들(Nestoridēs 페이시스트라토스) 3 36, 482; 4 71, 155; 15 6, 44, 46, 48, 166, 195, 202

네아이라(Neaira 요정) 12 133

네이온(Nēïon 이타케의 산) 1 186; 3 81

넬레우스(Nēleus 포세이돈의 아들로 네스토르의 아버지) 3 4, 409; 11 254, 281, 288; 15 229, 233, 237

넬레우스의(Nēlēïos) 4 639

넬레우스의 아들(Nēleïēs/원전 Nēlēïadēs=네스토르) 3 79, 202, 247, 465

노에몬(Noēmōn 프로니오스의 아들로 이타케인) 2 386; 4 630, 648

니소스(Nisos 아레토스의 아들로 둘리키온 출신) 16 395; 18 127, 413

ㄷ

다나오스 백성들(Danaoi '다나오스의 신하들'이라는 뜻으로 좁게는 아르고스인들을, 넓게는 그리스인 들 전체를 가리킨다) 1 350; 4 278, 725, 815; 5 306; 8 82, 578; 11 470, 526, 551, 559; 24 18, 46

다마스토르(Damastōr)의 아들(Damastoridēs=구혼자 아겔라오스) 20 321; 22 212, 241, 293

데메테르(Dēmētēr 크로노스의 딸로 페르세포네의 어머니. 농업과 곡식의 여신) 5 125

데모도코스(Dēmodokos 파이아케스족의 눈먼 가인) 8 44, 106, 254, 262, 472, 478, 483, 486, 487, 537; 13 28

데모프톨레모스(Dēmoptolemos 페넬로페의 구혼자) 22 242, 266

데우칼리온(Deukaliōn 미노스의 아들로 크레테의 왕) 19 180, 181

데이포보스(Dēïphobos 프리아모스의 아들) 4 276; 8 517

델로스(Dēlos 에게 해의 섬으로 아폴론과 아르테미스 남매가 태어난 곳) 6 162

도도네(Dōdōnē 에페이로스 지방의 옛 도시로, 제우스의 신탁소가 있던 곳) 14 327; 19 296

도리에이스족(Dōrieis 고대 그리스의 주요 종족 중 하나) 19 177

돌리오스(Dolios) 1 라에르테스의 하인으로 멜란테우스와 멜란토 남매의 아버지 17 212; 18 322; 22 159 2 라에르테스의 충실한 하인 4 735; 24 222, 387, 397, 409, 411, 492, 497, 498

둘리키온(Doulichion 이타케 남동쪽에 있는 섬) 1 246; 9 24; 14 335, 397; 16 123, 247, 397; 19 131, 292

둘리키온의 또는 둘리키온 출신의(Doulichieus) 18 127, 395, 424

뒤마스(Dymas 파이아케스족의 한 사람) 6 22

드메토르(Dmētōr 이아손의 아들로 퀴프로스 섬의 왕. 오뒷세우스가 지어낸 인물) 17 443

디아(Dia 낙소스 섬의 옛 이름 또는 크레테 옆의 작은 섬) 11 325

디오뉘소스(Dionysos 또는 Diōnysos 제우스와 세멜레의 아들로 주신) 11 325; 24 74

디오메데스(Diomēdēs 튀데우스의 아들로 그리스군 장수) 3 181

디오클레스(Dioklēs 오르실로코스 또는 오르틸로코스의 아들로 멧세네 지방에 있던 파라이Pharai/
원전 Phērai 또는 Phērē 시의 왕) 3 488; 15 186

ㄹ

라다만튀스(Rhadamanthys 제우스의 아들로 미노스의 아우) 4 564; 7 323

라모스(Lamos 라이스트뤼고네스족의 왕) 10 81

라에르케스(Laerkēs 퓔로스의 장인) 3 425

라에르테스(Laertēs 아르케이시오스의 아들로 오뒷세우스의 아버지) 1 189, 430; 2 99; 4 111, 555,
738; 8 18; 9 505; 14 9, 173, 451; 15 353, 483; 16 118, 138, 302; 19 144; 22 185, 191, 336; 24 134,
192, 206, 207, 270, 327, 365, 375, 498, 513

라에르테스의 아들(Laertiadēs=오뒷세우스) 5 203; 9 19; 10 401, 456, 488, 504; 11 60, 92, 405, 473,
617; 12 378; 13 375; 14 486; 16 104, 167, 455; 17 152, 361; 18 24, 348; 19 165, 262, 336, 583; 20
286; 21 262; 22 164, 339; 24 542

라오다마스(Laodamas 알키노오스 왕의 아들) 7 170; 8 117, 119, 130, 132, 141, 153, 207, 370

라이스트뤼고네스족(Laistrygones 단수형 Laistrygōn 식인 거인족) 10 106, 119, 199

라이스트뤼고네스족의(Laistrygoniē) 10 8; 23 318

라케다이몬(Lakedaimōn 펠로폰네소스 반도의 라코니케 지방 또는 그 수도인 스파르테의 다른 이름)
3 326; 4 1, 313, 702; 5 20; 13 414, 440; 15 1; 17 121; 21 13

라피타이족(Lapithai 텟살리아 지방의 올륌포스 산과 펠리온 산 주위에 살던 호전적 부족) 21 297

람페티에(Lampetiē 태양신 헬리오스의 딸) 12 132, 375

람포스(Lampos 새벽의 여신 에오스의 말) 23 246

레다(Lēda/원전 Lēdē 튄다레오스 왕의 아내로 제우스에 의해 헬레네와 폴뤼데우케스의 어머니가 된
다) 11 298

레스보스(Lesbos 에게 해의 북동부에 있는 섬) 3 169; 4 342; 17 133

레오데스(Lēōdēs 오이놉스의 아들) 21 144, 168; 22 310

레오크리토스(Lēokritos 에우에노르의 아들) 2 242; 22 294

레우카스(Leukas ‘Leukas Petrē 흰 바위’는 오케아노스 강변에 있다는 전설상의 바위) 24 11

레우코테아(Leukothea/원전 Leukotheē 카드모스의 딸 이노가 여신이 된 뒤의 이름으로 '하얀 여신'이라는 뜻) 5 334

레이트론(Rheitron 이타케의 항구) 1 186

레토(Lētō 아폴론과 아르테미스의 어머니) 6 106; 11 318, 580

렉세노르(Rhēxēnōr 나우시토오스의 아들로 알키노오스와 형제간) 7 63, 146

렘노스(Lēmnos 에게 해의 북동부에 있는 섬) 8 283, 294, 301

로토파고이족(Lōtophagoi '로토스 상식자들'이라는 뜻) 9 84, 91, 92, 96; 23 311

리뷔에(Libye 이집트 서쪽의 북아프리카) 4 85; 14 295

■

마라톤(Marathōn 앗티케 지방의 동해안 지역) 7 80

마론(Marōn 에우안테스의 아들로 아폴론의 사제) 9 197

마스토르(Mastōr)의 아들(Mastoridēs=할리테르세스) 2 158; 24 452

마이라(Maira 프로이토스의 딸로 아르테미스의 시녀) 11 326

마이아(Maia/원전 Maias 아틀라스의 딸로 제우스에 의해 헤르메스의 어머니가 됨) 14 435

만티오스(Mantios 멜람푸스의 아들로 안티파테스와 형제간) 15 242, 249

말레아(Malea/원전 Maleia 및 Maleiaōn oros 라케다이몬 지방의 남동쪽에 있는 곳) 3 287; 4 514; 9 80; 19 187

메가라(Megara/원전 Megarē 테바이왕 크레온의 딸로 헤라클레스의 아내) 11 269

메가펜테스(Megapenthēs 메넬라오스의 아들) 4 11; 15 100, 103, 122

메넬라오스(Menelaos 아가멤논의 아우로 헬레네의 남편) 1 285; 3 141, 168, 249, 257, 279, 311, 317, 326; 4 2, 16, 23, 26, 30, 46, 51, 59, 76, 116, 128, 138, 147, 156, 168, 185, 203, 217, 235, 265, 291, 307, 316, 332, 561, 609; 8 518; 11 406; 13 414; 14 470; 15 5, 14, 52, 57, 64, 67, 87, 92, 97, 110, 133, 141, 147, 167, 169, 207; 17 76, 116, 120, 147; 24 116

메노이티오스(Menoitios)의 아들(Menoitiadēs=파트로클로스) 24 77

메돈(Medōn 구혼자들의 전령) 4 677, 696, 711; 16 252, 412; 17 172; 22 357, 361; 24 439, 442

메르메로스(Mermeros)의 아들(Mermeridēs=일로스) 1 259

메사울리오스(Mesaulios 돼지치기 에우마이오스의 노예) 14 449, 455

멘테스(Mentēs 타포스인들의 왕으로 오뒷세우스의 친구) 1 105, 180, 418

멘토르(Mentōr 알키모스의 아들로 오뒷세우스의 친구) 2 225, 243, 253, 268, 401; 3 22, 240; 4 654,

655; 17 68; 22 206, 208, 213, 235, 249; 24 446, 456, 503, 548

멜라네우스(Melaneus 암피메돈의 아버지) 24 103

멜란테우스(Melantheus 주격과 호격이 아닌 다른 격에서는 Melanthios. 돌리오스의 아들로 오뒷세우스의 염소치기) 17 212; 20 255; 21 176; 22 152, 159

멜란티오스(Melanthios 멜란테우스의 다른 이름) 17 247, 369; 20 173; 21 175, 181, 265; 22 135, 142, 161, 182, 195, 474

멜란토(Melanthō 돌리오스의 딸로 페넬로페의 하녀) 18 321; 19 65

멜람푸스(Melampus 아뮈타온의 아들로 퓔로스의 예언자) 15 225

멤논(Memnon 새벽의 여신 에오스의 아들로 헥토르가 죽은 뒤 트로이아에 원군을 이끌고 왔다가 네스토르의 아들 안틸로코스를 죽인다) 11 522

멧세네(Messēnē 펠로폰네소스 반도의 남서부 페라이 시 주변 지역) 21 15

멧세네의(Messēnioi) 21 18

무사(Mousa 복수형 Mousai 시가의 여신) 1 1; 8 63, 73, 481, 488; 24 60, 62

물리오스(Moulios 암피노모스의 전령) 18 423

뮈르미도네스족(Myrmidones 텟살리아 지방에 살던 아카이오이족의 한 부족) 3 188; 4 9; 11 495

뮈케네(Mykēnē) 1 이나코스의 딸 2 120 2 아르골리스 지방의 도시로, 아가멤논의 궁전이 있던 곳 3 305; 21 108

미노스(Minōs 제우스와 에우로페의 아들로 크레테의 왕) 11 322, 568; 17 523; 19 178

미뉘아이족의(Minyeois/원전 Minyēios 미뉘아이족은 보이오티아 지방의 오르코메노스 시에 살던 오래된 부족) 11 284

미마스(Mimas 소아시아 키오스 섬 맞은편 곳) 3 172

ㅂ

보에토오스(Boethoos)의 아들(Boethoidēs=에테오네우스) 4 31; 15 95, 140

보오테스(Boōtēs '소몰이'라는 뜻의 별자리) 5 272

북풍(北風 Boreas/원전 Boreēs 정확히는 북북동풍) 5 296, 328, 331, 385; 9 67, 81; 10 507; 13 110; 14 253, 299, 475, 533; 19 200

ㅅ

사메(Samē, 일명 Samos 이타케 서남쪽에 있는 케팔레니아 섬) 1 246; 9 24; 15 367; 16 123, 249; 19

131; 20 288

사모스(Samos, 일명 Samē 이타케 서남쪽에 있는 케팔레니아 섬) 4 671, 845; 15 29

살모네우스(Salmōneus 아이올로스의 아들로 튀로의 아버지) 11 236

새벽의 여신(Ēōs 멤논의 어머니) 5 1, 121

서풍(西風 Zephyros) 2 421; 4 402, 567; 5 295, 332; 10 25; 12 289, 408, 426; 14 458; 19 206

세이렌 자매(Seirēnes 단수형 Seirēn 고운 목소리로 지나가는 뱃사람을 유혹하여 파멸케 한다는 전설
    상의 자매) 12 39, 42, 44, 52, 158, 167, 198; 23 326

솔뤼모이족(Solymoi 소아시아 뤼키아 지방의 호전적 부족) 5 283

수니온(Sounion 앗티케 지방의 남동단에 있는 곳) 3 278

쉬리에(Syriē 서쪽 끝에 있다는 전설상의 섬) 15 403

스케리아(Scheria/원전 Scheriē 파이아케스족의 나라) 5 34; 6 8; 7 79; 13 160

스퀴로스(Skyros 에우보이아 섬의 동쪽에 있는 섬) 11 509

스퀼라(Skylla/원전 Skyllē 바위 동굴에 살며 지나가는 뱃사람을 잡아먹는 괴물) 12 85, 108, 125,
    223, 231, 235, 245, 261, 310, 430, 445; 23 328

스튁스(Styx 저승의 강) 5 185; 10 514

스트라티오스(Stratios 네스토르의 아들) 3 413, 439

스파르테(Spartē 라케다이몬 지방의 수도로 메넬라오스의 궁전이 있던 곳) 1 93, 285; 2 214, 327,
    359; 4 10; 11 460; 13 412

시돈(Sidōn 포이니케 지방의 도시) 13 285; 15 425

시돈인들(Sidonioi) 4 84, 618; 15 118

시돈 지방(Sidonia/원전 Sidoniē Sidon 시의 주변 지역) 13 285

시쉬포스(Sisyphos 아이올로스의 아들로 글라우코스의 아버지) 11 593

시카니아(Sikania/원전 Sikaniē 시켈리아의 옛 이름?) 24 307

시켈리아인 또는 시켈리아 출신의(Sikelos 시켈리아는 시킬리아의 그리스어 이름) 20 383; 24 221,
    366, 389

신티에스족(Sinties '도둑떼'라는 뜻으로 렘노스 섬의 선주민) 8 294

ㅇ

아가멤논(Agamemnon 아트레우스의 아들로 뮈케네의 왕) 3 143, 156, 164, 234, 248; 4 532, 584; 8
    77; 9 263; 11 168, 387, 397; 13 383; 14 70, 117, 497; 24 20, 102, 121, 186

아가멤논의(Agamemnoneē) 3 264

아가멤논의 아들(Agamemnonidēs 오레스테스) 1 30

아겔라오스(Agelaos 페넬로페의 구혼자) 20 321, 339; 22 136, 212, 241, 327

아겔레오스(Ageleōs Agelaos의 이오니아 방언) 22 131, 247

아나베시네오스(Anabēsineōs 파이아케스족의 한 사람) 8 113

아드라스테(Adrastē/원전 Adrēstē 헬레네의 하녀) 4 123

아레스(Arēs 제우스와 헤라의 아들로 전쟁의 신) 8 115, 267, 276, 285, 309, 330, 345, 353, 355, 518;
　　11 537; 14 216; 16 269; 20 50

아레테(Arētē 파이아케스족의 왕 알키노오스의 아내) 7 54, 66, 141, 142, 146, 231, 233, 335; 8 423,
　　433, 438; 11 335; 13 57, 66

아레토스(Arētos 네스토르의 아들) 3 414, 440

아레토스의 아들(Aretiadēs=니소스) 16 395; 18 413

아레투사(Arethousa 이타케 섬의 샘) 13 408

아뤼바스(Arybas 시돈 출신 포이니케인) 15 426

아르고(Argō 아르고호 원정대가 타던 배) 12 70

아르고스(Argos 오뒷세우스의 개) 17 292, 300, 326

아르고스(Argos 아르골리스 지방의 수도. 또는 아가멤논의 왕국으로 그 수도는 뮈케네) 1 344; 3
　　180, 251(Achaiikon), 260, 263; 4 99, 174, 562, 726, 816; 15 80, 224, 239, 274; 18 246(Iason);
　　21 108; 24 37

아르고스의 또는 아르고스인(Argeios) 1 61, 211; 2 173; 3 129, 133, 309, 379; 4 172, 184 200, 258,
　　273, 279 296; 8 502, 513, 578; 10 15; 11 369 485 500 518 524, 555; 12 190; 15 240; 17 118,
　　119; 18 253; 19 126; 23 218; 24 54, 62, 81

아르나이오스(Arnaios 이로스의 본명) 18 5

아르케이시오스(Arkeisios 제우스의 아들로 라에르테스의 아버지) 14 182; 16 118

아르케이시오스의 아들(Arkeisiadēs=라에르테스) 4 755; 24 270, 517

아르타키에(Artakiē 라이스트뤼고네스족의 나라에 있는 샘) 10 108

아르테미스(Artemis 제우스와 레토의 딸로 아폴론의 누이) 4 122; 5 123; 6 102, 151; 11 172, 324; 15
　　410 478; 17 37; 18 202; 19 54; 20 60, 61, 71, 80

아리아드네(Ariadnē 미노스의 딸로 테세우스가 미궁에서 나오도록 도와준다) 11 321

'아무도아니'(Outis 오뒷세우스의 가명) 9 366, 369, 408, 455, 460

아뮈타온(Amythaōn 크레테우스의 아들로 멜람푸스의 아버지) 11 259

아소포스(Asōpos 하신으로 아이기나와 안티오페의 아버지) 11 260

아스테리스(Asteris 이오니아 해의 작은 섬) 4 846

아스팔리온(Asphaliōn 메넬라오스의 하인) 4 216

아우토노에(Autonoē 페넬로페의 하녀) 18 182

아우톨뤼코스(Autolykos 헤르메스의 아들로 오뒷세우스의 외조부) 11 85; 19 394, 399, 403, 405,
    414, 418, 430, 437, 455, 459, 466; 21 220; 24 334

아이가이(Aigai 아카이아 지방의 소도시) 5 381

아이귑토스(Aigyptos) 1 나라 이름(여성 명사) 3 300; 4 351, 355, 483; 14 246, 275; 17 426, 448
    2 강 이름(남성 명사) 4 477, 581; 14 257, 258; 17 427

아이귑토스의 또는 아이귑토스인(Aigyptios) 4 83, 127, 229, 385; 14 263, 286; 17 432

아이귑티오스(Aigyptios 이타케의 노인) 2 15

아이기스토스(Aigisthos 튀에스테스의 아들로 아가멤논의 아내 클뤼타임네스트라를 유혹하여 그가
    개선하던 날 둘이서 공모하여 죽인다) 1 29, 35, 42, 300; 3 194, 198, 235, 250, 256, 303, 308,
    310; 4 518, 525, 529, 537; 11 389, 409; 24 22, 97

아이손(Aisōn 크레테우스의 아들로 이아손의 아버지) 11 259

아이아스(Aias) 1 텔라몬의 아들 '큰 아이아스' 3 109; 11 469, 543, 550, 553; 24 17 2 오일레우스의
    아들 '작은 아이아스' 4 499

아이아이에(Aiaiē 키르케가 산다는 섬) 10 135; 11 70; 12 3

아이아이에 섬의(Aiaie 키르케의 별명) 9 32; 12 268, 273

아이아코스의 손자(Aiakidēs=아킬레우스) 11 471, 538

아이에테스(Aiētēs 태양신 헬리오스의 아들로 키르케의 오라비이자 메데이아의 아버지) 10 137; 12
    70

아이올로스(Aiolos 힙포테스의 아들로 바람의 관리자) 10 2, 36, 44, 60; 23 314

아이올로스의 아들(Aiolidēs=크레테우스) 11 237

아이올리에(Aioliē 아이올로스가 사는 섬) 10 1, 55

아이톨리아인(Aitōlos 아이톨리아는 그리스의 중서부 지방) 14 379

아이톤(Aithōn 오뒷세우스의 가명) 19 183

아이티오페스족(Aithiopes 호메로스에 따르면 오케아노스 흐름 옆에 살고 있다는 전설상의 부족) 1
    22, 23; 4 84; 5 282, 287

아카스토스(Akastos 둘리키온의 왕) 14 336

아카이오이족(Achaioi 트로이아 전쟁 때 가장 강력했던 그리스의 종족으로 주로 텟살리아, 멧세네, 아르고스 지방과 이타케 섬에 살았음) 1 90, 272, 286, 326, 394, 401; 2 7, 72, 87, 90, 106, 112, 115, 128, 198, 204, 211, 265, 306; 3 79, 100, 104, 116, 131, 137, 139, 141, 149, 185, 202, 203, 217, 220, 411; 4 106, 145, 243, 248, 256, 285, 288, 330, 344, 487, 496, 847; 5 311; 8 78, 220, 489, 490, 514; 9 59, 259; 10 15; 11 179, 478, 509, 513, 556; 12 184; 13 315, 317; 14 229, 240, 242, 493; 15 153, 274; 16 76, 133, 250, 376; 17 135, 413, 415, 513, 596; 18 62, 94, 191, 205, 246, 259, 286, 289, 301; 19 151, 175, 199, 240, 528, 534; 20 3 146, 160, 166, 182, 271, 277; 21 324, 344, 418, 428; 22 46, 96; 23 220, 357; 24 27, 38, 49, 54, 57, 68, 86, 141, 426, 438

아카이오이족 여인들(Achaiades/원전 Achaiiades) 2 101; 3 261; 19 146; 21 160; 24 136

아카이오이족 여인들(Achiaiai) 2 119; 19 542

아카이오이족의(Achaiis) 1 아카이오이족의 땅 11 166, 481; 13 249; 21 107; 23 68 2 아카이오이족 여자 21 251

아카이오이족의(Achaikon/원전 Achaiikon 아르고스와 결합하여 사용됨) 3 251

아케론(Acherōn 저승의 강) 10 513

아크로네오스(Akroneōs 둘리키온의 왕) 8 111

아킬레우스(Achilleus 또는 Achileus 펠레우스와 테티스의 아들로『일리아스』의 주인공) 3 106, 109, 189; 4 5; 8 75; 11 467, 478, 482, 486, 546, 557; 24 15, 36, 72, 76, 94

아테나이(Athēnai 단수형 Athēnē 앗티케 지방의 수도) 1 복수형 3 278, 307; 11 323 2 단수형 7 80

아테나(Athēnē 제우스의 딸) 1 원전 Athēnē 1 44, 80, 118, 125, 156, 178, 221, 252, 314, 319, 327, 364, 444; 2 12, 116, 261, 267, 382, 393, 399, 405, 416, 420; 3 12, 13, 25, 29, 76, 218, 222, 229, 330, 356, 371, 385, 393, 419, 435, 445; 4 289, 502, 761, 795; 5 427, 437, 491; 6 2, 13, 24, 41, 112, 139, 233, 291, 328; 7 14, 19, 27, 37, 40, 47, 78, 110, 140; 8 7, 18, 193, 493, 520; 9 317; 11 547, 626; 13 121, 221, 236, 287, 329, 361, 374, 392, 420, 429; 14 2, 216; 15 1, 9, 222, 292; 16 155, 166, 172, 233, 260, 282, 451, 454; 17 63, 360; 18 69, 155, 158, 187, 346; 19 2, 33, 52, 604; 20 30, 44, 284, 345; 21 1, 358; 22 205, 210, 256, 273; 23 156, 160, 242, 344, 371; 24 367, 487, 502, 516, 520, 421 2 원전 Athēnaiē 2 296; 3 42, 52, 145, 343; 4 341, 752, 828; 5 5, 108, 382; 6 229, 322; 7 311; 13 190, 252, 300, 371; 16 207, 298; 17 132; 18 235; 19 479; 20 72; 22 224, 297; 24 376, 472, 529, 533, 545, 547

아트레우스(Atreus 펠롭스의 아들로 아가멤논과 메넬라오스의 아버지) 4 462, 543; 11 436

아트레우스의 아들(Atreidēs) 1 아가멤논 1 35, 40; 3 136, 156, 164, 193, 248, 268, 305; 4 536; 5 307; 9 263; 11 387, 397, 463; 13 383; 14 497; 17 104; 19 183; 24 20, 24, 35, 102, 105, 121, 191 2 메넬라오스 3 136, 257, 277; 4 51, 156, 185, 190, 235, 291, 304, 316, 492, 594; 5 307; 13 424; 14 470; 15 52, 64, 87, 102, 121, 147; 17 104, 116, 147; 19 183

아트뤼토네(Atrytēs 아테나 여신의 별명 중 하나로 '지칠 줄 모르는'이라고 번역하였음) 4 672; 6 324

아틀라스(Atlas 칼륍소의 아버지로 바다의 깊이들을 알고 있음) 1 52; 7 245

아페이다스(Apheidas 전설상의 인명) 24 305

아페이레에서(Apeirēthen Apeirē는 전설상의 지명) 7 9

아페이레에서 온(Apeiraiē) 7 8

아폴론(Apollon 제우스와 레토의 아들로 아르테미스의 오라비) 3 279; 4 341; 6 162; 7 64, 311; 8 79, 227, 323, 334, 339, 488; 9 198, 201; 15 245, 252, 410, 526; 17 132, 251, 494; 18 235; 19 86; 20 278; 21 267, 338, 364; 22 7; 24 376

아프로디테(Aphroditē 제우스의 딸로 헤파이스토스의 아내) 4 14, 261; 8 267, 308, 337, 342, 362; 17 37; 19 54; 20 68, 73; 22 444

악토르(Aktōr)의 딸(Aktoris=페넬로페의 하녀 에우뤼노메) 23 228

안드라이몬(Andraimōn 오이네우스의 사위로 토아스의 아버지) 14 499

안티노오스(Antinoos 페넬로페의 구혼자) 1 383, 389; 2 84, 130, 301, 310, 321; 4 628, 631, 632, 641, 660, 773; 16 363, 417, 418; 17 374, 381, 394, 396, 397, 405, 414, 445, 458, 464, 473, 476, 477, 483, 500; 18 34, 42, 50, 65, 78, 118, 284, 290, 292; 20 270, 275; 21 84, 140, 143, 167, 186, 256, 269, 277, 287, 312; 22 8, 49; 24 179, 424

안티오페(Antiopē 하신 아소포스의 딸로 암피온과 제토스의 어머니) 11 260

안티클레이아(Antikleia 아우톨뤼코스의 딸로 오뒷세우스의 어머니) 11 85

안티클로스(Antiklos 트로이아의 목마 안에 매복해 있던 그리스군 장수 중 한 명) 4 286

안티파테스(Antiphatēs) 1 라이스트뤼고네스족의 왕 10 106, 114, 199 2 멜람푸스의 아들 15 242, 243

안티포스(Antiphos) 1 아이귑티오스의 아들 2 19 2 오뒷세우스의 전우 17 68

안틸로코스(Antilochos 네스토르의 장남으로 아킬레우스의 친구) 3 112; 4 187, 202; 11 468; 24 16, 68

알렉토르(Alektōr 펠롭스 아들로 메가펜테스의 장인) 4 10

알로에우스(Alōeus 오토스와 에피알테스의 아버지) 11 305

알뤼바스(Alybas 전설상의 지명) 24 304

알칸드레(Alkandrē 이집트의 테바이에 살던 폴뤼보스의 아내) 4 126

알크마이온(Alkmaiōn 암피아라오스와 에리퓔레의 아들) 15 248

알크메네(Alkmēnē 헤라클레스의 어머니) 2 120; 11 266

알키노오스(Alkinoos 파이아케스족의 왕으로 나우시카아의 아버지) 6 12, 17, 139, 196, 213, 299, 302; 7 10, 23, 55, 63, 66, 70, 82, 85, 93, 132, 141, 159, 167, 178, 185, 208, 231, 298, 308, 332, 346; 8 2, 4, 8, 13, 25, 56, 59, 94, 118, 130, 132, 143, 235, 256, 370, 381, 382, 385, 401, 418, 419, 421, 423, 464, 469, 533; 9 2; 11 346, 347, 355, 362, 378; 13 3, 16, 20, 23, 24, 37, 38, 49, 62, 64, 171

알키모스(Alkimos)의 아들(Alkimidēs=멘토르) 22 235

알킵페(Alkippe 헬레네의 하녀) 4 124

알페이오스(Alpheios 올륌피아 옆을 흐르는 강의 하신) 3 489; 15 187

암니소스(Amnisos 크레테 크노소스 시의 포구) 19 188

암피노모스(Amphinomos 니소스의 아들로 페넬로페의 구혼자) 16 351, 394, 406; 18 119, 125, 395, 412, 424; 20 244, 247; 22 89, 96

암피메돈(Amphimedōn 멜라네우스의 아들로 페넬로페의 구혼자) 22 242, 277, 284; 24 103, 106, 120

암피아라오스(Amphiaraos 오이클레스의 아들로 에리퓔레의 남편) 15 244, 253

암피알로스(Amphialos 파이아케스족의 한 사람) 8 114, 128

암피온(Amphiōn) 1 제우스와 안티오페의 아들로 니오베의 남편 11 262 2 이아시오스의 아들로 오르코메노스의 왕 11 283

암피테아(Amphithea/원전 Amphitheē 아우톨뤼코스의 아내로 오뒷세우스의 외조모) 19 416

암피트뤼온(Amphitryōn 페르세우스의 손자로 알크메네의 남편) 11 266, 270

암피트리테(Amphitritē 네레우스의 딸) 3 91; 5 422; 12 60, 97

암필로코스(Amphilochos 암피아라오스의 아들로 아르고스의 예언자) 15 248

에니페우스(Enipeus 텟살리아 지방의 강 및 그 하신) 11 238, 240

에레트메우스(Eretmeus 파이아케스족의 한 사람) 8 112

에렉테우스(Erechtheus 아테나이의 전설상의 왕) 7 81

에렘보이족(Eremboi 전설상의 부족) 4 84

에리퓔레(Eriphyle 암피아라오스의 아내) 11 326

에뤼만토스(Erymanthos 아르카디아 지방의 산) 6 103

에우뤼노메(Eurynomē 페넬로페의 가정부) 17 495; 18 164, 169, 178; 19 96, 97; 20 4; 23 154, 289, 293

에우뤼노모스(Eurynomos 아이귑티오스의 아들로 페넬로페의 구혼자) 2 22; 22 242

에우뤼다마스(Eurydamas 페넬로페의 구혼자) 18 297; 22 283

에우뤼디케(Eurydikē 네스토르의 아내) 3 452

에우뤼마코스(Eurymachos 페넬로페의 구혼자) 1 399, 413; 2 177, 209; 4 628; 15 17, 519; 16 295, 325, 345, 396, 434; 17 257; 18 65, 244, 251, 295, 325, 349, 366, 387, 396; 20 359, 364; 21 186, 245, 257, 277, 320, 331; 22 44, 61, 69

에우뤼메돈(Eurymedōn 기가스들의 왕으로 페리보이아의 아버지) 7 58

에우뤼메두사(Eurymedousa 아레테의 시녀) 7 8

에우뤼모스(Eurymos)의 아들(Eurymidēs=텔레모스, 퀴클롭스들의 한 명) 9 509

에우뤼바테스(Eurybatēs 오뒷세우스의 전령) 19 247

에우뤼아데스(Euryadēs 페넬로페의 구혼자) 22 267

에우뤼알로스(Euryalos 파이아케스족의 한 사람) 8 115, 127, 140, 158, 396, 400

에우뤼클레이아(Eurykleia 오뒷세우스가의 유모 및 가정부) 1 429; 2 347, 361; 4 742; 17 31; 19 15, 21, 357, 401, 491; 20 128, 134, 148; 21 380, 381; 22 391, 394, 419, 480, 485, 492; 23 25, 39, 69, 177

에우뤼토스(Eurytos 오이칼리아의 왕으로 명궁) 8 224, 226; 21 32

에우뤼토스의 아들(Eurytidēs=이피토스) 21 14, 37

에우뤼티온(Eurytiōn 켄타우로스) 21 295

에우뤼퓔로스(Eurypylos 텔레포스의 아들로 뮈시아의 왕) 11 520

에우뤼로코스(Eurylochos 오뒷세우스의 친척이자 전우) 10 205, 207, 232, 244, 271, 429, 447; 11 23; 12 195, 278, 294, 297, 339, 352

에우마이오스(Eumaios 오뒷세우스의 돼지치기) 14 55, 165, 360, 440, 442, 462, 507; 15 307, 325, 341, 381, 486; 16 7, 8, 60, 69, 135, 156, 461, 464; 17 199, 264, 272, 305, 306, 311, 380, 508, 512, 543, 561, 576, 579; 20 169, 238; 21 80, 82, 203, 234; 22 157, 194, 279

에우멜로스(Eumēlos 아드메토스Admetos의 아들) 4 798

에우보이아(Euboia 보이오티아 지방 맞은편에 있는 에게 해의 섬) 3 174; 7 321

에우안테스(Euanthēs 마론의 아버지) 9 197

에우에노르(Euēnōr)의 아들(Euēnoridēs=레오크리토스) 2 242; 22 294

에우페이테스(Eupeithēs 구혼자 안티노오스의 아버지) 1 383; 4 641, 660; 16 363; 17 477; 18 42, 284; 20 270; 21 140, 256; 24 422, 465, 469, 523

에이도테에(Eidotheē 프로테우스의 딸) 4 366

에일레이튀이아(Eileithyia 출산의 여신) 19 188

에케네오스(Echenēos 파이아케스족의 한 사람) 7 155; 11 342

에케토스(Echetos 에페이로스 지방의 야만적인 왕) 18 85, 116; 21 308

에케프론(Echephrōn 네스토르의 아들) 3 413, 439

에테오네우스(Eteōneus 보에토오스Boethoos의 아들로 메넬라오스의 시종) 4 22, 31; 15 95

에테오크레테스(Eteokrētes '진정한 크레테인들'이라는 뜻으로 '크레테 원주민들'이라고 번역하였음) 19 176

에페리토스(Epēritos 전설상의 인명) 24 306

에페이오스(Epeios 파노페우스의 아들로 목마의 제작자) 8 493; 11 523

에페이오이족(Epeioi 북(北)엘리스 지방의 주민들) 13 275; 15 298; 24 431

에퓌라(Ephyra/원전 Ephyrē 북엘리스 지방의 도시) 1 259; 2 328

에피알테스(Ephialtēs 알로에우스의 아들로 오토스와 형제간) 11 308

에피카스테(Epikastē 라이오스의 아내로 비극에서는 이오카스테) 11 271

엘라토스(Elatos 페넬로페의 구혼자) 22 267

엘라트레우스(Elatreus 파이아케스족의 한 사람) 8 111, 129

엘뤼시온(Elysion=Elysion Pedion 축복받은 사자(死者)들이 가서 산다는 대지의 서쪽 끝, 오케아노스 강변의 낙원) 4 563

엘리스(Elis 펠로폰네소스 반도의 서북 지방) 4 635; 13 275; 15 298; 21 347; 24 431

엘페노르(Elpēnōr 오뒷세우스의 전우) 10 552; 11 51, 57; 12 10

오귀기에(Ōgygiē 칼립소가 산다는 섬) 1 85; 6 172; 7 244, 254; 12 48; 23 333

오네토르(Onētōr)의 아들(Onetoridēs=프론티스) 3 282

오뒷세우스(Odysseus 또는 Odyseus 라에르테스의 아들로 페넬로페의 남편이자 텔레마코스의 아버지. 『오뒷세이아』의 주인공) 1 21, 48, 57, 60, 65, 74, 83, 87, 103, 129, 196, 207, 212, 253, 260, 265, 354, 363, 396, 398; 2 17, 27, 35, 59, 71, 96, 163, 173, 182, 225, 233, 238, 246, 259, 279, 333, 342, 352, 366, 394, 415; 3 64, 84, 98, 121, 126, 163, 219; 4 107, 143, 151, 241, 254, 270, 280, 284, 287, 328, 340, 345, 625, 674, 682, 689, 715, 741, 763, 799; 5 11, 24, 31, 39, 81, 149, 171, 198, 203, 214, 229, 233, 251, 269, 287, 297, 336, 354, 370, 387, 398, 406, 436, 481, 486,

491; 6 1, 14, 113, 117, 127, 135, 141, 212, 217, 224, 248, 249, 254, 320, 322, 331; 7 1, 14, 15, 21, 43, 81, 133, 139, 142, 145, 168, 177, 207, 230, 240, 302, 329, 341, 344; 8 3, 9, 23, 75, 83, 92, 144, 152, 165, 199, 264, 367, 381, 412, 446, 459, 463, 474, 486, 494, 502, 517, 521, 531; 9 1, 19, 504, 512, 517, 530; 10 64, 251, 330, 378, 401, 436, 456, 488, 504; 11 60, 92, 100, 202, 354, 363, 377, 405, 444, 473, 488, 617; 12 82, 101, 184, 279, 378; 13 4, 28, 35, 56, 63, 73, 117, 124, 126, 131, 137, 144, 187, 226, 250, 311, 353, 367, 375, 382, 413, 416, 440, 515; 14 4, 29, 30, 51, 76, 144, 148, 152, 159, 161, 167, 171, 174, 191, 250, 321, 323, 364, 390, 424, 437, 439, 447, 459, 470, 484, 486, 515, 520, 523, 526; 15 2, 59, 63, 157, 176, 267, 301, 304, 313, 337, 340, 347, 380, 485, 554; 16 1, 5, 34, 42, 48, 53, 63, 90, 100, 104, 119, 139, 159, 162, 164, 167, 177, 186, 194, 201, 204, 225, 258, 266, 289, 301, 313, 328, 337, 347, 407, 430, 442, 450, 452, 455; 522, 554; 17 3, 16, 34, 103, 114, 131, 136, 152, 156, 157, 167, 183, 192, 216, 230, 235, 240, 253, 260, 264, 280, 292, 299, 301, 314, 327, 336, 353, 361, 389, 402, 412, 453, 506, 510, 522, 525, 538, 539, 560; 18 8, 14, 24, 51, 66, 90, 100, 117, 124, 253, 281, 311, 312, 313, 326, 337, 348, 350, 356, 365, 384, 394, 417, 420; 19 1, 8, 31, 41, 51, 65, 70, 84, 102, 106, 126, 136, 141, 164, 165, 185, 209, 220, 225, 237, 239, 248, 250, 259, 261, 262, 267, 270, 282, 286, 293, 304, 306, 313, 315, 335, 336, 358, 381, 382, 388, 409, 413, 416, 430, 437, 447, 452, 456, 473, 474, 479, 499, 506, 554, 556, 571, 582, 583, 585, 596, 603; 20 1, 5, 36, 80, 92, 104, 117, 120, 122, 165, 168, 177, 183, 205, 209, 226, 231, 232, 239, 248, 257, 265, 281, 283, 286, 290, 298, 300, 325, 329, 332, 369; 21 4, 16, 20, 31, 34, 38, 74, 94, 99, 129, 158, 189, 190, 195, 197, 204, 223, 225, 227, 244, 254, 262, 274, 314, 357, 379, 393, 404, 409, 414, 432; 22 1, 15, 26, 34, 45, 60, 81, 89, 105, 115, 129, 141, 143, 147, 163, 164, 170, 191, 202, 207, 213, 221, 225, 226, 238, 253, 261, 266, 281, 283, 291, 292, 310, 312, 320, 336, 337, 339, 342, 344, 371, 381, 390, 401, 406, 409, 430, 450, 479, 490, 493, 495, 498; 23 7, 18, 27, 45, 67, 89, 108, 111, 129, 153, 181, 206, 208, 209, 247, 263, 306, 320, 345, 348, 370; 24 100, 116, 119, 125, 131, 149, 151, 154, 172, 176, 187, 192, 195, 213, 220, 232, 241, 302, 309, 328, 330, 346, 348, 356, 391, 392, 398, 406, 409, 416, 424, 440, 443, 445, 447, 480, 482, 490, 494, 497, 501, 504, 526, 537, 541, 542

오르메노스(Ormenos)의 아들(Ormenidēs=크테시오스) 15 414

오르실로코스(Orsilochos 또는 Ortilochos) 1 알페이오스의 아들로 디오클레스의 아버지 3 489; 15 187; 21 16 2 이도메네우스의 가공적 아들 13 260

오르코메노스(Orchomenos 보이오티아 지방의 오래된 도시) 11 284, 459

오르튀기아(Ortygia/원전 Ortygiē '메추라기 섬'이라는 뜻으로 전설상의 섬) 5 123; 15 404

오리온(Ōriōn 힘센 미남 사냥꾼으로 새벽의 여신 에오스의 애인) 5 121, 274; 11 310, 572

오이놉스(Oinops 레오데스의 아버지로 이타케인) 21 144

오이디포데스(Oidipodēs 라이오스의 아들로 나중에는 오이디푸스로 불림) 11 271

오이칼리아인(Oichalieus 오이칼리아 Oichalia/원전 Oichaliē는 텟살리아 지방의 도시) 8 224

오이클레스(Oiklēs 암피아라오스의 아버지) 15 243, 244

오케아노스(Okeanos 대지를 감돌아 흐르는 강. 우라노스와 가이아의 아들로 테튀스의 남편) 4 568;
    5 275; 10 139, 508, 511; 11 13, 21, 158, 639; 12 1; 19 434; 20 65; 22 197; 23 244, 347; 24 11

오퀴알로스(Ōkyalos 파이아케스족의 한 사람) 8 111

오토스(Ōtos 포세이돈 또는 알로에우스와 이피메데이아의 아들로 에피알테스와 형제간) 11 308

올륌포스(Olympos 또는 Oulympos 텟살리아와 마케도니아 사이의 산) 1 102; 6 42, 240; 8 331; 10
    307; 11 313, 315; 12 337; 14 394; 15 43; 18 180; 19 43; 20 55, 73, 103; 24 351, 488

올륌포스의 또는 '올륌포스의 주인'=제우스의 별명(Olympios) 1 27, 60; 2 68; 3 377; 4 74, 173, 722;
    6 188; 15 523; 20 79; 23 140, 167

옵스(Ōps 에우뤼클레이아의 아버지) 1 429; 2 347; 20 148

옷사(Ossa 텟살리아 지방의 산) 11 315

이노(Inō 카드모스의 딸로 훗날 레우코테아라는 이름의 바다 여신이 됨) 5 333, 461

이도메네우스(Idomeneus 미노스의 손자로 크레테 왕) 3 191; 13 259; 14 237, 382; 19 181, 190

이로스(Iros 이타케의 거지) 18 6, 25, 38, 56, 73, 75, 96, 233, 239, 333, 334, 393

이스마로스(Ismaros 트라케 지방의 도시) 9 40, 198

이아르다노스(Iardanos 크레테의 강) 3 292

이아소스(Iasos)의 아들(Iasidēs) 1 암피온 11 283 2 드메토르 17 443

이아손(Iasōn/원전 Iēsōn 아이손의 아들로 아르고호 원정대의 대장) 12 72

이아손의(Iason Argos의 형태로 쓰이며 펠로폰네소스 반도를 가리키는 말로 추정되고 있으나 어원은
    확실하지 않다) 18 246

이아시온(Iasiōn 데메테르의 애인) 5 125

이올코스(Iōlkos/원전 Iaōlkos 텟살리아 마그네시아 반도의 항구) 11 256

이카리오스(Ikarios 튄다레오스의 아우로 페넬로페의 아버지) 1 329; 2 53, 133; 4 797, 840; 11 446;
    16 435; 17 562; 18 159, 188, 245, 285; 19 375, 546, 20 388; 21 2, 321; 24 195

이크말리오스(Ikmalios 이타케의 목수) 19 57

이타케(Ithakē 이오니아 해에 있는 섬으로 오뒷세우스의 고향) 1 18, 57, 88, 103, 163, 172, 247, 386, 395, 401, 404; 2 167, 256, 293; 3 81; 4 175, 555, 601, 605, 608, 643, 671, 845; 9 21, 505, 531; 10 417, 420, 463, 522; 11 30, 111, 162, 361, 480; 12 138, 345; 13 97, 135, 212, 248, 256, 325, 344; 14 98, 126, 182, 189, 329, 344; 15 29, 36, 157, 267, 482, 510, 534; 16 58, 124, 223, 230, 251, 322, 419; 17 20; 18 2; 19 132, 399, 462; 20 340; 21 18, 109, 252, 346; 22 30, 52, 223; 23 122, 176; 24 104, 259, 269, 284

이타케인 또는 이타케의(Ithakēsios) 2 25, 161, 229, 246; 15 520; 22 45; 24 354, 443, 454, 531

이타코스(Ithakos 이타케에 이름을 준 이타케의 영웅) 17 207

이튈로스(Itylos 비극에서는 Itys 제토스와 아에돈의 아들로 실수로 어머니의 손에 죽는다) 19 522

이프티메(Iphthimē 이카리오스의 딸로 페넬로페와 자매간) 4 797

이피메데이아(Iphimedeia 오토스와 에피알테스의 어머니) 11 305

이피클로스의(Iphikleios/원전 Iphiklēeios 이피클로스는 퓔라코스의 아들. Biē Iphiklēeiē는 '이피클로스의 힘'이라는 뜻이나 '강력한 이피클로스'라고 번역하였음) 11 290, 296

이피토스(Iphitos 에우뤼토스의 아들) 21 14, 22, 37

일로스(Ilos 메르메로스의 아들) 1 259

일리오스(Ilios 트로이아의 다른 이름으로 트로이아 왕 일로스의 이름에서 유래했음) 2 18, 172; 8 495, 578, 581; 9 39; 10 15; 11 86, 169, 372; 14 71, 238; 17 104, 293; 18 252; 19 125, 182, 193; 24 117

ㅈ

자퀸토스(Zakynthos 이오니아 해의 사메 남쪽에 있는 섬) 1 246; 9 24; 16 123, 250; 19 131

'재앙의 일리오스'(Kakoilios) 19 260, 597; 23 19

'전 아카이오이족'(Panachaioi) 1 239; 14 369; 24 32

제우스(Zeus 크로노스와 레아의 아들로 그리스 신화에서 최고신) 1 10, 27, 62, 63, 283, 348, 379, 390; 2 34, 68, 144, 146, 217, 296, 433; 3 42, 132, 152, 160, 288, 337, 346, 378, 394; 4 27, 34, 74, 78, 173, 184, 219, 227, 237, 341, 472, 569, 668, 752, 762; 5 4, 7, 21, 99, 103, 128, 132, 137, 146, 150, 176, 304, 382, 409; 6 105, 151, 188, 207, 229, 323, 324; 7 164, 180, 250, 163, 311, 316, 331; 8 82, 245, 306, 308, 334, 335, 432, 465, 488; 9 38, 52, 67, 111, 154, 262, 270, 275, 277, 294, 358, 411, 479, 552; 11 217, 255, 261, 268, 297, 302, 318, 436, 559, 568, 580, 604, 620; 12 63, 215, 313, 371, 377, 384, 399, 415, 416; 13 25, 51, 127, 128, 139, 153, 190, 213, 252,

300, 318, 356, 359, 371; 14 53, 57, 86, 93, 119, 158, 235, 243, 268, 273, 283, 300, 305, 306, 310, 328, 389, 406, 440, 457; 15 112, 180, 245, 297, 341, 353, 475, 477, 489, 523; 16 260, 298, 320, 403, 422; 17 51, 60, 132, 155, 240, 322, 354, 424, 437, 597; 18 112, 235, 273; 19 80, 161, 179, 276, 297, 303, 363, 365; 20 42, 61, 75, 97, 98, 101, 102, 112, 121, 201, 230, 273, 339; 21 25, 36, 102, 200, 413; 22 205, 252, 334, 379; 23 218, 331, 352; 24 42, 96, 164, 344, 351, 376, 472, 477, 502, 518, 521, 529, 544, 547

제토스(Zēthos 제우스와 안티오페의 아들로 아에돈의 남편) 11 262; 19 523

ㅋ

카드모스(Kadmos 테바이시의 창건자로 이노와 세멜레의 아버지) 5 333

카드모스의 후예들(Kadmeioi=테바이인들) 11 276

카립디스(Charybdis 무엇이든 삼켜버리는 위험한 바다 소용돌이로 스퀼라 맞은편에 있음) 12 104, 113, 235, 260, 428, 430, 436, 441; 23 327

카리스 여신(Charis 복수형 Charites 우미의 여신) 6 18; 8 364; 18 194

카스토르(Kastōr) 1 튄다레오스와 레다의 아들로 폴뤼데우케스, 헬레네와 동기간이다. 이들의 실부 (實父)는 제우스다 11 300 2 휠라코스Hylakos의 아들 14 204

카우코네스족(Kaukones 펠라스고이족의 일파로 그중 일부는 소아시아 파플라고니아 지방에 다른 일부는 엘리스 지방에 살았는데 여기서는 후자를 말한다) 3 366

칼륍소(Kalypsō '감추는 여자'라는 뜻으로 오귀기에 섬에 사는 아틀라스의 딸) 1 14; 4 557; 5 14, 78, 85, 116, 180, 202, 242, 246, 258, 263, 276, 321, 372; 7 245, 254, 260; 8 452; 9 29; 12 389, 448; 17 143; 23 333

칼키스(Chalkis 알페이오스 강 하구 남쪽에 있는 개울) 15 295

캇산드라(Kassandra/원전 Kassandrē 프리아모스의 딸) 11 422

케테이오이족(Kēteioi 소아시아 뮈시아 지방에 살던 부족) 11 521

케팔렌인(Kephallēn 복수형 Kepahllēnes 복수형 '케팔렌인들'은 이타케 및 그 주변 섬들과 맞은편 본 토 해안에 살던 오뒷세우스의 백성들을 일컫는 말이다) 20 210; 24 355, 378, 429

코락스 바위(Korakos Petrē '까마귀 바위'라는 뜻으로 이타케에 있는 바위) 13 408

코퀴토스(Kōkytos 저승의 강으로 '통곡의 강'이라는 뜻이다) 10 514

퀴도네스족(Kydōnes 크레테 섬의 북서 해안에 살던 부족) 3 292; 19 176

퀴클롭스(Kyklōps 복수형 Kyklōpes 단수형은 그중 가장 강력한 폴뤼페모스를 가리킨다. 호메로스에서 퀴클롭스들은 법도 도시도 없이 유목 생활을 하는 야만적 거한들이다) 1 69, 71; 2 19; 6 5; 7 206; 9 106, 117, 125, 166, 275, 296, 316, 319, 345, 347, 357, 362, 364, 399, 415, 428, 474, 475, 492, 502, 510, 548; 10 200, 435; 12 209; 20 19; 23 312

퀴테라(Kythēra 라케다이몬 지방의 말레아 곶 서남쪽에 있는 섬) 9 81

퀴테레이아(Kythereia 아프로디테의 별명) 8 288; 18 193

퀴프로스(Kypros 동지중해의 섬) 4 83; 8 362; 17 442, 443, 448

퀼레네의(Kyllēnios 퀼레네는 아르카디아 지방의 북동쪽에 있는 산으로 헤르메스가 태어난 곳이다) 24 1

크노소스(Knōsos 또는 Knōssos 크레테 섬의 북안에 있는 도시로, 미노스의 궁전이 있던 곳) 19 178

크라타이이스(Krataiis 괴물 스퀼라의 어머니) 12 124

크레온(Kreōn/원전 Kreiōn 테바이의 왕으로 메가라의 아버지) 11 269

크레테(Krētē 지중해 한가운데 있는 큰 섬) 3 191, 291; 11 323; 13 256, 260; 14 199, 252, 300, 301; 16 62; 17 523; 19 172, 186, 338

크레테인들(Krētes 단수형 Krēs) 14 205, 234, 382

크레테우스(Krētheus 아이올로스의 아들로 아이손과 아뮈타온과 페레스의 아버지) 11 237, 258

크로노스(Kronos 우라노스와 가이아의 아들로 레아의 남편. 제우스, 포세이돈, 하데스, 헤라, 데메테르, 헤스티아의 아버지) 21 415

크로노스의 아들(=제우스) 1 원전 Kronidēs 1 45, 81; 9 552; 13 25; 24 473, 539, 544 2 원전 Kroniōn 1 386; 3 88, 119; 4 207, 699; 8 289; 10 21; 11 620; 12 399, 405; 14 184, 303, 406; 15 477; 16 117, 291; 17 424; 18 376; 19 80; 20 236, 273; 21 102; 22 51; 24 472

크로미오스(Chromios 넬레우스와 클로리스의 아들) 11 286

크루노이(Krounoi 엘리스 지방의 샘) 15 295

크테시오스(Ktēsios 에우마이오스의 아버지) 15 414

크테십포스(Ktēsippos 페넬로페의 구혼자) 20 288, 303, 304; 22 279, 285

크티메네(Ktimenē 오뒷세우스의 누이) 15 363

클레이토스(Kleitos 만티오스의 아들로 멜람푸스의 손자) 15 249, 250

클로리스(Chlōris 암피온의 딸로 넬레우스의 아내) 11 281

클뤼메네(Klymenē 미뉘아스 또는 이피스의 딸로 이피클로스의 어머니) 11 326

클뤼메노스(Klymenos 미뉘아이족의 왕으로 에우뤼디케의 아버지) 3 452

클뤼타임네스트라(Klytaimnēstra 또는 Klytaimēstra/원전 Klytaimnēstrē 튄다레오스의 딸로 아가멤논

의 아내) 3 266; 11 422, 439

클뤼토네오스(Klytonēos 알키노오스의 아들) 8 119, 123

클뤼티오스(Klytios 페이라이오스의 아버지) 16 327

클뤼티오스의 아들(Klytidēs=페이라이오스) 15 540

키르케(Kirke 헬리오스의 딸로 마술에 능한 요정) 8 448; 9 31; 10 136, 150, 210, 221, 241, 276, 282,
    287, 289, 293, 295, 308, 322, 337, 347, 375, 383, 388, 394, 426, 432, 445, 449, 480, 483, 501,
    549, 554, 563, 571; 11 8, 22, 53, 62; 12 9, 16, 36, 150, 155, 226, 268, 273, 302; 23 321

키오스(Chios 소아시아 이오니아 지방 앞바다의 섬) 3 170, 172

키코네스족(Kikones) 9 39, 47, 59, 66, 165; 23 310

킴메리오이족(Kimmerioi 저승의 입구에 산다는 전설상의 부족) 11 14

ㅌ

타포스(Taphos 그리스의 중서부 아카르나니아 지방 앞바다의 섬) 1 417

타포스인들(Taphioi) 1 105, 181, 419; 14 452; 15 427; 16 426

타위게톤(Taygeton/원전 Tēygetos 라케다이몬과 멧세네 지방 사이의 산맥) 6 103

탄탈로스(Tantalos 제우스의 아들로 펠롭스의 아버지) 11 582

테네도스(Tenedos 소아시아 트로아스 지방 앞바다의 섬) 3 159

테메세(Temesē 동광으로 유명한 도시) 1 184

테미스(Themis 질서와 규범. 그 여신) 2 68

테르피스(Terpis)의 아들(Terpiadēs=페미오스, 이타케의 가인) 22 330

테바이(Thēbai 단수형 Thēbē 1 보이오티아 지방의 수도 15 247(복수형); 11 263, 265, 275(단수형)
    2 상부 이집트의 도시 4 126(복수형)

테바이의 또는 테바이인(Thebaios) 10 492, 565; 11 90, 165; 12 267; 23 323

테세우스(Thēseus 아이게우스의 아들로 아테나이의 국민적 영웅) 11 322, 631

테스프로토이족(Thesprotoi 남에페이로스 지방의 부족) 14 315, 316, 335; 16 65, 427; 17 526; 19
    271, 287, 292

테이레시아스(Teiresias 테바이의 눈먼 예언자) 10 492, 524, 537, 565; 11 32, 50, 89, 90, 139, 151,
    165, 479; 12 267, 272; 23 251, 323

테오클뤼메노스(Theoklymenos 멜람푸스의 후손으로 이름난 예언자) 15 256, 271, 286, 508, 529; 17
    151; 20 350, 363

테티스(Thetis 네레우스의 딸로 아킬레우스의 어머니) 24 92

텍톤(Tektōn)의 아들(Tektonidēs=폴리네오스Polynēos) 8 114

텔라몬(Telamon 아이아코스의 아들로 '큰 아이아스'의 아버지) 11 553

텔라몬의 아들(Telamoniadēs='큰 아이아스') 11 543

텔레마코스(Tēlemachos 오뒷세우스와 페넬로페의 아들) 1 113, 156, 213, 230, 306, 345, 367, 382, 384, 388, 400, 412, 420, 425; 2 83, 85, 113, 129, 146, 156, 185, 194, 200, 208, 260, 270, 297, 301, 303, 309, 325, 348, 364, 371, 381, 383, 399, 402, 409, 416, 418, 422, 464; 3 12, 14, 21, 26, 60, 63, 75, 83, 201, 225, 230, 239, 343, 358, 364, 374, 398, 416, 423, 432, 464, 475, 481; 4 21, 69, 112, 144, 166, 185, 215, 290, 303, 311, 312, 315, 593, 633, 664, 687, 700, 843; 5 25; 11 68, 185; 13 413; 14 173, 175; 15 4, 7, 10, 49, 63, 68, 86, 110, 111, 144, 154, 179, 194, 217, 257, 265, 279, 287, 496, 502, 512, 528, 531, 535, 545, 550, 554; 16 4, 20, 23, 30, 43, 56, 68, 112, 146, 160, 192, 202, 213, 221, 240, 262, 323, 330, 347, 369, 372, 401, 421, 438, 445, 460, 476; 17 3, 26, 41, 45, 61, 73, 75, 77, 101, 107, 161, 251, 328, 333, 342, 350, 354, 391, 392, 406, 489, 541, 554, 568, 591, 598; 18 60, 156, 214, 215, 226, 338, 405, 411, 421; 19 3, 4, 14, 26, 35, 47, 87, 121, 321; 20 124, 144, 241, 246, 257, 269, 272, 283, 295, 303, 326, 338, 345, 374, 376; 21 101, 130, 216, 313, 343, 368, 378, 381, 423, 424, 432; 22 92, 95, 108, 150, 151, 153, 171, 267, 277, 284, 294, 350, 354, 365, 390, 391, 393, 400, 426, 435, 454, 461; 23 29, 44, 96, 112, 113, 123, 297, 367; 24 155, 165, 175, 359, 363, 505, 506, 510

텔레모스(Tēlemos 에우뤼모스의 아들로 예언자) 9 509

텔레퓔로스(Tēlepylos 라이스트뤼고네스족의 도시) 10 82; 23 318

텔레포스(Tēlephos)의 아들(Telephidēs=에우뤼퓔로스) 11 519

토아스(Thoas 안드라이몬의 아들로 플레우론 시의 왕) 14 499

토오사(Thoōsa 포르퀴스의 딸로 폴뤼페모스의 어머니) 1 71

토온(Thoōn 파이아케스족의 한 사람) 8 113

톤(Thōn 이집트인) 4 228

뒤데우스(Tydeus 오이네우스의 아들로 디오메데스의 아버지) 3 167

뒤데우스의 아들(Tydeidēs=디오메데스) 3 181; 4 280

뒤로(Tyrō 살모네우스의 딸로 크레테우스의 아내) 2 120; 11 235

뒤에스테스(Thyestēs 아트레우스와 아우로 아이기스토스의 아버지) 4 517

뒤에스테스의 아들(Thyestiadēs=아이기스토스) 4 518

튄다레오스(Tyndareos 레다의 남편으로 스파르테의 왕) 11 298, 299; 24 199

트라쉬메데스(Thrasymēdēs 네스토르의 아들) 3 39, 414, 442, 448

트라케(Thraikē/원전 Thrēikē 그리스의 북쪽 지방) 8 361

트로이아(Troia/원전 Troiē 소아시아의 서북 지방 및 그 수도, 일명 일리오스) 1 2, 62, 210, 327, 355; 3 257, 268, 276; 4 6, 99, 146, 488; 5 39, 307; 9 38, 259; 10 40, 332; 11 160, 499, 510, 513; 12 189; 13 137, 248, 315, 388; 14 229, 469; 15 153; 16 289; 17 314; 18 260, 266; 19 8, 187; 24 37

트로이아의(Troias) 13 263

트로이아 여인들(Troiai) 4 259

트로이아인들(Trōes) 1 237; 3 85, 86, 87, 100, 220; 4 243, 249, 254, 257, 273, 275, 330; 5 310; 8 82, 220, 503, 504, 513; 11 169, 383, 513, 532, 547; 12 190; 13 266; 14 71, 367; 17 119; 18 261; 22 36, 228; 24 27, 31, 38

트리나키에(Thrinakiē 헬리오스의 소떼가 있다는 전설상의 섬) 11 107; 12 127, 135; 19 275

티토노스(Tithōnos 라오메돈의 아들로 새벽의 여신 에오스의 남편) 5 1

티튀오스(Tityos 가이아의 아들로 거대한 괴물) 7 324; 11 576

ㅍ

파노페우스(Panopeus 포키스 지방의 도시) 11 581

파라이(Pharai 또는 Phrai 멧세네 지방의 도시) 3 488; 15 186

파르낫소스(Parnassos 또는 Parnasos/원전 Parnēsos 포키스 지방의 산으로 그 남쪽 사면에 델포이가 있다) 19 394, 411, 432, 466; 21 220; 24 332

파로스(Pharos 나일 강 하구 앞의 섬) 4 355

파에톤(Phaetōn 새벽의 여신 에오스의 말) 23 246

파에투사(Phaethousa 헬리오스의 딸) 12 132

파이드라(Phaidra/원전 Phaidrē 미노스의 딸로 테세우스의 아내) 11 321

파이디모스(Phaidimos 시돈인들의 왕) 4 617; 15 117

파이스토스(Phaistos 크레테 섬의 도시) 3 296

파이아케스족(Phaiakes/원전 Phaiēkes 스케리아 섬의 주민들) 5 35, 280, 288, 345, 386; 6 3, 35, 55, 114, 195, 197, 202, 241, 257, 270, 284, 298, 302, 327; 7 11, 16, 39, 62, 98, 108, 136, 156, 186, 316; 8 5, 11, 21, 23, 26, 86, 91, 96, 97, 108, 117, 188, 191, 198, 201, 207, 231, 250, 369, 386, 387, 428, 440, 535, 536, 557, 567; 11 336, 343, 349; 13 12, 36, 120, 130, 149, 160, 166, 175,

186, 204, 210, 302, 304, 322, 369; 16 227; 19 279; 23 338

파이안(Paian/원전 Paiēōn 신들의 의사) 4 232

파트로클로스(Patroklos 메노이티오스의 아들로 아켈레우스의 죽마고우) 3 110; 11 468; 24 16, 77, 79

파포스(Paphos 퀴프로스 섬의 서쪽에 있는 도시) 8 363

판다레오스(Pandareos 탄탈로스의 친구로 아에돈의 아버지) 19 518; 20 66

팔라스(Pallas '창과 아이기스를 휘두르는 이'라는 뜻으로 아테나의 별명 중 하나) 1 125, 252, 327; 2
    405; 3 29, 42, 222, 385; 4 289, 828; 6 233, 328; 7 37; 8 7; 11 547; 13 190, 252, 300, 371; 15 1; 16
    298; 19 33; 20 345; 23 160; 24 520, 547

페넬로페(Pēnelopē/원전 Pēnelopeia 이카리오스의 딸로 오뒷세우스의 아내) 1 223, 329; 2 121, 274;
    4 111, 675, 679, 680, 721, 787, 800, 804, 808, 830; 5 216; 11 446; 13 406; 14 172, 373; 15 41,
    314; 16 130, 303, 329, 338, 397, 409, 435, 458; 17 36, 100, 162, 390, 492, 498, 528, 542, 553,
    562, 569, 575, 585; 18 159, 177, 244, 245, 250, 285, 322, 324; 19 53, 59, 89, 103, 128, 308, 349,
    375, 376, 476, 508, 559, 588; 20 388; 21 2, 158, 194, 198, 311, 321, 330, 353; 22 425, 482; 23 5,
    10, 58, 80, 104, 173, 256, 285; 24 194, 198, 294, 404

페라이(Pherai 텟살리아 지방의 도시) 4 798

페레스(Pherēs 크레테우스의 아들로 아드메토스의 아버지) 11 259

페로(Pērō 넬레우스의 딸로 비아스의 아내) 11 287

페르세(Persē 오케아노스의 딸로 키르케의 어머니) 10 139

페르세우스(Perseus 제우스와 다나에의 아들) 3 414, 444

페르세포네(Persephonē/원전 Persephoneia 제우스와 데메테르의 딸로 하데스의 아내) 10 491, 494,
    509, 534, 564; 11 47, 213, 217, 226, 386, 635

페리메데스(Perimēdēs 오뒷세우스의 전우) 11 23; 12 195

페리보이아(Periboia 에우뤼메돈의 딸로 나우시토오스의 어머니) 7 57

페리클뤼메노스(Periklymenos 넬레우스의 아들) 11 286

페미오스(Phēmios 테르피스의 아들로 이타케의 가인) 1 154, 337; 17 263; 22 331

페아이(Pheai 또는 Pheia 북엘리스 지방의 도시) 15 297

페이돈(Pheidōn 테스프로토이족의 왕) 14 316; 19 287

페이라이오스(Peiraios 클뤼티오스의 아들) 15 539, 540, 544; 17 55, 71, 74, 78; 20 372

페이리토오스(Peirithoos 익시온 또는 제우스의 아들로 라피타이족의 왕) 11 631; 21 296, 298

페이산드로스(Peisandros 페넬로페의 구혼자) 18 299; 22 243, 268, 299

페이세노르(Peisēnōr 이타케의 전령) 2 38

페이세노르의 아들(Peisēnoridēs=옵스Ops) 1 429; 2 347; 20 148

페이시스트라토스(Peisistratos 네스트로의 막내아들) 3 36, 400, 415, 454, 482; 4 155; 15 46, 48, 131, 166

펠라스고이족(Pelasgoi 그리스의 선주민들) 19 177

펠레우스(Pēleus 아이아코스의 아들로 아킬레우스의 아버지) 11 478, 494, 505; 24 36

펠레우스의 아들(=아킬레우스) 1 원전 Pēleidēs 8 75 2 원전 Pēleiōn 5 310; 11 470, 551; 24 18, 23 3 원전 Pēlēiadēs 11 467, 557; 24 15

펠리온(Pēlion 텟살리아 지방의 산) 11 316

포르퀴스(Phorkys 폰토스와 가이아의 아들) 1 72; 13 96, 345

포세이돈(Poseidōn/원전 Poseidaōn 크로노스의 아들로 제우스와 형제간) 1 20, 68, 73, 74, 77; 3 43, 54, 55, 178, 333; 4 386, 500, 505; 5 339, 366, 446; 7 56, 61, 271; 8 322, 344, 350, 354, 565; 9 283, 412, 526, 528; 11 130, 252, 306, 399, 406; 13 146, 159, 173, 181, 185, 341; 23 234, 277; 24 109

포세이돈 신전(Posideion/원전 Posidēion) 6 266

포이니케(Phoinikē 페니키아의 그리스어) 4 83; 14 291

포이니케 여인(Phoinissa) 15 417

포이니케인(Phoinix 복수형 Phoinikes) 13 272; 14 288; 15 415, 419, 473

포이보스(Phoibos '빛나는 자' 또는 '정결한 자'라는 뜻으로 아폴론의 별명 중 하나) 3 279; 8 79; 9 201

포이아스의(Poiantios 포이아스는 필록테테스의 아버지) 3 190

'폭풍의 정령들'(Harpyiai 단수형 Harpyia) 1 241; 14 371; 20 77

폰테우스(Ponteus 파이아케스족의 한 사람) 8 113

폰토노오스(Pontonoos 파이아케스족의 전령) 7 179, 182; 8 65; 13 50, 53

폴뤼네오스(Polynēos 파이아케스족의 한 사람) 8 114

폴뤼담나(Polydamna 이집트인 톤의 아내) 4 228

폴뤼데우케스(Polydeukēs 제우스와 레다의 아들로 카스토르와 형제간) 11 300

폴뤼보스(Polybos) 1 구혼자 에우뤼마코스의 아버지 1 399; 2 177; 15 519; 16 345, 434; 18 349; 20 359; 21 320 2 알칸드레의 남편으로 이집트인 4 126 3 파이아케스족의 한 사람 8 373 4 페넬로페의 구혼자 22 243, 284

폴뤼카스테(Polykastē 네스토르의 딸) 3 464

폴뤼테르세스(Polytherses)의 아들(Polytherseidēs=크테십포스) 22 287

폴뤼페모스(Polyphēmos 포세이돈과 요정 토오사의 아들로 퀴클롭스들 중 가장 힘이 세었으나 오뒷세우스에 의해 눈이 먼다) 1 70; 9 403, 407, 446

폴뤼페몬(Polypēmōn)의 아들(Polypēmonidēs 폴뤼페몬은 '고생을 많이 한 자'라는 뜻이다. 가공적 인명) 24 305

폴뤼페이데스(Polypheidēs 멜람푸스의 손자) 15 249, 252

폴뤽토르(Polyktōr 이타케의 옛 영웅들 중 한 명) 17 207

폴뤽토르의 아들(Polyktoridēs=페이산드로스) 18 299; 22 243

폴리테스(Politēs 오뒷세우스의 전우) 10 224

퓌리플레게톤(Pyriphlegethōn 저승의 강) 10 513

퓌토(Pythō 또는 Pythōn 델포이의 옛 이름) 8 80; 11 581

퓔라케(Phylakē 텟살리아 지방의 도시) 11 290; 15 236

퓔라코스(Phylakos 이피클로스의 아버지로 퓔라케 시의 건설자) 15 231

퓔로(Phylō 헬레네의 하녀) 4 125, 133

퓔로스(Pylos 멧세네 지방의 도시로, 네스토르의 궁전이 있던 곳) 1 93, 284; 2 214, 308, 317, 326, 359; 3 4, 182, 485; 4 599, 633, 639, 656, 702, 713; 5 20; 11 257, 285, 459; 13 274; 14 180; 15 42, 193, 226, 236, 541; 16 24, 131, 142, 323, 337; 17 42, 109; 21 108; 24 152, 430

퓔로스인 또는 퓔로스의(Pylios 복수형 Pylioi) 3 31, 59; 15 216, 227

프람네 산(Pramneios 소아시아 서해안 앞에 있는 이카로스 섬의 산으로 추정됨) 10 235

프로니오스(Phronios 노에몬의 아버지) 2 386; 4 630, 648

프로레우스(Prōireus 파이아케스족의 한 사람) 8 113

프로크리스(Prokris 에렉테우스의 딸로 케팔로스의 아내) 11 321

프로테우스(Prōteus 예언력을 가진 해신) 4 365, 385

프론티스(Phrontis 오네토르의 아들로 메넬라오스의 키잡이) 3 282

프륌네우스(Prymneus 파이아케스족의 한 사람) 8 112

프리아모스(Priamos 라오메돈의 아들로 트로이아의 왕) 3 107, 130; 5 106; 11 421, 533; 13 316; 14 241; 22 230

프쉬리아(Psyria/원전 Psyriē 레스보스와 키오스 사이에 있는 섬) 3 171

프티아(Phthia/원전 Phthiē 뮈르미도네스족이 살던 텟살리아의 한 지역) 11 496

플랑크타이 바위들(Planktai Petrai 배가 접근하면 서로 충돌한다는 두 바위) 12 61; 23 327

플레이아데스(Pleiades/원전 Plēiades 별자리) 5 272

피에리아(Pieria/원전 Pieriē 올륌포스 산의 북쪽 사면에 있는 지방) 5 50

필로멜레이데스(Philomēleidēs 레스보스 섬의 왕) 4 343; 17 134

필로이티오스(Philoitios 오뒷세우스의 소치기) 20 185, 254; 21 240, 388; 22 359

필록테테스(Philoktētēs 포이아스의 아들로 그리스군의 명궁) 3 190; 8 219

ㅎ

하데스(Haides/원전 Aidēs 크로노스의 아들로 저승의 왕) 3 410; 4 834; 6 11; 9 524; 10 175, 491, 502, 512, 534, 560, 564; 11 47, 65, 69, 150, 164, 211, 277, 425, 475, 571, 625, 627, 635; 12 17, 21, 383; 14 156, 208; 15 350; 20 208; 23 252, 322; 24 204, 264

할리오스(Halios 알키노오스의 아들) 8 119, 370

할리테르세스(Halithersēs 이타케인으로 오뒷세우스의 친구) 2 157, 253; 17 68; 24 451

헤라(Hēra/원전 Hērē 크로노스와 레아의 딸로 제우스의 누이이자 아내) 4 513; 8 465; 11 604; 12 72; 15 112, 180; 20 70

헤라클레스(Hēraklēs 제우스와 알크메네의 아들) 8 224; 11 267; 21 26

헤라클레스의(Herakleiē/원전 Heraklēeiē. biē Heraklēeiē는 '헤라클레스의 힘'이라는 뜻이나 '강력한 헤라클레스'라고 번역하였음) 11 601

헤르메스(Hermēs 제우스와 마이아의 아들로 신들의 사자) 1 원전 Hermeias 1 38, 42, 84; 5 28, 29, 85, 87, 196; 8 323, 335; 10 277, 307; 11 626; 12 390; 15 319; 19 397; 24 10 2 원전 Hermēs 5 54; 8 334; 14 435; 24 1

헤르메스의(Hermaios) 16 471

헤르미오네(Hermionē 메넬라오스와 헬레네의 딸) 4 14

헤베(Hēbē 제우스와 헤라의 딸로 헤라클레스의 아내) 11 603

헤파이스토스(Hēphaistos 제우스와 헤라의 아들로 불의 신) 4 617; 6 233; 7 92; 8 268, 270, 272, 286, 287, 293, 297, 327, 330, 345, 355, 359; 15 117; 23 160; 24 71, 75

헬라스(Hellas 호메로스에서는 아킬레우스 부자가 통치하던 텟살리아의 한 지역) 1 344; 4 726, 816; 11 496; 15 80

헬레네(Helenē 제우스와 레다의 딸로 메넬라오스의 아내) 4 12, 121, 130, 184, 219, 296, 305, 569; 11 438; 14 68; 15 58, 100, 104, 106, 123, 126, 171; 17 118; 22 227; 23 218

헬레스폰토스(Hellēspontos 에게 해와 마르마라 해를 잇는 지금의 다르다넬스 해협) 24 82

헬리오스(Hēlios 휘페리온의 아들로 태양신 또는 태양) 1 원전 Eelios 1 8; 3 1; 8 302; 9 58; 10 138; 11 16, 109; 12 4, 128, 133, 176, 263, 269, 274, 323, 343, 346, 353, 374, 385, 398; 19 276, 433, 441; 22 388; 23 329; 24 12 2 원전 Helios 8 271

휘페레시에(Hyperēsiē 아카이아 지방의 도시) 15 254

휘페레이아(Hypereia/원전 Hypereiē 파이아케스족의 옛 거주지) 6 4

휘페리온(Hyperiōn 호메로스에서는 헬리오스의 별명) 1 8, 24; 12 133, 263, 346, 374

휠라코스(Hylakos) 또는 휠락스(Hylax)의 아들(Hylakidēs 가공적 인명) 14 204

힙포다메이아(Hippodameia 페넬로페의 하녀) 18 182

힙포테스(Hippotēs)의 아들(Hippotadēs=아이올로스) 10 2, 36